HET ZOMERVERBLIJF

Judith Lennox

Het zomerverblijf

VAN REEMST
UITGEVERIJ

HOUTEN

Oorspronkelijke titel: *Written on Glass*
Oorspronkelijke uitgave: Macmillan
© 2002 Judith Lennox

© 2002 Nederlandstalige uitgave:
Van Reemst Uitgeverij, Unieboek bv
Postbus 97
3990 DB Houten

Vertaling: Titia Ram
Omslagontwerp: Andrea Scharroo
Omslagillustratie: John Harris
Opmaak: ZetSpiegel, Best

ISBN 90 410 1491 8 / NUR 340

Aan mijn broers, Christopher en David

Deel I

Thuiskomen

Augustus 1946

1

'O, Topaz, je hoed. Zo wordt hij vies.'

Topaz trok haar hoofd naar binnen, de treincoupé in. Maar ze ging niet zitten, ze bleef staan en leunde met haar onderarmen op het open raam, terwijl ze naar het voorbijtrekkende landschap keek. Met het fluiten en piepen van de motor als achtergrondgeluid ontvouwde het landschap van Dorset zich met zijn glooiende heuvels, smalle beekjes en af en toe heel even een aanlokkelijk uitzicht op de beweeglijke zee.

Soms waren het vertrouwde beelden die ze zag, maar ze herkende veel niet. Ze vroeg zich af of het landschap was veranderd, of dat ze was vergeten hoe het eruitzag; het was al zeven jaar geleden dat ze voor het laatst bij haar neefjes van de Chancellor-kant van de familie was geweest. Toen ze Jack en Will in 1939 voor het laatst had gezien, was ze tien geweest. Een kind.

De oorlog had natuurlijk zijn sporen achtergelaten. Eeuwenoude weiden waren omgeploegd om er tarwe of aardappels op te verbouwen en de huizen zagen er met hun afbladderende verf en ontbrekende dakpannen verwaarloosd uit. Luchtafweergeschut stak grijs af tegen de goudkleurige stoppels van de maïsvelden en betonnen tankvallen doemden als reusachtige gedrochten op langs de kronkelweggetjes die door het landschap liepen.

Haar moeder praatte verder: 'En doe het raam eens dicht. Er komt stof binnen.' Veronica Brooke veegde een stofje van haar bleeklila linnen jasje en bekeek haar mooie gelaat in haar handspiegeltje. 'En doe je haar eens netjes.'

Topaz kwam bij het raam vandaan en keek vluchtig in de spiegel. Ze vond dat haar haar net zo zat als altijd, als een lange, donkerrode kluwen, maar om haar moeder een plezier te doen, trok ze haar baret van haar hoofd en begon de lange slierten te borstelen. Ze had een raar gevoel in haar maag, een mengeling van opwinding en blijdschap, waardoor ze nauwelijks kon blijven stilzitten, wat haar moeder graag had gehad. Vóór de oorlog was ze elk jaar bij haar Chancellor-neefjes op bezoek gegaan en er elke zomer twee weken blijven logeren. Die bezoekjes hadden een prominente plaats in haar geheugen, als opvallende parels aan een saaie ketting van houten kralen.

Toen de trein het station naderde, minderde hij vaart. In de kom van de vallei zag Topaz tussen de bomen het grijze dak van Missencourt liggen. Toen zag ze de auto over de weg rijden die langs de spoorlijn liep. Ze slaakte een gil, rende de gang in en trok een raam open.

'Will!' schreeuwde ze. 'Will!'

Will zwaaide terug vanaf de chauffeursstoel van de auto. Terwijl de trein steeds langzamer ging rijden, rende Topaz door de gang, sprong over koffers en reistassen heen, wrong zich tussen passagiers door en ontweek wandelwagens en honden, terwijl ze haar uiterste best deed de auto bij te houden.

De stem van haar moeder achtervolgde haar door de rijtuigen. 'O, Topaz.'

De trein liep het station binnen. Zodra hij stilstond, gooide Topaz de deur open en stortte zich in Wills armen. 'Je bent gegroeid,' zei hij, terwijl hij haar stralend aankeek, maar in zijn woorden was niets te bespeuren van de teleurstelling en kritiek die diezelfde zin de laatste tijd zo vaak met zich meedroeg.

Will was tweeëntwintig en de jongste van haar twee neven. Hij was ook veranderd: de praterige schooljongen, een en al tanden met bril en slungelige ledematen uit Topaz' herinnering, was veranderd in een lange, blonde jongeman wiens gelaatstrekken zich tot een samenhangend geheel hadden verscherpt, wat met haar eigen, ronde gezicht niet het geval was. Topaz besefte dat ze dit moment nooit meer zou vergeten: de ultieme gelukzaligheid die ze voelde nu ze, nadat ze elkaar zo lang niet hadden gezien, op de plaats was waar ze het meeste van hield, met de mensen van wie ze het meeste hield.

De kruier had de bagage van mevrouw Brooke gepakt. 'Hallo, tante Veronica,' zei Will. 'Wat leuk u weer te zien.' Hij kuste haar op haar wang. 'Ik hoop dat de reis niet al te vreselijk was.'

'Er was maar één eersteklasrijtuig.' Veronica trok in afschuw haar neus op.

Will zette de bagage in de Austin 7. Mevrouw Brooke ging voor in de auto op de passagiersstoel zitten. Topaz klom achterin en ging achter Will zitten. 'Hoe gaat het met tante Prudence?' vroeg ze, terwijl Will wegreed van het station. 'En oom John? En de jongens, zijn ze nog net zo vreselijk?'

'Met ma gaat het prima. En met pa ook. En natuurlijk zijn de jongens nog even vreselijk, daarom zijn ze er, om vreselijk te doen.' Wills vader was conrector op een jongensschool.

'En Jack? Is hij al thuis?' Wills oudere broer, Jack, zat in het leger.

'Hij komt volgende week. We hebben een telegram gekregen.'

'Ik durf te wedden dat tante Prudence er niet van kan slapen. Hij is echt een eeuwigheid weggeweest, hè?'

'Vier jaar. Ma is een feestje voor hem aan het organiseren om zijn thuiskomst te vieren. Ze nodigt de hele familie uit.' Will rolde met zijn ogen.

Topaz herinnerde zich Will en Jack als jongens, zon en maan, de blonde, fragiele Will en de oudere, donkere, stille Jack. Will had haar een paar briefjes geschreven tijdens haar verbanning in het Lake District (echte jongensbrieven, kort en vlekkerig), maar ze had niets van Jack gehoord, die in het voorjaar met de genie was afgereisd naar Noord-Afrika en sindsdien niet meer in Engeland was geweest. Maar, zei ze tegen zichzelf, Jack had het dan ook altijd beter kunnen vinden met Julia.

Ze arriveerden bij de school. De voordeur stond op een kier; Topaz zag Prudence Chancellor staan en blies haar handkusjes toe.

Na de lunch liepen Topaz en Will van het schoolhuis naar Missencourt, het huis van de Temperleys. Marius en Julia Temperley waren de beste vrienden van Jack en Will. In al Topaz' beste herinneringen aan Dorset kwamen de Temperleys voor.

Toen ze begonnen te praten, was het net alsof ze elkaar gisteren nog gezien hadden.

'Vond je het erg, Will?' vroeg Topaz. 'Vond je het erg dat je niet in dienst was?'

Will haalde zijn schouders op en duwde met zijn wijsvinger zijn bril tegen de brug van zijn neus omhoog. 'Het was net als de sportlessen op school, ik hing er maar bij, keek naar de anderen, maar kon niet meedoen. Ik denk dat ik wel een beetje het gevoel had dat ik niet mocht meedoen, met Jack en Marius allebei in het leger en ik niet.'

Topaz en haar moeder hadden de oorlogsjaren doorgebracht in een hotel in het Lake District. Het hotel was koud en ongerieflijk geweest en het had net geleken of het had bestaan in een andere wereld dan die werd beschreven in de nieuwsberichten op de radio.

'En lesgeven,' ging Will verder, 'is nou niet echt een heldenbaan.' Will had de afgelopen drie jaar als invaller voor dienstplichtige docenten Latijn en natuurwetenschappen gedoceerd op de school van zijn vader.

'Vond je het heel afschuwelijk?'

Hij grijnsde. 'Ik heb de dagen tot het einde van het trimester geteld. Net als toen ik er zelf op school zat.'

'Blijf je lesgeven?'

'Ik denk het niet. Ik bak er eerlijk gezegd niet zoveel van. Ze tolereren me alleen vanwege mijn vader en omdat ze niemand konden krijgen die het beter zou doen. Jack was altijd al degene met de hersens, hè? En trouwens, de meeste docenten zijn ondertussen weer terug. En zelfs als ik geen hekel aan lesgeven zou hebben, zou ik hier niet willen blijven. Op de school van mijn vader en bij mijn ouders in één huis. Ik wil iets doen wat meer... meer...'

'Meer wat?'

'Ik moet hun toch eens laten zien dat ik zelfstandig iets kan bereiken, of niet soms?'

Topaz zag ineens dat Will nog steeds paarse vlekjes in de wallen onder zijn ogen had. Ze vroeg nieuwsgierig: 'Ruist je hart echt?'

Will had op zijn vijfde een aanval van acute reuma gehad, die zijn hart had beschadigd. 'Geen idee,' zei hij. 'Ik heb er nog nooit naar geluisterd.'

'Mag ik eens?'

Will bleef staan en Topaz legde haar oor tegen zijn borstkas om te luisteren. Toen deed ze een stapje achteruit. 'Ik weet niet hoe een hart hoort te klinken.'

Ze stonden langs de kant van de weg en er kwam een auto voorbij. 'Een Riley MPH uit 1934,' zei Will met bewondering in zijn stem, terwijl hij keek hoe de auto om de bocht verdween. 'Wat een schoonheid. Er zijn er maar twintig van gemaakt. Ze trekken geweldig snel op.' Topaz dacht ineens terug aan een veel jongere Will, die haar met inktvlekken op zijn vingers trots zijn lijstje met kentekennummers liet zien.

Ze stak haar arm door de zijne en ze liepen verder. 'Ik heb heel veel aan je gedacht tijdens de oorlog,' zei ze. 'Aan jou, Jack, Julia en Marius. Als ik het niet meer zag zitten, dacht ik aan deze wandeling, van het schoolhuis naar Missencourt. En nu ben ik ineens echt hier.' Ze strekte haar nek en probeerde door de bomen heen een glimp op te vangen van het huis van de Temperleys. 'En als Jack volgende week thuiskomt,' ging ze verder, 'wordt alles weer net als vroeger, denk je niet?'

'Denk je?'

'Denk jij van niet?'

'Nou, we waren toen kinderen, hoor. Er is erg veel gebeurd sinds die tijd.'

'Maar mensen blijven toch wie ze zijn?' Will gaf geen antwoord. 'Je hebt Jack vast vreselijk gemist,' ging Topaz verder. Ze had ineens een heel heldere herinnering aan iets wat jaren geleden was gebeurd: Jack en Will die erom tosten wie er met Julia op één paard mocht rijden, de triomfantelijke blik in Wills korenbloemblauwe ogen toen hij had gewonnen en de woede in die van Jack.

'Daar is Julia,' zei Will met een glimlach op zijn gezicht.

Er kwam iemand heel hard op hen af fietsen. Aan de voet van de heuvel sprong Julia van haar fiets. 'Jullie zijn laat! Ik dacht al dat jullie niet meer zouden komen.' Ze omhelsde Topaz. 'Ik kon niet langer wachten, dus ben ik op de fiets gesprongen om jullie tegemoet te komen.' Ze deed een stap achteruit en bekeek Topaz van top tot teen.

'Zeg het nou maar gewoon,' zei Topaz. 'Ik ben gegroeid.'

'Nou en of. En je hebt een boezem.'

'Julia,' zei Will gegeneerd.

'Nou, het is toch zo? Ze heeft meer boezem dan ik.' Julia droeg een witte katoenen blouse met een beige lange broek en ze droeg haar haar in een slordige paardenstaart. Ze was lang en slank, met magere armen en benen, holle, aristocratische gelaatstrekken en grote, diepliggende grijze ogen. Topaz had altijd het gevoel dat Julia's uiterlijk helemaal niet overeenkwam met haar innerlijk. Dat Julia's uitzonderlijke schoonheid je niet voorbereidde op haar driftige temperament en de gevaarlijke eigenschap alles wat ze deed impulsief te doen.

13

'Die boezem is eerlijk gezegd vreselijk onhandig,' zei Topaz. 'Hij zit steeds in de weg. En als ik ren, doet hij pijn.'

Ze liepen de hoek om en daar was Missencourt. Het elegante, rechthoekige gebouw met zijn lichtgekleurde Purbeck-bakstenen, die overgroeid waren door wilde wingerd, paste perfect in de achtergrond van bossen en valleien. Aan de achterzijde van het huis gaven openslaande tuindeuren toegang tot een terras, dat uitliep op een groot, glooiend grasveld. Hoge cipressen, die de grenzen van de tuin markeerden, wierpen donkere schaduwen op het gras. Midden in het grasveld lag een ronde vijver. Er dreven waterlelies op het water. Topaz herinnerde zich de karpers die in de vijver zwommen, goudkleurige draden in de donkergroene diepte.

En toch was zelfs Missencourt veranderd. Hoewel het huis helemaal niet beïnvloed leek te zijn door het verstrijken van de tijd, was een deel van het grasveld omgespit om er een groentetuin van te maken en Topaz zag grijsgroene kool en de vederachtige uitgroeiers van worteltjes op plaatsen waar in haar herinnering een fluweelachtig grastapijt had gelegen.

'Mama is er niet,' zei Julia, 'maar Marius is in de studeerkamer. Ga maar even naar binnen om hallo te zeggen, Topaz. Hij wil je vreselijk graag zien.'

Topaz zag Marius Temperley door de halfopen deur achter zijn bureau zitten. Hij keek op.

'Mijn hemel, Topaz,' zei hij, terwijl hij opstond. 'Wat zie je er geweldig uit.'

Dat hoorde ze veel liever dan dat ze zo gegroeid was, bedacht ze zich. Ze moest nog steeds op haar tenen staan om hem een kus te kunnen geven. Lang en breedgeschouderd, met bruin haar en lichte ogen, was hij een echte Temperley, hoewel Marius' ogen niet grijs waren maar bleekblauw en zijn Temperley-Romeinse neus niet helemaal recht meer was sinds een gevecht dat hij jaren daarvoor op school had gehad.

'Ik stoor toch niet?' Ze wees naar de stapels paperassen op zijn bureau.

'Nee, natuurlijk niet,' zei hij glimlachend. 'Ik ben eerlijk gezegd blij dat ik even kan ophouden.'

'Heb je het vreselijk druk?' Er lagen ook stapels papieren op de kastjes en op de vloer.

'Ik moet het een en ander uitzoeken. Niet,' voegde Marius er snel aan toe, 'dat Julia het niet geweldig heeft gedaan, hoor.'

De Temperleys hadden een bedrijf dat radio's maakte. Het kantoor en de werkplaats waren gevestigd in het nabijgelegen dorp Great Missen, in een in onbruik geraakte kapel die ooit van een duistere en sombere religieuze sekte was geweest. Toen de vader van Julia en Marius, Francis Temperley, tijdens de oorlog was overleden, had Julia, in Marius' afwezigheid, de leiding over het bedrijf overgenomen. Will had een keer geprobeerd aan Topaz uit te leggen hoe een radio werkte, maar toen hij over radiogolven was begonnen, was er iets geblokkeerd in haar hoofd, vastgelopen in een verward beeld van de grijze, stormachtige branding langs het strand van Hernscombe, die op onverklaarbare wijze door de hemel klotste.

'Hoe gaat het met je, Topaz?' vroeg Marius. 'Hoe was het in het Lake District? Saai en mooi, neem ik aan?'

'Inderdaad,' zei ze, en ze dacht aan haar zeven jaren van verbanning. 'Saai en mooi. Meer kan ik er eigenlijk niet over zeggen. Het ging wel, hoor. Je kunt er prachtig wandelen. Maar het hotel was vreselijk. Zilveren bestek om een omelet van gedroogde eieren en twee erwten uit blik mee te eten. En ik was als de dood dat mama met één van de kolonels zou trouwen.'

'Kolonels?'

'Er woonden een heleboel kolonels in het hotel. Ze hadden allemaal een rood gezicht en een krulsnor. Ze noemden mama de memsahib.'

Marius begon te grijnzen. 'En nu? Jullie wonen nu weer in Londen, neem ik aan?'

'Sinds maart, ja.'

'Ga je weer naar school?'

'Gelukkig niet.' Ze rilde. 'Ik moet er niet aan denken dat ik naar een nieuwe school zou moeten.'

'Wat ga je dan doen?'

'Mama hoopt dat ik snel ga trouwen.'

'Met iemand in het bijzonder?'

Ze schudde haar hoofd. 'Zeventien en nog nooit gekust,' zei ze achteloos. 'Hoewel...'

'Hoewel?' herhaalde hij met opgetrokken wenkbrauwen.

'Een van de kolonels in het hotel heeft me eens een reep chocola aangeboden voor een kus.'

'Topaz.'

Ze zei het met maar een heel klein beetje schaamte in haar stem: 'Je hebt geen idee hoe wanhopig ik behoefte had aan chocola. En zo erg was het niet. Hoewel hij wel een priksnor had.' Ze keek hem aan. 'En jij? Ben je blij weer thuis te zijn?'

'Weet je dat je de eerste bent die me dat vraagt?'

Ze vond dat hij er vermoeid uitzag. 'Het leger,' zei ze bedachtzaam, 'lijkt me in sommige opzichten... eenvoudiger.'

'In sommige opzichten is het dat wel, ja,' stemde Marius in. 'Maar natuurlijk ben ik blij weer thuis te zijn. Het is alleen... anders. Vooral doordat pa er niet meer is.'

'Ja, natuurlijk. Gecondoleerd, Marius.'

'Hoe is het met je moeder?'

'Uitstekend. Hoewel ze boos was over het appartement. Ons oude appartement is gebombardeerd tijdens de oorlog. Het heeft een eeuwigheid geduurd om een nieuw te vinden.'

Terwijl ze praatten, bedacht ze zich dat ze het altijd een van de plezierigste eigenschappen van Marius Temperley had gevonden dat hij – hoewel hij jaren ouder was dan zij – altijd echt naar haar had geluisterd. Hij had haar niet, zoals zovelen, met een half oor aangehoord, terwijl hij ondertussen met iets anders bezig was of even kort pauzeerde met slecht verhuld ongeduld omdat hij weer wilde doorgaan met iets belangrijks.

'Maar goed,' ging ze verder, 'toen we net waren verhuisd, ging er iets mis met de boiler. Dus nu zijn we hier.'

'Nou,' zei hij, 'ik vind het heerlijk dat je er bent.' Ze voelde haar hart een slag overslaan.

De trein stopte na Paddington op ieder station. Alle stoelen waren bezet, dus stond Jack Chancellor met zijn plunjezak op de gang. Hij was een week eerder gedemobiliseerd dan verwacht; nu hij bijna op zijn bestemming was, begon hij ineens te twijfelen aan zijn beslissing zijn familie niet te waarschuwen dat hij eerder thuiskwam. Had hij maar gebeld, had hij maar een telegram gestuurd. Was de hele rompslomp van thuiskomen maar vast voorbij, zodat hij gewoon thuis kon zijn zonder het middelpunt te zijn van tranen en begroetingen.

Terwijl hij op de gang ingeklemd stond tussen een zeeman die zijn roes uitsliep en een kerel die een stinkende pijp rookte, realiseerde hij zich dat hij vooral onzeker was over Julia. Als Julia nog om hem zou geven, zou hij gelukkig zijn; als ze dat niet meer deed, had hij net zo goed in Italië kunnen blijven.

Op station Yeovil stapte hij uit de trein vanuit Londen en stapte over op het kleine lijntje dat zuidelijk door de heuvels naar Longridge Halt liep. Hij ging op een stoel in een hoekje zitten en dacht weer aan Julia. Ze kenden elkaar al sinds hun kindertijd. De vriendschap van hun moeders had ervoor gezorgd dat zij ook voorbestemd waren geweest bevriend te raken.

Toen was Jack op zijn negentiende het leger ingegaan. Hij was naar een opleidingskamp in het noorden van Engeland gestuurd. Toen hij in 1941 twee weken verlof had gehad en naar huis was gegaan, had hij Julia door andere ogen gezien. Ze leek in zijn afwezigheid volwassen te zijn geworden. Of was hij degene die was veranderd, harder geworden door het militaire leven waarin hij een tentatief seksueel zelfvertrouwen had opgedaan. Hij had haar gezien zoals ze was: een verbijsterend mooie en aantrekkelijke jonge vrouw.

Het wonder (zelfs nu vond hij het nog steeds een wonder) was geweest dat zij hetzelfde had gevoeld ten aanzien van hem. Jack verwachtte nooit dat dingen gemakkelijk zouden zijn, hij ging altijd uit van problemen. Toen hij met Julia van het schoolhuis naar Missencourt was gelopen om haar thuis te brengen, had hij haar voor het eerst gekust. Toen hij haar gave huid en haar volle mond had gevoeld, had hij het gevoel gehad dat hij was thuisgekomen. Hoewel hij eerst voorzichtig was geweest, bang om afgewezen te worden, was ze ingegaan op zijn avances. Een paar dagen later had hij in het verlaten bos achter Great Missen haar borsten gestreeld en had hij zijn vingertoppen over haar platte, gespierde buik laten glijden.

Ze waren die dag laat teruggekomen op Missencourt. Julia's vader – de slimme, charmante Francis Temperley – had hen op de oprijlaan staan opwachten. Het enige wat hij had gezegd was: 'Ik was bang dat jullie waren verdwaald,' maar iets in zijn blik had Jack kippenvel gegeven en hij had gevaar gevoeld. Na die dag was er om de een of andere reden nooit een mogelijkheid voor hem en Julia om tijd alleen door te brengen.

Hij had naar haar verlangd. Voordat hij naar het buitenland werd uitgezonden, had hij een korte vierentwintig uur verlof gekregen. Hij was naar Missencourt gegaan. In de kamer die ooit de speelkamer van Julia en Marius was geweest, met de wereldkaarten met ezelsoren en reproducties van oude meesters aan de muur, hadden ze elkaar omhelsd. Haar haar was tegen zijn gezicht gedwarreld en hij had haar naar zich toe getrokken, met zijn handen de contouren van haar lichaam gevolgd, zijn mond hongerig en zoekend. Ze had met bevende stem gezegd: 'Ik wil niet dat je weggaat, Jack, ik wil niet dat je weggaat,' en hij had zijn ogen opengedaan en met een gevoel van zowel gelukzaligheid als wanhoop naar de roze vlek op de wereldkaart gekeken die Afrika was. Hij had gezegd dat hij van haar hield, en terwijl hij naderende voetstappen op de gang had gehoord, had hij gedacht dat hij haar had horen fluisteren dat ze van hem hield.

Net voor haar ouders waren binnengekomen, hadden ze zich van elkaar losgemaakt. De rest van de avond was een kwelling geweest. Jack had onhandige antwoorden gegeven op Adele Temperleys vriendelijke vragen over zijn toekomstplannen en toen Francis Temperley hem advies had gegeven, had hij nietszeggende antwoorden gemompeld. Toen hij een halfuur later was weggegaan, had hij honderd dingen tegen Julia willen zeggen. Maar een 'Je schrijft me toch wel, hè?' was het enige wat hij had kunnen zeggen tegen Julia, die in de deuropening had gestaan met haar ouders achter zich. Toen was hij de oprijlaan afgelopen en was de voordeur van Missencourt dichtgegaan, voor hij ook maar de kans had gehad zich nog een keer om te draaien om een laatste glimp van haar op te vangen. De volgende dag was hij naar Plymouth vertrokken, het beginpunt van zijn lange reis naar Noord-Afrika.

Julia had haar belofte aan hem gehouden en hem lange, vrolijke brieven geschreven, waarin ze grapjes maakte over de ontberingen van de oorlog en haar pogingen haar vaders bedrijf te leiden, nu haar oudere broer Marius er niet was. In Egypte, op Sicilië en in Italië had Julia's spottende stem als een echo in Jacks hoofd geklonken en hadden haar grijze ogen hem plagerig aangekeken, als hij de bladzijden van haar brieven omsloeg. 'Ach, lach eens een beetje, Jack,' stelde hij zich voor dat ze zei. 'Je bent altijd zo serieus.' Bijna altijd als hij haar voor zich had gezien, had ze een grijns op haar gezicht gehad.

De enige keer dat ze niet opgewekt was geweest, was toen haar vader was gestorven. 'Het is afschuwelijk, Jack. Papa is gestorven aan een hartaanval. Ik weet niet hoe ik het moet verdragen.' En toen een groot gat, ze had hem zes maanden niet geschreven. In die periode had Jack zich een weg omhoog gebaand langs de gehavende ruggengraat van Italië, had hij bruggen versterkt en de bruggen die niet meer konden worden gered, opgeblazen om er pontons aan te leggen. Hij had Julia geschreven, maar hij was nooit zo goed geweest in het uitspreken van zijn gevoelens. Zijn woorden hadden hem vanaf het papier aangestaard en absoluut niet kunnen overbrengen hoe hij met haar meeleefde. Als ik weer thuis ben, had hij zichzelf beloofd, als ik weer thuis ben, maak ik het goed met haar.

Gedurende de oorlogsjaren had hij uitgekeken naar het moment dat ze weer verenigd zouden worden. Maar toen hij op weg was gegaan naar Engeland, begon hij zich ineens een stuk minder optimistisch te voelen. Het land was er tijdens zijn afwezigheid niet op vooruitgegaan. Londen, met zijn puinhopen en vernietigde straten en pleinen, had hem onverwacht overvallen met ongastvrije somberheid. Hij was geschokt door de uniforme grauwheid, het geklaag en de opdringerigheid van zijn landgenoten. Toen hij uit het demobilisatiecentrum was gekomen, was er een kerel uit de schaduw geslopen die hem tien pond voor zijn legerkleding had aangeboden. Jack had hem scheldend weggestuurd. Toen hij later op station Paddington in de trein was gestapt en een rijtuig ingelopen was, had een man van middelbare leeftijd hem opzij geduwd en was met zijn dikke achterste op de laatste vrije stoel gaan zitten. Een medesoldaat had de blik in Jacks ogen gezien en had zijn schouders opgehaald, een nauwelijks opmerkbaar schouderophalen dat verzuchtte: burgers.

De lange, langzame treinreis had hem heel wat tijd gegeven om zijn twijfels te voeden. Toen hij in 1942 uit Engeland was weggegaan, was Julia pas zeventien geweest. Niet meer dan een schoolmeisje. Veel te jong om te weten wat ze wilde. En zelfs als ze iets voor hem had gevoeld, zou de kans heel groot zijn dat dat nu niet meer zo was. Ze zou die paar momenten van intimiteit die ze samen hadden gedeeld, heel goed kunnen zijn vergeten of er spijt van hebben.

De trein remde af voor Longridge Halt. Jack pakte zijn plunjezak en zijn overjas. Met een laatste gepiep en een harde stoomstoot kwam het gevaarte tot stilstand.

Hij was de enige passagier die op dit station uitstapte. Toen de trein wegreed, liep Jack niet naar het schoolhuis, maar richting Missencourt. Hij wilde eerst Julia zien. Daarna zou hij naar huis gaan. Zijn ouders verwachtten hem toch niet vandaag.

Na de bedompte treinreis was de frisse lucht een genot. De wandeling ontspande hem en de heldere lucht vrolijkte hem op, waardoor hij zich minder vermoeid en onrustig begon te voelen. In het lagergelegen gedeelte van de vallei lagen de goudkleurige stoppels op de maïsvelden en op de hogergelegen gedeelten graasden schapen, die net kleine, pluizige balletjes leken. Jack nam zich voor snel naar Carrie en Sixfields te gaan. De smalle weg kronkelde door het bos rond Missencourt. De bomen torenden boven hem uit en blokkeerden zijn zicht op de hemel. Jack dacht aan alles wat hij tegen Julia zou gaan zeggen. Deze keer zou niets of niemand hem tegenhouden.

Hij verliet de weg en liep het bospad op dat naar de tuin van de Temperleys leidde. Het geluid van een lachende stem in de verte deed zijn hart een slag overslaan. Jack staarde over het grasveld naar het terras en zag haar. Ze zat op een tuinstoel. Ze droeg een blouse en een broek: de jongensachtige kleding en de andere, oudere Julia deden zijn hart bonzen.

Er was iemand bij haar. Er zat een man naast haar. Jack herkende hem niet onmiddellijk. Blond, slank... Will, realiseerde hij zich ineens. En terwijl hij toekeek, strekte Julia haar arm uit en woelde met haar hand door Wills haar met een gebaar dat Jack interpreteerde als een van grote intimiteit en affectie.

Op een keer had Jack in Italië langs de stutten van een brug geklauterd om te beoordelen of ze sterk genoeg waren voor een konvooi dat op weg was, toen hij ineens de zwarte vorm van een granaat had ontdekt, die in de V tussen de metalen steunbalken verstopt had gelegen. Een onbezonnen beweging of zijn lichaamsgewicht op de verkeerde plaats van de afbrokkelende structuur en de granaat had kunnen ontploffen. Van het ene op het andere moment was een dag die vrolijk en ontspannen was begonnen, ineens een bedreiging voor zijn hele toekomst geworden. Hij voelde zich nu net als op dat moment.

Hij moet geluid hebben gemaakt, want Julia stond op en staarde hem met grote ogen en open mond aan. Hij bedacht zich bars dat ze er niet bepaald blij uitzag hem te zien. Hij liep over het grasveld naar het terras.

Ze kon eerst niet geloven dat hij het was. Ze keek op, zag een man in de schaduw van de bomen staan en dacht een heel verwarrend moment dat het haar vader was. Haar hart sprong op en ze begon te beven. Tegen de tijd dat ze in staat was op te staan, tegen de tijd dat blijdschap het begon over te nemen van schrik, stond Jack op het terras en zei kil en langzaam: 'Ik dacht: ik wip even aan op weg naar huis. Maar je bent druk, zie ik.'

Ze sloeg haar armen om hem heen en kuste hem. Hij reageerde niet, kuste haar niet en beantwoordde haar omhelzing niet. Ze raakte ineens vreselijk in de war, voelde zich plotseling bang en dom en deed een stap achteruit. Jack schudde Will de hand. Met een bevende stem bood Julia Jack een drankje aan, maar hij wilde niets drinken en zei: 'Nee, dank je. Ik ben druk.' Will stelde vragen over zijn reis en Italië, vragen die Jack kortaf en ongeïnteresseerd beantwoordde. Julia voelde zo'n overheersende paniek in zich opwellen, dat ze zijn antwoorden nauwelijks hoorde. Jack glimlachte niet en hij had een harde en afstandelijke uitstraling die aansloot bij zijn veranderde uiterlijk: zijn breder geworden schouders, zijn bruin geworden huid. Julia bedacht zich geschokt dat hij was teruggekeerd als een vreemde.

Nadat Jack, Will en Topaz waren weggegaan, liep Julia – zich realiserend dat ze alleen moest zijn, omdat ze zou gaan exploderen – naar de keuken, een excuus mompelend over het avondeten. In de keuken pakte ze een van de eenvoudigste borden uit de servieskast en smeet het tegen de muur. Het brak in duizend kleine stukjes. Toen ging ze aan tafel zitten, legde haar hoofd in haar handen en begon te huilen. Na een tijdje snoot ze haar neus in een theedoek, wreef in haar ogen en probeerde zichzelf te kalmeren. Een van haar buien, zou haar vader liefdevol gezegd hebben.

Maar aan haar vader denken hielp niet, dus stak ze een sigaret op en ruimde het gebroken bord op. Ze voelde zich uitgeput en onrustig tegelijk. Sinds ze had gehoord dat Jack gedemobiliseerd zou worden, had ze aan weinig anders kunnen denken. De lange jaren waren als sneeuw voor de zon verdwenen en voor het eerst sinds de dood van haar vader had ze gedacht aan de mogelijkheid gelukkig te zijn. Ze had het gevoel dat alles met de terugkeer van Jack weer op de juiste plaats zou kunnen vallen.

Ze had altijd van Jack gehouden. Ze kon zich geen leven zonder hem herinneren. In hun kindertijd waren zij en Jack onafscheidelijk geweest. Will was vaak ziek geweest en doordat Marius altijd eerder dan de andere kinderen in een volgend stadium belandde (lagere school, middelbare school, werk), was het viertal vaak gereduceerd geweest tot tweetal. Julia en Jack hadden samen in bomen geklommen, samen paardgereden, samen gezeild. Hij had haar roekeloosheid aangevuld met een nonchalance en zelfvertrouwen waar ze heimelijk jaloers op was geweest.

Het leger had Jack veranderd. Hij keek anders naar haar en behandelde haar anders. Toen ze de ouder geworden Jack had gezien, had ze opwinding gevoeld. Toen hij haar had gekust, was één soort liefde in een andere overgegaan. De intensiteit van haar genot door zijn aanraking had haar overvallen, hoewel het haar niet had verbaasd dat het Jack was geweest die deze gevoelens bij haar had losgemaakt, omdat Jack altijd de hare was geweest.

Toen was hij met zijn regiment naar het buitenland gegaan. Na haar schoolperiode was Julia haar vader gaan helpen in het radiobedrijf. Vanaf begin 1941 had Temperleys twaalf uur per dag, zes dagen per week gedraaid om radio's voor het leger te maken. Julia, die noch in huishoudelijk werk, noch in de universiteit was geïnteresseerd, had ontdekt dat het werk haar hielp de leegte te vullen die was achtergelaten door het vertrek van Marius en Jack. Ze had zich stiekem opgelucht gevoeld dat het werk had voorkomen dat ze zich bij een van de vrouwendiensten had moeten aansluiten: dat zou betekend hebben dat ze haar huis had moeten verlaten, wat ze vreselijk zou hebben gevonden. Bovendien zou ze dan met een enorme hoeveelheid andere vrouwen op een zaal hebben moeten slapen, wat haar afschuwelijk leek.

Ze had niet veel nagedacht over wat Jack en zij zouden gaan doen na de oorlog. Soms, als er alleen maar slecht nieuws leek te zijn, had ze het gevoel gehad dat er nooit een einde aan de oorlog zou komen. En toen het er uiteindelijk beter was gaan uitzien, was ze bijgelovig bang geweest dat ze hem zou verliezen als ze plannen zou gaan maken.

Het was niet Jack die haar was afgenomen, maar haar vader. De tragedie had zich volkomen onverwacht voltrokken, toen ze er helemaal niet op was voorbereid. Ze kon zich elk afschuwelijk detail van die vreselijke dag nog herinneren. Het was een regenachtige zondag in oktober geweest en haar vader was een stuk gaan wandelen met de honden. Hij had haar uitgenodigd mee te gaan, maar ze was thuisgebleven omdat ze had paardgereden en doorweekt was. Ze herinnerde zich nog dat haar vader had gezegd: 'Dan maakt nog een beetje regen ook niet meer uit, toch, lieverd?' maar ze had haar hoofd geschud en was naar boven gerend voor een handdoek. Een schijnbaar onbelangrijke beslissing, maar een die ze sindsdien al duizendmaal betreurd had. Toen ze een uur later piano had zitten spelen, was er op de deur geklopt. Haar moeder had opengedaan. Ze had de woorden niet kunnen verstaan, maar de toon van de woorden had haar een eerste vermoeden van een rampzalige gebeurtenis gegeven. Ze had haar handen van de pianotoetsen gehaald en gewacht, met een steeds sterker wordend gevoel van angst in haar maag. Jack, had ze gedacht, Jack.

Maar het ging niet om Jack. Een van haar vaders werknemers had hem opgekruld naast een boom gevonden, bijna alsof hij daar was gaan liggen om een dutje te doen. Sally, de oude labrador, had naast hem gelegen. Julia had hem niet mogen zien; daar was ze razend over geweest. Ze had de hele middag naar Rob gezocht, de puppy, die ervandoor was gegaan. Ze had kilometers gelopen en de hond uiteindelijk doorweekt en bibberend gevonden, zijn riem verstrikt in een sleedoornstruik.

Die dag had haar leven op zoveel manieren veranderd. Het was niet alleen het verdriet geweest dat ze altijd bij zich had gedragen en dat haar had uitgeput. Bijna net zo erg was het schokkende besef dat er erge dingen met haar konden gebeuren, met Julia Temperley. Wat voor catastrofen er de laatste jaren ook waren voorgevallen, ze waren altijd anderen overkomen, nooit haar. Ze was slim genoeg om in te zien dat de oorlog haar mogelijkheden had geboden die ze anders niet gehad zou hebben. Als de vijandelijkheden niet waren uitgebroken, was het Marius geweest die in het familiebedrijf had gewerkt en niet zij. Ze had geen idee wat ze in vredestijd gedaan zou hebben, ze had zich nooit kunnen voorstellen dat ze werk deed dat andere vrouwen deden. Maar toen haar vader was overleden, had ze de breekbaarheid van geluk ingezien. Ze had Jack maanden niet geschreven, doordat ze niet in staat was geweest iets in haar wanhopige ziel te vinden wat het waard was met een ander te delen. Toen ze weer was gaan schrijven, was het in een poging geweest de veranderingen die in haar hadden plaatsgevonden, te verbergen en had ze zich proberen voor te doen als Jacks oude, vertrouwde Julia. Ze keek met afschuw naar haar oude zelf: de verwende, naïeve, kinderlijke Julia, die in de illusie had geleefd dat haar gelukkige, veilige kleine wereldje voor altijd zou blijven bestaan.

Na de dood van haar vader werd haar relatie met haar moeder, die nooit goed was geweest, slechter. Adeles opvallende verdriet maakte haar razend. Julia had het vreselijk gevonden dat haar moeder zwart en grijs was gaan dragen en sociale contacten vermeed, het waren gebaren die in Julia's ogen een uiting waren van exhibitionisme, van een wens met haar gevoelens te koop te lopen en medeleven op te eisen. Een klein deel in haar wist wel dat dit onredelijk was, maar die wetenschap had ze verdrongen en ze had zichzelf niet toegestaan in het openbaar te huilen en was alleen op de dag van de begrafenis niet naar haar werk gegaan. Ze wist dat heel veel mensen aannamen dat met de dood van Francis Temperley en zijn zoon in Noord-Frankrijk Temperleys Radio's de deuren zou sluiten. Maar ze had geweigerd dat te laten gebeuren: haar vader had Temperleys gemaakt en ze zou het bedrijf voor hem levend houden. Gedreven door een mengeling van woede en koppigheid dwong ze zichzelf in haar vaders schoenen te stappen. Ondertussen was Temperleys de radio's voor burgers gaan maken die werden voorgeschreven door de regering. In eerste instantie maakte ze fouten, nam verkeerde beslissingen en het zag er even naar uit dat Temperleys ten onder zou gaan. Dat ze het overleefden, wist ze, hadden ze meer te danken aan de loyaliteit van haar voorman en technici dan aan haar eigen stuntelige pogingen. Maar begin 1945 hadden ze de achterstallige orders uitgevoerd en hijgde het ministerie van Oorlog niet langer in hun nek met beschuldigingen van inefficiëntie.

Gedurende deze gehele donkere periode had ze naar Jack verlangd. Als Jack thuis zou zijn, had ze zichzelf voorgehouden, zou alles weer goed zijn. Maar Jack bleef in Italië en zelfs toen de oorlog in Europa in mei 1945 was afgelopen, duurde het hele proces van demobilisatie tergend lang.

Tijdens Jacks afwezigheid bracht Julia veel tijd door met Jacks jongere broer, Will. Ze was nooit een geduldig persoon geweest en haar verlies had haar harder gemaakt en beroofd van het beetje verdraagzaamheid dat ze had gehad. Ze was opvliegend tegen haar vrienden en had niet de energie of het enthousiasme gehad om nieuwe vriendschappen op te bouwen. Ze haatte het als mensen het over haar vader hadden en had de indruk dat ze alleen hun medeleven betuigden omdat ze zich verplicht voelden dat te doen, maar tegelijkertijd vond ze het ook vreselijk als niemand het over hem had, hoe konden ze niet begrijpen dat ze constant aan hem dacht? Ze wist dat ze zich onverdraagzaam en onmogelijk gedroeg, maar het lukte haar niet iets aan haar eigen gedrag te veranderen. Alleen Will, die ze al haar hele leven kende, leek haar scherpe tong en humeurigheid te begrijpen en haar te vergeven. In die vreselijke eerste periode, tijdens die eerste, trieste kerstdagen zonder haar vader, maakte Will lange wandelingen door het winterlandschap met haar tijdens haar pogingen zichzelf zo te vermoeien, dat ze 's avonds zou kunnen slapen. Hij probeerde haar op te vrolijken, ging met haar naar de bioscoop en begeleidde haar naar afschuwelijke pantomimevoorstellingen in de dorpshal. Hij leerde haar autorijden: lessen die wegens het benzinerantsoen voornamelijk plaatsvonden in de garage en op het schoolplein, waar Julia de pedalen en versnellingspook bediende, terwijl Will het denkbeeldige verkeer beschreef. Hij nam cadeautjes voor haar mee: een roman die hij in een tweedehands boekwinkel had gekocht, een houten pennendoos die hij voor haar had gemaakt, een bosje viooltjes dat hij in het bos had geplukt. Hij luisterde als ze wilde praten en tolereerde haar stilte, was vrolijk als ze bits was en troostte haar als ze wanhoopte. Maar boven alles was hij leuk gezelschap. Als ze met Will was, vergat ze soms even haar verdriet.

Hoewel ze er nooit over spraken, raadde Julia hoe erg Will het vond dat hij was afgekeurd voor militaire dienst. Ze bedacht zich dat ze allebei waren achtergelaten om oninteressant, noodzakelijk werk te doen. Je kreeg geen medaille, had ze een keer narrig opgemerkt, voor de hele nacht doorwerken om een order van het ministerie van Oorlog uit te voeren. En je kreeg geen medaille, had Will geantwoord, als je het uithield met de derde klas.

En Will was degene bij wie ze uiteindelijk had kunnen huilen. Ze hadden een zeldzaam dagje vrij genomen en waren naar de kust gefietst. Halverwege de tocht die door het land voerde dat van Wills gekke nicht Carrie was, waren ze op een heuveltop even gestopt om bij te komen. De vroege voorjaarszon, met de belofte van warmere dagen in het verschiet, had over de velden en de zee in de verte geschenen. Julia had zich bedacht hoeveel haar vader zou hebben genoten van het uitzicht en had toen uren gehuild. De meeste mannen, had ze zich achteraf gerealiseerd, zouden hard zijn weggerend op het moment dat ze zich geconfronteerd hadden gezien met een hysterische vrouw, maar Will had haar gewoon vastgepakt, had haar tranen van haar gezicht geveegd en had er niet eens gegeneerd uitgezien. En toen hij had gezien dat ze aan een beetje afleiding toe was, had hij haar verteld over zijn favoriete auto's en zijn plan na de oorlog een garage te openen.

Dat was de eerste keer geweest dat ze zich ineens had afgevraagd of Will zich tot haar aangetrokken voelde. Ze had het idee meteen verdrongen: Will was aardig tegen haar doordat hij dat gewoon was: aardig. Maar toch was de vraag in haar achterhoofd blijven hangen, geruststellend en troostend. Wills gezelschap was plezierig en vanzelfsprekend. Hij maakte nooit ruzie met haar, bekritiseerde haar nooit. Nu ze terugdacht aan de kille, veroordelende blik in de ogen van Jack Chancellor, vroeg ze zich ineens af of ze de afgelopen paar jaar had verdaan met naar de verkeerde broer te verlangen.

Prudence Chancellor was in het schoolhuis ontsnapt aan Veronica door de tuin in te lopen om de was van de lijn te halen. Ze maakte de wasknijpers langzaam en nauwkeurig los en vouwde ieder kledingstuk uiterst netjes op voor ze het in de wasmand legde. Er waren twee lange waslijnen en ze hoopte dat tegen de tijd dat ze bij het einde van de laatste zou zijn aangeland, haar normaal gesproken rustige gemoedstoestand weer zou zijn teruggekeerd. Als ze morgen even naar Missencourt zou gaan om een kopje thee te drinken met Adele Temperley, zou ze er vast om kunnen lachen. 'Een van de jongens liet een glas water uit zijn handen vallen toen ik het eten aan het opscheppen was,' zou ze tegen Adele zeggen. 'En Veronica verroerde geen vin. Ze stond niet op om een stoffer en blik te halen om het glas op te ruimen of met een servet het water op te vegen, of aan te bieden het van me over te nemen, zodat ik kon schoonmaken. Ze sloeg alles alleen maar met een afkeurende blik in haar ogen gade, alsof ze zat te wachten op een stel nietbestaande bedienden die zouden komen om alles op te ruimen.'

Prudence zuchtte en liep naar de tweede waslijn. Ze zou echt haar best moeten doen, bedacht ze zich. Met Veronica praten over de dingen die haar interesseerden – hoewel Prudence af en toe het gevoel had dat ze in niets buiten zichzelf was geïnteresseerd – en zorgen dat de jongens haar niet lastigvielen.

Toen ze naar het huis keek, zag ze door de lange gang dat de voordeur was opengegaan. Will was het huis ingelopen. Hij had iemand bij zich. Prudence dacht eerst dat het Marius was, maar toen ze nog eens keek, zag ze dat dat niet zo was. Ze moest de wasmand neerzetten, doordat ze ineens geen kracht meer in haar vingers had. Door de tussenliggende lagen raam en deur heen staarde ze naar haar oudste zoon, die ze vier jaar niet had gezien.

Ze had zich altijd voorgesteld dat wanneer Jack weer thuiskwam, ze op hem af zou rennen en hem in haar armen zou sluiten. Maar, overweldigd door de intensiteit van haar emoties, stond ze als aan de grond genageld. Ze stond alleen in de tuin en realiseerde zich dat niemand, zelfs Jack niet, haar zo zou moeten zien. Toen, toen ze in staat was haar geluk te verwerken, veegde ze haar ogen af met een schone stofdoek uit de wasmand en liep naar binnen om haar zoon te begroeten.

2

Carrie Chancellor deed de zware voordeur van Sixfields nooit open (Jack nam altijd aan dat hij was dichtgeplakt door vocht en spinnenwebben), dus liep hij naar de achterkant van het huis. Toen hij over de tegels liep, begonnen de honden te blaffen, maar toen hij met zijn vingers knipte, kwamen ze op hem afrennen en staken hun neus in zijn uitgestrekte hand. De deur van de bijkeuken was open, dus liep hij naar binnen en riep onder aan de trap Carries naam. Hij hoorde boven de onregelmatige tred van haar voetstappen en het geklik van haar stok op de houten vloer.

Het huis was nog precies zoals Jack het zich herinnerde: iets wat het midden hield tussen een grot met schatten en een uitdragerij. Boerderij Sixfields was een groot, vervallen bouwwerk, waarvan de eerste steen in de Middeleeuwen was gelegd en waaraan sindsdien steeds van alles was aangebouwd. Van buiten af gaven de verschillende goothoogten en de vele muren die net niet op de goede plaats stonden, een plezierige indruk; binnen werden plafonds ineens een stuk lager – waardoor menige nietsvermoedende bezoeker zijn hoofd al had gestoten – en verbonden smalle gangetjes de onregelmatig gevormde kamers. De kleine, stoffige ramen en Carries afschuw ten aanzien van elektriciteit droegen bij aan de verwarrende aard van het huis, doordat het altijd in een grijzige somberheid was gehuld.

Iets anders waar Carrie een hekel aan had, was dingen weggooien, waardoor het onmogelijk was het gebouw goed te beoordelen. Elke plank en kast stond overvol en de vloeren lagen bedekt met een verraderlijke mengeling van tot op de draad versleten tapijten en vergeelde kranten. Jack vroeg zich af of hij als hij de kranten van dichterbij zou bekijken, een kop over de Wereldtentoonstelling van 1851 zou vinden, of een over de opening van het Suezkanaal. Vreemde Victoriaanse snuisterijen – een paraplubak van een olifantenpoot, een nestje bijzettafeltjes – stonden in de donkere hoeken. Aan de muren hingen vervaagde achttiende-eeuwse gravures, vergeelde foto's en lijsten met prijzen van vee op de Dorchester Fair. Elk meubelstuk, elk hoekje en elke plank lag vol met stapels boeken, paperassen en dozen, alles bedekt met een laag stof. Jack keek om zich heen en zag een oude parasol met een ivoren handvat, die afgedankt boven op een boekenkast lag; onder een leunstoel lag een afgedragen paar overschoenen. Hij vroeg zich af of een allang overleden Chancellor ze daar jaren geleden had achtergelaten.

Een stem zei: 'Jack,' en hij keek op en zag Carrie boven aan de trap staan.

Hij wist wel beter dan aan te bieden haar naar beneden te helpen en zei: 'Ik hoop dat ik niet ongelegen kom, nicht Carrie. Ik ben net thuis.'

'Ik heb het gehoord.' Ze strompelde naar beneden en bleef toen ze op ooghoogte met Jack was even staan.

Carrie was twee keer zo oud als Jack en meer dan een kop kleiner. Door een polio-aanval die ze achtentwintig jaar geleden had gehad, kon ze haar linkerbeen nauwelijks nog gebruiken en hing haar ene schouder een stuk hoger dan de andere. Niettemin was ze een imposante verschijning. Toen ze hem met haar scherpe, blauwe ogen recht aankeek, moest Jack zich bedwingen niet weg te draaien.

Na een korte stilte zei ze: 'Je hebt vast wel zin in een glaasje cider,' en hij concludeerde dat hij haar test – wat die ook geweest was – had doorstaan.

Toen ze in de zitkamer waren gaan zitten, zei hij: 'Ik zag dat je de Great Meadow hebt laten omploegen.'

'Dat moest. Ted Pritchard drong erop aan, de bemoeial.' Carrie haalde snoevend haar neus op. 'Ik heb nog tegen hem gezegd dat het veld vol stond met doorns en dat er overal vuursteen lag, maar hij wilde niet luisteren. Hij zei dat een of andere bemoeizieke commissie de boerderij zou overnemen als ik het veld niet liet omploegen. Ik had graag gezien dat ze dat hadden geprobeerd.'

Jack zag Carrie voor zich, verschanst op de zolder van Sixfields en schietend op de Landbouwcommissie van Oorlog. Ze vervolgde: 'Ik heb hem er even aan helpen herinneren dat zijn grootvader een knecht was van de mijne. En ik heb hem ook gezegd dat ik de honden op hem zou loslaten als hij hier met iemand zou komen rondneuzen. Dus toen hield hij wel op.' Carrie haalde nog eens haar neus op. 'Ik heb altijd al een hekel gehad aan lafaards. Maar goed, ik heb het veld omgeploegd, zodat ik die idioot nooit meer hoefde te zien.' Ze klemde haar vingers vol eelt om haar glas. 'Het was jaren achtereen oorlog voor en oorlog na, weet je, Jack. Ze hebben zelfs geprobeerd hier evacués onder te brengen.' Carrie begon te lachen. 'Maar die hebben het hier nog geen week uitgehouden. Ze vonden het huis maar niets. Zelfs de landarbeidster slaapt in de cottage.'

'Landarbeidster?'

'Ik had er eerst vier. Nu nog maar één. Die jonge meiden hebben geen enkel doorzettingsvermogen.'

Jack voelde sympathie voor die onbekende, arme landarbeidsters. Hij keek naar Carrie.

'Het kan niet gemakkelijk zijn geweest alles in je eentje te moeten doen.' Carrie haalde een scheve schouder op. 'Ik ben eraan gewend. Je hoort mij niet klagen, hoor. Maar het is wel een drukke tijd, nu. Je hebt geluk dat je me thuis treft, Jack. Mark Crabtree werkt nog steeds voor me, en zijn zonen ook, nu ze weer terug zijn. En ze sturen krijgsgevangenen om te helpen met de oogst.'

'Ik wil ook wel helpen, als u dat wilt,' zei hij. 'Als al dat gedoe een beetje achter de rug is.'

'Wil je dat, Jack? Mooi. We beginnen om vier uur 's morgens, dus zorg dat je op tijd bent.'

Hij herinnerde zich ineens zijn boodschap. 'Mijn moeder vroeg of ik wilde doorgeven dat we een klein feestje hebben...'

'De terugkeer van de held?'

Hij mompelde: 'Zoiets, ja. Vanmiddag.'

'En je komt me een uitnodiging brengen? Wat attent,' zei Carrie sarcastisch. 'Je weet dat ik niet naar familiefeestjes kom.'

Hij dacht: maar als we je niet hadden uitgenodigd, zou je ons dat de rest van je leven aanrekenen. 'Dan zal ik tegen ma zeggen dat u niet komt.'

Er viel een stilte. Carrie zat met gefronste wenkbrauwen, alsof ze ergens hard over na zat te denken. Uiteindelijk zei ze: 'Maar ik ben blij dat je thuis bent.' Jack knipperde verbaasd met zijn ogen.

'Doe je mond eens dicht, Jack. Zo vliegen er vliegen naar binnen.'
Hij herhaalde de rest van zijn instructies. 'En ma vroeg ook of we een paar van uw grote borden mogen lenen.'

'Als je er goed voor zorgt.' Carrie trok zichzelf op uit haar stoel. 'Geen stukjes eraf en geen beschadigingen.'

Jack volgde haar door een gang naar de grotachtige keuken van Sixfields. De drie enorme servieskasten stonden volgepropt met aardewerk. Verspreid tussen gebarsten kopjes en borden die eruitzagen alsof ze op een rommelmarkt thuishoorden, zag Jack prachtige oude borden met bladgouden randjes en eeuwenoud blauw en wit porselein.

'Pak jij ze even voor me uit de kast, Jack?' Carrie wees met haar wandelstok naar de bovenste plank in de kast.

De borden waren crèmekleurig met roodbruine decoraties en de initialen van een lang geleden overleden Chancellor stonden erop. Carrie bood Jack een stapeltje vergeelde kranten en een stukje touw aan en Jack pakte de borden zorgvuldig in. Toen hij klaar was, zei hij: 'Vindt u het goed als ik hier nog even rondloop, voor ik ga?'

'Wat je wilt.' En met een zwaai van haar hand kreeg hij toestemming zijn gang te gaan.

Carrie Chancellor was geen volle nicht van Jack. Carries vader was de oudste broer van John Chancellors vader. Dus was Carrie, nam Jack aan, een nicht van zijn vader of een achternicht van hemzelf, maar hij had nooit de moeite genomen uit te zoeken hoe het nou precies zat. Carries vader, Archibald Chancellor, was heel welvarend geweest; Jacks vader, John Chancellor, niet. Archibald Chancellor had vele hectaren aan het al omvangrijke Sixfieldslandgoed toegevoegd. Binnen de familie ging een gerucht dat Archibald een fortuin op de bank had in obligaties en aandelen. Zijn enige dochter, Caroline, had bij zijn dood zijn hele fortuin geërfd. Carries spaarzame leefstijl had het haar mogelijk gemaakt de zware jaren van landbouwdepressie tussen de oorlogen te doorstaan. Ze was nooit getrouwd en had geen erfgenaam aangewezen. Nicht Carries testament was een veelbesproken onderwerp op bijeenkomsten van de familie Chancellor.

Jack liep snel door de velden achter de boerderij. Hij was altijd dol geweest op Sixfields. Hoewel de obligate bezoekjes aan de boerderij in zijn jeugd voor Will een kwelling waren geweest, had Jack er altijd van genoten. In tegenstelling tot Will was Jack nooit bang geweest voor Carrie. Het was simpelweg nooit in hem opgekomen om bang voor haar te zijn. Hij had Carrie Chancellor altijd gezien als een onderdeel van haar volgestouwde, stoffige, fascinerende huis en haar mooie, enorme landgoed. Carrie, die een hekel had aan verlegenheid, had gezien dat Jack niet angstig was aangelegd en ze had hem getolereerd, hem met tamelijke beleefdheid aangesproken als hij op bezoek kwam en hem toegelaten het huis en het landgoed te verkennen. Op zijn beurt had Jack haar behoefte aan privacy gerespecteerd, een behoefte die hij begreep. Als solitaire, ongelukkige puber was Sixfields een toevluchtsoord voor hem geweest.

Hij liep langs de hoge heggen in de richting van de zee. Papavers knikkebolden in de berm en een winterkoninkje huppelde door het hazelaarshout. Jack wenste dat hij net als Carrie kon ontsnappen aan het feest dat er die middag zou zijn. Horden familieleden die hij in geen jaren had gezien, zouden in het schoolhuis worden geprpt. De gedachte aan al die mensen deprimeerde hem; hij wist niet waardoor. Misschien doordat hij zoveel van zijn familieleden niet eens aardig vond, of doordat hij niet meer gewend was aan familiebijeenkomsten. Als het anders was gegaan met Julia, had hij misschien anders gedacht over het feest. Het was moeilijk feest te vieren als de vrouw van wie je hield, niet meer om je gaf.

Hij klom een heuvel op en stond even stil om om zich heen te kijken. Land van Sixfields lag aan beide zijden van de heuvel. Hij was omringd door weilanden en bossen, gevangen in de grote, blauwe boog van de hemel. Achter hem glinsterde het zonlicht op het dak van het huis. In de verte zag hij de zee, de kleuren veranderend, toen de zon achter een wolk verdween. Jack haalde diep adem en voelde zijn woede en teleurstelling een beetje zakken. Al het andere kon dan veranderd zijn, maar Sixfields was tenminste nog hetzelfde. De soliditeit, veiligheid en geschiedenis van het landgoed stelden hem gerust. Hij voelde ineens een scheut jaloezie toen hij aan Carrie Chancellor dacht, die nooit hoefde te beslissen waar ze zou gaan wonen, of wat ze zou gaan doen. Ze was geboren met geld en land, zoveel dat ze de depressie en de oorlog had kunnen doorstaan. Nee, niet eens alleen doorstaan, haar leven was ondanks de depressie en de oorlog onveranderd gebleven. De levens van bijna iedereen die hij kende – inclusief hijzelf – waren gevormd door de turbulente gebeurtenissen van de twintigste eeuw. Je moest zo rijk zijn als Carrie Chancellor om niet veranderd te worden door al die gebeurtenissen.

Zijn gedachten gingen nog een keer terug naar Julia. Op het moment dat hij Julia en Will samen op het terras op Missencourt had zien zitten, waren alle oude verwijten en was alle oude jaloezie, die door tijd en afstand waren verzacht en vervaagd, onverminderd teruggekomen. Jack had altijd het gevoel gehad dat iedereen Will aardiger vond. Zijn ouders hadden weinig verwacht, en veel vergeven, van hun fragiele jongste zoon. Zelfs de vele vreselijke Chancellor-tantes, -ooms, -neven en -nichten leken allemaal te smelten voor Will. Niemand deelde Jacks ambivalentie ten aanzien van Will. Als het aan hem gevraagd zou worden, zou hij zeggen dat hij van zijn jongere broer hield. Hij zou natuurlijk nooit aan iemand toegeven dat hij hem soms haatte. Dat hij hem haatte om zijn opgewektheid en zijn talent om mensen voor zich te winnen. Het leven, dacht Jack, was voor Will zoveel gemakkelijker dan voor hem.

Hij was maar bij twee mensen ooit op de eerste plaats gekomen: bij Julia en Carrie. Toen hij gisteren Julia en Will samen op het terras had gezien, had hij zich gerealiseerd dat dat voor Julia misschien niet langer gold. Waarom zou iemand die zo geweldig was als Julia jaren op iemand als hij wachten? Hij had zich dom en vernederd gevoeld. De schok had de toch al zo verwarrende gevoelens van zijn thuiskomst versterkt en zijn gevoelens van vervreemding en afstand waren hem de hele dag bijgebleven.

Nu sloot Jack zijn ogen en ademde de warme zomerlucht in. Hij vroeg zich af of hij misschien te snel conclusies had getrokken. De vredigheid van het eeuwenoude landschap leek hem innerlijk te raken, te helen. Jack verwelkomde het plotselinge gevoel van bevrijding en liep verder.

Topaz hielp Prudence die morgen met de voorbereidingen voor het feest. 'Zalm,' zei ze verlekkerd, toen Prudence met de blikjes uit de provisiekamer tevoorschijn kwam.

'Ik heb ze speciaal bewaard. Ik had ze al vóór Jack wegging. Ik heb op een speciale gelegenheid gewacht. Iets om te vieren.' Prudence staarde naar de blikjes zalm. 'Ik denk sandwiches... of salade...'

'Als u wilt, kan ik vol-au-vents maken,' bood Topaz aan. In het Lake District Hotel had een kookboek gestaan. Ze kende het uit haar hoofd.

'Zou je dat willen doen?' Prudence leek opgelucht. 'Wat geweldig. Ik haat kokkerellen. Al dat gedoe. Ik heb er het geduld niet voor.'

'Er moet wel vreselijk veel boter in...'

'Maak je daar maar geen zorgen over. Carrie heeft ons wat gegeven. En ik heb Maurice om extra bloem gevraagd.' Maurice was een Chancellor-neef. Hij had een manufacturenwinkel in het vlakbij gelegen stadje Hernscombe, waar hij een prominent lid was van de plaatselijke handelsvereniging. 'Vast van de zwarte markt,' zei Prudence schuldbewust. 'Ik heb er niet naar gevraagd. Maurice is een vreselijke boef. Maar nood breekt wet.'

Adele en Julia arriveerden om één uur. Tegen die tijd waren de vol-au-vents klaar, dus gingen Topaz en Julia naar de eetkamer om het zilver te poetsen. Terwijl ze een klodder Silvo op een stofdoek deed, mompelde Julia: 'Ik had helemaal geen zin om te komen.'

'Waarom niet?'

Julia boende een opscheplepel. 'Beleefd doen tegen vreselijke mensen.'

'Maar wel heel veel heerlijk eten,' hielp Topaz haar herinneren. Ze kreeg al honger als ze aan de vol-au-vents dacht. Ze verlangde vreselijk naar heerlijk eten. Soms droomde ze erover. 'En wat is het heerlijk dat we allemaal weer bij elkaar zijn, hè?'

Julia gaf geen antwoord. Toen ze haar strakke gezichtsuitdrukking zag, vroeg Topaz voorzichtig: 'Je bent toch wel blij dat Jack thuis is?'

Het was even stil en toen riep Julia: 'Hij is zo... anders! Zo chagrijnig... zo onvriendelijk!' De opscheplepel kletterde op de vloer.

'Misschien,' zei Topaz, 'was hij moe.'

'Ik heb er zo lang naar uitgekeken dat hij thuiskomen zou, en nu was het zover en het was afschuwelijk!'

'De reis...'

'Ik wilde zoveel tegen hem zeggen en ik heb helemaal niets gezegd, doordat het helemaal misliep, en ik weet niet eens waardoor!'

'Zo'n lange reis... Hij moet uitgeput zijn geweest.'

Julia was even stil en keek Topaz plotseling hoopvol aan. 'Denk je?'

'Hij is heel vroeg naar bed gegaan. En hij zei bijna niets. Misschien nu hij is uitgerust...'

Julia keek weg. Toen zei ze: 'Weet je, ik dacht dat hij kwaad op me was. Ik dacht dat hij me niet meer leuk vond.'

Topaz staarde haar aan. Ze bedacht zich zonder rancune hoe on-eerlijk het was dat Julia, gekleed in een oude plooirok met een witte blouse die verdacht veel op een overgebleven schooluniform leken en met rode ogen van het huilen en haar haar helemaal in de war, er nog steeds beeldschoon uitzag. En dat terwijl zij, gekleed in een magenta-kleurige satijnen jurk die gemaakt was van een Franse avondjapon van haar moeder en na een nacht met krulspelden in haar haar, er uit-zag als een overrijpe pruim.

'Hoe kan Jack je nou niet geweldig vinden?' zei ze vriendelijk. 'En Will ook. Ze zijn altijd dol op je geweest.'

Er verdween iets van de spanning uit Julia's gelaatsuitdrukking. 'Ach, Will,' zei ze met een afwijzend gebaar.

De voordeurbel ging. 'O, hemel,' zei Julia, terwijl ze een vies ge-zicht trok. 'Het feest gaat beginnen.'

Later die middag, toen ze gevangen was door een oom van Will en Jack, die haar een vreselijk saai verhaal vertelde – iets over een tractor en een politieagent – probeerde Julia niet te gapen. In haar ooghoek zag ze Jack. Hij liep met gebogen hoofd en een chagrijnige blik over het grasveld in haar richting en reageerde nauwelijks op de bewonderende familieleden, die hem wilden feliciteren met zijn veilige terugkeer.

Toen hij dichterbij kwam, glimlachte ze stralend. 'Vind je je feest leuk, Jack?'

'Niet bijzonder. Kunnen we praten?'

'Natuurlijk.' Haar stem klonk licht en zorgeloos. Ze zou het hem niet zomaar vergeven. 'Leonard vertelde me net zo'n leuk verhaal.'

'Ik bedoelde,' zei hij, 'dat ik je even alleen wil spreken.' Hij keek de andere mannen veelbetekenend aan, waarop ze zich terugtrokken in de menigte. Ze voelde de intensiteit van zijn blik. Het was net alsof ze de hitte ervan op haar huid voelde. Haar woede werd intenser: woede ten aanzien van Jack omdat hij van haar verwachtte dat ze hem onmiddel-lijk gehoorzaamde als hij maar met zijn vingers knipte, woede naar zichzelf omdat ze zo zonder nadenken antwoordde.

Hij pakte met een bezitterig gebaar haar elleboog en duwde haar door de menigte. Wat een afschuwelijke, afschuwelijke man, dacht ze. Hoe durfde hij ervan uit te gaan dat hij gewoon kon komen opdagen en haar dan orders kon geven alsof ze zijn eigendom was?

Ze liepen naar zijn vaders studeerkamer. Toen hij begon te praten, onderbrak ze hem. 'Je verveelt je vast vreselijk, Jack.' Ze was blij te zien dat haar opmerking hem raakte.

'Vervelen?'

'Familiefeestjes in Dorset. Het is allemaal zo anders dan wat je gewend bent. Na Italië,' ging ze vaag verder. Ze liep door de kamer, friemelend aan de franjes van een kussen en een inktpot die op het bureau van Jacks vader stond. 'En Egypte. Dat is allemaal zoveel... zoveel exotischer. Ik bedoel... bazaars... kamelen...'

'En harems,' zei hij sarcastisch. 'En farao's en piramiden en dansende meisjes. Zo was het helemaal niet, Julia.'

'Wat een teleurstelling. Dus het was niet erg anders dan thuis?'

'Het was helemaal niet zoals thuis. Stof, vliegen, hitte en herrie.' Er viel een stilte. Een deel van haar wilde naar hem toe lopen, haar ogen sluiten en haar hoofd tegen zijn schouder leggen, maar dat stond ze zichzelf niet toe, bang dat ze na zoveel maanden van zelfbeheersing zou smelten, of in kleine stukjes uit elkaar zou vallen.

En bovendien zag ze na een slapeloze nacht ineens een heel voor de hand liggende verklaring voor Jacks veranderde houding. Ze zei luchtigjes: 'Je hebt vast heel veel interessante mensen ontmoet onderweg.'

'Wel een paar, ja.'

'Vergeleken met hen zijn wij vast allemaal reuze gewoontjes.'

'Julia, ik...'

'Dat mis je vast erg,' ging ze meedogenloos verder. 'Het gezelschap...'

'Ik heb jou gemist,' zei hij ineens, plompverloren.

Haar mond werd ineens droog. 'Echt, Jack?'

'Ja.' Zijn gezicht was rood geworden. 'Constant.'

'Maar waarom...'

'En jij, Julia? Heb jij mij gemist?'

'Ja.'

'Is dat alles? "Ja"?'

Ze dwong zichzelf in zijn ogen te kijken. 'Wat verwacht je nog meer?'

'Niets,' mompelde hij. 'Ik verwacht... niets.'

Ze voelde zich ineens ondraaglijk moe, een opstapeling van de jaren van hard werken en gemis en eenzaamheid. Ze was ineens zo moe, dat ze het niet eens meer kon opbrengen hem nog op de proef te stellen. Er leek iets in haar te breken. Uiteindelijk zei ze zachtjes:

'Het lijkt net alsof ik een hele tijd helemaal niets heb gevoeld. Sinds het overlijden van papa. Het spijt me, Jack, maar zo is het nu eenmaal.'

Ze was bang dat hij de kamer zou uitlopen en haar alleen zou achterlaten. Maar in plaats daarvan kwam hij naast haar staan.

'Dat was wat ik wilde zeggen. Over je vader. Ik weet dat ik je heb geschreven, maar dat is niet hetzelfde, vind je niet? Ik wilde je nog condoleren. Je mist hem vast vreselijk.'

Toen ze haar ogen sloot, voelde ze hoe zijn vingers de hare raakten. Haar verdediging was ineens helemaal weg en ze hoorde zichzelf fluisteren: 'O, Jack.'

En toen werd de deur opengegooid en staarde een nogal stevig jong meisje dat uit haar overgooier leek te barsten, hen geïnteresseerd aan en zei hard: 'Tante Prudence zoekt je, Jack. Je moet de taart aansnijden.'

Julia vond Will in de garage, op zijn knieën naast een wielkast van zijn vaders oude Aston Martin uit 1928.

'Wat doe je?'

'Er zit wat roest op... Ik ben het eraf aan het schuren.'

'Ze zijn de taart aan het aansnijden.' Ze ging op een oud voetenbankje zonder vulling zitten en keek naar hem.

Nu ze terugdacht aan het gesprek met Jack, voelde ze zich vermoeid en verward. Het ene moment had ze een hekel aan hem gehad en het volgende moment had ze niets liever gewild dan dat hij haar in zijn armen zou nemen. Als ze eraan dacht, kreeg ze hoofdpijn. Je kon toch niet tegelijk iemand haten en zoveel van hem houden? Liefde hoorde in één hokje thuis, haat in een heel ander.

'Kunnen we even kletsen, Will?' vroeg ze.

'Waarover?'

'Maakt niet uit.'

Dus vertelde hij haar iets – iets over zijn neef Maurice en een garage – en ze keek naar hem, ze zag hoe zijn haar over zijn gezicht viel terwijl hij zich over de auto heen boog, zodat hij het steeds met een vieze hand van de olie moest wegvegen; en ze zag hoe zijn ogen straalden van enthousiasme terwijl hij zijn verhaal vertelde. Ze bedacht zich hoe gemakkelijk, plezierig en geruststellend het was om bij hem in de buurt te zijn. Ze nestelde zich op het voetenbankje, sloeg haar armen om haar knieën en begon zich voor het eerst die dag een beetje beter te voelen.

Er waren heel erg veel Chancellors en ze aten en dronken allemaal een enorme hoeveelheid. Hoe meer ze dronken, hoe luidruchtiger en ruzieachtiger ze zich gingen gedragen. Topaz rende heen en weer met borden eten. In de keuken zetten Prudence en Adele gigantische potten thee en mevrouw Sykes, de hulp van Prudence, waste borden af en klaagde over haar eksterogen. De voeten van Topaz, in een paar oude avondschoenen van haar moeder gepropt, deden ook pijn.

Af en toe vroeg een gast haar wie ze was. Als ze dan zei dat ze Topaz, het nichtje van Jack en Will was, keken ze haar uitdrukkingsloos aan en als ze dan uitlegde dat ze de dochter was van de broer van tante Prudence, vonden ze het niet meer interessant. Het leek net, bedacht ze zich geïrriteerd, of je niet meetelde als je geen Chancellor was.

Toen het grootste deel van het eten was verslonden en de meeste flessen gin leeg waren, werden er twee kleine jongens aan haar toevertrouwd, Teddy en Billy, wiens moeder in verwachting was en even rust nodig had. Billy was een schatje, maar Teddy stak zijn tong naar haar uit en zei brutale dingen in een poging haar te shockeren. Ze keek hem scheel aan en zei de woorden die ze geleerd had van de tuinman van het hotel in het Lake District en toen moest Teddy vreselijk lachen. Toen sleepten ze haar mee naar de vijver om naar de kikkers te kijken en moesten weer vreselijk lachen toen ze over haar te kleine schoenen struikelde en tot haar knieën in het vijverwater terechtkwam.

Teruggekomen in het huis en met aan elke hand een jongetje op zoek naar een badkamer, zag ze eerst Angela Chancellor (veertien jaar oud en ondraaglijk bazig), die uit de studeerkamer van oom John kwam, en een moment later Julia en Jack. Ze wilde net iets naar Julia roepen, haar vragen waar ze toch de hele middag was geweest, toen ze zag dat Jack een hand naar haar uitstak en voorzichtig met een vinger een strengetje losgeschoten haar achter haar oor veegde. Ze schrok van de intimiteit van dat gebaar en ze geneerde zich, alsof ze had staan afluisteren. Dus draaide ze zich zo stilletjes als ze kon om en liep met de jongens de route die ze was gekomen, terug.

Toen ze door de drukke zitkamer liep, hoorde ze haar moeders stem: 'Maar ja, Topaz heeft dan ook geen enkel talent.' Ze voelde hoe haar gezicht heet werd en ze had de kamer uit willen sluipen, ware het niet dat Teddy Chancellor precies dat moment koos om vanachter de sofa omhoog te springen en aan haar haar te trekken. Ze viel tegen een bijzettafeltje en stootte een fles gin om, die met luid gekletter op de parketvloer stukviel. Het was ineens doodstil in de kamer en iedereen staarde naar haar. Maar toen begon iedereen net zo plotseling weer te praten.

'O, Topaz,' verzuchtte haar moeder.

'O, olifantje...'

'De kinderen, straks snijden ze zich...'

'Het tapijt... verpest...'

'Niet rennen, Billy...'

En toen zei een rustiger stem: 'Misschien is het een idee als jullie even de tuin ingaan terwijl wij het hier opruimen. Angela, kun jij even stoffer en blik pakken? Mevrouw Brooke, er staat vast wel ergens een stoel voor u op het terras. En jij...' Marius trok Teddy Chancellor naar zich toe en fluisterde iets in zijn oor. Topaz zag hoe Teddy's ogen zich opensperden.

Iedereen liep de tuin in en Marius en Topaz bleven alleen achter in de zitkamer. Topaz had een pijnlijk stekend gevoel achter haar ogen, maar ze dacht dat het wel weg zou gaan als ze hard met haar ogen zou knipperen. Toen de vloer was aangeveegd en ze erop vertrouwde dat ze iets gewoons kon zeggen, zei ze: 'Wat stom van me, hè, ik verpest het hele feest.'

'Onzin. De frisse lucht zal hun goeddoen. Dan komen ze een beetje tot rust.' Marius pakte haar hand. 'Kom, volgens mij is het tijd voor een ontsnapping.'

Ze liepen naar de tuin van de jongensschool. Doordat het zomervakantie was, was er niemand. Toen ze bij de goudvissenvijver stonden en de geur van de lelies inademden, koelde Topaz' gezicht een beetje af.

'Het is echt geen ramp, hoor,' zei Marius vriendelijk. 'Het was maar een fles gin.'

Maar ja, Topaz heeft dan ook geen enkel talent. Ze barstte ineens uit: 'Julia is zo beeldschoon en ze heeft verstand van radio's en zo, en Will weet alles over auto's en Jack kan alles, en ik...' ze liet wanhopig haar hoofd zakken, 'moet je mij nou zien!'

'Je ziet er prachtig uit.'

'Marius. Ik vind het lief dat je dat zegt, maar ik kijk wel eens in de spiegel, hoor.'

'Die kleur... wat is het precies? Rood... mauve...'

'Magenta.'

'Dat is misschien niet helemaal...' zei hij voorzichtig, 'jouw kleur.'

'En dan die schoenen...'

'Wat is daar mis mee?'

'Behalve het feit dat ze twee maten te klein zijn, zijn ze nat.'

'Nat...?'

'Ik probeerde een kikker te vangen.'

'Met je schoenen?'

Ze glimlachte zwakjes en hij zei: 'Dat is beter.'

Na een korte stilte zuchtte ze en zei: 'Wat mama zei,' ze kon het niet hardop zeggen, zeker niet tegen hem, maar ze vermoedde dat ze het nooit meer zou vergeten, 'dat is waar, hè?'

'Natuurlijk niet.' Hij klonk boos. 'Je hebt een heleboel talenten, Topaz. Je bent bijvoorbeeld een heel goede kokkin, dat zei Prudence net nog. En je hield het uit met die gruwelijke kereltjes... Ik zou ze na vijf minuten hebben afgemaakt.'

Ze giechelde. 'Wat zei je net tegen Teddy?'

'Dat als ik hem ooit nog eens aan het haar van een dame zie trekken, ik de enorme zwarte spin die ik uit Frankrijk heb meegenomen, op een nacht dat hij het niet verwacht, in zijn bed stop.' Hij bood haar een sigaret aan. Topaz pakte er een, onder de indruk dat de tien jaar oudere Marius haar volwassen genoeg achtte om te roken.

'En,' zei hij, 'nog iets. Iedereen geniet van je gezelschap.'

'Marius...'

'Echt. Iedereen praat graag met je. Je straalt sereniteit uit, Topaz. Dat is een zeldzame gave. Zie jij hier iemand anders die dat heeft? Jack en Will niet. En Julia al helemaal niet.' Hij gaf haar een vuurtje. 'Weet je wat, als we nou eens samen naar de film gaan, morgenavond? Ik moet morgen naar Londen, maar er draait een film in Bridport die ik al heel lang wil zien. Zou je dat leuk vinden?'

'Nou,' zei ze. 'Ja, Marius, heel graag.'

De volgende morgen kreeg Topaz de taak de borden terug te brengen naar Sixfields. Toen ze het hek opendeed, zwaaide ze naar de landarbeidster, die kisten appels op een kar zette. De landarbeidster riep: 'Je hoeft niet aan te kloppen, ze doet nooit open. Loop maar achterom en roep haar dan.'

Het erf was een uitgestrekte vlakte stenen en modder met stallen aan de ene kant en een schuur aan de andere. Er stond een stokoude en vieze Bentley bij de schuur geparkeerd. Vier grote honden kwamen luid blaffend op haar afrennen. Ze klopte op de achterdeur, maar er werd niet gereageerd, dus liep ze naar binnen en stond in een bijkeuken vol potten en blauwe en bruine medicijnflesjes.

'Juffrouw Chancellor?' riep ze. Haar stem echode in de stoffige duisternis. 'Juffrouw Chancellor?'

Een doolhof van gangen liep alle kanten op en smalle trappen gingen omhoog in het niets. Toen ze ineens een gezicht zag in het zwakke licht, schrok ze, maar gelukkig liet ze de borden niet vallen.

'Juffrouw Chancellor?'

'Wie zou ik anders zijn?' Carrie Chancellor strompelde door de gang naar haar toe. 'En wie ben jij?'

'Topaz Brooke,' zei ze met een rood gezicht.

'Topaz. Wat is dat voor rare naam?'

'Mijn vader heeft hem bedacht.'

'Het klinkt niet als een voornaam.' Carrie Chancellor verdween in een zijgang; Topaz liep achter haar aan.

'Het nichtje van Prudence,' zei Carrie plotseling. 'Je bent het nichtje van Prudence, toch?'

'Ja. De broer Thomas van tante Prudence was...'

'Ik ben niet geïnteresseerd in je levensverhaal, kind. Schiet eens op.'

Carrie Chancellor was klein, dun en pezig en haar korte, bruine haar begon grijs te worden. Ze droeg een modderkleurige rok en een jasje van tweed met daaronder een flessengroene trui. Met haar ovale gezicht en fijne gelaatstrekken zou ze ooit mooi geweest kunnen zijn, maar haar gezicht was rood en verweerd door blootstelling aan regen en wind en ze had diepe lijnen rond ogen en mond.

'Heb je genoeg gezien?' Topaz schrok weer van Carries scherpe stem. 'Als je die stoel even pakt, kun je de borden in de kast terugzetten.' Carrie pakte een mes om het touw door te snijden dat om het papier zat waarin de borden waren ingepakt. 'En hoe waren de feestelijkheden gisteren?' vroeg ze op sarcastische toon.

'Het feest? O, dat was heel gezellig.' Hoewel het dat helemaal niet was geweest, behalve het einde.

'Eén grote, blije familie?'

'Nou, we...'

'Jack houdt niet van feestjes,' zei Carrie vals.

'Hij vond het vast erg leuk. Al zijn vrienden waren er, Marius en Julia, en...'

'Jack lijkt op mij. Hij houdt niet van gedoe.' Carrie sneed het touw door. 'Julia?' Ze fronste haar wenkbrauwen. 'We hebben geen Julia in de familie.'

'Julia Temperley. Ze is geen familie, ze is een vriendin.' Topaz zette de stoel bij de kast en klom erop. Hij wiebelde griezelig op de stenen vloer. Ze zag Jack voor zich, die Julia's haar aanraakte. Ze zette voorzichtig de borden op de bovenste plank. 'Tante Prudence denkt dat Julia en Jack misschien gaan trouwen. Ze zijn dol op elkaar. Ik denk...'

'Je kunt nu wel gaan.' Carries stem sneed de woorden van Topaz af.

Topaz staarde haar aan. 'Pardon?'

'Ik zei dat je kunt gaan. Ik heb geen tijd om de hele dag te kletsen, als je dat soms dacht. Ik moet een boerderij beheren.'

Toen ze terugliep door de voortuin, riep de landarbeidster: 'Niet in een van haar gastvrije buien, zeker?'

Topaz liep met haar fiets over het pad. 'Ze leek een beetje geïrriteerd.'

'Maak je daar maar geen zorgen over.' Het meisje stond tegen haar schop geleund een sigaret te roken. 'Verwacht vanavond geen gezellige babbel van haar, dat is mijn advies.'

'Waarom niet?'

'Omdat ik ontslag ga nemen. Mijn moeder heeft een baan voor me geregeld in Timothy White's.'

Ze keek tevreden, dus zei Topaz: 'Wat leuk. Gefeliciteerd.'

'Ik kan niet wachten. En ik kom hier nooit meer terug, daar kun je op rekenen. Maar mevrouw zal er niet blij mee zijn.' De landarbeidster knikte naar het huis. 'Ze heeft alleen de Crabtrees om haar te helpen; ik begrijp niet hoe ze het voor elkaar krijgen. Maar goed, dat is niet mijn probleem.' Ze spuugde op haar handen en pakte de schop weer op. 'Blijf vanavond bij haar uit de buurt, dat is het enige wat ik zeg. Ze zal geen al te best humeur hebben.'

Topaz zei bijna: 'Nou, toevallig ga ik vanavond met Marius Temperley in Bridport naar de film,' maar ze hield zich in en zei snel gedag. Ze reed zingend de vijf kilometer naar het schoolhuis terug en probeerde te bedenken wat ze zou aantrekken. Haar grijze plooirok, misschien, hoewel ze vond dat ze daar een enorm achterwerk in kreeg. Of haar jurk met Schotse ruit, dat was haar schooluniform geweest in het laatste schooljaar. In ieder geval niet het magentasatijn.

Maar toen ze de hal van het schoolhuis binnenliep, ging de telefoon. Ze nam op.

'Topaz?' De stem van Marius.

'Hallo, Marius.'

'Het spijt me verschrikkelijk, Topaz, maar het gaat me niet lukken vanavond.'

'O,' zei ze en voelde de dag ineens donkerder worden. Het leek net of de hemel plotseling betrok.

'Ik ben bang dat ik in Londen moet blijven. Er moet onverwacht van alles gebeuren en ik moet hier een tijdje blijven.' Hij sprak snel en zijn stem klonk vreemd. 'Ik leg het wel uit als ik terugkom. En Topaz.... zou je iets voor me willen doen? Wil je tegen mijn moeder zeggen dat ik donderdagmiddag terug ben?' Toen legde hij de hoorn neer.

Topaz liep naar de zitkamer. Haar moeder stond bij het raam een sigaret te roken. 'Ik geloof dat iedereen weg is,' zei Veronica verveeld. 'En ik kan de gin nergens vinden.'

'Ik weet waar hij staat,' zei Topaz. Ze schonk een glas voor haar moeder in.

Veronica nipte tevreden aan haar glas. 'Je maakt goede martini, Topaz.' Topaz voelde zich door het compliment iets beter.

43

'Ik heb de loodgieter gebeld,' ging Veronica verder, 'en hij zei dat ze bijna klaar zijn.' Ze glimlachte met een samenzweerderige blik in haar ogen. 'Dus dan kunnen we naar huis. Wat zal het heerlijk zijn om weer een eigen plek te hebben, hè, Topaz?'

Na er in de trein tien minuten uitdrukkingsloos naar gestaard te hebben, legde Marius die ochtend *The Times* weg. Toen staarde hij bedachtzaam uit het raam.

Hij reisde die dag naar Londen in de hoop Suzanne Miller te ontmoeten. Hij had Suzanne tijdens de oorlog leren kennen, in het voorjaar van 1944; ze hadden een korte, adembenemende, onvergetelijke verhouding gehad. Ze waren in Northumberland in een koud en tochtig kamp gestationeerd geweest, wachtend tot ze als voorbereiding voor D-day naar het zuiden zouden gaan. Het was niet – dat had hij zelfs toen gevonden – dat ze zo uitzonderlijk mooi was. Klein, rond, met donker haar en donkere ogen, zou je haar er op een foto met de rest van haar eenheid niet hebben uitgepikt als mooier dan de anderen. Maar ze had iets over zich wat niet op een foto was vast te leggen, een levensvreugde die haar deed afsteken tegen de rest. In de mengeling van spanning en verveling die de eerste helft van 1944 zo had gekarakteriseerd, had hij zich aangetrokken gevoeld tot haar enthousiasme en talent van het leven te genieten en in haar iets gevonden wat hij zelf niet had.

God mag weten wat ze in hem had gezien. Maar de eerste avond dat ze elkaar hadden ontmoet, hadden ze, toen hij haar naar huis had gebracht van de pub (de herinnering wond hem nu nog op), nauwelijks kunnen wachten tot ze in het bos waren, dat aan het dorp en het kamp grensde. De eerste keer dat ze hadden gevreeën, hadden ze op een bed van dennennaalden gelegen en naar een plafond van sterren gekeken, dat boven de boomtoppen hing. Hij sloot zijn ogen en rook nog steeds de geur van hars en die van haar huid.

Hun verhouding had maar zes weken geduurd, maar het waren de meest intense en hartstochtelijke weken van zijn leven geweest. Toen was hij met zijn regiment naar het zuiden gestuurd. In juni was hij naar Frankrijk vertrokken. Hoewel hij Suzanne had geschreven, had hij geen antwoord gekregen op zijn brieven. Toen hij was teruggekomen in Engeland, had hij geprobeerd te achterhalen waar ze was. In eerste instantie was hij deels gemotiveerd door boosheid, door een behoefte haar te laten weten hoe ze hem had gekwetst en boos gemaakt door niets van zich te laten horen. Toen was hij nieuwsgierig geworden. Niemand leek te weten waar ze was. Hij was erachter gekomen dat ze niet lang na zijn vertrek naar Frankrijk uit dienst was getreden en daarmee het contact met al haar oude vrienden had verbroken. Hoewel hij eigenlijk wel wist dat het geen zin had naar haar te zoeken, dat ze hem niet had geschreven omdat ze niet genoeg om hem gaf om dat te doen, dat ze hem vast allang was vergeten en een ander leven was begonnen, bleef hij toch koppig proberen haar via oude collega's en militaire instanties te traceren.

Twee dagen eerder had hij een brief ontvangen van Evelyn Thomas, een vriendin van Suzanne. In eerste instantie was hij geschrokken van de onheilspellende toon van haar brief. 'Ik heb er lang over gedaan je terug te schrijven,' had ze geschreven, 'omdat ik niet wist wat ik moest doen. Suzanne heeft het moeilijk, Marius. Er is veel veranderd in haar leven sinds jij haar hebt leren kennen en ik weet niet zeker of het een goed idee is te proberen contact met haar op te nemen. Het is allemaal al lang geleden.' Nu de trein Londen naderde en door de rood-bakstenen buitenwijken denderde, dacht hij aan Evelyns woorden. 'Er is veel veranderd in haar leven...' Nou, er was veel veranderd in al hun levens. Suzanne had misschien moeite gehad zich aan te passen aan het burgerleven. Misschien had ze moeite rond te komen, doordat ze slecht betaald werk deed, of misschien woonde ze in een vieze krottenwijk, met het tekort aan woningen dat door de oorlog was ontstaan. Hij had van Evelyn een adres in Islington gekregen, in een gebied dat er voor de oorlog al niet al te florissant bij had gelegen en dat tijdens de oorlog zwaar was gebombardeerd.

Er zou natuurlijk een voor de hand liggende reden kunnen zijn voor Evelyn Thomas' waarschuwende toon in haar brief. Suzanne zou getrouwd kunnen zijn. Als dat het geval was, zou hij haar feliciteren, afscheid nemen en haar nooit meer zien. Zijn gedachten dwaalden af en hij stelde zichzelf onplezierige vragen. Waarom had hij bij zijn terugkeer naar Engeland besloten Suzanne op te sporen? Waarom verwaarloosde hij zijn verplichtingen door vandaag naar Londen te reizen? Hij verwachtte toch niet dat ze opnieuw een relatie zouden beginnen. Dat ze niet had geantwoord op zijn brieven uit Frankrijk, had hem alles gezegd wat hij hoefde te weten. Hij was niet zo dom dat hij allerlei slechte excuses zou bedenken voor het feit dat hij twee jaar niets van haar had gehoord.

En wat wist hij nou eigenlijk over haar? Dat ze graag te hard reed, dat ze trots en onafhankelijk was. En dat ze in bed hongerig, ongeremd en gul was. Ze hadden weinig gemeen gehad; en na elkaar zo lang niet te hebben gezien, zouden ze alleen maar minder gemeen hebben. Als ze gepraat hadden, hadden Suzanne en hij meestal heftige discussies gehad. Hun achtergronden en overtuigingen hadden mijlenver uit elkaar gelegen. Zij had gespot met zijn schoolopleiding, zijn middenklassegedrag. Ze had dingen gedaan en gezegd die hem echt kwaad hadden gemaakt. Hij had het niet leuk van zichzelf gevonden dat hij het vervelend vond dat ze af en toe vloekte, en hij had het ook niet leuk van zichzelf gevonden dat hij het irritant vond dat ze in haar thee blies om hem af te koelen en haar koekjes erin sopte. Maar toch had hij zich eraan geërgerd. En wat nog erger was, was dat het haar was opgevallen dat zij af en toe de grenzen van goede smaak overtrad. 'Hemel, Marius,' had ze een keer gezegd, 'je hoeft me toch niet mee te nemen naar je ouders?' Ze had het op spottende toon gezegd en hem veroordeeld met haar starende blik, die zijn oppervlakkigheid had doorgrond. Misschien waarschuwde Evelyn hem daarom om niet te gaan. Misschien was Evelyn in haar hart wel van de ouderwetse soort en geloofde ze dat de klassen zodra de oorlog voorbij was, terug moesten naar hun eigen hokjes.

Toen de trein Paddington binnenreed, realiseerde hij zich waarom hij de reis maakte. Hij wilde Suzanne zien omdat ze hem het gevoel had gegeven dat hij leefde en omdat geen andere vrouw ervoor of erna dat had gedaan. Hij moest weten of hij nog in staat zou zijn tot diezelfde intense gevoelens. Sinds zijn terugkeer naar Engeland een paar maanden geleden, had hij een vervreemdende afstand tot zijn werk en familie gevoeld. Hoewel hij had geprobeerd de draad van zijn voormalige leven op te pakken, had hij er geen grip op kunnen krijgen. De gedachte dat het verdoofde gevoel dat hij sinds zijn terugkeer had gehad, blijvend zou kunnen zijn, beangstigde hem.

Ze was, bedacht hij zich, zijn laatste hoop.

Sissons Street, waar Suzanne woonde, liep noordelijk richting Tufenell Park Road. De hoge huizen van vier verdiepingen waren misschien ooit elegant geweest, maar zagen er nu vervallen uit. De meeste waren opgesplitst in appartementen: naast de voordeuren stonden rijen namen. Niemandsland waar ooit gebouwen hadden gestaan, was begroeid met onkruid en lag vol rommel. Veel van de huizen die nog overeind stonden, waren beschadigd door bombardementen: er ontbraken tegels en ramen waren dichtgetimmerd. Verf bladderde van deur- en raamkozijnen en stukken stucwerk die van de buitenmuren waren gevallen, legden de rode bakstenen eronder bloot. Een sfeer van apathie hing als een dichte mist tussen de beschadigde gebouwen en het was net alsof niemand de moed had om de gebouwen te restaureren.

Bij nummer veertien aangekomen, bleef Marius even staan en keek omhoog. Het huis leek er nog slechter aan toe dan dat van de buren. Het gietijzeren hek was omgevallen en lag als een wirwar van roestend metaal in de voortuin. De treden van de trap die naar de voordeur leidde, waren gebarsten en afgebrokkeld. Hij keek op de naambordjes aan de deurpost en vond Miller. Wat antwoord gaf op één vraag: ze was niet getrouwd. Hij wilde net op de bel drukken, toen de voordeur openging en een oudere vrouw naar buiten kwam. Hij hield de deur voor haar open en liep het huis binnen.

Suzannes kamer was op de bovenverdieping. Toen hij de trappen op liep en over stukken nat tapijt en achtergelaten kartonnen dozen stapte, bedacht Marius zich dat ze misschien niet thuis zou zijn, dat hij haar had moeten schrijven, dat ze hem vergeten zou zijn. Hij had geen idee wat hij tegen haar zou gaan zeggen. Hij zag niet in hoe hij zou kunnen doen alsof hij toevallig in de buurt was geweest. Hij bedacht zich ineens hoe stom het van hem was geweest om hierheen te komen. Hij had even de neiging om zich om te draaien en weg te lopen, maar toen hij boven was aangekomen, had hij al op haar deur geklopt voor hij zich daadwerkelijk had kunnen bedenken.

Hij hoorde voetstappen. De deur ging open. Hij zag hoe haar ogen groter werden en haar mond openviel.

'Marius.'

'Suzanne.'

Er viel een lange stilte. Toen zei ze: 'Kom binnen.'

Hij liep achter haar aan de kamer in. Het was nog erger dan hij zich had voorgesteld. De muur onder de ramen was zwart beschimmeld en kapotte raamkozijnen werden met plakband bijeengehouden. Een kledingrek met natte was stond voor een elektrische kachel. In een hoek van de kamer stonden een gaspit en een gootsteen vol vieze vaat. Een plank boven het geïmproviseerde aanrecht stond vol met blikjes en pakjes eten. Een deur gaf toegang tot de zijkamer – de slaapkamer, nam hij aan. De meubels waren oud en lelijk: een goedkope bank die van ouderdom was gaan glimmen, een geverfde tafel en een paar stoelen. Eén tafelpoot was korter dan de andere en er lag een stapel boeken onder om de tafel te stabiliseren.

'Het is niet bepaald het Ritz, hè?' zei ze. Hij hoorde aan haar verdedigende toon dat ze zijn gedachten had gelezen.

'Het is... lekker licht,' zei hij. De kamer, op het zuiden, was lekker warm.

'Het raam kan niet open, het koord zit vast en ik krijg er geen beweging in. En ik moet de kachel aanzetten om de kleren droog te krijgen.'

Hij zei: 'De waslijn?' en ze schudde haar hoofd.

'Het is een gemeenschappelijke tuin. Mensen halen de goede spullen eraf.'

'O.' Wat deprimerend, dacht hij, om ergens te wonen waar mensen je kleding van de waslijn stelen. 'Zal ik het raam eens proberen?' bood hij aan.

'Als je dat wilt.'

Terwijl hij aan het weerspannige touw stond te sjorren, had hij even tijd om zijn gedachten op een rijtje te krijgen. Ze was veranderd; het was moeilijk zijn vinger te leggen op wat er precies anders was, maar ze was veranderd. Haar donkere haar was misschien een beetje langer dan hij zich herinnerde en ze was afgevallen, maar er was iets anders. Het leek net of haar gelaatstrekken waren vervaagd en ze was beroofd van haar voormalige helderheid. Haar ogen stonden moe en wantrouwend. Maar haar lage, schorre stem deed hem nog steeds sidderen en hij dacht terug aan wat ze ooit hadden gedeeld.

Hij kreeg het raam een heel klein stukje open. Koelere lucht kwam de kamer binnen. 'Dank je, Marius,' zei ze. 'Nu kunnen we ademhalen.' Haar ogen knepen zich samen. 'Hoe heb je me gevonden?'

'Ik heb je adres van Evelyn Thomas gekregen.'

Ze keek boos. 'Die stomme tuttebol.'

Hij maakte een verdedigend gebaar. 'Ik wist niet hoe ik je anders moest bereiken.'

Suzanne haalde handdoeken van het droogrek en vouwde ze snel op. Hij zei: 'Ik begreep niet waarom je me niet terugschreef.'

'Wat had dat voor zin gehad?'

Voor hij zichzelf kon tegenhouden, zei hij. 'Nou, het was in ieder geval beleefd geweest...'

Ze begon te lachen. 'O, Marius. Ik was vergeten dat je zo'n stijve hark bent.'

Hij deed zijn uiterste best zijn woede in te slikken. 'Ik had het fijn gevonden, verder niet.'

'Dat is precies,' zei ze zacht, 'waarom ik je niet heb geschreven.'

Hij moest van haar wegkijken. 'Heb je een ander?'

Voor de eerste keer glimlachte ze. 'Zo kun je het zeggen.'

'O.' Hij zag ineens in hoe stom het was geweest te komen. 'Dan ga ik maar.'

Hij was halverwege zijn weg naar de deur, toen ze zei: 'Sorry, Marius. Dat was onbeschoft.' Ze haalde diep adem. 'Er is geen andere man, als je dat bedoelt. Er is na jou niemand meer geweest. Dat is de waarheid. Het is alleen... nou, alles... de oorlog, jij en ik... het lijkt allemaal zo lang geleden.' Het lukte haar een scheve glimlach op haar gezicht te toveren. 'Heb je een sigaret voor me? Daar heb ik vreselijk veel zin in. Ik heb zelf niets meer en ik kon niet naar de winkel.'

Hij bood haar zijn sigaretten aan. 'Evelyn zei dat je het moeilijk hebt gehad.'

Ze begon hard te lachen. 'Dat kun je wel zeggen.' Ze keek hem scherp aan. 'Wat heeft ze je verder verteld?'

'Niets.' Hij gaf haar een vuurtje. 'Alleen dat je weggegaan bent uit het leger.'

'Niet lang nadat jij naar Frankrijk ging.'

'Waarom? Ik dacht...'

'Je weet dat ik nooit orders heb kunnen opvolgen, Marius.' Iets in haar stem waarschuwde hem niet verder te vragen. Hij vroeg zich af of ze oneervol was ontslagen, misschien voor de krijgsraad had moeten verschijnen. Hij kon het zich moeilijk voorstellen: ze was intelligent en vindingrijk, niet het soort vrouw dat het leger kwijt had willen raken.

'Heb je werk?'

'Ik doe wat naaiwerk.' Ze wees naar een oude Singer, die op de tafel stond.

Hij zei met twijfel in zijn stem: 'Ik heb vrienden in de City. Als je wilt, kan ik wel rondvragen of iemand werk voor je heeft.'

'Het gaat prima, dank je.'

'Het zou wel kantoorwerk zijn, maar...'

'Ik zei dat het prima gaat.' Weer die waarschuwende toon. 'Ik vind het leuk je te zien, Marius, maar ik heb het druk.'

'Ik hoopte dat we misschien ergens zouden kunnen gaan lunchen...' Toen hij geluid in de andere kamer hoorde, hield hij abrupt op met praten. Een hoog huilgeluid. Hij staarde haar aan zonder een woord uit te kunnen brengen en stond ineens als aan de grond vastgenageld.

'Dat is de kat,' zei ze. 'Marius, ik denk niet dat lunch een goed idee is.'

Nog een schreeuw. Zijn geest zat niet langer op slot en in een fractie van een seconde begreep hij ineens alles. 'Dat is geen kat,' mompelde hij en liep naar de slaapkamerdeur om hem te openen.

'Marius...' Ze ging voor hem staan, maar hij duwde haar aan de kant en gooide de deur open. Hij stond oog in oog met een meisje, dat in haar wiegje stond. Toen ze hem zag, begon ze te schreeuwen.

Hij vroeg nog eens: 'Wanneer is ze geboren?'

Suzanne hield het meisje in haar armen en mompelde zachtjes tegen haar. 'Zoals ik al zei, Marius, dat gaat je niets aan.'

Maar hij besefte dat het hem wel degelijk aan zou kunnen gaan. Hij wist niet veel van kinderen, maar hij vermoedde dat dit meisje ongeveer achttien maanden moest zijn.

Hij zei hard: 'Ik kan het gaan navragen op Somerset House, hoor.'

Ze keek hem woedend aan, maar mompelde: 'Vorige winter.'

'Ik bedoel: wanneer is ze precies geboren?'

Ze kuste het kindje zachtjes op haar donkere haar. Toen keek ze hem uitdagend aan. '26 december 1944, tweede kerstdag. Mijn kerstcadeautje.'

Negen maanden voor 26 december bracht hem op eind maart. Toen had hij Suzanne ontmoet. 'Er is na jou niemand meer geweest, Marius,' had ze nog geen tien minuten geleden gezegd. Hij was even stil en liet het allemaal tot zich doordringen. Toen zei hij: 'Ze is van mij, hè?'

Ze stond met haar rug naar hem toe met haar dochter tegen haar schouder. 'Ze is van mij, hè, Suzanne?' vroeg hij opnieuw, en na wat een eeuwigheid leek, knikte ze.

Hij ging op de tot de draad versleten bank zitten. Hij voelde verbijstering, woede en schaamte. Hij begreep ineens zo veel. Waarom ze uit het leger was gegaan, waarom Evelyn had geschreven: 'Er is veel veranderd in haar leven.'

'Waarom heb je het me niet verteld?' fluisterde hij.

Ze schudde haar hoofd, maar gaf geen antwoord. Het kindje speelde met de kralenketting om Suzannes hals, ze duwde de kralen met haar vinger langs het koord waaraan ze hingen.

'Dacht je dat ik je niet zou steunen?'

Haar koele blik kruiste de zijne. 'Ik zag niet in waarom je voor een maandje plezier zou moeten betalen.'

'Zes weken,' zei hij geïrriteerd. 'We zijn zes weken samen geweest.'

'Een maand, zes weken, wat maakt dat nou uit? Dat verandert niets.'

'We hebben een kind. Dat verandert alles.'

'Ik heb een kind. Ze is van mij. Alleen van mij.' Hij hoorde angst in haar stem.

'Ze is mijn dochter.' Maar hij wist haar naam niet eens. Hij liep naar het raam en probeerde helder na te denken. Er ging van alles door zijn hoofd. Hij was vader. Suzanne – de trotse, onafhankelijke Suzanne – had in armoede geleefd, terwijl hij alles had gehad wat hij zich maar wensen kon op Missencourt. Zijn moeite zich weer aan te passen aan het burgerleven leek ineens een schaamtevol luxeprobleem, het verwende gezeur van iemand die het zijn hele leven alleen maar gemakkelijk heeft gehad.

Het was hem al duidelijk wat hij moest doen; dat hij twijfelde, versterkte zijn schuldgevoel alleen maar. 'Laten we maar trouwen,' zei hij.

Ze keek hem verbijsterd aan. 'Doe niet zo idioot. Je kunt onmogelijk met me trouwen, Marius.'

'Waarom niet?'

'Dat kan gewoon niet.'

'Ze heeft een vader nodig. Kinderen hebben een vader nodig. Ze is mijn kind, mijn verantwoordelijkheid.'

'Wat een overdreven plichtsgevoel... Trouwen, mijn god.' Haar stem beefde.

'Waarom niet?' vroeg hij nog eens.

'Omdat...' Ze staarde hem aan. 'Omdat mijn vader spoorwegarbeider is. Omdat ik sinds mijn veertiende niet meer naar school ben geweest. Omdat we slaande ruzie zouden krijgen.'

Hij negeerde haar laatste opmerking en zei: 'Dat is niet belangrijk.'

'Niet belangrijk!' herhaalde ze kribbig. 'In welke wereld heb jij geleefd? Luister naar me, Marius, luister gewoon even naar me. Wat denk je dat je familie gaat zeggen als je mij, en mijn dochter, mee naar huis neemt? Denk je dat ze ons met open armen zullen ontvangen?'

'Mijn vader is overleden,' zei hij. 'Alleen mijn moeder en zus zijn er nog.' Zijn twijfels verdringend, voegde hij er met een overtuiging in zijn stem die hij niet voelde, aan toe: 'Ze zouden je allebei vreselijk aardig vinden, dat weet ik zeker.'

'Ja, vast.'

Hij voelde zich vervreemd van de realiteit, verdoofd door de schok en niet in staat iets anders te bedenken dan wat hij moest doen, behoorde te doen. 'Ze is mijn kind,' zei hij koppig.

'Je weet niet wat je zegt...'

Maar dat wist hij wel. Hij vroeg een vrouw van wie hij niet hield, ten huwelijk om vader te worden van een kind dat hij niet kende. Maar hij zag geen andere mogelijkheid. Hij vond dat ze zo snel mogelijk moesten trouwen. Het in orde maken. Hij mocht zichzelf niet toestaan te gaan twijfelen.

Hij keek om zich heen in de kamer, deze keer niet in staat zijn afschuw te verbergen. 'Je kunt hier geen kind opvoeden. Kijk eens om je heen, Suzanne. In godsnaam.'

'Zo erg is het niet.'

'Je kunt je was niet buiten hangen omdat hij dan wordt gestolen... en hoe krijg je een wandelwagen al die trappen op? En het is hier vochtig, dat ruik ik. Is dit wat je voor haar wilt? Nou?'

Hij had het gevoel dat ze hem zou hebben geslagen als ze het kind niet in haar armen had gehad. Maar toen ontspande ze een beetje en schudde langzaam haar hoofd.

'Nee. Nee, dat is het niet.' Ze zag er uitgeput uit.

Er viel een lange stilte en toen zei hij op vriendelijker toon: 'Je zou het geweldig vinden op Missencourt, Suzanne, dat vindt iedereen. Het kind zou haar eigen kamer krijgen en er is een enorme tuin waar ze, als ze wat groter is, in kan spelen. En de zee is om de hoek.'

Ze mompelde: 'Het platteland... Ik woon al mijn hele leven in de stad...'

'Ze kan leren zwemmen en zeilen. Julia kan haar leren paardrijden.' Hij trok aan het kraagje van zijn overhemd; ondanks het open raam leek het nog steeds bloedheet in de kamer. 'We zouden haar naar een goede school kunnen sturen. Ze zou op balletles kunnen gaan, muziekles, wat ze maar wil. In je eentje kun je haar dat allemaal niet geven, of wel, Suzanne?'

Ze had tranen in haar ogen. Ze fluisterde: 'Marius, ik moet je iets vertellen...' Maar hij onderbrak haar.

'Later. Ik moet de trouwvergunning gaan aanvragen.'

En hij moest weg uit die benauwde, claustrofobische kamer. Hij had wat tijd nodig om na te denken en aan deze nieuwe realiteit te wennen. Hij nam gehaast afscheid van haar en verliet de kamer.

3

Op dinsdagmorgen ging Julia altijd met Salem rijden. Toen ze uit het bos het zonlicht in reed, zag ze Jack op haar af komen fietsen. Salem, die bang was voor fietsen, rolde met zijn ogen en schudde zijn hoofd.

Jack zette zijn fiets tegen de heg en stak de weg over naar haar toe. 'Is hij van jou?' Hij aaide het paard over zijn fluweelachtige hals.

Julia schudde haar hoofd. 'Hij is van Penny Craven.' Penny was een vriendin van Julia; ze had een manege. 'Maar ik zou hem wel graag willen hebben.'

Toen er een fazant uit de beschutting van de heg de weg op kwam fladderen, liet de hengst het wit van zijn ogen zien. 'Hij is wel een beetje nerveus,' zei Jack met de toom in zijn hand.

'Hij sprong net zonder moeite over dat hoge hek bij Chalk Meadow. Zonder aarzelen.'

Hij keek naar haar omhoog. 'Je zou een helm moeten dragen.'

'Je weet dat ik daar een hekel aan heb, Jack.'

Hij keek nog steeds afkeurend, maar zei: 'Bedankt voor het komen, zondag.'

'Ik vond het leuk. Wij hebben nooit familiefeestjes. We zijn met te weinig, denk ik.'

'Eerlijk gezegd zijn wij met te veel. We boksen allemaal tegen elkaar op, iedereen probeert te bewijzen dat hij beter is dan de anderen.'

Ze begon te lachen. 'Jij niet, Jack.' Hoewel hij ook wel zijn prestatiegerichte kanten had, bedacht ze zich.

Mijn neef Maurice had ons een paar grammofoonplaten geleend,' legde hij uit, 'dus ik ben op weg naar Hernscombe om ze terug te brengen. Heb je zin om mee te gaan? We kunnen gaan varen, of via het rotspad wandelen.'

'Dat kan niet.' Hij keek van haar weg, maar ze zag de blik in zijn ogen en voegde er snel aan toe: 'Ik zou het heel leuk vinden, Jack, echt, maar ik kan niet. Ik heb Penny beloofd haar in de manege te helpen. Dan mag ik gratis paardrijden. Maar als je zin hebt om op me te wachten...'

'Ja?' Hij pakte zijn fiets.

'Over een uur dan.'

Ze fietsten de acht kilometer naar de kust. Julia was blij met de fysieke inspanning, die haar afleidde van de twijfels die aan haar knaagden. Of zij en Jack weer vrienden waren. Of ze meer dan vrienden waren.

Ze brachten de platen naar de manufacturenwinkel van Maurice Chancellor. Toen ze een tijdje in de winkel hadden gestaan, liep Julia naar buiten om van de zon te genieten, zodat Jack alleen met Maurice kon praten.

Jack kwam tien minuten later met een razende blik in zijn ogen naar buiten. 'Giftige, kleine pad.' Terwijl ze door de smalle straatjes op weg waren naar de haven, zei hij: 'Hij heeft me een baan aangeboden.'

'Maurice? Die neem je toch zeker niet aan?'

'Ik schiet mezelf nog liever voor mijn kop.' Hij trok zijn bovenlip op. 'Nadat ik Maurice heb vermoord dan.'

Bij de haven aangekomen, sprong Jack van zijn fiets. Ze liepen naast elkaar langs de golfbreker. Ze bedacht zich wat een razend knappe man hij toch was, met zijn scherpe profiel, zijn donkere, een beetje krullende haar en donkerblauwe ogen.

Nu stonden die ogen somber. 'Maurice is de eigenaar,' zei Jack langzaam. 'En hij is mede-eigenaar van een keten garages en hij woont in een groot huis en rijdt in een auto waar hij op de een of andere onverklaarbare manier benzine voor weet te vinden. Zijn vrouw draagt een bontjas en zijn kinderen gaan naar particuliere scholen. Om de een of andere reden heb ik dat allemaal niet.'

'Dat komt nog wel,' zei ze geruststellend.

'Denk je? Ik ben zesentwintig en ik woon bij mijn ouders. Ik ben gewoon een van de vele gedemobiliseerde soldaten zonder baan. En dit,' hij sloeg met zijn hand op het stuur van zijn fiets, 'is mijn vervoermiddel.'

Golven sloegen tegen de stenen van de pier en vissersboten dobberden in het water. Julia gaf Jack een arm en ging dicht tegen hem aan lopen. Hij leek een beetje te ontspannen en zei tegen haar: 'Zullen we naar het strand gaan? Als je de klim ziet zitten?'

Hernscombe Cove was een smalle, zanderige zeearm ten noorden van het stadje, die alleen bereikt kon worden via een gevaarlijke afdaling langs de top van een klif, die twintig meter hoger lag. Tijdens de oorlog waren het klif en het strand afgeschermd met prikkeldraad en een betonnen verdediging. Tussen de gaspeldoorns en het Engelse gras lagen nog roestige kluwen prikkeldraad.

Jack ging haar voor de heuvel naar het strand af en zocht naar goede plekken om zijn voeten neer te zetten in de zandgrond. Hij hield zichzelf in balans door zich vast te houden aan pollen helmgras. Halverwege zijn weg naar beneden bleef hij even staan. Toen gaf hij een harde gil, rende zo hard hij kon naar beneden en liet zich vallen in het zachte, bleke zand op het strand.

'Idioot!' schreeuwde Julia van boven. Jack sprong op en strekte zijn armen naar haar uit.

'Kom dan!'

'Dat durf ik niet!' Maar dat durfde ze natuurlijk wel en ze stortte zich naar beneden, genietend van de snelheid en het gevoel dat ze op ieder moment haar controle zou kunnen verliezen. Ze tuimelde voorover en kon haar sprong niet afremmen.

Hij ving haar in zijn armen. Ze greep hem vast, naar adem happend en lachend tegelijk. Toen kuste hij haar. Eerst waren het korte, tedere kusjes. Zijn handen gingen door haar haar. Ze had zand in haar sandalen. Ze sloot haar ogen en voelde zijn ruwe kin tegen de hare, de warmte van zijn lichaam tegen het hare. Toen hij haar tegen zich aan trok, werden zijn liefkozingen heftiger. Het voelde net alsof ze weer boven op het klif stond, op het punt zich in de diepte te storten. Zijn handen streelden de blote huid onder haar blouse. Het geluid van de zee smolt samen met het bonzen van haar hart.

Toen liet hij haar opeens los. Ze hoorde hem kreunen.

'Jack...?' fluisterde ze.

Hij gaf geen antwoord, maar liep naar waar de zee overging in het strand. Ze voelde zich ineens wanhopig en voor gek gezet.

Ze rende naar hem toe. 'Wat is er?'

'Het spijt me,' zei hij. 'Dat had ik niet moeten doen.'

'Ik vond het fijn dat je dat deed.'

Hij maakte een ongeduldig gebaar. Haar wanhoop werd nog sterker. Ze trapte haar sandalen uit en liep naar de zee, bijna struikelend over het geribbelde harde zand bij het water.

Jack riep haar achterna: 'Waar ga je heen?'

'Naar de rots.' Een piepklein eilandje stak in het midden van de baai uit het water. Ze hadden van die rots af gedoken toen ze kinderen waren.

'Doe niet zo raar. Je wordt drijfnat.'

Ze keek hem over haar schouder aan. 'Heb ik iets verkeerd gedaan?'

'Natuurlijk niet.' Hij klonk kwaad.

'Waarom hield je dan op?'

'In hemelsnaam, Julia.'

'Wat is er nou?'

Hij balde zijn vuisten. 'Als je het dan per se wilt weten, ik hield op omdat ik op het punt stond je te naaien. Hier. Nu. Op het strand.'

Ze schrok van zijn woordkeus en de toon in zijn stem. Maar toen zei ze: 'Dat had ik helemaal niet erg gevonden.'

'Maar ik wel,' mopperde hij. 'Het zou niet goed zijn, Julia. Niet met jou.'

'Maar...' ze voelde zich afschuwelijk, 'je hebt het toch ook met andere vrouwen gedaan?'

'Ja,' zei hij uitdrukkingsloos.

'Waarom wil je het dan niet met mij?'

'Omdat jij belangrijk voor me bent. En zij waren dat niet.'

Ze waadde terug naar het strand. Ze voelde de druk van het water tegen haar benen en de scherpe randjes van de schelpen tegen haar voetzolen. Hij legde zijn handen in haar taille.

'Je bent doorweekt.'

'Nogal, ja.'

Beschermd door de uitloper van de rots was het zand zacht, droog en warm. Ze lag naast hem met haar hoofd op zijn schouder, hij had zijn arm om haar heen. De zon scheen fel en na een tijdje zei ze: 'Wat moeten we doen?'

Hij had zijn ogen dicht. 'Als je nu op dit moment bedoelt, denk ik dat ik ga slapen. En als je het over onze toekomst hebt, moeten we het daar later maar over hebben.'

Onze toekomst. Ze lag stil van het moment te genieten en dacht terug aan alle keren dat ze in hun jeugd naar Hernscombe Cove waren geweest. De vier kinderen met hun moeders, het rotspad af klauterend met hun handen vol met emmers, schepjes, handdoeken, zwempakken en picknickmanden. Ze hadden gezwommen van april tot in oktober, tot ze blauw zagen van het ijskoude water en het zand pijnlijk over hun met kippenvel bezaaide huid schuurde. Hun moeders hadden op het strand gezeten, breiend of bordurend, cakejes of boterhammen verdelend, en pratend, altijd pratend. Het had Julia altijd verbaasd dat volwassen vrouwen, die zulke saaie levens leken te hebben, zoveel hadden om over te praten.

Nu stelde ze zich voor dat ze hier met haar eigen kinderen zou komen. Jack en zij zouden hand in hand aan het strand zitten, terwijl zij speelden. En als ze wat groter waren, zouden ze hun leren zwemmen. Julia sloot ook haar ogen en luisterde naar het rustgevende geluid van de zee en de ademhaling van de slapende Jack.

Carrie Chancellor werd vroeg in de morgen wakker. Hoewel ze haar uiterste best deed nergens aan te denken en verder te slapen, werd ze overvallen door al haar zorgen, die de laatste dagen drastisch waren toegenomen. De paar uren slaap hadden haar gevoel van uitputting geenszins verminderd en ondanks het warme weer had ze het koud, doordat ze zo moe was.

De terugkomst van Jack, het bezoekje van dat meisje met dat rode haar (ze wist niet meer hoe ze heette, het leek op de naam van een edelsteen... Pearl? Ruby?), de landarbeidster die haar ontslag had genomen. Te veel dingen hadden haar geschokt en verrast. Carrie vond het veel prettiger als haar dagen als alle andere waren, ingedeeld rond het seizoensritme van de boerderij. Ze raakte in de war van vreemdelingen, onverwachte bezoekjes, gesprekken waar ze zich niet op kon voorbereiden. En om het allemaal nog erger te maken was haar advocaat, meneer Smallbone, de vorige middag langs geweest. 'Ik was toevallig in de buurt,' had hij gezegd, voor hij zijn gewoonlijke onderwerp van gesprek had aangesneden: het feit dat ze nog steeds geen testament had laten maken. Ze had hem snel de deur weer uit gewerkt en hem het erf over gestuurd met de honden op zijn hielen. Maar toch was haar gevoel van overwinning door die tijdelijke triomf snel minder geworden. De rest van de dag hadden allerlei dingen die hij had gezegd, door haar hoofd gespookt. 'Als u overlijdt voor u een testament hebt laten maken, juffrouw Chancellor, kan het zijn dat uw nalatenschap wordt opgesplitst.' Nu ze rechtop in bed zat, alleen in het grote, oude huis van haar voorouders, leek de dood helemaal niet zo onwaarschijnlijk of ver weg. Haar gezondheid was kwetsbaar, sinds ze op haar negentiende die polio-aanval had gehad. Ze had snel bronchitis en was al twee keer bijna in een longontsteking gebleven. Toen ze gisteren in het veld had gewerkt, hadden haar pijnlijke ledematen en gewrichten haar constant herinnerd aan haar zwakke constitutie en het feit dat ze een dagje ouder werd.

Als ze een erfgenaam had gehad... Maar die had ze niet, dus het had geen enkele zin daarover door te malen. Wie had er met een gehandicapte vrouw willen trouwen, zelfs als een huwelijk Sixfields had opgeleverd? Als verlegen jonge vrouw had haar ziekte haar meedogenloos het kleine beetje zelfvertrouwen dat ze over haar uiterlijk had gehad, ontnomen, waardoor ze mensen steeds meer was gaan mijden en zichzelf met een vijandig pantser was gaan beschermen.

Lieve hemel, wat had ze een pijn vannacht. Het kwam vast door de lange werkdag, dacht ze, de oogsttijd was altijd vreselijk uitputtend. 'Hoeveel langer...' fluisterde ze en probeerde de beangstigende gedachte uit haar hoofd te bannen. Ze had het gevoel dat ze de laatste tijd erg snel ouder begon te worden, dat haar lichaam, dat nooit haar bondgenoot was geweest, nu zelfs nog minder vergevend werd. Ze keek naar haar handen en zag hoe het vel over haar botten liep zonder ook maar het minste vlees om ze te beschermen. Het leek wel of ze uitdroogde, uitmergelde. Ze was al een halfjaar niet ongesteld geweest: vreemd dat zij – ze was helemaal geen moederlijk type – dat vervelend zou vinden.

'Als u overlijdt voor u een testament hebt laten maken...' Sixfields moet naar een Chancellor, maar ze had een hekel aan haar naaste familieleden, degenen die om haar heen krioelden en deden alsof ze in haar waren geïnteresseerd, terwijl zij alleen hun hebzucht zag. Ze stelde zich voor hoe het zou zijn als het landgoed werd verkocht, opgedeeld, en alle historie in één klap verdween. Het huis kraakte en steunde en ze zag voor zich hoe de ontelbare kamers vol meubels en boeken en curiositeiten langzaam verdwenen onder een dikke deken van stof. Er echoden geen voetstappen in de stille gangen van Sixfields; er waren geen stemmen die haar 's nachts riepen. Ze voelde een eenzaamheid die zo intens was, dat hij haar leek samen te drukken, alsof hij de lucht uit haar longen perste, zoals haar ziekte dat al die jaren geleden had gedaan.

Ze klom uit bed en liep naar het raam. De velden en weilanden strekten zich voor haar uit, verlicht door de volle maan. Ze kende ieder stroompje, iedere boom. Ze wist waar het nieskruid zijn bloemenkopjes door de beukenmast stak, ze kende het tapijt van tijm, zonneroosjes en orchideeën dat in de eeuwenoude hooivelden lag. Als ze hooiden, was de geur bedwelmend.

Ze waren begonnen met het omploegen van het Hundred Acre-veld. In het maanlicht kon Carrie de omgeploegde aarde zien liggen. Nadat Jack zondag was weggegaan, was ze de trap opgeklommen en had hem uit dit raam nagekeken. Hij was door de heuvels gegaan en was boven op de heuvel even blijven staan. Toen had hij rustig om zich heen gekeken en alle vier de hoeken van het landgoed bestudeerd. Toen ze zo naar hem had gekeken, had ze gewenst dat ze ook maar een fractie van zijn gespannen, ingetogen energie had gehad. En ze had geweten dat hij dezelfde gevoelens had voor Sixfields als zij, dat hij ervan hield zoals zij.

Jack, dacht ze en greep zich vast aan de vensterbank om zichzelf in balans te houden. Hij irriteerde haar niet zo erg als de meesten van haar andere familieleden. En ze – Sixfields – had zijn jeugd nodig, zijn energie. En wat zou ze ervan genieten om de blik van de anderen te zien als het landgoed aan hun neus voorbijging! Waarom Jack ook niet?

Ze dacht aan hem: een lange, aantrekkelijke jongen. Ze dacht terug aan hoe hij er jaren geleden van had genoten haar huis te ontdekken, hoe zijn donkerblauwe ogen hadden gestraald als hij door de kamers liep en alles wat erin stond, nauwkeurig bestudeerde. Ze had zuinigheid gezien, zuinigheid die als een donkere ader door zoveel van de Chancellors liep. Ze had noch jeugd, noch schoonheid om hem aan zich te binden, maar ze had iets anders waar ze hem mee zou kunnen vangen: geld en land, en de macht die daarbij hoorde.

Carrie glimlachte. En wat betreft dat andere, dat waar ze zo van was geschrokken: ach, het was tijd voor wraak, of niet?

Jack hielp woensdag op Sixfields met het maaien van de laatste hooivelden. Toen hij 's avonds bij de pomp op het erf het stof van zijn handen en gezicht waste, zag hij dat Carrie in de deuropening naar hem stond te kijken.

Ze zei abrupt: 'Ik wil iets tegen je zeggen, Jack.'

Hij trok zijn overhemd aan. 'Zeg het maar.'

'Niet hier. In de zitkamer.'

Hij volgde haar naar binnen. Terwijl ze door de gang strompelde, zei ze geïrriteerd: 'Ik word er niet jonger op, weet je. En die stomme landarbeidster is ervandoor. Niet dat ik wat aan haar had...'

Hij deed de deur van de zitkamer voor haar open. 'Ik wil u wel helpen, tot u iemand anders hebt gevonden, als u dat wilt.'

Ze keek hem aan. 'Je vindt het leuk werk, hè, Jack?'

'Het bevalt me wel, ja.'

Carrie pakte een fles sherry uit de kast. De fles was grijs van het stof. Ze zei: 'Ik vroeg me af of je hier vast zou willen werken, Jack.'

Hij voelde een mengeling van verrassing en blijdschap. Maar toch deden zijn eigen voorzichtige natuur en zijn kennis van Carries legendarische krenterigheid hem twijfelen. Hij wilde niet zo behandeld worden als de landarbeidster. Hij wilde precies weten wat ze aanbood.

'Als wat?' vroeg hij. 'Als landarbeider? Of als opzichter?'

'Geen van beide. Ik wil mijn testament gaan opstellen, begrijp je.' Carrie schonk twee kleine glaasjes sherry in. 'Ik heb besloten Sixfields aan jou na te laten, Jack.'

Ik heb besloten Sixfields aan jou na te laten, Jack. Het drong niet meteen tot hem door. Hij hoorde zijn hart bijna bonzen. Het zweet brak hem uit en zijn overhemd kleefde aan zijn rug vast. Hij wilde haar vragen het nog eens te zeggen, zodat hij zich kon verzekeren, dat hij het niet had gedroomd. *Ik heb besloten Sixfields aan jou na te laten, Jack.* Jaren later bedacht hij zich hoe gek het toch was dat een paar woorden een heel leven konden veranderen.

'De boerderij?' fluisterde hij. 'Aan mij...?'

'En er staat natuurlijk geld op de bank. Ik ben altijd voorzichtig geweest met geld. Ik heb het nooit over de balk gegooid, zoals sommigen dat doen.'

Hij zag voor zich hoe hij van bovenaf neerkeek op het landgoed, hij zag het huis en het land eromheen. Van hem...

'Ik neem aan dat je er niet al te lang op zult hoeven wachten,' voegde Carrie er plotseling aan toe, terwijl ze naar haar stoel terugstrompelde. 'Het gaat niet goed met mijn gezondheid. Voor je het weet, is het van jou.'

'Carrie...'

'Wil je het hebben, Jack?'

'Ja,' zei hij. Hij wilde niets liever dan Sixfields. Dat had hij niet geweten tot op dit geweldige, onverwachte moment. 'Ja, dat wil ik zeker.'

'Dat is dan afgesproken. Ik zal het mijn advocaat laten weten.'

'Ik had nooit gedacht... Ik heb altijd aangenomen...'

'Wat?'

'Een van mijn neven of nichten... Een oom... Een nauwer verbonden familielid...'

Ze zei afkeurend: 'Het is een stel nietsnutten. Jij bent de beste van het stel, Jack. En je bent gek op het landgoed, toch? Dat heb ik in je ogen gezien.'

Hij knikte langzaam. Hij hoorde haar zeggen: 'Er is wel één voorwaarde. Ik wil dat je hier gaat wonen.'

'Natuurlijk. Graag.'

'Je kunt in de cottage.' Ze keek naar hem. 'Je hebt toch geen andere plannen, Jack?'

'Andere plannen?'

'Er zijn de laatste tijd heel wat bruiloften geweest. Soldaten die thuiskomen bij hun liefjes. Heb je plannen in die richting, Jack?'

Hij zag voor zich hoe Julia van het klif af op hem af kwam rennen. 'Nou, ik...'

'Ik geloof namelijk niet in overhaaste huwelijken.'

Hij voelde dat hij op eieren liep. Carrie was moeilijk en grillig. Nu hem zo'n uitzonderlijk cadeau was aangeboden, moest hij uitkijken het niet in gevaar te brengen.

'Ik hoorde van een vogeltje,' zei Carrie, 'dat je wel eens gezien wordt met dat meisje van de Temperleys.'

'Julia?' Hij keek haar scherp aan.

Ze maakte een klein handgebaar. 'Zoals ik al zei, ik geloof niet in overhaaste huwelijken. Die lopen bijna altijd mis. En ik heb gehoord dat die meid van de Temperleys... wispelturig is.'

'Wispelturig?' herhaalde hij, en hij dacht terug aan Julia op zijn welkomstfeest, omringd door mannen en genietend van de aanbidding in hun ogen. En Julia op het terras met Will, haar vingers in zijn haar.

'Ik heb het ook maar gehoord,' zei Carrie achteloos. 'Er wordt wat afgekletst.' Ze bood hem een glas aan. 'Nou, wat vind je ervan?'

Toen hij haar uitdrukkingsloos aanstaarde, fluisterde ze: 'Van Sixfields, Jack.'

'Ja, Carrie.' zei hij. Het was moeilijk iets te zeggen en de kamer was benauwend en beklemmend. 'O, ja.'

'Laten we er dan op toasten.' Ze hield haar glas omhoog. 'Op Sixfields.'

'Op Sixfields.' Jack dronk. De sherry was misselijkmakend zoet en leek als lijm in zijn keel te blijven hangen.

Hij fietste naar de top van de heuvel en stapte af. Hij zette zijn fiets tegen een hek en keek naar het huis.

Van hem. Dit allemaal. Het huis, het land eromheen, het geld op de bank. Het kon allemaal van hem worden. Jack vroeg zich af hoeveel maanden of jaren het zou duren voor die gedachte hem niet meer zou doen schrikken, zijn hart niet meer sneller zou laten kloppen en het bloed niet met een noodvaart door zijn aderen zou pompen. Hij wist dat Carries legaat zijn leven zou kunnen veranderen. En ondertussen had hij een plek om te wonen en iets om zijn dagen mee door te brengen. En als hij zijn erfenis zou krijgen...

Nadat zijn vader dertien jaar geleden tijdens de depressie zijn geld was verloren, hadden de Chancellors hun elegante, grote woning in het noorden van Bridport moeten verlaten en waren ze naar het schoolhuis verhuisd. Jack was de vernedering nooit vergeten. Hij had zijn grote, aangename slaapkamer moeten inruilen voor een kleinere, ingericht in institutioneel groen en gebroken wit; soms, als er meer leerlingen inwoonden dan normaal, had hij een kamer moeten delen met Will. Zijn medescholieren hadden natuurlijk geweten dat hij gratis les kreeg omdat zijn vader conrector was. Ze hadden hem het lievelingetje van de leraren genoemd en gevraagd: 'Komen je ouders geld tekort, Chancellor?' Hij had op zijn eigen manier geleerd zijn kwelgeesten stil te krijgen – met zijn vuisten – maar hij was het nooit vergeten. Geld mocht dan misschien geen geluk kopen, maar hij had vanaf zijn dertiende geweten dat je je verdomd ellendig kunt voelen als je het niet hebt.

Hij zocht naar zijn sigaretten en dacht terug aan zijn gesprek met Carrie. *Ik heb besloten Sixfields aan jou na te laten, Jack.* Hij stak met bevende handen een sigaret op. Een handvol ooms en neven die nauwer verwant waren aan Carrie, die meer recht hadden op Sixfields dan hij. Hij werd ineens overvallen door twijfel en was er plotseling van overtuigd dat ze van gedachten zou veranderen en het landgoed aan een ander zou nalaten. Dat ze nooit contact zou opnemen met haar advocaat. Dat ze een spelletje met hem speelde en hem een worst voorhield, alleen om die weg te grissen als hij hem wilde pakken.

Hij sloot zijn ogen, nam een trekje van zijn sigaret en probeerde zichzelf tot rust te brengen. Rustig aan, Jack, dacht hij. Er was geen enkele reden – zolang hij voorzichtig deed – waarom Carrie van gedachten zou veranderen. Hij moest alleen zorgen dat hij zijn kaarten goed speelde.

Ik geloof niet in overhaaste huwelijken, Jack. Toen hij gisteren in slaap was gevallen op het strand, had hij overwogen Julia ten huwelijk te vragen. *Ik heb gehoord, dat die meid van de Temperleys wispelturig is.* Hij had bij Julia een passie gevoeld die net zo sterk was als de zijne. Ze had zichzelf aan hem aangeboden en het was verdomd moeilijk geweest het juiste te doen. Haar gretigheid had hem overrompeld en voelde vreemd aan ten opzichte van haar afstandelijke, ongenaakbare schoonheid. Ze was veranderd. Ze was niet langer het onschuldige schoolmeisje dat hij in 1942 had achtergelaten.

Hij vroeg zich af waar ze geleerd had zo te reageren. Hij vroeg zich af of iemand haar had geleerd zo te reageren. Was ze met andere mannen geweest tijdens zijn lange afwezigheid? Toen Jack terugdacht aan fragmenten uit brieven die zijn medesoldaten hadden ontvangen in Noord-Afrika en Italië, nestelde het zaad van achterdocht zich in zijn hart. Brieven van ontrouwe vrouwen: 'Ik weet niet hoe ik je dit moet vertellen, Bert, maar ik heb iets met een ander...' Brieven van buren wier uitingen van ongeïnteresseerde behulpzaamheid niet aansloten bij de zweem van gretige obsceniteit die aan iedere zin kleefde: 'Ik heb je Annie gisteren met een soldaat in The Bull gezien...' Jack zag Julia's gesloten ogen en open mond voor zich. De gedachte dat hij haar zonder tegenstribbelen had kunnen nemen, drong zich ongevraagd aan hem op. Zonder tegenstribbelen.

Jack maakte zijn sigaret uit in het droge gras en keek goed of hij echt uit was. Hij had tijd nodig om na te denken. Tijd om Carries uitzonderlijke aanbod te laten bezinken. Een beetje van de spanning viel van hem af. Hij hoefde alleen maar af te wachten, zei hij tegen zichzelf. Afwachten en zich ervan verzekeren dat er niemand anders in Julia's buurt rondhing. Afwachten en het oude mens tevreden houden. Carrie moest toch tegen de vijftig lopen, herinnerde hij zich, en zoals ze hem er zelf op had gewezen: ze was in slechte gezondheid. Ze was niet van het soort dat oud kon worden. Als hij afwachtte, als hij voorzichtig was, kon hij zowel Julia als Sixfields krijgen.

Het hete weer hield aan. Julia, die stiekem een voorkeur voor de winter, houtvuur en kerst had, kon zich nergens op concentreren. Na een nogal halfhartige ruzie met haar moeder en nog een mislukte poging Jack te bellen, kon ze alleen nog maar door het huis rondzwerven en proberen bescherming tegen de hete zon te vinden.

Als Marius nou maar niet zo onverwacht was verdwenen, bedacht ze chagrijnig, terwijl ze even in de zitkamer bleef staan, de radio aanzette en een ivoren schaakstuk oppakte. Wat gemeen van hem om precies weg te gaan als zij iemand nodig had om mee te praten. Ze vroeg zich voor de twintigste keer af wat hij toch in hemelsnaam aan het doen was. Topaz had een vage boodschap doorgegeven over een telefoontje van Marius uit Londen, maar dat was het laatste geweest wat ze hadden gehoord. Julia was nieuwsgierig. Marius deed nooit geheimzinnig. Ze hoopte stiekem dat hij iets spannends aan het doen was, een bezoekje aan het theater aan het regelen was, of een vakantie. Ze waren al zo lang niet op vakantie geweest.

Ze dacht nogmaals terug aan dinsdag. Het was zo'n heerlijke dag geweest: Jack had haar gekust en ze was ervan overtuigd geweest dat hij van haar hield. Maar nu ze bij het raam van de speelkamer stond en het gordijn open- en dichtdeed, bedacht ze zich dat hij niet tegen haar had gezegd dat hij van haar hield. Hij had gezegd dat hij de liefde met haar wilde bedrijven, maar dat had hij ook met andere vrouwen gedaan en daar had hij ook niet van gehouden.

Maar hij had het wel over 'onze toekomst' gehad, hielp ze zichzelf herinneren. Toen ze in het zand in zijn armen had gelegen, had ze aangenomen dat hij het over trouwen had gehad. Een halfuur later waren ze overvallen door dagjesmensen, die gillend van het pad af waren komen rennen. Ze hadden Jack wakker gemaakt en daarna had hij moe en gedesoriënteerd geleken. Hij was laat geweest voor een afspraak en ze waren zonder veel meer te zeggen, naar huis teruggegaan.

Ze had verwacht dat hij de volgende dag zou bellen, maar dat had hij niet gedaan. Prudence Chancellor had iedere keer dat ze had gebeld, gezegd dat hij naar Sixfields was om met de oogst te helpen. In de achtenveertig uur dat ze Jack niet meer had gezien, was de zekerheid die Julia had gevoeld, sterk afgenomen. Nu werd ze achtervolgd door twijfel. Had ze wel moeten toestaan dat Jack haar kuste? Had ze wel moeten zeggen hoeveel ze naar hem verlangde? Nu ze eraan terugdacht, voelde ze zich ongemakkelijk en beschaamd. Had ze zichzelf te gemakkelijk aan hem aangeboden? Had ze zichzelf te grabbel gegooid? Dacht hij nu minder over haar? Had hij geen respect meer voor haar?

Ze wenste dat ze aan iets anders dan aan Jack kon denken. Het probleem was alleen dat iedereen behalve zijzelf iets belangrijks te doen leek te hebben. Marius was op zijn mysterieuze reis naar Londen en Jack werkte op de boerderij. Zelfs Will was druk, iets met een garage, herinnerde ze zich vaag. En dan was Topaz er nog, natuurlijk, maar die ging over een paar dagen weg en dan zou zij, Julia, weer niets te doen hebben.

Voor het eerst gaf ze de waarheid toe aan zichzelf. Ze miste haar werk. Ze had niet gedacht dat het zo zou zijn, maar ze miste het echt. Haar werk bij Temperleys had haar dagen vormgegeven en ervoor gezorgd dat ze het gevoel had gehad dat ze in de wereld stond. Als Julia Temperley, tijdens haar broers afwezigheid manager van Temperleys Radio's, had ze iets betekend. Mensen hun inkomen – zelfs het voeren van de oorlog – had van haar afgehangen. Die afhankelijkheid van anderen had ze vaak angstaanjagend gevonden, ze had er vaak naar verlangd dat Marius zou terugkomen zodat ze de leiding aan hem kon overdragen en zodat ze af zou zijn van de verantwoordelijkheden, waarvan ze nachten wakkergelegen had. Ze had er vaak naar verlangd haar oude hobby's weer te kunnen oppakken: paardrijden, met de honden lopen en haar vrienden bezoeken.

Maar er was een grens aan de tijd die je kon doorbrengen met paardrijden en wandelen. En een gedeelte van haar vrienden was verhuisd en anderen waren in de maanden dat ze depressief was geweest door het overlijden van haar vader, van haar vervreemd. En de meesten die waren gebleven, hadden hun eigen werk, of waren getrouwd en hadden kinderen gekregen en nog maar zo weinig tijd voor haar. Ze had nu al weken het gevoel dat ze leeg en doelloos ronddobberde. Ze miste de aanspraak die ze op haar werk had gehad en het gevoel iets nuttigs te doen. Ze miste de intellectuele stimulatie, de uitdaging en de spanning.

Ze had er natuurlijk met geen woord tegen Marius over gesproken. Ze wist dat ze hem niet moest laten vermoeden dat ze iets anders was dan verheugd dat hij Temperleys overnam. Het kon niet gemakkelijk zijn om na vijf lange jaren in het leger zijn werk weer op te pakken en ze wilde zijn problemen niet verergeren door hem zich schuldig te laten voelen dat hij nam wat het zijne was. En trouwens, zij had Jack, of niet? De terugkomst van Jack zou de leegte vullen. Als hij nou maar eens een keer zou bellen...

Het geluid van een auto die de oprijlaan met kiezelstenen kwam oprijden, onderbrak Julia's gedachten en ze keek op. Toen ze zag dat Marius voor in de taxi zat, glimlachte ze opgelucht. Ze wilde net naar buiten rennen om hem te begroeten, toen ze hem naar de achterdeur van de auto zag lopen, die hij opende. Een jonge vrouw stapte uit de auto. Ze hield een jong kind in haar armen. Zelfs vanuit de speelkamer hoorde Julia het kind huilen.

Ze kon niet bedenken waarom Marius een vreemde vrouw en een kind mee naar huis zou nemen. En zonder hen van tevoren even te laten weten dat hij kwam. Misschien was ze een oude vriendin van hem, die hij in de trein was tegengekomen en op de thee had uitgenodigd...

Adele was naar buiten gelopen om hen te begroeten. Julia rende naar buiten om dat ook te doen.

De zon scheen schel op het kiezelstenen pad. Het kind krijste. Marius zag er geïrriteerd uit.

Toen zei hij: 'Moeder. Julia. Ik wil jullie graag voorstellen aan mijn vrouw, Suzanne. En mijn dochter, Tara.'

Ze dronken thee in de zitkamer. Tenminste, ze zaten in de zitkamer met een kop thee voor zich. Marius had de zijne niet aangeraakt en Adeles handen beefden zo, dat haar kopje op het schoteltje rammelde toen ze het oppakte. En het kind zat met een kromgetrokken rug en een rood hoofd in de armen van haar moeder te schreeuwen, dus dat schoot allemaal niet erg op, dacht Julia, die zelf haar kopje niet durfde oppakken, omdat ze bang was dat ze het naar iemands hoofd zou smijten. Dat van Marius, waarschijnlijk.

Adele herhaalde: 'Een speciale trouwvergunning...', en Marius zei nog een keer: 'Dat leek me het beste. Om alles zo snel mogelijk te regelen.'

Er viel een lange stilte. Adele haalde diep adem. 'Ik wist niet... Als je had verteld...' Ze deed een poging haar gedachten op een rijtje te zetten. Toen zei ze zacht tegen Marius: 'Ben je vandaag getrouwd? In Londen?' Hij knikte. 'En het kind? Waarom heb je me niets over het kind verteld?'

Hij begon te praten, maar Suzanne onderbrak hem. 'Het is mijn schuld, mevrouw Temperley. Marius wist niets over Tara.' Door het geschreeuw van het kind heen ving Julia de sporen van een Cockney-arbeidersaccent op. 'Hij weet het pas sinds maandag. Ik had het hem niet verteld. Het is mijn schuld. Stil maar, lieverd, stil maar.' Ze hupte het kind heen en weer op haar knie. Tara's gezicht was knalrood en vies. Er hingen twee lange slierten snot uit haar neus. Julia zag dat ze een natte plek op haar billen had.

Suzanne zei tegen Marius: 'Als ik haar even ergens kan verschonen, kalmeert ze misschien een beetje. En dan kunnen jullie even rustig praten.'

'Geef haar maar aan mij.' Adele liep naar Suzanne toe en stak haar armen uit.

'Mevrouw Temperley...'

'Je bent vast uitgeput, Suzanne. En ik ben per slot van rekening haar grootmoeder.' Adele sprak met bevende stem. Suzanne gaf haar zonder een woord te zeggen het meisje. Adele hield het vieze, krijsende kind tegen zich aan en liep de kamer uit, zich zo te zien niets aantrekkend – dacht Julia met afschuw – van het snot en de natte plek.

'Ik ga maar even...' Marius' zin bleef onafgemaakt in de lucht hangen en toen rende hij achter zijn moeder aan.

Waardoor Julia en Suzanne alleen achterbleven in de kamer. Wat voor tactvolle zin, vroeg Julia zich woest af, kon deze situatie redden?

Suzanne was de eerste die sprak. 'Jemig, dit kan ik echt niet gebruiken.' Met een halfslachtige glimlach op haar gezicht pakte ze haar kopje thee. 'Wat een dag.'

'Wat?' vroeg Julia kil.

'Dat gedoe. Bruiloften.' Ze slikte een slok thee door. Julia zag dat ze een vies gezicht trok.

'Suiker?'

'Ja, graag.' Suzanne stond op het punt een schep suiker te pakken met het lepeltje van haar schoteltje; Julia bood haar de suikerlepel aan. Suzannes smalle, levendige gezicht, dat al erg bleek was, werd nog bleker.

Ze had een beetje thee op haar schoteltje geknoeid. Toen Suzanne het kopje optilde, vielen er een paar druppels thee op het Perzische tapijt. Ze keek om zich heen. 'Een handdoek...?'

'Servet,' zei Julia automatisch en gaf haar er een aan.

Suzanne beet op haar lip. Ze depte het tapijt. Toen keek ze Julia recht in de ogen.

'Ik weet wat je denkt. Ik zou hetzelfde denken als ik in jouw schoenen stond. Ik neem aan dat je een andere schoonzus in je hoofd had? Maar ik ben wel je schoonzus, of je dat leuk vindt of niet, dus wen er maar aan. En als we een huis moeten delen, is het misschien voor Marius wel zo prettig als we beleefd zijn tegen elkaar, denk je niet?'

Voor het eerst drongen de implicaties van Marius' afschuwelijke verbintenis in alle hevigheid tot haar door. Ze stond op.

'Een huis delen? Mijn huis delen? Met jou? Nooit.' Ze beefde. 'Nooit.' Ze rende de kamer uit.

Als Jack niet naar haar kwam, moest ze naar hem. Julia fietste razend over het bospad.

Toen Jack twintig minuten later de deur van het schoolhuis opende, stortte Julia zich in zijn armen. 'Jack,' riep ze en barstte in tranen uit.

In de zitkamer gaf hij haar zijn zakdoek en toen lukte het haar – tussen het snuiten van haar neus en het snikken door – Jack te vertellen over Marius' vreselijke vrouw en haar walgelijke kind.

'En ze komt op Missencourt wonen, Jack! In mijn huis!'

'Adeles huis,' zei Jack.

Ze wist dat hij daar gelijk in had, maar ze zei koppig: 'Het is mijn thuis. Ik woon er al mijn hele leven.' Toen hij geen antwoord gaf, schreeuwde ze: 'En waar heb jij al die tijd gezeten, Jack? Ik wacht al dagen op je!'

'Ik heb geholpen op Sixfields,' mompelde hij. Hij leek afwezig, zijn aandacht leek niet volledig naar haar uit te gaan. Opeens zei hij: 'Er is iets uitzonderlijks gebeurd. Iets geweldigs. Ik heb het nog aan niemand verteld. Mijn nicht Carrie gaat Sixfields aan mij nalaten. De boerderij, het landgoed, het geld... alles. Ze wil dat ik voor haar ga werken, haar help de boel draaiend te houden.' Jacks stem klonk hoog van de opwinding. 'Het is alles wat ik ooit gewild heb, Julia. Werk dat ik leuk vind, en ik kan in de cottage wonen. Al mijn problemen zijn opgelost.'

En die van haar ook, realiseerde ze zich. Ze voelde zich opeens een stuk beter. 'Ik ga met je mee, Jack,' zei ze. 'We kunnen toch trouwen? Dan kunnen we allebei op Sixfields wonen en dan hoef ik niet met dat vreselijke mens op Missencourt te blijven.'

Toen hij niet onmiddellijk antwoordde, voegde ze er snel aan toe: 'Ik vind het niet erg dat het maar een kleine cottage is. Het maakt me niet uit waar ik woon, zolang het bij jou is. En op Missencourt kan ik echt niet blijven, als zij daar woont.'

Hij zei: 'Julia, ik kan nu onmogelijk met je trouwen.' Haar geest leek ineens een zwart gat. 'Ik bedoel...' begon hij, terwijl zij fluisterde: 'Niet met me trouwen?' Ze had altijd aangenomen dat ze met Jack zou trouwen. Altijd.

'Niet nu.' Hij maakte een vaag gebaar met zijn handen.

Ze had een raar gevoel in haar maag. Het deed haar denken aan het gevoel dat ze had als ze op het strand aan de rand van het water stond en de zee aan het zand onder haar voeten wegzoog. Ook dan kon ze haar evenwicht niet bewaren. Haar hele realiteit was opeens vanonder haar voeten weggeslagen.

Ze hijgde: 'O', en hij zei snel: 'Carrie gelooft niet in overhaaste huwelijken. En ik wil haar niet tegen me in het harnas jagen. We moeten gewoon eventjes wachten, verder niets.'

Ze hoorde nauwelijks dat hij iets zei. Ze dacht terug aan het strand en hoe ze zichzelf letterlijk aan hem had aangeboden. Ze zei: 'Het maakt niet uit. Het was een idioot idee.' Ze zag zijn gezichtsuitdrukking. De gêne en het schuldgevoel dat ze in zijn ogen herkende, maakte haar vernedering nog erger.

'Julia.' Hij stak een hand naar haar uit. 'Ik bedoel alleen maar dat we nu nog niet kunnen trouwen. Dat is toch niet zo onredelijk?'

'Dat is toch niet zo onredelijk?' Ze duwde zijn hand weg. 'Dus we moeten wachten tot het jou beter uitkomt?'

Hij liep rood aan. 'Zo bedoelde ik het niet.'

'Nee?' Ze had opeens een intense behoefte hem pijn te doen. 'Ik heb jou niet nodig, Jack. Ik red het best zonder jou.' Maar ze had geen idee waar ze heen moest, nu het onmogelijk was op Missencourt te blijven en ze ook niet ging trouwen met Jack. Ze wist alleen dat ze koste wat kost haar trots moest behouden. 'Er zijn genoeg vissen in de zee,' zei ze vals en was blij te zien dat zijn gezicht van kleur verschoot.

'Hoe bedoel je?'

'Je schijnt te denken dat ik eeuwig op je zal wachten.'

'Heb je een ander gehad?' vroeg hij plotseling. 'Toen ik weg was?'

'En als dat zo zou zijn? Gaat jou dat dan wat aan?' Julia greep haar zonnebril van tafel.

'Wie?'

'O, in hemelsnaam...' Ze wilde de kamer uit lopen.

'Een van de piloten van de basis? Iemand uit het dorp?'

Ze zei met een stem vol walging: 'Wat ik wel of niet heb gedaan toen jij er niet was, gaat je niets aan.'

Jacks ogen verhardden. 'Will,' zei hij zacht.

Dat ene woord deed haar halverwege de kamer stilstaan. Ze draaide zich wild om. 'Wat zeg je?'

'Dat je misschien niet zo kieskeurig bent geweest.' Zijn stem klonk als ijs en zijn blik was vol minachting. 'Wat één broer kan, kan de andere net zo goed.'

Ze stak haar hand op om hem in zijn gezicht te slaan, maar hij greep haar bij haar pols. Ze schreeuwde: 'Will is tien keer aardiger dan jij, Jack! Hij is tien keer aardiger tegen me dan jij!,' en genoot van het moment dat hij wit wegtrok.

Ze trok zich van hem los. Toen zei ze kil: 'Ga maar op Sixfields wonen, als je dat wilt. Ik hoop dat je het afschuwelijk vindt. Ik hoop dat je er doodongelukkig wordt. Dat verdien je. Ik hoop dat je er net zo eenzaam, ongelukkig en gek wordt als je nicht Carrie.'

Julia was halverwege het schoolhuis en Missencourt, toen ze van haar fiets stapte en met haar knieën tegen haar gezicht langs de weg ging zitten. Deze keer huilde ze niet, maar voelde in haar zak naar sigaretten en een aansteker. Er zat een sigaret in haar zak, maar geen aansteker, wat op dat moment de laatste druppel was. Ze liet haar hoofd voorover op haar gevouwen armen vallen en deed haar ogen dicht. Ze wilde de uitdrukking op Jacks gezicht en de herinnering aan alles wat ze hadden gezegd, zo snel mogelijk vergeten. Ze was misselijk van de schok en haar hoofd bonsde.

Ze had geen idee hoe lang ze daar al had gezeten, toen ze een auto hoorde stoppen en een bekende stem hoorde roepen: 'Julia?'

Ze keek op en zag de oude Aston Martin van de Chancellors.

'Hallo, Will.'

'Gaat het wel?'

'Ik heb hoofdpijn.'

'Kan ik je ergens heen brengen? Ga je naar Missencourt?'

Ze schudde haar hoofd. Toen stond ze op en ging naast hem in de auto zitten. Ze zag de bezorgdheid in zijn ogen, maar kon hem nu geen antwoord of uitleg geven.

'Ik leg je fiets wel even achterin,' zei hij.

Ze zat aan de passagierskant met haar onaangestoken sigaret in haar vingers. Hij legde haar fiets achter in de auto. Toen stapte hij naast haar in.

'Heb je een vuurtje, Will?'

Hij pakte zijn aansteker. 'Dit is mijn laatste,' zei ze, 'maar we kunnen hem delen.' Ze gaf hem de sigaret. 'Marius is getrouwd,' zei ze. 'En hij heeft een kind.' Ze voelde zich vreemd, ontdaan van iedere emotie.

Will begon te proesten en gaf haar de sigaret terug. 'Marius? Getrouwd? Wanneer?'

'Vandaag. In Londen.' Ze glimlachte ongemeend. 'Wat een stunt, hè?'

Will keek haar met grote ogen aan. 'Heb je haar gezien?'

'Ik heb ze allebei gezien. Net. Ik heb vreselijk onbeleefd tegen haar gedaan.'

'Hij heeft me nooit iets verteld...'

'Nee, hè?'

'Wist jij ervan? Had hij jou iets verteld?'

'Ik had geen flauw benul,' zei ze luchtigjes.

'Godallemachtig. Wat is ze voor iemand?'

'Mooi, op een eenvoudige manier. Helemaal niet Marius' type.'

'En ze heeft een kind?'

'Een dochter. Tara.' Julia trok een vies gezicht. 'Ze had haar tenminste een normale naam kunnen geven. Ze schreeuwde aan één stuk door. Ik werd er doodnerveus van.'

'Arme Julia,' zei hij meelevend, en ze voelde tranen achter haar oogleden prikken. Ze wilde niet dat Will aardig tegen haar deed, want als hij aardig deed, zou ze van alles gaan voelen en dat zou ze nu even niet aankunnen. Het was veel gemakkelijker gewoon in de auto te zitten, een sigaret te roken en afschuwelijk nare dingen over Marius en zijn nieuwe vrouw en dochter te zeggen.

'Zullen we een stukje rijden?' vroeg hij, en ze knikte, op haar lip bijtend.

'Ik wilde even een stukje met haar rijden,' zei hij, terwijl hij de auto in de versnelling zette. 'Niet te ver, ze zuipt benzine.'

De Aston Martin snorde over het landweggetje. Na een tijdje zei hij: 'Wat zul je geschrokken zijn.'

Ze lachte cynisch. 'Dat kun je wel zeggen.' Toen fluisterde ze: 'Het vervelende is dat ik nu niets meer heb.' Die gedachte beangstigde haar vreselijk.

Hij keek haar van opzij aan. 'Julia, je weet dat dat niet zo is.'

'Jawel. Ik ben Missencourt kwijt en Temperleys is ook niet meer van mij.' Haar stem klonk laag en hees. Ze voelde zich uitgeput. 'Ik mis mijn werk, Will. Ik mis het echt. Ik had niet gedacht dat ik het ooit zou missen, maar het is echt zo. En ik heb geen zin om Missencourt met Suzanne te delen. Ik weet dat dat heel onaardig van me is, maar zo is het wel.'

'Misschien valt het best mee,' zei hij geruststellend. 'Je bent gewoon geschrokken. Misschien ga je haar wel aardig vinden.'

Hoge bomen aan beide zijden van de weg hielden de zon tegen. Ze zag dat de bladeren van de paardenkastanje in afwachting van de herfst al geel begonnen te worden. Ze zei heel zacht: 'Het gaat niet alleen om Marius, Will. Ik ben net bij Jack geweest.'

'En...?'

'Ik heb hem ten huwelijk gevraagd.'

Hij remde zo hard, dat ze het dashboard moest vastgrijpen om zichzelf in evenwicht te houden. De auto kwam in de schaduw van de bomen tot stilstand.

'En wat zei hij?'

'Nee. Hij zei nee.' Ze schreeuwde: 'Wat moet ik nu doen, Will? Wat moet ik doen?'

'Nou.' Er viel een korte stilte. 'Je zou met mij kunnen trouwen.'

Ze begon te lachen. 'Will...'

Hij keek haar aan. 'Waarom niet? We zouden vreselijk veel lol hebben.'

'Doe niet zo mal.'

Hij draaide zich van haar af en keek naar buiten. Julia rookte haar sigaret. Toen het zo lang stil bleef, dat het vervelend begon te worden, keek ze hem aan.

Ze schrok van de pijn in zijn ogen. 'Will,' zei ze. 'Ik bedoelde niet...' Haar stem stierf weg. 'Ik dacht dat je een grapje maakte.'

'Ik had niet verwacht dat je ja zou zeggen,' zei hij. 'Maar ik had ook niet gedacht dat je zou gaan lachen.'

Ze voelde zich afschuwelijk. 'Ik lachte niet om jou, Will. Ik had het gewoon niet verwacht, dat is alles.' Toen hij niets zei, legde ze haar hand op zijn schouder. 'Maar het is een leuke verrassing.'

Hij keek haar aan. 'Echt?'

'Natuurlijk.' En ze realiseerde zich dat hij haar diep ontroerd had. 'Het is vreselijk lief van je,' zei ze vriendelijk, 'maar je hoeft je om mij geen zorgen te maken. Het komt wel goed met me, echt. Je hoeft geen medelijden met me te hebben.'

'Ik heb ook geen medelijden met je. Daarom vroeg ik je niet ten huwelijk.' Hij greep het stuur van de auto zo hard vast, dat zijn knokkels wit werden. 'Ik heb je ten huwelijk gevraagd omdat ik van je hou.' Haar ongeloof was kennelijk van haar gezicht te lezen, want hij zei: 'Is dat zo moeilijk te geloven?'

'Will...'

'Ik dacht dat jij anders was,' onderbrak hij haar kwaad. 'Het is al erg genoeg met pa en ma. Die denken nog steeds dat ik een kind ben. God, wat heb ik er genoeg van. Ik ben het zat om die arme, zielige

Will te zijn die zichzelf niet kan redden, die zo nodig verzorgd moet worden. Ik dacht dat jij anders was.'

Ze legde haar hand op de zijne. 'Lieve Will,' zei ze zachtjes.

Hij zei: 'Jack en jij zijn altijd al onafscheidelijk geweest, hè? Ik was altijd een toeschouwer, ik stond altijd aan de zijlijn. Maar toen Jack wegging, werd het anders. Je zag me ineens staan.' Hij bekeek uitgebreid haar gezicht. 'Of was ik alleen maar tijdverdrijf? Zolang Jack er niet was?'

Nu begon Julia kwaad te worden. 'Hoe kun je dat denken?'

Hij haalde zijn schouders op en herhaalde: 'Jack en jij zijn altijd al onafscheidelijk geweest.'

'Dat betekent niet dat ik niet ook om jou geef.'

Zijn gezicht klaarde even op. Toen liet hij zich in zijn stoel zakken. 'Als een soort broer... een vriend... iemand om de tijd mee door te brengen... Je hebt voor mij niet de gevoelens die je voor Jack hebt.'

De laatste dagen hadden haar gevoelens voor Jack heen en weer geslingerd tussen extase en ellende. Ze had zichzelf op het strand aan Jack aangeboden. Toen ze daaraan terugdacht, steeg het schaamrood haar naar de kaken.

Ze staarde naar de bomen. 'Ik ben het grootste deel van de tijd kwaad op hem. Dat kan toch geen liefde zijn, als ik me zo voel?'

'Ik hou van je, Julia,' zei Will fel. 'Ik aanbid je.'

Nogmaals voelde ze de tranen achter haar oogleden prikken. Deze keer waren het tranen van opluchting. Dat iemand van haar hield, om haar gaf, haar op de eerste plaats stelde.

Hij zei: 'En we hebben vreselijk veel lol gehad, toch?'

Ze dacht terug aan hoe hij haar had proberen op te vrolijken na het overlijden van haar vader. Ze glimlachte. 'Ontzettend.'

'Die keer dat we naar dat afschuwelijke pantomimestuk zijn geweest...'

'Toen het hele decor in elkaar stortte...'

'En die keer dat we verdwaalden na die picknick, doordat ze de bewegwijzering hadden weggehaald...'

Haar lachen dreigde oncontroleerbaar te worden. Hij zei: 'Ik heb je gemist, deze week.' Hij legde zijn arm om haar schouders en trok haar naar zich toe. Ze bedacht zich hoe fijn het was om bij Will te zijn. Hoe gemakkelijk en gezellig en ongecompliceerd.

'Trouw met me,' fluisterde hij. Zijn lippen raakten haar wang.

Veel later bedacht ze zich dat ze met hem was getrouwd omdat ze te moe was geweest om tegen hem in te gaan. Omdat in de loop van één middag al haar oude overtuigingen waren weggevaagd. Jack, Marius, Will: iedereen bleek heel anders te zijn dan ze altijd had gedacht.

Wat was belangrijker, vroeg ze zich af, van iemand houden of liefgehad worden? Ze had het nodig liefgehad te worden. Ze was haar vader, Missencourt en Jack kwijtgeraakt. Toen Will fluisterde: 'Alsjeblieft, Julia, we zouden zo'n lol hebben,' gaf ze hem haar antwoord.

De volgende ochtend bracht Prudence Veronica en Topaz naar het station. 'Sorry dat het allemaal zo... zo hectisch was,' zei ze verontschuldigend. 'Al die toestanden. Ik haat toestanden.'

Sinds het nieuws van Marius' huwelijk en Julia's verloving bekend was geworden, hadden er zowel op Missencourt als in het schoolhuis tranen, harde stemmen en slaande deuren geklonken.

Veronica zei: 'Ik neem aan dat we je wel op de bruiloft zullen zien. Het zal wel geen uitgebreid feest worden, hè, Prudence?'

Prudence zette de auto luidruchtig in een andere versnelling. 'Ze wil trouwen zodra het kan.'

'Ah,' zei Veronica met een kleine glimlach op haar gezicht.

'Niet dat er reden tot haast is.' Prudence zag rood. Op het station nam Prudence afscheid en reed toen terug naar het schoolhuis. Topaz zwaaide tot ze haar niet meer zag. Het mooie weer was omgeslagen en er kwam regen uit de grijze hemel. Ze was niet met haar moeder meegegaan naar het toilet, maar zat buiten op een bankje met haar handen in de zakken van haar regenjas.

Een paar minuten later zag ze een auto. Hij stopte voor het station en Marius stapte uit.

'Gelukkig tref ik je nog. Ik wilde afscheid van je nemen. Ik heb dit voor je meegenomen.' Hij gaf haar een pakje. 'Om goed te maken dat de film niet doorging.'

'Wat zit erin?'

'Maak het in de trein maar open.'

Ze liet het pakje in haar jaszak glijden. Toen zei ze: 'Ik heb helemaal nog niet de kans gehad je te feliciteren, Marius. Met je huwelijk en je dochter.' Ze gaf hem een kus. 'Tara. Wat een leuke naam.'

'Het is een naam uit Suzannes favoriete film.'

'*Gone with the Wind*.' Topaz had hem vijf keer gezien. 'Zo heet het huis van Scarlett O'Hara.'

'O.' Hij keek verward. Ze had ineens medelijden met hem. Ze zei vriendelijk: 'Het komt wel goed, Marius, dat weet ik zeker. Jullie worden heel gelukkig.'

'Het vervelende is alleen dat ik hen helemaal niet ken...' begon hij. Maar toen hield hij plotseling op met praten en glimlachte treurig. 'Ik zal blij zijn als de gemoederen weer een beetje tot rust zijn gekomen. Mijn arme moeder.'

'Die zal wel...' zei ze, 'nu jullie allebei gaan trouwen...'

Zijn gezicht betrok. 'Ik heb geprobeerd met Julia te praten, te voorkomen dat ze een overhaaste beslissing neemt, maar ze luistert niet naar me. Mijn moeder heeft het ook geprobeerd, maar daardoor werd ze alleen nog maar meer vastbesloten.'

'Wil je moeder niet dat Julia met Will trouwt?'

'Nee.' Hij schudde zijn hoofd.' Nee, dat wil ze niet.'

'Waarom niet?'

Het was harder gaan regenen; er begonnen zich plassen op de weg te vormen. 'Omdat ze niet van hem houdt,' zei Marius. Zijn gezicht stond strak. 'En waarom zou je niet uit liefde trouwen, als je die kans krijgt?'

De trein kwam eraan. Marius hielp hen met hun bagage. Topaz sloeg haar armen om hem heen en gaf hem een knuffel. Toen stapte ze in de trein.

Het was druk in de trein, maar iemand bood Veronica een plaats aan het raam aan en Topaz propte zichzelf tussen een man met een bolhoed en een heel dikke dame met een pekinees op schoot.

Ze voelde zich altijd verdrietig als ze wegging bij haar neven, maar deze keer voelde ze een ander verdriet. Ze had een onaangenaam, leeg gevoel in haar maag. Ze had het gevoel dat de wereld zonder haar verder draaide en haar achterliet. De plaats die ze had gedacht te kennen, de mensen van wie ze had gedacht zoveel te houden, het was allemaal anders. Ze waren bijna onherkenbaar geworden, bijna tot vreemden verworden.

Met haar ellebogen tegen zich aan gedrukt, opende ze het pakje dat Marius haar had gegeven. Er zaten drie repen chocola in met een briefje: 'Zodat je geen kolonels meer hoeft te kussen. Liefs, Marius.'

Ze stopte de chocola en het briefje terug in haar jaszak. Met een grote wolk rook reed de trein het station uit. Topaz stond op. Toen ze de deur van de coupé opende, hoorde ze haar moeder zuchten: 'O, Topaz.' En toen rende ze terug over de gang en staarde uit ieder raampje.

Maar Marius was al weg en Missencourt lag verscholen tussen de bomen en de regen. Toen ze rende, schudde haar boezem heen en weer. Hij herinnerde haar aan haar volwassen, onhandige lichaam. Dus na een tijdje stopte ze met rennen, ging bij een raam staan en staarde naar het landschap dat aan haar voorbijging.

Haar adem wasemde op het glas. Ze schreef met haar vinger haar naam op het raam. Ze schreef er een andere naam naast. Toen veegde ze met één snelle beweging het glas schoon en liep terug naar haar coupé.

Deel II

Het ijspaleis

1946-1949

4

Het appartement van de familie Brooke was op de eerste verdieping in een gebouw op Cleveland Place in Bayswater, een rustige, half-ronde weg op tien minuten loopafstand van Kensington Gardens. Het raam van Topaz' slaapkamer keek uit op een halve cirkel van gras met bomen. In de herfst dwarrelden de bladeren van de witte populieren en bedekten het grasveld met een zacht tapijt.

Het nieuwe appartement was kleiner dan dat waar ze voor de oorlog hadden gewoond. Hun eigendommen, opgehaald uit de opslag, leken niet op hun plaats in de bleke Georgiaanse kamers. De zware cederhouten kasten en bewerkte bijzettafeltjes, overblijfselen van Veronica Brookes jeugd in India, zagen er donker en dominerend uit onder de delicate, met krullen versierde, gestuukte rozetten en plafondstijlen. Veronica leek erg teleurgesteld te zijn in het appartement, maar ja, dacht Topaz, er was ook bijna niets wat Veronica niet tegenviel: ze was teleurgesteld in mannen, het leven en haar dochter.

Terwijl haar moeder op de bank zat en sigaretten rookte, sleepte Topaz met de meubelen door de kamers in een poging ze beter te laten uitkomen. Een voor een verschenen hun vrienden en kennissen van voor de oorlog weer op het toneel: Veronica's vrienden grijzer en armoediger en die van Topaz onherkenbaar veranderd, hun vlechten en geschaafde knieën vervangen door pijpenkrullen en gepoederde gezichten.

Veronica's vrienden leefden met haar mee als ze klaagde over de te kleine kamers. 'Maar in sommige opzichten ook een stuk gemakkelijker,' zeiden ze haar, 'nu goede huishoudelijke hulp zo moeilijk is te vinden.'

Dorothy Blanchard kende Veronica al van voor de oorlog. Ze had een dochter, Joyce, die van ongeveer dezelfde leeftijd was als Topaz.

Joyce Blanchard was zogenaamd Topaz' vriendin. Als Veronica en Dorothy gin met citroen dronken en kaartten, werden Topaz en Joyce naar buiten gestuurd voor een wandeling.

'Dan kunnen ze over seks praten,' legde Joyce op een koude herfstmiddag uit.

'Hoe weet je dat?' Ze liepen langs de Round Pound; de gure wind maakte kleine, gekartelde golfjes op het wateroppervlak van de vijver.

'Ik heb ze afgeluisterd.'

Joyce Blanchard had steil, oranje haar en een gladde huid vol sproeten. Haar bleke ogen, die geen duidelijke kleur hadden, waren door de dikke glazen van haar bril optisch een stuk kleiner dan ze in werkelijkheid waren. Door haar achterbaksheid en natuurlijke neiging tot trouweloosheid vond Topaz haar helemaal niet aardig.

Maar ze was niettemin wel nieuwsgierig. 'Wat zeiden ze dan?'

'Ze hadden het over jullie hulp. Mevrouw Hemmings. En dat ze niet echt mevrouw Hemmings is.'

Topaz staarde Joyce aan. 'Bedoel je dat ze eigenlijk anders heet?'

'Nee, stommerd,' zei Joyce bot. 'Wat ik bedoel is dat ze juffrouw Hemmings is.'

Topaz zei bijna dat mevrouw Hemmings echt mevrouw Hemmings moest zijn, omdat ze een zoontje had, maar ze realiseerde zich net op tijd dat Joyce haar dan vreselijk zou uitlachen. Suzanne was ook niet getrouwd geweest toen Tara was geboren.

'Ze heeft tijdens de oorlog een verhouding gehad,' ging Joyce met een lage stem verder, alsof er mensen in de bosjes lagen die hen afluisterden. 'Met een Amerikaanse soldaat. Een zwarte Amerikaanse soldaat.' Ze keek triomfantelijk naar Topaz. 'Daarom moet ze schoonmaken. En ze moet blij zijn dat ze überhaupt kan werken, zegt mama. Erg, hè?'

Topaz knikte. 'Al dat gestofzuig. Ik zuig altijd dingen op die ik niet zou moeten opzuigen, knopen en munten en zo. En ik mis altijd al het stof.'

'Ik bedoel,' zei Joyce met een zucht, 'dat het zo erg is om een kind te hebben zonder getrouwd te zijn.'

'Ja, vast.' Topaz stak haar handen in haar zakken en vroeg zich af of het al theetijd was, zodat ze naar huis konden. Joyce staarde haar weer aan met haar kleurloze ogen.

'Je weet toch wel van de bloemetjes en de bijtjes, Topaz?'

'Natuurlijk,' zei Topaz kwaad.

Er viel een stilte. Toen zei Joyce: 'Een meisje bij mij op school zei dat je het een uur moet doen.' Haar toon was veranderd en ze keek vies en geschrokken. Ze liep heel snel over het gras richting het hek bij Porchester Terrace. Toen Topaz de volgende dag in de rij stond bij de slager, realiseerde ze zich dat ze eigenlijk maar een heel basale kennis had over de bloemetjes en de bijtjes. Haar moeder had het nooit over zulke dingen gehad met haar en hoewel de knecht van de tuinier van het Lake District Hotel haar in één woord beschreven had, wat mensen deden op hun huwelijksnacht, vermoedde ze dat zijn kennis – net als die van haar – niet verder ging dan het theoretische vlak. Ze vroeg zich af of het verstandig zou zijn om eens met Julia te gaan praten, die nu per slot van rekening een getrouwde vrouw was.

De rij werd langzaam korter. Terwijl ze in haar bonnenboekje keek of ze genoeg bonnetjes had om lamskoteletjes te kunnen kopen, probeerde Topaz er nog eens haar vinger op te leggen waarom Julia's bruiloft zo'n vreemde, vreugdeloze bijeenkomst was geweest. Het kon niet alleen geweest zijn doordat het brood nog op rantsoen was, of doordat het glazuur van de taart eruitzag als karton, of doordat er geen bellen in de champagne zaten die Maurice Chancellor god mag weten waarvandaan had gehaald. Het was net geweest alsof iedereen zo vreselijk zijn best deed om vrolijk en blij te zijn, dat de poging iedereen had uitgeput, waardoor ze allemaal zo lusteloos waren geworden als de champagne. De afwezigheid van Jack had natuurlijk ook niet geholpen, hoewel Topaz het gevoel had dat het waarschijnlijk nog moeilijker was geweest als hij wel was gekomen.

De slager verkocht net voordat Topaz aan de beurt was de laatste lamskoteletjes, dus kocht ze een stuk vlees van de nek. Ze was net Cleveland Place op gelopen toen ze een bekend persoon op zich af zag komen lopen. Toen ze Marius herkende, sloeg haar hart een slag over. Ze zwaaide lachend naar hem en rende toen op hem af om hem te begroeten.

'Ik wist helemaal niet dat je kwam!'

'Ik had een afspraak met iemand van de regering. Ik wist niet hoe lang het zou gaan duren.' Hij gaf haar een kus op haar wang.

In een café in de buurt bestelde Marius thee met taart.

'Hoe is het met Tara?' vroeg Topaz.

'Uitstekend.' Hij bood Topaz de suiker aan. Toen fronste hij zijn wenkbrauwen en zei plotseling: 'Ze schreeuwt haar longen uit haar lijf als ik bij haar in de buurt kom. Mijn moeder mag haar optillen, maar ik niet. Ik had geen idee dat het zo zou worden.'

'Ze zal wel niet aan mannen gewend zijn.'

'Maar ik ben haar vader,' zei hij boos. 'Van mij mag ze huilen als ze de slager of de groenteboer ziet. Maar ik vind het vreselijk dat ze steeds huilt als ze mij ziet.'

'Dat is vast... pijnlijk.'

Hij gaf geen antwoord. Ze vroeg: 'En Suzanne, hoe gaat het met haar?'

'Prima. Prima.'

Ze wachtte tot hij meer zou gaan zeggen, maar dat deed hij niet, dus na een tijdje ging ze verder: 'En Julia en Will?'

'Die zijn nog op zoek naar een woning.'

'Het zal wel druk zijn in het schoolhuis.'

'Ach, nu Jack weg is...' Marius haalde zijn schouders op. 'Julia en Will kunnen op Missencourt wonen, hoor. Er is genoeg ruimte.'

'Ja, natuurlijk.'

'Ik ben bang dat het allemaal nogal een puinhoop is,' zei hij stilletjes, en leek zichzelf toen mentaal wakker te schudden. 'Maar goed, hoe is het met jou, Topaz? Hoe bevalt Londen? Wat doe je allemaal?'

'In de rij staan, het grootste deel van de tijd. Onze hulp komt maar een paar uur per dag, dus ik doe de boodschappen, als zij schoonmaakt en de was doet.'

'Dat klinkt niet erg leuk.'

'O, ik vind het niet erg. Hoewel het wel leuk zou zijn als je weer echte dingen zou kunnen kopen in plaats van namaak.'

'Hoe bedoel je?'

'Nou, zoals Julia's taart. Karton in plaats van glazuur. En dan die marsepein. Van griesmeel in plaats van amandelen.' Topaz schraapte de marsepein van haar gebakje en rolde er een balletje van. 'En ik ga naar feestjes,' vertelde ze. 'Ze zijn allemaal even afschuwelijk, Marius. Er is altijd een buffet en mensen staren je vreselijk aan als je iets laat vallen, wat ik altijd doe. En er wordt altijd gedanst, maar niemand vraagt mij ooit ten dans. En ze doen spelletjes...' Ze rolde met haar ogen. 'Ik bedoel, zeg nou zelf. Zie je mij verstoppertje spelen? Ik ben zeventien, wat denken ze nou?' Ze zuchtte. 'Het lijkt me zo heerlijk om echt volwassen te zijn en geen saaie dingen meer te hoeven doen.'

'Als je volwassen bent, zijn er andere saaie dingen. Zoals belasting betalen en werken.'

'Dat zal wel.' Ze bedacht, hoe leuk ze het zou vinden om te werken; dan zou ze tenminste eigen geld hebben.

Marius vroeg naar haar moeder. 'Het gaat prima met mama,' zei ze.

'Kan ze haar oude leven weer oppakken?'

'Mm. Al haar oude bewonderaars zijn er weer. Gelukkig ken ik jou, Will en Jack, Marius. Mama's bewonderaars zijn niet echt reclame voor jouw sekse. Maar toch...' Ze pakte nog een gebakje. 'Er komen wel jongens naar die feestjes. Ongebonden jongemannen, dus je kunt het nooit weten, hè? Misschien kom ik er mijn grote liefde wel tegen, wat denk je?'

Ze ontmoette haar grote liefde niet, maar op een feestje in St. John's Wood leerde ze wel Francesca Lovatt kennen. Na het buffet stelde een van de moeders een spelletje hints voor, dus vluchtte Topaz met het excuus dat ze haar neus ging poederen het huis uit.

De tuin was lang en smal en er stond een muur omheen. Topaz liep langs iets wat een groentetuin moest voorstellen en langs de roestige overblijfselen van een schuilkelder. Achter in de tuin stonden een composthoop en een verwaarloosde plantenkas. De lucht was helder en vol sterren; bibberend in haar fluwelen jurk met pofmouwen sprong ze een paar keer op en neer en wreef over haar blote armen. Toen zag ze opeens dat er een meisje in de kas zat, dat een sigaret rookte en naar haar zat te kijken. Ze voelde zich vreselijk te kijk gezet en opende de deur.

'Is het hier warmer?'

'Een beetje. Doe maar snel de deur dicht als je binnenkomt.'

Het rook muf in de kas. De aarde op de grond lag vol vies stro. Het meisje kneep haar ogen samen. 'Jij bent een vriendin van Joyce Blanchard.'

'Een kennis,' zei Topaz. 'Joyce is een kennis. Ik ben Topaz Brooke.'

'Francesca Lovatt.' Francesca blies een dun sliertje blauwe rook uit. 'Wat doe je hier?'

'Ik zit te roken.' Ze bood Topaz haar pakje sigaretten aan. 'Wil je er een?'

Topaz pakte een sigaret en ging naast Francesca op een stapel zakken zitten. Francesca gaf haar een vuurtje.

Topaz begon weer te bibberen. 'Het is ijskoud.'

'Alles beter dan hints,' zei Francesca.

'We kunnen een vuurtje maken.'

'Waarmee?'

'Nou...' Topaz keek om zich heen, 'met dat hout, misschien.' In een hoek van de kas lag een berg takken.

Ze braken de takken doormidden en staken ze aan met Francesca's aansteker. Francesca warmde haar handen boven het vuur. Haar vingers waren – net als de rest van haar lichaam – lang en slank. Ze had een lang, slank, intelligent gezicht en lang, fijn, lichtbruin haar. Ze had vreemde rimpeltjes rond haar oogleden, waardoor haar grijsgroene ogen er ouder uitzagen dan de rest van haar lichaam.

'Ik heb altijd gedacht,' zei Topaz, 'dat ik de enige was die een hekel heeft aan feestjes.'

'Heel veel mensen haten feestjes.'

'Mooie meisjes zullen ze wel leuk vinden, lijkt me, want met hen wil iedereen dansen.'

Francesca staarde haar aan. 'Maar dat zou niets uitmaken, toch?' zei ze geïrriteerd. 'Je wilt toch zeker niet met een van die jongens trouwen, of wel? En daar zijn deze feestjes voor.'

'Wil je niet trouwen?'

'Mijn zussen zijn getrouwd en het lijkt me niets.'

'Hoeveel zussen heb je?'

'Drie.'

Topaz was jaloers. 'Geluksvogel.' Ze gooide het laatste takje op het vuur. 'Als je niet wilt trouwen, wat ga je dan doen?'

'Ik ga werken. Het lijkt me leuk om in een theater te werken.'

Het vuur was aan het uitgaan en het werd snel kouder in de kas. Topaz raapte stro op van de grond en gooide dat op de smeulende resten van het vuur. Er klonk een gesis en geloei en de vlammen schoten naar het glazen plafond. Er vielen vonkjes op de houten steunbalkjes van de kas en de gedroogde bladeren van de tomatenplanten schrompelden ineen.

Francesca sloeg het vuur uit met een zak. 'Ik was op zoek naar een krant,' zei ze een beetje buiten adem. 'Zullen we de advertenties lezen?' Topaz glimlachte. Zwart geworden stukjes stro dwarrelden door de koude lucht. 'Ja. Ja, waarom niet?'

Marius bedacht zich dat als hij gevraagd zou worden met één woord zijn huwelijk te beschrijven, dat woord 'beleefd' zou zijn. Hij en Suzanne waren onuitputtelijk beleefd tegen elkaar. Hun constante wederzijdse vragen naar elkaars dag en elkaars gezondheid waren, vermoedde hij, voor Suzanne net zo uitputtend als voor hem.

Hij probeerde niet door de barrière van beleefdheid heen te breken, omdat hij bang was voor wat erachter zou kunnen liggen. Als hij haar recht in de ogen had gekeken en haar gevraagd had eerlijk te vertellen wat ze voelde, zou ze hem hebben kunnen zeggen dat ze een huwelijk hadden dat ze allebei niet hadden gewild. Zoals het er nu voor stond, moest hij gewoon zijn kiezen op elkaar zetten, de juiste dingen zeggen en het idee van zielsverwantschap – dat hij bij zijn vader en moeder had gezien en waarvan hij zo lang had gedacht dat het een natuurlijk onderdeel van een huwelijk was – zo snel mogelijk vergeten.

Alleen in bed vonden ze echte intimiteit. Daar wist hij weer waarom hij zes maanden geleden naar haar op zoek was gegaan. Alleen als ze geen woorden nodig hadden, konden ze communiceren. Als hij haar reacties en roekeloosheid beantwoordde, bleef hij uitgeput en in extase achter, zijn geest leeg van de zeurende angsten en zorgen.

Maar achteraf, als de passie weer was verdwenen, draaide ze zich op haar rug en staarde naar het plafond, en dan hoorde hij zichzelf op de onnatuurlijke toon uit een slecht geacteerde film zeggen: 'Vond je het fijn, lieverd?' En dan gaf ze een sussend antwoord, sloot haar ogen en zei dat ze moe was. Maar hij wist dat ze soms langer dan een uur wakker lag. Ze lagen allebei zonder iets te zeggen wakker en probeerden de ander niet te storen.

Hij bedacht zich vaak hoe anders ze was dan de vrouw die hij in Northumberland had gekend. De energie en levensvreugde die hem zo hadden aangetrokken, waren vervangen door een soort vermoeidheid; het was alsof ze iets verborgen hield, bewust een gedeelte van zichzelf onderdrukte. Hij weet de veranderingen in haar aan de ervaringen die ze de afgelopen jaren had opgedaan. Het lukte hem een deel van wat er met haar was gebeurd te achterhalen. Toen ze het leger had verlaten, had haar familie geweigerd haar terug te nemen. Om te kunnen overleven had ze een gemeubileerd flatje gehuurd en al het werk aangenomen dat ze had kunnen krijgen. Hij kon zich absoluut niet voorstellen hoe het voor haar geweest moest zijn om haar kind te baren, alleen en zonder steun. Hij vroeg zich af of ze overwogen had Tara te laten adopteren, maar hij durfde het haar niet te vragen. Hij raadde dat de verantwoordelijkheden en sociale censuur haar hadden beroofd van de spontaniteit en het enthousiasme die hem in eerste instantie zo hadden betoverd. Hij zei tegen zichzelf dat het na verloop van tijd allemaal wel beter zou gaan, maar na drie maanden huwelijk zag hij geen vooruitgang. Soms zag hij haar in de tuin rondlopen met haar armen om zich heen geslagen en steelse blikken werpend naar de bomen en heggen, alsof ze een gevangenis vormden; alsof hij haar had gevangengenomen door haar mee te nemen naar Missencourt.

Ze leek zich niet op haar gemak te voelen en onbekend te zijn met hun dagelijkse leven. Hoewel ze probeerde Adele in de tuin te helpen, kon ze onkruid niet van net gezaaide plantjes onderscheiden en leek ze verbaasd te zijn over de hoeveelheid tijd die het kostte om een plantje tot volle wasdom te brengen. Ze was ook diep geschokt dat er maar twee keer per dag een bus reed naar Dorchester en dat de dichtstbijzijnde bushalte meer dan een kilometer weg was. Dat Missencourt afhankelijk was van een generator voor elektriciteit, geen gasleiding had en gebruikmaakte van een septic tank, vond ze walgelijk.

De eerste keer dat Marius op een zondag voorstelde te gaan wandelen, vroeg ze: 'Waarheen?' En toen hij een vage route door de velden en landweggetjes beschreef, vroeg ze nogmaals: 'Maar waar gaan we dan heen, Marius?' Het idee dat je zomaar een stukje kon gaan lopen, kwam simpelweg niet in haar op. Hoewel ze met hem meeging, met een grote boog om koeienvlaaien en waterplassen heen lopend, was hij er niet van overtuigd dat ze het leuk vond. Pas aan de kust leek ze positief onder de indruk van haar omgeving. Toen ze op de top van het klif stonden en over het Kanaal uitkeken, zag hij tot zijn verbijstering dat ze tranen in haar ogen had. Ze zei dat het door de wind kwam, maar hij was er niet van overtuigd dat ze de waarheid sprak. Toen begon ze hem vragen te stellen over D-day. Of de vliegtuigen van de invasiemacht over dit klif waren gevlogen. Waar hij op het schip was gestapt en waar hij was geland. Hoe het was geweest. Hij bemerkte dat hij antwoorden gaf die hij tot dan toe had vermeden en dat hij met haar vrijer over zijn ervaringen sprak dan met wie dan ook. Hij vertelde haar natuurlijk niet alles, want er was een grens aan wat je een ander kon laten aanhoren. Toen ze terugliepen naar Missencourt, voelde hij het voorzichtige begin van een intieme band tussen hen.

De stemming sloeg acuut om toen ze weer terug waren op Missencourt. Tara werd wakker van haar middagslaapje, en zette het op een schreeuwen; nadat Suzanne haar had getroost was ze in zichzelf gekeerd. Hoewel Tara de reden van hun overhaaste huwelijk was geweest, leek ze hen uit elkaar te drijven in plaats van bij elkaar te brengen. Na drie maanden had Tara Marius nog steeds niet geaccepteerd en leek ze hem nog steeds te beschouwen als een opdringerige en angstaanjagende vreemdeling. Haar geschreeuw verstoorde de rust op Missencourt. Haar herhaalde afwijzing vermoeide hem, kwetste hem en ondermijnde hem. In het leger was hij recalcitrante ondergeschikten en autocratische superieuren tegengekomen; bij Temperleys had hij leren omgaan met moeilijke klanten en veeleisende bureaucraten. Maar geen van hen had hem emotioneel zo geraakt en uitgeput. Hoewel Suzanne bleef zeggen dat het gewoon een kwestie van tijd was, voelde Marius dat zelfs zij begon te wanhopen. Hoewel de maanden op het platteland de bleekheid uit Suzannes wangen hadden gehaald, putte Tara's constante veeleisendheid haar uit. Ze kon bijna nooit een nacht ongestoord doorslapen. Haar vermoeidheid was af te lezen aan de zwarte kringen onder haar ogen en het feit dat ze af en toe onredelijk kortaf was.

Godzijdank was Tara dol op Adele. Of kwam dat, vroeg Marius zich af, doordat Adele gewoon wist wat ze met Tara moest doen? Het was wel duidelijk dat hij geen idee had. Op de momenten dat hij zich het meest gedeprimeerd en naar binnen gekeerd voelde, vroeg hij zich af of het feit dat Tara hem niet accepteerde, wees op een fundamentele, foute karaktereigenschap in hemzelf, die tot dan toe niemand was opgevallen. Alsof Tara de enige was die de waarheid over hem zag.

Het plotselinge verschijnen van Suzanne en Tara was eerst een afschuwelijke schok en diepe teleurstelling voor Adele geweest. Maar gek genoeg leek Adele nadat het eerste stof was neergedwarreld, gelukkiger dan ze in maanden was geweest. Ze had een lichte tred en een tevreden blik in haar ogen. Toen hij de moed had Adele naar haar mening over Suzanne te vragen, zei ze: 'Ze lijkt me heel zorgzaam.' Daar zorgzaamheid de eigenschap was die zijn moeder boven alles belangrijk vond, was hij opgelucht en blij toen ze dat zei.

Adeles goedkeuring maakte Julia's aanhoudende vijandigheid enigszins goed. Sinds haar huwelijk waren Julia's bezoekjes aan Missencourt onregelmatig en kort geweest. Soms voelde Marius, als hij gebukt ging onder Suzannes stiltes, Tara's tranen en Julia's vijandigheid, een diepe, duistere woede in zichzelf, een emotie waar hij zich voor schaamde, maar die hij niet kon onderdrukken.

Topaz vond een parttimebaantje bij een historicus, Rupert de Courcy, die op Russell Square woonde. Rupert de Courcy deed zijn flitsende naam geen eer aan: hij begon kaal en grijs te worden, droeg lubberende tweedpakken en had de vervelende eigenschap als hij halverwege een zin was, ineens zijn mond te houden, de verte in te staren en dan met de nagel van zijn wijsvinger tegen zijn voortanden te tikken.

Ze werkte er 's middags, zodat ze 's ochtends gewoon boodschappen kon doen. Haar werk bij meneer De Courcy was saai: archiveren, de post verzorgen en typen. Ze typte langzaam en met twee vingers en na een maand was het haar nog niet gelukt het mysterie van het archiveersysteem te ontrafelen. 'Verwijzingen, juffrouw Brooke, verwijzingen,' zei meneer De Courcy geïrriteerd. Dus schreef ze met potlood geheugensteuntjes en stak die tussen de documenten; soms, als ze de overvolle mappen opende, fladderden ze door de lucht en creëerden een grijswitte sneeuwstorm.

En dan was er nog het probleem van het legaat. Meneer De Courcy was verantwoordelijk voor de administratie van een liefdadige organisatie in het onderwijs, het Mallinghamlegaat, dat ook zijn veelbelovende naam niet waarmaakte. Het Mallinghamlegaat schonk elk jaar een bijdrage aan de verscheidene arme stedelijke studenten die aan de eisen van het legaat voldeden, waarvan er een was dat de student aan de universiteit geschiedenis moest studeren. Bankafschriften en brieven met details over de bedragen die moesten worden uitbetaald aan de studenten, arriveerden met zorgwekkende regelmaat. Topaz moest de bedragen noteren en aan het einde van elke maand de balans opmaken. Het probleem was dat ze geen flauw idee had in welke kolom ze welke bedra-

gen moest noteren. Bovendien wist ze niet hoe ze een balans moest opmaken. Ze bedacht wanhopig dat balanceren niet iets was wat cijfers
zouden moeten doen. Na een paar vlekkerige, doorgekraste pogingen
begon ze de correspondentie van het legaat op de boekenplank achter
De geschiedenis van Northamptonshire te verstoppen. Jaren later speelde haar geweten nog op als iemand toevallig dat graafschap noemde.

's Avonds na het werk sprak Topaz regelmatig met Francesca in een
café af. Het café was op Leicester Square. Ze spraken daar af in de
hoop dat iets van de glitter van de omliggende theaters op hen zou over-
springen. Maar tot nu toe was dat nog niet gebeurd. Af en toe kwamen
beeldschone, elegant geklede wezens het café binnen, die dan weer snel
de nacht in verdwenen en wolken parfum en ongrijpbare mystiek ach-
terlieten. Topaz en Francesca werden soms misselijk van jaloezie en
verlangen.

Topaz vertelde Francesca over het legaat.

Francesca grinnikte. 'Je realiseert je toch wel dat studenten in schuur-
tjes de hongerdood sterven door jou, hè, Topaz?'

'O, hemel.' Ze zag ze voor zich, hoestend en met holle oogkassen.
Ze zuchtte. 'Jij hebt geluk, Francesca, jij werkt voor een theaterbureau.'

Francesca roerde in haar thee. 'Margaret Lockwood heeft vanochtend gebeld.'

Topaz was onder de indruk. 'Heb je haar gesproken?'

Francesca keek teleurgesteld. 'Ze laten me niet met beroemdheden
praten. Ik doe de administratie en zet thee.'

Topaz zette ook thee. Voor meneer De Courcy en juffrouw Black,
zijn typiste, die een keer per week langskwam om het handgeschreven
stuk van meneer De Courcy's biografie over Edward VI van die week
op te halen. Topaz was dol op juffrouw Black, die haar vertelde over
de heerlijke tijd die ze na de Eerste Wereldoorlog had gehad. 'Fantas-
tisch, meid. De meest geweldige feesten.' Juffrouw Black zorgde nu
voor haar moeder in Twickenham, die weduwe was.

Juffrouw Black voorspelde ook de toekomst. Als Topaz haar thee
had opgedronken, greep juffrouw Black haar kopje en staarde naar de
theebladjes.

'Er staan grote dingen te gebeuren, meid. Ik zie een lange, donkere
vreemdeling.' Haar grote ogen glinsterden. 'Hij is een gepassioneerd
man met intense emoties. Je wordt tot over je oren verliefd.'

Meneer De Courcy's jongere broer, Peter, kwam af en toe op bezoek op Russell Square. Hij droeg een dikke zwarte jas met een gerafelde rode sjaal. Hij leek meneer De Courcy op zijn zenuwen te werken; Topaz zelf vond hem nogal vermoeiend. In eerste instantie negeerde hij haar, maar toen kwam hij op een dag toen ze briefjes met verwijzingen aan het schrijven was, ineens achter haar staan.

'Een naar achteren hellend handschrift. Dat is een teken van een onderdrukte persoonlijkheid,' zei hij.

Ze vroeg juffrouw Black naar Peter de Courcy. 'Hij is een kunstenaar,' zei juffrouw Black.

'Is hij beroemd?'

'In bepaalde kringen.' Juffrouw Black ging op fluistertoon verder. 'Zijn werk is nogal schokkend.'

Topaz vertelde Francesca in het café over het gesprek. 'Dat betekent dat hij naakten schildert. Misschien wil hij jou wel schilderen, Topaz.'

Topaz zag zichzelf als een dikke odalisk, achteroverleunend op een chaise longue, in de National Gallery. Ze begon te giechelen en snel daarna begonnen Francesca's ogen te stralen en schoot ze in de lach.

Op een koude, winderige avond in december die de dode bladeren uit de goten blies, hadden de broers De Courcy ruzie in de kamer naast die waar Topaz zat te werken. Topaz drukte haar oren dicht om hun geruzie niet te horen.

Peter de Courcy kwam uit Ruperts studeerkamer en sloeg de deur achter zich dicht. Het was zes uur: Topaz pakte muisstil haar tas, trok haar jas aan en liep op haar tenen door de kamer om hem niet te storen.

Ze deed net haar sjaal om toen hij zei: 'Waar ga je heen?'

'Naar huis.'

'Ga je mee iets drinken?'

Ze staarde hem aan. 'Met u?'

Hij keek met grote omhaal onder het bureau en achter de gordijnen. 'Ik zie niemand anders.' Hij keek haar aan. 'En doe even wat aan je gezicht, anders laten ze je niet binnen. Je ziet er vreselijk jong uit.'

Ze deed lippenstift op en poederde haar gezicht. Haar hand beefde. Ze was mee uit gevraagd, bedacht ze zich. Haar eerste afspraakje. Nou ja, afgelopen zomer had Marius haar meegevraagd naar de film, maar dat was niet doorgegaan omdat hij met Suzanne was getrouwd, en bovendien was dat nooit een echt afspraakje geweest, want Marius had nooit op die manier naar haar gekeken. Ze wist ook niet zeker of Peter de Courcy op die manier naar haar keek. Misschien wilde hij gewoon gezelschap, had hij geen zin in zijn eentje uit te gaan.

Hij nam haar mee naar een pub in Soho. De bar was donker en rokerig en de pluche bekleding op de bankjes was versleten. Hij vroeg haar wat ze wilde drinken, dus zei ze gin met citroen, omdat haar moeder dat altijd dronk. Ze was nog nooit eerder in een pub geweest.

De gin met citroen smaakte afschuwelijk. Hij moest de walging op haar gezicht hebben gezien, want hij glimlachte en zei: 'Niet gewend aan sterkedrank?' Ze schudde haar hoofd. 'Je rookt ook niet, zeker?'

Ze had geoefend met Francesca. 'Natuurlijk wel.'

Hij had sigaretten zonder filter en ze smaakten scherp. Hij gaf haar een vuurtje en hield de lucifer voor haar gezicht. 'Blaas hem maar uit.' Ze blies. 'Hoe heet je?'

Ze was enigszins geschokt dat hij haar mee uit had gevraagd zonder van tevoren te vragen hoe ze heette. Ze vertelde het.

'Topaz...' zei hij langzaam. Hij keek haar aan op een manier die haar deed blozen. 'Dat past bij je.' Zijn starende blik gleed naar beneden. 'Als je niet van die afzichtelijke kleding droeg, zou je er best mee door kunnen.'

Ze keek naar haar winterjas, geruite plooirok en truitje. 'Wat is er mis met mijn kleding?'

'Tweed en kasjmier... een vluchteling uit de – letterlijk – door de wol geverfde middenklasse.'

Ze wist niet zeker of ze begreep wat hij bedoelde, maar ze vroeg verder, want ze wilde het weten. 'Wat zou ik dan moeten dragen?'

Hij kneep zijn ogen, die vermoeid stonden, samen. 'Rijke kleuren en stoffen. Bruinrood en groen. Zijde en fluweel.'

Ze zag winkels voor zich die vol hingen met dat soort kleding in plaats van de saaie, praktische kleding waar de rekken nog steeds mee waren gevuld. Ze zei: 'Ik dacht dat mannen geen verstand hadden van kleding.'

'Dacht je dat, Topaz?' Hij maakte zijn sigaret uit in een asbak. 'Wat zul je dan in een benauwend klein wereldje leven.'

Haar onzekerheid ten aanzien van Peter de Courcy hield aan. Hoewel ze de week daarop nog twee keer met hem naar de pub in Soho ging, bleef ze toch het gevoel houden dat hij haar alleen mee vroeg omdat ze er was. Ze wist niet eens zeker of hij haar aardig vond. Haar smaak, haar uiterlijk en de dingen die ze zei, waren vaak het onderwerp van zijn spot of minachting.

Hij had het vooral over zichzelf. Hij woonde in Fitzrovia en vertelde haar dat hij op het punt stond door te breken. Tot nu toe was zijn carrière beperkt door de boeien van onderdrukking en preutsheid van de maatschappij. Het was nu tijd die boeien te verbreken, zei hij, tijd tot het uiterste te gaan.

Hij vroeg haar heel zelden iets over haarzelf. Dat vond ze niet erg; haar leven was zo saai vergeleken met dat van hem. Voor de oorlog had hij in Frankrijk, Italië en Noord-Afrika gereisd. Hongerig naar nieuwe ervaringen, zelfs als ze tweedehands waren, vroeg ze hem naar de mensen die hij had ontmoet, de plaatsen die hij had bezocht, maar zijn antwoorden waren teleurstellend vaag. Hoewel hij zich nog wel herinnerde wat een ontvangst zijn tentoonstelling in de Provence had gekregen en welke schilderijen hij in Oran had verkocht, kon hij haar niet vertellen hoe de Provence of Oran eruitzagen. Ze herinnerde zichzelf eraan dat hij een kunstenaar was. Woorden waren niet zijn medium.

De eerste keer dat hij haar kuste, stonden ze buiten bij de ingang van metrostation Tottenham Court Road. Het was zeven uur en de straten en trottoirs waren druk. Ze stonden op het punt afscheid te nemen, altijd ongemakkelijk doordat 'tot ziens' of 'tot volgende week' dingen impliceerden, die ze niet durfde te impliceren. Dus stak ze haar hand naar hem uit en zei: 'Nou, dag, dan.' Hij gooide zijn hoofd in zijn nek en begon keihard te lachen.

'Wat is er?'

'O, Topaz...' Hij veegde zijn ogen af. 'Als we nou eens goed afscheid namen?' Hij trok haar naar zich toe en kuste haar. Hij had geen snor, dus hij prikte tenminste niet.

Hij zei: 'Je eerste kus... Wat vind je daarvan?'

Ze realiseerde zich dat het tactloos zou zijn hem over de kolonel te vertellen. 'Het was heel fijn.'

'Heel fijn...' Hij begon weer te lachen. Hij lachte nog steeds toen hij in de mensenmenigte verdween.

Marius moest voor zaken naar Londen. Hij vroeg Suzanne of ze zin had om mee te gaan.

'Je wilt vast winkelen, nu het bijna kerst is. Of misschien wil je iemand bezoeken. En je mist Londen vast...'

'Missen!' Ze zaten te ontbijten; ze duwde haar theekopje opzij, liep naar het raam en staarde met haar rug naar hem toe en haar armen om zichzelf heen geslagen naar buiten.

Hij dacht terug aan hoe ze door de tuin had gelopen, alsof ze had geprobeerd de grenzen ervan weg te duwen. 'Ik weet dat je moeite hebt hier te wennen.'

'Er is hier niets om aan te wennen.' De woorden kwamen uit haar mond alsof ze er te lang opgesloten hadden gezeten. 'Het is allemaal zo leeg. Zo... zo niets. Ik betrap mezelf erop dat ik hoop dat er gewoon eens iemand over de oprit aan komt lopen. De postbode... wie dan ook. Zodat er eens iets verandert.'

'Natuurlijk verandert er wel wat,' wierp hij tegen. 'En met de bus ben je zo in Bridport of Dorchester. En we kennen ontzettend veel mensen.'

'Jij wel, ja. Maar die mensen kennen mij niet. Ze zijn totaal niet in me geïnteresseerd.'

'Dat is onzin...' begon hij, maar ze onderbrak hem.

'Je weet dat het de waarheid is, Marius. In het begin waren ze even nieuwsgierig en toen zijn ze allemaal weer snel teruggegaan naar hun veilige huizen.'

'We worden regelmatig uitgenodigd, maar je zegt steeds af.'

Haar ogen schoten vuur. 'Dat is niet waar. We zijn naar dat cocktailfeestje geweest.'

'We zijn heel vroeg naar huis gegaan,' hield hij vol. 'Dat wilde je per se.'

Ze haalde haar schouders op. 'Het was vreselijk.'

Hij begon kwaad te worden. 'En bij de Barringtons zijn we ook heel vroeg weer weggegaan...'

'Saaie mensen, saaie gesprekken. En die vreselijke hond bleef maar aan me snuffelen.'

'Je moet ook wel een beetje je best doen.' Hij wist dat hij pretentieus klonk.

Ze staarde hem koel en scherp aan. 'Waarom, Marius?'

'Omdat ze onze buren zijn.'

'Ik ben het niet eens met hun politieke ideeën,' zei ze. 'Ik heb een andere smaak en een andere achtergrond dan zij. Het feit dat we bij elkaar in de buurt wonen... nou, dat is gewoon een toevallige samenloop van omstandigheden, geen reden om een vriendschap te beginnen.'

Of om te trouwen, zei hij bijna, maar hij kon zichzelf nog net inhouden. Hij haalde diep adem. 'Ik maak me zorgen dat je je eenzaam voelt.'

'Ik voel me eenzamer in het gezelschap van die mensen,' zei ze kwaad. 'En ik kan me niet voorstellen dat jij zoveel met ze gemeen hebt, Marius.' Haar stem werd iets vriendelijker, hoewel haar donkere ogen uitdagend stonden. 'Ik ga niet met je mee naar Londen omdat ik volgens mij Tara's verkoudheid begin te krijgen. Maar ik zou het heerlijk vinden als je wat dingen voor me wilt meenemen.'

Toen hij die middag in warenhuis Selfridges was, gaf hij Suzannes lijstje aan de verkoopster op de fournituren afdeling. Op zoek naar cadeautjes liep hij wat door de winkel rond. Toen hij weer buiten was, belde hij in een telefooncel naar het huis van de familie Brooke. Veronica Brooke vertelde hem dat Topaz er niet was, dat ze een baantje had op een kantoor. Ze werkte er alleen 's middags, vreselijk onhandig als ze verlegen zat om een vierde speler bij bridge. Het kantoor was in Bloomsbury; ze was rond halfzes klaar met haar werk.

Het was nog kouder geworden en een gelige mist hing rond de lantaarnpalen en boomtakken. Marius zette de kraag van zijn jas overeind en stak zijn handen diep in zijn zakken. Toen hij Russel Square op liep, zag hij Topaz uit een groot bakstenen gebouw vlak bij de hoek van Bedford Place komen. Ze was in het gezelschap van een man van een jaar of vijfendertig, veertig misschien. Hij droeg een zwarte jas met een lange rode sjaal en een hoed met een brede rand. Topaz hield een tas tegen zich aan gedrukt, die er zwaar uitzag. Toen ze de stenen trap van de voordeur naar de straat af liepen, raakte zijn hand eerst haar rug en toen haar billen.

'Marius!' riep Topaz toen ze hem zag.

'Ik was in de stad, dus het leek me wel leuk om je even op te zoeken.' Hij keek naar haar gezelschap. 'Stel je me niet voor, Topaz?'

'Natuurlijk wel.' Haar gezicht was rood. 'Marius, dit is Peter de Courcy. Peter, dit is Marius Temperley, een oude vriend van me.'

Ze schudden elkaar de hand. Marius zag dat de manchetten van Peters jas rafelig waren. Hij stonk naar alcohol en Franse sigaretten.

'Ik vroeg me af of je zin hebt om mee uit eten te gaan,' zei Marius.

'O. Peter en ik...'

'Dat vind je toch niet erg, hè?' Hij keek Peter aan met de blik die hij in zijn diensttijd altijd had gebruikt om incompetente ondergeschikten op hun plaats te zetten, en die hij perfect beheerste. Peter de Courcy mompelde iets en verdween in de mist.

Toen hij uit het zicht was verdwenen, zei Topaz: 'Marius. Wat deed je dat schaamteloos.'

Hij nam haar tas van haar over. 'Kent je moeder hem?'

In het gedempte licht van de lantaarnpaal kon hij niet zien of ze bloosde. Ze zei: 'Nee. Moet dat?'

'Jullie lijken intiem.'

'We zijn gewoon vrienden.'

'Onzin.' Hij liep richting Montague Street en Topaz liep met hem mee.

'Marius...'

'Hij is veel te oud voor je.'

Ze stond ineens stil. 'Als je bent gekomen om op me te foeteren, Marius, heb ik geen zin om met je te gaan eten.'

'Sorry,' mompelde hij.

In een eetcafé in een zijstraat van Tottenham Court Road trokken ze hun jassen en handschoenen uit en deden hun hoeden en sjaals af. De ruiten waren beslagen en het rook er naar natte wol en vleespastei.

De serveerster nam hun bestelling op. Marius vertelde waarom hij in Londen was. 'Zaken. En boodschappen voor Suzanne.'

'Hoe is het met haar?'

'Prima,' zei hij. 'Prima.'

'Dat zeg je altijd.'

'We hadden bijna ruzie, voor ik wegging.'

'Bijna?'

'Dat kunnen we vreselijk goed,' zei hij met een vage glimlach op zijn gezicht. 'Bijna ruziemaken.'

Het was even stil. Toen zei ze: 'Peter is ontzettend aardig, Marius. Hij is kunstenaar.'

Marius dacht: natuurlijk gedraagt hij zich aardig, hij is niet gek. Hij dacht terug aan de versleten kleding, het te lange haar, de wallen en schaduwen op het gezicht van Topaz' losbandige vriend.

'Hij wordt beroemd,' straalde ze. 'Hij wil me schilderen.'

De serveerster kwam het eten brengen. 'Maar dat sta je toch niet toe, hè?'

'Waarom niet?'

Er waren heel wat tactvolle antwoorden op die vraag te bedenken, maar die kwamen niet in hem op. In plaats daarvan zei hij bot: 'Omdat het hem niet om het schilderen gaat.'

Ze keek hem eerst uitdrukkingsloos aan en werd toen paars. Toen stak ze haar mes en vork in haar vleespastei en trok de korst eraf. 'Dat zal jou wel verbazen.' Haar stem klonk verkrampt.

'Zo bedoelde ik het niet.' Hij deed geen poging zijn cynisme te verbergen. 'Hecht je maar niet te veel aan hem. Dat soort mannen is niet geïnteresseerd in iets blijvends.'

'Hij zal van me houden en me dan verlaten, bedoel je?'

'Zoiets, ja.'

Haar ogen glinsterden. 'Misschien vind ik dat wel niet erg. Misschien kan het me niet schelen. Misschien is iets beter dan niets.'

Hij zei onaardig: 'Ik dacht dat je een betere smaak had, Topaz.'

Ze legde haar mes en vork neer en stond op.

'Waar ga je heen?'

'Naar huis.' Ze deed haar jas aan.

'Topaz...' Hij schaamde zich ineens; hij stak een hand naar haar uit. 'Alsjeblieft. Het was niet mijn bedoeling je te kwetsen. Ik wil gewoon niet dat hij je pijn doet.'

Maar ze liep het eetcafé uit en liet hem alleen achter. Hij keek even naar de twee borden met vleespastei en bedacht, dat hij helemaal geen honger had. Dus legde hij wat geld op tafel en liep toen ook naar buiten.

Tijdens de trage, lange weg naar huis had Marius ruim de tijd te bedenken hoe slecht hij gereageerd had. Hij was verdomme zelfs vergeten Topaz het kerstcadeautje te geven dat hij bij Selfridges had gekocht.

Hij had haar altijd gemogen om haar originaliteit, haar gevoel voor avontuur en haar gemis aan conformiteit. De gedachte dat ze versierd zou worden door een ouder wordende losbol, deprimeerde hem. Hij had van alles moeten zeggen, haar dingen moeten vertellen die misschien hadden kunnen voorkomen dat ze zich te grabbel zou gooien voor die hitsige nepkunstenaar. Hij had altijd gezien hoe duidelijk ze iemand miste om haar te beschermen. Hoe duidelijk ze iemand miste die van haar hield. Dat was natuurlijk de enige reden waarom ze was gevallen voor de eerste man die interesse in haar toonde.

Hij overwoog even haar moeder te bellen, maar verwierp die gedachte onmiddellijk weer. Hij dutte tijdens de reis af en toe even weg, maar schrok steeds wakker van de oncomfortabele reis en zijn gedachten. Toen de trein eindelijk Longridge Halt bereikte, was het bijna middernacht. Ook hier was het mistig geworden en toen hij naar huis liep, had hij maar een paar meter zicht en moest zich oriënteren op bekende punten om niet te verdwalen.

Het buitenlicht was aan en heette hem welkom. Marius liet zichzelf binnen en liep de trap op. Toen hij zo zacht hij kon langs de kinderkamer liep, hoorde hij dat Tara zachtjes begon te kreunen, het hem welbekende geluid dat altijd voorafging aan haar geschreeuw. In de slaapkamer zei hij Suzannes naam, maar die lag diep te slapen. Hij zag dat er een flesje aspirine op haar nachtkastje stond.

Tara begon harder te schreeuwen. Marius liep terug naar de kinderkamer. Tara stond rechtop in bed met haar handen om de stijlen van het bedje en een rood en nat gezicht van het huilen. Toen ze hem zag, begon ze nog harder te schreeuwen, en hij voelde een onmachtige woede in zich opwellen.

Toen zag hij ineens de wanhoop in haar ogen en zijn woede was zo snel weg als hij was opgekomen. Hij pakte haar op uit haar bedje en zei vriendelijk: 'Jij en ik zullen een manier moeten vinden om met elkaar op te schieten, lieverd.' Hij sloeg een deken om haar heen en droeg haar naar beneden, waar niemand hen kon horen.

In de zitkamer gilde ze, gooide haar hoofd naar achteren en balde haar vuisten. Hij veegde haar ogen en neus af en hield haar tegen zijn schouder. Hij liep geruststellende woorden mompelend met haar door de kamer en klopte haar zacht op haar ruggetje. Als hij het al moeilijk had gevonden zich aan zijn nieuwe leven aan te passen, hoe moeilijk moest het dan wel niet voor haar zijn geweest, bedacht hij zich. Wat moest deze wereld onbegrijpelijk zijn voor haar. Haar gevoel van ellende kwam voort uit de veranderingen in haar korte leventje, de verschillende plaatsen waar ze had gewoond en de armoede waarin ze was geboren. Hij had een lange periode van afwezigheid goed te maken.

Terwijl hij door de kamer liep en haar geruststellend toesprak, zag hij hoe de mist boven het terras en het grasveld hing, waardoor de bomen er spookachtig bovenuit staken en het net leek of ze geen wortels hadden. Ze waren al wit uitgeslagen door het koude weer. Ook boven de vijver hing een dikke laag mist.

De vredigheid van het tafereel gleed de kamer binnen en na een tijdje viel het Marius op dat Tara minder hard begon te schreeuwen. Weifelend bijna. Hij bleef lopen en haar op haar ruggetje kloppen. Uiteindelijk voelde hij hoe haar hoofdje zakte en hoe ze het toen op zijn schouder te rusten legde. Haar zijdeachtige zwarte krullen raakten zijn gezicht aan. Ze haalde bevend adem, maar haar lichaampje was nu ontspannen. Ze leek zwaarder te worden. Marius bewoog rustiger en zijn stem was nu bijna onhoorbaar. Hij realiseerde zich dat er iets wonderlijks was gebeurd. Hij ging heel voorzichtig op de bank zitten.

Bang dat zijn blik haar weer in woede en schreeuwen zou doen uitbarsten, duurde het even voor hij naar de zijkant van haar bolle gezichtje durfde te kijken. Haar lange zwarte wimpers waren nog nat van de tranen en door haar gesloten oogleden scheen iets violetkleurigs. Hij gaf haar een kus.

Voor het eerst sinds zijn terugkeer naar Engeland leek hij de dingen helder te zien. Hij vermoedde dat zijn eigen onzekerheid en gebrek aan zelfvertrouwen hem van zijn dochter vandaan hadden gehouden. Hij had Tara als een verantwoordelijkheid gezien, als een last in plaats van het geschenk dat ze was. Ze was zijn hoop voor de toekomst, zijn weg door de mist.

Morgen zou hij Topaz bellen en zijn excuses aanbieden. Hij zou opnieuw beginnen, beloofde hij zijn dochter in stilte. En hij zou het deze keer beter doen.

Topaz had Peter de Courcy niet meer gezien sinds de avond dat Marius er was. De dag daarvoor had hij haar meegenomen naar zijn atelier en haar zijn schilderijen laten zien. Hij had haar gevraagd voor hem te poseren. Hoewel ze zich vereerd en opgewonden had gevoeld, had ze zijn voorstel ook niet helemaal vertrouwd. Wat als hij haar zonder kleding wilde schilderen? Toen ze zich die avond had uitgekleed om naar bed te gaan, had ze zichzelf in de spiegel bekeken. Zoveel wit vlees, met rode striemen van haar beha en jarretels. *Het gaat hem niet om het schilderen.* Marius had alleen maar haar eigen twijfels onder woorden gebracht.

Toen ze op de middag van 24 december op haar werk aankwam, fluisterde juffrouw Black: 'Meneer Peter is er. Ze hebben vreselijke ruzie.'

Deze keer drukte Topaz haar oren niet dicht. De stemmen klonken door de muren. Ze hadden ruzie over geld. Ze had net haar sjaal afgedaan en haar jas aan het haakje gehangen, toen Peter uit de studeerkamer van zijn broer kwam en de deur achter zich dichtsloeg. Toen hij Topaz zag, bleef hij even staan.

'Die klerelijer,' zei hij. 'Die bekrompen, gierige klerelijer.' Hij sprak met dikke tong.

Hij liep de trap af. Ze rende achter hem aan. 'Peter!' riep ze. Hij bleef staan en draaide zich om.

'Ik vroeg me af wanneer ik je weer zou zien.'

Hij keek haar niet aan. 'Ik dacht niet...' Hij liep een paar treden omhoog in haar richting. Zijn ogen waren bloeddoorlopen en opgezwollen. *Ik dacht dat je een betere smaak had, Topaz.*

'Weet je,' zei hij, zijn woorden nauwgezet articulerend, 'Ik heb niet zo'n zin in elkaar geslagen te worden door die stoere vent.'

'Marius?'

Hij glimlachte. 'Ik geloof niet dat hij me aardig vond. Sorry, liefje.' Hij liep weer naar beneden.

'Maar je wilde me toch schilderen?'

Hij zei: 'Ik weet niet of mijn vrouw dat op prijs zou stellen.' Toen liep hij de voordeur uit.

Ze liep terug naar boven. Rupert de Courcy stond naast haar bureau. De vloer rondom hem lag vol met papieren. Hij had het derde deel van *De geschiedenis van Northamptonshire* in zijn handen. Met een gevoel van onontkoombaarheid herkende Topaz het briefhoofd van het Mallinghamlegaat op de papieren die op de grond lagen.

Toen ze het huis uit liep, dacht ze: niet slecht, Topaz Brooke, niet slecht, het is je gelukt binnen tien minuten je baan en je man kwijt te raken. En dat terwijl ze niet eens het gevoel had gehad ze beide ooit echt gehad te hebben.

Toen ze thuiskwam, liep haar moeder in de zitkamer te ijsberen. 'Dat afschuwelijke mens,' zei Veronica. Ze was woedend.

'Wie?' Topaz deed haar sjaal af.

'Dorothy Blanchard. Ze speelt vals. Ik had al weken niet gewonnen.' Veronica's neusvleugels stonden wijd open. 'We spelen natuurlijk alleen met kleingeld, maar het gaat om het principe!' Ze fronste haar wenkbrauwen. 'Ik hoef dat vreselijke mens nooit meer te zien, maar dan komen we iemand te kort.'

'Ik werk niet meer voor meneer De Courcy.' Topaz knoopte haar jas los. 'Dus ik kan wel invallen als je dat wilt, mama.'

'Kan dat, lieverd?'

Veronica overstelpte haar dochter met bedankjes en complimentjes. Geëmotioneerd door dit zeldzame vertoon van affectie, fluisterde Topaz: 'Natuurlijk, mama.'

Veronica keek naar haar dochter. 'We moeten echt eens nieuwe kleren voor je kopen. Ik had me niet gerealiseerd hoeveel je bent gegroeid. We moeten maar snel een afspraak bij Kitty maken.' Kitty was Veronica's naaister. Veronica glimlachte. 'Lijkt je dat niet gezellig, lieverd?'

5

Toen Jack in 1942 naar het buitenland was vertrokken, had Will het gevoel gehad dat er iets van hem afviel. Hij hoefde zichzelf niet langer te vergelijken met zijn sterke, slimme, knappe, oudere broer. Tijdens de afwezigheid van Marius en Jack waren Julia en hij als vanzelfsprekend naar elkaar toe gegroeid. En aangezien Julia zowel betoverend als beeldschoon was, was hij als vanzelfsprekend verliefd op haar geworden. Omdat hij zo zeker had geweten dat Julia niet verliefd was op hem, had hij zijn gevoelens voor zichzelf gehouden. Hij wist dat ze Jack schreef, maar wist niet of het brieven van een vriendin of van een minnares waren. Zijn pogingen haar te laten merken wat hij voor haar voelde – cadeautjes en bloemen – had ze koel en vriendelijk aangenomen, maar hadden haar niet dichter bij hem gebracht.

Tijdens de oorlogsjaren had Will geen lichamelijke relatie gehad met Julia, maar met de serveerster die in een café in Hernscombe werkte en met een landarbeidster op een boerderij bij Bridport. Het waren allebei verstandige meisjes geweest, die hem tot zo ver hadden laten gaan en niet verder. Het genot en de frustratie die hij had gevoeld bij zijn gehaaste ontmoetingen met Hester en Sadie hadden niets gemeen met de mengeling van angst en verrukking die Julia bij hem losmaakte. Will was tot de conclusie gekomen dat hij had verlangd naar Hester en Sadie, maar van Julia hield. Julia bleef op een bepaalde manier onbereikbaar, waardoor ze zelfs tijdens Jacks afwezigheid ver van hem af leek te staan. Hij was gewend geraakt aan die afstand en had af en toe wat stoom afgeblazen door te veel te drinken of – als het benzinerantsoen dat toestond – te snel te rijden. Toen Julia was ingegaan op zijn huwelijksaanzoek, was het geweest alsof de Venus van Milo met haar marmeren hoofd had geknikt, of de Mona Lisa had geglimlacht.

Weken later gingen de haren in Wills nek nog overeind staan, als hij terugdacht aan de avond waarop ze hun verloving hadden bekendgemaakt. Ze waren teruggereden naar het schoolhuis (Will had het meteen aan iedereen willen vertellen) en toen ze daar niemand hadden aangetroffen behalve mevrouw Sykes, waren ze op weg gegaan naar Missencourt. Daar was Julia de zitkamer in gelopen en had de Temperleys en Prudence verteld dat ze met Will ging trouwen. Er was een verbijsterde stilte gevallen en toen had Adele Temperley boos gezegd: 'Doe niet zo raar, Julia!'

Dat het Adele was geweest – de vriendelijke, zachtaardige Adele – die dat had gezegd, had Will geschokt. Dat was het moment geweest waarop het tot hem was doorgedrongen dat hoewel anderen misschien net zo verbaasd als hij zouden zijn dat Julia met hem wilde trouwen, ze zijn blijdschap erover niet deelden.

Toen was Jack de kamer binnengekomen en had Julia met een wit geworden gezicht haar mededeling herhaald. Will had de zinsnede 'en alle kleur trok weg uit zijn gezicht' vaak genoeg in boeken gelezen, maar hij had altijd gedacht dat dat bij wijze van spreken werd bedoeld. Net voordat Jack zich omdraaide en het huis uit liep, had Will heel even de uitdrukking in de ogen van zijn broer gezien. En hij had zich op dat moment nog iets gerealiseerd: hoe diep Jack was gekwetst. Dat gevoel was direct gevolgd door schuldgevoel, zijn actie goedpraten (Jack had per slot van rekening zijn kans gehad) en triomf. Hij had zich geschaamd dat hij zich zo triomfantelijk had gevoeld. Hij had achter Jack aan willen rennen, maar zijn moeder had een waarschuwende hand op zijn arm gelegd, die hem had tegengehouden. 'Nu niet,' had ze gefluisterd. 'Hij heeft tijd nodig.'

Maar de tijd had de omstandigheden niet veranderd of verzacht. Zowel het schoolhuis als Missencourt had op zijn grondvesten geschud door de ruzies, discussies en ieders weigering in te stemmen. De twee huwelijken – dat van Marius en Suzanne en dat van Julia en Will – hadden enorme scheuren veroorzaakt in het landschap van de levens van de Chancellors en de Temperleys.

Will had een hekel aan ruzie en onenigheid. Het lag in zijn natuur het mensen naar de zin te maken en geen ruzie te zoeken. Jack was altijd degene geweest die stormen had veroorzaakt, hij niet. Hij raakte van slag als mensen het niet met hem eens waren en hij werd er bang en nerveus van. Een deel van hem had nog steeds behoefte aan Jacks goedkeuring. Dus was Will een paar weken voor het huwelijk bij hem op bezoek gegaan op Sixfields.

Het bezoek was meteen misgegaan. Toen hij de binnenplaats op was gelopen, was hij aangevallen door ganzen en honden. Hij was uitgegleden in de modder en was bijna vol op zijn gezicht gevallen. Door de open schuurdeur had hij Jack gezien, die de kleine grijze tractor aan het repareren was.

Will was verzoeningsgezind, redelijk, toegeeflijk geweest. Jack had hem genegeerd en Wills woorden waren bijna onverstaanbaar geweest door het gekletter van gereedschap. Na een tijdje waren zijn zorgvuldig voorbereide zinnen in stilte verstomd. Toen had hij gezegd, niet in staat zichzelf tegen te houden: 'Dat moet je niet met een pijptang doen, dat gaat veel beter met een moersleutel.'

Jack had de tang nog harder vastgegrepen en de spieren in zijn handen waren aangespannen. Toen was hij rechtop gaan staan, had Will voor het eerst recht aangekeken, en had gezegd: 'Je weet toch dat ze niet van je houdt, hè? Ze houdt echt niet van je.' Buiten adem en met een pijn in zijn ribbenkast alsof Jack hem getrapt had, was Will de schuur uit gelopen. Dan niet, had hij hardop gemompeld, en alle hoop op een verzoening was vervlogen geweest.

Na de bruiloft gingen Julia en hij in het schoolhuis wonen. Hoewel de kranten vol hadden gestaan met berichten over het tekort aan woningen, had Will zich niet gerealiseerd hoe erg het was tot hij zelf serieus naar een huis was gaan zoeken. Hij had ontdekt dat er hele gezinnen op één kamer woonden; dat moeders en kinderen bij schoonfamilie woonden, gescheiden van hun mannen, die ergens anders werkten. Dat honderden gezinnen leegstaande kazernes hadden gekraakt. Er groeiden kool en worteltjes tussen de barakken en kinderen speelden op de betonnen pleinen waar ooit kistjes overheen hadden gemarcheerd.

Het probleem was dat Will niet het gevoel had dat hij was getrouwd, nu hij nog bij zijn ouders woonde. Het leek net alsof Julia en hij gewoon vrienden waren, die toevallig een kamer deelden. Hij nam aan dat dat was waarom de lichamelijke kant van hun huwelijk nogal rampzalig was. Hoewel Julia zei dat ze het fijn vond, voelde hij dat ze er niet veel aan vond. Will voelde zich niet op zijn gemak als hij met haar vree in het huis van zijn ouders. Hij kreeg het gevoel maar niet uit zijn hoofd dat zijn ouders elk kraakje van het bed en elke ademhaling hoorden. En dan was er nog de totaal irrationele angst dat Jack hen kon horen, dat hij minachtend toekeek op zijn stuntelige pogingen. Dus hadden Julia en hij het er maar een beetje bij gelaten; hoewel ze wel veel knuffelden en kusten, gingen er weken voorbij dat ze niet vreeën. Will realiseerde zich ongemakkelijk dat dit niet was hoe pasgetrouwde stellen zich hoorden te gedragen. Dus gaf hij Julia cadeautjes om te proberen haar op te vrolijken: bloemen en snuisterijen, een paar kousen en dure zeep die hij onder de toonbank bij zijn neef Maurice had gekocht.

Ondertussen was hij in de garage begonnen die hij van Maurice huurde. De garage was niet onmiddellijk het succes dat Will gehoopt had dat hij zou zijn; gelegen aan een verlaten stuk woest landschap, leek het weinige verkeer dat er passeerde haast te hebben de aangenamere kust te bereiken. En hoewel hij genoot van de praktische kanten van het werk in een garage, had hij moeite met het papierwerk. Na een tijdje begon hij de formulieren en rekeningen op zijn bureau te negeren. Toen hij zichzelf op een avond dwong alles op een rijtje te zetten, ontdekte hij tot zijn afschuw dat de garage verlies leed. Maar een klein bedrag per week, maar er was een schuld en die werd groter. Hij zei tegen zichzelf dat het vast snel beter zou gaan en probeerde niet in paniek te raken. Het rantsoeneren van benzine moest nu toch snel zijn afgelopen en als het zover was, konden mensen weer voor de lol gaan autorijden, zoals ze dat voor de oorlog hadden gedaan.

Tegen de jaarwisseling vertelde een van Wills klanten hem over een huis dat te huur stond. Boven op een berg, alleen maar bereikbaar via een paadje dat langs de weg liep, stond het bijna drie kilometer verwijderd van de dichtstbijzijnde buren of winkel. Hoewel de naam, Hidcote Cottage, beelden tevoorschijn toverde van gestuukte buitenmuren, een rieten dak en romantische kamers, was het huisje tussen de twee wereldoorlogen gebouwd en de grijze muren en het leistenen dak hadden een somberheid over zich die overeenkwam met het treurige bos dat eromheen lag. Op de vloeren binnen lagen vierkante tegels en grijsbruin linoleum; de muren en het houtwerk waren in dezelfde tinten crème en groen als die van het schoolhuis geschilderd. Tijdens de oorlog was het huisje door officieren van een nabijgelegen

RAF-basis gebruikt. Aan een haakje in de gang hing een gasmasker en in een vensterbank lag een legergroene waterfles.

Will besloot onmiddellijk het huis te nemen, uit angst dat een ander stel hem anders te snel af zou zijn. Hij probeerde zijn bange voorgevoel te negeren en hield zichzelf voor dat ze het trieste kleine huisje zouden omtoveren tot iets lichts en gezelligs. Toen hij Julia de volgende dag meenam om Hidcote Cottage te bekijken, hield hij haar nauwlettend in de gaten en probeerde, toen ze door de kleine kamers liep, aan haar gezichtsuitdrukking af te lezen wat ze dacht. Ze had een oude, veel te grote bontjas aan en haar smalle, tengere gezicht werd omring door de enorme roodbruine kraag.

Hij zei weifelend: 'Wat vind je ervan, schat?'

'Het is piepklein. En het is hier zo koud...'

'We kunnen het opknappen. De muren schilderen. Wat kleden neerleggen.'

'Ja,' zei ze zwakjes.

Hij voelde een knoop in zijn maag. 'We hoeven tenminste niet meer bij mijn ouders te wonen.'

'Ja,' zei ze nogmaals. Ze trok haar schouders op. Toen probeerde ze er iets van te maken, keek hem glimlachend aan en zei: 'Het is een prima huisje, Will. En het zal heerlijk zijn een eigen plek te hebben.' Een golf van opluchting stroomde door zijn lichaam.

De cottage was afschuwelijk. Ze was te klein, lag te geïsoleerd en het was er ijzig koud, maar ze was tenminste wel van hen. Julia besefte dat ze nog liever in een grot had gewoond dan dat ze langer in het schoolhuis met Wills ouders en een handjevol schooljongens had moeten wonen.

Ze verhuisden in een weekeinde begin januari. Julia begon op maandagmorgen nadat Will naar de garage was vertrokken met uitpakken. De voorkamer stond zo vol met kisten en dozen, dat je er niet kon zitten. De warmte uit de keuken trok niet naar de rest van het huis. Julia droeg de door motten aangevreten jas van vossenbont die ooit van haar grootmoeder was gewest en ze had handschoenen aan en een sjaal om.

Tijdens het uitpakken van de dozen en kisten realiseerde ze zich dat ze een enorme hoeveelheid rommel hadden. Wills verzameling modelvliegtuigen lag tegen een schoenendoos vol met rozetten en getuigschriften die Julia met gymnastiekwedstrijden had gewonnen en een glazen ding om punch uit te schenken dat ze van Wills rare tantes als huwelijkscadeau hadden gekregen. Ze hadden maar heel weinig nuttige huwelijkscadeaus gekregen. Prudence had hun (godzijdank) lakens en handdoeken gegeven. Marius en Suzanne hadden glazen gegeven, prachtige, rookkleurige, antieke glazen. Marius had ze vast uitgezocht, dat kon Suzanne niet gedaan hebben. Adele had hun porseleinen servies gegeven en Wills nicht Carrie, die vreselijk rijk zou zijn, had hun zo'n afzichtelijke en grote klerenkast gegeven, dat ze hem Hidcote Cottage niet in kregen en hij bij de kolen en de wringer in de aanbouw achterbleef. Jack had hun niets gegeven en hij was ook niet naar de bruiloft gekomen. Maar ze wilde niet aan Jack denken.

Behalve de grasparkiet die ze van Topaz hadden gekregen, was de rest van de trouwcadeaus niet om aan te zien (in uitbundige patronen geborduurde tafelkleedjes) of saai (theedoeken). Julia verstopte de tafelkleedjes in een lade en gaf de parkiet eten. Alle laden en kasten waren vol, maar er moest nog heel wat worden uitgepakt.

Tegen zes uur voelde ze zich vies en stoffig, dus besloot ze in bad te gaan. Er was geen echte badkamer, alleen een gootsteen in de aanbouw en een wc waar je alleen in kon via een buitendeur, hoewel hij wel deel uitmaakte van de uitbouw aan het huis, waar je wel gewoon van binnenuit in kon. Die wc waar je voor naar buiten moest, was het afschuwelijkste onderdeel van het huis. Julia sleepte de tinnen badkuip de keuken in en vulde hem met water, dat ze op het fornuis kookte. Ze had nog niet nagedacht over het avondeten, maar ze konden best brood eten. Ze wist zeker dat Will dat geen probleem zou vinden. En trouwens, als Will thuiskwam terwijl zij in bad zat, zou dat zijn humeur ook zeker positief beïnvloeden. Julia noemde het in haar hoofd het bedgedoe en ze wist dat Will zich doodongelukkig voelde als het niet werkte. Ze wist niet zeker waarom het niet werkte. Ze wist niemand met wie ze over dat soort zaken zou kunnen praten.

Tijdens hun huwelijksnacht was Will behoorlijk dronken geweest en hoewel hij zijn best had gedaan de liefde met haar te bedrijven, was er niet veel van gekomen. Hij had zich vreselijk gegeneerd en zich duizendmaal verontschuldigd, maar Julia had zich stiekem enorm opgelucht gevoeld. Tijdens hun korte huwelijksreis naar South Wales had ze haar periode gehad en daarna waren ze teruggekomen naar

Dorset. Hun huwelijk was uiteindelijk pas geconsumeerd toen ze terug waren in het schoolhuis. Will had zijn gezicht tegen haar schouder gedrukt om te voorkomen dat hij zou gaan schreeuwen toen hij tot zijn hoogtepunt kwam, en Julia was als de dood geweest dat iedereen in huis elk piepje en kraakje van het oude ijzeren bed zou horen.

Het duurde een eeuwigheid om het bad te vullen en de vijftien centimeter water die er uiteindelijk in zat, was al snel weer afgekoeld, dus schrobde ze zichzelf goed schoon en bleef niet lang in bad. Het leek niet de moeite zich weer helemaal aan te kleden, dus nadat ze zich had afgedroogd, trok Julia haar pyjama en daaroverheen haar bontjas aan. Will was laat, dus moest ze het bad zelf leeggooien, emmer voor emmer in de buitenafvoer. Toen het bad eindelijk weer leeg was, was ze nog vermoeider dan ze was geweest toen ze in bad was gegaan.

Op adem komend, leunde ze tegen het kozijn van de voordeur en keek naar het pad en de bomen. Hoog in een olm hoorde ze een uil. Er hupte een konijn door de bosjes, dat even schrok van het licht dat uit de open deur scheen. De mysterieuze stilte betoverde haar. Met een glimlach op haar gezicht sloeg ze haar jas strakker om zich heen en staarde de duisternis in. Ze genoot intens van het moment.

Toen zag ze het licht van Wills zaklantaarn in het donker. Ze zwaaide en riep zijn naam.

Hij gaf haar een kus. 'Wat ben je aan het doen?'

'Ik keek naar de sterren. Volgens mij zie ik het Zevengesternte.'

'Als je er met je hoofd schuin naar kijkt, kun je het nog beter zien.'

Dat deed ze en het vage, bewegende patroon werd een veelheid van heldere sterren. Will kuste haar nog een keer. 'Wat ruik je lekker.'

'Badzout.'

Zijn hand gleed haar zware bontjas in en hij fronste zijn wenkbrauwen. 'Wat heb je aan?'

'Mijn pyjama.'

'Dat is toch veel te koud?' Hij pakte haar hand, leidde haar het huis in en sloot de deur. In de slaapkamer kuste hij haar nogmaals en maakte de knoopjes van haar pyjama los. Ze lag met haar jas, dekens en een dekbed over zich heen. Terwijl zijn handen haar lichaam verkenden, dacht ze: het is goed, het gaat goed, ik wist dat het goed zou komen.

Het leek haar nogal onzinnig dozen en kisten uit te pakken als ze de inhoud ervan nergens kwijt kon, dus de volgende dag sjouwde Julia ze naar de overloop en stapelde ze tegen de muur. Als ze haar adem inhield, kon ze er nog net langs.

De vieste ruimten in het huis waren de keuken, de aanbouw en de wc. In alle hoeken en voor de vuile ramen hingen dikke, stoffige slierten spinrag en de rode tegels waren zwart van het vuil. Julia dacht dat ze alle drie de ruimten makkelijk in één dag zou kunnen schoonmaken, maar aan het einde van de dag was ze nog niet eens klaar met de keuken. Op vrijdag deed het fornuis het niet goed en werd het water niet warmer dan lauw. Ze was vergeten de was van de dag ervoor binnen te halen en het had die nacht gevroren, dus de lakens en handdoeken hingen stijf bevroren aan de waslijn.

Ze besloot de keukenvloer onder handen te nemen, die om eerlijk te zijn misselijkmakend smerig was. Maar de zeep was op en ze moest op de fiets naar de winkel, die drie kilometer verderop was. Toen ze weer naar huis reed, gleed ze met haar fiets van het pad, waar een laagje ijs op lag. Ze kwam met kapotte knokkels, pijn in haar stuitje en haar waardigheid flink geknakt in de berm terecht.

Will kwam die avond vrolijke begroetingen roepend binnen.

'Je neus is vies, lieverd.' Hij kuste haar.

'O, ja?' Ze veegde met een theedoek over haar neus. Ze was moe en kreeg opeens vreselijke behoefte te huilen.

Hij gluurde in de steelpan op het fornuis en toen hij zag dat die leeg was, zei hij: 'Wat eten we?'

'Eten?'

'Het is...' hij keek op zijn horloge, 'halfzeven.'

'Dat had ik me niet gerealiseerd,' zei ze op sarcastische toon. 'Wat gaat de tijd toch snel als je het naar je zin hebt.'

'Zal ik je even helpen?' Hij trok wat kasten open. Het viel Julia op dat hij precies in de verkeerde kasten keek: hij wist niet eens waar je eten hoorde op te bergen.

'We hebben niets in huis,' zei ze. 'Er is geen eten.'

'O.' Hij leek perplex, alsof dit een mogelijkheid was waar hij geen rekening mee had gehouden. 'Heb je geen boodschappen gedaan?'

'Jawel, maar ik ben vergeten eten te kopen.'

'Oké.' Hij krabde op zijn hoofd. 'Zullen we dan maar naar mijn ouders gaan, lieverd? Die hebben vast nog niet gegeten.'

Ze zei nuffig: 'Ik ga je moeder niet vertellen dat ik ben vergeten eten te kopen.'

'Ze vindt het heus niet erg als we komen. Ze kookt altijd veel te veel.'

'Will.' Ze deed een poging haar stem gelijkmatig te houden. 'We gaan niet naar je moeder, omdat ik niet wil dat ze denkt dat ik het soort idioot ben dat geen huishouden kan regelen.'

'Maar we moeten toch eten?' Hij klonk verbijsterd.

Julia snorde wat slap geworden groente en een paar rimpelige aardappels op. 'Ik maak wel soep,' mompelde ze razend, terwijl ze de groente in de gootsteen gooide. Ze begon aardappels te schillen, maar ze moest stoppen omdat haar ogen zo vol met tranen stonden, dat ze niets meer kon zien.

Will sloeg een arm om haar heen. 'Wat is er?'

'Ik heb het zo vreselijk koud!' jammerde ze. 'En alles kost me tien keer meer tijd dan ik van tevoren denk dat het me gaat kosten! En ik ben van mijn fiets gevallen!'

Hij was meteen bezorgd. 'Heb je je bezeerd?'

'Een beetje,' snifte ze. 'Mijn knokkels en knieën.'

'Ik geef ze wel een kusje, zodat ze beter worden.' Hij pakte het mes uit haar hand, nam haar natte handen in de zijne en kuste een voor een haar kapotte knokkels. Toen knielde hij op de keukenvloer en kuste haar tenen en knieën.

Toen herinnerde Will zich de kersttulband. Hun avondeten bestond uit cake en een fles zoete sherry, die ze nog overhadden van de feestelijkheden. Er rolden rozijnen tussen de kussens en ze vielen dronken in elkaars armen op de bank in slaap.

Na drie weken in Hidcote Cottage (of Krakkemik Cottage, zoals Julia het noemde) kwam ze tot de conclusie dat huishoudelijk werk veel erger was dan een betaalde baan. Het management van Temperleys was een uitputtende en vaak angstige aangelegenheid geweest, maar daar had tegenover gestaan dat ze er leuke mensen om zich heen had en dat iedereen daar het gevoel had gehad voor een gezamenlijk doel te werken. Ze had zich nog nooit zo eenzaam gevoeld als nu. Ze had gedacht dat ze alleen was geweest toen Jack naar Egypte was vertrokken; ze had gedacht dat ze alleen was geweest toen haar vader was overleden. Maar ze was nog nooit zo fysiek van de rest van de wereld afgesneden als nu, ingesloten in het donkere kleine huisje in het donkere bos op de top van de heuvel. Haar fietstochtjes naar de dorpswinkel werden het hoogtepunt van haar dag. Ze begon wanhopig uit te kijken naar haar wekelijkse busritje naar Hernscombe.

Het was in Hernscombe, dat ze Jack tegen het lijf liep. Ze liep net het postkantoor uit op het moment dat hij naar binnen liep, dus ze konden elkaar niet vermijden. Ze dacht heel even dat het wel goed zou gaan, dat hij ondertussen gewend was aan het idee dat ze weer net als vroeger vrienden zouden kunnen zijn.

Maar één blik in zijn winterblauwe ogen vertelde haar dat het anders was. Ze was geschokt door de afkeer in zijn ogen en ze voelde dat ze boos werd. Wat oneerlijk – en wat typerend – dat Jack haar de schuld gaf van wat er was gebeurd!

Maar ze zei luchtigjes: 'Jack. Wat leuk je te zien.'

'Ik kom wat spullen ophalen voor Carrie.'

'Natuurlijk. Het boerenleven... Bevalt het je?'

'Prima.'

Prima. Hij had Carrie Chancellor en Sixfields boven haar verkozen. 'Prima?' herhaalde ze. 'Niet beter dan prima?'

'Het is geen gemakkelijk seizoen.' Hij keek omhoog naar de loodgrijze hemel. 'En zo te zien gaat het nog erger worden. Er komt sneeuw.'

Ze kon niet geloven dat hij tegen haar over het weer begon. Ze voelde een overweldigende drang hem te provoceren, door zijn reserves heen te breken. 'Je lijkt een beetje teleurgesteld, Jack,' daagde ze hem uit. 'Wat is er? Is Sixfields minder geweldig dan je je had voorgesteld? Was het het allemaal niet waard?'

Ze zag dat ze nu zijn volle aandacht had. Hij keek haar met een koude blik recht in de ogen en zei zacht: 'Ach, dat weet ik niet. Je weet op een boerderij tenminste waar je aan toe bent. Huizen veranderen tenminste niet. Die zijn tenminste trouw.'

'Ik was trouw!' siste ze razend. 'Ik heb jaren op je gewacht!' Ze werden aangestaard door voorbijgangers, dus pakte ze haar boodschappentassen op. Ze had het laatste woord gehad en wilde naar de bushalte lopen.

'Is dat zo?' vroeg hij. Ze bleef staan. 'Daar ziet het anders niet naar uit, vind je niet, Julia?'

Ze vocht om tenminste oppervlakkig haar rust te bewaren. 'Heb je het over Will?'

Hij knikte. Toen vroeg hij: 'Of waren er nog meer?'

Ze was even met stomheid geslagen. Ze had het ijskoud en voelde de piepkleine sneeuwvlokjes die uit de grijze hemel waren begonnen te vallen, op haar huid. Ze realiseerde zich dat voorbijgangers stil bleven staan in de hoop interessante roddels te horen. 'Jij wilde niet met me trouwen,' zei ze koeltjes. 'Ik heb het voorgesteld en jij wilde niet. En probeer nu niet mij de schuld te geven van je eigen keuze, Jack.' Ze liep verder.

Hij haalde haar in. 'Ik heb je gevraagd of je wilde wachten,' zei hij. 'Dat is alles. Of je wilde wachten.'

Haar schouders deden pijn van het gesjouw met de zware boodschappentassen. Ze wilde bij hem uit de buurt zijn; ze verlangde naar de afzondering van Hidcote Cottage en naar de troost van Wills onvoorwaardelijke liefde en toewijding.

'Laat me met rust, Jack,' zei ze. 'Laat me alsjeblieft met rust.'

'Dat was toch niet zo onredelijk, Julia, om je te vragen of je wilde wachten?'

Ze draaide zich om en keek hem aan. 'Je had meer behoefte aan Sixfields dan je aan mij had,' zei ze kortaf. 'Je wilde liever rijk zijn dan dat je mij wilde.'

Ze zag aan zijn veranderende gezichtsuitdrukking dat ze een gevoelige snaar had geraakt. Hij zei zacht: 'Mag God het me vergeven, maar heel even wel, ja. Een paar uur. Meer niet.' Hij keek naar de grond. De woede was uit zijn stem verdwenen en hij klonk wanhopig en uitgeput. 'Nadat je was weggegaan... nadat we ruzie hadden gehad... ben ik een stuk gaan lopen. En toen realiseerde ik me hoe stom ik was geweest. Dus ben ik naar je op zoek gegaan. Ik ben naar Missencourt gegaan.'

Ze staarde hem aan. Ze zag verdriet en verbitterdheid in zijn ogen. 'Ik ben naar Missencourt gegaan om je te zoeken,' zei hij, 'omdat ik je wilde vertellen dat ik als ik zou moeten kiezen tussen jou en Sixfields, ik voor jou zou kiezen.'

Ze kreeg een koud en beangstigend gevoel in haar lijf. Ze fluisterde: 'Ik geloof je niet, Jack.'

113

'Dat is jouw keuze. Maar het is de waarheid. Ik ben naar Missencourt gegaan om je te vertellen dat Sixfields me gestolen kon worden als dat zou betekenen dat ik jou zou verliezen. Maar je had al iemand gevonden om je af te leiden, of niet? Je had al ingestemd met een huwelijk met Will.' De steeds groter wordende sneeuwvlokken bleven op hun schouders liggen. 'Als je een paar uur had gewacht, Julia,' zei hij, terwijl hij zich omdraaide. 'Een paar uur maar.'

In de bus naar huis staarde ze uit het raam naar de sneeuw. De sneeuw danste in het gouden schijnsel van de koplampen en de straatverlichting; hij kleefde aan de bomen en heggen en ontdeed die van kleur. Hij dwarrelde en danste, draaide rond in kleine kolkjes, verzamelde zich in de voren die de ploeg had achtergelaten op de velden. Terwijl de reis verderging, werden de vlokken nog groter en werden het er steeds meer, tot de horizon niet meer te zien was, en hemel, veld en heuvel verscholen gingen achter een veelheid aan geelgrijze stippen. Het vertrouwde landschap was niet langer bekend. Het was vreemd geworden en had de harde monotonie van de noordelijke hoogten aangenomen.

Julia dacht: als ik nu maar twee uur had gewacht. Ze drukte haar vingers tegen haar mond. Ze was bang dat ze anders zou gaan schreeuwen.

Als ik had gewacht...

Zodra hij Hernscombe uitgereden was, zette Jack zijn auto aan de kant van de weg en stak een sigaret op. In de vijf minuten dat de auto stilstond, bedekte de sneeuw Carries oude Bentley volledig en zat Jack gevangen in een grijzige grot.

Hij wist dat hij er nu niet tegen zou kunnen alleen te zijn en besloot naar Marcia te gaan. Hij had Marcia Vaughan een paar maanden geleden in een café in Bridport ontmoet. Marcia had hem om een vuurtje gevraagd en ze waren aan de praat geraakt. Hij had al na een paar minuten geweten dat ze in hem geïnteresseerd was, dat ze wist wat ze deed en dat ze de regels van het spel kende. Een week later waren ze minnaars geworden.

Marcia had drie kinderen, die allemaal op kostschool zaten, en een man die op werkdagen in Londen was. Ze was welopgevoed en elegant én ze verveeld zich. Ze woonde op veilige afstand van glurende buren in een groot huis aan de rand van Bridport. Niettemin parkeerde Jack zijn auto altijd op een zijweggetje en liep het kleine stukje naar haar huis.

Ze moest hem vanuit het bovenraam hebben gezien, want hij hoorde haar voetstappen op de trap. Voordat hij kans had op de bel te drukken, ging de voordeur al open.

'Ik verwachtte je niet, schat,' zei ze. 'Wat een hondenweer.'

Hij zei niets, maar nam haar in zijn armen en kuste haar. Zijn vingers gingen op zoek naar knopen, ritsen, haakjes en oogjes. Ze maakte zich van hem los.

'Hemel,' zei ze. Ze was een beetje rood geworden. 'Je bent vandaag wel erg ongeduldig.'

Hij wilde haar weer in zijn armen nemen, maar ze schudde haar hoofd. 'Niet hier, Jack. Dat is niet netjes, op het vloerkleed in de hal.'

Hij deed meer dan twee uur over de dertig kilometer terug naar de boerderij. De sneeuwval was een sneeuwstorm geworden en de huilende wind blies de sneeuwvlokken horizontaal over de weg. Hoewel de Bentley groot en solide was, verloren de banden meermalen hun grip op de weg. Jack moest een paar keer uit de auto stappen om sneeuwhopen aan de kant te vegen die de weg blokkeerden.

Toen hij het erf van Sixfields op reed, zag hij hoe Carrie probeerde de zware schuurdeur dicht te doen.

'Waar zat je toch, Jack?' Ze moest schreeuwen om met haar stem boven de storm uit te komen.

'Hernscombe.' Hij deed in een handomdraai de schuurdeur dicht.

Hij liep achter Carrie aan het huis in. Terwijl ze door de gang strompelde, vielen de sneeuwvlokken van haar af. Onder haar regenkleding waren haar kleding en haar drijfnat geworden.

'Je had hier moeten zijn,' siste ze kortaf. 'Mark Crabtree en ik moesten het vee uit het weiland halen. En het zeil is van de hooiberg gewaaid.'

'Ik zal er meteen wat aan gaan doen.'

Toen hij het huis weer uit liep, hoorde hij haar naar hem schreeuwen: 'Overspel is een zonde, Jack!' Hij moest zijn kaken op elkaar klemmen en zijn nagels in zijn handpalmen duwen om zichzelf te verhinderen tegen de oude heks te zeggen wat hij van haar vond.

Het gevecht tegen de sneeuwstorm om het zeil vast te maken verloste hem van een deel van zijn ingehouden woede. Nadat hij een ronde over het terrein had gemaakt en had gecontroleerd of alles veilig was, ging hij naar zijn cottage. Het was na tienen. Al zijn spieren deden pijn. Hij had sinds de lunch niet meer gegeten. In de keuken bakte hij eieren met spek en schonk een glas cider in.

Carries woorden galmden na in zijn hoofd. *Overspel is een zonde, Jack!* Carrie was alleen gelovig als dat haar uitkwam. Ze ging nooit naar de kerk en gedroeg zich ronduit onbeschoft tegen de pastoor als die de moed had haar op te zoeken op Sixfields. Jack zelf was ergens op zijn lange reis door de slagvelden in Italië het geruststellende anglicanisme van zijn jeugd kwijtgeraakt. Hij was liever gelovig gebleven, maar dat was hem niet gelukt. Hij had dingen gezien waarvan hij wist dat hij er nooit over zou kunnen praten en hij deed zijn uiterste best er niet over na te denken. In het landschap van zijn vreselijkste herinneringen twijfelde Gods hand nog geen fractie van een seconde.

En wat betreft Carries opmerking over zijn ongepaste seksuele gedrag... Hoe durfde ze iets te zeggen over zijn privé-leven? Hij was haar bezit niet. Hij werkte alleen maar voor haar.

Julia's stem klonk na in zijn hoofd. *Je had meer behoefte aan Sixfields dan je aan mij had. Je wilde liever rijk zijn dan dat je mij wilde.* Jack kreunde hardop.

Vijf maanden geleden was hij de dag nadat Julia haar verloving met Will had aangekondigd, naar Sixfields verhuisd. Hij woonde in de cottage waar de landarbeidster had gewoond en werkte zeven dagen in de week van zonsopgang tot zonsondergang op het land. Het werk was uitputtend en veeleisend en het grootste deel van de tijd vond hij het heerlijk. De enige twijfels die hij had, werden uitgelokt door Carrie. Haar veeleisendheid en onbuigzaamheid werden steeds moeilijker te verdragen. Ze complimenteerde hem nooit met alles wat hij deed en leek het heerlijk te vinden door te zeuren over zijn fouten. Als hij verbeteringen voorstelde – het kopen van nieuwe werktuigen, het aannemen van meer krachten, het gebruik van kunstmest om de grond vruchtbaarder te maken – wees ze dat allemaal zonder nadenken af. Ze leek niet te kunnen inzien dat investeringen die ze nu deden, in de toekomst veel zouden kunnen opleveren. 'Veel te riskant, Jack,' zei ze dan, 'je denkt toch niet dat ik het geld op mijn rug heb groeien?'

De passie die hij voor Julia had gevoeld, stopte hij nu helemaal in Sixfields. Julia's verloving met Will had al zijn vreselijkste vermoedens waargemaakt. *Wispelturig* had Carrie gezegd. Wispelturiger dan op dezelfde middag een huwelijksaanzoek doen aan de ene broer en instemmen met de andere broer te trouwen, bestond niet.

Maar heel af en toe sijpelden er veel minder veilige gedachten door de harde korst van zijn woede. Dat hij zijn kans had gehad en die had verspeeld. Dat zijn afwijzing Julia in Wills armen had gedreven. Dat Carrie hem had aangesproken op zijn donkere en hebzuchtige kant toen ze hem Sixfields had voorgehouden.

Hij had natuurlijk manieren gevonden om er niet te veel aan te denken. Hij dronk meer dan hij vroeger deed. En eerst was er een barmeisje in Great Missen en toen een mooi winkelmeisje in Dorchester. En toen Marcia. Marcia was een paar keer naar zijn cottage gekomen: dat hij haar via de velden naar binnen had gesmokkeld, was geweest om haar reputatie te beschermen, niet de zijne. Het was niet in hem opgekomen dat Carrie hem in de gaten zou houden. Ze was een oude maagd en hij was ervan uitgegaan dat ze onwetend was ten aanzien van de liefde.

Jack keek uit het raam. Hij had in geen jaren zoveel sneeuw gezien. Hij dacht terug aan Egypte en verlangde onverwacht terug naar de warmte, zon en blauwe hemel daar. Hij haatte dit bibberende, vrekkige kleine eiland. Hij haatte de mensen die zeurden over rantsoenen, terwijl ze vergaten dat zovelen het met veel minder hadden moeten doen en voor hen geleden hadden in gevangenkampen, dat ze waren verminkt en gedood voor hen. Hij haatte de oplichters en zwarthandelaren, die inspeelden op de hebzucht en vermoeidheid van de mensen.

Terwijl hij de laatste slok uit zijn glas nam, besefte hij dat het probleem was dat hij nergens meer in leek te geloven. Hij geloofde niet in God, hij geloofde niet in zijn land en hij geloofde niet meer in de vrouw van wie hij had gedacht te houden. Dat hij het niet aankon Will te zien, had hem van zijn familie afgesneden. Hij was het contact met zijn maten uit het leger verloren en leek weinig gemeen te hebben met zijn kennissen van voor de oorlog. Hij had liefde tot seks gereduceerd en door dat te doen, bedacht hij grimmig, zag hij zelf ook wel in dat hij iets was verloren.

De sneeuwstorm waaide van de sneeuwvelden van Archangelsk in Noord-Rusland via Scandinavië over Groot-Brittannië. Na drie dagen van sneeuwval was het hele land, van de Scilly Eilanden tot de Orkneys, overspoeld door de schreeuw van de oostenwind en de wilde dans van de sneeuwvlokken, die het landschap wit hadden gebleekt. Vijf dagen later was er nog een sneeuwstorm. De Theems bevroor. Langs de kust van Norfolk doemden ijsschotsen op uit de grijze, wilde zee. De zon verdween achter de wolken en het land was weken in duisternis gehuld.

Groot-Brittannië kwam bibberend tot stilstand. De sneeuwval ver-ergerde de brandstofcrisis die al in gang was gezet door een staking in de transportsector en een tekort aan kolen. Wegen en spoorwegen waren geblokkeerd en in noordelijke havens lagen kolenboten vastge-vroren. Fabrieken en kantoren gingen dicht. Verkeerslichten gingen uit en liften en roltrappen stopten. De regering voerde opnieuw maat-regelen in om het gebruik van elektriciteit terug te dringen: het ge-bruik van elektrische fornuizen en kachels tussen negen en twaalf 's ochtends en twee en vier 's middags was strafbaar met een boete.

Hidcote Cottage werd voorzien van elektriciteit door een particu-liere kabel van een landgoed een kilometer verderop en in de nacht van de eerste sneeuwstorm viel de stroom uit. Julia snorde olielam-pen en kaarsen op. Het fornuis was gelukkig een allesbrander. Will maakte een tobogan van een metalen bord waar hij houten glijders onder bevestigde. Julia baande zich een weg naar de winkel en sleepte blikjes en gedroogd voedsel naar het huisje. In eerste instantie was het bijna leuk, alsof er onverwacht een schoolvakantie was ingelast. Julia en Will woonden in de keuken, de enige ruimte in het huis die enigs-zins warm was te krijgen. Ze kleedden zich 's avonds niet eens uit en met hun jas over hun trui en broek kropen ze samen onder een stapel dekens en dekbedden. Ze dronken warme chocolademelk, aten ge-pofte aardappels met doperwten uit blik en speelden heel wat spelle-tjes gin-rummy. Ze waren ingesneeuwd, realiseerde Julia zich. Op dit moment waren er heel wat dingen die het eigenlijk best prettig maak-ten dat ze onbereikbaar was en nergens heen kon.

Toen ze geen kolen meer hadden (iedereen in Hernscombe en Brid-port zat zonder kolen; heel Zuidwest-Engeland leek geen kolen te heb-ben), gingen ze over op het branden van hout. Binnen twee dagen was de hele voorraad houtblokken die in de aanbouw lag, op. Will zaagde verhuiskisten aan stukken en propte ze in de hongerige muil van het fornuis. Toen de kisten op waren, begon Will minder optimistisch te worden. Hij stelde heel voorzichtig aan Julia voor dat ze op Missencourt of in het schoolhuis zouden gaan logeren. Dat weigerde ze.

De volgende ochtend werd Julia wakker met hoofd- en keelpijn. Will trok een duffelse jas, handschoenen en laarzen aan, deed een sjaal om, zette een muts op en ging op weg naar de garage. Hij zei tegen Julia dat er wat hout lag en dat hij misschien genoeg paraffine zou vinden om de lampen te kunnen laten branden. Toen hij was vertrokken, leek het huis ineens heel erg koud en stil. De donkere wolken en de sneeuwdeken op de bomen lieten weinig licht door de ramen van het huis, waardoor de kamers – hoewel het al halverwege de ochtend was – schemerdonker waren. Zonder erbij na te denken, zette Julia de radio aan, maar die bleef natuurlijk stil. Lezen zou haar hoofdpijn alleen maar erger maken en bovendien was er niet genoeg licht om dat te kunnen doen. En in je eentje kaarten was niet leuk. Ze kon natuurlijk wat opruimen – de kamer lag vol dekens en kussens en vieze borden en kopjes – maar ze was te moe. Toen ze in het fornuis keek, zag ze dat de sintels paarsroze nagloeiden. Er lag niet één stukje kool meer in de kolenbak.

Ze ging naar de aanbouw. Daar stond alleen die afzichtelijke klerenkast van nicht Carrie. Op de grond lagen wat flinters berkenbast en de bevroren lichamen van dode spinnen. Ze besefte dat ze hier zou kunnen sterven zonder dat iemand het zou merken. Will zou pas over uren terugkomen en het zou in dit vreselijke kleine rothuis kouder en kouder worden. Ze zou steeds slaperiger worden en dan zou ze gewoon doodvriezen, net als de spinnen.

Ze vroeg zich af of Will gelijk had gehad en of ze toch naar Missencourt zouden moeten gaan. Dat had ze natuurlijk niet gewild vanwege Suzanne. Maar Suzanne was nu eenmaal haar schoonzus, daar kon niemand iets aan veranderen. Ze miste Marius; ze miste zelfs – en bij de gedachte prikten de tranen achter haar oogleden – haar moeder.

De laatste stukjes hout in het fornuis waren nu alleen nog grijsrode as. 'Ga niet uit, waag het niet om uit te gaan,' fluisterde ze. Toen ze de flinters berkenbast in het fornuis gooide, laaide het vuur heel even op, maar stierf toen weer uit.

Terug in de aanbouw keek Julia van de klerenkast naar de bijl, die aan een spijker in de deur hing. Toen greep ze met beide handen de bijl en zwiepte hem in de deur van de klerenkast.

Er klonk een bevredigend geluid toen het metaal van de bijl zich in de houten deur boorde. Nog een paar slagen en de deur spleet in tweeën. Er vlogen houtsplinters door de lucht, die daarna op de vloer vielen. Julia hakte en hakte. Het geluid van ijzer op hout klonk door tot in het stille bos.

Na een tijdje hield ze hoestend op met hakken. Ze was uitgeput en duizelig van vermoeidheid. Elke spier in haar lichaam deed pijn en haar handen zaten vol pijnlijke blaren. Voor ze in staat was de stukken hout te pakken en terug te gaan naar de keuken, moest ze even uitrusten. Haar hele lichaam leek na te trillen van het gehak met de bijl. Ze knielde voor het fornuis en voerde het de stukken eikenhout alsof ze een boze god tot rust wilde brengen. Toen het vuur goed brandde, ging ze opgekruld in een stoel zitten. Ze had het ineens heet en beefde over haar hele lichaam.

Will kwam terug met de tobogan achter zich aan. Nadat hij de rest van de klerenkast aan stukken had gehakt, krulden ze zich samen op op de bank. Nadat ze in slaap was gevallen, droomde Julia over een dichtbegroeid bos met in het donkere hart ervan een zilverachtig, glinsterend huis. De ramen van het huis waren wit en ondoorzichtig en ze kon niet naar binnen kijken. Toen ze wakker schrok, beefde ze van kou en angst en het gehuil van de wind klonk als het gejank van een wolf.

De volgende morgen had ze nog steeds hoofdpijn. Haar ledematen trilden en het drong ineens tot haar door dat ze ziek was. Will lag naast haar te slapen. Ze wilde hem niet wakker maken en stond voorzichtig op. Ze sloeg een deken om zich heen en liep naar het fornuis. Het vuur was uitgegaan.

Julia deed de voordeur open en liep naar buiten. De lucht was nog steeds donkergrijs en ze kon het bospad nauwelijks onderscheiden. Toen ze aan de rand van het veld stond en naar beneden de heuvel af keek, zag ze in de verte een figuur het pad op komen lopen. Ze begon te rennen. 'Marius!' schreeuwde ze, 'Marius!' Ze struikelde op de bevroren grond, viel op haar knieën, maar stond weer op en rende verder naar beneden om hem te ontmoeten.

Ze had een flinke griep. Op Missencourt lag ze een week in haar oude kamer in bed te hoesten. Het vuur in de haard brandde voortdurend en haar moeder kwam haar regelmatig een kop thee of een kom soep brengen.

In het begin deed haar keel zo'n pijn, dat ze niet kon praten. Ze was steeds tussen slapen en waken in, op zoek naar een comfortabele houding. Toen begon ze zich een beetje beter te voelen, maar was nog steeds te moe om iets te doen, dus lag ze het grootste deel van de tijd dagdromend voor zich uit te staren. Haar gedachten waren niet prettig.

Op een middag werd er op de deur geklopt. Ze keek op en verwachtte haar moeder.

Suzanne stak haar hoofd om de deur. Julia ging rechtop zitten. 'Waar is mijn moeder?'

'Ze is in slaap gevallen op de bank in de woonkamer. Ze was vreselijk moe. Ik vroeg me af of ik je iets kon brengen... een kop thee of zo.'

Er was nog steeds een gemeen, jaloers gedeelte van Julia dat wilde zeggen: 'Zitkamer, niet woonkamer.' Maar ze hield zich in, schudde haar hoofd en zei: 'Ik heb deze week liters thee gedronken. Volgens mij heb ik het rantsoen van de hele familie opgedronken.'

'Chocolademelk dan?'

'Nee, dank je. Ik hoef niets.'

'Oké.' De deur was bijna weer dicht, toen Julia zei: 'Nou...'

'Ja?'

'Ik verveel me een beetje, zo in mijn eentje.'

'Ik kan wel even bij je komen zitten, als je dat wilt.' Suzanne klonk weifelend.

Julia dwong zichzelf te zeggen: 'Dat zou ik leuk vinden.'

Suzanne ging in de Lloyd Loom-stoel bij het raam zitten. Ze had een donkere broek aan en meerdere truien over elkaar. Het kleine, gemene stemmetje fluisterde: *ze is helemaal niet knap, ze is ontzettend gewoontjes*. Het aardiger deel van haar, het deel dat probeerde er iets van te maken, moest toegeven dat ze er zelf op dit moment waarschijnlijk ook niet al te geweldig zou uitzien.

Er viel een stilte. Toen zei Julia met een schorre stem: 'Will... ik heb Will al dagen niet gezien.'

'Hij heeft hier een paar dagen gelogeerd en toen is hij naar de garage gegaan. Ze zijn aan het proberen de wegen vrij te maken en Will helpt met de pick-up en sneeuwkettingen.'

Julia dacht ineens aan Tara. 'Waar is je dochter?'

'Tara is bij Marius. Ze maken een sneeuwpop.'

'Waarom is Marius niet op zijn werk? Of is het zondag?' Ze wist niet meer wat voor dag het was.

'Het is dinsdag.' Suzanne deed de gordijnen een stukje open en het heldere, koude licht viel naar binnen. Er stonden ijsbloemen op de ramen. 'Temperleys is al twee weken dicht, omdat er geen elektriciteit is.'

'O,' zei Julia. Temperleys is dicht, dacht ze. Nadat haar vader was overleden, was de werkplaats één dag dicht geweest. En een halve dag toen er een Heinkel in het nabijgelegen veld was neergestort en in de omgeving scherven had verspreid.

'Wat vreselijk. Marius maakt zich vast zorgen.'

Suzanne sloeg tussen de plooien van haar trui haar handen ineen. 'Hij is een groot deel van de tijd hout aan het hakken voor de haard. Ik geloof dat hij zich daar wel beter door voelt.'

'Iedereen behalve ik heeft zich, geloof ik, vreselijk nuttig gemaakt.' Julia voelde zich gedeprimeerd.

'Mannen doen graag heroïsch, hè?' zei Suzanne cynisch. 'Bomen omhakken en paden maken in de sneeuw. Het zijn de kleine dingen waar ze geen moeite voor doen, zoals de afwas of de boodschappen.'

Julia glimlachte. Toen dacht ze terug aan de avond waarop Will en zij kersttulband hadden gegeten omdat er geen ander eten was geweest. Ze zei: 'Daar kon ik ook al niets van. Ik dacht dat ik de perfecte huisvrouw zou worden, maar ik bracht er niets van terecht.'

Suzanne fronste haar wenkbrauwen. 'Waarom wilde je in hemelsnaam een perfecte huisvrouw zijn?'

'Als je dingen slecht doet, kun je ze net zo goed niet doen, vind je niet? Als het niet perfect kan, dan maar niet.'

Ze keek uit het raam en zag dat het opnieuw was gaan sneeuwen. Ze hoorde Suzanne zachtjes zeggen: 'Soms moet je tevreden zijn met wat je kunt krijgen.'

'Nou, ik kon er in ieder geval niets van. En ik vond het vreselijk.' Julia knipperde met haar ogen en snoot haar neus.

Suzanne keek naar Julia. 'Marius heeft me verteld wat een geweldige prestatie je hebt geleverd bij Temperleys tijdens de oorlog. Dat kan niet gemakkelijk zijn geweest.'

'Ik mis Temperleys,' zei Julia. 'Ik mis het echt. Ik had het niet verwacht, maar toch is het zo. Mis jij het leger?'

'Soms.'

'Had je het er naar je zin?'

'Heel erg.'

'Ik zou het vreselijk hebben gevonden.'

'Misschien hangt het af van wat je ervoor gewend was,' zei Suzanne. 'Ik woonde bij mijn ouders, deelde een slaapkamer met mijn zusjes en werkte bij de groenteboer. Ik was op mijn veertiende van school gegaan. Ik had nog wel willen blijven, maar dat mocht niet van mijn ouders. Ik kon niet wachten tot ik het huis uit kon. Ik vond het leger geweldig. Rondrijden in een vrachtwagen was heel wat leuker dan aardappels wegen, dat kan ik je wel vertellen. En ik was heel geschikt voor het militaire leven, ik had binnen de kortste keren mijn korporaalsstrepen.'

'Ik zou een hopeloos geval zijn geweest in het leger,' zei Julia. 'Ik kan er helemaal niet tegen als mensen me vertellen wat ik moet doen. Ik doe altijd precies het tegenovergestelde.'

'De eerste dag,' zei Suzanne, 'was ik brutaal tegen mijn korporaal, omdat ze tegen me zei hoe ik mijn sokken moest opvouwen. Ik zag niet in wat dat oude mens het recht gaf mij te vertellen hoe ik mijn eigen sokken moest opvouwen. Dus heb ik die middag vier uur aardappels zitten schillen, wat nog erger was dan ze verkopen.'

Als Suzanne glimlachte, leek haar hele gelaatsuitdrukking te veranderen, alsof ze van binnenuit begon te gloeien. Misschien is ze toch niet zo heel gewoontjes, dacht Julia schoorvoetend.

Suzanne stond op. 'Ik moet Marius eens gaan redden.' Bij de deur bleef ze even staan en zei voorzichtig: 'Het wordt allemaal gemakkelijker, hoor. Als je kinderen krijgt. Die maken alles de moeite waard. Voor je kinderen doe je alles.'

Toen Suzanne weg was, klom Julia uit bed, sloeg een quilt om zich heen en liep naar het raam. Toen ze naar beneden keek, zag ze dat Marius over het grasveld liep. Tara zat op zijn schouders. Ze lachte.

Hoewel de gedachte aan de terugkeer naar Krakkemik Cottage haar met afschuw vervulde, wist Julia dat ze terug moest. Vastbesloten zwoer ze dat ze het afschuwelijke huisje zou omtoveren tot iets wat op een thuis leek. Wat betreft haar huwelijk realiseerde ze zich ongemakkelijk dat ze ook wat dat betreft niet hard genoeg haar best had gedaan en dat Will en zij gevangenzaten in een soort onprettig niemandsland tussen vriendschap en liefde.

Ze keek toe hoe Suzanne naar Marius en Tara liep. Tara gleed uit Marius' armen en rende naar haar moeder. Toen liepen ze met zijn drieën terug naar het huis. Julia had de indruk dat er een afstand bleef tussen Marius en Suzanne, dat al Suzannes kussen en liefkozingen voor haar dochter waren en niet voor Marius. Even afgeleid van haar eigen zorgen, voelde Julia een steek van bezorgdheid om haar broer.

Op de binnenplaats op Sixfields was het water in de put in ijs veranderd en op het veld moesten pikhouwelen gebruikt worden om de pastinaken en rapen uit de greep van de grond te bevrijden. Tussen twee sneeuwstormen door hielp Jack mee de wegen vrij te maken van sneeuw, zodat de vrachtwagens voedsel en brandstof konden afleveren.

Carrie was zijn drijfveer, zijn kwelling. Elke illusie dat ze ergens een heel klein beetje van de geest van Duinkerken in zich droeg, dat het beste in haar naar boven zou komen als ze het het moeilijkst had, drukte ze snel de kop in. Hoe hard hij ook werkte, het was nooit goed; als hij na een twaalfurige werkdag terugging naar het huis en al zijn kleding doorweekt en bevroren was, keek ze hem venijnig aan. 'Hou je er alweer mee op, Jack?' zei ze dan. 'Ik hou niet van luiaards, Jack.'

Ze genoot ervan hem uit te dagen. Meestal lukte het hem wel haar steken te negeren; hij wist dat ze alleen maar nog erger zou worden als hij iets terug zou zeggen. Maar op een avond verloor hij zijn geduld.

Hij was de hele dag bezig geweest de kadavers van doodgevroren lammetjes uit de sneeuw te graven. Hij had ze verbrand; als hij dat niet deed, zouden ze zodra het zou gaan dooien, vliegen en ratten aantrekken. De bevroren, zwarte lucht stonk naar het verbrande vlees. Toen was de tractor-as ermee opgehouden en moest Jack in de schuur op zijn rug op de grond liggen om de moeren los te draaien, terwijl het ijskoude metaal in zijn handen brandde. Het was een klus die door twee mensen gedaan moest worden, maar hij was alleen en betrapte zichzelf erop dat hij wenste dat Will er was om hem te helpen.

Een fractie van een seconde later had hij zich natuurlijk herinnerd dat hij Will al bijna een halfjaar niet had gezien en waarom dat zo was. Hij was koud en uitgeput en nare beelden drongen zijn geest binnen. Hij vroeg zich af hoe lang Will en Julia hadden gewacht. Waren ze elkaar in de armen gevallen op het moment dat hij het schoolhuis had verlaten? Of toen zijn schip naar Noord-Afrika was afgevaren? Of had Will gebruikgemaakt van Julia's verdriet om het overlijden van haar vader en waren zijn vriendschappelijke, geruststellende gebaren zo uitgegroeid tot iets intiemers?

Jack hoorde achter zich een geluid. Carrie was de schuur binnengekomen. Ze staarde hem aan. 'Ben je al klaar?'

Hij hield het gebroken stuk metaal omhoog. 'Ik ga er morgen mee naar de smid.'

'Vanavond, Jack.' Ze draaide zich om om weg te gaan.

Hij was die morgen om vier uur opgestaan. 'Nee,' zei hij.

Het getik van haar wandelstok op de schuurvloer stopte. 'Zonder tractor kunnen we niets doen.'

'Ik ben moe,' zei hij kortaf. 'Het kan best tot morgen wachten.'

'Moe! Arme schat!' Haar cynisme klonk ijzig koud. 'Zal ik je in bed stoppen met een kopje warme chocolademelk?'

'Trut,' mompelde hij.

Hij had het zacht willen zeggen, maar het woord galmde door de lege schuur. Carries gezichtsuitdrukking verhardde. Ze liep op hem af.

Ze zei: 'De boerderij is nog niet van jou, hoor, Jack.' *Je houdt je rotboerderij maar lekker zelf...* de boze woorden, die op het puntje van zijn tong lagen, werden dood geboren. Hij kreeg het koud van de blik in haar ogen, haar overduidelijke genot in de macht die ze over hem had. Hij hoorde zichzelf 'Sorry' mompelen en toen ze wegliep, moest hij zichzelf in balans houden door met een hand tegen de tractor te leunen.

Nadat hij een beetje tot zichzelf was gekomen, pakte hij het stuk beschadigd metaal, wikkelde het in een doek en ging op weg naar de smidse. De auto slipte op de in elkaar gedrukte sneeuw. Al zijn spieren deden pijn. Julia's stem klonk in zijn hoofd. 'Ik hoop dat je het afschuwelijk vindt op Sixfields,' had ze gezegd. 'Ik hoop dat je er doodongelukkig wordt. Ik hoop, dat je er net zo eenzaam en ongelukkig en gek wordt als je nicht Carrie.'

Een paar dagen later reed hij over gevaarlijke wegen naar Bridport en Marcia. In haar slaapkamer kleedde hij haar uit en vree met haar zonder zich druk te maken over het voorspel. Toen het voorbij was en hij met zijn ogen dicht op zijn rug naast haar lag, zei ze: 'Nou, nu je dat kwijt bent, is het misschien wel zo aardig als je je realiseert dat het niet alleen om jou gaat.'

Hij bracht haar bekwaam en doelmatig tot een hoogtepunt. Achteraf, toen hij voor beiden een sigaret had aangestoken, keek ze hem van opzij aan en zei: 'Slechte dag gehad, Jack?'

Hij haalde zijn schouders op. Hij had die nacht over Julia gedroomd. Hij had de hele dag gemengde gevoelens van haat en verlangen gehad. Hij dacht terug aan hoe haar lichtbruine haar rond haar gezicht was gevallen en hoe ze het met haar lange, bleke vingers achter haar oren had geveegd.

Even later realiseerde hij zich ineens dat Marcia zich stond aan te kleden. Hij keek naar haar en probeerde niet aan Julia te denken. Hij keek naar haar zware borsten, de bolling van haar ronde buik en de kleine streepjes striae op haar billen. Hij zei: 'Wanneer kan ik je weer zien?' Ze keek hem aan.

'Ik denk dat dit de laatste keer was, schat.'

Hij maakte zijn sigaret uit in de asbak. 'Komt Ronald thuis?' Ronald was Marcia's man. Ze schudde haar hoofd.

Hij ging rechtop in bed zitten. 'Waarom kan ik je dan niet meer zien?'

Ze maakte zonder iets te zeggen haar jarretel vast. Toen zei ze: 'Omdat je geen hart hebt, Jack. Omdat...' ze probeerde hem met haar blauwe ogen in te schatten, 'omdat er een klomp ijs ligt waar je hart hoort te zijn.'

'Ik dacht dat we lol hadden.'

'Dacht je dat?' Ze trok haar wenkbrauwen op. 'Dan heb je een raar idee van lol.'

Hij probeerde de situatie te redden en stapte uit bed. Hij liep naar haar toe, maar ze liep van hem weg.

'Het probleem is,' zei ze, 'dat je niet met mij in bed lag, of wel? Ik weet niet wie ze wel was, Jack, en dat wil ik ook niet weten, maar ik was het niet.'

Toen Jack terugreed naar Sixfields, begon het te regenen. De regen bedekte de bevroren grond met een dikke laag ijs. Er hing een dikke laag ijs rond de telegraafdraden en het gewicht ervan trok ze van hun palen. IJs legde gebeeldhouwde structuren over de heggen en huizen en omsloot ze in een glinsterende, prachtige, verraderlijke omhelzing. IJs omhulde de takken van de bomen en trok ze naar beneden, waardoor ze met het geluid van brekend glas op de grond kletterden.

Sixfields zelf leek onderdeel geworden van het immense sneeuwlandschap. De stenen muren leken van blokken in elkaar gedrukte sneeuw, de deuren en raamkozijnen leken uit ijs gehouwen en de ruiten in de ramen waren dunne laagjes doorzichtig ijs, dat gestolen was uit de vijvers en meertjes. Er bewoog niets. Er vlogen geen vogels in de grijze lucht en achter de koude ramen waren de interieurs onbeweeglijk. De lucht leek verstild; de tijd leek stil te staan en alles en iedereen vast te ketenen aan het bevroren moment. De ijslaag had de huizen en de inwoners geknecht. Hij hield ze gevangen.

Een ijspaleis, dacht Jack. Ik ben in een ijspaleis komen wonen.

6

Na de kerstdagen ging Topaz als receptioniste werken bij een vervoersbedrijf in Kilburn; toen de wegtransportchauffeurs gingen staken en het begon te sneeuwen, sloot het bedrijf. En het bleef gesloten toen het in april eindelijk beter weer begon te worden.

Ze vond een baan als typiste op een advocatenkantoor in Marylebone. In een grote ruimte zaten twintig meisjes te typen. De ramen in de kamer zaten zo hoog, dat er alleen een heel klein stukje hemel en wat schoorstenen te zien waren als ze erdoor naar buiten keken. De typistes werkten onder leiding van juffrouw Brakespear. Om het tempo van de andere meisjes bij te houden, ontwikkelde Topaz een methode waarbij ze snel en willekeurig de toetsen van de typemachine aansloeg en vervolgens de onzin die de machine uitbraakte in de prullenbak gooide, als juffrouw Brakespear de andere kant op keek. Maar juffrouw Brakespear had met haar arendsogen al snel gezien dat Topaz niet blind kon typen. Dus gebeurde het onontkoombare en zat Topaz al snel weer in een café met Francesca donuts met glazuur te eten. Ze zat net Francesca over haar beschamende vertrek uit de advocatenfirma te vertellen, toen de deur van het café openging en een groep mensen binnenkwam. Francesca fluisterde: 'Kijk, daar zijn ze.'

Ze waren vaste klanten van het kleine café op Leicester Square en gedroegen zich luidruchtig en uitbundig. Ze straalden de zorgeloze glamour uit waar Topaz en Francesca gedurende de afgelopen maanden pijnlijk jaloers op waren geworden. Ze zaten altijd aan de tafel in de hoek en als ze er waren, leek het hele café ineens anders. Het was net alsof de afbladderende verf ineens helder van kleur werd als zij er waren en alsof de vermoeide klanten ineens rechtop gingen zitten en glimlachten.

Ze waren met zijn zessen, vier mannen en twee vrouwen. Een van de meisjes droeg haar dikke blonde vlecht altijd in een knot op haar hoofd; het zwarte haar van het jongere meisje was in een boblijn geknipt. Ze droegen donkere gebreide truitjes met korte mouwen en lange, wijduitlopende rokken met smalle tailles. Hun gezichten waren bleek en ze droegen felrode lippenstift.

Topaz en Francesca oefenden het vasthouden van hun sigaret zoals het blonde meisje dat deed. Net als zij namen ze kleine, rukkerige trekjes met hun ogen half dicht en hun hoofd in hun nek. Ze haalden donkerblauwe truien van hun oude schooluniformen uit en breiden er truitjes met korte mouwen van. Topaz leende poeder en lippenstift uit de kaptafel van haar moeder en Francesca knipte haar loodrechte, lichtbruine haar in een boblijn.

In het piepkleine damestoilet van het café keken ze in de kleine, vierkante spiegel naar hun bleke weerspiegeling met knalrode mond. 'Veel te decadent,' mompelde Topaz en ze moesten tegen de wasbak leunen om niet om te vallen van het lachen.

De zomer van 1947 was bloedheet, alsof hij de vreselijke winter wilde goedmaken. De hitte zinderde boven het gras en de lucht was zwaar. Topaz zweefde door haar leven en werd door niets echt geraakt. Een muur, onzichtbaar en zinderend als de hitte in de stad, leek haar af te snijden van de clubjes en groepjes waar Londen uit bestond. Er werden geheimen over en weer gefluisterd, geheimen waar zij geen deelgenoot van was. Ze vroeg zich af of het altijd zo zou blijven, of dat ze op een dag midden in het leven zou staan, midden in het centrum. Er borrelde iets in haar, iets wat haar ongeduldig en hongerig maakte om te leven en zocht naar een uitweg.

Ze ging bij een uitzendbureau voor dienstbodes in West End werken. Aan het einde van haar eerste week had ze met Francesca in het café afgesproken. Zij waren er al, ze zaten aan de tafel in de hoek die zo'n beetje hun eigendom was: de vier mannen, het meisje met de boblijn en het meisje met de vlecht.

Topaz schepte aan de toonbank een bord eten op. Ze moest langs hen lopen om naar haar tafeltje te kunnen. Ze voelde zich dik en lomp en moest blozen. Ze trok haar buik in en probeerde te lopen zoals ze dat op school had geleerd tijdens de postuurlessen. Hoofd omhoog, rug recht en achterwerk onder je, Topaz Brooke!

Topaz struikelde, haar dienblad wiebelde en een scheut thee gutste uit haar kopje en kwam op de rok van het meisje met het zwarte haar terecht.

'Nou ja, zeg...'

'Sorry. Het spijt me verschrikkelijk.' Topaz wilde dat ze dood was.

'Mijn rok!'

'Ik heb een zakdoek in mijn zak...'

'Hij is verpest...'

De man met de baard, die aan het uiteinde van de tafel zat, zei: 'Maak je niet zo druk, Claudette.'

'Nu moet ik naar huis om me om te kleden.'

'Lieve Claudie toch.' Claudettes buurman depte met een zakdoek de rand van haar rok. 'Kijk eens? Er is niets van te zien.'

Claudette trok een pruillip. 'Kijk daar eens, Charlie. Daar zit nog thee.'

Nog een beweging van de zakdoek. Charlie had slordig, krullend zwart haar en zijn ogen glinsterden van het ingehouden lachen. Topaz vroeg zich af of hij haar uitlachte. Maar toen keek hij haar aan en zei: 'Maak je maar geen zorgen, het is al weg. Er is niets aan de hand.'

Op de een of andere manier bereikte ze het tafeltje dat ze deelde met Francesca zonder verdere ongelukken. Ze zette met bevende handen haar dienblad neer. Ze ging zitten, legde haar hoofd in haar handen en mompelde: 'Ik ben ook zo onhandig...' Francesca kneep in haar arm.

Claudette, Charlie en de anderen stonden kort daarna op om weg te gaan. Toen ze langs het tafeltje van Topaz en Francesca liepen, bleef Charlie even staan.

'Waarom doe je dat steeds?'

'Wat?' Topaz keek hem uitdrukkingsloos aan.

'Waarom rol je steeds een balletje van je glazuur?'

'O, dat. Omdat ik dan het lekkerste in één keer kan opeten en niet in kleine stukjes.'

'En daar hou je van, het lekkerste in één keer?'

'Dan proef je er meer van.'

'Vast.'

Hij verliet het café. Toen de deur achter hem was dichtgevallen, siste Francesca: 'Hij heeft naar ons zitten kijken! Hij heeft ons gezien!'

'Hij heeft ons gezien.' Topaz staarde met grote ogen naar Francesca.

'O, Fran.'

130

Op maandag kwam Charlie alleen naar het café. Hij stopte nog een keer toen hij langs het tafeltje van Topaz en Francesca liep.

'Hebben jullie een vuurtje?'

Francesca trok een stoel onder het tafeltje vandaan. 'Je vrienden zijn er nog niet. Wil je even bij ons zitten, tot ze er zijn?'

Topaz hield haar adem in. 'Dank je,' zei Charlie. Hij ging zitten.

'Wil je een donut?' Topaz duwde haar bord naar hem toe.

'Wil jij hem niet?'

Ze schudde haar hoofd. 'Ik heb geen honger.' Dat was niet waar: ze stierf van de honger.

Dus was ze opgelucht toen hij zei: 'Als we nou eens allebei de helft nemen. Hij sneed de donut in tweeën. Toen stak hij zijn hand naar haar uit. 'Ik ben Charlie Finch.'

'Topaz Brooke.'

'Francesca Lovatt.'

Topaz begon het glazuur van haar helft van de donut te schrapen. Ze glimlachte. 'Je hebt naar ons zitten kijken.'

'Ik kijk graag naar mensen,' zei Charlie. 'Ik fantaseer over wie ze zijn... waar ze wonen... wat ze doen. En ik leen stukjes van ze.'

'Hoe bedoel je...?'

Hij begon te lachen. 'Maak je maar geen zorgen. Ik ben Blauwbaard niet. Ik leen gebaren, stemmen. Ik ben acteur, begrijp je. Hoewel ik nu op een kantoor werk. Als allerjongste bediende.'

'Vind je het leuk werk?'

'Het is walgelijk. Ronduit walgelijk. Wat doe jij?'

'Ik ben receptioniste,' vertelde Topaz. 'Bij een heel chic uitzendbureau voor dienstbodes. Ik schrijf de afspraken in de agenda, laat cliënten binnen en beantwoord de telefoon.'

'Natuurlijk. Je hebt precies de goede stem voor dat soort dingen.'

'Hoe bedoel je?'

'Nogal bekakt. Geaffecteerd.' Hij keek naar Francesca. 'En jij?'

'Ik werk voor een theaterbureau.'

'Ah,' zei hij. Topaz zag hoe zijn ogen begonnen te glinsteren. 'Welk?'

Francesca vertelde welk bureau het was. Charlie zei: 'Morgen heb ik een auditie. Wil je voor me duimen?'

'Voor welk stuk?'

'Een nogal afgezaagde komedie. Maar je moet ergens beginnen.

Misschien komt er iemand kijken en leidt het ergens toe.' Hij grijnsde en wendde zich weer tot Topaz. Zijn ogen waren heel donkerbruin, bijna zwart. De kleur van Marmite. 'Misschien dat ik je stem eens leen, Topaz,' zei hij. 'Voor een auditie. Vind je dat goed?'

Ze dacht aan hoe Francesca haar haar in Claudettes boblijn had geknipt en hoe ze probeerden net zo te roken als het meisje met de vlecht.

'Helemaal niet,' zei ze. 'Dat vat ik op als een compliment.'

Charlie stelde haar aan de anderen voor. Het meisje met de vlecht heette Helena. De man met de baard heette Donald, de kleine donkere man Mischa en de man met het lange, volle gezicht en de bruine krullen was Jerry. Donald en Jerry kenden elkaar uit het leger; Donald studeerde nu aan Imperial College en Jerry leerde voor docent. Mischa kwam uit Polen. Hij was in de jaren dertig met zijn familie naar Engeland gekomen; zijn oudste broer had Spitfires gevlogen tijdens de Slag om Engeland. Claudette was de vriendin van Mischa en ze was net zo oud als Topaz. Ze was danseres.

Helena werkte als costumière in een theater. Zij had de wijduitlopende rokken genaaid die Claudette en zij droegen. 'Ik heb ze nagemaakt van een foto uit *Vogue*,' vertelde ze aan Topaz. 'Er stond een stuk in over Christian Dior. Wat maakt die een schitterende kleding.'

'Wil je er een voor mij maken?'

'Als je dat wilt. Maar je moet zelf voor de stof zorgen. Ik kan wel aan tafzijde voor de petticoats komen – je moet echt petticoats dragen onder dit soort rokken – maar je moet zelf voor de stof zorgen.'

Topaz zocht in een van de Indiase kasten met houtsnijwerk in het appartement in Bayswater tussen haar moeders sjaals en mantilla's. Ze had er vreselijk veel, van zijde en kasjmier, met patronen en effen, in turquoise, kersenrood en geelgroen. Ze dacht terug aan Peter de Courcy, die tegen haar had gezegd dat ze zijde en fluweel zou moeten dragen. Ze dacht ook terug aan het fiasco met het magentasatijn op het welkomstfeestje van Jack en koos een zwarte, zijden mantilla. Haar moeder zei altijd dat zwart afkleedde.

Helena maakte drie lagen petticoat voor onder Topaz' rok. De tafzijde was een samenraapsel van allerlei kleuren, want Helena had de petticoats gemaakt van overgebleven stukjes materiaal van theaterkostuums. Toen Topaz de rok aantrok, fluisterden de rokken als ze liep. Haar moeder keek haar een paar keer achterdochtig aan, maar zei alleen: 'Wat een aparte stijl. En zo moeilijk te dragen voor iemand met heupen.' Topaz ademde in en begon ineens te twijfelen. Ze bestudeerde de rondingen van haar lichaam in de spiegel.

In het café zei Topaz tegen Helena: 'Ik heb een cadeautje voor je meegenomen om je te bedanken.'

'Wat is het?'

'Doe je ogen maar dicht en hou je hand op.'

Helena's hand zat vol eeltplekken en naaldenprikken. Topaz legde er een perzik in.

Helena deed haar ogen open. 'Topaz. Een perzik. Wat heerlijk.'

'Ik heb in Italië voor het laatst perziken gegeten,' zei Donald. 'In 1944.'

'De zomer voor de oorlog zijn we naar Le Touquet geweest,' zei Helena. 'Dat was de laatste keer dat ik een perzik heb gegeten. Tijdens mijn laatste vakantie.'

'Hoe ben je in godsnaam aan een perzik gekomen?' vroeg Jerry.

'Mijn moeder heeft een aanbidder die op de Amerikaanse ambassade werkt. Hij heet majoor Radetsky.'

Donald keek naar zijn vrienden rond de tafel. 'Wat missen jullie het meeste? Van voor de oorlog, bedoel ik.'

'De mooie kleren,' zei Helena.

'Maltwhisky,' zei Jerry. 'Ik zou wat doen voor een fles goede Schotse whisky.'

'Mijn hond,' zei Mischa. 'In Polen had ik een hond. Ik mag hier van mijn hospita geen hond hebben.'

Helena zat de perzik in stukken te snijden. 'Claudette? Topaz? Francesca? Wat missen jullie het meeste?'

'Die zijn te jong,' zei Donald. 'Zij lagen in de oorlog nog in de kinderwagen.'

'Charlie, dan. Jij bent niet zo piepjong.'

Charlie schudde zijn hoofd. 'Ik mis niets.'

'Charlie...'

'Eerlijk. Ik mis niets.'

Helena gaf iedereen een stuk perzik. Ze aten in stilte.

'Een proustiaans moment,' zei Donald uiteindelijk.

'Wat hij bedoelt,' legde Charlie aan Topaz uit, 'is dat we over tientallen jaren als we een hapje perzik eten, ons alles van deze middag nog zullen herinneren.'

Jerry gromde misnoegd. 'We zijn het volgende week allemaal vergeten.'

Topaz wist dat ze het nooit zou vergeten. Helena aan haar ene kant, Charlie aan de andere kant en de perzik, die naar de zomer smaakte.

Om haar geweten te sussen over de rok en de perzik, kookte Topaz een speciale maaltijd voor haar moeder en majoor Radetsky. Er stond een menu voor een dineetje in *Vogue*: schelvis in room met gebakken pompoen.

Helena nodigde iedereen uit op een feestje voor haar zevenentwintigste verjaardag. Helena deelde een flatje met Claudette in de buurt van Phoenix Theatre aan Charing Cross Road. Topaz en Francesca droegen hun donkere, gebreide truitjes en de rokken die Helena voor hen had gemaakt. Francesca's rok was grijsgroen, de kleur van haar ogen.

Het was niet het soort feestje waarbij je geacht werd limonade te drinken. En er waren ook geen moeders om de boel in de gaten te houden. De twee kleine kamertjes puilden uit van de hoeveelheid mensen; in het stoffige tuintje stonden nog meer gasten. Er speelde een grammofoon en de mensen moesten schreeuwen om zichzelf verstaanbaar te maken.

Helena was in de gemeenschappelijke keuken op de overloop. Topaz en Francesca gaven haar haar verjaarscadeautje.

Ze maakte het pakje open. 'Zakdoeken, wat heerlijk. Daar heb je er nooit genoeg van.' Ze gaf hun een kus. 'Wat willen jullie drinken? Er is bier, cider en fris. Iedereen is er al.' Helena maakte een vaag gebaar. 'Ergens.'

Ze vonden Jerry in de tuin. 'Ik wist niet zeker,' zei hij, 'of Donald zou komen, door wat er met Helena is gebeurd.'

'Wat is er dan met Helena?' vroeg Francesca.

'Wisten jullie dat nog niet?' Hij deed wat tabak in de kop van zijn pijp. 'Helena en Donald zijn jaren een stel geweest.'

'Maar nu niet meer?'

'Jullie wisten toch wel dat Donald getrouwd is, of niet?'

Ze schudden hun hoofden. 'Ze moesten wel,' zei Jerry. Hij stak een lucifer aan. 'Ze kregen een kind. Een jongetje. Hij is nu een jaar of vijf.'

Topaz keek om zich heen in de tuin. 'Zijn ze hier?'

'Alleen Donald. Jean gaat niet naar feestjes. Er moet iemand bij het kind blijven.'

'En Mischa en Charlie? Hebben die ook vrouwen van wie we moeten weten?'

'Mischa houdt het bij één vrouw.'

'Claudette?'

Jerry knikte. Hij stak een lucifer aan. 'En Charlie is getrouwd met het theater.'

'Heb je hem wel eens zien acteren? Is hij goed?'

'Hij is ontzettend goed. Charlie gaat zijn naam nog wel eens op de grote lichtborden zien, reken daar maar op. Als zijn talent hem niet beroemd zal maken, doet zijn doorzettingsvermogen dat wel.' Zijn stem was droog. Hij keek naar Francesca. 'Zullen we dansen?'

Ze liepen naar binnen en gingen naar de kamer met de grammofoon. Topaz liep wat rond en dronk haar cider. Om zich een houding te geven, keek ze geïnteresseerd naar de posters aan de muren en de bloemen in de vensterbanken, hoewel ze dat helemaal niet was. Toen zei een stem achter haar: 'Wat zie ik nu? In je eentje de kunst aan het bewonderen?'

Ze draaide zich om en zag Charlie. 'Als een olifant in een porseleinkast, ja,' zei ze. 'Ik kan niets rustig of onopvallend doen.'

Hij schoot in de lach. 'Waar is Francesca?'

'Die danst met Jerry.'

'Wil je nog iets drinken? Ik ging net iets voor mezelf halen.'

'Graag.' Ze ging op het gras achter in de tuin op hem zitten wachten. Toen hij terugkwam, vroeg ze nieuwsgierig: 'Meende je dat, wat je laatst zei: dat je niets mist van voor de oorlog?'

Hij ging naast haar zitten. 'Absoluut. Ik heb een oersaaie jeugd gehad. Niet vreselijk, maar gewoon ontzettend saai. Een twee-onder-één-kap-woning in een buitenwijk en een beurs om naar de middelbare school te gaan. En de oorlog was ook saai: drie jaar in een ijskoud kamp in Schotland, waar ik formulieren moest invullen en lijstjes moest maken. Dus het zou nu toch interessanter moeten worden, vind je niet?'

'Dat lijkt me wel.'

'En jij, Topaz? Verlang jij terug naar het verleden?'

Ze schudde haar hoofd. 'Hoewel er leuke perioden zijn geweest. Maar de laatste tijd heb ik het gevoel...' ze hield even op met praten, ze voelde zich een beetje raar van de cider, 'dat er helemaal niets gebeurt. Alles lijkt zo hetzelfde te blijven. Er verandert nooit eens iets.'

Hij lag languit op zijn zij op het gras en steunde op een elleboog. 'Wat zou je dan willen veranderen?'

'Ik wil reizen. Ik wil mooie kleren dragen en avontuurlijke dingen doen. Ik wil... ik weet het niet... een gletsjer aanraken, een vulkaan zien en in de woestijn lopen.'

Hij begon niet te lachen – wat ze wel een beetje had verwacht – maar zei: 'Ik wil alles doen waarvan ik weet dat ik het goed kan.'

Ze wist dat hij het over acteren had. 'Het lijkt me heerlijk om ergens talent voor te hebben,' zei ze.

'Hoewel,' zei hij glimlachend, 'ik zou ook best wat andere dingen willen. Perziken eten, whisky drinken en naar het buitenland gaan.'

'Ben je daar wel eens geweest?'

'In het buitenland? Nog nooit. We gingen altijd op vakantie naar Margate of Hastings. En jij?'

Ze schudde haar hoofd. 'Voor de oorlog logeerde ik elk jaar bij mijn neven in Dorset. Het was daar altijd heerlijk. Dat mis ik wel.'

'Ga je nu niet meer?'

'Ik ben vorige zomer geweest, maar het was heel anders dan voor de oorlog.'

'Hoezo?'

'Het was gewoon... anders. Ik denk dat ik te lang niet was geweest. Ik dacht dat het zou zijn alsof ik zou thuiskomen, maar dat was niet zo.'

'Thuiskomen...' zei hij langzaam, 'daar zie ik altijd vreselijk tegen op.'

'Waarom?'

Hij haalde zijn schouders op. 'Ik denk omdat ik alleen ben. Soms is het nogal benauwend.'

'Heb je geen broers en zussen?'

'Nee.' Hij glimlachte weer. 'Ik ben uniek.'

Ze bedacht dat hij dat waarschijnlijk wel was. Hij legde uit wat hij bedoelde: 'Al die verwachtingen. Mijn moeder heeft een plakboek. Ze heeft foto's en besprekingen van elk stuk waar ik ooit in heb gespeeld. Alles vanaf de lagere school. Mijn ouders hebben het laatste stuk waarin ik heb gespeeld, drie keer gezien. Drie keer, Topaz, en het was een afschuwelijk, afschuwelijk stuk. En ze moesten een vreselijk omslachtige route nemen van Chingford naar Richmond met een eindeloze hoeveelheid treinen en bussen, omdat mijn vader niet in de metro wil en ze geen geld hebben voor een taxi.' Hij zuchtte. 'Hun leven is doodsaai, ben ik bang, en ik vul de leegte. Walgelijk, hè? Dat ze me zo nodig hebben. Het is vreselijk verstikkend.'

Zij was ook enig kind. Ze probeerde zich haar moeder voor te stellen die foto's van haar in een plakboek plakte, maar dat lukte niet. 'Ze zijn gewoon trots op je,' zei ze.

Charlie stond op. 'Laten we Francesca maar eens gaan redden. Jerry kan absoluut niet dansen.' Ze liepen het huis in.

Soms – als ze in het café zaten, of door het park wandelden – zag Topaz hoe andere meisjes jaloers naar hen keken. Nu zaten zij en Francesca aan de tafel in de hoek; als ze nu thee en koekjes bestelden, spraken ze de eigenaar met zijn naam aan. Ze stonden midden in het leven, bedacht Topaz zich. Ze hadden het middelpunt van de cirkel bereikt.

Ze gingen met Donald en Jerry naar jazzclubs in donkere, rokerige souterrains, waar saxofoons en trompetten rauwe en prachtige muziek speelden. Ze keken met Charlie en Mischa Franse films in tochtige hallen. Soms liepen ze gewoon naar binnen op een feest waar ze niet waren uitgenodigd. 'Het is gewoon een kwestie van zelfvertrouwen uitstralen,' zei Charlie luchtigjes. 'Voor jou is dat heel eenvoudig, Topaz. Je ziet er perfect uit en je klinkt perfect.' Dus liep ze rond in huizen van onbekenden, at eten van onbekenden en sprak met de vrienden van onbekenden. Ze had het gevoel dat ze een heel nieuwe wereld met eindeloze mogelijkheden leerde kennen, vlak onder het oppervlak van de saaie wereld die haar bekend was.

Ze raakte verstrikt in de ingewikkelde levens van haar nieuwe vrienden. Charlie zei zijn baan op toen hij een rol aangeboden kreeg in *Henry V* in een repertoiretheater in Noord-Londen. Topaz ging naar een matineevoorstelling: hoog op het balkon zat ze op het puntje van haar stoel en had alleen oog voor Charlie. Toen het stuk was afgelopen bleef ze, terwijl mensen over haar heen klommen, verlamd door een mengeling van angst en verrukking zitten.

Donald en zijn vrouw Jean deelden een appartement met Jeans moeder, die weduwe was, in een gebouw in de buurt van Goldhawk Road. Jeans moeder logeerde nu een weekje bij haar zus in Clacton en Donald maakte gebruik van de situatie door een feestje te geven.

De kamers hadden hoge plafonds en een armoedige uitstraling. Ze waren karig ingericht met versleten bankjes, tafels en stoelen. In de hal speelde Mischa cricket met Donalds zoontje, Paul. Claudette zat naast hen op de trap.

'Ik heb nog een speler nodig,' zei Mischa. 'Claudette heeft geen zin.'

'Ik haat sport,' zei Claudette.

'Dit is geen sport, schat. We spelen.' Zijn stem klonk geïrriteerd.

Claudette haalde haar schouders op. Topaz zei: 'Ik wil wel meedoen.' Ze rende achter de bal aan, haalde hem onder meubels en uit jassen en hoeden vandaan, tot Jean kwam om Paul naar bed te brengen.

Donald stond in de keuken sandwiches en worstenbroodjes klaar te maken. Helena was hem aan het helpen. Er kwamen nog meer gasten binnen. In de voorkamer speelde een grammofoon. Topaz en Francesca dansten met Jerry. Hij danste tussen hen heen en weer en pakte hen om beurten bij de hand om ze van de ene kant van de kamer naar de andere kant te slingeren. Na een tijdje kreeg Topaz het gevoel dat hij alleen nog met Francesca danste, dus liep ze de kamer uit, zich een weg banend door de drukte.

Helena was in een berg jassen op de gang aan het zoeken. Er rolden tranen, glinsterend als diamantjes, over haar wangen.

'Ik had nooit moeten komen.' Helena snoot haar neus. 'Ik kan mijn vest niet vinden.' Ze begon nogmaals in de enorme berg jassen te zoeken.

'Wat voor kleur is het?'

'Citroengeel.'

Topaz groef een lichtgeel vest op. Ze liep achter Helena de trap af en volgde haar de straat op. 'Wil je een stukje kauwgom?' Ze bood Helena een pakje aan.

'Van je moeders Amerikaanse majoor?' Helena's glimlach was maar van heel korte duur. 'Misschien moet ik ook maar zo iemand zoeken,' zei ze bitter. 'Iemand die mooie dingen voor me koopt en voor me zorgt...' Ze hield ineens haar mond. 'Sorry, Topaz. Ik bedoelde niet dat ik denk dat je moeder niet gesteld is op haar... haar...'

'Haar minnaar?' Topaz ging op het lage muurtje bij het huis zitten; Helena ging naast haar zitten. 'Ik denk niet dat majoor Radetsky haar minnaar is. Volgens mij zijn ze dat geen van allen. Ze kopen cadeautjes voor haar en nemen haar mee uit, dat soort dingen.' Ze keek naar Helena. Haar vriendelijke gezicht was rood van het huilen. 'Je denkt vast,' zei ze, 'dat dat heel naïef van me is, maar ik denk echt dat het zo gaat.'

Helena zei: 'Ik blijf maar tegen mezelf zeggen dat ik geen moeite heb met Donald en Jean, maar dat heb ik wel, en dat heb ik altijd al gehad. Ik ben het zo zat dat ik zoveel van hem hou.'

'Hoe lang ken je Donald al?'

'Een eeuwigheid. Ik zat nog op school toen ik hem leerde kennen. En toen brak de oorlog uit en kreeg hij die stomme affaire en toen...' ze stak haar met eelt bedekte handen wanhopig in de lucht, 'en toen raakte Jean zwanger en moesten ze trouwen, en dat was dat.' Ze liet haar hoofd tussen haar schouders zakken. 'Ik weet natuurlijk best dat het veel slimmer zou zijn als ik uit Londen zou weggaan, zodat ik niet meer met hem geconfronteerd zou worden, maar er is hier werk en ik ben dol op Jerry, Charlie en Mischa. Hoewel ik af en toe gek word van Claudette...' Haar stem verstomde.

Topaz keek naar de lucht. Het was gaan schemeren en de eerste sterren stonden aan de hemel. 'Dat soort dingen kun je niet zelf bepalen. Zoiets overkomt je gewoon. Net als de mazelen.'

Helena zei zachtjes: 'Maar van de mazelen herstel je weer, toch? En ik kom maar niet over Donald heen.'

Een groepje kinderen rende gillend langs hen heen. Ze trokken een kar over de weg. Terwijl hun geschreeuw verstomde in de avondlucht, zei Helena: 'Ik heb geprobeerd me volwassen te gedragen. Ik ben zevenentwintig. Dan zou je toch volwassen moeten zijn. Meestal ontwijk ik Jean, maar vandaag dacht ik: het is tijd om je volwassen te gedragen, Helena, het is tijd, om iedereen te laten zien dat we nu gewoon vrienden zijn.'

'Is dat wat je wilt?'

Helena keek wanhopig. 'Dat zou wel het beste zijn voor iedereen, toch?'

'Ik vroeg me alleen af,' het was één grote puzzel voor haar, ze was er nog niet uit, 'of het beter is om verliefd te zijn op iemand die je niet kunt krijgen, of om om niemand heel veel te geven. Het is natuurlijk het gemakkelijkste als je verliefd bent op iemand die ook van jou houdt, dat begrijp ik ook wel, maar dat lijkt niet zo vaak het geval te zijn.'

Helena wreef met haar vingers over haar voorhoofd. 'Soms wou ik dat ik hem nooit had ontmoet. Maar op andere momenten, als ik bij hem ben, voel ik me zo geweldig. Ik voel me nooit beter dan wanneer ik met hem ben. Nooit.' Ze stond op. 'Ik ga maar eens naar huis.' Ze glimlachte. 'Je bent een schat, Topaz. Ik vind het heel gezellig om met je te praten.' Ze kuste Topaz op haar wang en liep toen weg.

Topaz bleef nog even zitten, keek hoe de hemel inktzwart werd en ging toen weer naar binnen.

'Waar is Fran?'

Jerry had roze vlekken op zijn grote, gave gezicht. 'Bij Charlie.'

Ze wilde hen gaan zoeken, maar hij zei: 'Doe dat maar niet.'

'Waarom niet?'

'Omdat ze... je weet wel.'

Ze keek hem uitdrukkingsloos aan. Hij keek haar strak in de ogen. 'Ze zijn bezig.'

'Zijn ze aan het dansen?'

Hij haalde zijn neus op. 'Zo zou je het kunnen noemen.' Hij stond sandwiches op een bord te stapelen. Hij staarde haar aan. 'Wist je het nog niet? Charlie viel meteen al op Francesca.'

Topaz deed haar uiterste best haar gezicht in de plooi te houden, zodat hij het niet zou zien. Maar iets in haar gezichtsuitdrukking moet haar hebben verraden, want hij zei: 'Kijk niet zo. Laat ze het samen maar uitzoeken, dat is wat ik ervan vind. Er zijn genoeg leuke mensen.'

Hij aaide haar met de rug van zijn hand over haar gezicht. Toen hij haar begon te zoenen, bleef ze doodstil staan, zich bewust van de bewegingen van zijn handen en mond. Hij smaakte naar bier en zijn baard schuurde over haar gezicht. Zijn handen gingen over haar nek, haar rug en toen haar borsten. Zijn strelingen leken nogal weifelend en lukraak. Ze wist dat ze iets moest doen: hem wegduwen of meedoen, maar om de een of andere reden lukte dat haar niet.

Toen mompelde hij: 'Sorry... ik moet naar de wc,' en wankelde de keuken uit. Topaz liep naar de gootsteen en keek door het raam naar de tegenoverliggende huizen. De gordijnen waren overal dicht. Achter de stof bewogen schaduwen. Ze bedacht zich dat die schaduwmensen ook verliefd werden, ruziemaakten, elkaar kusten en haatten. *Wist je het nog niet? Charlie viel meteen al op Francesca.* Ze zag ineens hoe het gebeurd moest zijn. Charlie had Francesca in het café gezien en had het ongelukje van Topaz met haar thee gebruikt als introductie. Wat stom dat ze dat niet meteen had gezien.

Ze rende de trap af en de straat op. Ze ging met de metro naar huis en voelde zich vreselijk gekwetst. Het was net alsof iemand haar had geslagen en ze maar niet op adem kon komen.

Aangekomen op Cleveland Place, zag ze dat de deur van het appartement op een kier stond. Ze hoorde stemmen.

'Veronica, lieverd...'

'Marty, wees nou geen stoute jongen.'

'Soms wordt een man er moe van altijd maar een brave jongen te zijn, Veronica.'

'Mijn dochter komt zo thuis.'

'Het is tijd om je schuld in te lossen, schat.'

Van hem krijgen we geen perziken meer, besefte Topaz en liep terug naar de trap.

De muren van het trappenhuis waren betimmerd en ze kon haar weerspiegeling in het gepoetste rozenhout zien. Haar reflectie bewoog bleek en onelegant met haar mee toen ze boven aan de trap ging zitten. Wat ben je toch ontzettend stom, dacht ze kwaad, terwijl ze naar haar weerspiegeling keek, dat je ooit hebt kunnen denken dat hij jou leuker zou vinden.

Nadat de sneeuw was ontdooid, de daaropvolgende waterlast weer achter de rug was en het eindelijk zomer was geworden, bracht Marius de zondagmiddagen met Tara in de tuin door. Hij hield haar in de gaten terwijl ze moddertaarten maakte en in torren en slakken prikte en hij zorgde ervoor dat ze de worteltjes niet uit de moestuin trok of in de vijver viel. Tara wilde elke ochtend voor hij naar zijn werk ging een kus; als hij 's avonds thuiskwam, stond ze bij het hek op hem te wachten. Als hij haar dan in zijn armen nam en in de rondte draaide, gilde ze van plezier. Dan zette hij haar op zijn schouders en droeg haar het huis binnen.

Hij had tijdens het afgelopen halfjaar Tara's maniertjes, grenzen en beperkingen leren kennen. Hij wist dat ze categorisch kool en spruitjes weigerde te eten, dat ze als ze de kans kreeg, haar wascokrijtjes opat en dat ze niet kon slapen zonder de quilt die ze al had sinds haar babytijd. Ze behaalden samen heel wat mijlpalen: de eerste keer dat ze hem toestond haar naar bed te brengen (daarbij vasthoudend aan haar routine: in bad, tandenpoetsen, verhaaltje, kus); de eerste keer dat hij een wandelingetje met haar mocht maken zonder dat ze steeds naar Suzanne vroeg.

Uiteindelijk viel er wat van de spanning van zijn schouders. Hij nam aan dat het voor iedereen hetzelfde was, dat ze door de oorlogsjaren hadden geleerd altijd op hun qui-vive te zijn en dat ze nu weer moesten leren genieten van de genoegens die ze in vredestijd vanzelfsprekend hadden gevonden. Hij betrapte zichzelf erop dat hij net als Tara genoot van een vlinder die door de tuin fladderde of het zonlicht dat op de zee scheen.

Hij was meteen na zijn schooltijd bij Temperleys gaan werken en toen het leger in gegaan, was daarna getrouwd en vader geworden en had op die hele weg nooit tijd gehad even rustig adem te halen en zijn situatie te overdenken. Hij had niet gekozen voor de weg die hij was ingeslagen, hij was hem opgelegd. Maar het gevoel van nutteloosheid dat hij na de demobilisatie had gehad, was verdwenen. Tara had hem een doel in zijn leven gegeven. Het zou haar aan niets ontbreken, beloofde hij zichzelf, ze zou alles hebben wat haar hartje begeerde. Haar leven zou niet getekend worden door oorlog, zoals het zijne, en ook niet door armoede, zoals dat van Suzanne.

De onrust die hij nog voelde, betrof Suzanne. Fysiek kwam ze helemaal tot bloei. De frisse lucht had kleur in haar gezicht gebracht. Maar ze was nog steeds ongelukkig, bedacht hij zich. Soms was ze stil en teruggetrokken en op andere momenten was ze kortaf. Soms, als ze niet wist dat hij naar haar keek, zag Marius wanhoop in haar ogen.

Ze was altijd rusteloos, druk, op zoek naar een bezigheid. Ze kon niet op de bank zitten en een tijdschrift lezen of gewoon even zonnen op een stoel in de tuin. Missencourt zelf, ingegraven (zoals Suzanne het zag) in het platteland, bood weinig afleiding. Af en toe, als er een beetje benzine over was en Adele aanbood voor Tara te zorgen, leende Suzanne een middagje de Rolls, die de Temperleys voor de oorlog hadden aangeschaft. Ze had autorijden altijd heerlijk gevonden en Marius voelde goed aan dat ze wat ontspanning vond door over de kronkelweggetjes de heuvel af de vallei in te rijden. Ze reed snel maar goed en hoewel Dorchester en Bournemouth in de verste verte niet konden tippen aan Londen, genoot ze van de meer stedelijke sfeer die er hing.

Hij vermoedde dat ze eenzaam was, dus nodigde hij oude vrienden uit op Missencourt. Soms, vooral als Julia en Will er waren, ontspande ze een beetje. Dan kletste en lachte ze en zag hij de Suzanne van vroeger weer in haar. Maar dat duurde nooit lang en hij had het idee dat ze opzettelijk iedere mogelijkheid tot vriendschap saboteerde door mensen niet terug te bellen en bijna nooit op uitnodigingen in te gaan. Ze ontweek intimiteit. Hij wist dat hij gauw zou ophouden te proberen er iets van te maken en de situatie zou accepteren zoals die was: ze waren twee vreemden die een bed deelden. Die gedachte deprimeerde hem.

Op een zaterdagmiddag gingen ze naar het strand bij Lyme Regis. Het was hem opgevallen dat ze van de zee hield; als er een plek was die haar bevrijdde van haar ongelukkigheid, was dat het strand. Suzanne liep met Tara over de rotsen en stopte af en toe om een grijsgroene krab of een pruimkleurige zeeanemoon te bewonderen. Ze droeg een korte broek met een T-shirt, waarin haar kleine, mooi gevormde lichaam goed uitkwam.

Hij bouwde een zandkasteel voor Tara, een ingewikkeld geval met torentjes en kantelen. Toen het vloed begon te worden, liep de kasteelgracht vol water. Toen het water tegen het kasteel klotste, gilde Tara het uit en klapte in haar handen van plezier. Marius groef als een bezetene de gracht steeds verder uit om te proberen het water tegen te houden. Een golf sloeg tegen een toren, die langzaam de zee in gleed.

Suzanne glimlachte. 'Als je nog dieper graaft, kom je in Australië uit, Marius.'

'De gracht moet nog een beetje dieper om het water tegen te houden.'

'Je bent geobsedeerd bezig,' plaagde ze. Ze knielde naast hem en begon met haar handen mee te graven. Een grote golf spoelde over het hele kasteel en de torens en kantelen stortten in.

'Geef het maar op.' Ze lachte.

Hij stond op en kneep haar zacht in haar schouder. 'Lieverd toch, je bent doorweekt.'

Ze verkrampte, alsof zijn lieve woorden haar hadden gestoken. Haar glimlach verdween van haar gezicht en ze mompelde: 'Ik moet Tara afdrogen,' en ze liep het strand op.

'We hebben geen haast,' zei hij. 'Het is pas...' hij keek op zijn horloge, 'halfvier.'

'We moeten nog helemaal naar huis en Tara moet eten.' Suzanne stond Tara met een grote handdoek af te drogen. Haar stem was veranderd, hij was weer kortaf en stil geworden. Ze ontweek oogcontact.

Toen Marius en Jack klein waren, hadden ze altijd rotjes gekocht voor Guy Fawkes Night. Hun favoriete spelletje was altijd geweest de rotjes aan te steken, ze zo lang als ze durfden vast te houden en ze dan op het laatste moment, vlak voor ze ontploften, zo ver mogelijk weg te gooien. De vader van Marius had ze eens betrapt toen ze dat deden. Het was een van de zeldzame keren geweest dat Francis Temperley zijn zoon had geslagen, zo woedend was hij geweest, dat zijn zoon zijn ledematen riskeerde voor zo'n triviaal pleziertje. Maar Marius kon zich nog precies het fascinerende, angstaanjagende moment herinneren waarop het vuurwerk bijna ontplofte.

Hij dacht er nu aan terug, terwijl hij naar Suzanne keek. In de loop van de week leek ze gedeprimeerder te worden. Ze gleed heen en weer tussen stilte en geïrriteerdheid en was alleen vrolijk als ze met Tara speelde. Hij had het gevoel dat ze net als het vuurwerk zou ontploffen als hij het verkeerde zou zeggen of doen.

Op zaterdagavond gingen ze dineren bij de Barringtons. Derek en Lois Barrington woonden in een enorm huis in de buurt van Great Missen, waar het altijd naar spaniëls stonk. Derek was vriendelijk en dik en zijn vrouw Lois stond bekend om haar tactloosheid en harde schreeuwstem, waarmee ze al haar hele leven tegen honden schreeuwde.

Ze ontmoetten de andere gasten in de zitkamer. Marius kende de huisarts en zijn vrouw als vriendelijk en interessant, maar zijn hart sloeg een slag over toen hij het derde stel zag. Hoewel Valerie Luscombe heel vriendelijk was, was haar man, George, een onbehouwen boer.

Het diner werd vergezeld door constant blaffende honden, rinkelend servies en bestek in de idioot grote eetkamer en Lois die overal bovenuit schreeuwde om gehoord te worden.

'De erwten komen natuurlijk uit onze eigen tuin. Nou ja, uit die van Derek. Derek kan vreselijk goed erwten kweken.'

'De koolwitjes hebben heel wat ellende aangericht dit jaar.'

'Ik betaalde de evacués altijd om ze te vangen. Een penny per vlinder. Ik had nooit gedacht dat ik ze zou missen.'

'Als u last hebt van de hond, mevrouw Temperley,' schreeuwde Derek, 'geeft u hem maar gewoon een dreun.'

'Hij doet nog geen vlieg kwaad, hoor,' zei Lois Barrington vertederd. 'Wil er nog iemand aardappels?' Mevrouw Barrington keek met haar kleine, heldere ogen naar Suzanne. 'U moet goed eten, u ziet een beetje flets. Die arme mevrouw Temperley ziet een beetje bleekjes, vind je niet, Derek? Jullie zijn toch niet komen lopen, hè, Marius?'

'Het is maar een paar kilometer.'

'Geen wonder dat je vrouw uitgeput is.'

'... en onze benzine is bijna op.'

George Luscombe zei: 'Hou je je nog steeds aan de regels, Temperley?'

'Jij niet dan?'

'Het rantsoen is veel te laag. Vierhonderd kilometer per maand? Onmogelijk!' George tikte met zijn vinger tegen zijn neus. 'Ik kan niet zonder een extraatje.'

Hij kocht niet om morele redenen geen extra benzine op de zwarte markt, bedacht Marius zich, maar om praktische. Hij was zes jaar weg geweest, waardoor hij niet de juiste mensen kende, en had in de oorlog geen gelegenheid gehad een netwerk op te bouwen waarin de leden onderling gunsten uitwisselden.

George Luscombe schepte nog een keer aardappels op. 'En tot die belachelijke regering alles weer op een rijtje heeft...'

'Churchill zou de boel weer moeten overnemen,' onderbrak Derek hem. 'Het land is een bende.'

'Ze geven die lui maar van alles,' zei George Luscombe, terwijl hij

145

een hap vleespastei doorslikte, 'terwijl wij onze ziel verkopen aan die verdomde yankees. Sorry voor de woordkeus, dames.'

Suzanne vroeg: 'Die lui?'

'Kinderbijslag en zo.'

'Bent u er geen voorstander van het leven voor alleenstaande vrouwen met kinderen een beetje gemakkelijker te maken?'

'Dat hangt ervan af of een land zich dat kan permitteren, lieve mevrouw Temperley.'

'Vindt u niet dat die mensen het recht hebben verdiend niet in armoede te hoeven leven?'

'De balans in de boeken moet kloppen. Net als die van u in uw huishouding, mevrouwtje.'

Suzanne legde haar mes en vork neer. 'Die mensen verdienen iets. Al die gewone mensen die in het leger hebben gediend en de blitz hebben overleefd, verdienen iets. Ze verdienen nette huizen en goede medische voorzieningen. En ze moeten zich niet bezorgd hoeven maken dat ze worden ontslagen zodra het een beetje minder gaat met het land. Daarom hebben ze op meneer Attlee gestemd. Omdat ze erop vertrouwden dat die hun zou geven wat ze verdienen.'

George Luscombe sloeg zijn handen ineen. 'Als je niets hebt, kun je ook niets weggeven, dat is het enige wat ik bedoel.'

'Dat zal toch moeten.' Suzannes ogen spuwden vuur. 'Begrijpt u dat niet? Dat zal toch moeten. Anders zijn al die offers voor niets geweest.'

'Ik wijs u alleen op een paar nogal duidelijke economische feiten...'

'Al die mensen die hun leven hebben gegeven; dat zou geen enkele zin hebben gehad...'

'Je moet je niet door emoties laten verblinden voor de realiteit...'

'Emoties!' Suzannes woedende stem weergalmde in de enorme kamer. 'Dat zeggen mensen altijd als ze weten dat ze ongelijk hebben! Alsof je je zou moeten schamen voor emoties, voor gevoelens!'

Lois Barrington verbrak de stilte die op Suzannes uitbarsting was gevolgd: 'Nog iemand groente? Nee? Dan ga ik het dessert halen.'

Toen ze later naar huis liepen, zei Suzanne: 'Het spijt me. Ik had niet zo moeten schreeuwen tegen die vreselijke man. Ik hoop dat ik je avond niet heb verpest.'

De zon ging onder en de kalkstenen heuvels verkleurden eerst goud- en toen koperkleurig. 'Ach,' Marius glimlachte, 'in combinatie met het bijna rauwe rundvlees en de hondenharen in de soep... maak je maar geen zorgen.'

'Maar ik meende wel wat ik zei.'

'Dat weet ik.'

Ze keek hem even van opzij aan. 'Ben je het niet met me eens?'

Hij schudde zijn hoofd. 'Helemaal niet. Ik vind alleen...'

'Wat?'

'Ik ben bang dat hij ergens wel gelijk had. George Luscombe had ergens wel gelijk.'

'Alsjeblieft, zeg. Hij was onuitstaanbaar. Lomp, ongenuanceerd, neerbuigend, walgelijk...'

'Dat is hij allemaal. Maar toch...' Marius kneep zijn ogen half dicht tegen het laatste zonlicht, dat in zijn ogen stak. 'Groot-Brittannië moet wel zijn hand ophouden bij de Amerikanen. En als ze ons niet helpen...'

'Wat dan?'

'Ach, het maakt ook niet uit.' Hij probeerde te glimlachen.

'Marius. Waag het niet me zo te behandelen. Ik ben niet onnozel!'

'Dat weet ik. Dat heb ik ook nooit gedacht.' Hij zuchtte. 'De mensen zeuren maar over de rantsoenen en dat het nog erger is dan tijdens de oorlog. Ze denken... ze denken dat we onmogelijk kunnen doorgaan brood, vlees, suiker en benzine op de bon te verkopen. Al die dingen die iedereen nodig heeft. Maar ik denk niet dat het binnenkort beter gaat worden. We hebben tijdens de oorlog al onze reserves opgebruikt en we kunnen niet meer op de koloniën rekenen om de schatkist te vullen. En als de Amerikanen ons niet helpen, gaat het allemaal alleen nog maar erger worden.'

Ze liepen de weg af en het veld in dat de weg afsneed naar Missencourt. Een prachtige junidag zomerde nog na in de warme avondlucht.

'Hoeveel erger?'

'Zonder hulp van de Amerikanen zouden we wel eens bankroet kunnen gaan,' zei Marius ronduit. 'Al die sociale verbeteringen waar jij correct over zegt dat ze zo essentieel zijn – en verdiend – zouden dan voor onbepaalde tijd moeten worden opgeschort. Maar dat zou nog het minste zijn. Het is heel goed mogelijk dat de arbeid gealloceerd zou moeten worden, nog erger dan in de oorlog. Het is zelfs

147

mogelijk dat we op hongerrantsoenen gesteld moeten worden... op minder dan duizend calorieën per dag.'

Ze liepen langs een dicht coniferenbos. 'En wat ons betreft,' zei hij, 'Temperleys zou over de kop gaan. We hebben al een zwaar jaar achter de rug met de brandstofcrisis en het slechte weer. Je hoeft je geen zorgen te maken,' zei hij snel, toen hij de blik in haar ogen zag, 'we zouden het wel overleven...'

'Marius,' zei ze nog een keer. Hij hoorde de ergernis in haar stem.

Hij gaf haar een zetje het hek op. 'Ik wil alleen maar dat je gelukkig bent.'

'Dat ben ik.'

Op de een of andere manier vond hij de moed te zeggen: 'Nee, dat ben je niet, Suzanne.'

Ze bleef even op het hek zitten. 'Ik heb het idee,' zei hij voorzichtig, 'dat je intens ongelukkig bent.'

Ze beet op haar lip. Haar ogen stonden moe. Toen glimlachte ze. 'Dat is niet waar, Marius.' Ze liet zich van het hek glijden. Haar stem klonk zacht en verleidelijk en ze drukte haar lichaam tegen het zijne.

Woede drukte zijn verlangen weg en hij duwde haar van zich af. 'Als dat het enige zou zijn waar ik behoefte aan had,' zei hij zacht, 'zou ik ervoor kunnen betalen.'

Ze trok wit weg. Toen zei ze verbitterd: 'Voor de meeste mannen is dat het enige wat telt.'

Hij wendde zich met gebalde vuisten van haar af. De harsige geur van de bomen deed hem ineens denken aan de eerste keer dat ze hadden gevreeën. 'Ik ben je echtgenoot,' zei hij kwaad. 'Ik ben je vriendje niet, of een vreemdeling die weer weggaat, of een legerofficier die je in een bar hebt opgepikt. Ik ben je man, de vader van je kind.'

Ze sloeg haar handen voor haar gezicht. 'Het spijt me.'

'Het is misschien wat sommige mannen willen, maar het is niet alles wat ik wil. Ik weet dat we niet uit liefde zijn getrouwd. En ik weet dat het vreselijk moeilijk voor je moet zijn geweest, al die maanden dat je het in je eentje hebt moeten rooien. Daar zal ik me altijd schuldig over blijven voelen. Maar ik ben van Tara gaan houden. En ik dacht – ik hoopte – dat wij misschien ook van elkaar zouden gaan houden. Ik vraag alleen om een beetje genegenheid. Dat je niet verkrampt als ik je een kus geef, dat je je niet afwendt als ik je onverwacht aanraak.'

'Ik ben dat niet gewend,' zei ze wanhopig, 'genegenheid te tonen. Dat gebeurde niet bij mij thuis. Elkaar aanraken, dat deed je alleen tijdens de seks, of als je kwaad was. Niet uit liefde. Toen ik net op Missencourt woonde, kon ik er niet aan wennen, hoe jij en Adele met elkaar omgingen. Al die kussen en knuffels. Eerlijk gezegd vond ik het maar raar. Maar toen realiseerde ik me dat jullie dat doen om elkaar op te vrolijken. Jullie denken er niet eens bij na.'

Hij wilde haar geloven. Maar hij zei: 'Maar er is meer aan de hand, of niet?'

Alsof er een knop in haar hoofd omging, kreeg ze weer diezelfde vermoeide blik in haar ogen.

'Het ligt aan mij, hè, Suzanne?'

'Marius...'

'Ik dacht eerst dat het Missencourt was. Dat je het een naar huis vond. Toen dacht ik dat het aan het platteland lag, en toen dat het onze vriendenkring was. Maar je vindt mij gewoon niet aardig, hè, Suzanne? Ik maak je ongelukkig.'

De vederachtige takken van de coniferen wierpen hun schaduw op haar gezicht. 'Je bent een goede man, Marius,' zei ze.

'Wat heb ik aan die vage complimenten,' zei hij zachtjes.

Ze schudde haar hoofd. 'Het is niet dat ik jou niet aardig vind.'

'Wie vind je dan niet aardig?'

Haar mondhoeken krulden naar beneden. 'O, Marius,' zei ze, terwijl ze het bospad op liep, 'heb je dat nu nog niet begrepen? Ik heb een hekel aan mezelf.'

Hij sliep slecht die nacht. Na meerdere hazenslaapjes werd hij om zes uur wakker en zag tot zijn verbazing dat hij alleen in bed lag. Tara lag te slapen in de kinderkamer.

Hij kleedde zich aan en liep naar beneden. Fragmenten van het gesprek van de vorige avond schoten door zijn hoofd. *Het is niet dat ik jou niet aardig vind. Ik heb een hekel aan mezelf.* Hij liep van kamer naar kamer op zoek naar haar, maar kon haar nergens vinden. Hij zette thee, maar dronk die niet op.

Even later trok hij een jasje aan en liep naar buiten. Hij liep de tuin uit, het bos in en zag haar op de heuvel staan. In het bleke ochtend-licht was ze niet meer dan een silhouet. Ze hiield haar hand boven haar ogen en keek naar het zuiden, richting zee.

'Het is te mistig,' zei hij, terwijl hij naar haar toe liep. Ze draaide zich om. 'Je zult moeten wachten tot hij is opgetrokken.'

Haar blik dwaalde van hem af. Haar oogleden waren rood en op-gezwollen. 'Kon je niet slapen?' vroeg ze.

Hij schudde zijn hoofd. Ze staarde nog eens naar de horizon. Toen zei ze: 'Ik heb geprobeerd een beslissing te nemen.'

'Waarover?' vroeg hij, hoewel hij bang was voor haar antwoord.

'Over ons.' Ze keek weg en lachte even. 'Als je niet zo vreselijk eerbaar was geweest...' Ze hield op met praten.

Zijn nare voorgevoel werd erger en hij had het gevoel dat er een gat in zijn hart werd gehakt. Maar hij zei: 'Als ik niet zo vreselijk eerbaar was geweest om erop aan te dringen dat je met me zou trouwen? Was dat wat je wilde zeggen?'

Haar stilte was zijn antwoord. Hij zei ruw: 'Had je liever gehad dat ik anders had gereageerd?'

'Ik had verwacht dat je anders zou reageren.'

Hij voelde zich vermoeid: de slapeloze nacht, de angst voor wat er zou komen. 'Ik begrijp je niet.'

Ze draaide zich naar hem om en keek hem uiteindelijk recht in de ogen. 'Toen ik je over Tara vertelde, verwachtte ik dat je me geld zou aanbieden.' Haar stem klonk hard. 'Ik dacht dat dat was wat jullie deden.' Ze glimlachte heel even. 'Ik heb je onderschat.'

Hij vroeg nog eens: 'En zou je dat liever hebben gewild?'

Ze was even stil. Toen zei ze: 'Op een bepaalde manier zou dat wel gemakkelijker zijn geweest, ja.'

'Gemakkelijker?'

Ze deed haar ogen dicht. Toen ze fluisterde: 'Dan in een leugen te leven,' hoorde hij met moeite wat ze zei.

Hij dwong zichzelf te zeggen: 'Welke leugen?'

Om twaalf uur 's middags ging de voordeurbel; Veronica Brooke, die op de bank brieven zat te lezen, zei geïrriteerd: 'Op zondag...'

Topaz keek uit het raam naar beneden en zag Marius. 'Ik ga wel.' Ze rende het appartement uit.

Op het moment dat ze hem zag, wist ze dat er iets vreselijks was gebeurd. Hij zag er verward en kwetsbaar uit. Ze had het gevoel dat als ze hem zou aanraken, hij als een glazen ruit waar je met een hamer tegen slaat, in duizend stukjes zou breken.

Toen ze op een bankje bij de Round Pound zaten, zag ze hoe hij met gekromde rug zat en met zijn vuisten zijn hoofd ondersteunde. Omdat ze het moest weten, vroeg ze: 'Is er iemand ziek?'

Hij schudde zijn hoofd. Toen zei hij: 'Tara is niet van mij.'

'Oh.' Het woord was niet meer dan een zucht. 'Arme Marius.'

'Suzanne heeft het me vanmorgen verteld.' Hij haalde zijn schouders op. 'Ik kon niet op Missencourt blijven. Ik ben zomaar op de trein gestapt en hiernaartoe gekomen. Sorry dat ik je stoor op zondag.'

'We hebben altijd vreselijk saaie zondagen, Marius; ik ben altijd blij als ze worden onderbroken door iets onverwachts.' Ze pakte zijn hand. 'Weet je het zeker?'

'Van Tara? Ja. Vrijwel.' Hij kneep zijn ogen dicht. Toen zei hij gehaast: 'Suzanne heeft me verteld dat ze op de basis waar ik in 1944 was gestationeerd, een verhouding heeft gehad met een hoge officier. Ze was zijn chauffeuse. O, en hij was getrouwd.' Zijn stem klonk rauw. 'Dus hebben ze het stilgehouden. Ze heeft het niet eens aan haar vriendinnen verteld. En natuurlijk ook niet aan mij.'

'Was Suzanne verliefd op hem?'

'Ja.'

'Wat is er gebeurd?'

'Hij werd begin maart naar het zuiden gestuurd om te helpen met de voorbereidingen voor D-day. Ik heb haar een paar dagen nadat hij was vertrokken, ontmoet.'

'En...?'

'En hij is op de eerste dag gesneuveld. Op 6 juni 1944.' Marius stak een sigaret op en inhaleerde diep. 'Dus daarom,' zei hij verbitterd, 'is ze met mij getrouwd. Het kwam goed uit. Een vader voor Tara.'

Ze zaten een tijdje in stilte op het bankje en staarden over de vijver. Uiteindelijk zei ze: 'En nu?'

'Ik denk dat we gaan scheiden.'

'Waarom?'

'In hemelsnaam, Topaz, is dat niet overduidelijk? Omdat het allemaal een leugen was. Het huwelijk. Mijn zogenaamde vaderschap.'

'Zou je niet toch Tara's vader kunnen zijn?'

Het was even stil. Toen zei hij: 'Ja, ik denk het wel.'

Wat een woede, dacht ze. Zo'n kalme, sterke man, ze had hem zelden kwaad gezien. Maar ze zette door. 'Hou je van haar, Marius? Hou je van Tara?'

'Dat is nog het ergste.' Hij smeet zijn sigaret op het gras en begon te lopen. 'Als Suzanne me een halfjaar geleden had verteld dat Tara niet van mij was, was het misschien nog draaglijk geweest. Dan had ik me ontzettend stom gevoeld, maar niet zo... zo...' Hij hield op met praten. Toen zei hij razend: 'Maar om er nu achter te komen, nu ik Tara heb leren kennen en ze aan me is gewend... Dat is echt een rotstreek.'

'Je houdt van haar.'

'Ja.' Hij was even stil en de wanhoop was in zijn ogen te zien. 'Ja, inderdaad.'

'Nou dan.'

Hij staarde haar aan. 'Hoe bedoel je "Nou dan"?'

'Dan is het toch goed?'

Hij zei geïrriteerd: 'Nee, Topaz, dat is het niet. Dat is het helemaal niet.'

Ze dacht terug aan de gebeurtenissen van de afgelopen week en zei toen zacht: 'Het lijkt me dat als je liefde hebt gevonden, je moet proberen die vast te houden. Hoe vreselijk de omstandigheden ook zijn. Je houdt van Tara, Marius, dat wil je toch niet weggooien?'

Hij schudde zijn hoofd. 'Was het maar zo eenvoudig. Was het maar zo eenvoudig.'

'Ik zeg niet dat het gemakkelijk is. Je zou Suzanne moeten kunnen vergeven dat ze je heeft misleid en ik begrijp best dat dat heel moeilijk zal zijn. Maar misschien, als je zou begrijpen waarom ze dat heeft gedaan... Ze is al met al een goed mens. Ik denk niet dat ze zoiets zou doen als ze er geen goede reden voor zou hebben.'

'Wat zou in godsnaam een goede reden voor zo'n leugen kunnen zijn?'

Ze gaf geen antwoord en na een tijdje beantwoordde hij zijn eigen vraag. 'Een thuis voor het kind, denk ik.'

Ze sloeg haar armen om hem heen en legde haar gezicht tegen zijn borstkas. Toen ze haar ogen sloot, hoorde ze zijn hartslag.

'Mijn overhemd wordt nat,' zei hij.

'Sorry.' Ze keek op.

Hij veegde met zijn duimen haar tranen weg. 'Ik dacht even dat ik de enige was met problemen.'

Ze vertelde hem eerst het gemakkelijkste gedeelte. 'Ik ben mijn baan weer kwijt. De vierde.'

'Wat is er gebeurd?'

'O.' Ze zuchtte. 'Ik voelde me ellendig en ik had honger – ik krijg altijd honger als ik gedeprimeerd ben – en toen heb ik de eerbare mevrouw Gish-Lake aangekondigd als mevrouw Fishcake.'

Hij schoot in de lach. Ze zei beteuterd: 'Mijn werkgevers vonden het helemaal niet grappig.'

Hij trok zijn gezicht in de plooi. 'Dat is het ook niet.'

'En...'

'En?'

'En ik ben, geloof ik, verliefd geworden op iemand.' Ze zei er snel achteraan: 'Maak je geen zorgen, hij lijkt helemaal niet op Peter de Courcy. Dat was gewoon... Nou ja, ik was vereerd dat iemand me wilde kussen.'

Hij bood haar zijn zakdoek aan en ze snoot haar neus. Toen zei hij: 'Volgens mij moeten we een pub opzoeken en even gaan lunchen. Als ik er niets aan kan doen dat je je ellendig voelt, kan ik er tenminste voor zorgen dat je geen honger hebt. En daarna...'

'Marius?'

Hij zuchtte. 'Ik heb geen idee, Topaz. Ik heb echt geen idee.'

7

Hij ging uiteindelijk terug naar Missencourt.

Marius kwam laat in de avond thuis. Suzanne was in de slaapkamer. Hij zag de open koffer, de netjes opgevouwen stapeltjes kleding. Hij zei: 'Wil je weg?'

Toen ze hem zag, bloosde ze. 'Ik denk dat dat het beste is, jij niet?'

Hij ging op het randje van het bed zitten en bedacht, hoe leeg het huis zonder hen zou zijn. 'Het beste voor wie?'

'Voor ons allemaal.'

'Wat ik niet begrijp,' zei hij boos, 'is hoe je het hebt kunnen doen.'

Ze sloot haar ogen. Toen zei ze op vermoeide toon: 'Voor Tara. Ik heb het voor Tara gedaan.'

'Omdat...' hij deed zijn uiterste best zijn woede te onderdrukken, om het te begrijpen, 'omdat je haar een goede start wilde geven?'

'Ja. Daarom.' Ze hield even op met praten, vouwde een paar truien op en veegde een lok donker haar uit haar gezicht. 'Maar ook omdat ik bang was haar kwijt te raken.'

'Haar kwijt te raken?' Hij staarde haar aan. 'Waarom zou je haar in hemelsnaam kwijtraken?'

'Toen je me vorig jaar vond, stond de huisbaas op het punt me mijn huis uit te zetten. En ik had geen ander onderdak.'

'Ik begrijp nog steeds niet...'

Ze keek hem aan. 'Je begrijpt het niet, doordat je nog nooit zo hebt geleefd, Marius. Van dag tot dag. Iedere cent tien keer moeten omdraaien.'

'Hoe arm je ook was,' zei hij boos, 'hoe moeilijk je het ook had, dat is geen excuus voor wat je hebt gedaan!'

Ze staarde naar de grond. 'Dat weet ik,' zei ze zacht. 'Dat weet ik.' Ze legde een trui in haar koffer en ging rechtop staan. 'Marius, ik heb

154

elke dag spijt gehad dat ik dat heb gedaan. Ik zou er duizend keer mijn excuses voor kunnen aanbieden. Maar dat zou toch niets uitmaken.'

Toen ze nog een lade opendeed, zei hij: 'Ik wil dat je me vertelt wat er is gebeurd.'

'Marius...'

'Alles. Dat is wel het minste, vind je niet?'

Ze liet haar hoofd zakken. 'Natuurlijk.' Ze haalde diep adem. 'Mijn huisbaas...'

'Vanaf het begin. In het legerkamp. Met hem.' Hij kon niet zeggen: Tara's vader. 'Was je verliefd op hem?'

'Ja.' Ze stopte even met sokken opvouwen. 'Heel erg. Hij was niet de eerste man met wie ik heb gevreeën, maar wel de eerste van wie ik hield.' Hij zag heel even iets van een opstandige blik in haar ogen, maar die verdween meteen weer.

'Hoe heette hij?'

'Neil. Neil Finlay.'

'En hij was kolonel?'

'Ja.'

'Dus hij was ouder dan jij?'

'Hij was midden dertig.'

'Was hij getrouwd?'

'Dat heb ik je al verteld.'

'Had hij kinderen?'

Ze schudde haar hoofd. 'Nee.'

'En je was zijn chauffeuse?'

'Ik ben kort nadat ik was aangekomen in het kamp voor hem gaan werken.'

'En... op een avond toen je hem thuisbracht, legde hij zijn hand op je knie.'

'Zo ging het niet.' Ze keek woedend. 'Ik werkte al een paar maanden voor hem toen we ontdekten... toen we ontdekten...'

'Toen jullie wat ontdekten?'

Haar stem werd zacht. 'Hoeveel we op elkaar waren gesteld.'

Er viel een stilte. Hij zag hen voor zich: Suzanne, vrolijk en aantrekkelijk in haar uniform; de oudere man, zelfverzekerd en beschaafd, naast haar in de auto.

Hij dwong zichzelf verder te vragen. 'Wat was hij voor iemand?'

155

'Marius,' riep ze, 'wil je dit echt allemaal weten? Wordt het dan niet alleen maar erger?'

'Vertel het nou maar.'

'Neil... nou...' Haar stem beefde. 'Hij was geweldig. Hij was vriendelijk, grappig, slim en vrijgevig. En hij was geweldig in bed.'

Hij stond op, liep naar het raam en zocht in zijn zakken naar zijn sigaretten. Toen hij er een opstak, hoorde hij haar zeggen:

'Het spijt me... dat was onder de gordel.' Ze zuchtte. 'We waren verliefd, dat was het. Ik had me nog nooit zo gevoeld. Ik had dat kleffe gedoe in boeken en films altijd maar raar gevonden. Ik dacht dat het onzin was, dat ze het verzonnen. Maar toen overkwam het mij.' Ze lachte kort. 'Had ik maar niet moeten denken dat ik er immuun voor was, hè?' Ze ging op het bed zitten. Haar gezicht was wit en ze sloeg haar handen ineen.

'Waren jullie van plan te trouwen?'

'Als de oorlog voorbij zou zijn... als hij zou terugkomen... zou hij het aan zijn vrouw vertellen. Jane woonde in Cornwall en Neil had haar al vreselijk lang niet gezien. Hij zei dat het niet iets was wat je aan iemand vertelde in een brief of over de telefoon. Hij wilde het haar persoonlijk zeggen. En hij wist dat er iets groots stond te gebeuren...' Ze hield even op met praten en hij zag, hoe haar gezicht vertrok. 'Ik heb vaak gedacht dat hij misschien wist dat hij niet zou terugkomen. Misschien had hij een voorgevoel.'

Marius dacht terug aan de avond waarop hij was afgereisd naar Frankrijk. Met honderden soldaten in een schip in de haven van Poole gepropt. Iedereen zo bang, dat ze alleen nog maar hoopten dat het gauw zou beginnen, zodat het snel weer voorbij zou zijn.

'Ik neem aan,' zei hij langzaam, 'dat hij gewoon niet wist hoe het verder zou gaan. Misschien dacht hij dat het het lot verzoeken zou zijn als hij vooruit zou gaan plannen.'

Ze keek naar hem op. 'Ja.' Haar volgende woorden vielen gehaast uit haar mond, alsof ze haar verhaal snel achter de rug wilde hebben. 'In ieder geval, Neil heeft geprobeerd te regelen dat ik overgeplaatst zou worden naar het zuiden, maar dat lukte niet. Ik wist natuurlijk wel dat er een kans was dat ik hem nooit meer zou zien. En ik was... ik was wanhopig. En zo eenzaam. En kwaad dat hij bij me weg was. Ik weet dat dat onlogisch moet klinken, onredelijk zelfs, maar zo voelde ik me. Ik miste hem zo verschrikkelijk. Ik miste wat we samen hadden gedeeld.' Ze keek nadenkend. 'Het gezelschap. En de seks. Niet alleen de lol. De troost ook. En het samenzijn met iemand.'

'En dat is waar ik in het verhaal kom, neem ik aan,' zei hij verbitterd. 'Als ik het niet was geweest, zou er een ander zijn geweest, hè, Suzanne?' Hij bestudeerde haar zorgvuldig toen hij zijn volgende vraag stelde: 'Wist je dat je zwanger was, toen we elkaar ontmoetten?'

'Nee. Ik had geen idee. Ik ben nooit erg regelmatig ongesteld geweest, en Neil en ik hebben voorzichtig gedaan, dus ik dacht dat het onmogelijk was...' Ze dwong zichzelf hem aan te kijken. 'Dat is de waarheid, Marius. Als ik op zoek was geweest naar een vader voor mijn kind, had ik je in 1944 meteen over de zwangerschap verteld. En dat heb ik niet gedaan. Jij bent mij komen opzoeken, weet je nog?'

Hij moest toegeven dat ze het hem niet bepaald gemakkelijk had gemaakt haar te vinden. Maar als ze niet van plan was geweest hem in een huwelijk te lokken, waarom had ze dan met hem gevreeën?

'Dus hij... je minnaar... was pas een paar dagen weg toen je mij ontmoette. Maar het was toch mogelijk dat hij zou zijn teruggekomen? Je hebt niet erg lang op hem gewacht, hè?'

Haar grote, donkere ogen staarden in een verte die hij niet kon zien. 'Ik zocht afleiding,' zei ze uiteindelijk. 'Ik wilde er niet aan denken. De angst en de woede. Ik denk – en dat klinkt nu stom – dat ik hem wilde straffen voor het feit dat hij me had verlaten. En seks...' ze haalde haar schouders op, 'nou, ik heb er altijd erg van genoten. Ik ga me er altijd beter van voelen. En toen ik jou zag, wist ik dat ik het met jou heerlijk zou vinden.' Voor de eerste keer sinds ze haar verhaal was begonnen, glimlachte ze even. 'Ik weet dat vrouwen zulke dingen niet horen te zeggen, maar zo is het nu eenmaal.'

'Dus ik was...' hij zocht naar een geschikte analogie, 'een noodoplossing... een surrogaat.'

Ze beet op haar lip. 'Ik vond je aardig, Marius, en aantrekkelijk. Het spijt me dat dat triviaal klinkt.' Er verschenen rimpels in haar voorhoofd. 'Veel mannen zijn aantrekkelijk, maar er zijn er maar weinig aardig. Neil was dat wel. En jij ook.'

Aardig, dacht hij. Mijn god.

'Wat is er met hem gebeurd? Je zei dat hij op de eerste dag is gesneuveld.'

'Een vriend van hem,' zei ze langzaam, 'heeft me verteld dat hij het strand niet eens heeft gehaald. Hij is in zee gesneuveld, tussen het landingsvoertuig en de kust.' Ze was even stil. 'Ik kon niet naar de begrafenis. Er mocht alleen familie komen. Zijn vrouw wilde het zo.'

Hij kon niet tegen de blik in haar ogen. Hij stak nog een sigaret op en liep naar haar toe. 'Hier.' Toen ze hem niet aannam, stak hij de sigaret tussen haar bevende vingers.

'Dank je,' fluisterde ze. Ze sloot haar ogen en inhaleerde diep. Na een tijdje zei ze: 'Toen ik hoorde dat hij was gesneuveld, wist ik ondertussen vrij zeker dat ik zwanger was. Ik heb eerst geprobeerd het te negeren, gedaan alsof het niet zo was. Ik kon niet normaal nadenken. Neil was dood en dat was het enige wat telde. Ik kon niet over de toekomst nadenken, omdat het leek of er geen toekomst was.' Ze inhaleerde nog eens diep. 'Toen begon het op te vallen en zodra mijn commandant het in de gaten kreeg, was het afgelopen. Ik was alles kwijtgeraakt, Marius... de man van wie ik hield, mijn baan, mijn huis. Mijn ouders wilden me niet terugnemen; toen ik mijn moeder vertelde dat ik zwanger was, sloeg ze me in mijn gezicht. Ik heb overwogen het te laten weghalen... Ik ben bij iemand geweest, maar toen was ik al te lang zwanger.' Haar ogen werden groter. 'Het spijt me als ik je choqueer, Marius, maar je wilde de waarheid.'

Hij verliet de kamer en liep naar beneden. Hij pakte een fles whisky en twee glazen uit een kast in de zitkamer. Toen hij terugkwam in de slaapkamer, zat ze nog steeds op het bed. Toen hij binnenkwam, schoot haar hoofd omhoog.

'Ik dacht dat je was weggegaan,' zei ze.

Hij schonk twee grote glazen whisky in en gaf er een aan haar. De drank brandde in zijn keel en maakte hem rustig.

'Wat heb je toen gedaan?'

Na een lange stilte zei ze: 'Ik mocht een paar weken bij een vriendin op de bank slapen. Maar dat ging niet. Ze had drie kinderen en de achterkant van het huis was beschadigd door een afgedwaalde bom. Toen heb ik een kamer gevonden in Putney en een baantje in een winkel. Dat heeft een paar maanden overbrugd. Ik werd natuurlijk steeds dikker, maar ik droeg wijde truien en kreeg het voor elkaar mijn zwangerschap verborgen te houden. Uiteindelijk zagen ze het en werd ik ontslagen. En toen... heb ik een kamer in een logement geregeld. Ik

had een goedkope ring gekocht en heb hun verteld dat ik oorlogswe-
duwe was.' Ze keek nadenkend. 'Ik kan me niet meer zoveel herinneren van die periode. Er stortten bijna dagelijks V2-raketten neer op
Londen en iedereen was doodsbang, dat weet ik nog wel. Maar ik was
helemaal niet bang. Een V2 leek me eigenlijk een heel goede oplossing.' Ze nam nog een slok whisky. 'En toen werd Tara geboren.'

'Tweede kerstdag,' zei hij.

'Ja.' Er verscheen een vage glimlach op haar gezicht. 'En toen – ik
weet dat het als een cliché klinkt – maar toen had ik een reden om te
leven.' Ze omklemde het glas met beide handen. 'Ik had niet verwacht
dat ik van haar zou houden, Marius. De hele zwangerschap vond ik
het zo'n rotstreek dat ik Neil was verloren en zat opgezadeld met een
kind dat ik niet wilde. Ik heb baby's nooit leuk gevonden. Ik ben niet
zoals andere vrouwen. Ik had gezien hoe mijn moeder eraan onder-
door was gegaan, doordat ze te veel kinderen had, en ik had mezelf
altijd beloofd dat ik nooit zo zou worden als zij.' Er liepen tranen over
haar wangen. 'Maar ik hield van Tara. Het eerste moment dat ik haar
zag, hield ik al van haar. Ze – de mensen in het ziekenhuis – wilden
dat ik haar ter adoptie afstond, maar dat kon ik niet.' Ze zocht in haar
mouw naar een zakdoek en snoot haar neus.

'In je eentje met een kind, dat moet moeilijk zijn geweest...'

'Het was afschuwelijk.' Ze veegde met de rug van haar hand haar
ogen af en nam nog een slok whisky. 'De dag dat ik terugkwam uit
het ziekenhuis, zei de hospita me de huur op. Ze had geraden dat ik
niet was getrouwd en keek naar Tara alsof ze iets vies was.' Suzanne
haalde diep en bevend adem. 'We hebben op afschuwelijke plaatsen
gewoond. Tara was chronisch verkouden en had steeds keelontste-
king. Dat kwam door al die vochtige huizen, dat weet ik zeker. En het
was zo vreselijk moeilijk werk te vinden met haar.'

Ze hield op met praten. Terwijl hij door bezet Frankrijk, België en
Duitsland had getrokken, realiseerde Marius zich, had Suzanne haar
eigen strijd gevochten.

'Dus toen ik je kwam opzoeken...'

'Zoals ik al zei: mijn huisbaas stond op het punt me uit mijn huis
te gooien. Er waren heel wat mensen wanhopig op zoek naar woon-
ruimte. Mensen die meer konden betalen dan ik. Ik was al de hele
week op zoek geweest naar een ander onderkomen. Ik was wanhopig.

Alles leek alleen maar moeilijker te worden in plaats van gemakkelijker. In het begin van de zomer kreeg Tara de mazelen en moest ik doktersrekeningen betalen. Ik werkte 's avonds in een pub – een buurvrouw paste op Tara – maar daar moest ik stoppen met werken toen Tara ziek werd. Ik begon te denken dat ik haar beter ter adoptie had kunnen afstaan. Het zou mijn hart hebben gebroken, maar je moet doen wat het beste is voor je kind, toch? En toen kwam jij. En toen je aannam dat Tara van jou was,' ze hield haar handen verslagen omhoog, 'zag ik dat als de enige mogelijkheid om haar te kunnen houden.'

Hij dacht terug aan de hete, vochtige kamer en het huilende kind. 'Ze is van mij, hè, Suzanne?' had hij gezegd. En zij had haar hoofd gebogen.

'En je dacht dat ik je geld zou aanbieden?'

'Ja.' Ze antwoordde op fluistertoon. 'En toen je dat niet deed... toen je erop aandrong dat we zouden trouwen... zag ik dat niet alleen als een uitweg uit de armoede. Het was een manier om te voorkomen dat Tara gestigmatiseerd zou worden. Als onwettig kind. Als bastaard. En toen je me over Missencourt vertelde en al de prachtige dingen die Tara zou kunnen krijgen... nou, toen heb ik het voor mezelf gerechtvaardigd. Ik hield mezelf voor dat, je het je kon veroorloven, dat het je altijd voor de wind was gegaan, jou en jouw soort mensen, dus waarom zouden wij daar niet in mogen delen?' Ze zuchtte. 'Ik kende je toen niet, Marius. Niet echt. Ik wist dat het vreselijk fout was wat ik deed, maar ik hield mezelf voor dat het voor jou ook niet slecht zou zijn. Ik zag dat je nog naar me verlangde...'

'Seks in ruil voor een dak boven je hoofd.'

'Ja.' Ze gaf een vreemd, kort lachje. 'Vreselijk, hè?'

Toen hij geen antwoord gaf, vervolgde ze: 'Later, toen ik je beter leerde kennen, begon ik mezelf te haten. Toen ik zag hoeveel je van Tara hield. Toen je zo aardig voor me was. En jij niet alleen, Adele ook. Ze is zo goed voor me geweest. Ik kon gewoon niet langer meer in de leugen leven, het lukte me niet.'

Hij draaide zich om en staarde doelloos uit het raam. Na een tijdje hoorde hij aan de geluiden achter zijn rug dat ze weer was verdergegaan met het inpakken van haar koffer.

'Waar ga je heen?' vroeg hij.

'Dat weet ik niet. Ik vind wel wat.'

'En Tara?'

'Marius.' Ze keek hem angstig aan.

Hij ging meedogenloos verder: 'Dat ben je van plan, hè, Suzanne? Weggaan en Tara meenemen? En je trekt je niets aan van mij... van mijn moeder... van alle mensen die van haar zijn gaan houden.'

'Ze is alles wat ik heb!' De woorden klonken als een angstschreeuw. 'Ik kan haar niet achterlaten. Misschien zou dat beter zijn, maar dat kan ik niet...' Ze beefde en sloeg haar armen om zichzelf heen.

In de trein naar huis was hem één ding duidelijk geworden. 'Als je liefde vindt, had Topaz gezegd, 'moet je eraan vasthouden.' Hij wist dat ze gelijk had.

'Ik wil haar niet verliezen,' zei hij langzaam. 'Zelfs als ze niet van mij is, wil ik haar niet kwijt.' Nog iets waarover hij had nagedacht op weg naar huis. Of hij nog van Tara zou houden, nu hij wist dat hij haar vader niet was. Hij had snel een antwoord gevonden. Je kon liefde niet als een kraan open- of dichtdraaien. Toen hij had ontdekt dat Tara niet zijn eigen kind was, had hij spijt en pijn gevoeld, maar hij kon haar niets kwalijk nemen, hij kon haar niet haten.

Suzanne ging op het randje van het bed zitten. Haar gezicht was bleek en stond strak. 'Ik laat haar niet achter, Marius.'

Hij zou doorzetten, dacht hij, haar moe maken. Ze was een praktische, verstandige vrouw en vroeg of laat zou ze wel inzien dat het het beste was als ze Tara bij hem op Missencourt zou achterlaten.

Maar hij wist bijna meteen dat hij dat niet zou kunnen. Hij wist dat het barbaars zou zijn een moeder van haar kind te scheiden. Om ze met hun verdriet te laten betalen voor zijn pijn en woede; Tara pijn te doen om Suzanne te straffen.

Hij ging naast haar op bed zitten. Hij voelde zich zowel mentaal als fysiek uitgeput. Al zijn keuzes leken te zijn samengekomen in één, onmogelijke keuze.

Hij zei: 'Als jij niet zonder haar gaat... en ik niet zonder haar kan... dan zit er nog maar één ding op, hè?'

Ook zij keek uitgeput. 'Ik begrijp niet wat je bedoelt.'

'Dat je blijft.'

Ze zei geschrokken: 'Hier? Op Missencourt? Dat zou ik niet kunnen.'

'Waarom niet?'

'Omdat het niet zou werken.'

'Waarom niet?'

'Je zou me gaan haten, Marius.'

Hij zei: 'Het zou moeilijk zijn...'

Ze schoot in de lach. 'Moeilijk? Dat is nogal zachtjes uitgedrukt!'

'Kunnen we het niet proberen, voor Tara?'

'We hebben het geprobeerd. We hebben ons uiterste best gedaan.' Ze stond op en begon van alles in haar koffer te gooien. Een flesje parfum, een boek, een paar schoenen. Toen zei ze: 'En zelfs als jij me zou kunnen vergeven, zou ik er niet tegen kunnen. Zo'n half leven.'

Hij wist even niet wat hij moest zeggen. 'Een half leven?' herhaalde hij uitdrukkingsloos.

'Wij. Jij en ik.'

'Bedoel je Missencourt?'

'Nee, Marius. Jij en ik. We hebben nooit een echt gesprek. We hebben het nooit over iets wat er echt toe doet. Zo kan ik niet de rest van mijn leven leven, zelfs niet voor Tara.'

'Dat is niet waar,' zei hij verdedigend. 'We hebben heel veel gesprekken gehad...'

'Onzin. Het is me al heel lang duidelijk dat je me alleen maar tolereert uit plichtsbesef.'

Hij haalde zijn handen door zijn haar. Zijn hoofd deed pijn. 'Ik wist niet dat je er zo over dacht.'

'Ik vond niet dat ik het recht had te zeuren over details.' Ze trok een lade uit de kaptafel en keerde hem om in haar koffer. 'In het kamp hadden we altijd vreselijke discussies, maar we hadden tenminste wel echte gesprekken. Over dingen die ertoe deden. Wanneer hebben we het voor het laatst gehad over iets wat ertoe deed?'

Hij moest diep nadenken. 'Gisteren,' zei hij. 'Toen we terugkwamen van de Barringtons. Daarvoor... weet ik niet meer.'

'We hadden het vroeger over van alles. Politiek, mensen, de oorlog, films, boeken...' Ze schepte een lade leeg en gooide de inhoud op de berg in haar koffer. 'Je bent veranderd, Marius,' zei ze. 'Je houdt je in.'

'Zo overleef ik,' zei hij verbitterd.

'Zo overleef je het met mij, bedoel je. Zo overleef je een huwelijk dat je eigenlijk niet wilde, waar je bent ingeluisd.'

162

'Dat bedoel ik niet,' zei hij scherp. Hij liep naar het raam en deed het open, maar de nachtlucht leek de kamer niet te verkoelen. 'Ik bedoel dat toen ik vorig jaar thuiskwam, ik niet meer in mijn oude routine kon komen. Het was heel anders dan ik me had voorgesteld. Ik had niet meer het gevoel dat ik erbij hoorde. Maar sinds Tara in mijn leven is gekomen...' Hij hield op met praten.

Ze liep naar hem toen en legde haar hand op zijn gebalde vuist. 'We hebben er wel een bende van gemaakt, hè?'

Hij kneep zijn ogen dicht. 'Ik heb de meest afschuwelijke hoofdpijn,' mompelde hij. 'Ik kan niet meer nadenken.' Hij trok aan zijn stropdas.

'Je bent gewoon moe, Marius. En overstuur.' Ze keek op haar horloge. 'Het is bijna twee uur.'

Hij zei: 'Wil je even wachten? Een dag of twee...'

'Marius...'

'Ik wil niet dat jullie gaan, Suzanne,' zei hij fel. 'Je mag haar niet zomaar meenemen, zonder het mij te vertellen.'

Ze sloot haar ogen. 'Dat zal ik niet doen.'

'Beloof je dat?'

'Ik beloof het.'

Hij zette de koffer naast het bed. Hij was overvol en er viel van alles op de vloer. Toen schopte hij zijn schoenen uit, ging op bed liggen, sloot zijn ogen en tot zijn verbazing viel hij bijna meteen in slaap.

Die augustus zinderde de hitte boven het Engelse landschap en waren de weiden waar ze overliepen in de kust een mengeling van gras- en zeegroen met vlekken jade, taupe en lazuur. Dagjesmensen ontvluchtten de verstikkende steden en overvolle treinen en bussen spuugden hen uit, in de kuststadjes. In Bournemouth, Hernscombe en Lyme Regis strekten ze zich uit op het snikhete zand, verbrandden hun bleke ledematen felrood en baadden met knobbelige stadsvoeten in het zoute water. Kinderen gooiden garnalennetten in het water, haalden hun knieën open aan scherpe rotsen en schreeuwden het uit, als hun te snel smeltende ijsjes van hun stokjes gleden en de stoep oranje kleurden.

De enorme horde Chancellors gehoorzaamde aan wat het seizoen hun voorschreef. De Chancellor-kinderen renden rond om te plagen en pesten en elkaar geheimen te vertellen, terwijl ze hun dammen en hutten bouwden in de donkere, glinsterende bossen en valleien. Chancellor-echtgenoten, die, nu het zomervakantie was, veertien dagen niet hoefden te werken, vertrokken met hun mopperende vrouwen en ruziënde kinderen naar huisjes en hotels. John en Prudence vluchtten naar het Lake District, waar ze over groene heuvels en langs spiegelend water liepen. Maurice Chancellor verbleef met zijn muizige vrouw en kleinogige kinderen in een hotel in Torquay, waar Maurice de serveerster begluurde en uitrekende wat de stoffering moest hebben gekost.

Op Sixfields betekende augustus dat er geoogst moest worden, het was de drukste tijd van het jaar. Jack werkte van zonsopgang tot zonsondergang en reed met de grote maaimachine over Carrie Chancellors land. Zilveren messen sneden gouden stengels af. Aan het einde van de dag wierp de ondergaande zon lange schaduwen op de stompjes die nog in de korenvelden stonden. Terwijl Jacks herinneringen aan de oorlog vervaagden, realiseerde hij zich hoeveel geluk hij had gehad dat hij niet fysiek had geleden en ook niet gebukt ging onder de mentale trauma's die de krijgsgevangenen parten speelden. Toen zijn moeder hem voor de zoveelste keer een standje gaf omdat hij weer eens niet op een familiebijeenkomst was verschenen, deed hij haar een plezier en kwam uit zijn schulp. Op zondag kwam hij lunchen op het schoolhuis; hij ging naar de bruiloft van een nichtje. Hij wisselde zelfs een beleefd woord met Will en Julia.

In Londen verspreidden ze zich. Charlie ging werken in Blackpool, Francesca ging bij een getrouwde zus logeren en Jerry, Mischa en Claudette gingen ruziën, het weer goed maken en flirten in een vochtig klein huisje in Devon van een bewonderaar van Claudette. Helena ging naar Brighton, waar ze, terwijl ze met haar blote voeten over de kiezelstenen liep en een hand boven haar ogen hield om ze te beschermen tegen de weerspiegeling van de zon in het zeewater, zichzelf beloofde wat ze zichzelf het jaar daarvoor, het jaar daarvoor en het jaar daarvoor ook al had beloofd: dat ze hem zou vergeten.

Adele Temperley, tactvol haar mond houdend maar zich terdege bewust van en bezorgd over de emotionele stormen die rond haar woedden, ging een maand bij haar zus in Cumberland logeren. Op Missencourt schoot Marius van het ene gevoel in het andere. Hij wilde dat

Suzanne wegging, hij wilde dat ze bleef. Hij kon haar niet aanraken, maar vond de nachten dat zij in de logeerkamer sliep of hij in de zitkamer op de bank in slaap viel als gevolg van alcohol en uitputting, afschuwelijk. Hij haatte haar om de manier waarop ze zijn leven zo onoverzichtelijk had gemaakt, het had opgedeeld in losse puzzelstukjes. Toen Temperleys sloot voor de jaarlijkse vakantie van twee weken, zat hij ineens met haar op Missencourt opgesloten. Nu zijn werkroutine er niet was, dronk hij te veel en sliep te weinig.

Laat op een avond wilde hij zijn autosleutels van de keukentafel pakken, toen Suzanne, die stond af te wassen, ze voor hem vandaan griste.

'Je hebt veel te veel gedronken. Zo kun je niet rijden.'

'Suzanne...' zei hij razend.

'Ik meen het.' Ze had de sleutels in haar ene hand en een theedoek in de andere. 'Als je jezelf doodrijdt, heb ik dat levenslang op mijn geweten.'

'Geef me mijn sleutels.' Hij hield zijn hand op.

Ze liep weg. 'Je zult ze van me moeten afpakken en dat doe je niet, hè, Marius?'

Toen hij op haar af dook, deed ze een stap opzij. Hij verloor zijn evenwicht en greep naar het afdruiprek om niet te vallen. Zijn hand sloeg tegen een glas, dat brak. Hij leunde tegen het aanrecht, geschrokken van het lawaai, en staarde naar zijn hand, waar stukjes glas in zaten.

Hij hoorde haar zeggen: 'O, god, Marius...'

'Verdorie,' zei hij vermoeid. 'Verdorie, verdorie, verdorie.'

'Ga zitten.' Ze duwde hem op een stoel. 'Ik ga de dokter bellen.'

'Nee.' Er sijpelde bloed van zijn hand op de mouw van zijn overhemd. Hij vroeg zich af waarom het geen pijn deed. Hij keek naar haar op. 'Stomdronken en gestruikeld over mijn eigen voeten. Nee. In godsnaam, Suzanne, die man heeft me ter wereld geholpen.'

Ze staarde hem aan. Toen zei ze: 'Dan moet ik het doen.'

Ze ging naast hem zitten en haalde het glas uit zijn hand. Hij voelde zich licht in zijn hoofd en had het koud. 'Wat godvergeten stom...' zei hij.

'Marius!' zei ze op licht spottende toon. 'Ik heb je nog nooit zo horen schelden.'

Om de een of andere onverklaarbare reden moest hij aan zijn vader denken. Hij zei: 'Ik kan me maar van één keer herinneren dat mijn vader heeft gevloekt.'

'Wanneer?'

'Op de dag dat de oorlog uitbrak.' Hij probeerde zich te concentreren op zijn gedachten. Hij was dronken, geschokt. 'Hij heeft in de eerste gevochten. Volgens mij heeft hij het afschuwelijk gehad. Hij had het er nooit over.'

'Ik heb een pincet nodig voor die kleine stukjes.' Ze keek naar hem op. 'Je ziet een beetje pips, Marius. Wil je even liggen?'

'Het gaat wel.'

'Praat dan met me. Vertel me over je vader. Je hebt het nooit over hem. Wat was hij voor iemand?'

'Hij was...' Hij kneep zijn ogen dicht. 'Moeilijk te evenaren. Lang. Knap. Competent.'

'Zo vader, zo zoon,' zei ze, maar hij schudde zijn hoofd.

'Niet echt. Ik weet wel dat ik in bepaalde opzichten op hem lijk, maar... hij was charmant... grappig... mensen adoreerden hem... vooral vrouwen... ik ben heel anders.'

Ze kneep haar ogen samen. 'Volgens mij is alles eruit.'

Marius zei langzaam: 'Je hebt eens tegen me gezegd dat ik een stijve hark was. Dat ben ik, denk ik, wel. Plichtsbesef, daar hamerde mijn vader altijd vreselijk op. Je moest je plicht vervullen. Voor je land. Voor je gezin. Voor degenen die van je hielden. Maar...'

Suzanne maakte een flesje desinfecterend middel open. Maar...?'

'Ik geloof niet dat hij het altijd even gemakkelijk vond.'

'Dat vindt niemand, Marius.'

'Au...'

'Stel je niet aan,' zei ze streng. 'Het is gewoon een desinfecterend middel.'

'Het doet anders goed zeer.' Hij haalde diep adem. 'Heel af en toe werd hij ergens vreselijk kwaad over. Niet vaak. Beangstigend was dat. Koude woede. Dan zorgde ik dat ik uit de buurt bleef. Een of twee keer per jaar gebeurde dat.'

'Mijn vader had dat een of twee keer per dag,' zei Suzanne. Ze pakte een schone theedoek uit de kast. 'Hou dat er maar even op, terwijl ik wat verband ga halen.'

Marius zat in de keuken met een theedoek om zijn hand. Het was pijn gaan doen. Veel pijn. Hij bedacht zich dat hij nooit echt om zijn vader had gerouwd. Dat hij in het buitenland was geweest toen hij hoorde over de dood van Francis Temperley; en dat zijn plichtsgevoel was uitgegaan naar zijn moeder en Julia, toen hij een jaar later was thuisgekomen. En dat hij daardoor weinig tijd had gehad om bij zijn eigen verdriet stil te staan.

Nu dacht hij misschien voor het eerst in zijn leven terug aan zijn vader, als een volwassene die een andere volwassene begon te begrijpen. Francis Temperley was een gecompliceerd mens geweest. Julia had zijn tegenstrijdige behoefte aan passie en privacy van hem geërfd. Marius had zijn vader bewonderd en geadoreerd, maar hij had nooit een intieme band met hem gehad. Het irritantste was nog, realiseerde hij zich, dat hij die nu ook nooit meer met hem zou kunnen hebben.

Suzanne kwam de keuken weer binnen. 'Geef je hand eens...'

Marius, die nog steeds op de stoel zat, legde zijn arm om haar heen, trok haar naar zich toe en duwde met gesloten ogen de zijkant van zijn hoofd tegen haar buik. Hij voelde hoe ze zijn haar streelde en zijn naam zachtjes herhaalde.

Topaz en Veronica brachten augustus door in Eastbourne, in een groot hotel dat ooit magnifiek was geweest. Omringd door vergulde spiegels en palmbomen in grote potten, gedroeg Veronica zich eerst ingetogen. Soms vertelde ze Topaz 's avonds na verscheidene gin-tonics over haar jeugd in India. Ze vertelde over zomers op regeringsposten in Noord-India, theepartijtjes, atletiekwedstrijden en tennistoernooien. Vertel me hoe het eruitzag, hoe het klonk, hoe het smaakte, wilde Topaz schreeuwen, maar ze hield haar mond, bang het zeldzame vertrouwen dat haar moeder in haar leek te hebben, te verstoren. Maar toen Veronica een keer de lange reis naar Engeland had beschreven die ze had gemaakt toen ze negen jaar oud was geweest en naar kostschool was gegaan, kon ze zich niet inhouden. Een officiersvrouw was met haar meegereisd, omdat Veronica's moeder te zwak werd geacht zich buiten haar verdonkerde bungalow met mousseline gordijnen en attente bedienden te begeven. 'Ik heb haar nooit meer gezien, ze is gestorven toen ik veertien was,' vertelde Veronica, en riep toen de ober voor een nieuw drankje. Topaz riep: 'Wat vreselijk, hoe voelde je je toen? Je hebt vast emmers vol gehuild.' Veronica keek haar uitdrukkingsloos aan en keek toen verward. Toen zei ze: 'Volgens mij niet. Niet speciaal. De dag dat ze het me vertelden, hoefde ik niet mee te doen met hockey. Dat vond ik fijn, want ik had een hekel aan al die modder.'

Toen Topaz later die avond zoals elke avond over het strand liep, dacht ze aan het stoïcijnse meisje dat niet had gehuild. En vergeleek zichzelf met haar en besloot dat ze vanavond niet zou huilen, zij, die rivieren vol had gehuild om Charlie.

Diezelfde augustus kon Will zijn financiële problemen niet langer negeren. De zware verliezen die hij vanwege de strenge winter en de brandstofcrisis had geleden, hadden hem nog dieper in de schulden gedreven. Eerder dat jaar had hij bij de bank een lening afgesloten, om het bedrijf een paar maanden respijt te geven.

Tegen het einde van de maand ging Will bij zijn neef Maurice op bezoek. Maurice, dik en zongebruind, luisterde met schijnbaar medeleven naar Will, die hem uitlegde hoe hij vanwege de sneeuw en de benzine die nog steeds op rantsoen was, niet genoeg geld had om de laatste drie maanden huur te betalen. Hij wist zeker, voegde Will er vol zelfvertrouwen aan toe, dat hij een succes kon maken van de garage. Hij had alleen wat ademruimte nodig; hij zou zijn schulden zodra dat mogelijk was, terugbetalen.

Maurice herinnerde Will eraan dat hij maar een van de bezitters van de garage was. 'Het spijt me, jongen, maar daar ga ik niet over. Ik mag de anderen niet laten vallen. Als ik het voor het kiezen had...' De onafgemaakte zin hing in de lucht, terwijl Will bedankjes en afscheid uit zijn keel perste en wanhopig uit de winkel van Maurice vluchtte.

Op weg naar huis stopte hij bij de Holly Bush voor een borrel om te kalmeren. De Holly Bush stond eenzaam langs een onverlicht, onbewoond gedeelte van Hernscombe Road. De openingstijden waren er flexibel. De vrolijke vissers en landarbeiders die aan de bar zaten, verwelkomden Will meteen in hun midden, waardoor hij zijn problemen even kon vergeten. Maar toen hij de volgende morgen wakker werd met een kater en een kurkdroge mond, waren al zijn zorgen onmiddellijk terug. De bankschuld. De rente. Het gebrek aan regelmatige klanten.

Een paar dagen later belde Maurice naar de garage. Hij had nagedacht over Wills problemen, zei hij, en had geprobeerd een oplossing te bedenken. Hij had een vriend gesproken, die Will misschien wel aan wat extra werk kon helpen. De vriend van Maurice heette meneer Hunter. Meneer Hunter zou binnenkort een keer langskomen.

Will stelde Maurices vriend voor als een rijke, oudere zakenman, lid van de Conservatieve Partij en de Rotary-club, met twee of drie auto's die hij misschien in onderhoud kon krijgen. Hij schaamde zich te erg om Maurice te vertellen dat zijn crisis zo ernstig was, dat een beetje extra werk niet meer uitmaakte.

Een paar dagen later reed er een vrij nieuwe Lancia de garage binnen. De chauffeur stelde zichzelf aan Will voor.

'Rick Hunter.' Ze schudden elkaar de hand. Meneer Hunter was maar een paar jaar ouder dan Will, schatte hij. Hij droeg een grijs maatpak met een lichtblauw zijden overhemd. Uit zijn borstzakje stak een bijpassende zijden zakdoek. Hij had een lange, platte neus en donkere, opvallende ogen. In zijn kleine, rode mond schuilden lange, een beetje vooruitstekende tanden. Will vond dat hij eruitzag als een glanzend, weldoorvoed knaagdier.

Meneer Hunter liep rond in de garage. 'Leuk afgelegen plekje.'

'Zo afgelegen,' zei Will verbitterd, 'dat er bijna niemand langskomt.'

'Dat is een kwestie van weten hoe je klanten moet aantrekken,' zei meneer Hunter.

In het kantoortje gleed de onrustige, inschattende blik van meneer Hunter van het raam naar de opslagruimte en naar de werkplaats. Will bood hem een stoel aan. 'Bent u een collega van Maurice... een vriend...?'

'Een zakelijk adviseur.' Meneer Hunter keek hem glimlachend aan. 'Zo zie ik mezelf, Will. Als zakelijk adviseur. Ik zal maar meteen ter zake komen. Als je er hier iets van wilt maken, zul je een manier moeten bedenken om mensen hiernaartoe te lokken. Het ligt hier nogal afgelegen, nietwaar? Dus moet je mensen een reden geven deze kant op te komen.'

'Wat voor reden?'

'Ik vind dat mensen het recht hebben goede zaken te doen en in hun levensonderhoud moeten kunnen voorzien. Het recht hun vrouw mee uit winkelen te nemen en leuke dingen voor haar te kopen, hun kinderen een goede start te geven.'

Wills ongeduld moet in zijn ogen af te lezen zijn geweest, want meneer Hunter zei: 'Laat me even mijn verhaal vertellen.' Hij straalde een autoriteit uit die Will deed stilvallen.

'Ik heb contacten in de autohandel. Mensen die op zoek zijn naar een eerlijke monteur, naar iemand die zijn werk goed doet. Ik kan je aan klanten helpen, Will. Daar kan je zaak mee staan of vallen. En als ze wisten dat ze hier een drupje benzine zouden kunnen krijgen, zou dat alleen maar een extra reden zijn om deze kant op te komen, als je begrijpt wat ik bedoel.'

Will wist niet zeker of dat het geval was. Meneer Hunter keek hem indringend aan met zijn heldere, donkere ogen. 'Als ze wisten dat er hier genoeg bonnen waren, bijvoorbeeld,' zei meneer Hunter.

Will kreeg een knoop in zijn maag. 'Bonnen?'

'Ik zorg voor de bonnen, zodat jij de benzine kunt verkopen. Zo werkt dat, Will. De klant betaalt voor de bon – tweeënhalf per stuk – twee voor mij, een halve voor jou. Commissie, zo moet je dat zien.'

Vervalste benzinebonnen? Gestolen benzinebonnen? Hij geloofde zijn oren niet. Hier stond hij, in zijn eigen garage, het zonnetje scheen en hij stond met een omhooggevallen knul uit East End – de mooie kleren verdoezelden zijn afkomst niet – te praten over benzinebonnen van de zwarte markt.

Hij schraapte zijn keel en zei: 'En waar komen die bonnen vandaan?'

'Dat hoef je toch niet te weten, Will?' zei meneer Hunter luchtigjes. Hij stond op. 'Maar ik heb een paar garages in Warren Street, die het al jaren uitstekend doen op precies hetzelfde systeem. Het kost helemaal geen moeite en iedereen is er blij mee.'

Hij pakte een visitekaartje uit zijn binnenzak en gaf het aan Will. 'Denk er maar eens rustig over na. Hier is mijn telefoonnummer. Bel me maar als je eruit bent.' Hij verliet het kantoortje. Even later reed de Lancia weg en liet grote stofwolken achter boven de weg.

Will overwoog heel even om het met Julia over meneer Hunter te hebben. Hij zag al voor zich hoe ze het uit zou schateren als hij haar zou vertellen over zijn zijden zakdoek, zijn dure auto en zijn idiote houding. Maar hij zette die gedachte al snel uit zijn hoofd en meneer Hunter werd toegevoegd aan de lijst met dingen waar Julia niets over mocht weten: de bankschuld, de rente, zijn eigen onzorgvuldigheid met de boeken.

Julia wist dat ze het krap hadden, maar ze had geen idee hoe krap. Maar ze hoefde het ook niet te weten, want hij zou het allemaal regelen, toch?

Hoewel hij erg moe was en het gesprek van die middag hem om een reden die hij niet precies begreep, had verward, dwong Will zichzelf nog eens zijn papieren door te nemen. Toen hij klaar was, staarde hij naar de cijfers en overwoog zijn mogelijkheden. Hij kon zijn kosten beperken, maar dat had hij al gedaan, er viel niets meer te bezuinigen. Hij kon nog een lening vragen, maar daar had hij de bank en Maurice al naar gevraagd en die hadden hem allebei geweigerd.

Of hij kon verkopen. Maar als hij zijn verlies toegaf en Maurice vertelde dat hij een ander voor de garage moest zoeken, wat dan? Dan had hij geen geld en geen werk. Ervan uitgaand dat hij werk zou vinden, zou hij in ieder geval zijn schuld moeten afbetalen. Dan zouden Julia en hij waarschijnlijk weer bij zijn ouders moeten gaan wonen. Hij stelde zich de blik in Julia's ogen en de teleurstelling in die van zijn ouders voor, als hij hen zou vertellen dat hij had gefaald. Scherpe en zure angst welde op in zijn maag.

En als hij zo doorging... Als hij de schuld niet kon terugbetalen, zou hij uiteindelijk failliet worden verklaard. Will liep naar het raam en gooide het open. Hij haalde een paar keer diep adem in een poging zijn bonzende hart tot rust te laten komen. Het steeds aanwezige stemmetje in zijn achterhoofd herinnerde hem aan Jacks succes en zijn ophanden zijnde mislukking. Jack zou Sixfields erven en Will zou failliet gaan. *Je weet toch dat ze niet van je houdt, hè? Ze houdt echt niet van je.* En waarom zou Julia ook van hem houden, als hij haar meesleepte in de armoede?

De volgende morgen belde Will naar huis en nodigde zichzelf voor de lunch uit. Bij een bord overgaar schapenvlees met doperwten vertelden zijn ouders hem over hun vakantie naar het Lake District. Onze eerste vakantie in zestien jaar, hielp zijn moeder hem herinneren, terwijl ze het dessert op tafel zette.

Toen zijn moeder stond af te wassen, verzamelde Will al zijn moed. 'Kan ik even met je praten, pa?'

John Chancellor keek hem aan. 'Dat klinkt serieus.'

Will schudde glimlachend zijn hoofd.

'Maar ik ga toch mijn pijp even pakken.'

In John Chancellors studeerkamer zei Will: 'Ik vroeg me af of je me wat geld zou kunnen lenen, pa.' Zijn keel voelde droog aan.

Zijn vader keek hem met de pijpenrager in zijn hand aan. 'Hoeveel?'

Will noemde een bedrag, dat de helft was van wat hij nodig had, maar dat genoeg was om de vervelendste schuldeisers tevreden te kunnen stellen. De pijpenrager viel even stil. 'Dat is een boel geld, Will.'

'Als het te veel is...'

'Zit je in de problemen?'

'Nee.' Will schudde hevig zijn hoofd. 'Nee, pa.'

'Want je weet toch dat als je in de problemen zit, ik je zal helpen, hè, zoon? Het zal niet gemakkelijk zijn, maar we kunnen wel een stapje terug doen. Misschien als we de oude Aston Martin verkopen... Ik heb er al een eeuwigheid niet in gereden.'

Het tweedjasje dat zijn vader al jaren droeg, was versteld met leren elleboogstukken. Will wist dat zijn moeder altijd de boorden van overhemden keerde.

'Ik zit niet in de problemen, pa. Echt niet.'

'Mag ik dan vragen waar je het geld voor nodig hebt?'

Hij stamelde: 'Er moet van alles gebeuren aan de garage en in huis... Julia wil graag een badkamer...'

John Chancellor deed een leren buideltje open, haalde er een beetje tabak uit en begon zijn pijp te stoppen. Uiteindelijk zei hij: 'Ik weet dat je nu een getrouwd man bent, Will, maar wil je luisteren naar wat advies van je oudeheer?'

'Natuurlijk, pa.'

'Leen nooit geld. Gebruik het geld dat je hebt en niet meer. Ik heb zelf geleend en ik ben er flink door in de problemen geraakt. Daarom wonen we hier. Ik ben mijn zaak kwijtgeraakt, ons huis, alles. Het was niet alleen pech... de slechte tijden en zo... Ik heb de situatie verkeerd ingeschat en dom gedaan. Ik dacht, dat ik mezelf wel uit de problemen zou kunnen lenen, maar we kwamen alleen nog maar verder in de schulden. We betalen nog steeds voor mijn fouten, wist je dat? We betalen nog steeds schulden terug en proberen nog steeds een pensioentje opzij te leggen, zodat ik niet tot op mijn sterfbed jongens Latijn hoef te leren. En wat betreft Julia en jij: jullie zijn jong. Het is gemakkelijker om het krap te hebben als je jong bent.' John Chancellor glimlachte. 'Ik weet nog dat Prudence en ik toen we net waren getrouwd, geen geld hadden voor een goed fornuis, dus kookten we op zo'n brandertje. We deden altijd net alsof we kampeerden in de zitkamer.' Zijn ogen stonden dromerig. 'Ik geloof dat we nooit meer zo gelukkig zijn geweest.'

Onderweg naar de garage zette Will zijn auto langs de kant van de weg en stak een sigaret op. Hij schaamde zich diep dat hij zijn vader om geld had gevraagd. Hij inhaleerde diep. De stem van meneer Hunter fluisterde insinuerend en aanlokkelijk: 'Je moet mensen een reden geven deze kant op te komen. Het kost helemaal geen moeite en iedereen is er blij mee.'

Toen hij die avond thuiskwam, vertelde Julia hem het nieuws. De regering had eerder die dag aangekondigd dat het standaardbenzinerantsoen zou worden afgeschaft. Voor onbepaalde tijd was het verboden voor je plezier auto te rijden. Hij zou alleen nog benzine mogen verkopen voor duidelijk omschreven zakelijke doeleinden. 'Heeft dat nadelige gevolgen voor ons?' vroeg Julia. Will schudde zijn hoofd en wist zijn paniek te verbergen.

De volgende dag, voor hij tijd had zich te bedenken, zocht hij koortsachtig in de stapel papieren op zijn bureau naar het visitekaartje van meneer Hunter. Terwijl hij het nummer aan de telefoniste doorgaf, dacht hij terug aan meneer Hunters ogen, die snel de situatie in zijn kantoortje hadden ingeschat. Hij begon te rillen.

Hij zou het maar heel even doen, zei hij tegen zichzelf. Tot hij zijn zaakjes weer op orde had.

Helena regelde een baantje voor Topaz bij een gepensioneerde actrice, juffrouw Damerall. Juffrouw Damerall was oud en frêle en haar handen stonden krom van de artritis, maar de overblijfselen van een schoonheid met hoge jukbeenderen en holle ogen waren nog zichtbaar onder haar perkamentachtige huid en dunner wordende witte haar. Topaz kookte iedere middag om twaalf uur eten voor juffrouw Damerall. 's Middags ging ze wandelen met haar veel te dikke hondje, hielp haar met haar correspondentie en deed boodschappen en klusjes. De muren, schoorsteenmantels en bijzettafeltjes waren bezaaid met ingelijste theaterprogramma's en foto's van acteurs en actrices uit voorbije dagen.

Mischa nodigde Francesca en Topaz te eten uit. Mischa's appartement was op de bovenste verdieping van een hoog en smal gebouw in Finsbury Park. Op de onderste verdiepingen waren verhuurbedrijven en uitzendbureaus gevestigd en in het belendende perceel zat een pandjesbaas. Op de stoep zat een kat nauwkeurig zijn tijgerachtige poten te wassen.

Charlie deed de deur voor hen open. Nadat hij hen had gekust, mompelde hij 'Storm' en wenkte met zijn hoofd naar de bovenste verdieping. 'Mischa draait door omdat hij een brief van Jerry aan Claudette heeft gevonden,' legde hij uit, terwijl hij hun voorging naar boven. 'Dus hij zit al de hele dag te drinken en Claudette zit te mokken. Reken maar op aangebrande stoofpot en aardappelpuree met klonten.'

Claudette zat in een hoekje in een tijdschrift te bladeren en liet nauwelijks merken dat ze zag dat ze binnenkwamen. Mischa's kussen roken naar goedkope cognac. Hij liet hun het appartement zien. Er waren twee kleine kamers die met elkaar verbonden waren door een korte draaitrap. Mischa's broer, Lescek de Spitfire-piloot, sliep in de zolderkamer. Mischa sliep op een campingbed, dat opgevouwen in een hoek in de keuken naast de gaspit stond.

Mischa was lamsvlees met gerst en rodekool aan het maken. Hij kookte in twee halvemaanvormige steelpannen, die samen op de ene pit pasten. 'Lescek heeft de rodekool gevonden,' vertelde Mischa. 'Het is bijna onmogelijk die te krijgen in Londen.'

'Ik haat kool,' zei Claudette.

'Je krijgt er krullend haar van,' zei Charlie.

'Wat een prachtige kleur,' zei Topaz, die in de steelpan stond te gluren. Ze kende alleen groene kool. 'Zal ik de tafel dekken, Mischa?'

'Dank je, schat. En wil je dan meteen de kaarsen aansteken?'

Aan tafel zat Claudette met haar eten te spelen. Mischa zat te mokken en dronk een enorme hoeveelheid cognac. Charlie probeerde een veilig gespreksonderwerp te vinden.

'Nog maar een paar weken en dan ben ik weer vrij.' Charlie speelde in een stuk in een theater in Hammersmith.

'Je hoopte toch op een tournee?'

'Inderdaad, Frannie, maar het geld schijnt op te zijn. Desmond dacht dat hij nog wel duizend pond van een vriend kon krijgen, maar ik ben bang dat hij daarnaar kan fluiten.'

'Het klinkt zo spannend,' zei Topaz. 'Op tournee gaan.'

'Kuststeden buiten het seizoen... oneindige treinreizen op zondag...'

'Vreselijke hospita's,' zei Claudette, 'van wie je je kousen niet in de badkamer mag wassen.'

'Tien mensen in het publiek, van wie een gedeelte er alleen maar is omdat het buiten regent.'

'Ik zou het helemaal niet erg vinden om nooit meer op tournee te gaan.' Claudette legde haar mes en vork neer. 'Ik zou met een rijke man moeten trouwen. Dan zou ik zelf kunnen kiezen wat ik zou willen doen.'

Mischa trok wit weg. Charlie zei snel: 'Claudette toert al jaren, hè, schat? Veel langer dan ik.'

'Sinds mijn twaalfde,' zei Claudette zelfvoldaan. 'Pantomime... revue... toneel. Ik heb bijna een jaar in *The Blue Bird* gespeeld. Ik had precies het goede uiterlijk voor die rol. Je moet het goede uiterlijk hebben. In een van de recensies stond dat ik het gezicht van een engel had.'

Mischa mompelde iets in het Pools. 'In ieder geval,' zei Charlie, 'dat stuk waar ik momenteel in speel, is echt afschuwelijk. Ik ben die detectives zo zat.'

'Charlie is gespecialiseerd in enthousiaste jonge mannen in een wit cricketuniform,' zei Francesca met een grijns op haar gezicht.

'Ik ren veel heen en weer door openslaande tuindeuren,' zei Charlie beteuterd. 'Het zou leuk zijn als ik eens iets kon doen wat een uitdaging was.'

Claudette stak een sigaret op. 'Je doet tenminste iets, Charlie. Iets creatiefs.'

Mischa zei woedend: 'Ze haat me omdat ik in een restaurant werk. Ze kijkt op me neer.'

'Dat is onzin, Mischa...'

'Zal ik even afruimen?' Topaz stond op.

Mischa liet zich niet afleiden. 'Ze geeft alleen om geld. Daarom probeert ze Jerry te versieren. Omdat hij docent is en geen ober!'

'Ik probeer Jerry niet te versieren. Ik kan er toch zeker niets aan doen dat hij verliefd op me is?'

'Jerry wordt verliefd op alles wat een rok draagt,' zei Charlie rustig. 'Dat weet je, Mischa.'

Mischa keek enigszins tevredengesteld. Terwijl ze de borden van tafel pakte, dacht Topaz terug aan Jerry's baard die over haar kin schraapte en zijn handen die haar borsten streelden.

Er was maanzaadbrood als toetje. Mischa sneed het in plakken. 'Een Poolse specialiteit. Recept van mijn moeder.'

'Je weet dat ik geen brood eet,' zei Claudette. 'Dat zet vreselijk aan.'

Zelfs Charlies goede humeur begon nu minder te worden. 'Ben je bang dat je niet meer in je tutu past?'

'Natuurlijk niet.' Claudette keek geïrriteerd. 'Een danseres moet op haar figuur letten.'

'Ze is bang dat ze wordt dik,' zei Mischa. Zijn woede werd weer aangewakkerd, waardoor zijn taalgebruik ineens een stuk achteruitging. 'Want dan er kijken geen mannen meer naar haar. Toch, Claudette?'

Claudette kneep haar ogen samen. Haar rode mond stond strak.

'Kijk, nu ze geeft geen antwoord. Ze zit daar en geeft geen antwoord! Het kan haar niet schelen dat ze doet me pijn. Mij... die voor haar zou sterven willen!' Mischa sprong op en greep het mes waar hij het maanzaadbrood mee had gesneden. Hij duwde de punt van het mes tegen Claudettes borst.

Claudette piepte zacht. Topaz' handen vlogen naar haar mond. 'Mischa,' zei Charlie.

'Zal ik voor je sterven, Claudette? Wil je dat?' Hij richtte het mes op zichzelf en er verscheen een robijnrode vlek op Mischa's witte overhemd. Claudette begon te gillen.

'Mischa, jongen,' zei Charlie rustig, 'leg dat mes maar neer. Claudette bedoelt het niet zo. Ze adoreert je, hè, Claudie?'

Claudette zat te huilen. 'Mischa, lieverd...'

'Leg het mes alsjeblieft neer, je maakt de meisjes bang.'

Een afschuwelijk lang moment dacht Topaz dat Mischa het mes in zijn eigen borst zou steken, maar toen ontspande hij ineens. Het mes viel op de grond. Claudette sprong op en omhelsde hem.

Ze gingen kort daarna weg, terwijl Claudette een pleister op Mischa's borst aan het plakken was. Toen ze op straat liepen, mompelde Charlie: 'Stelletje hysterische lui. Ik krijg altijd maagkramp als ik bij Mischa en Claudette heb gegeten.'

Francesca staarde hem aan. 'Is zoiets al vaker gebeurd?'

176

'Nou, niet met een mes. Dat is nieuw. Maar er is altijd wel wat. De vorige keer smeet ze een kom soep in zijn gezicht. Geweldige bovenhandse, ze had cricket moeten gaan spelen en geen ballerina moeten worden. Ik ben de halve avond bezig geweest boter op zijn brandwonden te smeren.'

Topaz zei: 'Waarom blijven ze bij elkaar, als ze elkaar zo ongelukkig maken?'

'Topaz, lieverd, ze vinden het heerlijk. Ze zijn gewoon gek op scènes. Ruzie is als ademhalen voor Mischa en Claudette. Ze denken dat het bewijst hoe vreselijk veel ze van elkaar houden.'

Charlie sloeg zijn arm om Francesca en ze liepen verder. Topaz liep naast hen en vroeg zich af of ze daar ooit aan zou wennen. Ze dacht terug aan het mes dat Mischa tegen zijn borst aan drukte en begreep hoe iemand kon geloven dat de ene soort pijn de andere kon opheffen.

Julia was de afgelopen maanden druk bezig geweest Krakkemik Cottage leefbaar te maken. Ze had muren geschilderd, gordijnen opgehangen en tussen de brandnetels en braamstruiken die rond het huis stonden een klein bloementuintje gecreëerd. Ze had planken opgehangen en scheuren in het stuckwerk gevuld. Ze zorgde dat er brandstof voor het fornuis was en eten in de kast. Misschien zou het huisje nooit een schoonheidsprijs winnen, maar het was nu in ieder geval wind- en waterdicht.

Er lag tegenwoordig altijd een gestreken overhemd klaar voor Will en als hij thuiskwam, stond het eten op het fornuis te pruttelen. Of als hij te laat was – iets wat steeds vaker gebeurde – hakte Julia de aangebrande stoofpot of uitgedroogde aardappels uit een pan en dan legde hij zijn armen rond haar middel en zoende haar in haar nek. Soms nam hij een goedmakertje mee: een bosje bloemen, een paar peren, snoepjes. Dat waren cadeautjes, nam ze aan, die hij van een dankbare klant had gekregen. 'Ik moest overwerken,' zei hij steeds vaker, als hij laat thuiskwam. 'Het was razend druk.' Maar ze rook de alcohol in zijn adem.

In de herfst ging Julia weer bij de manege werken. Ze deed het gedeeltelijk om wat extra geld in het laatje te brengen, omdat Will zich constant zorgen leek te maken over de financiën, en gedeeltelijk omdat ze wist dat ze gek zou worden als ze in haar eentje in Krakkemik Cottage zou blijven zitten. Ze genoot van haar werk en fietste elke dag met plezier de vijf kilometer op een oude, roestige fiets, die van Marius was geweest.

Ze bleef zich ongemakkelijk voelen over haar huwelijk. Ze hadden geen ruzie, zoals sommige andere stellen. Hun onenigheden waren altijd korte uitbarstingen van irritatie, die snel werden bijgelegd omdat hij zijn excuses aanbood of zij haar bui onder controle kreeg. Na een jaar huwelijk genoot ze nog steeds niet erg van de seks. Dat was waarschijnlijk de reden, dacht ze, dat ze zich niet altijd druk maakte als hij weer te laat was en het eten was aangebrand. Want als Will moe en een beetje dronken was, kon het hem allemaal niet zoveel schelen. Maar haar opluchting was vermengd met een gevoel van falen en verlies. Hoewel ze van de terloopse opmerkingen van vriendinnen wist dat heel veel vrouwen seks meer als een plicht zagen dan iets waar ze plezier aan konden beleven, kon ze het gevoel niet onderdrukken dat ze iets belangrijks miste. En toen Wills moeder op bezoek kwam en Julia haar de logeerkamer liet zien, die ze roze en blauw had geverfd met overgebleven verf van Missencourt, zei Prudence verrukt: 'Roze voor een meisje en blauw voor een jongetje! Zo kan het alle kanten op, Julia, heel verstandig van je.' Julia maakte Prudence duidelijk dat ze nog niet in verwachting was; ze zei maar niet dat ze – als het zo doorging – waarschijnlijk de komende jaren nog niet zwanger zou zijn. Een gedachte die haar verdrietig maakte.

Ze had vaak het gevoel dat Will was veranderd sinds ze getrouwd waren. De dingen die ze zo leuk had gevonden aan hem – zijn ontspannen, meegaande aard en zijn optimisme – leken helemaal verdwenen. Hij was vaak uitgeput en nerveus. Als ze probeerde met hem te praten, veegde hij haar bezorgdheid van tafel. Hij zei steeds weer – nogal geïrriteerd – dat alles uitstekend was. Dat ze zich niet zo druk moest maken.

In september gingen ze naar de bruiloft van een van Wills nichtjes. Toen ze met Will op de receptie was, zag Julia Jack door de kamer lopen en bereidde zich voor op verbitterdheid en sarcasme. Maar het gesprek, hoewel het kort en gespannen was, was totaal onschuldig. Ze wisselden beleefdheden uit, vroegen naar gezondheid en geluk, en merkten iets op over het gelukkige paar. Toen verdween hij in de menigte.

Julia zei tegen zichzelf dat ze gelukkig moest zijn dat Jack eindelijk weer met haar en Will praatte. Maar het trieste gevoel kwam terug, een triestheid die ze niet kon laten verdwijnen door paard te rijden, te wandelen en fanatiek haar huishouden te doen.

8

In eerste instantie waren ze samengebleven, bedacht Marius zich, omdat geen van beiden een betere oplossing wist. De krachten die hen in de eerste plaats hadden samengebracht, Tara en het feit dat Suzanne niet in staat was alleen voor haar te zorgen, bleven bestaan.

Maar toch waren er in de maanden, nadat Suzanne hem over Neil Finley had verteld, dingen veranderd. Suzanne was actief gaan deelnemen aan het dorpsleven. Ze ging naar de bijeenkomsten van de plaatselijke afdeling van de Labourpartij en werd lid van het Rode Kruis, waarvoor ze rommelmarkten organiseerde en omwonenden ronselde om blikjes voedsel te geven, die door het Rode Kruis naar delen van Europa werden gestuurd waar nog hongersnood heerste. En Marius, die de onaangename waarheid van Suzannes beschuldigingen had geaccepteerd dat hij zich te weinig betrokken toonde (*zo'n half leven, Marius*), deed ook zijn best. Hij nam haar mee naar Londen om te winkelen of naar het theater te gaan en dwong zichzelf te praten over moeilijke onderwerpen, hoewel hij nog steeds de neiging had die uit de weg te gaan.

Nu hij met haar praatte, leerde hij haar beter kennen. Hij leerde de tegenstrijdigheden in haar karakter kennen, die haar oneindig interessant voor hem maakten (wat hij ook voor haar voelde – en verlangen, irritatie en woede waren het meest voorkomende – na een tijdje kwam hij tot de conclusie dat ze hem in elk geval nooit verveelde). Haar schaamte en trots dat ze grotendeels autodidact was, haar passie en praktische instelling, haar vastbeslotenheid en fysieke broosheid, het fascineerde hem allemaal vreselijk. Hij realiseerde zich (nog zo'n vervelende waarheid) dat hij tijdens hun heftige affaire in 1944 te verliefd was geweest op haar lichaam om op te merken wat voor karakter ze had. Hij had de schok van haar leugen nodig gehad om afstand te kunnen nemen en haar te kunnen zien, zoals ze echt was.

Toen hij was teruggekomen naar Engeland, had hij haar niet zozeer opgezocht om wie ze was, maar om waar ze symbool voor had gestaan voor hem: de vitaliteit en energie die hij in zijn eigen leven had laten wegglippen. Hij leerde haar helemaal opnieuw kennen. Het proces was pijnlijk en uitputtend, doordat het hem net zoveel over hemzelf leerde als over haar en omdat het om dingen ging die hij eigenlijk helemaal niet over zichzelf wilde weten. Hij had het gevoel dat hij een deel van zichzelf afpelde, lagen huid en spieren die werden weggescheurd, tot er alleen nog maar bot over was, zonder zelfbedrog.

Rond de jaarwisseling stierf Suzannes moeder. Hoewel Marius aanbood met haar naar de begrafenis in Londen te gaan, weigerde Suzanne. Adele was de laatste tijd een beetje ziek geweest, dus zou het beter zijn als hij met Tara op Missencourt zou blijven, zei ze.

Ooit had hij gedacht dat dit was wat hij wilde: het kind voor hemzelf alleen. Maar naarmate de dagen voorbijgingen, realiseerde hij zich dat het zo allemaal een stuk saaier was. Marius stond 's ochtends met Tara op en bracht haar 's avonds naar bed. Tara zei verdrietig dat ze mammie miste; Marius zei dat hij haar ook miste. Tijdens Suzannes afwezigheid leken de dagen lang en eentonig. Niets liep zo soepel als anders en het huis was vreemd koud, leeg en troosteloos.

Toen hij in een kast op zoek was naar een schone pyjama voor Tara, kwam hij een blouse van Suzanne tegen. Hij rook haar parfum, dat ingeweven leek te zijn in de zijde, en betrapte zichzelf erop dat hij zijn ogen sloot, zijn gezicht in de blouse begroef en diep inademde, alsof hij zo haar aanwezigheid kon inademen.

Toen riep Tara vanuit de kinderkamer zijn naam en was de betovering verbroken. Hij zag zichzelf ineens volkomen helder: naast de kast met een stuk roodwitte zijde in zijn handen. Wat was hij stom geweest, dacht hij verdoofd. Met wat een mengeling van arrogantie en trots had hij geprobeerd hun relatie vanaf het begin te beperken, door zichzelf eerst voor te houden dat het alleen om lichamelijke aantrekkingskracht ging, toen dat het was om een soort vage metafysische waarde aan zijn leven te geven en toen ze trouwden, dat het een verstandshuwelijk was omdat het kind een vader nodig had.

Dat was allemaal waar, maar niet waar genoeg. Door alle veinzerij weg te halen, had ze hem opnieuw leren voelen. Hij miste haar omdat ze zichzelf in zijn leven had geweven als het parfum in de zijde. Hij miste haar omdat ze hem had geleerd lief te hebben door hem te dwingen de stukjes die samen de puzzel van zijn emoties vormden, weer tot één geheel te maken.

Begin februari kreeg Charlie griep. Topaz ging bij hem op bezoek in zijn appartementje in Whitechapel. Mist vervaagde de silhouetten van de gebouwen en wiste de slanke kranen aan de kade uit. Aan één kant van het huis was een gat in de bebouwing, waar een bom was ingeslagen. In het gat lagen de resten van verdwenen huizen en fabrieken door elkaar als op een lappendeken. Aan de andere kant waren een rijtje winkels en een wedkantoor.

De hal van het gebouw rook naar vocht en beschimmeld eten. Een stokoude vrouw sjokte de trap op en in een kamer stond een man te zingen; Topaz herkende de taal niet waarin hij zong.

Ze klopte zacht op Charlies deur; als hij lag te slapen, wilde ze hem niet storen. Maar een stem kraakte: 'Kom binnen,' en ze deed de deur open.

'Topaz.' Charlie had zijn oude legerjas over zijn trui aan. Hij was bleek en mager en had ingevallen ogen. Er kleefden lokken zwart haar aan zijn voorhoofd.

'Ik hoorde van Helena dat je ziek was.' Ze hield een mandje omhoog. 'Ik heb wat dingetjes voor je meegenomen. Mag ik binnenkomen?' In de kamer brandde een elektrische kachel. Er stonden een bruin bankje, een tafel, een stoel en een boekenkast.

Hij volgde haar starende blik. 'Niet wat je gewend bent, hè? Heeft Helena je verteld waar ik woon?'

'Ze was bezorgd over je.'

'Ze maakt zich veel te druk.' Charlie keek haar aan. 'Ze heeft het toch niet aan Francesca verteld, hè?' Topaz schudde haar hoofd. 'Godzijdank. Ik zou het vreselijk vinden als ze het hier zag.'

'Dat zou ze niet erg vinden.'

'Natuurlijk wel,' zei hij scherp. 'En los daarvan zou ik het erg vinden.' Hij knipperde met zijn ogen. 'Sorry. Ga zitten, Topaz.' Hij schoof een stapel boeken die op de bank lag, aan de kant.

Ze groef in haar mandje. 'Ik heb koekjes – van juffrouw Damerall – en aspirine... tijdschriften... en een beetje cognac...' Ze haalde alles een voor een uit het mandje. 'En een ganzenbordspel.'

Hij zei: 'Wat ben je toch een lieverd.'

Ze straalde. 'Waar heb je zin in? Koekjes? Of cognac?' Ze verdeelde de cognac tussen hen en gaf hem een paar aspirines. 'Heb je zin in een spelletje ganzenbord?'

Hij rolde de dobbelstenen en zij at de koekjes op. 'Wat lief van je dat je er bent,' zei hij. 'Zieke mensen zijn zo saai.'

'Jij bent nooit saai, Charlie,' zei ze oprecht.

'Wat aardig dat je dat zegt. Ik zal het een keer goedmaken, dat beloof ik je. Als ik rijk en beroemd ben en in een van die prachtige huizen in Chelsea woon, nodig ik je uit en dan eten we gerookte ham met olijven en dat soort exotische hapjes. En dan denken we terug aan dit krot en moeten vreselijk lachen.'

'Ik ben dol op olijven,' zei ze.

'Ik heb ze een halfjaar geleden voor het eerst gegeten.' Hij gooide met de dobbelstenen. 'Op de laatste avond dat we *Henry V* speelden, had de *queen*, die Exeter speelde, een blikje olijven bij zich.'

Ze telde vakjes. 'De queen?'

'Een drag-queen, een man die van mannen houdt en in vrouwenkleren loopt,' legde Charlie uit. Toen ze nog steeds verward keek, voegde hij eraan toe: 'Om mee naar bed te gaan.'

'O.' Ze fronste haar wenkbrauwen. 'Verdorie. Ik moet terug. Wilde hij met je naar bed?'

'Topaz. Je stelt soms vragen die geen ander meisje stelt. Maar ja, ik denk het wel.'

Ze zuchtte. 'Wat heb je toch een geluk. Je hebt zo'n interessant leven. Je reist het hele land door...'

'Ik woon op een geweldige plaats...' Hij keek grimmig om zich heen in zijn armoedige kamer.

'Dat vind je toch zeker niet erg, of wel?'

'Mijn huis? Ik vind het erg als mensen me ernaar beoordelen. En ik vind het erg dat je eraan kunt aflezen dat ik nog steeds niets heb gepresteerd.'

'Je hebt nog genoeg tijd om er iets van te maken,' zei ze geruststellend.

Hij schudde zijn hoofd. 'Nee, dat heb ik niet. Ik ben vanwege de oorlog veel te laat begonnen. Het is nu of nooit.' Hij grijnsde. 'Voor ik niet meer om aan te zien ben. Trouwens, ik ben jaloers op jou. Ik heb mijn eerste olijf pas gegeten toen ik drieëntwintig was.'

'Toen ik zeven was, heb ik er op een feestje een uit het glas van mijn moeder gepikt. Ik vond hem zo mooi, maar hij was vreselijk vies.'

'Ging jij naar feestjes?'

'Mijn moeder. Feestjes voor grote mensen.' Ze dacht terug aan felverlichte kamers en glanzende jurken.

'Mijn vader was mijn hele jeugd ziek,' zei Charlie. 'Hij is in de oorlog blootgesteld aan zenuwgas – de eerste – en er is niets over van zijn zenuwen. Hij probeerde te werken, maar elke keer als hij een zenuwinzinking had, moest hij thuisblijven. En dan moest ik muisstil zijn. Geen spelletjes. En al helemaal geen feestjes. Helemaal niets wat geluid maakte.' Hij gooide nog eens met de dobbelstenen.

'Je hebt gewonnen,' zei ze. Ze keek op haar horloge. 'Ik moet ervandoor.'

'Blijf nog even. Alsjeblieft.' Hij pakte haar hand. 'Eventjes. Ik verveel me zo. Ik heb een hekel aan alleenzijn.' Hij lachte kuchend. 'Dat heb ik altijd al gehad. Stel je voor: een enig kind dat het vreselijk vindt om alleen te zijn. Hopeloos.'

'Je keel is niet in orde,' zei ze.

'Ik heb volgende week een auditie.' Hij klonk bezorgd.

'Je moet gorgelen,' zei ze resoluut. 'En je moet een sjaal omdoen. O, en Vick's VapoRub...' Ze groef in haar tas en haalde er een potje uit.

'Mijn god, Topaz, je bent echt altijd op alles voorbereid... Heb je bij de padvindsters gezeten?'

'Toen ik op kostschool zat.'

Zijn ogen glinsterden. 'Heb je op kostschool gezeten?'

'Een jaar maar,' vertelde ze. 'Hij moest sluiten. Er was een schandaal.'

'Deed de tekenleraar het met de meisjes uit de zesde?'

'Zoiets, ja.'

'Feestjes... kostschool met schandalen... hotels in het Lake District... je hebt een veel spannender leven geleid dan ik.'

'Onzin,' zei ze. Ze gaf hem het potje VapoRub.

'Moet dat echt?'

'Dan spelen we nog een spelletje ganzenbord,' beloofde ze.

'Goed dan.' Hij trok zijn trui uit. Ze gooide de dobbelstenen op het bord.

Een paar weken later gingen ze naar een feest in een groot, elegant huis in Belgravia. Naast de portiektrap stonden zinken bloempotten met magnolia's met knoppen die op springen stonden. De mist blokkeerde het zicht door de ramen van het souterrain. Topaz droeg een smaragdgroene, fluwelen jurk, die Helena voor haar van het theater had geleend. 'Er zit een raar plekje op de rug,' zei ze, 'maar je kunt er een vest overheen aandoen.' Toen deed ze een stap achteruit. 'Je ziet er beeldschoon uit, Topaz. Koninklijk.'

In de hal van het huis hing een kristallen kroonluchter. Een bediende nam hun jassen aan en Topaz en Francesca kwamen in de wit met gouden badkamer een heleboel meisjes tegen, die allemaal voor de spiegel hun monden rood verfden en hun gezicht bleek poederden.

Later dansten ze. Een lange man met een snor stelde zichzelf aan Topaz voor. Hij was een jaar of dertig, had een slank en intelligent gezicht en uit zijn blauwgrijze ogen straalde humor. Na hun eerste foxtrot vroeg hij: 'Waar ken je de familie Dobson van?' Ze keek hem uitdrukkingsloos aan.

'Onze gastheer en -vrouw.'

'O,' ze herinnerde zich wat Charlie had gezegd dat ze moest zeggen, 'ik ben een vriendin van een vriendin.'

Er verschenen rimpeltjes naast zijn ogen. 'Dat klinkt verdacht, alsof je niet bent uitgenodigd.'

'Zul je het aan niemand vertellen?'

'Natuurlijk niet. Er is niets mis met onuitgenodigd naar feesten gaan. De beste mensen doen het. Doe je het alleen of met vrienden?'

Ze wees naar Charlie en Francesca. Er kwam een ober met een dienblad langslopen. Hij pakte er twee glazen af en gaf er een aan haar. 'Zal ik je aan wat mensen voorstellen?'

Ze liepen het huis door. In een kamer vol boeken en schilderijen trok ze zich terug uit een gesprek over inkomstenbelasting en bekeek de gravures die aan de muur hingen. Het waren voorstellingen van Venetië: het San Marco-plein, het Rialto en het Canal Grande. Ze beloofde zichzelf dat ze op een dag in een gondola door het Canal Grande zou glijden.

Na een tijdje kwam hij naast haar staan. 'Sorry, hoor,' fluisterde hij. 'Saai, hè, op een feest over geld praten. Zullen we iets eten?'

Er was koude kip, ham met kruidnagels, groente in aspic – net juwelen die in ijs waren gevangen, dacht Topaz – en wel tien verschillende salades.

'Wat een geweldig eten.'

'Je moet hier vaker naar de feesten komen. De Dobsons hebben altijd een heerlijk buffet. Dat is een kwestie van de juiste mensen kennen.' Zijn blik was enigszins ironisch. 'Ik zou het eigenlijk moeten afkeuren.'

'Wat bedoel je?'

'Ik werk voor de Voedselvoorziening. Wij moeten ervoor zorgen dat iedereen een eerlijk deel krijgt.'

'En doe je dat? Het afkeuren?'

'Volledig,' zei hij, terwijl hij zijn bord vol kip schepte. 'Het is laakbaar. Maar ik kan het niet helpen.'

'Ik vind altijd,' zei ze, 'dat je moet genieten van wat je kunt krijgen.'

'Natuurlijk. En als er weer een oorlog uitbreekt...'

Ze staarde hem aan. 'Dat gebeurt toch niet, hè?'

Hij haalde zijn schouders op. 'Ik weet het niet met die Stalin. Afschuwelijk, wat er in Tsjecho-Slowakije gebeurt.'

De koppen van de kranten hadden het over communistische zuiveringsacties in Praag gehad. 'Maar daar merken wij toch niets van?' vroeg ze.

'Dat zeiden we in 1938 ook. Over München, weet je nog?' Hij keek haar aan. 'Sorry, hoor. Ik wil je niet bang maken.'

'Mijn leven begint net een beetje interessant te worden,' zei ze beteuterd.

'De Russen zullen niet zomaar gekke streken uithalen.' Maar zijn glimlach leek gemaakt.

'En ik neem aan dat als er nog een oorlog komt,' zei ze, 'dat die niet zo zal zijn als de vorige. Ik bedoel, een volgende oorlog gaat vast veel sneller.' Ze zag paddestoelwolken voor zich.

'Maak je maar geen zorgen. Zo'n vaart zal het allemaal niet lopen, dat weet ik zeker. Wil je trifle? Georgie Dobson verdrinkt de cake altijd in de sherry.'

Na het toetje werden er speeches gehouden. Halverwege baande ze zich door de mensenmenigte een weg naar de badkamer. Behalve Francesca was er niemand. Ze zat in een hoekje te huilen.

'Fran...?'

Francesca's gezicht zat vol witte en roze vlekken. De tranen maakten kleine paadjes door haar gezichtspoeder. 'Charlie heeft een rol aangeboden gekregen.'

Topaz herinnerde zich dat Charlie iets had gezegd over een auditie. 'Dat is toch geweldig?'

'In Durham. Twee maanden.' Francesca wreef in haar ogen. Toen zei ze uitdrukkingsloos: 'Het leek net of hij dacht dat ik het niet erg zou vinden. Hij dacht dat ik blij zou zijn. Dat ben ik ook wel... voor hem... het is een goede rol...'

'Geen openslaande tuindeuren en witte cricketuniformen?'

Francesca glimlachte als een boer met kiespijn. 'Vies en noordelijk. Charlie houdt van vies en noordelijk.' Ze kneep haar ogen dicht en liet haar hoofd in haar handen zakken. Toen verzuchtte ze: 'Het probleem is dat ik ermee zit en hij niet. Hij zegt dat hij het erg vindt, maar dat is niet waar, Topaz. Het is voor hem heel anders dan voor mij. Maar het maakt allemaal niets uit, want het is toch afgelopen tussen ons.'

'Het is maar twee maanden, Fran...'

Francesca snoot haar neus. 'Die vreselijke vriendin van je is hier, Joyce. Ze heeft me met Charlie gezien.'

'Joyce Blanchard?'

'Ja. Dus die zal het wel aan haar moeder vertellen en die vertelt het aan mijn moeder en dan is het afgelopen.'

'Misschien houdt ze haar mond.' Maar Topaz dacht terug aan Joyce Blanchard met haar steile oranje haar en haar bleke, nieuwsgierige ogen.

Francesca stond op en liep naar de spiegel. Ze begon haar gezicht te poederen. 'Het zou toch niet lang geduurd hebben. Dat heb ik altijd geweten. Ik mag toch niet met zo iemand als Charlie trouwen. En Charlie...' Ze hield op met praten en draaide zich om naar Topaz.

'Denk je dat het anders zou zijn geweest als ik met hem zou hebben geslapen?'

'Dat weet ik niet, Fran.' Ze wilde iets geruststellends zeggen, maar ze kon niets bedenken. 'Ik heb daar geen verstand van. Ik weet het echt niet.'

In een tuinkamer waar platen triplex de ruiten, die tijdens de blitz waren gesneuveld, nog vervingen, vond ze Charlie. Hij leunde tegen het kozijn van de openslaande deuren, rookte een sigaret en staarde de tuin in.

Hij zei: 'Ik heb het helemaal verpest, hè?' Toen wreef hij met de rug van zijn hand over zijn voorhoofd en draaide zich om naar Topaz. Hij keek verward. 'Ik wist niet dat haar gevoelens zo sterk waren. Ik dacht dat we gewoon lol hadden samen.' Hij kreunde en haalde zijn handen door zijn haar. 'Heeft ze nu een hekel aan me? Ik kan het niet uitstaan als mensen een hekel aan me hebben.'

Ze schudde haar hoofd. 'Maar we gaan wel naar huis. Ik heb gezegd dat ik het even tegen jou zou zeggen. We nemen een taxi.'

'Dit had een leuke verrassing moeten zijn.'

'Dat was het ook.' Ze glimlachte. 'Ik heb heerlijk gegeten. En ik heb gedanst. Een heleboel mannen hebben me ten dans gevraagd. Dat komt vast door mijn jurk.'

Hij grijnsde. 'Hij accentueert je mooie kanten erg, ja.'

Ze keek naar beneden en begon ineens te twijfelen. 'Is het decolleté te laag? Had ik mijn vest moeten aanhouden?'

'Absoluut niet.' Hij maakte zijn sigaret uit in een bloempot. In de kamer ernaast klonk muziek. Ze zei: 'Maar ik heb niet met jou gedanst, Charlie.'

Hij strekte zijn armen naar haar uit en terwijl ze samen door de lege kamer walsten, legde ze haar hoofd tegen zijn schouder. Je moest genieten van wat je kon krijgen. Ze sloot haar ogen en bedacht, dat zelfs nu ze hem maar heel even te leen had, het een heerlijk moment was.

Will bewaarde de vervalste benzinebonnen in een la achter een stapel kranten en reclamefolders van autoverkopers. De klanten druppelden binnen. 'Ik ben een vriend van Rick Hunter,' zeiden ze. Of: 'Rick heeft me gestuurd.' In een achterkamertje ruilde Will met bevende handen bonnen tegen geld. En dan tankte hij privé-auto's vol benzine, die uitsluitend voor zakelijke doeleinden was bedoeld. Terwijl zijn hart bijna uit zijn keel klopte, hield hij zichzelf, om zijn geweten te sussen, voor dat zijn klanten – weldoorvoede, goedgeklede mannen die vol zelfvertrouwen de garage kwamen binnenrijden – een soort zakenlui waren.

Op weg naar huis stopte hij vaak bij de Holly Bush. Na een drankje of twee dacht hij niet meer aan de politie, die op een dag met een huiszoekingsbevel op de stoep zou staan. Of aan Julia die de vervalste benzinebonnen zou vinden, of aan Julia die Rick Hunter zou ontmoeten. Dan dacht hij niet meer aan haar teleurstelling, haar woede en haar afwijzing. Een paar glazen bier en dan kon hij 's nachts slapen. Hij hield zichzelf voor dat hij het maar heel even zou doen, tot hij zijn zaakjes weer op een rijtje had. Hij moest alleen maar zorgen dat hij voorzichtig was: altijd met een gesloten deur zakendoen als er een klant was die door Rick was gestuurd, en niets tegen Brian, zijn hulpje, over Rick en zijn twee kornuiten zeggen.

Ze heetten Lenny en Gene. Ze brachten de vervalste bonnen als Will er bijna geen meer had en inden Ricks deel van de opbrengst. *Twee voor mij, een halve voor jou.* Lenny was net zo lang als Will en zijn brede, vierkante hoofd liep zonder nek over in zijn brede schouders. Lenny's rayonpak leek altijd een knoop te missen en zijn zijden das was flets geworden. Gene was klein, donker, stil en netjes. Will bedacht zich dat hij bang voor Lenny zou moeten zijn, die hem met één vinger tegen de grond zou kunnen slaan. Er straalde een leegte uit Genes ogen, waar hij het koud van kreeg.

Op een ochtend voor Will naar zijn werk ging, zei Julia: 'Ik heb eens nagedacht, Will. Zal ik je komen helpen in de garage?'

Hij pakte de ketel van het fornuis. 'Waarmee? Met tanken?'

'Natuurlijk niet.'

'Thee... waar is de thee?'

'In het blik, waar hij altijd is.' Julia roerde in de pap. 'Ik zou je met de boekhouding kunnen helpen.'

Will kreeg het ineens koud. 'O, dat gaat prima, hoor,' perste hij eruit. 'Dat is niet nodig.'

'Ik heb verstand van boekhouden, hoor. Dat heeft papa me geleerd, toen ik bij Temperleys ging werken.'

Hij zei luchtigjes: 'Eerlijk, Julia, dat hoeft niet,' maar zijn handen beefden zo, dat hij het theeblik liet vallen en de blaadjes door de lucht dwarrelden.

Julia verzuchtte iets over zijn onhandigheid en begon de geknoeide theeblaadjes van de vloer te vegen. 'Ik dacht dat je het leuk zou vinden als ik je zou komen helpen.'

Ze klonk gekwetst. Natuurlijk wilde hij niet dat ze hem hielp. In hemelsnaam niet. Hij wilde niet dat ze kwam helpen, omdat ze dan na één blik in de boeken zou zien dat hij schulden had. Dat hij al anderhalf jaar diep in de schulden zat.

'Als ik je zou helpen,' zei ze, 'zouden we meer tijd samen overhebben.'

Hij wilde dat ze erover zou ophouden en niet zou doorgaan als een hond die aan een bot kluift. Hij probeerde kalm en geruststellend te klinken. 'Het wordt heus snel rustiger, lieverd. Het gaat steeds beter lopen. Ik kan vast binnenkort vaker eerder thuiskomen. Misschien kan ik zelfs iemand voor de administratie aannemen.'

'Maar die zou je dan moeten betalen, Will. En ik zou je geen geld kosten.'

Hij probeerde er een grapje over te maken. 'Ik kan mijn mooie vrouw toch niet als goedkope arbeidskracht inzetten?'

Ze lepelde de pap in twee kommen. 'Ik zou het niet erg vinden, Will.'

'En je hebt je werk op de manege...'

'Ik heb tijd over.'

'Al die saaie cijfertjes.'

'Ik zou het leuk vinden. Ik ben goed met cijfers.'

'En de garage is vreselijk vies. Dat is toch geen plaats voor een vrouw?'

'Will!' Ze smeet zijn kom pap op tafel. 'Ik sta de halve middag paardenpoep te scheppen! Van wat olie ga ik heus niet dood, hoor! Je ziet toch wel dat het een goed idee is?'

Zijn pap staarde hem in stilte klonterig en grijs aan. 'Nee, Julia.'

Ze zei op beschuldigende toon: 'Wil je me niet in de buurt hebben als je aan het werk bent?'

'Natuurlijk wel.'

'Wat is dan het probleem?'

'Dat zeg ik net. En hou er nu maar over op.'

Hij stak een lepel in zijn pap, hoewel hij helemaal geen honger had. Julia was maar heel zelden boos op hem. Dat hij wist dat ze gelijk had, maakte het alleen nog maar erger.

Ze zei koeltjes: 'Ik dacht dat we misschien gelukkiger zouden zijn als we ons leven meer met elkaar zouden delen.'

Hij kon er niet tegen, niet tegen een analyse van hun huwelijk, niet zo 's ochtends vroeg, niet met honderd vervalste benzinebonnen die

190

op zijn kantoortje in de garage lagen te wachten en Lenny die om negen uur Ricks deel kwam ophalen. Hij zei: 'We zijn gelukkig.'

'Is dat zo?' Haar toon klonk uitdagend.

'Ik begrijp niet waar je zo moeilijk over doet.' Hij keek op zijn horloge. Halfnegen. Hij dacht aan Lenny, die in alles uitstraalde dat hij een scharrelaar was, die rondhing bij de garage en aan wie iedereen die kwam langsrijden, zou zien dat er iets niet pluis was in Wills garage.

'Nee, Will?' Julia's koude, harde woorden sneden door zijn hart. 'We zijn pas een jaar getrouwd, toch?'

'Ja, en?' Hij voelde dat hij bijna ontplofte; hij probeerde zichzelf te rechtvaardigen en dacht: ik doe alles alleen maar omdat ik het beste voor haar wil.

'Je bent vorige week iedere avond naar de pub geweest.'

Hij voelde zich in de hoek gedreven en zei giftig: 'Heb je het bijgehouden?'

'Ik kon er moeilijk omheen!' Haar ogen schoten vuur. 'Soms kun je niet eens meer recht lopen!'

'Je houdt me in de gaten...'

'Ik begrijp niet waarom je zo doet!' gilde ze. 'Ik dacht dat je blij zou zijn met mijn aanbod!'

'Blij dat je denkt dat ik het in mijn eentje niet aankan?'

'Zo bedoel ik het niet.'

'O, nee? Zo klinkt het anders wel. Die arme Will maakt er een zootje van, dus laat ik hem maar gauw gaan helpen!' Hij stond op en trapte zijn stoel naar achteren.

'Waar ga je heen?'

'Naar mijn werk, natuurlijk.' Hij griste zijn jas van het haakje. 'Waar zou ik anders heengaan?'

Toen hij de deur achter zich dichtsloeg, hoorde hij haar roepen: 'Ik sta uren te sloven in dit afschuwelijke rothuis en dan neem je niet eens de moeite je ontbijt op te eten!' Haar stem, een woedende schreeuw, echode na in het bos.

Nadat hij was vertrokken, smeet Julia zijn papkom tegen de muur. Klonten pap gleden langzaam langs de muur naar beneden.

Julia leunde tegen het deurkozijn en haalde diep adem. Ze keek de kamer rond en bedacht, dat die er ondanks al haar pogingen nog steeds afschuwelijk uitzag. Het plafond was te laag, het was er te donker, de haard, de tafel en stoelen waren lelijk en namen te veel ruimte in beslag. Ze woonde in een poppenhuis waar niets in leek te passen en ondanks haar dagelijkse geschuif met meubels om er de juiste plaats voor te vinden, lukte het haar niet er een gezellig huis van te maken.

Toen ze die middag met Salem door de regen terugliep naar de manege, hoorde Julia aan de andere kant van de weg een auto naderen. Door de vouwen van haar zuidwester en het regengordijn zag ze Jack.

Hij stopte en stapte uit de Bentley. 'Ik wil je wel een lift aanbieden,' zei hij, 'maar ik denk niet dat hij op de passagiersstoel past.' Hij aaide Salem over zijn zwartsatijnen hals.

Julia's hart klopte vreselijk snel. 'Hij is een hoefijzer verloren,' legde ze uit.

'Je moet ook met auto's en tractoren rijden, zoals ik.' Jack keek naar haar. 'Je lijkt wel een verzopen kat. Zal ik hem nemen?'

'Dat hoeft niet. En je auto...'

'Die loopt niet weg.'

'Je wordt drijfnat.'

'Zie het als boetedoening,' zei hij.

'Voel je je ergens schuldig over, Jack?'

Hij keek haar zijdelings aan. 'Ik was de laatste keer dat we samen waren, niet bepaald beleefd.'

Julia dacht terug aan het gesprek op straat in Hernscombe: de sneeuw in de lucht en de winter in Jacks ogen. 'Ik was ook niet erg vriendelijk.'

Hij grijnsde. 'Je weet het wel te brengen.' Hij raakte haar hand aan. 'Je bent ijskoud.'

'Ik ben mijn handschoenen vergeten.' Ze stak snel haar handen in haar zakken.

Hij nam de teugels. 'Werk je in de manege?'

'Iedere middag.' Ze glimlachte. 'Ik leer kleine meisjes paardrijden.'

'Je zei altijd dat je dat nooit zou willen. Je zei altijd dat je een hekel had aan lesgeven.'

'Zo heb ik tenminste iets te doen.' Ze kon haar verbitterdheid niet verbergen.

Ze voelde hoe hij naar haar keek, dus draaide ze zich van hem af en liep verder. De regen liep via haar zuidwester haar regenjas in. Ze had haar ruzie met Will van die morgen nog vers in haar hoofd en ze voelde zich gekwetst en verward.

'In ieder geval,' voegde ze eraan toe in een poging opgewekt te klinken, 'kan ik zo tenminste paardrijden, en dat vind ik heerlijk.'

De weg kronkelde tussen de hoge bomen door. De regen sloeg tegen de zilverkleurige, naakte takken. Er kwam een auto voorbij en Salem begon bijna te steigeren. Jack stelde hem op zijn gemak.

Kijkend naar de gladde stammen van de bomen die om hen heen stonden, realiseerde ze zich niet dat ze zo beefde dat het te zien was, tot hij zei: 'Je hebt het koud.'

'Ik ben bijna gevallen,' zei ze plotseling, 'toen hij zijn hoefijzer verloor. Het was mijn schuld, ik wilde te veel van hem en de grond was nat.' Ze had geprobeerd de ruzie van die ochtend uit haar hoofd te bannen, om zowel haar woede als de herinnering aan zichzelf als een krijsend viswijf uit te wissen. Ze hadden over stenen gelopen toen Salem was gestruikeld; de kans op een ongeluk had haar wakker geschud.

'Ik heb al veel vaker tegen je gezegd dat je een helm zou moeten dragen.'

'Het leven is al saai genoeg,' zei ze geïrriteerd, 'als je niet als een oude vrouw rijdt.'

'Ik zou het vreselijk vinden als je een ongeluk zou krijgen, verder niet.'

'Is dat zo?' Ze keek hem recht in de ogen.

Hij zuchtte. 'Wat er ook is gebeurd, wat onze meningsverschillen ook zijn... ik wil niet dat er iets met je gebeurt, Julia. Dat weet je toch wel?'

Ze beet op haar lip. 'Ik dacht dat je me haatte.'

'Dat zal ik nooit doen.' Hij klonk verdrietig.

Ze raakte even zijn arm aan. 'Maar je was boos op me?'

'Ik was razend. Ik had je graag gewurgd. Maar dat betekent niet dat ik zou willen dat je met een gebroken nek in een greppel zou eindigen. Dus koop alsjeblieft een helm.'

'Wat ben je toch bazig, Jack,' mompelde ze.

'En wat ben jij toch eigenwijs, Julia.'

Nu was het haar beurt om te zuchten. 'Ik wil gewoon graag het gevoel hebben dat ik vrij ben.'

Hij was even stil en zei toen: 'Voel je je nu niet vrij?'

Ze toverde een glimlach op haar gezicht. 'O, het gaat prima met me, Jack. Ik heb gewoon een hekel aan regen.'

Ze liepen in stilte verder. Toen zei Jack: 'Will en jij wonen toch in dat huisje op Maiden Hill?'

'Krakkemik Cottage.' Julia trok een gezicht.

'Is het zo mooi?' Er straalde een lach uit zijn ogen.

'Het is een afschuwelijk, piepklein huisje, maar het was het beste wat we konden vinden. En zodra het wat beter gaat met Wills garage, gaan we naar iets groters verhuizen.'

'Je voelt je vast eenzaam, zo in niemandsland.'

'Ik krijg vaak bezoek,' zei ze luchtigjes. 'Mijn moeder... Marius en Suzanne...' Ze zag de blik in zijn ogen en voegde er een beetje beschaamd aan toe: 'Ze is echt heel aardig, weet je dat, als je haar leert kennen.' Ze veranderde van onderwerp. 'En hoe is het met jou, Jack? Hoe is het op Sixfields?'

'Het leven als boer bevalt me uitstekend, maar nicht Carrie is eerlijk gezegd niet altijd even gemakkelijk om mee te leven.' Hij keek bezorgd. 'Ik begrijp haar niet. Soms denk ik dat ze me haat.'

'Dat ze je haat?'

'Ze vernedert me. Ze vindt het heerlijk me te laten zien wie de baas is.'

'Ze kan je niet haten,' zei Julia. 'Ze zou Sixfields niet aan je nalaten als ze je zou haten.'

'Ze kan toch van gedachten veranderen? Daar herinnert ze me constant aan.'

'Weet je zeker dat je niet een beetje... snel op je teentjes bent getrapt, Jack?'

'Misschien.' Hij glimlachte. 'Een van mijn minder goede eigenschappen, vind je niet?'

Net als van mij, dacht ze, maar ze zei: 'Misschien is juffrouw Chancellor gewoon humeurig. Ze woont al jaren alleen, hè? Daar worden mensen humeurig van.'

'Ik woon ook alleen. Denk je dat ik ook zo zal eindigen? Als iemand die zijn familieleden kwelt en spinnenwebben als gordijnen heeft?'

Julia begon te lachen. 'Ik ken Sixfields alleen van de weg af gezien. Hoe is het er?'

'Het is gewoon een huis.'

'Jack.'

'Nou.' Hij fronste zijn wenkbrauwen. 'Het is groot. Toen ik een jongen was, vond ik het heerlijk om er rond te neuzen en elk hoekje te ontdekken. Eens in de zoveel tijd ontdekte ik weer een kamer die ik nog nooit had gezien. Of een trap die nergens heen ging, of een deur die altijd op slot was, dat soort dingen. Al die hoekjes, heel spannend voor een kind. Al die rotzooi. Ik begrijp niet hoe Carrie ooit iets kan vinden, hoewel ze zegt dat ze precies weet waar alles ligt.'

Ze stelde zich hem voor als klein, donker kind, dat ronddwaalde in zijn betoverde kasteel.

'Toen ik in het buitenland was,' zei hij, 'dacht ik vaak aan Sixfields. Ik droomde er zelfs over. Grappig, hè? Ik droomde nooit over het schoolhuis, over thuis. Ik denk dat het komt omdat Sixfields zo anders is... zo ongewoon.'

'Je droomde erover omdat je van Sixfields houdt, Jack.' Julia hield even op met praten. De wind sloeg haar natte haar in haar gezicht.

'Ik denk dat ik er wel van hou, ja.' Hij klonk weer verdrietig. 'Maar je moet wel een hoge prijs betalen voor de liefde, hè?'

Ze waren bij de manege. Ze pakte de teugels van hem aan en liep, een afscheid mompelend, weg.

Toen Jack terugkwam op Sixfields, zag hij de huisarts uit het huis komen. Dokter O'Connor was nieuw, hij was een jonge ex-legerman. Hij zag er moe en afgebeuld uit. Jack bedacht zich, terwijl hij een glimlach onderdrukte, dat hij eruitzag als iemand die bij Carrie Chancellor op bezoek was geweest en op zijn falie had gekregen.

'Hoe is het met haar?' Jack deed de deur van de auto van de dokter open.

'Dank u. Ik ben bang dat het niet goed gaat met juffrouw Chancellor.' Dokter O'Connor zette zijn tas op de achterbank van de Wolseley. 'U werkt toch voor haar?'

'Ik help op de boerderij. Ik ben haar neef, Jack Chancellor.' Ze schudden elkaar de hand.

'Ze moet het wat rustiger aan doen. Heeft ze niemand – een zus of een vriendin – die een tijdje voor haar kan zorgen?'

Jack schudde zijn hoofd. 'Carrie is erg onafhankelijk. Ze is zeer gesteld op haar privacy.'

Dokter O'Connor zei recht voor zijn raap: 'Haar longen zijn er slecht aan toe. De scoliose maakt het er niet beter op: ze worden ingedrukt door haar misvormde ruggengraat. Ik vertel u dit in vertrouwen, omdat ze weigert naar me te luisteren. Als ze niet beter voor zichzelf gaat zorgen, gaat ze geen tien jaar meer mee.'

Hij startte zijn auto en reed weg. Jack ging het huis in. Hij klopte op de deur van Carries slaapkamer.

'Wie is daar?'

'Jack. Kan ik iets voor u doen?'

Ze schreeuwde hem proestend en hoestend toe: 'Je kunt me met rust laten!'

Hij liet zich niet uit het veld slaan. 'Is de haard aan?'

'In de slaapkamer? Doe niet zo idioot!' Haar protesten en gehoest volgden hem de trap af. Hij liep naar de bijkeuken en pakte een kolenschop en aanmaakhout.

Hij liep terug naar haar kamer en klopte weer. 'Ik kom naar binnen.'

Nog meer gegil. Hij wachtte een paar minuten, zodat ze zichzelf een beetje kon opknappen, en ging toen naar binnen.

Het was ijskoud in de kamer. Het zou hem niet verbaasd hebben als hij ijspegels aan de meubels had zien hangen of een laagje ijs over de boeken en snuisterijen had zien liggen.

Carrie zat rechtop in bed met een sjaal rond haar kleine, magere lichaam. Ze keek woedend. 'Wat ben je aan het doen, Jack?'

'Ik maak de haard aan,' zei hij rustig en knielde ervoor.

'Je weet dat ik niet in verwarmde slaapkamers geloof, al die hitte is slecht voor de gezondheid. Hoe durf je hier binnen te komen? Donder op, ga mijn kamer uit...'

Carrie kraakte en piepte, de lucifer raspte langs het doosje en het aanmaakhout knetterde. Toen het vuur goed brandde, stond Jack op.

Ze schreeuwde: 'Ik kan zo mijn testament veranderen, hoor. Ik kan het zo verscheuren. Ik kan mijn advocaat een brief schrijven...' En toen viel ze, overvallen door een hevige hoestbui, in de kussens.

Hij liep naar het bed en schonk een glas water voor haar in uit de fles die naast haar bed stond. Toen zei hij: 'Als u van gedachten wilt veranderen, is dat uw goed recht. Maar als u me Sixfields wel laat erven, wil ik dat u het oprecht aan me wilt nalaten. En ik ga niet op een afstandje staan toekijken hoe u zichzelf de dood in jaagt.'

Hij liep de kamer uit. In de keuken kookte hij een ei en smeerde wat boter op twee stukjes toast. Hij zette het brood en het ei op een bordje op een dienblad en liep ermee naar boven. Ze was in slaap gevallen, dus zette hij het dienblad op haar nachtkastje en deed nog wat kolen op het vuur. Hij liep de kamer uit en sloot zachtjes de deur achter zich. Toen deed hij zijn laarzen en regenjas aan en ging aan het werk op de boerderij.

Het was na tienen toen hij naar zijn cottage terugging. Pas nu stond hij zichzelf toe aan Julia te denken. Hij zag de regen, die uit haar haar sijpelde. Hij dacht aan de ongelukkigheid die uit haar grote, grijze ogen had gestraald. Hij vroeg zich af waarom ze ongelukkig was. Vanwege dat huis, natuurlijk... Hoe had ze het ook alweer genoemd? Krakkemik Cottage. Maanden geleden was hij erlangs gereden en had zijn auto even langs de weg geparkeerd om naar dat krappe, triestige huisje te kijken. Wat een ongeschikte woning, had hij gedacht, voor iemand die zo mooi en vrij van geest is als Julia. Ja, misschien was ze ongelukkig vanwege dat huis. Of misschien was ze eenzaam. Of verveelde ze zich.

Of misschien was ze ongelukkig vanwege haar huwelijk.

Jack liep rusteloos naar het raam en keek naar buiten. Het was een koude en heldere nacht. Hij legde zijn handen op de vensterbank. Wat had Julia gezegd? Dat ze elke middag in de manege werkte. Dat was een heel gemakkelijke gelegenheid om haar te ontmoeten, met haar te praten. Als vrienden, natuurlijk, verder niet. Er was toch niets mis met het weer oppakken van een oude vriendschap?

Omdat hij wist dat hij toch niet zou kunnen slapen, deed Jack zijn jas aan en opende de keukendeur. Zijn hond, Con, stond op, schudde met haar lijf en kwam naast hem staan. Ze liepen over velden en langs beekjes, langs al Jacks favoriete, vertrouwde plekjes. De maan verlichtte hun pad en het grote Sixfields, met de rare, sprookjesachtige, aflopende daken en ruiten waar de ijsbloemen op stonden, was vanaf elk punt op het land te zien.

Andere stemmen galmden door zijn hoofd. *Als ze niet beter voor zichzelf gaat zorgen, gaat ze geen tien jaar meer mee.* Een gevaarlijke, aanlokkelijke gedachte drong zich aan hem op en dreunde in het ritme van zijn voetstappen op de bevroren grond door zijn hoofd.

Dat als hij geduldig was, hij ze nog steeds allebei zou kunnen krijgen: Sixfields en Julia.

Op een avond wachtte Marius om zes uur in de harde wind bij Selfridges op Suzanne. Hij was sinds de vorige dag in Londen; Suzanne was die dag ook gekomen om te winkelen en met hem naar het theater te gaan.

Hij zag haar in de mensenmenigte in het warenhuis op hem af komen lopen. 'Heb je een fijne dag gehad?' vroeg hij en gaf haar een kus op haar wang. Ze had haar handen vol pakjes en tassen.

'De prachtigste zijde...' Terwijl hij de tassen van haar aannam, pakte zij uit een van de tassen een stuk violetblauwe stof. 'Het is een staaltje,' zei ze, 'maar het is genoeg om een jurk voor Tara te maken. En kijk...' Ze liet hem nog een stuk stof zien. 'Witte katoen. Egyptische katoen. Dan kan ik eindelijk die nieuwe overhemden voor je maken, Marius. Ik heb de stof in Petticoat Lane gevonden.' Ze grijnsde. 'Je moet weten waar je moet zoeken.'

'Geen kousen van verdachte types gekocht?'

Ze keek beteuterd. 'Daar had ik geen tijd voor. De trein had vertraging. En jij? Hoe was jouw dag?'

Hij zag een taxi en hield die aan. 'Onze leveranciers maken er een rommeltje van,' vertelde hij, terwijl hij Suzanne in de taxi hielp. 'De laatste weerstanden die ze ons hebben gestuurd, waren allemaal kapot. Ik moet volgende week weer naar Londen. Ik moet maar eens serieus gaan nadenken of het verstandig is het filiaal in Londen te heropenen.'

Ze legde haar pakjes en jas in de taxi en ging zitten. 'Voor de oorlog hadden jullie hier een vestiging, hè?'

'Mijn vader, ja. Een paar kamers die hij gebruikte voor de verkoop in Londen. In 1940 werd het kantoor gebombardeerd en heeft hij alles naar Great Missen verhuisd.'

Ze keek op haar horloge. 'Gaan we nog even naar het hotel?'

Hij schudde zijn hoofd. 'Daar hebben we geen tijd voor. We worden om halfzeven bij de Glanvilles verwacht.'

'Ik wil even iets met je bespreken.'

'Dat klinkt serieus.'

'Het is maar een idee. Ik heb er veel over nagedacht. Maar misschien vind jij het wel afschuwelijk.'

Hij begon zich ongemakkelijk te voelen. 'Zeg het maar.'

Ze tuurde in het spiegeltje van haar poederdoos. 'Later. Als we even rustig de tijd hebben. Ik heb er een hekel aan een belangrijk gesprek te beginnen en dan halverwege te moeten ophouden.' Ze draaide haar lippenstift open. 'Zijn ze heel erg chic, de Glanvilles?'

Hij bleef zich de hele avond ongemakkelijk voelen. Sinds Suzanne hem had verteld over Neil Finlay, was de kwestie of ze op Missencourt zou blijven nog niet opgelost. De laatste tijd was hij zich veilig gaan voelen. Hij was bijna gaan geloven dat ze in de afwezigheid van een pasklare oplossing de kwestie zouden kunnen blijven ontwijken en dat alles door het verstrijken van de tijd vanzelf zou worden opgelost. Dat Suzanne en Tara op Missencourt zouden blijven wonen, omdat er gewoon geen goede andere oplossing was. Maar nu spookten Suzannes woorden al de hele avond door zijn hoofd. *Ik heb er veel over nagedacht. Maar misschien vind jij het wel afschuwelijk.* Misschien had Suzanne eindelijk een beslissing genomen. Het probleem was, gaf hij ongemakkelijk toe, dat met elke dag, week en maand die voorbijging, de gedachte aan Missencourt zonder Suzanne en Tara ondraaglijker werd.

Hij gedroeg zich ongeïnteresseerd naar de Glanvilles toe – Roger Glanville was een vriend uit zijn legertijd – en kon zich niet concentreren op het toneelstuk, een onzinstuk met saai gechoreografeerde dansen en liedjes die je meteen weer vergat. Na het toneelstuk stelde Roger Glanville voor dat ze zouden gaan eten bij Quaglinos, maar Suzanne zei dat ze moe was en ze wezen de uitnodiging af.

In de taxi zei ze: 'Je zag eruit alsof je geen zin had iets met hen te gaan doen. We kunnen in het hotel wel een paar sandwiches bestellen.'

'Vind je het niet erg,' vroeg hij, 'dat je een heerlijk etentje hebt gemist?'

Ze trok haar jas om zich heen. 'Een heet bad en eten in bed. Wat is er nou heerlijker?'

In het hotel rookte hij en dronk cognac, terwijl Suzanne in bad ging. Hij stond bij het raam, keek naar buiten over de stad met zijn daken en schoorstenen en rookpluimen en dacht terug aan de jaren dat hij haar nu kende. Het was nu vier jaar. Wat een rare, gebroken relatie. Eerst de sterke fysieke aantrekkingskracht van die allereerste zes weken, gevolgd door de lange scheiding toen hij in Europa was geweest. En toen hij weer was thuisgekomen, was hij naar haar op zoek gegaan. Hun huwelijk was in eerste instantie liefdeloos geweest, maar toen was hij er toch door gevangen. Hij zag nu niet meer hoe hij het zonder die liefde zou moeten doen.

Ze kwam in een badjas de kamer binnenlopen, rood en nat. 'Ik verga van de honger.'

Hij bood haar de sandwiches aan. 'Er is alleen ham. Hij is jammer genoeg een beetje oud.'

Hij zat op de rand van het bed en droogde haar haar af. Hij vroeg: 'Waar wilde je het over hebben?'

'Als je te moe bent, kan het best wachten, hoor.' Ze leunde voorover en haalde haar vingers door haar dikke, donkere krullen. 'Ik wil je niet vragen beslissingen te nemen als je eruitziet alsof je liever wilt gaan slapen.'

'Ik ben er liever zo snel mogelijk vanaf,' zei hij.

Ze keek een beetje geschrokken. 'Oké.' Ze pakte haar glas cognac. 'Ik denk erover een peuterschooltje te beginnen, Marius. Ik wil graag weten wat jij daarvan zou vinden.'

Hij staarde haar uitdrukkingsloos aan. 'Een peuterschooltje?'

'Op Missencourt.' Ze leek zijn stilte te interpreteren als een gebrek aan enthousiasme en zei: 'Ik begrijp het best als je niet enthousiast bent over het idee. Het is per slot van rekening jouw huis.'

Hij flapte eruit: 'Dus je blijft?'

Nu keek zij geschrokken. 'Marius?'

Hij probeerde het misverstand te verbergen. 'Een peuterschooltje op Missencourt... waarom niet?'

'Het zou leuk zijn voor Tara als ze met andere kinderen kon spelen. En er is nergens in de buurt iets leuks voor kinderen van die leeftijd. Alleen dat afschuwelijke schooltje in Hernscombe, waar de kinderen in rijtjes moeten zitten en een uniform moeten dragen...' Ze hield op met praten. Toen zei ze langzaam: 'Dacht je dat ik je ging vertellen dat ik wegging van Missencourt? Dat ik bij je wegging?'

Hij voelde zich dom. 'Ik wist het niet zeker, toen je zei...' Hij maakte zijn sigaret uit. 'Dom van me.'

Haar vochtige haar stond recht overeind. Ze fronste haar voorhoofd. 'Was dat wat je wilde dat ik zou zeggen?'

'Nee. Ben je gek, nee. Suzanne, als je denkt dat je het met me uithoudt, blijf dan, alsjeblieft.' Hij hield op met praten en voelde zich gegeneerd. Waarom was het toch zo gemakkelijk, dacht hij woedend, om zijn zakencontacten en mensen van de regering duidelijk te maken wat hij wilde, en zo moeilijk zichzelf uit te drukken tegenover zijn vrouw?

Ze kneep haar ogen een beetje dicht. 'Denk je dat? Dat ik je verdraag?'

'Ik weet het niet. Het spijt me.'

'Eerlijk, Marius,' zei ze geïrriteerd, 'af en toe ben je echt een vreselijke oen. Ik bedoel... ik ben nou niet de meest tolerante, geduldige persoon, of wel?'

Hij moest een glimlach onderdrukken. 'Dat zijn niet de adjectieven waar je het eerst aan denkt om jou te omschrijven, nee.'

'Maar je denkt dat ik je alleen tolereer?'

'Ik dacht... om Tara...'

'Mannen,' zei ze met walging in haar stem.

'Het spijt me.'

'Hou alsjeblieft op je excuses aan te bieden, zeg.' Ze haalde wild een kam door haar haar. 'Marius, als ik er zo over zou denken, was ik maanden geleden weggegaan. Jaren geleden. Ik ben helemaal niet tolerant. Dat is je toch zeker wel opgevallen?'

Hij dwong zichzelf te zeggen: 'Maar je hebt voor mij niet de gevoelens die je voor Neil had, hè?' Ze legde de kam neer en keek van hem weg.

'Nee. Nee, mijn gevoelens voor jou zijn anders. Ik denk niet dat ik ooit voor iemand de gevoelens zou kunnen hebben die ik voor Neil had.'

Hij voelde zijn hart samentrekken. Ze zei: 'Ik denk niet dat ik in staat ben me ooit nog zo te voelen.' Ze draaide zich naar hem om. 'We moeten eerlijk tegen elkaar zijn, denk je niet? Ik vind dat ik eerlijk tegen jou moet zijn.'

Er viel een stilte. Hij was weer naar het raam gelopen en staarde naar de zwarte hemel.

'Marius,' zei ze resoluut. 'Luister. Probeer me te begrijpen. Neil en ik... Ik zeg niet dat wat ik met hem had, niets voorstelde, want dan zou ik liegen. Maar ik weet ook niet wat er gebeurd zou zijn als we meer tijd samen hadden gehad. Of het blijvend zou zijn geweest. We hebben nooit de gelegenheid gehad om daarachter te komen. We zijn nooit op de proef gesteld. We hielden van elkaar in een soort luchtbel;

onze liefde was een geheim, niemand wist ervan. Ik weet niet wat er zou zijn gebeurd als die luchtbel zou zijn doorgeprikt. Hoe we met de scheiding zouden zijn omgegaan en met het kind. Dat soort dingen maakt het er niet gemakkelijker op, toch? Maar jij en ik... we hebben vanaf het begin allerlei problemen het hoofd moeten bieden.'

'Dat kun je wel zeggen, ja.'

Ze was even stil en zei toen: 'Je moet niet denken dat wat wij hebben, niets betekent, doordat het anders is. Je moet niet denken dat ik niets om je geef.'

Het viel hem op dat ze het woord 'liefde' niet gebruikte. Maar hij ging er niet op door en vroeg niet naar de definitie en kwantiteit van haar gevoelens voor hem.

'Dus je blijft?'

'Als je dat wilt.'

Hij probeerde te negeren dat hij zich behalve opgelucht ook een beetje verdrietig voelde, omdat hij zich bewust was van de oneerlijke verdeling van hun gevoelens. Hij zei tegen zichzelf dat het het beste is blij te zijn met wat je kunt krijgen.

Ze zei: 'In ieder geval, ik heb via het Rode Kruis een vrouw leren kennen, Vivien Lewis. Ze woont in Longridge, en voor ze trouwde was ze lerares. Ze heeft een zoontje, dat ongeveer van dezelfde leeftijd is als Tara. En we dachten: aangezien er geen peuterschool in de buurt is, waarom beginnen wij er dan geen? Ik wil iets te doen hebben, Marius. Ik heb Tara, natuurlijk, maar die wordt steeds gemakkelijker en vraagt niet meer zoveel tijd en energie als in het begin. Ik moet iets te doen hebben.'

Hij zei: 'Dat was me opgevallen, ja,' en ze keek hem schuldbewust aan.

'Valt het zo op?'

'Je wordt gek als je niets te doen hebt.' Maar toch was dat iets wat hij altijd heerlijk aan haar had gevonden. Haar onophoudelijke enthousiasme en energie.

'We zouden de peuterschool op Missencourt moeten onderbrengen, want Viviens huis is te klein, dus ik heb het er met Adele over gehad en die zei dat ik het met jou moest bespreken.'

'Wat je maar wilt,' zei hij. 'Alles wat je gelukkig maakt. Het enige wat ik wil, is dat je gelukkig bent, Suzanne.'

En als hun huwelijk een verzameling overeenkomsten en compromissen was, dan was het heel goed mogelijk, zei hij tegen zichzelf, dat heel veel huwelijken zo waren. En hij had er op zijn beurt twee parels van onschatbare waarde voor teruggekregen.

Zijn handen gleden onder haar badjas en hij voelde dat ze naakt was. Haar vochtige haar rook naar shampoo. Ze duwde haar gezicht tegen zijn schouder. Toen streelde hij haar op de plaatsen waar ze het liefste werd gestreeld, tot ze zich achterover op het bed liet glijden, haar ledematen open, hem met halfopen ogen uitnodigend.

Francesca was naar een zus in Norfolk verbannen; vanwaar ze lange, hartverscheurende brieven schreef naar Topaz. Topaz schreef net zulke lange brieven terug en stuurde korte, grappige kaartjes naar Charlie in Durham.

Op een middag ging ze vroeger bij juffrouw Damerall weg om haar moeder te ontmoeten, voor ze naar de kleermaakster zouden gaan om kleding te passen. Ze vond Veronica voor het raam op Cleveand Place met een sigaret in haar hand. De parketvloer lag vol gebroken glas.

'Mama...'

'Ik heb geprobeerd dit rotappartement op te ruimen.' Ze draaide zich wild om.

'Wat is er gebeurd, mama? Heb je een glas laten vallen?'

As van Veronica's sigaret dwarrelde door de lucht. 'Ik heb het naar die rotzak gegooid,' zei Veronica.

'Naar meneer Dexter? Meneer Dexter was een vriend van haar moeder. Hij had een winkel in Knightsbridge.

'Naar die rottige Terence Dexter, ja.' Veronica knipperde met haar ogen. Toen plofte ze neer op de bank.

'Ik ga wel even een stoffer en blik pakken.'

Toen ze terugkwam, had haar moeder haar glas opnieuw volgeschonken en zat ze te drinken. 'Maar hij is dan ook winkeleigenaar.' Veronica glimlachte. 'Mijn vader had een rothekel aan winkeleigenaars. Krenterige rotlui, zei hij altijd. Ik had beter moeten weten.' Haar ereprijsblauwe ogen werden kleiner. 'Je denkt dat ze cadeautjes voor je kopen omdat ze je bewonderen, maar dat is nooit genoeg voor ze, hè?'

Haar moeder leek een antwoord te verwachten. 'Dat weet ik niet, mama. Ik weet niet wat je bedoelt.'

'Dan wordt het tijd dat je dat gaat begrijpen,' zei Veronica scherp. 'Hoe oud ben je nu? Achttien?'

'Negentien.'

'Oud genoeg om te weten hoe mannen in elkaar steken.' Veronica's mooie, delicate gezicht werd harder en zag er even lelijk uit. 'Geef hun nooit wat ze willen, tot je een ring om je vinger hebt. Dat is mijn advies. Want ze willen maar één ding. Als je het aan hen geeft voor je bent getrouwd, kun je het wel vergeten.' Veronica's helderblauwe blik dwaalde weg van de martinifles en ze keek haar dochter vol minachting aan. 'Niet dat dat voor jou een probleem zal zijn.' Haar mondhoeken zakten naar beneden. 'Ik neem aan dat jij ze niet van je af hoeft te slaan.'

Er verstarde iets in Topaz. 'Kitty,' zei ze snel. 'We zouden naar Kitty gaan...'

'Die heeft afgezegd.' Veronica schonk nog een glas martini in. 'De knopen die ze had besteld, waren er nog niet.' Ze kneep haar ogen half dicht en liet zich weer op de bank zakken, met haar smalle vingers om het glas geklemd. Toen leek ze zich ineens weer te realiseren dat Topaz ook in de kamer was. Haar ogen werden groter en ze zei geïrriteerd: 'Ga eens wat doen, zeg. Je maakt er hier altijd zo'n rommel van.'

Omdat ze het ineens vreselijk benauwd kreeg bij de gedachte op Cleveland Place te blijven, trok Topaz haar jas aan, zette haar baret op en ging naar buiten. Het verstarde, koude gevoel bleef hangen, het leek net of er een stukje ijs in haar hart stak. Misschien dat het zou ontdooien, als ze wat gezelschap zou opzoeken, dus ging ze op weg naar het café. Als ze met Helena, Jerry en Mischa zou praten, zou ze zich wel weer normaal gaan voelen. Dan zou ze misschien wel vergeten dat haar moeder had gezegd: 'Ik neem aan dat jij ze niet van je af hoeft te slaan.'

Maar er zat maar één persoon aan het hoektafeltje. 'Charlie,' zei ze. Hij glimlachte zijn heerlijke, luie glimlach en ze moest gaan zitten en met haar handen op haar benen duwen om te zorgen dat ze niet beefden.

'Jij was toch in Durham?'

'Het stuk is een paar weken eerder gestopt.'

'O.'

'Dus ik ben er weer. Ik heb weer niets te doen.'

'Waar zijn de anderen?'

'Geen idee. Ik heb Jerry gebeld; zijn moeder is ziek. En Helena en Donald hebben het ongetwijfeld druk, samen.' Hij keek haar aan. 'Dus je zult het met mij moeten doen.'

'Dat is niet zo heel vreselijk.'

Hij keek nog eens goed naar haar. 'Gaat het wel?'

'Ik heb hoofdpijn.' De tranen staken nog achter haar ogen en ze wreef met haar vuist over haar ribbenkast, alsof ze de kou eruit wilde jagen.

'Ik zal even een kop thee voor je halen.' Hij stond op.

'Zullen we ergens anders heengaan?' zei ze plotseling. Ze had hem even helemaal voor zichzelf, bedacht ze zich. Als een van de anderen zou komen, zou ze hem weer moeten delen.

'Heb je een idee waarheen?' Ze schudde haar hoofd.

'Wanneer moet je thuis zijn?'

'Ik word niet verwacht.' Ze hoorde dat ze verbitterd klonk.

'Eens even denken.' Hij trok zijn jas aan. 'Een pub of een club... of dat theatertje in Pimlico, waar ze van die leuke stukjes doen' Hij keek nadenkend. 'Soms zijn ze in het Frans, dus daar heb je misschien niet zo'n...'

Ze zei: 'Ik ben zo goed in Frans als ik in de meeste andere dingen ben. Hopeloos, dus.'

Hij keek weer naar haar. 'Je ziet eruit alsof je behoefte hebt aan een dans. Van dansen wordt iedereen vrolijk.'

Ze gingen eerst naar een pub, waar zij port met citroen dronk en hij haar aan het lachen maakte met verhalen over het theater in Durham. Ze begon zich op een vreemde manier opgewonden te voelen. Het was een soort heimelijke opwinding en ze realiseerde zich dat ze een kans had die ze niet moest verpesten.

Toen ze uit de pub naar buiten liepen, zei ze: 'Je mist Francesca vast vreselijk.'

Hij knikte. Toen zei hij: 'In het begin wel, ja. Maar na een tijdje krijg je het gewoon te druk met andere dingen, hè?' Ze stak haar arm door de zijne en ging dicht tegen hem aan lopen.

In een drukke club in een souterrain in Battersea, waar het blauw stond van de sigarettenrook, zong een meisje liedjes van Edith Piaf. 'Dichter bij het buitenland kan ik niet komen,' zei Charlie.

'Binnenkort,' zei ze, 'ben je beroemd. Dan gaat Charlie Finch op tournee door Europa.'

Alle stoelen waren bezet, dus leunden ze tegen de stenen bogen, die koud leken door de nabijheid van de rivier. 'Denk je,' zei ze, 'dat als we eindelijk naar het buitenland gaan, het een teleurstellende ervaring zal zijn?'

'Wit zand, palmbomen en terrasjes in de zon... hoe kan dat tegenvallen?'

'Nou ja, meestal is iets niet zo geweldig als je altijd had gedacht dat het zou zijn. Als je het al jaren wilt en je krijgt het uiteindelijk.'

De zangeres liep het podium af; er werd even geapplaudisseerd en toen begon er een jazzband te spelen. Iedereen ging naar de piepkleine dansvloer. Charlie pakte Topaz' hand en trok haar mee de drukte in. Ze kon helemaal niet dansen, bedacht ze zich terwijl ze zich tussen de mensen door persten. Maar de muziek sijpelde haar lichaam in en de energie ervan verwarmde haar. Wat raar dat haar lelijke lichaam, dat normaal gesproken nooit deed wat zij wilde, ineens zo elegant werd en zo meewerkte. Wat raar hoe beperkingen leken weg te vallen, opzij geduwd door het dwingende ritme. Ze dacht nergens meer aan en het enige wat nog bestond, was de muziek, de warmte en Charlie.

Na een tijdje trok hij haar tegen zich aan en fluisterde in haar oor: 'Problemen. Ik denk dat we maar moeten gaan.'

Ze keek over haar schouder. Politieagenten in uniform kwamen de smalle trap af. 'Wat komen die doen?'

De muzikanten hielden op met spelen. Hij haalde zijn schouders op. 'Misschien hebben ze hier geen drankvergunning. Of verkoopt iemand zwart sigaretten of vervalste bonnenboekjes.' Hij pakte haar hand en liep met haar in de richting van de uitgang. Licht van een zaklantaarn scheen in hun gezicht terwijl ze de trap op liepen, maar werd toen in een andere richting geschenen.

Buiten was het donker en wolken dreven voor de maan langs. Er klonk een misthoorn op de rivier en op een plaats waar een bom was ingeslagen, rende een vos tussen de ruïnes. Ze kochten vis met patat en aten die lopend op. Toen ze klaar waren met eten, vouwde Charlie boten van het krantenpapier waarin ze hun eten hadden gekocht en liet ze van de Chelsea Bridge in het water vallen. Ze renden tussen het verkeer door naar de andere kant van de brug, wachtten en gilden het uit toen ze de kleine witte vlekjes op het water zagen drijven.

Hij zei: 'Zal ik je laten zien waar ik ga wonen als ik rijk ben?' Hij ging haar voor naar Cheyne Walk.

De hoge huizen stonden langs de rivier. Topaz hoorde achter een open raam een grammofoon spelen.

'Welk huis?'

'Dat,' zei hij.

'Waarom?'

'Omdat er een dolfijn op de deur hangt om mee aan te kloppen. Ik heb altijd al een dolfijn als deurklopper willen hebben.'

Ze begon te giechelen. 'En er staan sleutelbloemen in de tuin. Dat zijn mijn lievelingsbloemen.'

'Is dat zo?' Hij stapte over het hek en begon ze te plukken.

'Charlie!' siste ze.

'Mooie bloempjes voor mijn mooie bloem,' zei hij, en duwde het piepkleine boeketje door haar knoopsgat.

Haar adem stokte. Ze boog haar hoofd voorover en ademde lente en hoop in.

'Waar denk je aan?' vroeg hij.

'Aan de vakanties bij mijn neven, toen ik klein was. Er stonden daar zoveel sleutelbloemen, dat de bermen helemaal geel waren.'

Er werd andere muziek opgezet. Ze luisterde aandachtig.

'Een tango,' zei hij en strekte zijn armen naar haar uit.

'Ik kan geen tango dansen, Charlie. Dat heb ik nooit geleerd.'

'Dan leer ik het je.'

Ze dansten langs de Embankment. De muziek werd steeds zachter, maar Charlie verving hem met zijn geneurie. De sleutelbloemen dwarrelden uit haar knoopsgat en vielen op de stoep. Toen ze onder een straatlantaarn stopten, helemaal buiten adem, zag ze voor het eerst onzekerheid in zijn ogen, dus ging ze op haar tenen staan en raakte zacht met haar lippen de zijne aan. Zijn handen gingen door haar haar en ze kusten lang. Toen deed hij een stap naar achteren en zei: 'Ik wist niet zeker...'

'Wat wist je niet zeker?'

'Wat je voor me voelt.'

'Wat ik voor jou voel?'

'Je bent een beetje... boven mijn stand.'

'Ik?'

'Nou, ja. Hotels, kostschool en olijven.'

Ze zag haar eigen reflectie in zijn donkere ogen. 'Charlie,' zei ze.

'Ik was bang dat je me in mijn gezicht zou slaan, of dat er ergens een geheime verloofde uit een kast zou kruipen.'

'Natuurlijk niet. Gekkie.' Ze voelde een mengeling van vrolijkheid en geluk in haar keel.

'Ik heb je nooit helemaal kunnen peilen,' zei hij serieus. 'Je doet en zegt steeds dingen die ik niet verwacht. Toen we elkaar voor het eerst in het café ontmoetten, leek je... afstandelijk.'

Ze vroeg zich af of hij de waarheid zei. Het weifelende, onzekere deel van haar zei dat hij een acteur was, dat het zijn vak was mensen in hem te laten geloven.

Ze zei plompverloren: 'Ik wist dat je me aardig vond. Maar ik dacht dat het niet verder ging. Ik dacht dat je me als gewone vriendin zag.'

Zijn mondhoeken krulden op. Hij zei: 'Topaz, soms ben je ontzettend naïef,' en toen kuste hij haar nog eens. Zijn handpalmen gleden langzaam over haar lichaam naar beneden en bleven even boven de ronding van haar heupen liggen. Ze dacht: ach, als hij acteert, kan het me eigenlijk niets schelen. Toen sloot ze haar ogen en dacht nergens meer aan.

9

Soms wachtte Jack bij de manege op Julia, soms – hij wist ondertussen hoe haar programma eruitzag – kwam hij haar tegen als ze aan het winkelen was in Hernscombe, of als ze in Bridport bij vrienden op bezoek ging. Dan stelde hij voor thee te gaan drinken in een café; in eerste instantie was ze terughoudend, keek op haar horloge, liep door naar de bushalte, maar dan haalde hij haar toch over. 'Een halfuurtje maar,' zei hij dan. 'Ik had met iemand afgesproken, maar die is niet komen opdagen, dus nu heb ik ineens tijd over.' En dan glimlachte ze en zei 'Nou...' en dan wist hij dat hij haar had overgehaald.

Als hij tegenover haar aan een tafeltje zat, of met haar bij de manege vandaan liep, moest hij zichzelf dwingen, niet naar haar te staren. Dan moest hij zichzelf dwingen niet te laten zien hoe heerlijk hij het vond om alleen al bij haar te zijn. Hij wist dat als hij haar zou laten zien hoe hij naar haar verlangde, ze geschrokken weg zou rennen, bang voor de gevolgen. Dus had hij het alleen over veilige onderwerpen, was tevreden met haar te laten lachen en nam genoegen met een piepklein kusje op zijn wang, als ze afscheid namen. Maar hij wist dat hij belangrijk voor haar begon te worden, dat ze ondertussen uitkeek naar hun ontmoetingen en ze al bijna verwachtte.

Als hij afscheid van haar had genomen, kon hij aan weinig anders denken dan aan Julia. Haar beeld stond in zijn oogleden gegrift. Het was er als hij 's ochtends wakker werd en als hij 's avonds in slaap viel. Hij wist dat ze op de rand van iets gevaarlijks stonden en dat als ze maar een paar pasjes de verkeerde kant op zouden doen, ze zouden uitglijden en vallen. Hij zag dat ze gespannen was, nerveus; zelf putte hij zich uit met werk op de boerderij om de spanning van hun ontmoetingen weg te werken. Heel af en toe betrapte hij zichzelf erop dat hij fantaseerde over hoe het zou zijn als Julia op Sixfields zou wonen.

Als het oude huis uit zijn slaap zou worden opgewekt door haar energie en schoonheid. Het was een fantasie waar hij onrustig van werd, doordat de gedachte iets afschuwelijks had, iets wat zijn koortsige behoefte aan haar even bekoelde en waardoor hij een hekel aan zichzelf kreeg.

Toen Julia nadat ze afscheid had genomen van haar laatste leerling, de pony stond te borstelen, keek ze op om te zien of Jack op haar stond te wachten. Toen ze hem zag, kreeg ze het op haar zenuwen. Zij, die nooit bang was.

Ze was bang omdat ze – hoewel ze zich nooit iets had aangetrokken van conventies – zich altijd vasthield aan haar eigen regels. Ze had nog nooit het idee gehad dat haar moraliteitsgevoel – dat ze op school, in de kerk en nog het meeste van haar vader had meegekregen – gecompromitteerd zou kunnen worden. Ze was bang omdat ze altijd een hekel had gehad aan bedrog en heimelijkheid en omdat ze wist dat zelfs als haar ontmoetingen met Jack nu niet verkeerd waren, ze dat veel te gemakkelijk zouden kunnen worden. Ze hield zichzelf voor dat ze er met een paar woorden een einde aan zou kunnen maken. Dat ze dat niet deed, verontrustte haar.

Ze sliep slecht en had geen eetlust. Haar houding tegenover Will werd gekenmerkt door schommelingen tussen irritatie en schuldbewuste affectie. Tijdens en net na een gesprek met Jack voelde ze zich euforisch, maar dat gevoel werd altijd snel gevolgd door een van lusteloosheid en depressie. Ze droomde over haar vader. Ze herinnerde zich zijn overtuigingen: w*at je doet als mensen je niet zien, is net zo belangrijk als wat je doet wanneer je wel wordt gezien.* Een beangstigende, meedogenloze regel die geen ruimte liet voor verzachtende omstandigheden.

Op een middag viel ze op de manege uit tegen haar minder getalenteerde leerlingen. Na afloop van de lessen liet ze haar voorhoofd even tegen Salems zwarte hals rusten en sloot haar ogen. Toen ze, nadat ze afscheid had genomen van Penny, zag dat Jack er niet was, wist ze niet of ze zich opgelucht of teleurgesteld voelde. Toen ze de heuvel op fietste, leek de dikke, laaghangende bewolking op haar te drukken. Er hing een stille, zwoele warmte in de lucht.

Piepende remmen. In de donkere tunnel die door de berkenbomen werd gevormd, stopte de Bentley naast haar. Ze stapte van haar fiets en leunde ertegenaan. Toen Jack uitstapte en de autodeur dichtsloeg, voelde ze hoe haar lichaam zich spande.

'Sorry,' zei hij, 'ik kon niet eerder weg.'

Ze liep naast haar fiets verder over de weg en zei geïrriteerd: 'Ik verwachtte je niet, hoor.'

Hij balde zijn vuisten. 'Dat vreselijke mens.'

'Welk vreselijk mens?' Ze glimlachte een beetje. 'Je hebt het toch niet over je weldoenster, hè, Jack? Je hebt het toch niet over Carrie Chancellor?'

Hij zei razend: 'Ze heeft het ineens in haar hoofd gehaald dat onze pachters ons bedriegen. Ik ben de halve nacht op geweest om de cijfers na te rekenen. Ik moest de hele zolder van haar omspitten, op zoek naar pachtovereenkomsten die ik weet niet hoe lang geleden zijn gesloten. Ze zei dat als ik niet zou helpen, ze een ander zou zoeken. Wat ze altijd zegt: dat ze de boerderij aan god mag weten wie nalaat als ik niet precies doe wat ze wil.'

'Dat krijg je ervan,' zei Julia, 'als je je ziel verkoopt.'

Hij kromp ineen. Ze liep verder. Ze hoorde hem zeggen: 'Je hebt gelijk.' De woorden klonken zacht en verbitterd. 'Als ze zegt dat ik moet springen, spring ik.'

Er passeerde een auto; Julia herkende Lois Barrington achter het stuur. 'Je hebt een overeenkomst met Carrie gesloten, Jack,' zei ze langzaam. 'Is het het waard?'

'Ik weet het niet. Ik weet het echt niet.' Hij sloot zijn ogen en wreef met zijn vingertoppen over zijn voorhoofd. Toen zei hij plotseling: 'Om de zoveel tijd denk ik er serieus over ermee te stoppen. Sixfields op te geven. Dat vervelende mens. Maar weet je wat ze dan doet? Dan wordt ze ziek. Dan wordt ze ziek en dan komt de dokter, die zegt dat ze niet lang meer te gaan heeft. En dan blijf ik, natuurlijk. Omdat ik dan het licht aan het einde van de tunnel weer zie. Omdat ik me dan bedenk dat over een paar weken of maanden dat huis en dat land van mij zullen zijn. Omdat je gelijk hebt, natuurlijk, dat ik een overeenkomst heb gesloten. Omdat ik jou heb opgegeven voor Sixfields. En als het naar een ander gaat, hoe kan ik dan ooit met mijn beslissing leven?'

Ze fluisterde bang: 'Je moet niet zulke nare dingen zeggen.'

'Maar het is wel de waarheid, toch? Ik wilde Sixfields... Ik wilde die boerderij zo graag, dat ik er de vrouw voor heb opgegeven van wie...'

Ze liet haar fiets vallen en duwde haar vingers tegen zijn mond om hem tot stilte te manen. Hij legde zijn hand over de hare en liet zijn lippen langs haar handpalm gaan.

'Niet doen.'

'Waarom niet?'

'Dat weet je.' Ze maakte zich van hem los en probeerde haar fiets op te pakken. Maar de gesp van de riem van haar regenjas bleef in de fietsketting steken en ze probeerde zichzelf los te maken.

'We praten toch alleen maar?' zei hij. 'Daar doen we niemand kwaad mee.'

Ze trok aan haar gesp. 'Dan vind je het zeker niet erg als mevrouw Barrington aan iedereen gaat vertellen dat ze ons samen heeft gezien, hè? En zal ik Will dan maar meteen vertellen dat we elkaar zo vaak zien? Zal ik hem dan maar vertellen dat je naar me toe komt in Hernscombe en op me wacht na mijn werk om met me naar huis te lopen? Maar je brengt me nooit helemaal thuis, hè, Jack? Je loopt nooit verder mee dan tot de kruising. Waarom is dat, denk je?'

'Het heeft geen zin slapende honden wakker te maken.'

'Wat niet weet, wat niet deert,' zei ze spottend. 'Is dat je motto, Jack? Die rottige gesp...'

'Ik doe het wel. Zo gaat hij kapot.' Hij knielde bij naar voeten en maakte zorgvuldig de gesp uit de fietsketting los. Ze stak een hand uit en raakte bijna het stukje blote huid tussen zijn hoofd en het kraagje van zijn nek aan.

'Alsjeblieft.' Hij gaf haar de riem. 'Hij is een beetje vies geworden, ben ik bang, maar...' Hij hield op met praten. 'Ga alsjeblieft niet huilen, Julia.'

Ze duwde haar gezicht tegen zijn schouder en hij sloeg zijn arm om haar heen. 'Vandaag was mijn vader jarig,' fluisterde ze. 'Ik blijf me maar afvragen wat hij hiervan gevonden zou hebben. Wat hij van mij gevonden zou hebben.' Ze maakte zich van hem los. 'Ik moet weg.'

Ze fietste weg. Door haar tranen zag ze de weg bijna niet meer. Toen ze bij het kruispunt kwam, bleef ze even staan en keek over de vallei naar Maiden Hill. Hidcote Cottage lag als een grijze, deprimerende stip tussen al het vrolijke lentegroen.

Ze begreep niet hoe het had kunnen gebeuren. Het moest haar impulsiviteit zijn geweest, dacht ze vermoeid, die haar ertoe had geleid zo'n grove fout te maken.

De afschuwelijke, onherstelbare fout met de verkeerde broer te trouwen.

Julia belde Penny Craven en zei dat ze ziek was. Toen begon ze aan de grote voorjaarsschoonmaak en maakte nog een stuk tuin vrij in de wildernis. Ze moest beter haar best doen, zei ze tegen zichzelf. Haar vader had altijd gezegd dat je overal een succes van kon maken, als je maar hard genoeg je best deed. Het viel haar op dat Will er mager en gespannen uitzag en ze vroeg zich af hoe lang hij dat al was. Was hij misschien ziek en was het haar door haar – Wat was het? Een flirt? Een amourette? Een verhouding? – met Jack niet opgevallen?

Ze kon niet alleen zijn. Ze fietste in de buurt rond en ging bij kennissen op bezoek die ze jaren niet had gezien, of reed van winkel naar winkel op zoek naar iets wat ze ineens vreselijk hard nodig had: een klosje grijs garen, naalden of een blikje koperpoets.

Toen fietste ze tijdens lunchtijd een keer naar de garage. Er was niemand in de werkplaats, dus liep ze naar het kantoortje en had de deur al opengedaan voor ze zich realiseerde dat Will niet alleen was.

'Julia...'

'Sorry, schat.' Ze glimlachte verontschuldigend naar Wills bezoeker. Hij zei: 'Zou je ons niet eens voorstellen, Will?'

'Rick, dit is mijn vrouw,' mompelde Will. Alle kleur was uit zijn gezicht verdwenen. 'Julia, dit is meneer Hunter, een...'

'Een klant,' zei meneer Hunter vriendelijk. 'Will en ik doen samen zaken, mevrouw Chancellor.' Hij stak zijn hand naar haar uit.

Meneer Hunters hongerige, oplettende blik deed Julia denken aan de boommarter die ze een keer had gezien in een schuurtje op Missencourt en die zijn territorium met een zeer oplettend oog in de gaten had gehouden. Meneer Hunter keek haar met zijn donkere, berekenende ogen aan op een manier waar ze zich ongemakkelijk door voelde.

'Ik wacht buiten wel even,' zei ze snel.

Ze ging op het gras zitten en strekte haar benen uit in de zonneschijn. Een paar minuten later kwam meneer Hunter het kantoortje uit en stapte in zijn auto. Terwijl hij wegreed, voelde ze zijn starende blik, dus zette ze haar zonnebril op en vouwde haar blote benen onder zich.

Ze liep terug naar het kantoortje. Will deed iets in een la. Toen ze binnenkwam, keek hij op.

'Had even gezegd dat je kwam, Julia. Je moet niet zomaar komen binnenlopen.'

Zijn woorden en de toon waarop hij ze uitsprak, choqueerden haar. 'Sorry, Will,' stamelde ze. 'Sorry.' Ze probeerde de situatie te redden. 'Ik wilde je niet storen. Had je iets belangrijks te bespreken met meneer Hunter?'

Hij bladerde door een orderboek. 'Nee.'

'Ik heb hem nog nooit gezien. Woont hij hier in de buurt?'

Hij sloeg het boek dicht. 'Zit je me te verhoren?'

'Natuurlijk niet.' Ze voelde een pijnlijke knoop in haar maag, die haar vertelde dat hoe ze ook haar best zou doen, het niet goed zou komen tussen haar en Will.

Hij deed het orderboek in een bureaula. Toen keek hij haar aan. 'Wat kom je doen?'

Woede maakte plaats voor een gevoel van gedeprimeerdheid en ze besefte dat hij haar aansprak alsof ze een vervelende onderbreking van zijn werk was, die zo snel mogelijk uit de weg geruimd moest worden. Ze zei: 'Moet ik een reden hebben om mijn man op te zoeken?'

Hij leek zijn best te doen. 'Natuurlijk niet,' zei hij op sussende toon. 'Je komt alleen nooit naar de garage.'

'Ik dacht dat het misschien leuk zou zijn als we...' Maar ze hield op met praten. ...zouden gaan picknicken, had ze willen zeggen. Voor een drankje naar de pub zouden gaan. Maar nu ze de stapels papier op zijn bureau zag liggen en de rij auto's die gerepareerd moesten worden, buiten zag staan, leek het ineens triviaal en ongepast om zoiets voor te stellen.

'Ik wilde alleen even gedag zeggen,' zei ze zwakjes.

'Dat is lief van je,' zei Will, maar Julia had het gevoel dat hij met zijn hoofd alweer ergens anders was.

'Kan ik je ergens mee helpen?'

'Je hoeft je niet...'

'Zal ik een beetje opruimen?'

'Eerlijk, Julia. Het ziet er hier misschien uit als een bende, maar ik heb alles onder controle, echt.' Hij dwong zichzelf te glimlachen. 'Wil je iets drinken?'

Ze schudde haar hoofd. 'Laat ik maar gaan.'

'Ik kan aan Brian vragen of hij een kop thee voor je zet...'

'Nee, dank je, Will. Ik zie dat je het druk hebt.'

Ze liep naar buiten. Omdat ze niet wist waar ze anders heen kon gaan, fietste ze terug naar Hidcote Cottage. Zelfs in de voorjaarszon leek het huis koud en vochtig. Ze ging op het stoepje bij de voordeur zitten en keek naar de bomen. Voor het eerst gaf ze aan zichzelf toe dat ze zich totaal nutteloos voelde. Wills overvolle bureau had haar doen denken aan haar tijd bij Temperleys Radios: de drukte, de adrenaline en het gevoel iets nuttigs te doen. Alles wat ze nu deed, was saai, niet de moeite waard en triviaal. Wie zou het zien als ze de keukenvloer niet zou boenen, of de boekenplanken niet zou afstoffen? En ze blonk niet eens uit in het strijken van overhemden of het schrobben van de keuken.

Wat nog erger was, was haar gevoel van geïsoleerdheid. Omsloten door het bos was het huisje een kooi geworden; ze verlangde ernaar de tralies open te breken. Ooit was ze belangrijk geweest voor mensen. Voor haar vader, voor de werknemers bij Temperleys. Ooit had ze een rol gehad. Maar die tijd was nu voorbij en ze vroeg zich af of ze in de toekomst altijd langs de zijlijn zou staan en altijd een inferieure, betekenisloze rol zou spelen. Ze had de oorlog gehaat, omdat die haar had afgesneden van Marius en Jack; wat zou het ironisch zijn als ze op een dag als oude vrouw op de oorlogstijd zou terugkijken en zou zeggen: 'Dat was de gelukkigste periode uit mijn leven.' Het was een vreselijk beangstigende gedachte dat de rest van haar leven misschien voorbij zou gaan in nutteloosheid en eenzaamheid.

Ze keek op haar horloge. Twee uur. Zonder erbij na te denken, stapte ze op de fiets en reed naar de manege.

Penny Craven was verbaasd haar te zien, maar tactvol als ze was, zei ze niets over Julias plotselinge terugkeer. Ze bood aan de lessen over te nemen en vroeg of Julia de paarden wilde verzorgen. In de privacy van de stallen ademde Julia de vertrouwde, geruststellende geur van paarden en stro in en probeerde tot rust te komen.

Toen ze om vijf uur klaar was met haar werk, keek ze uit een stalraam naar de ingang van de manege en zag Jack tegen het hek geleund staan. Ze had het gevoel dat ze op een rots langs het strand stond en moest beslissen of ze wel of niet het diepe water in zou springen. Als ze zou springen, zou er geen weg terug meer zijn. Ze wachtte, verborgen achter het raam. Maar toen hij zich omdraaide en wegliep, rende ze naar buiten.

Toen hij haar voetstappen hoorde, draaide hij zich om en bleef staan. Ze rende op hem af en gaf hem een kus op zijn wang.

Ze zei: 'Heb je me gemist, Jack?'

'Ik mis je al jaren.' Zijn ogen waren donker van verlangen. 'Vele, lange jaren.'

Hij duwde zijn lippen in haar hals. Julia sloot haar ogen. Toen hij haar kuste, had ze het gevoel dat ze thuiskwam.

Charlie zat in het café de advertenties in *The Stage* te bestuderen. *Gevraagd*, stond er, *twee keer per avond Bognor Regis, 1 m. hoofdrol, 2 jongeren. Geen salaris, onkostenvergoeding en accomm.*

Juffrouw Damerall was gevallen en ging naar een verpleeghuis op het eiland Wight om te herstellen. Topaz was weer werkloos. Toen ze het aan Charlie vertelde, zei hij: 'Heb je zin om bij ons te werken?'

Ze keek hem nogal dom aan en hij legde uit: 'Desmond heeft geld bij elkaar geschraapt voor een tournee. Claudette gaat ook mee.' Hij trok een gezicht. 'Dat heeft goede en minder goede kanten... ze is natuurlijk mooi, dus dat levert klanten op, maar ze kan beter dansen dan acteren. We hebben nog een assistent-toneelmeester nodig. Lijkt het je wat?'

'Mij?'

'Waarom niet?'

'Ik weet helemaal niets van toneel, Charlie.'

'Er is niets aan,' zei hij luchtigjes. 'Een beetje souffleren en voor de rekwisieten zorgen, verder niets.'

'Hoef ik niet te acteren?'

Hij schudde zijn hoofd. 'Nee.'

'Want dat kan ik namelijk niet.' Er flitste een beeld door Topaz' hoofd waarin ze zichzelf op een podium zag, uit haar jurk barstend en haar tekst vergetend.

'Je hoeft alleen maar een beetje op het decor te letten, te roepen wanneer de voorstelling begint en te zorgen dat alle rekwisieten klaar-liggen.'

Hij sloeg zijn arm om haar heen en gaf haar een knuffel. 'Je zou het geweldig goed kunnen.' Hij keek haar vragend aan. 'Je zou wel een paar maanden van huis weg zijn. Is dat een probleem?'

'Ik moet het aan mijn moeder vragen.'

'We gaan naar de zuidkust. Kuststeden. Je gaat toch wel mee, hè, schat? Het zou zoveel leuker zijn als je meeging.' Zijn toon veran-derde en werd praktisch, feitelijk. 'Ik ben bang dat het niet veel ople-vert. Eerlijk gezegd denk ik dat er niet veel meer dan een paar pond per week over zal zijn na de onkosten.'

Twee weken later vertrokken ze uit Londen. Ze hadden vroeg in de morgen afgesproken bij een pub in St. Martin's Lane. Desmond had hun een lift in zijn auto aangeboden. Ze zouden de anderen in Broad-stairs, de eerste stop in de tour, ontmoeten.

Charlie stelde Topaz aan Desmond voor. Desmond McKenna was een jaar of veertig. Hij had een rood gezicht en dik, krullend, grijs haar. Hij had een pied-de-poulepak aan met een rode stropdas met stippen. Hij schudde Topaz de hand.

'Leuk dat u zich bij ons vrolijke clubje voegt, juffrouw Brooke.' Desmond zwaaide naar een man en een vrouw die aan de andere kant van de weg liepen. 'Freddie! Sylvia! Hier!'

'O, god,' mompelde Charlie. 'De Ryders. Desmond, je hebt hele-maal niet verteld...'

'Geweldige mensen, knul.'

'Desmond, Freddie kan niet acteren en Sylvia drinkt als een Ma-leier.'

'Ze staat droog. Dat heeft ze me zelf verteld.'

Charlie snoof. Toen glimlachte hij, strekte zijn armen uit en zei: 'Sylvia, schat, wat heerlijk je te zien, wat zie je er geweldig uit. En Freddie, wat leuk dat je meegaat...'

'Ik zou het voor geen goud willen missen.'

Er werden handen geschud en Topaz werd voorgesteld. Charlie keek op zijn horloge. Claudette is laat.'

'Dat doet ze expres,' zei Desmond flegmatiek.

'We wachten nog tien minuten.' Charlie liep over de stoep heen en weer. 'Zonder haar erbij is er veel meer ruimte in de auto.'

'De auto is groot genoeg voor ons allemaal. Mag ik een sigaretje van je bietsen?' Desmonds vingertoppen waren geel van de nicotine en hij had zijn nagels er tot bloedens toe afgebeten.

Er stopte een taxi. Claudette kwam naar buiten met minstens zes tassen, gevolgd door Mischa.

'Schatjes! Ik ben toch niet te laat? We konden geen taxi krijgen.'

Charlie teemde: 'Heb je je verslapen, Claudette?'

Claudette trok een pruillip. 'Doe niet zo gemeen, Charlie.' Ze kuste Desmond op zijn wang. 'Je bent toch niet boos, hè, Charlie, schat? En is het goed als Mischa ook meekomt? Om me succes te wensen?'

'Met z'n zevenen in de auto...' mompelde Charlie. Ze verzamelden hun bagage en liepen naar de auto.

Ze wist niet zeker wat ze verwacht had. Veel licht, natuurlijk; rood-fluwelen gordijnen en kostuums vol lovertjes, misschien. Topaz' eerste blik op het Gaiety Theatre, compleet met afbladderende verf en een deprimerende sfeer, deden haar glamourverwachtingen als sneeuw voor de zon verdwijnen. Het theater stond langs de kust aan het armoedigste gedeelte van Broadstairs; in de wirwar van straten en steegjes die erachter lag, vond ze een kamer in een rijtjeshuis dat van mevrouw Gibson was, die jaren geleden zelf actrice was geweest. Ze vertelde Topaz dat ze vanwege haar benen voornamelijk mannelijke hoofdrollen had gespeeld. 'Ik had geweldige benen,' zei ze met een zucht, 'echt prachtig.' Ze had al twintig jaar een pension voor theater-volk. 'Lekker eten en een vrolijke kamer. Precies wat je nodig hebt als het laat is geworden.' De beddensprei, de gordijnen en het behang in Topaz' kamer waren uitgevoerd in verschillende roze bloemdessins. Topaz vond dat het inderdaad een kamer was waarin je je niet ellen-dig kon voelen. Duizelig misschien, maar niet ellendig.

De eerste week werd er geoefend. Voor ze uit Londen waren ver-trokken, had Charlie haar uitgelegd wat ze zou moeten doen. Souffle-ren was niet meer dan aan de zijkant van het toneel staan en vertellen wat de acteur moest zeggen als hij zijn tekst niet meer wist. Ze moest zo hard praten, dat de acteur haar kon verstaan, maar weer niet zo hard, dat het publiek haar kon horen. En de rekwisieten waren alle dingen die op het toneel werden gebruikt: theekopjes, dolken, flessen champagne. En vertellen wanneer het stuk begon, moest vanaf een halfuur voor aanvang in totaal drie keer.

Topaz kocht een schrift, een potlood en een zaklamp en maakte voor elk stuk een rekwisietenlijst. Ze kreeg al snel in de gaten welke acteurs hun tekst uit het hoofd leerden en welke dat nooit zouden doen. Charlie kende altijd vanaf de eerste oefendag elk woord van zijn tekst en Claudette haspelde woorden door elkaar en verwisselde de beginletters van twee of meer woorden. Freddie haalde zijn scènes volledig door elkaar.

Ze leerde de andere leden van het gezelschap kennen. Sylvia liet Topaz zien hoe ze haar haar moest doen. 'Het is heel gemakkelijk, schat, kijk maar.' Een beweging met haar handen en Sylvia's schouderlange haar was elegant dubbelgevouwen. Een streep donkerrode lippenstift en een zwierige beweging met haar mascara en haar vermoeide gezicht was weer elegant, hooghartig, beeldschoon.

Sylvia veegde Topaz' haar van haar voorhoofd. 'Een natuurlijke Titiaan! Wat een geluk! Had ik maar zulk haar.'

'Jouw haar heeft een prachtige kleur, Sylvia,' zei Topaz beleefd.

'Die komt uit een flesje, schat,' zei ze treurig. 'Uit een flesje.'

In Broadstairs voegden Pauline, Nora, Martin en Cyril zich bij het gezelschap. Pauline en Nora kwamen net van de toneelschool. Beiden waren dun, stil en geconcentreerd. Martin was knap en donker, Cyril klein, alledaags en vrolijk. Cyril leerde Topaz hoe ze de rekwisietentafel het beste kon inrichten en legde uit hoe ze de tijden moest omroepen. Cyril wees haar ook op de goedkoopste snackbars en cafés, en vlooienmarkten waar ze op zoek kon naar rekwisieten. In de lange pauzes tussen het oefenen en de voorstelling las Martin Amerikaanse romans met lugubere titels als *Dodelijke blondine* en *Geboren om te doden*, terwijl Cyril truien zat te breien. Hij vertelde Topaz dat hij had leren breien toen hij op de handelsvloot voer. Het duurde even voor het tot Topaz doordrong dat Martin en Cyril mannen waren die, zoals Charlie het had uitgedrukt, van mannen hielden. Soms was ze jaloers als ze zag hoe teder Cyril Martin behandelde.

De twee stukken, *Spooktrein* en *Hooikoorts*, moesten elke avond worden uitgevoerd, het eerste om vijf uur en het tweede om acht uur.

219

Topaz kocht in een winkeltje aan het strand een geluksamulet voor Charlie, een vogeltje van schelpen. Het had zwarte oogjes van kralen en stond op een voetje met de tekst GROETEN UIT BROADSTAIRS. Tijdens de eerste voorstelling keek Topaz naar Charlie en viel het haar op dat hij zich tijdens de repetities altijd een beetje had ingehouden. Als ze even niet naar hem keek, doordat ze een bladzijde van het script moest omslaan, had ze het gevoel dat ze uit een betovering werd weggetrokken.

Na de voorstelling vierden ze feest in een pub waar vergeelde, ingelijste posters aan de muren hingen van stukken van heel lang geleden met acteurs die door iedereen waren vergeten. Opluchting sloeg om in opgetogenheid en toen ze, na sluitingstijd de straat op liepen, glansde de straat door de motregen, alsof er een laagje satijn op lag. Topaz wilde met de anderen meelopen, maar Charlie hield haar tegen. Toen ze de hoek om liepen, zag ze de zee, zwart als teer met daarboven een spookachtige maan, die achter de wolken flikkerde. Ze renden de trap naar het strand af. Toen ze op het zand waren aangekomen, leunde Charlie tegen de zeewering en sloot zijn ogen.

'Godzijdank is dat voorbij. Premières...'

'Was je zenuwachtig?'

'Vreselijk.' Hij deed zijn ogen wijd open. 'Ik ben altijd als de dood.'

'Je was geweldig.'

'Ik was...' overwoog hij, 'aardig.'

Ze schudde haar hoofd. 'Nee, veel beter dan dat.'

'Vlak voor iedere première zeg ik tegen mezelf dat ik ermee ga stoppen. Dat ik iets anders ga doen. Iets verstandigs. Dat ik het mezelf niet langer aandoe.' Hij sloot zijn ogen weer. 'En dan bedenk ik me weer. Iedere keer. En ik weet niet waarom. Het gaat me niet om het applaus. Dat denken mensen, maar dat is niet zo. Het is natuurlijk wel leuk, maar het is niet waar het om gaat. Ik denk dat ik zo van acteren hou omdat ik er helemaal in kan opgaan, als het goed gaat. Dan vergeet ik wie ik ben. En dan voel ik me heerlijk. Er zijn niet veel dingen waardoor ik me zo goed kan voelen.' Hij keek haar aan. 'Nou ja, een paar dingen dan.' Hij deed zijn jas uit. 'Kom eens zitten.'

Ze ging naast hem zitten. Zijn kussen waren vurig en intens. En er was een moment waarop ze zich van hem had kunnen losmaken, het zand van zich had kunnen afkloppen en had kunnen teruggaan naar het pension. Alle waarschuwende woorden van oudere, wijzere vrouwen spookten door haar hoofd: *ze willen maar één ding. Geef hun nooit wat ze willen, tot je een ring om je vinger hebt. Mannen hebben geen respect voor meisjes die het zomaar doen. Welopgevoede meisjes doen dat niet.* Zulke berekenende woorden.

Ze had zich altijd zorgen gemaakt over de technische kanten van seks, de mogelijk vernederende momenten met kousen en jarretels, het gebubbel van wit vlees en een hangboezem die uit een strak omsluitende beha werd getoverd. Maar Charlie leek daar allemaal geen moeite mee te hebben, hij leek het zelfs heerlijk te vinden om zijn hoofd tussen haar borsten te begraven en gelukkig te zuchten als hij met zijn vingers over haar dijen streelde. De duisternis behoedde haar voor de ergste momenten van schaamte en het geluid van de zee zorgde dat losschietende elastiekjes en drukknoopjes niet te horen waren. En achteraf, toen ze opgerold in zijn armen lag, bedacht ze dat het strand van Broadstairs helemaal niet zo'n slechte plaats was om je maagdelijkheid te verliezen. Het was een veel originelere plaats dan het huwelijksbed. En het was tenminste een zandstrand, er lagen geen kiezels.

Als hij zich nog gedeprimeerder en nerveuzer dan anders voelde, herinnerde Will zichzelf eraan dat bijna iedereen wel iets te maken had met de zwarte markt. Je kon nu eenmaal niet zonder. Maurice verkocht bepaalde producten alleen aan goede klanten; niet Carrie, die een hekel had aan bonnenboekjes en alle inmenging van de regering, verkocht melk en eieren aan haar familie. Zelfs zijn eigen moeder maakte gebruik van haar enorme netwerk van vrienden en familie om lekker eten op tafel te kunnen zetten. Hij hield zichzelf voor dat het verkopen van een paar zwarte benzinebonnen niet erger was dan wat anderen deden.

Op een morgen, toen hij in de werkplaats bezig was, reed er een politieauto het erf op. Toen Will de auto zag, liet hij zijn gereedschap uit zijn handen vallen, dat op de grond kletterde. Hij voelde zijn hartslag in zijn oren en wilde zijn kantoortje in rennen om de vervalste benzinebonnen in de prullenbak te gooien, maar hij stond als aan de grond genageld.

Brian stond met de chauffeur te praten. Vreselijke seconden en minuten gingen traag voorbij voor de politieauto weer wegreed. Will sloot zijn ogen en zakte bijna door zijn benen van opluchting. Hij trilde. Hij hoorde Brian roepen: 'Gaat het, Will?'

'Prima.' Hij duwde zijn vuist tegen zijn borst. 'Wat wilden ze?'

'Ze waren op weg naar Longridge, maar wisten niet hoe ze moesten rijden.' Brian keek nog steeds bezorgd. 'Zal ik even theezetten?'

'Lekker.' Hij slikte. 'Waren ze niet van hier?'

'Blijkbaar niet. Ze zagen eruit alsof ze uit Londen kwamen,' zei Brian laatdunkend.

Hij was al weken niet meer naar de Holly Bush geweest, niet meer sinds zijn ruzie met Julia, maar die avond ging hij er weer heen. Hij dronk stevig door in een poging de gebeurtenissen van die dag uit zijn hoofd te wissen. Hij kon zich niet langer verstoppen voor wat hij wist dat de waarheid was: dat er enorme, vreselijke geheimen tussen hem en Julia stonden en dat de verkoop van vervalste benzinebonnen iets anders was dan eieren kopen bij nicht Carrie. Hij besloot dat hij zodra hij wat meer geld opzij had gelegd, tegen Rick zou zeggen dat hij hun samenwerking wilde beëindigen.

Rond middernacht stelde een van de vissers, een wild type dat Johnnie Gamble heette, voor een tochtje met zijn boot te gaan maken. De vissersboot van de familie Gamble, de *Katie Rose*, lag aangemeerd in Hernscombe, dus reed Will het stel – Johnnie, Johnnies jongere broer Mick en hun neef Eddie – naar de haven. De auto reed slingerend over de weg, aangezien Will behoorlijk dronken was.

Ze kwamen aan in Hernscombe en de smalle kaken van de haven spuwden de *Katie Rose* op de gladde, zwarte zee. De nachtlucht was koud en scherp en Will lag op de boeg naar de sterren te staren. Hij zocht naar sterrenbeelden – Orion en de Grote Beer – en hij dacht aan wat zijn moeder hem had geleerd: zijdelings naar een ster te kijken om hem goed te kunnen zien. Maar toen hij een tijdje zo naar de hemel had gestaard, werden de sterren steeds vager, sloot hij zijn ogen en dutte in, in slaap gewiegd door het kabbelen van de zee.

Soms gaven ze hem cadeautjes. Champagne, een blikje zalm, een flesje parfum. 'Voor je mooie vrouw,' zei Rick dan. Will gaf de parfum aan Julia en keek toe hoe ze hem op haar polsen en in haar hals spoot. In het kleine, armoedige huisje leek de geur overweldigend en decadent.

Op een ochtend kwam Lenny naar de garage. Will gaf hem in het kantoortje zijn geld en keek toe hoe hij het hardop rekenend telde voor hij het in zijn leren portemonnee stopte. Toen trok hij een pakje uit de vouwen van zijn enorme astrakan jas.

Hij legde het op Wills bureau. 'Rick komt het over een paar dagen ophalen,' zei hij. 'Leg het maar op een veilige plaats.' Het pakje was hoekig, ingepakt in bruin papier en dichtgeplakt met plakband en touw.

'Wat is het?'

Lenny tikte tegen de zijkant van zijn neus. 'Wie niet weet...'

Will zei zenuwachtig: 'Ik weet het niet, Lenny. Ik weet niet of ik...'

'Orders van Rick.' Lenny veegde zijn ronde, zweterige gezicht af met een zijden zakdoek en keek toen op zijn horloge. 'Ik moet ervandoor.'

Buiten keek Will toe hoe Lenny in zijn Jowett Javelin wegreed. Toen liep hij terug naar zijn kantoortje en sloot de deur.

Er stond geen adres op het pakje, noch aanwijzingen over de inhoud ervan. Hij kneep erin en probeerde te voelen wat erin zat. Hij werd misselijk. Lenny's vooronderstelling dat Will zonder vragen zou meewerken, had hem wakker geschud. 'Orders van Rick,' had Lenny gezegd. Alsof dat garandeerde dat hij ze zou opvolgen. Wat zou Rick hem nog meer gaan opdragen? Waar zou Rick hem nog meer voor willen gebruiken?

Hij verstopte het pakje in de la bij de bonnen. Hij bleef er de hele dag, terwijl hij aan het werk was, aan denken. Zijn verbeelding zat in het bruine pakje – tussen de vervalste bankbiljetten, drugs, juwelen, een pistool – opgesloten. Toen een sjofel uitziende man in een krijtstreeppak het pakje een paar dagen later kwam ophalen, voelde Will zich zo opgelucht, dat zijn knieën ervan knikten.

In juni voerde de regering het oude benzinerantsoen weer in en werd er een nieuwe wet van kracht die voorschreef dat alle benzine die voor zakelijke doeleinden werd gebruikt, rood moest worden gekleurd. Elke privé rijdende chauffeur die met rode benzine in zijn tank betrapt zou worden, zou worden vervolgd. De zwarte markt in benzine werd de kop ingedrukt.

Er viel een enorme last van Wills schouders. Er zouden geen vervalste benzinebonnen meer in zijn kantoortje liggen. Geen bezoekjes meer van Lenny en Gene. Geen cadeautjes meer. *Voor je mooie vrouw, Will.* De zaken gingen beter en hoewel hij nog steeds een gedeelte van zijn lening moest afbetalen, wist hij zeker dat hij het wel zou redden.

Hij probeerde het goed te maken met Julia. Hij nam haar mee naar de bioscoop en op een zondag ging hij met haar lunchen bij zijn ouders. Het drong tot hem door dat hij voor het eerst die zomer het landschap om zich heen zag, de prachtige moerassen bij de garage, de vogels die in het bos bij Hidcote Cottage zongen. Hij had het gevoel dat hij ontwaakte uit een lange nachtmerrie. Hij sliep weer en at weer.

Toen hij op een ochtend op zijn werk aankwam, viel het hem niet op dat er een Jowett Javelin naast de garage stond geparkeerd. Hij trok zijn jas uit, rolde zijn mouwen op, riep een groet naar Brian en liep naar zijn kantoortje. Toen hij de deur opendeed, werd hij overweldigd door schrik en angst. Lenny zat met zijn logge lijf in Wills stoel en zijn duur geschoeide voeten lagen op Wills bureau.

Hij stamelde: 'Maar de bonnen, die kunnen niet meer worden gebruikt...'

'Ik heb geen bonnen bij me, Will.' Lenny groef iets op uit zijn jaszak. 'Een paar pakjes.' Hij legde ze op Wills bureau.

Will staarde er ongelovig naar. Hij stamelde: 'Het was toch voorbij?'

'Ik doe alleen maar mijn werk, Will. Jij en ik,' zei Lenny opgewekt, 'zijn nu zakenpartners.'

Hij voelde niet alleen angst, maar ook woede. Hij vond ergens moed. 'Nee,' zei hij. 'Nee, Lenny. Ik wil niets meer voor je doen.' Klonk zijn stem nu maar wat minder onzeker.

'Volgende keer neem ik een lekkere fles whisky voor je mee, Will,' zei Lenny, terwijl hij opstond. 'Of iets voor je vrouw.'

'Maar ik wil niet dat er een volgende keer komt.' Hij voegde er wanhopig aan toe: 'Ik wil met Rick praten.'

Lenny bleef bij de deur even staan. 'Rick is in het buitenland. Voor zaken.'

Will hoorde hoe zijn stem hoger werd. 'Ik wil dat je alles weer meeneemt.'

'Dat kan niet, Will. Dan ben ik mijn baan kwijt. Rick heeft je uit de penarie geholpen, jongen. Dit ben je hem schuldig.' In Lenny's bleekblauwe ogen was medeleven af te lezen. 'Ik zou maar voorzichtig zijn, Will.' Toen liep hij het kantoortje uit.

Wills benen beefden zo, dat hij de tafel moest vastgrijpen om zichzelf in balans te houden. Hij ging zitten. Hij zat met zijn ellebogen op tafel en duwde zijn ineengevouwen handen tegen zijn mond. Hij staarde naar de pakjes en kon zijn blik er niet van afwenden.

Toen hij zich weer kon bewegen, pakte hij zijn zakmes en sneed het touw dat om het grootste pak heen zat, open. Hij maakte het plakband los en wikkelde het papier eraf. Toen haalde hij het laatste pakpapier eraf en zat een hele tijd doodstil naar de inhoud van het pakje te staren. Er zaten bankbiljetten in: geen Engelse, maar Franse, Italiaanse en Nederlandse. Honderden, duizenden biljetten. Toen pakte hij het pakje weer net zo in als het ingepakt was geweest en legde het in de la.

Na Lenny's bezoek was er geen moment meer dat hij zich goed voelde.

Hij zag het spel tot in het oneindige doorgaan, een ingewikkeld web van verplichtingen en bedrog. Alles wat hij voor Rick deed – elk cadeautje dat hij aannam, elk pakje dat hij aan een vreemde meegaf – trok hem verder de duisternis in. Achter in zijn hoofd probeerde iets kleins en bangs, iets wat zich niet kon verdedigen, een vluchtweg te vinden.

Het toneelgezelschap begon uit elkaar te vallen. Claudettes agent belde en bood haar een rol aan in een productie op West End; ze ging met Mischa en haar koffers achter zich aan terug naar Londen.

Charlie en Topaz gingen met de trein naar Bournemouth. Ze hadden een heel compartiment voor zichzelf en Charlie had de gordijnen dichtgedaan, zodat niemand hen kon zien.

Charlie zat met potlood in een script te schrijven. 'Pauline kan Claudettes rollen overnemen. Nora kan Paulines figurantenrollen doen.' Hij fronste zijn wenkbrauwen. 'Ik maak me eigenlijk meer zorgen om Sylvia. Die heeft alleen het einde van de vorige voorstelling gehaald doordat Freddy haar erdoorheen heeft gesleept. Desmond heeft met haar gepraat en ze heeft beloofd nooit meer voor een voorstelling te drinken, maar...' Hij keek naar Topaz. 'Je ziet er bezorgd uit.'

'Ik wil niet dat hij stopt.'

'Wat niet?'

'De tournee.'

'Maak je maar geen zorgen,' zei hij lui. 'De show moet doorgaan, weet je wel?' Hij strekte zijn armen naar haar uit. 'Kom eens op schoot zitten.'

'Dan zak je door je hoeven.'

'Onzin.' Ze ging bij hem op schoot zitten. Hij kuste haar en begon de knoopjes van haar blouse los te maken.

'Charlie.'

'Mmm...?' Hij nestelde zich tussen haar borsten.

'En als de conducteur nou binnenkomt?'

'Je hebt zulke geweldige borsten.'

'Ik heb ze altijd heel vervelend gevonden.'

'Dat is dom van je. Het zijn de mooiste borsten van de wereld.' Zijn hand verdween onder haar blouse en hij maakte haar beha los. Genot en verlangen werden in haar aangewakkerd en ze haalde haar vingers door zijn zwarte, zijdeachtige haar. Hij mompelde: 'Mooie, mooie Topaz,' en er was iets in zijn gebogen hoofd en het geluk dat in zijn stem klonk, waardoor haar adem stokte en ze tranen achter haar oogleden voelde prikken. Toen stopte de trein op een station en het slaan met deuren en het getik van hakken over de gang waarschuwde haar van zijn knie te glijden en snel haar blouse dicht te maken.

In Bournemouth was het niet eens een echt theater. Het was een kerk in een armoedig gedeelte van de stad met tafeltennistafels in de artiestenfoyer en zitzakken en een paddestoel, die door padvindsters was gemaakt, in de kleedkamer.

'Het beste wat ik kon krijgen, zo laat in het seizoen,' zei Desmond verontschuldigend. 'Maar we halen het publiek wel binnen.'

Dat deden ze niet. De eerste avond waren er dertig mensen, de tweede vijftien. Gelukkig maar, dacht Topaz, toen ze Sylvia met een dubbele tong over het podium zag zwaaien. Toen aan het einde van het stuk het gordijn viel, zuchtte ze van opluchting.

Toen hij van het podium af kwam, gooide Charlie zijn jas uit en trok zijn snor van zijn gezicht. Hij mompelde: 'Ik doe dat stomme mens nog eens iets aan.'

'Ik ga wel met haar praten. Ik zal even koffie voor haar zetten.'

Topaz vond Sylvia in een zitzak met haar hoofd op de paddestoel. 'Zwarte koffie,' zei Topaz. 'En aspirine.'

Sylvia nam zes aspirines in haar hand en slikte ze door met een glas gin. 'Je bent een schat,' zei ze, terwijl ze Topaz op haar wang tikte. Ze keek gedeprimeerd naar de koffie.

'Is het cichorei?'

'Ik ben bang van wel.'

'In de jaren twintig toerde ik door Frankrijk in *Cyrano de Bergerac*. Ik spreek Frans, wist je dat?' Sylvia glimlachte. 'En de koffie daar! Ik kan hem nog ruiken.' Haar gezicht vertrok. 'Die voorstelling maakt niet uit, weet je. Niets maakt nog uit. Er kijkt toch niemand. En die rot-Russen beginnen binnenkort de Derde Wereldoorlog, dus wat maakt zo'n stom toneelstuk dan nog uit?' Ze keek wazig naar Topaz. 'Wist je dat niet? Luister je niet naar de radio? Dat zal wel niet. Je bent verliefd, hè?' Sylvia's stem klonk verbitterd. Ze citeerde de eerste twee regels uit een gedicht van Christopher Marlowe: '"Kom bij me wonen, lieveling, en voel de liefde die 'k bezing..." Maar dat duurt niet lang meer, hoor. Binnenkort worden we allemaal opgeblazen.' Sylvia vormde met haar handen een paddestoelwolk in de lucht. 'En dan zijn we allemaal op slag dood. Mooie, jonge meisjes als jij en oude taarten als ik.'

De krantenkoppen schreeuwden over Stalin en Berlijn. Toen ze op zondag in Hernscombe aankwamen, kocht Topaz een krant. De Russen hadden alle wegen naar de stad afgesloten – waardoor de Britse, Amerikaanse en Franse zones vrijwel geïsoleerd lagen – en trokken het IJzeren Gordijn strak over Europa. De kwetsbare vrede van de naoorlogse jaren leek plotseling twijfelachtig. Er kon niet nog een oorlog uitbreken, dacht ze. Ze stelde zich voor hoe het zou zijn als iedereen weer vertrok. Charlie opgeroepen en weggezonden om te vechten. Net nu ze gelukkig was. Er spookten foto's van Hiroshima en Nagasaki door haar hoofd, zwarte woestenijen van vernieling, en ze beefde.

De volgende dag maakte ze posters en ging de stad in om ze aan bomen en lantaarnpalen te hangen. Ze betaalde twee penny om ze in winkelruiten opgehangen te krijgen. Toen ze de kruidenierswinkel uit kwam lopen, zag ze Will aan de andere kant van de weg staan. Ze riep zijn naam, zwaaide of haar leven ervan afhing en rende naar hem toe.

'Will!' Ze stortte zich in zijn armen.

'Topaz.' Hij keek verward. 'Wat doe jij hier in godsnaam?'

'Ik ben assistent-toneelmeester bij een toneelgezelschap,' zei ze trots. 'Ik wilde je bellen, maar je in levenden lijve zien, is nog veel leuker.'

Hij keek haar aan. 'Heb je het druk?'

Ze zou Pauline helpen met het repareren van de gordijnen van het piepkleine theatertje aan de kust, die door motten waren aangevreten en van hun haakjes vielen. Maar Will zei plotseling: 'Ik zou het heel fijn vinden om even met iemand te kunnen praten,' en iets in zijn stem maakte dat ze zei: 'Ik heb net lunchpauze. Zullen we naar een pub gaan?'

'Nee, geen pub. Daar is het te druk,' zei hij. Hij fronste zijn voorhoofd. 'Zullen we picknicken? Het regent bijna niet meer. We kunnen naar een van de plekjes waar we vroeger heengingen. Een picknick op het strand... dan is het weer even net als vroeger, denk je niet?' Er klonk cynisme in zijn stem.

Ze reden naar een kustinham. Het was gestopt met regenen en toen ze de rots op klommen, scheen de zon over het water. Ze schopten hun schoenen uit en liepen het zand op. Topaz vertelde Will over het theater, de groep acteurs en de afwezigheid van publiek.

Na een tijdje viel het haar op dat hij niet naar haar luisterde. 'Will, wat is er?'

'Niets.'

'Will. Maak je je zorgen over Berlijn?'

Hij keek haar even uitdrukkingsloos aan en zei toen: 'Ik heb er een puinhoop van gemaakt, Topaz.' Zijn stem beefde.

Ze wachtte tot hij verder zou gaan met zijn verhaal. Toen hij dat niet deed, pakte ze zijn hand en zei: 'Hoezo?'

'Dat kan ik niet zeggen.'

'Heeft het met Julia te maken?'

Hij lachte met een raar geluid. 'Nou, dat gaat ook niet echt goed, maar nee, dat is het niet.'

'Is het dan iets met Jack?'

'Die zie ik nauwelijks. We wisselen op familiefeestjes wat beleefdheden uit en verder heb ik geen contact met hem. Maar we hebben geen ruzie.'

'Dan...' Het was haar opgevallen hoe bleek en mager hij was en ze begon zich ineens zorgen te maken. 'Ben je ziek, Will? Is er iets met je hart?'

'Was dat maar waar. Dat zou alles een stuk gemakkelijker maken, een snelle hartaanval. Dan zou alles zijn opgelost.'

'Will.' Ze staarde hem geschokt aan. 'Zulke dingen moet je niet zeggen.'

'Nee?' Toen hij zich naar haar omdraaide, zag ze de paniek in zijn ogen. 'Dat zou ik niet moeten doen. Doen alsof. Dat is hoe het hoort, toch? Doen alsof er niets aan de hand is?' Hij trok zijn hand uit de hare en liep naar het water.

Ze had een onaangenaam gevoel in haar maag. Het was net alsof iemand de rekwisieten van haar hele leven in één keer van tafel had geveegd. Dorset hoorde leuk te zijn. Dorset stond voor vakantie, zon en haar favoriete mensen, de mensen die haar leven leefbaar maakten. Dorset – en ze realiseerde zich dat ze het nog nooit zo helder had gezien – stond voor mensen die van haar hielden, haar accepteerden en haar niet wilden veranderen. Mensen die haar alles gaven wat haar moeder haar niet kon of wilde geven. In Dorset lag haar stukje van een gelukkig gezinsleven, haar stukje van de hemel.

Ze liep naar hem toe en ging naast hem staan. Hij toverde een geforceerde glimlach op zijn gezicht. 'Sorry dat het zo slecht met me gaat. Dat is niet eerlijk, hè, je hierheen lokken en je dan dood vervelen met mijn gejammer.'

Ze zei voorzichtig: 'Wat er ook is, Will, ik zal je niet veroordelen.'

'O, nee? Hoe kun je dat zeggen, als je niet weet wat ik heb gedaan?'

'Omdat ik je ken. Omdat ik weet wat voor soort dingen je zou doen en wat je nooit zou doen.'

Er viel een lange stilte. Ze keek naar het tij, dat zich langzaam aan het terugtrekken was en een laag schuim over de schelpen en gepolijste kiezelstenen achterliet.

Hij zei: 'Ik heb geprobeerd een oplossing te bedenken. Denk je dat als je iets verkeerd hebt gedaan, het beter zou zijn alles maar eerlijk te vertellen – door het stof te kruipen, ook als het vreselijk zal zijn –

eerlijk te zijn, zodat je daarna weer opnieuw kunt beginnen? Of denk je dat het beter zou zijn om maar gewoon door te gaan met wat je doet en maar te hopen dat het uiteindelijk allemaal goedkomt?'

Hij staarde haar aan en wachtte op een antwoord. Zijn blauwe ogen stonden angstig, gejaagd. Ze had het vreselijke gevoel dat er veel te veel van haar antwoord afhing. Ze bedacht zich in een lichte paniek dat ze niet eens zeker wist wat de vraag precies was.

'Ik weet het niet, Will,' zei ze, en toen ze zijn wanhopige zucht hoorde, ging ze snel verder. 'Het enige wat ik weet, is dat ik heel wat verschillende baantjes heb gehad, dat ik er heel vaak een bende van heb gemaakt en dat dat uiteindelijk altijd ontdekt werd. En als ik erop terugkijk, was het misschien beter geweest als ik meteen had toegegeven dat ik niet kon wat ze van me vroegen.'

Hij knikte met een serieuze blik in zijn ogen. Alsof zij het allemaal zo goed wist, bedacht ze zich angstig. Dus zei ze zwakjes: 'Maar dat ben ik. Ik weet niet of dat voor jou ook geldt.'

Hij zag er uitgeput uit. 'Je zegt alleen,' zei hij langzaam, 'wat ik al een hele tijd denk. Ik durf het alleen niet aan mezelf toe te geven.'

Dat maakte haar nog bezorgder. 'Misschien kun je het eerst aan mij vertellen?'

'Dat kan ik niet. Echt, Topaz, dat lukt me niet.' Hij greep haar handen. 'En je mag aan niemand vertellen wat ik vandaag tegen je heb gezegd. Beloof je dat? Vooral niet aan Julia. Beloof het me.'

Ze beloofde het, maar ze voelde zich heel ongemakkelijk. Er leek iets van spanning van hem af te vallen en hij zei: 'Toen ik klein was, dacht ik er soms over om weg te lopen. Zoals dat in de boeken die ik las, gebeurde. Weglopen om scheepsjongen op een piratenschip te worden, dat soort dingen. Dat gebeurde altijd als ik ziek was. Als ik het zat was om Will Chancellor te zijn. Will Chancellor, die altijd in bed lag en alleen achterbleef. Ik denk dat ik gewoon iemand anders wilde zijn.' Hij gooide een kiezelsteen over het water en keek naar de kringen die die maakte. 'Ik heb daar nu weer zo'n vreselijke behoefte aan. Aan weglopen. Opnieuw beginnen. Iemand anders zijn.'

Nadat ze afscheid van Will had genomen in Hernscombe, zat Topaz een tijdje op een bankje op de boulevard. Ze dacht terug aan de uitdrukking in Wills ogen: die beangstigende mengeling van angst en paniek en zijn bevende stem. *Ik heb er een puinhoop van gemaakt, Topaz.*

Ze vroeg zich af wat ze moest doen. Met Julia praten, bedacht ze zich. Maar Will had haar laten beloven dat ze dat niet zou doen. Ze vroeg zich af of het verstandig was zich aan die belofte te houden.

Ze keek op haar horloge en zag dat het bijna vier uur was. Toen ze tussen de dagjesmensen liep, herinnerde ze zichzelf eraan dat het toneelgezelschap de hele week in Hernscombe zou blijven. Ze zou tijd genoeg hebben om nog een keer bij Will langs te gaan om zich ervan te verzekeren dat hij in orde was.

In het theater vond ze Desmond in de artiestenfoyer. 'Sorry dat ik zo laat ben, Desmond,' riep ze.

Hij maakte een vaag gebaar. 'Dat geeft niet, lieve schat.'

'Waar is Charlie?'

Desmond keek even op van zijn administratie. 'Volgens mij staat hij te bellen. Hij heeft een telegram gekregen.'

Charlie stond in het kantoor van het theater. Toen Topaz binnenkwam, legde hij net de hoorn neer. Hij zag er geschrokken en verward uit.

'Charlie?' Ze liep op hem af. 'Wat is er?'

'Er is iets vreselijks gebeurd.' Hij veegde met de rug van zijn hand over zijn voorhoofd.

'Je vader?'

Hij schudde zijn hoofd. 'Helena.' Hij staarde haar met grote ogen aan. 'Ze heeft geprobeerd zelfmoord te plegen, Topaz. Ze heeft haar hoofd in de oven gestoken.'

'O, god, Charlie...'

'Ze leeft nog. Iemand heeft haar op tijd gevonden.' Hij keek boos. 'De politie gaat zich er natuurlijk mee bemoeien. Een poging tot zelfmoord is een misdaad.' Hij pakte haar zo stevig vast, dat ze bijna niet kon ademhalen. 'Ik wist wel dat ze zich belazerd voelde,' mompelde hij. 'Ze voelt zich altijd vreselijk in de zomer.'

'Maar waarom heeft ze het gedaan?'

'Vanwege Donald, natuurlijk,' zei hij vaag. 'Omdat dat hele gedoe weer opnieuw was begonnen.' Hij keek haar aan. 'Wist je dat niet?'

'Nee.' Haar stem klonk hol. Ze dacht aan Helena en aan Will. Het leek een dag te zijn waarop ze ontdekte dat ze niets wist van de mensen die ze als haar intiemste vrienden beschouwde. Domme, naïeve Topaz. Nog steeds buiten de cirkel, nog steeds een buitenstaander.

'Ik kan Donald wel wat doen,' zei Charlie kwaad. 'Hij gaat niet bij Jean weg vanwege het kind, maar hij is ook niet zo netjes om uit de buurt van Helena te blijven, zodat ze opnieuw kan beginnen.'

Ze liepen naar de artiestenfoyer. Charlie zei: 'Ik moet naar Londen, Desmond. Onmiddellijk. Het is een noodgeval.'

'Natuurlijk, beste jongen,' zei Desmond vaag.

'Er kan wel iemand voor me invallen vanavond, toch?'

Desmond keek ontwijkend. 'Er is een klein probleempje met de voorstelling van vanavond. Ik denk dat we moeten afzeggen.'

'Afzeggen?'

'En ik zou niet te veel haast maken met naar Londen gaan.'

'Desmond? Wat is er?'

Desmond legde zijn papieren netjes op een stapeltje. 'Ik ben de copyright-betalingen vergeten...'

'Stomme idioot,' zei Charlie kortaf. 'Dat doe je iedere keer...' Hij greep naar zijn jas. 'Ik bel je wel als ik in Londen ben.' Hij wendde zich tot Topaz. 'Jij gaat toch ook mee?'

Pas toen ze in de trein zaten en van het station wegreden, dacht Topaz ineens aan Will. Op de een of andere manier leken Wills problemen – wat ze dan ook mochten zijn – te verbleken naast de gruwelijkheid van Helena's zelfmoordpoging. Ze bedacht hoe breekbaar geluk was.

Het was druk in de trein en ze konden alleen tegenover elkaar zitten. Ze legde haar voet tegen die van Charlie. Hij keek haar aan en glimlachte. Ze zakte gerustgesteld onderuit op haar zitplaats en liet de trein haar naar Londen terugbrengen.

Die avond belde Will Rick. Hij pakte zijn visitekaartje uit de la en vroeg, voor hij tijd had zich te bedenken, de telefoniste het nummer te bellen. De telefoon ging vreselijk lang over en hij wist niet of hij teleurgesteld of blij was dat er niemand opnam. Toen zei een stem aan de andere kant van de lijn: 'Hallo?'

'Rick?'

'Ik zal hem even halen. Met wie spreek ik?'

'Will Chancellor.'

Hij wilde dat hij voor het bellen een borrel had genomen. Hij zat op de rand van zijn bureau en draaide de telefoondraad om zijn vingers.

'Will?' Ricks stem. 'Wat kan ik voor je doen?'

'Ik moet met je praten, Rick.'

'Zeg het maar.'

'Het gaat over die pakjes.' Will had een vreselijk droge mond. 'Ik wil niet dat je die hier achterlaat.' De telefoonlijn zat in de knoop. 'Ik heb er genoeg van.'

Er viel een stilte. Toen zei Rick: 'Probeer je te zeggen dat je onze samenwerking wilt beëindigen?'

'Ja.' Een kort gevoel van opluchting: Rick begreep wat hij bedoelde.

'Maar we hebben een afspraak, Will.'

Het viel Will op dat Rick een hardere toon in zijn stem kreeg. 'Ik wil er niets meer mee te maken hebben. Ik heb een van die pakjes opengemaakt. Ik weet niet wat je met al dat geld doet, Rick, en dat wil ik ook niet weten, maar ik wil er niets mee te maken hebben.'

'Zo gemakkelijk is dat niet, Will.'

Hij voelde zich onverwacht kalm. Hij nam tenminste weer zelf de controle over zijn leven en deed eindelijk wat hij maanden geleden al had moeten doen. 'Als je hier nog eens een pakje achterlaat, ga ik ermee naar de politie.'

'O.' Er viel een lange stilte. Toen zei Rick: 'Ik zal eens nadenken over je voorstel, Will.' Toen werd de verbinding verbroken.

De volgende avond was Will nog laat in de garage aan het werk, toen hij een auto het erf hoorde oprijden. Hij was alleen; Brian was naar huis en Will was er nog om op te ruimen en zijn administratie te doen. Gedurende de vierentwintig uur die sinds zijn telefoongesprek met Rick voorbijgegaan waren, was hij zich kalm blijven voelen. Voor het eerst in maanden had hij geen hekel aan zichzelf. Hij wist dat hij eindelijk een goede beslissing had genomen. Hij begon weer controle over zijn leven te krijgen.

Hij deed de deur van zijn kantoortje open en keek naar buiten. Er stapte een man uit de geparkeerde auto. Will wilde net naar de benzinepomp lopen, toen hij Gene herkende. Zijn hart begon sneller te kloppen en hij voelde het zweet in zijn handen staan. Rick nam hem niet serieus, bedacht hij zich. Maar hij zag dat Gene niets bij zich had. Er waren geen pakjes verborgen op zijn kleine, slanke lichaam.

Met moeite kreeg hij de woorden uit zijn strot: 'Wat kom je doen?'

'Ik heb een boodschap van Rick,' zei Gene.

'Een boodschap?' herhaalde Will niet-begrijpend.

Een glimlach. Toen gaf Gene hem een enorme dreun. Zijn bril viel op de grond. Hij hoorde het glas breken en zag toen alleen nog maar heldere, witte lichtjes, als sterren.

10

Iedere keer gingen ze een stukje verder, kropen ze dichter naar de afgrond. Ze zat achter in de Bentley in Jacks armen. Hij kuste haar in haar hals en streelde haar borsten. Ze had haar ogen dicht en voelde zich slaperig door de warmte in de auto, lethargisch van genot en verlangen. Haar ledematen voelden zwaar, haar spieren waren los en soepel. Zijn vingertoppen streelden de binnenkant van haar dij. Toen hij dat plekje tussen haar benen aanraakte, voelde ze een elektrische schok door haar lichaam gaan en ze had er moeite mee hem weg te duwen.

'Jack, niet doen,' zei ze, zoals ze al ontelbare keren eerder had gezegd. 'Dat mag niet.'

En hij zei, zoals altijd: 'Wil je het niet?' Zijn handen gleden weer langzaam over haar dij naar boven. En haar vastberadenheid was op slag verdwenen.

Toen voelde ze hem verstarren. 'Daar heb je die idioot van een Nat Crabtree,' fluisterde hij. 'Hij laat zijn hond uit. Hou je hoofd naar beneden.'

Zijn vingers duwden op haar nek. Julia lag tegen het versleten leer van de achterbank. Ze zag zichzelf ineens helder, ze realiseerde zich ineens in wat voor situatie ze zichzelf had gemanoeuvreerd. En ze haatte zichzelf. Ze haatte de schande die ze uitlokte en het onophoudelijke gevoel dat het verkeerd was wat ze deed.

Nat Crabtree liep zonder hen gezien te hebben een pad in. Toen hij weg was, knoopte Julia haar jurk dicht en stapte uit de auto. Toen ze naar huis reed, deed haar lichaam pijn van frustratie en verlangen. Soms had ze het gevoel dat de herinnering aan haar samenzijn met Jack net zo heerlijk was als het samenzijn zelf. Op een bepaalde manier was het zelfs nog prettiger, omdat ze zich dan geen zorgen hoefde te maken betrapt te worden; bovendien voelde ze dan dat hevige schuldgevoel niet.

Thuis aangekomen had ze nog net tijd om een borstel door haar haar te halen, toen ze voetstappen hoorde. Toen ze de deur hoorde opengaan, riep ze een groet naar Will. Een groet die op haar lippen bleef hangen toen ze zijn gezwollen, paarse gezicht zag.

Hij zei: 'Sorry. Ik wilde je niet laten schrikken.' Hij ging aan tafel zitten. Zijn gebarsten lip deed pijn. Ze zag dat hij probeerde te glimlachen. 'Ik heb een ongelukje gehad,' zei hij. 'De brug kwam naar beneden.'

Ze stelde zich het gewicht van een auto voor die naar beneden kwam denderen. Terwijl zij met Jack in de auto had gelegen. Ze zei: 'Ben je naar de dokter geweest?'

'Dat hoeft niet. Ik ben alleen een beetje beurs.'

'Misschien heb je wel iets gebroken.'

'Dat denk ik niet.'

'Dat moet je toch zeker weten. Ik zal even gaan...'

'Alsjeblieft, Julia...' zei hij zacht. 'Ga alsjeblieft niet weg. Laat me niet alleen.'

De woorden sneden door het gevoel van verrukking dat ze altijd had nadat ze met Jack was geweest. 'Ik zal even theezetten,' zei ze. Schuldgevoel maakte haar druk en hulpvaardig. 'Kom, dan knappen we je een beetje op.' Ze knielde voor het gootsteenkastje, op zoek naar pleisters en arnica.

Will zei plotseling: 'Ik ben de laatste tijd niet bepaald een goede echtgenoot, hè?' Het leek net of haar hart even stilstond.

'Onzin, Will. Dat moet je niet zeggen.' Wat klonk ze gemaakt opgewekt. Ze leek wel een gymnastiekjuf.

'Ik ben altijd bang geweest,' zei hij langzaam, 'dat je alleen maar met me bent getrouwd omdat je Jack niet kon krijgen.'

Ze staarde in de kast, maar zag niets. Ze kon het beeld van haarzelf met Jack achter in de auto niet uit haar hoofd krijgen.

Will zei op dezelfde lage, intonatieloze toon: 'Ik dacht dat ik het zou kunnen compenseren. Maar dat is me niet gelukt, hè?'

Had hij iets gehoord? Had iemand haar met Jack gezien en dat aan Will verteld? Wat moest ze zeggen als hij haar ermee zou confronteren? *Ik hou niet van je, Will. Ik hou van Jack.* Maar was dat eigenlijk wel waar? Als ze niet van Will hield, waarom deed het haar dan zo vreselijk veel pijn hem zo te zien?

Toen ze een kop thee voor hem op tafel zette, greep hij haar hand. 'Ik wilde alles perfect voor je maken,' mompelde hij. 'Ik wilde je alles geven wat je hartje maar begeerde. Ik wilde mooie dingen voor je kopen.'

Ze toverde een glimlach op haar gezicht. 'Je hebt me die mooie kousen gegeven. En die heerlijke parfum...'

'Die parfum...' herhaalde hij. 'O, god...'

Zijn rechteroog was bijna helemaal dicht. 'Het had kunnen werken, toch?' mompelde hij. 'Als geld geen probleem was geweest. Als we het niet zo godvergeten krap hadden gehad.' Zijn woorden waren vanwege zijn dikke lip moeilijk te verstaan. Hij klonk afwezig, alsof hij ergens over zat te piekeren.

Ze glimlachte zwakjes. 'Je weet toch dat ik het niet erg vind om weinig geld te hebben?'

Hij staarde haar vertwijfeld aan. 'Je begrijpt het niet, Julia.'

Hij legde haar hand op zijn gezicht. 'Het spijt me zo. Het spijt me zo, dat ik je heb teleurgesteld.'

'Zeg dat nou niet, Will. Dat hoeft echt niet.' Haar stem beefde. Het begon tot haar door te dringen dat ze een fout had gemaakt. Een vreselijke fout. Ze dacht aan de cadeaus die hij haar had gegeven en de lange avonden die hij had gewerkt. Was het mogelijk dat Wills humeurigheid en afstandelijkheid met iets anders te maken hadden dan ze steeds had aangenomen? Als dat zo was, veranderde dat alles.

Ze had een zwaar gevoel rond haar hart, een naar voorgevoel. 'Je dacht toch niet dat ik het erg vond, Will? Dat we weinig geld hebben?'

'Ik vond het erg,' zei hij kwaad. 'Toen we trouwden, toen ik met de garage begon, dacht ik: dit is het, dit is hoe ik iedereen kan laten zien dat ik wel wat in mijn mars heb. Dat ik net zo hard kan werken als ieder ander.' Hij lachte cynisch. 'Dat ik niet voor Jack onderdoe.'

'Het was geen wedstrijd, Will.'

'Nee? Zo voelde het anders wel,' zei hij verbitterd. 'Een wedstrijd die ik steeds verloor. Wat ik ook deed, Jack deed alles eerder, beter en sneller.'

'Ik wist niet dat je je zo voelde.'

'Nee? Wat onoplettend van je, Julia.'

Ze trok haar hand terug alsof ze was gebeten door een insect. Hij kreunde. 'Sorry. Wat brutaal van me dat ik je bekritiseer.'

'Will!' Ze kon er niet meer tegen. 'Zeg dat nou niet! Ik ben ook niet perfect, hoor!'

'Dat ben je wel,' zei hij serieus. 'Voor mij ben je altijd perfect geweest, Julia.'

Ze draaide zich om. Ze had het allemaal verkeerd begrepen, realiseerde ze zich. Ze had alles rampzalig verkeerd begrepen.

Hij stond op en sloeg zijn armen om haar heen. 'Je hoeft je niet naar te voelen,' zei hij. 'Het is allemaal mijn schuld. Niet de jouwe.'

Ze draaide zich wild om en duwde haar gezicht tegen zijn schouder. Ze streelde hem en fluisterde geruststellende woorden. Na een tijdje begonnen zijn handen hetzelfde pad te volgen dat Jack nog maar een paar uur eerder had gevolgd. De twee broers smolten samen: donker en blond, zon en maan. Als ze haar ogen sloot, kon ze zich voorstellen dat het Jack was die haar streelde. Verlangen, dat de afgelopen maanden zo vaak onderdrukt en gefrustreerd was, wakkerde gemakkelijk aan.

'Ik zou het je niet kwalijk nemen,' fluisterde hij, 'als je niet met me verder zou willen.'

Haar ogen schoten open. Ze moest het weten. Ze moest het vragen. 'Is dat wat je wilt, Will?'

'Nee.' Hij haalde zijn vingers door haar haar en was even stil, gehypnotiseerd door lokken kastanjebruin haar. Toen zei hij: 'Grote god, nee.'

Er prikten tranen achter haar oogleden. Nog niet, zei ze tegen zichzelf. Nog even wachten. En dan breek ik zijn hart.

Dus knoopte ze haar jurk los en liet hem als een blauwe zee op de grond vallen. Ze haakte haar beha los en stapte uit haar slipje. Snel daarna zag ze hoe hij ervan genoot dat zij het uitschreeuwde toen hij tot zijn hoogtepunt kwam.

Rick kwam de volgende middag naar de garage. Toen hij vanuit de werkplaats de Lancia het erf zag oprijden, rechtte Will zijn rug en veegde zijn handen, die vies waren van de olie, aan zijn overall af. Hij voelde even de behoefte weg te rennen, maar onderdrukte die neiging. Hij wist dat het toch geen zin zou hebben.

Toen hij de deur van het kantoortje achter zich had dichtgedaan, zei Rick: ' Ik kom mijn excuses aanbieden. Gene is af en toe een beetje te enthousiast.'

Zonder het bewust te willen, legde Will een hand tegen zijn gezicht. 'Ik heb wat spulletjes voor je meegenomen.' Rick deed een aktetas open. 'Even goede vrienden, oké?'

Will staarde naar de fles whisky, de pakjes sigaretten en de kousen. Rick bood hem de sigaretten aan. Toen Will er een uit een pakje trok, beefden zijn handen.

Rick gaf hem een vuurtje. 'Het probleem is, Will, dat we een afspraak hadden. Ik heb jou uit de brand geholpen, dus nu help je mij. Zo werkt mijn bedrijf.'

Will fluisterde: 'Ik dacht dat het voorbij was,' en Rick schudde zijn hoofd.

'Nee. Bij lange na niet.'

'Maar ik ben bang.' Hij had de woorden uitgesproken voor hij ze had kunnen overwegen: woorden van een kind, woorden waarmee hij zichzelf vernederde.

'Dat weet ik, Will.' Rick ging op een hoekje van het bureau zitten. 'Laat ik je iets over mezelf vertellen. Ik wil je graag vertellen hoe ik mijn bedrijf heb opgezet. Ik kom uit Londen. Uit de arbeidersbuurt. Mijn pa is hem gesmeerd toen ik een kleine jongen was. Ik weet niet eens meer hoe hij eruitzag. Ik ben niet lang naar school geweest. Ik was een brutaal joch en dacht dat ik niets kon leren uit een boek. Ik was echt een straatschoffie en leefde van dag tot dag, als je begrijpt wat ik bedoel.' Rick keek Will aan met zijn scherpe, donkere ogen. 'Dat zul je wel niet. Voor jou is het natuurlijk heel anders geweest.'

Er klonk iets van minachting in Ricks stem. Will zei, ondanks zijn hoofdpijn en angst: 'Ik kom niet uit een rijkeluisgezin, als je dat bedoelt. Ik heb het ook niet altijd gemakkelijk gehad.'

'Dat zal dan wel, Will. In ieder geval: de oorlog brak uit en ik werd opgeroepen. Ik wist binnen een paar weken dat het legerleven niets voor mij was. Dus ben ik eruit gestapt.

'Ben je gedeserteerd?'

Rick schudde zijn hoofd. 'Oneervol ontslagen. Wegens onbetamelijk gedrag.' Hij begon te lachen. 'Kijk niet zo geschokt. Je moet wat.' Hij maakte zijn sigaret uit. 'Dus ben ik voor mezelf begonnen. De oorlogstijd was een goede tijd voor me. Ik zag wel dat de oorlog genoeg mogelijkheden bood om geld te verdienen. Mensen betalen veel geld om te krijgen wat ze willen. Ik heb eerst wat gescharreld: ik heb groenten en fruit verkocht op de markt van Romford en in Petticoat Lane. Toen kon ik benzinebonnen krijgen. Ik hoefde er niets voor te doen. Ik heb er een leuk zakcentje mee verdiend, dus ben ik in Warren Street een garage begonnen. En toen de yankees kwamen, kon ik een mooie regeling treffen. Een kist whisky uit hun belastingvrije winkel. Sigaretten. Kousen. Dat soort dingen. En na D-day... nou, toen was er ineens een heel nieuwe markt. Al die stumpers in Europa die hun hele hebben en houwen verkochten voor een brood of wat kolen om hun kroost warm te houden. En iedereen hier wilde zo graag een fles champagne of wat parfum kopen, dat niemand vroeg waar het vandaan kwam.'

Will dacht aan het pakje. 'En het geld?'

'Je kunt niet naar het buitenland zonder buitenlands geld, hè? En tegenwoordig mag je niet meer dan een paar frank op zak hebben. Volslagen idioot, natuurlijk, mensen hebben nog net zo veel behoefte aan vakantie als vroeger. Maar ik heb het er goed van.' Rick glimlachte. 'Ik zie het als dienstverlening, ik voorzie mensen van wat ze nodig hebben. Je zou verbaasd staan wie er allemaal naar me toe komt voor wat buitenlands geld, Will. Lady Huppeldepup en lord Die-en-die... artsen, advocaten, zakenmensen.' Ricks stem klonk nu openlijk neerbuigend. 'Ze zijn allemaal van mij afhankelijk voor hun weekje in de zon.'

Hij liep naar het raam en zei met zijn rug naar Will: 'Voor de oorlog zou dat soort mensen op me hebben neergekeken. Die lui zouden me geen blik waardig hebben gekeurd. Maar nu hebben ze me nodig. Zij komen naar mij. De tijden veranderen, hè, Will? Nu zijn de rollen omgedraaid. Ik draag duurdere kleren dan zij en rij in een betere auto. Nog even en ik woon in een groter huis dan zij. Ik ga in het buitenland op vakantie en logeer in de beste hotels. En als ik trouw, kunnen mijn kinderen naar een chique school. Nog een paar jaar en ik woon helemaal in hun wereld.' Hij draaide zich wild om en Will zag dat zijn ogen straalden, hongerig, intelligent en amoreel.

'Dat soort mensen heeft het niet langer voor het zeggen,' zei hij. Hij maakte een afwijzend gebaar. 'Jouw soort, Will. Je moet het niet persoonlijk opvatten, hoor. Ik vind je een aardige vent. Maar je hebt niet in je wat nodig is om het tegenwoordig te maken.' Hij pakte nog een sigaret en tikte ermee tegen het pakje. 'Ik ben aan het uitbreiden,' zei hij op vertrouwelijke toon. 'Wat ik er nu bij doe, levert meer op dan benzinebonnen en whisky. Daarom ben ik naar je toe gekomen. Dit is veel lucratiever.'

Will fluisterde: 'Waar heb je het over?'

'Er is in Europa de laatste tijd veel te krijgen. Schilderijen... juwelen... oude boeken en beelden. Daar zit het geld. De nazi's hebben de kunstgalerieën en privé-collecties leeggeroofd. En ze hebben alles verkocht toen het er slecht voor hen uit begon te zien. Het is ongelooflijk wat je kunt krijgen als je weet waar je moet zoeken. En daar ligt jouw rol, Will.'

'Ik begrijp niet...'

'Ik kan mijn handeltje niet meer laten overvliegen. Dat hebben ze in de gaten. Ze controleren tegenwoordig de vliegtuigen. Maar met de boot is het geen enkel probleem, er zijn genoeg boten, en genoeg mensen die wel een paar pond extra willen verdienen door heen en weer te varen. Maar je moet een leuk plekje hebben om aan wal te gaan. Er zijn hier in de buurt genoeg leuke plekjes, Will. Mooie inhammen en riviermonden. Je neef Maurice heeft me een rondleiding gegeven. Ik heb tegen hem gezegd dat ik erover denk hier een vakantiehuisje te kopen.' Ricks mond stond half open, zodat zijn lange, een beetje puntige tanden te zien waren. 'Misschien doe ik dat ook wel. Ik zie mezelf wel als plattelandsbewoner. In ieder geval, je begrijpt wel wat ik bedoel. Mijn vrienden in de bezettende legers kunnen in het buitenland aan schilderijen en hebbedingetjes komen. Ze komen ermee hierheen. En komen dan naar jou.'

'Dus je wilt mijn garage gebruiken...' zei Will langzaam, 'om je gestolen waar op te slaan? Als een soort... postkantoor?'

Rick keek gepijnigd. 'Het is geen gestolen waar, Will. Ik betaal er een eerlijke prijs voor.'

'Is dat zo?' Hij keek naar Rick; hij zag er verzorgd uit, goed doorvoed, zelfverzekerd. Hij dacht aan de foto's die hij in de krant had gezien. De hongerige, in vodden geklede vrouwen en kinderen die in Berlijn in de ruïnes op zoek waren naar iets van waarde.

'Het is hier lekker rustig en afgelegen,' zei Rick, terwijl hij om zich heen keek. 'Buiten het zicht van gluurders. Een paar van mijn opslagplaatsen in Londen beginnen een tikje onveilig te voelen, als je begrijpt wat ik bedoel. Ik moet wat spullen verhuizen.'

Wills hoofd bonsde. De vorige avond, nadat hij met Julia had gevreeën, had hij heel even geloofd dat wonderen toch bestonden. Dat er toch nog een uitweg was.

Hij moest weten of hij zich had vergist. Hij dwong zichzelf te vragen: 'Hoe lang? Weken? Maanden?'

'Laten we daar maar geen afspraken over maken,' zei Rick opgewekt. 'Laten we het maar een contract met een open einde noemen.'

'Maar ik moet het weten.' Hij voelde zich alsof hij aan het koorddansen was. Eén blik naar beneden en hij zou in de afgrond vallen. 'Ik moet weten of het ooit nog ophoudt.'

'Het gaat door zolang ik je nodig heb, Will.' Ricks stem klonk ineens koud. Hij pakte een pakje uit zijn aktetas. 'Ik wil dat je hier oppast voor me. Het is iets heel speciaals. Zie het maar als een kleine test. Om jezelf aan me te bewijzen. Ik wil niet dat ik Gene nog eens hiernaartoe moet sturen. Opvliegend type, die Gene. Hij gaat me iets te gemakkelijk over grenzen.' Rick legde het pakje op tafel. 'Zorg er maar goed voor. Het wordt over een paar dagen opgehaald.'

Halverwege naar de deur bleef Rick even staan. 'O, en geen dreigementen met de politie meer, hè, Will? Je zit er tot over je oren in, weet je. Verkoop van vervalste benzinebonnen... handel in gestolen waar. Als je gaat klikken, zorg ik dat de politie er precies achterkomt in hoeverre je erbij betrokken bent. De rechters zijn vaak strenger tegen mensen uit rijkere families. Als je gaat klikken, ga je gegarandeerd de gevangenis in. Denk maar eens rustig na over wat je je familie daarmee zou aandoen. De schande. Denk maar eens na over wat het met dat mooie vrouwtje van je zou doen, helemaal alleen, terwijl jij zit opgesloten. Ik heb een paar jaar geleden een halfjaar gezeten. De gevangenis is geen lolletje, dat kan ik je wel vertellen. Je zou het niet overleven. Jouw soort mensen kan dat leven helemaal niet aan.'

Hij liep het kantoortje uit. Zweet sijpelde van Wills gezicht en zijn adem was onregelmatig. Hij ging zitten en legde zijn hoofd in zijn handen. Zijn hele lichaam beefde.

Jacks cottage lag een klein stukje verwijderd van Carries huis en stond in de holte aan de voet van een heuvel. Julia zette haar fiets achter een heg en liep over de velden. Halverwege naar de cottage bleef ze in de schaduw van wat bosjes even staan en keek omhoog. Sixfields tekende zich donker en monolithisch af tegen de hemel. Julia vond dat het huis iets onprettigs had, iets bedreigends zelfs.

Jack liet de achterdeur altijd open, dus liep ze naar binnen. Hij was nog niet thuis en de hond kwam op haar aflopen om haar te begroeten. Ze bukte en begroef haar gezicht in Cons zijdeachtige vacht, blij met de stilte en de gelegenheid even tot zichzelf te kunnen komen. Ze had de afgelopen nacht weinig geslapen en was een paar keer wakker geschrokken na onrustige dromen. In de vroege uurtjes van de morgen had ze wakker gelegen, nog steeds gevangen in Wills omhelzing, kijkend hoe de duisternis langzaam in grijs veranderde. Er verschenen nu wolken aan de hemel, die soms voor de zon schoven.

Ze hoorde Jacks voetstappen op het pad en verstarde. Ze sloeg haar handen ineen.

'Lieverd,' zei hij en omhelsde haar. 'Ik ben zo snel mogelijk gekomen.'

'Ik kan niet lang blijven, Jack.' Ze maakte zich van hem los. 'We moeten praten.'

Hij keek een beetje bezorgd, maar zei luchtigjes: 'Over iets in het bijzonder?'

'We kunnen elkaar niet meer zien.' Het leek net of de woorden uit haar mond werden gekatapulteerd, dacht ze.

'Ik begrijp het niet.'

'Het is heel eenvoudig, Jack. Ik wil je niet meer zien.'

Hij balde zijn vuisten. Alleen die ene, kleine beweging. Hij had altijd al een talent gehad voor onbeweeglijkheid.

'Waarom niet?'

'Omdat het verkeerd is.'

'Daar hebben we het al over gehad.' Zijn toon werd geruststellend, sussend. 'Je bent gewoon een beetje nerveus, lieverd.'

'Ik ben niet nerveus.' Hoewel ze al de hele dag misselijk was.

'Julia, schat...'

'Is dit wat je wilt, Jack?' schreeuwde ze. 'Stiekeme ontmoetingen? Een uurtje als niemand het ziet? Heb je enig idee hoe ik me voel als ik mijn fiets achter de heg verstop of achter in je auto kruip?'

Hij keek van haar weg. Toen zei hij: 'Je zegt dat je een hekel hebt aan bedrog. Nou, laten we de boel dan niet meer bedriegen. Laten we dan de waarheid vertellen.'

'De waarheid vertellen,' herhaalde ze. 'Aan Will vertellen... aan mijn moeder en je ouders vertellen...'

'Waarom niet?'

'Denk eens na, Jack. Denk eens aan wat de mensen zouden zeggen. Ik bedoel, de vrouw van je broer begeren... dat is zo'n beetje het ergste wat je kunt doen, toch? Wat denk je dat we onze familie zouden aandoen? Onze moeders?'

'Die zouden zich er uiteindelijk wel bij neerleggen.' Maar hij klonk niet overtuigd.

'Nee.' Ze schudde haar hoofd. 'Nee, dat zouden ze niet. Het zou ze verscheuren. En ik denk niet dat ik dat op mijn geweten wil hebben. Ik zou er niet tegen kunnen als iedereen van wie ik hou, slecht over me zou denken. En wat betreft Will... Will zou kapotgaan als ik hem voor jou zou verlaten. Wil je hem dat echt aandoen?'

Na een tijdje schudde hij bijna onzichtbaar zijn hoofd. Met droge ogen, de tranen voorbij, staarde Julia naar buiten over de goudkleurige velden. In de verte, aan de voet van de vallei, glinsterde de zee, die de ondergaande zon ving. Ze zei uitdrukkingsloos: 'Ik heb me gisteravond gerealiseerd dat ik een vreselijke fout heb gemaakt. Ik dacht dat Will niet meer van me hield. Maar dat is niet zo.'

Hij draaide zich wild om. 'En jij? Hou jij van hem?'

Ze staarde naar de grond. 'Ik denk het wel. Op mijn eigen manier.'

'Dat is niet de manier waarop het hoort.'

'En weet jij hoe het wel hoort, Jack?'

Hij maakte een klein handgebaar. 'Ik ben sinds je huwelijk niet bepaald celibatair geweest.'

Ze keek van hem weg. 'Dat wil ik niet weten.'

'Nee? Dat is dan jammer. Waar het om gaat, is dat ze me allemaal niets deden. O, ik heb ervan genoten, hoor, dat ontken ik niet. Maar bij elke vrouw kwam ik er weer achter hoeveel ik van jou hou. Na een tijdje begon ik een hekel aan ze te krijgen, omdat ze jou niet waren.' Hij was even stil en zei toen rustig: 'Ik heb nog nooit zoveel van iemand gehouden als ik van jou hou, Julia. En ik weet niet of dat überhaupt mogelijk is.'

'Onzin,' fluisterde ze. 'Je komt heus wel iemand tegen. Je bent nog jong.'

Hij schudde zijn hoofd. 'Ik word niet gemakkelijk verliefd. Ik vertrouw mensen niet snel. En je moet iemand vertrouwen om van hem te kunnen houden. Ik denk dat ik mijn hele leven van nog geen handjevol mensen heb gehouden. Niet echt van ze heb gehouden. Maar ik hou wel van jou, Julia. En als je bij me weggaat, zal ik niet gewoon mijn schouders ophalen en een ander zoeken. Als je me nu zou verlaten, zou dat nog erger zijn dan de eerste keer, toen je met Will trouwde. Omdat ik dan weet, wat ik mis. Omdat ik nu weet hoe het zou kunnen zijn.'

Ze kreunde: 'Jack, je maakt het onmogelijk... ondraaglijk.'

Ze zag heel even iets onzekers in zijn houding, het was een zeldzaam moment van gelijkenis met zijn jongere broer. Hij zei langzaam: 'Ik zie het zo: ik weet dat ik een fout heb gemaakt. Dat weet ik al heel lang. Ik heb Sixfields boven jou verkozen en dat had ik niet moeten doen. En ik denk dat jij ook een fout hebt gemaakt, Julia. Ik denk dat jij met Will bent getrouwd omdat je overstuur was, omdat Marius met Suzanne was getrouwd en ik je had afgewezen. En toen kwam Will met een pasklare oplossing. Is dat niet ongeveer hoe het is gegaan?'

Er sprongen tranen in haar ogen. 'Als dat al zo is... verandert het toch niets, hè?'

'Waarom zouden we de rest van ons leven voor onze fouten moeten boeten? Die prijs lijkt me onredelijk hoog.'

'Wat moeten we anders?'

'Er is altijd een andere oplossing.' Hij haalde zijn schouders op. 'We zouden bijvoorbeeld door kunnen gaan zoals we het deden.'

'Ja? En hoe lang denk je dat het duurt voordat we dat kleine stapje verder gaan? En hoe lang denk je dat het duurt voordat iemand erachter komt? Want dat gebeurt. Dat garandeer ik je. Het is zo'n kleine wereld. Iedereen weet alles van iedereen. Iedereen kent ons. Vroeg of laat ziet iemand ons.'

'Maar als we voorzichtig zijn...'

'We zouden een keer een fout maken, Jack. Dat kan niet anders. Of we worden ongelukkig.' Haar stem klonk vlak en emotieloos.

'We kunnen ook weggaan,' zei hij. 'Ergens opnieuw beginnen.'

Ze stelde het zich even voor: Jack en zij, eindelijk samen, openlijk en vrij. Ze zouden eindelijk echt van elkaar kunnen houden. Maar toen werd de droom alweer verstoord en zei ze langzaam: 'Dan zou je Sixfields nooit meer zien, Jack.'

'Dat kan me niet schelen.'

'Je hebt niet veel passies, Jack. Dat heb je zelf gezegd. Maar Sixfields is er een van, toch? En zelfs als jij het niet erg zou vinden nooit meer thuis te komen, ik weet niet of ik ertegen zou kunnen in ballingschap te leven. Hoe lang denk je dat het zou duren voor we elkaar zouden gaan haten?'

'Ik zou je nooit kunnen haten.'

De woorden galmden door de kamer. Er viel een stilte en ze draaide haar trouwring rond haar vinger. Toen Jack zei: 'Sta je dan nooit stil bij ónze behoeften?', hoorde ze de wanhoop in zijn stem.

Ze probeerde te glimlachen. 'Er is gewoon geen goede oplossing, hoe je het ook wendt of keert. Als ik je blijf zien, word ik ongelukkig, omdat ik dan weet dat ik iets doe wat vreselijk verkeerd is. En als ik je niet meer zie, nou... ik weet eerlijk gezegd niet of ik dat zou aankunnen.'

Hij liep naar haar toe en pakte haar hoofd tussen zijn handen. 'Ik zou nooit willen dat je ongelukkig was.'

'Laat me dan gaan. Laat me gaan, wees niet boos op me en niet verbitterd. En beloof me dat je zult proberen gelukkig te zijn. Misschien dat het me dan lukt. Laat me gaan, lieve Jack.'

'Dat kun je niet van me vragen.' Hij keek wanhopig. 'Vraag dat alsjeblieft niet van me.'

Ze stond op haar tenen en kuste hem zacht op zijn lippen. Toen liet ze haar hoofd vooroverzakken en legde het tegen zijn schouder.

Will stuurde Brian vroeg naar huis en sloot de garage af.

Hij was op een punt aangekomen waarop alleen nadenken hem al in een neergaande spiraal van paniek wierp. Hij was gevangen in een enorme doolhof, waaruit geen uitweg was. Hij kon niet naar de politie, want dan moest hij zijn eigen schuld toegeven. Hij stelde zich de schande voor zijn familie voor, hoe iedereen hem zou afwijzen. Hij zag zichzelf in de rechtbank, omringd door politieagenten, luisterend naar het oordeel van de rechter. Hij stelde zich voor hoe het in de gevangenis zou zijn. Opgesloten in een kleine, koude, troosteloze cel, samen met een gespierde vent die hem voor de lol in elkaar zou slaan. Hij vermoedde dat Rick gelijk had en dat hij de gevangenis waarschijnlijk eenvoudigweg niet zou overleven.

Maar de gedachte tot in het oneindige voor Rick te blijven werken, was ondraaglijk. Een combinatie van chantage en fysieke mishandeling betekende dat hij de controle over zijn eigen leven totaal kwijt was. Rick zou nog wel maanden, jaren om zijn gunsten kunnen blijven vragen. Er was geen enkele garantie dat het zou ophouden bij de verkoop van vervalste benzinebonnen en het verhandelen van gestolen waar. Rick zou van hem kunnen eisen dat hij nog vreselijker misdaden beging. Wapensmokkel, drugshandel, afpersing... Zelfs moord. Hij werd dieper en dieper in een draaikolk gezogen. Hij was aan het verdrinken.

Wills hoofd en elk botje in zijn gezicht deden pijn en herinnerden hem aan het sadistische, efficiënte doel van Genes vuisten en laarzen. Hij liep de garage uit en reed doelloos over de kronkelweggetjes, bijziend door de voorruit turend, doordat Gene zijn bril had vernield. Toen dacht hij aan Topaz.

Hij reed naar Hernscombe Road. Hij besloot dat hij haar alles zou vertellen... geen uitvluchten en halve waarheden meer. Hij had haar meteen de waarheid moeten vertellen. Hij had de waarheid maanden geleden aan iemand moeten vertellen.

Hij parkeerde zijn auto in de buurt van de haven en liep langs het strand. Een paar straaltjes zonlicht schenen tussen de wolken door en zonlicht maakte het oppervlak van de zee koperkleurig. Toen hij bij het theater aankwam, zag hij dat het dicht was. Op de poster stond met dikke, zwarte letters geschreven: GEANNULEERD. Hij stond op de stoep en vroeg zich af wat hij moest doen. Er liepen vakantiegangers op het strand, die de laatste zonnestralen nog wilden meepakken. Dagjesmensen haastten zich over de boulevard op weg naar hun trein of bus.

Opgesloten in de benauwde, metaalachtige lucht van een telefooncel, belde hij naar het appartement van de familie Brooke in Londen, maar Veronica wist niet waar Topaz was. Will legde de telefoon neer en staarde over de zee. Hij stelde zich voor hoe het zou zijn als hij een vissersboot zou pakken en zou wegvaren. Als hij zou doorvaren, tot er alleen maar water en lucht was, tot de kiel van zijn boot een onbekende kust zou raken.

Er tikte iemand tegen het glas en hij stommelde excuses mompelend de telefooncel uit. Hij liep langs de havendam, die beschutting gaf aan de haven, en hield zijn hand boven zijn ogen om ze te beschermen tegen het felle zonlicht. Hij ging vlak bij waar de zee tegen de stenen muur sloeg, op een omgekeerde kreeftenfuik zitten en pakte zijn sigaretten en zijn aansteker. Hij kon niet zomaar vluchten, dat kon hij Julia niet aandoen. Gisteravond, nadat hij met Julia had gevreeën en zich onverwacht optimistisch had gevoeld, had hij even gedacht dat hij wel een oplossing voor zijn problemen zou kunnen bedenken. Maar na Ricks bezoekje was er niets overgebleven van zijn optimisme.

Hij zag hoe een opeenvolging van op zich onschuldig lijkende stapjes hem de afgrond in had gesleurd. Zijn eerste fout was geweest een garage van Maurice te huren. De garage was nooit het buitenkansje geweest dat Maurice had gezegd. Afgelegen en uit de tijd, had hij vanaf de eerste dag niet anders gekund dan verlies lijden. Zijn eigen onervarenheid en onzorgvuldige administratie hadden het erger gemaakt. De strenge winter en de benzinerantsoenen hadden hem uiteindelijk de das omgedaan.

Maar toch had hij zichzelf met blinde domheid verder in de nesten gewerkt. De lening bij de bank... Maurice die weigerde hem uitstel van betaling te geven... en dat fatale moment waarop hij de telefoon had gepakt en Rick had gebeld. Met een mengeling van onbezorgd optimisme, onwetendheid en naïviteit was hij zo het hol van de leeuw binnengelopen. Will kreunde hard en greep met beide handen naar zijn hoofd.

Hij dacht ineens terug aan iets wat op de basisschool was gebeurd. Hij was inktcontroleur geweest, wat betekende dat hij verantwoordelijk was geweest voor het hervullen van de inktpotjes op de bureaus uit een grote fles inkt. Op een middag had hij de fles in het magazijn uit zijn handen laten vallen en een paar schriften verpest. Doodsbang had hij de schriften onder zijn trui de school uit gesmokkeld. Hij had ze, om een reden die hij nu niet meer wist, in het schuurtje van de tuinman verstopt. Zijn schuldgevoel en angst waren naarmate de dagen waren voorbijgegaan alleen maar erger geworden. Zijn leerkracht zou ontdekken dat er schriften ontbraken. De tuinman zou valselijk beschuldigd worden en van school worden gestuurd. Hij voelde zich nu hetzelfde als hij zich al die jaren geleden had gevoeld: misselijk van schaamte en angst. Het enige verschil met vroeger was dat hij toen zijn kleine vergrijp tot een enorm misdrijf had opgeblazen. En nu was de misdaad reëel en niet te ontkennen.

Uiteindelijk had Jack hem huilend op de wc gevonden. 'Is dat alles?' had Jack gezegd, nadat Will hem snikkend het verhaal had opgebiecht. Jack was de schriften gaan halen, had de verantwoordelijkheid op zich genomen, had een week geen zakgeld gekregen en honderd strafregels moeten schrijven. En daar was het bij gebleven.

Hij was bijna vergeten dat er een tijd was geweest dat Jack hem had beschermd. Een tijd dat Jack en hij op betere voet hadden gestaan. Hij wist niet precies wanneer dat was veranderd. Toen ze naar het schoolhuis waren verhuisd, misschien. Of misschien waren ze uit elkaar gegroeid tijdens Jacks verblijf in het buitenland. Of had hun wederzijdse jaloezie hen uiteindelijk uit elkaar gedreven en vergiftigd wat ooit goed was geweest. De gedachte deprimeerde hem.

Jack, dacht hij. Wills vingers trilden zo, dat hij zijn sigaret bijna niet kon vasthouden. Hij stelde zich voor hoe het zou zijn om alles aan Jack te vertellen, hoe het zou zijn als hij al het bedrog en alle stommiteiten van de afgelopen jaren aan de kritische blik van zijn broer zou onderwerpen. Deze keer zou Jack niet zeggen: is dat alles?

Als hij naar Jack ging en hem de waarheid vertelde, zou dat al de minachting die hij zijn kleine broertje had getoond, rechtvaardigen. Jack verachtte iedereen die zich hoe dan ook op de zwarte markt begaf. Jack verachtte zwakte en had geen begrip voor onkunde. Hij kon het onmogelijk aan Jack vertellen.

Maar wat was het alternatief? Als hij zo zou verdergaan, zou hij elke dag verder in Ricks web verstrikt raken. Dan zou hij zich elk moment van elke dag misselijk van angst blijven voelen. Hij had Jacks kracht nodig, Jacks vastberadenheid, Jacks heldere, objectieve blik op de zaken. Als iemand in staat was hem uit zijn ellende te helpen, was dat Jack. En hij zag niet in, realiseerde Will zich ineens, hoe hij zou kunnen verdergaan als hij het aan niemand kon opbiechten. .

Hij liep terug naar zijn auto. Toen hij de auto startte, keek hij op zijn horloge. Het was bijna zeven uur. Hij reed zo snel hij kon, bang dat hij zich onderweg zou bedenken. De varens en gele wortel die in de berm groeiden, vervaagden door zijn bijziendheid tot een massa crème met groen. Toen hij bij Sixfields was aangekomen, stopte hij de auto en dacht terug aan de bezoekjes die hij er als kind had gebracht: hij had altijd moeten niezen van het stof en hij was ervan overtuigd geweest dat er spoken achter de piepende deuren en in de slecht verlichte gangen hadden gewoond. Als zijn moeder hem 's avonds sprookjes had voorgelezen, hadden de heksen er altijd uitgezien als nicht Carrie.

Maar hij zag haar godzijdank niet en de honden leken hem gelukkig te herkennen, want toen hij ze aansprak, hielden ze meteen op met blaffen. Will had het idee dat de stoffige flessen en potten op de vensterbank in de bijkeuken nog dezelfde waren die er in zijn jeugd al hadden gestaan, als hij met zijn moeder een bezoekje aan Sixfields had gebracht. Hij meende dezelfde versleten gordijnen voor de ramen te zien hangen, die tien jaar geleden ook al het zonlicht buiten hadden gehouden.

Hij liep over het pad dat van de boerderij naar Jacks cottage liep. De warme avondlucht rook zurig, naar net omgeploegde aarde. De velden, heggen en bosjes zagen er verstild uit. In de holte van de vallei waren de bladeren aan de bomen en de stoffige grassprieten bewegingloos. In de verte zag hij in een veld op de heuvel een tractor rijden, in zijn kielzog gevolgd door meeuwen. Will liep zonder geluid te maken, alsof hij bang was de betovering te verbreken.

Hij kwam aan bij de cottage. Hij wilde net op de deur kloppen, toen hij binnen beweging zag.

Hij keek naar binnen en deed toen een stap achteruit, de schaduw in. Toen keek hij nog eens, omdat hij zeker wilde weten dat zijn ogen hem niet bedrogen.

Hij zag zijn vrouw en zijn broer in een innige omhelzing.

Vanuit een raam op Sixfields zag Carrie Will over het pad van de cottage wegrennen. Zijn tred was vreemd; hij leek ziek of dronken. Ze probeerde met haar hand het laagje stof op het raam weg te poetsen om beter naar buiten te kunnen kijken. Will rende over het erf, struikelend over de honden en stukken gereedschap.

Hij rende haar gezichtsveld uit. Even later hoorde ze een auto starten. Toen zag ze een auto van links naar rechts zwenkend over de weg scheuren. Carrie bleef voor het raam naar buiten staan turen, totdat zowel het voertuig als de stofwolk erachteraan waren verdwenen.

Terug in de garage, zocht Will op de planken tussen de archiefdozen en kasboeken, die hij van de planken gooide, naar de geldkist. Terwijl hij munten en biljetten in zijn zakken propte, vielen er papieren op de grond. De gedachte de garage in brand te steken, schoot even door zijn hoofd, maar hij kon geen lucifers vinden. Toen herinnerde hij zich dat hij zijn lucifers en sigaretten naast de kreeftenfuik bij de haven had laten liggen.

Ricks pakje lag op het bureau naast de fles whisky, de pakjes sigaretten en de kousen. Will raapte het pakje op en scheurde het open. Hij had verwacht geld te vinden, bonnenboekjes of vervalste paspoorten. Maar in plaats daarvan zag hij iets kleurigs, een glinstering van goud. Hij vond een houten paneeltje van twintig bij vijfentwintig centimeter. Een madonna zat in blauw gekleed in een tuin. Er stonden roze, goudkleurige en witte bloemen in de tuin. Boven de madonna hingen drie engelen. Ze leken in de lucht te dansen. Hun voeten waren gespitst, hun vleugels uitgeslagen en hun losse gewaden hingen luchtig om hen heen. Ze straalden sereniteit uit. De madonna hield een hand omhoog, alsof ze om stilte verzocht. Het schilderijtje straalde een verstilling uit, een betovering die Will aan Sixfields deed denken. De madonna en de engelen, zelfs de tuin leken ergens op te wachten. Alsof er iets uitzonderlijks te gebeuren stond.

Rick, Sixfields, Julia... Will schoof het schilderijtje, de whisky, de sigaretten en de kousen in een rugzak en liep de garage uit. Hij reed naar de Holly Bush en zette het aan de bar op een drinken. Hij wilde er niet aan denken, hij wilde helemaal niet denken. Als hij genoeg dronk, zou hij misschien de herinnering aan Rick kunnen vergeten, die zei: 'Ik wil niet dat ik Gene nog eens hiernaartoe moet sturen.' Toen hij zijn knokkels tegen de botten van zijn gezicht duwde, deden de verwondingen die Gene had aangericht, pijn. Hij vroeg zich af of hij in staat zou zijn zoveel te drinken, dat hij het beeld van Julia in Jacks armen zou kunnen vergeten. Maar hij bleef het zien, het was alsof het beeld op zijn netvlies stond gebrand. Toen hij aan Jack dacht, was dat met een mengeling van geschoktheid en ongeloof. Wat voor meningsverschillen hen ook uit elkaar hadden gedreven de afgelopen jaren, hij had nooit gedacht dat Jack in staat zou zijn hem zo te verraden. Jack haatte hem, dat kon niet anders. Hij vroeg zich af hoe lang hun verhouding al aan de gang was. Weken... maanden... misschien al zijn hele huwelijk. Hij kreunde van wanhoop en de barman keek hem vragend aan.

Naarmate de avond verstreek, werd het drukker in de bar. Johnnie Gamble trakteerde Will op een biertje en in een donker hoekje van de bar bood Will Johnnie en zijn broer een glas whisky aan uit de fles die hij van Rick had gekregen. De gebeurtenissen vermengden zich tot één grote brij. Er werd een drinkspel gedaan, dat door Mick Gamble werd gewonnen. Will gaf Mick als prijs een pakje kousen. Mick schopte zijn werklaarzen uit en deed alsof hij de kousen aantrok. Iedereen in de pub schaterde het uit van het lachen. Toen werd er gevochten. Will bemoeide zich er niet mee, hij kon nauwelijks nog staan en wilde niet nog meer blauwe plekken oplopen. Er vlogen stoelen en krukken door de lucht. De barman gooide een paar ruziezoekers op straat.

Mick Gamble stelde een boottochtje voor. Will dacht aan de *Katie Rose*, de zee, de hemel en de sterren. De broertjes Gamble sleepten hem de pub uit, de warme avondlucht in, en duwden hem achter het stuur van zijn auto.

Toen ze de volgende ochtend vroeg wakker werd, zag Julia dat ze alleen in bed lag. Ze schoot een broek en trui aan en liep naar beneden, haar haar in een knotje in haar nek draaiend. Ze had hoofdpijn en hoewel ze genoeg had geslapen, was ze nog steeds moe. Ze liep langzaam door het huis, ruimde wat boeken en de vaat op en schudde de kussens op. Ze ging met een kop thee in haar handen op de bank zitten. Haar gedachten bleven heen en weer schieten tussen Will en Jack. Ze keek uit het raam en zag de grijze, laaghangende wolken; het leek net of ze zo laag hingen dat ze de boomtoppen raakten. Toen bewoog er iets tussen de bomen en Julia keek op, Will verwachtend. Maar het was een vos, zijn roodbruine vacht bijna onzichtbaar tegen het tapijt van gevallen bladeren.

Bezorgdheid begon door haar gevoel van verdoving en wanhoop heen te dringen. Will was nog nooit een hele nacht weggebleven. Ze zag zijn blauwe oog, dikke lip en de blauwe plekken op zijn kaak weer voor zich. De gedachte die zich al zesendertig uur steeds ongewild aan haar opdrong – of je dat soort verwondingen opliep als de brug naar beneden kwam – kon ze nu niet meer uit haar hoofd bannen. Ze kon zich voorstellen dat vuisten die sporen hadden achtergelaten, maar niet dat het immense gewicht van een vallende auto zulke sporen zou achterlaten. Ze sloeg haar handen ineen, bezorgd vanwege haar herinneringen, de uitdrukking in Wills ogen en de wanhoop in zijn stem. *Ik heb je teleurgesteld, Julia...*

Ze kon niet blijven zitten. Het huis was te stil, te eenzaam. Ze ging naar buiten en liep doelloos in het kleine tuintje rond dat ze had aangelegd in de wildernis. Haar nerveuze vingers raakten een bloem hier, een struikje daar. Er zat meeldauw in de braamstruiken en de bladeren van haar amandelboompje krulden om met zwarte randen. Ze wilde de hemel zien en liep het pad op dat naar de weg leidde. Toen ze naar beneden het pad afkeek, zag ze dat er onderaan een auto stond geparkeerd. Er liep een piepkleine gestalte omhoog het pad op. Will, dacht ze, en ze voelde zich enorm opgelucht. De figuur werd duidelijker. Julia zag een politie-uniform. Ze begon te rennen.

Toen ze binnen het bereik van zijn gehoor was, riep de politieman: 'Mevrouw Chancellor?'

'Ja.' Ze hijgde. 'Wat is er gebeurd?'

'Mag ik even naar het huis komen?'

Ze schudde haar hoofd. Ze kon bijna niet praten. 'Nee. Ik wil het nu horen.'

Hij zei: 'Er is helaas een ongeluk gebeurd, mevrouw Chancellor.'

Er hingen tralies voor de ramen en er stonden twee rijen identieke bedden met wit beddengoed erop. In de bedden zagen de patiënten en hun fluisterende bezoekers er zo hetzelfde uit, dat Topaz eerst niet zag waar Helena lag.

Toen zagen ze de politieagent naast het bed zitten. Charlie zei 'Daar', en liep naar het achterste bed in de zaal.

Helena lag op haar rug in de kussens. Alleen haar gezicht, half verscholen achter een gordijn van blond haar, was zichtbaar. Haar lichaam en armen lagen gevangen onder het strak ingestopte laken. Toen ze bij het bed kwamen, deed de agent een paar stappen achteruit om hun een beetje privacy te geven.

Charlie zei: 'We zijn gekomen zodra we het hoorden.'

Helena's starende blik dreef hun richting uit. 'Ze zeiden: alleen familie...'

'Ik heb gezegd dat ik je broer ben.' Hij kuste haar op haar wang. 'We dachten dat je misschien wel wat gezelschap wilde hebben.'

Helena keek in de richting van de politieman. Er verscheen een vage glimlach op haar lippen. 'Ik heb al gezelschap.'

'We hebben bloemen voor je meegenomen,' zei Topaz, 'maar die mochten we niet mee naar binnen brengen.'

Er viel een lange stilte en toen zei Helena: 'Wat lief.' Ze fronste haar voorhoofd. 'Denk je dat ik de gevangenis in ga, Charlie?'

'We zullen een advocaat voor je regelen. Een goede advocaat.'

'Het maakt me niets uit. Echt niet. Maar het zou zo vreselijk zijn voor mijn ouders. Het is al erg genoeg dat ze me hier moeten zien. Ik dacht.... dat ze het niet zouden hoeven weten.'

Charlie zei: 'We staan niet toe dat je naar de gevangenis gaat, Helena. Dat beloof ik.'

Ze probeerde hem helder aan te kijken. 'De tournee...' fluisterde ze.

'Die is voorbij,' zei Charlie. 'We zijn weer terug in Londen. Dus we komen elke dag op bezoek, lieverd.'

Helena's hoofd viel opzij in de kussens. Ze keek in de richting van het raam. De tak van een paardekastanje tikte tegen het raam.

'Ik denk steeds,' zei ze, 'dat er iemand probeert binnen te komen.'

Charlie raakte haar schouder aan. 'Het komt wel goed, echt.'

Helena glimlachte ongelovig. Een zuster die voorbijliep, blafte tegen Charlie dat hij niet op haar bed mocht zitten, dus liep hij naar de gang om een stoel te halen. Topaz dacht aan alles wat ze niet mocht zeggen: *Hoe heb je dat nou kunnen doen... Waarom heb je het gedaan?* Helena's ogen waren half dicht. Topaz hoorde zichzelf gehaast en onsamenhangend over de tournee praten. Toen Charlie met een stoel terugkwam, hield ze op met spreken.

Charlie vroeg: 'Is Claudette al geweest?'

'Met Mischa. Gisteren.' Helena's dunne, bleke vingers kropen onder het laken vandaan. 'En Jerry. Donald was er niet.'

'O. Misschien dacht hij...' Charlies stem verstomde. Toen zei hij: 'Als we iets voor je kunnen doen...' Helena schudde bijna onzichtbaar haar hoofd.

Topaz had het gevoel dat een deel van Helena was verdwenen. Achtergelaten in het flatje waar ze met Claudette had gewoond, misschien. Alle kwaliteiten die Helena maakten tot wie ze was – haar kalmte, haar gulheid en medeleven – leken uit haar te zijn geperst. Er was niets voor in de plaats gekomen. Geen spijt. Niet eens verdriet.

Toen zei Helena: 'Ik dacht dat ik zwanger was.'

Charlies ogen werden groter. 'Van Donald?'

'Ja.' Toen keek Helena weer voor zich uit.

'Heb je daarom...?'

'O, nee.' Voor het eerst sinds ze in het ziekenhuis waren, zag Topaz iets van emotie in Helena's bleke gezicht. Haar mondhoeken krulden verbitterd naar beneden. Een flits van woede in haar lege blauwe ogen.

'Ik heb geprobeerd er een einde aan te maken toen ik ontdekte dat ik níet zwanger was. Omdat alles daardoor weer zo zinloos leek. Zo ondraaglijk zinloos.'

Uitgeput deed Helena haar ogen dicht. Ergens in de verte ging een bel. Bij de andere bedden stonden familieleden op en liepen richting de klapdeuren aan het eind van de zaal.

De volgende ochtend ging ze naar huis. Om wat schone kleren te halen. Om haar moeder te zien. Om te kijken hoe het ermee stond.

Haar moeder zat op de bank te roken. Op bijna dezelfde plek waar ze haar een maand geleden had achtergelaten, dacht Topaz.

Toen Veronica haar dochter zag, kwam er een sprankeling in haar ogen.

'Daar ben je.'

'Dag, mama.' Ze kuste haar moeder op de wang.

'Waar zat je?'

'Ik was met dat theatergezelschap op reis, mama. Dat wist je toch?'

'Ik bedoel gisteren,' zei Veronica geïrriteerd. De telefoon heeft de hele dag gerinkeld en omdat jij er niet was, moest ik alles alleen doen. Doodvermoeiend.' Haar saffierblauwe blik werd scherper. 'Je ziet eruit alsof je de nacht hebt doorgebracht in een hooiberg. Of in het bed van een ander.'

Ze zei snel: 'Het theater...'

'Het theater is eergisteren gesloten. Ik heb gebeld en iemand gesproken. Een Ier.'

'Desmond?'

'Ik weet niet meer hoe hij heette.' Veronica maakte haar sigaret uit in een asbak. 'Als je je als een hoer wilt gedragen en bij iedereen in

255

bed wilt duiken, moet je dat zelf weten, Topaz. Maar als je met een kind thuiskomt, laat ik je niet binnen, als je dat maar weet.' Veronica pakte nog een sigaret. Toen ze ongeduldig de aansteker probeerde, rammelden de gouden armbanden die ze om had.

'Je ziet er vreselijk uit. Ga even in bad. Knap jezelf een beetje op. Wat moeten de buren wel niet denken?'

'Ja.' Bij de deur bleef ze even staan. 'Telefoontjes, mama?'

Veronica inhaleerde diep. 'Prudence een paar keer. En die vriend van hen... aardige man... onder zijn stand getrouwd.'

'Marius?'

'Ja.' Veronica keek op haar horloge. 'Ga je rouwkleding maar strijken. We zullen wel naar Dorset moeten.' Ze fronste haar voorhoofd. 'Als er tenminste een begrafenis komt. Ik weet niet wat ze in zulke gevallen doen.'

'Mama...?' Ze werd ineens bang.

Veronica zei: 'Will Chancellor is dood. Hij is donderdagnacht met een stel vrienden gaan varen, zeggen ze. De boot is op een mijn gevaren. De politie zegt dat alle opvarenden op slag dood waren.'

Will had de donderdagavond doorgebracht in de Holly Bush en was daar rond middernacht weggegaan met Johnnie en Mick Gamble. De drie mannen waren naar de haven van Hernscombe gereden, waar ze met de *Katie Rose* waren uitgevaren. Voor die tijd – een dag eerder, of een week, of een maand – was een mijn, een overblijfsel uit de oorlog, losgeraakt van de ketting waarmee hij jaren aan de zeebodem geketend had gelegen, naar de oppervlakte gedreven en door de stroming in de richting van de haven meegenomen. Toen de *Katie Rose* open zee had bereikt, was ze op de mijn gevaren. De explosie had bijna iedereen in Hernscombe wakker doen schrikken en was tot een paar kilometer landinwaarts te horen geweest. Er was meteen een reddingsboot naartoe gestuurd, maar er waren geen overlevenden gevonden. Men had Wills auto aan de haven geparkeerd gevonden.

Tijdens de dagen die onmiddellijk volgden op Wills dood, herhaalde Julia de feiten steeds opnieuw in haar hoofd, alsof ze ze op die manier werkelijk probeerde te maken. De pub. De boot. De mijn. Haar gedachten bleven steken bij details, die ze probeerde te analyseren, te ontleden. Waarom had zij de explosie niet gehoord? En waarom was

Will midden in de nacht de zee op gegaan? Waarom was hij niet na een paar drankjes thuisgekomen, zoals altijd?

Hoewel haar familie haar alles probeerde uit te leggen, zag ze het medelijden in hun ogen, en na een tijdje stelde ze geen vragen meer. Maar de vragen bleven in haar hoofd rondspoken. Mensen zeiden tegen haar dat ze moest gaan zitten, dat ze moest rusten, en dat probeerde ze, opgekruld en gespannen op de bank in een poging een tijdschrift te lezen. Of ze lag op bed naar het plafond in haar voormalige slaapkamer op Missencourt te staren en probeerde haar opgejaagde, koortsachtige gedachten te kalmeren door de scheuren in het stucwerk te volgen.

Ze was naar Missencourt teruggegaan, omdat ze van haar familie niet alleen op Hidcote Cottage mocht blijven. De politieman die haar het nieuws had verteld, had geprobeerd haar een lift naar Missencourt te geven, maar die had ze geweigerd. Maar even later was Marius gekomen en ze had in zijn ogen gezien dat het geen zin zou hebben hem tegen te spreken, dus had ze wat kleding in een tas gegooid en was met hem naar huis gegaan. Daar liep ze heen en weer van de tuin naar het huis en weer terug, proberend te verklaren wat er was gebeurd, obsessief de gebeurtenissen van de voorgaande achtenveertig uur analyserend. Maar ze kon niet helder nadenken. Als ze nou maar niet zo moe was. Als ze nou maar niet zo misselijk was. Als ze nou maar met iemand kon praten. Met iemand die haar niet zou veroordelen. Als ze zichzelf nou maar kon bevrijden van de overtuiging dat het haar schuld was, dat Will dood was doordat zij niet genoeg van hem had gehouden.

Iedereen was vreselijk lief voor haar, maar ze wilde geen gezelschap en kon zich niet lang genoeg concentreren om naar hun condoleances te luisteren. Haar moeder, Suzanne en Marius zaten om beurten bij haar. Het was net, dacht ze, alsof ze dachten dat het gevaarlijk was haar alleen te laten. Als ze af en toe – als ze met Tara speelde – heel even vergat wat er was gebeurd, overviel het haar een moment later weer dubbel zo hard. Dat Will dood was. Dat ze hem nooit meer zou zien. Dat het om de een of andere reden (ze begreep niet precies welke) haar schuld was.

's Nachts, toen het stil was in huis, ging ze naar beneden en liep het terras op. De hemel was helder en vol sterren. Ze keek omhoog en zocht naar het zevengesternte. *Als je er met je hoofd schuin naar kijkt, kun je ze nog beter zien.* Maar door de tranen in haar ogen zag ze helemaal niets.

Ze hoorde voetstappen achter zich. Ze draaide zich om en zag Marius. Hij kwam naast haar staan. 'Kon je niet slapen?'

Ze schudde haar hoofd. 'Ik heb je toch niet wakker gemaakt?'

'Dat geeft niet. Kan ik iets te drinken voor je maken? Chocolademelk? Een glas whisky?'

Ze zei: 'Chocolademelk, graag,' omdat ze het gevoel had dat hij zich beter zou voelen als hij iets kon doen.

Marius maakte in de keuken melk warm. 'Suzanne heeft slaappillen,' zei hij. 'Zal ik ze voor je pakken?'

'Nee, dank je.' Ze staarde voor zich uit. 'Ik probeer alles op een rijtje te krijgen. Er zit me van alles dwars. Iedereen zegt tegen me dat ik me geen zorgen moet maken, maar dat doe ik toch.'

Hij schonk de melk in twee mokken en gaf haar er een. 'Vertel eens.'

'De garage,' zei ze. 'Wat gaat daarmee gebeuren? Will heeft zo hard gewerkt om er iets van te maken. Ik ben bang dat die gewoon wordt gesloten, nu hij er niet meer is.'

'Brian zorgt momenteel voor de garage. En ik heb gisteren de rekeningen en de administratie opgehaald. Daar moet binnenkort eens naar worden gekeken.'

'Dat doe ik wel.'

'Julia, dat hoeft echt niet.'

'Marius.' Haar stem beefde. 'Ik wil het graag. Voor Will.' Ze snoot haar neus. 'En wat gebeurt er met ons huisje?'

'Liggen er nog waardevolle dingen?'

'We hadden geen waardevolle dingen. Er liggen alleen... Je weet wel.'

'Suzanne kan er morgen wel even met je heen rijden, als je dat wilt.'

'Waarom heb ik de explosie niet gehoord?' zei ze ineens. 'Waarom ben ik erdoorheen geslapen?'

Hij zei: 'Omdat Hidcote Cottage te ver van de kust ligt. En de heuvels houden het geluid tegen. We hebben op Missencourt ook niets gehoord.'

Ze legde haar handen tegen haar mond. 'Ik kan maar niet geloven dat hij dood is. Het lijkt zo... nutteloos. Zo onrechtvaardig.' Ze beet op haar nagels en trok met haar tanden een stukje vel van een vinger.

'Als ik hem zou kunnen zien, zou ik misschien kunnen geloven dat hij dood is.'

Hij stak twee sigaretten aan en gaf haar er een. De huid rond haar nagels was kapot en bloedde een beetje. Hij zei: 'Dat kan niet, Julia.'

Ze wreef over haar voorhoofd, alsof ze zo de hoofdpijn die ze al dagen had, kon oplossen.

'Ga maar lekker naar bed, Marius,' zei ze. Ze wilde alleen zijn. 'Je bent vast uitgeput.'

'Ik wacht even tot jij ook naar bed gaat.'

'Nee. Alsjeblieft.' Ze probeerde te glimlachen. 'Ik ga zo naar bed, dat beloof ik.'

Nadat hij naar boven was gegaan, liep ze van kamer naar kamer. Hoewel ze Missencourt altijd had geassocieerd met veiligheid en geluk, miste het huis vannacht zijn betovering. In Marius' studeerkamer bleef ze even staan. Er lag een stapel boeken en papieren op het bureau. Ze bladerde erdoor. Wills slordige schooljongenshandschrift stond op elke bladzijde. Ze ging zitten en dacht terug aan Wills weigering haar te laten helpen met de administratie. 'Will, stomme idioot,' fluisterde ze toen ze de doorgestreepte en gevlekte kolommen met cijfers zag. Ze zag in een oogopslag dat Will geen idee had van boekhouden. Ze vroeg zich af wat voor raar gevoel van trots en mannelijkheid hem had doen besluiten niet op haar aanbod tot hulp in te gaan. Ze zag hem voor zich achter zijn bureau in zijn rommelige kantoortje bij de garage, met inkt op zijn vingers en zweet op zijn voorhoofd, proberend de boeken in balans te krijgen.

Wat niet lukte. Julia staarde met een mengeling van verbijstering en geschoktheid naar de cijfers. Als ze klopten, had de garage in het voorjaar van 1947 een paar honderd pond schuld gehad. Onder aan een bladzijde stond een getal gekrabbeld dat het totale tekort aangaf. Will had er wel vijf strepen onder gezet, alsof hij niet in staat was geweest de realiteit van het getal te accepteren. Hij had met zijn pen gaatjes in het papier gemaakt, een zichtbaar teken van zijn zorgen en wanhoop. Julia probeerde het zich te herinneren. Tijdens de sneeuw was de garage een paar weken dicht geweest. Misschien was dat het moment geweest waarop het mis was beginnen te gaan. Met de garage en tussen haar en Will. Na die tijd was Will steeds meer gaan overwerken. Ze dacht aan de cadeautjes die hij voor haar had meegenomen. De kousen, de parfum en de bloemen. Had hij haar daarmee willen sussen? Of had hij haar de waarheid niet durven vertellen?

De volgende ochtend reed Suzanne met Julia naar Hidcote Cottage. Suzanne wachtte op Julia's verzoek onder aan de heuvel in de auto en Julia liep alleen het pad op. Het had die ochtend geregend en ze liep om de plassen heen die op het pad lagen.

Ze pakte haar sleutel om de voordeur open te doen, maar zag toen dat hij openstond. Ze dacht dat Marius hem op slot had gedaan, maar ze moest zich hebben vergist. Toen ze in het smalle gangetje tussen de keuken en de aanbouw stond, vond ze dat het huis nu al een verloren, verlaten sfeer uitstraalde. In de keuken had een druppende kraan de gootsteen bijna gevuld, dus stak ze haar arm in het koude water en trok de stop eruit. Het viel haar op dat al de keukenkastjes openstonden en dat de inhoud er ontzettend rommelig in stond. Ze kon zich niet herinneren dat ze de boel zo slordig had achtergelaten.

In de zitkamer waren de boeken van hun planken getrokken. Ze lagen door de hele kamer. De inhoud van de kast – papier, potloden, speelkaarten – lag op de vloer. Het was net, dacht ze, alsof een reus het kleine huisje had opgepakt en ermee had staan schudden. Boven hingen er uit alle kasten kleren, van haar en van Will. Een trui die ze voor hem had gebreid, een blouse die hij haar zo goed had vinden staan. Ze pakte de trui op, vouwde hem op en ging ermee boven aan de trap zitten. Wat raar dat zijn geur, die ondefinieerbaar zat gevangen in de wol in haar handen, hem zo levendig kon terugbrengen.

Na een tijdje zo gezeten te hebben, zag ze de stapel kartonnen dozen staan. Hun huwelijkscadeaus. Ze was er nooit aan toegekomen die uit te pakken, maar nu had een onbekende en onzorgvuldige hand ze opengemaakt en de inhoud over de vloer uitgestort. Ze vond dat dat alles zei wat er te zeggen was over haar huwelijk, waar ze zich nooit van ganser harte in had gestort.

11

In de twee maanden die waren voorbijgegaan na de herdenkingsdienst, had Jack Julia niet gezien. Altijd als hij naar Missencourt
kwam, was ze druk bezig, aan het rusten of niet thuis. Tijdens de
dienst bleef ze constant in de buurt van Adele en Marius, alsof hun
nabijheid haar moest beschermen. Jack vond dat ze er ziek uitzag, wit
en mager, met een ingevallen gezicht.

Na een tijdje drong de boodschap tot hem door: ze wilde hem niet
zien. Hij ging niet meer naar Missencourt, schreef geen brieven meer
en belde niet meer op. Hij werkte veertien uur per dag op de boerderij,
deed de meest uitputtende klussen en probeerde zichzelf zo moe te
maken dat hij 's nachts zou kunnen slapen. Maar hij was Sixfields gaan
haten. Hij was gaan inzien hoe het hem had gecorrumpeerd en hoe het
symbool stond voor zijn schuld.

Hij liep over het pad langs de kalkrichel die tussen Carries land en dat
van de buren lag, toen hij in de vallei het paard zag. Een streepje zwart
tegen het goud van de maïs. Het paard steigerde, zijn nek naar achteren
en zijn manen en staart als een vlag die om hem heen zwiepte. De hoeven van het paard beukten hard tegen de grond; Jack wist dat de berijdster, die wanhopig probeerde in het zadel te blijven zitten, Julia was.

Hij begon te rennen. Hij dacht even dat het paard zou afremmen als
het in de buurt van de bomen kwam, omdat het zich zou realiseren dat
het niet met die vaart tussen de bomen door kon rennen. Maar toen
schrok er een fazant op uit de bosjes en fladderde de lucht in. Salem
steigerde en gooide zijn berijdster van zijn rug. Julia lag doodstil op de
grond tussen de varens en brandnetels en het paard rende verder. Jack
dacht dat ze dood was. Zo'n jaar was het. Hij greep haar hand en toen
hij een polsslag vond, staarde hij ongelovig in haar gezicht. Toen tilde
hij haar heel voorzichtig uit de brandnetels.

Ze deed haar ogen open. 'Ik wist dat jij het was,' fluisterde ze. Toen vroeg ze: 'Waar is Salem?'

'Die heeft zichzelf hopelijk van een rots gestort.'

Hij droeg haar naar het huis. Carrie was naar de veemarkt in Dorchester. Jack legde Julia op een bankje. Ze keek om zich heen in de kamer.

'Wat een uitzonderlijk huis.' Een vage glimlach. 'Ik heb Sixfields altijd al willen zien.'

Hij depte met een vochtige zakdoek de schaafwond op haar voorhoofd. Ze zei: 'Ga je me niet streng toespreken?'

'Waarover?'

'Over dat ik geen helm op had.'

Hij zei: 'God, Julia, ik dacht dat je dood was,' en hij legde zijn hoofd op haar borst.

Ze streelde zijn haar en na ongeveer een minuut duwde ze hem zachtjes van zich af. Toen ging ze rechtop zitten en rekte zich voorzichtig uit.

'Ik heb, geloof ik, niets gebroken.'

'Je moet even naar de dokter.'

Ze schudde haar hoofd. Goudkleurig namiddaglicht scheen gefilterd door de stoffige zitkamerramen en maakte diamantpatronen op de vloer.

Hij vroeg: 'Waarom wilde je me niet zien?'

'Dat weet je wel, Jack,' zei ze verdrietig. 'Wat zou het voor zin hebben?'

'Dan hadden we kunnen praten.'

'Waarover?'

'Over ons. Over jou en mij.'

'Dat lijkt me niet.' Ze pulkte aan een scheur in haar blouse. Toen zei ze: 'Er is één ding...' Hij staarde haar aan en voelde een plotseling, irrationeel gevoel van hoop in zich opwellen.

'Er is wel één ding dat je moet weten.' Ze staarde voor zich uit. 'Over Will. En over mij. Ik heb geen geld, Jack. Geen cent. Minder dan dat zelfs. Will had schulden. Hij was de bank en Maurice Chancellor geld schuldig. Nogal veel geld.'

Hij keek haar doordringend aan. 'Weet je het zeker?'

'Ik heb de boeken gezien. Het slechte weer van vorig jaar heeft de garage de das omgedaan. Dus heeft hij een lening genomen. Waardoor het vanwege de rente alleen nog maar erger werd.'

'En dat wist je niet?' Ze schudde haar hoofd.

Will had schulden gehad. Hij had in de problemen gezeten. Jack kon het niet geloven.

Zijn mond werd ineens droog. 'Red je het wel?'

'Marius heeft me geld geleend om de bank te kunnen afbetalen. En ik ben bij Maurice Chancellor geweest en die heeft me de achterstallige rentebetalingen kwijtgescholden. Nadat...' Julia's bovenlip trok een beetje naar boven, 'ik hem erop had gewezen wat de rest van Wills familie van hem zou denken als hij dat niet zou doen.' Ze was even stil. Toen zei ze zacht: 'Ik blijf maar denken hoe bang Will geweest moet zijn. Hoe bezorgd. Ik had hem kunnen helpen. Ik had misschien geweten hoe we het hadden kunnen oplossen. Maar ik wist het niet. Hij heeft me nooit verteld dat hij problemen had.' Ze keek Jack recht in zijn gezicht. 'Hoe denk jij dat hij in de problemen is gekomen?'

Hij moest de andere kant op kijken. Hij bevond zich te midden van Carrie Chancellors bezittingen: een beker, een kristallen vaas met een bosje dode bloemen, een jankerig schilderij van een biddend kind.

Ze zei: 'Hij moet zich al die tijd zo vreselijk veel zorgen hebben gemaakt. En hij heeft er niets over gezegd.' Ze lachte verbitterd. 'Niet dat ik het hem kwalijk neem. Ik heb niet bepaald de tijd genomen naar hem te luisteren. Als hij lange dagen werkte, zeurde ik. Als hij naar de pub ging, klaagde ik. Ik begrijp nu dat hij alleen probeerde even ergens anders aan te denken. Maar ik heb hem nooit gevraagd waarom hij die behoefte had. Ik was alleen maar kwaad op hem.' Haar mondhoeken krulden naar beneden. 'Maar ik had een excuus. Ik was per slot van rekening met andere dingen bezig. Met jou.'

Het viel hem op hoe bleek ze eruitzag. Ze was een beetje groenig wit. Uitgestelde shock, dacht hij. Hij legde zijn hand op de hare en zei zacht: 'Je ziet er vreselijk uit. Ik zal even een kop thee voor je zetten.'

Toen hij in de keuken water stond te koken en kopjes en schoteltjes pakte, drongen zich onaangename gedachten aan hem op. Een uur geleden had hij niet kunnen denken dat hij een nog grotere hekel aan zichzelf zou kunnen hebben dan hij al had.

Toen ze haar thee opdronk, kwam er weer een beetje kleur op haar gezicht. Hij vroeg: 'Heb je het aan iemand verteld?'

'Marius weet het een en ander, doordat ik die lening moest afbetalen. Maar verder heb ik tegen niemand iets gezegd. En dat ga ik ook niet doen,' zei ze fel. 'Ik wil niet dat mensen slecht over Will denken.'

Jack ging in Carries leunstoel zitten. Het leer was gescheurd en er staken plukken paardenhaar uit. 'Ik kan het nog steeds niet geloven,' zei hij langzaam. 'Will die iets geheimhield. Dat kon hij helemaal niet.'

'Bedoel je dat hij er nerveus van zou zijn geworden, Jack? Geïrriteerd? Bang? Zoals hij het laatste halfjaar voor zijn dood was?'

'Julia...'

'En dan nog iets: ik denk dat hij de avond voor zijn dood heeft gevochten.'

'Gevochten?' Hij keek haar uitdrukkingsloos aan. 'Dat deed Will niet.'

'Hij zei dat er een brug naar beneden was gekomen, toen hij onder een auto lag. Maar volgens mij loog hij. Niet dat ik dat toen dacht. Zoals ik al zei,' ging ze op harde toon verder, 'was ik te afgeleid om zoiets op te merken.' Ze was even stil en zei toen rustiger: 'Wat jij en ik ook wel of niet hebben gedaan, Jack, hoe we Will ook hebben laten vallen, we zullen ermee moeten leren leven, hè?'

In de stilte was alleen het getik van een oude klok te horen. Julia stond op. 'Ik moet weg.'

Hij kon zichzelf niet tegenhouden. Hij zei: 'Zien we elkaar binnenkort weer?' Ze schudde haar hoofd.

'Nooit?'

Haar ogen waren leeg en droog. 'Ik heb er veel over nagedacht, Jack. Waar het om gaat, is dat we niet genoeg van elkaar hielden.'

'Dat is niet waar.'

'Jawel.' Ze staarde hem koud en veroordelend aan. 'Jij en ik, wij hebben onze beslissing heel lang geleden al gemaakt, Jack. Toen je terugkwam uit Italië.'

Hij kreunde. 'Zo is het niet gegaan. Je moet me geloven.'

'Nee? Ik weet dat ik nooit met Will had moeten trouwen. Ik maakte hem niet gelukkig.' Haar stem klonk rauw. 'Ik ben met hem getrouwd omdat ik jou niet kon krijgen. En wat jou aangaat: nou... ik was toen niet wat je het liefste wilde hebben.'

'Nee,' zei hij wanhopig. 'Nee, Julia. Het komt doordat Carrie zei...'

'Carrie?' Ze veegde vermoeid een streng haar voor haar ogen weg. 'Wat heeft Carrie ermee te maken?'

Alles, dacht hij. Alles. Hij herinnerde zich die avond nog glashelder. Carrie had hem Sixfields aangeboden, een cadeau dat zijn leven totaal zou kunnen veranderen. Ze had gebruikgemaakt van zijn hebzucht en de zaden van zijn jaloezie en wantrouwen gevoed. 'Die meid van de Temperleys?' had Carrie gezegd. 'Ik heb gehoord dat die wispelturig is.' En hij had haar veel te gemakkelijk geloofd. Gelokt door rijkdom, had hij getwijfeld aan de vrouw van wie hij hield. Hij had zichzelf laten kopen en binden.

Met tegenzin dwong hij zichzelf te zeggen: 'Carrie impliceerde dat je andere mannen had gezien.'

Julia keek moe en verward. 'Waar heb je het in vredesnaam over, Jack? Je moet je vergissen. Juffrouw Chancellor kent me niet eens.'

'Ze zei dat ze roddels had gehoord. En ik dacht...' Zijn stem werd zachter. Hij mompelde: 'Ik dacht aan Will.'

Hij had het gevoel dat ze hem aankeek alsof ze hem tot in het diepste van haar hart minachtte. Ze draaide zich om en liep het huis uit. Hij liep achter haar aan het erf op. De warme avondlucht viel na de kille kamers van Sixfields als een warme deken over hem heen.

Hij riep: 'Laat me je tenminste naar huis rijden!'

'Ik ga wel lopen.'

'Maar je hebt je misschien bezeerd. Misschien heb je wel een shock...'

'Het gaat prima, Jack.'

'Beloof me dan tenminste dat je naar de dokter gaat om je te laten nakijken.'

Ze draaide zich naar hem om. 'Dat kan niet, want die zou me uitschelden.'

'Waarom?'

'Zwangere vrouwen mogen niet paardrijden, toch?'

Zijn hersenen konden het niet verwerken; de zon stak in zijn ogen.

'Ik krijg een kind,' zei ze opstandig. 'Wills kind. Dus dat is ook een reden waarom ik je niet meer kan zien. Omdat ik zwanger ben, Jack.'

Nadat Julia was vertrokken, liep hij naar zijn cottage en schonk zichzelf een groot glas whisky in. Maar de alcohol kon zijn gedachten niet wegduwen. Ze bleven donker en beschuldigend in zijn hoofd hangen.

Julia was zwanger en kreeg Wills kind. Het kind van zijn overleden broer. De broer die hij niet had geholpen toen hij in de problemen had gezeten. De broer van wie hij altijd had gewild dat hij zou falen.

Hij had Will overhaast veroordeeld en hem niet kunnen vergeven dat hij was getrouwd met de vrouw van wie hij hield. Alles wat daarna was gebeurd, was daaruit voortgekomen. Nu hij terugkeek op de gebeurtenissen van de afgelopen twee jaar, drong het ineens in alle hevigheid tot Jack door dat hij niet in staat was geweest Will te vergeven. Met zijn sterke constitutie, energie en goede gezondheid had hij zijn zwakkere jongere broer moeten beschermen. Maar in plaats daarvan had hij met een indrukwekkende neiging tot destructie afstand gehouden en toegestaan dat Will dieper en dieper in het drijfzand was gezakt. Hij erkende nu dat een deel van hem altijd op Will had neergekeken. Toen ze nog jong waren geweest, had hij Wills te levendige fantasie en zijn behoefte aan erkenning al meedogenloos veroordeeld. Velen waren gevallen voor Wills kwetsbaarheid; jaren geleden had het Jack al razend gemaakt dat zijn zwakke en gebrekkige broer zo moeiteloos in staat was geweest veel meer liefde aan te trekken dan hij.

Hij schonk nog een glas whisky in. Hoewel hij zijn ogen sloot, kon hij de beelden die door zijn hoofd spookten, niet doen verdwijnen. Will die met zijn goedaardige natuur werd misbruikt door Maurice Chancellor, die hem een zaak had aangeboden die van het begin af aan gedoemd was geweest te mislukken. Will die wanhopig probeerde het hoofd boven water te houden. Will, te bang en beschaamd om zijn zorgen aan iemand toe te geven.

En als hij hem in vertrouwen zou hebben genomen, wat zou hij, Jack, dan hebben gedaan? Zou hij met hem hebben meegeleefd en hem geld of praktische hulp hebben aangeboden? Of zou hij hebben genoten van Wills ondergang? Jack beefde. Hij had vurig gewenst dat Wills huwelijk zou mislukken. Zou hij zich een moment zorgen hebben gemaakt als Wills bedrijf failliet was gegaan?

Hij had niet alleen Will niet geholpen, hij had zijn problemen zelfs veel erger gemaakt. Toen Will hulp nodig had gehad, had hij hem alleen vijandigheid geboden. Terwijl Will zich meer en meer in de schulden had gewerkt, had hij, Jack, geprobeerd Julia te verleiden. Hij had haar onvermoeibaar en opzettelijk proberen te lokken. Hij had zijn principes aan de kant gezet en alles geprobeerd om haar van zijn broer af te pakken. Hij had misbruik gemaakt van Wills verstrooidheid en afwezigheid en ingespeeld op haar eenzaamheid. Hij was wraakzuchtig en egocentrisch geweest. Hij had er alles aan gedaan Will zoveel mogelijk te kwetsen.

Alles wat was gebeurd, was terug te leiden tot die week in 1946 waarin hij was gedemobiliseerd. Hij had Will en Julia op het terras op Missencourt zien zitten. En de zaden van jaloezie die in zijn jeugd waren geplant – zijn overtuiging dat iedereen meer van Will hield dan van hem – waren tot volle wasdom gekomen. Die giftige bloemen hadden al hun levens vernietigd. Hij had de twee mensen die hij het meest had moeten vertrouwen en beschermen, gewantrouwd, en dat wantrouwen was doorgeslagen in haat. Hij kon niet goedpraten hoe hij Will had behandeld. Zijn eigen wantrouwen had hem ertoe gebracht Julia af te wijzen. Carries opmerking zou hem niets hebben gedaan als hij Julia niet al had gewantrouwd. En hoewel hij, nu hij erop terugkeek, wel kon zien hoe de oorlogsjaren hem hadden veranderd, maakte dat ook niet goed wat hij had gedaan. Hoewel hij nu begreep dat veel van de wrok die hij had gevoeld toen hij naar Engeland was teruggekeerd, het product van angst was geweest – angst dat hij vergeten zou zijn, angst dat hij geen rol meer in de samenleving zou hebben – was het geen excuus voor zijn gedrag. Hij had zich jaloers en obsessief gedragen, zowel ten aanzien van Julia als Sixfields. Hij was ervan overtuigd geweest dat Will van hem had gestolen wat hem toebehoorde. Will was het slachtoffer van zijn obsessie en jaloezie geworden.

De bittere smaak van zelfwalging vermengde zich met de whisky. Hij dacht terug aan Julia's vloek: *Ik hoop dat je er doodongelukkig wordt. Ik hoop dat je er net zo eenzaam en ongelukkig en gek wordt als je niet Carrie.* Nou, hij was in ieder geval ongelukkig. En eenzaam. Hij had Will verloren en hij had Julia verloren. En ergens in de loop van de afgelopen twee jaar was hij ook zijn zelfrespect kwijtgeraakt. Carrie en zijn eigen hebberigheid hadden dat van hem afgenomen. Zijn hebzucht had hem een gevangene van haar wispelturigheid en manipulatie gemaakt. Zijn verlangen naar dit land en de boerderij hadden gemaakt dat hij niet meer objectief naar de situatie had kunnen kijken. Zoals Julia eens tegen hem had gezegd: hij had zijn ziel verkocht. Misschien was hij nog niet zo gek als nicht Carrie, maar hij herkende eigenschappen in zichzelf die ertoe zouden kunnen leiden dat het, naarmate de tijd verstreek, steeds meer zo zou kunnen worden. Een verlangen naar privacy dat tot kluizenarij zou kunnen leiden. Afstandelijkheid ten aanzien van zijn medemensen die zou kunnen resulteren in misantropie. En onzekerheid die gemakkelijk zou kunnen omslaan in gemeenheid.

Sixfields was de oorzaak van zijn problemen, dus de oplossing lag voor de hand: hij moest weg van Sixfields. Dat wist hij al weken, maanden. Sinds de dood van Will had hij geweten dat hij boete moest doen, ergens vergeving moest zoeken. Hij staarde met zijn whiskyglas in zijn handen door het raam naar het land waar hij van hield. Wat is het toch gek, bedacht hij zich, dat hij zulke sterke gevoelens kreeg bij het zien van de omgeploegde aarde, een heuvel die de hoogte in liep. Het werd herfst en de wind blies de bruine, verdorde bladeren van de bomen. Nog een paar weken en dan zouden de kale, zwarte takken zich scherp aftekenen tegen de donkere luchten. En hij zou hier niet zijn om de geur van de scherpe eerste vorst in te ademen of het doorzichtige laagje ijs op de velden te zien liggen.

De volgende dag ging hij bij zijn moeder op bezoek. Nadat hij haar had verteld waarom hij haar kwam opzoeken, zei Prudence: 'Moet ik allebei mijn zoons verliezen?' Haar gezichtsuitdrukking, een mengeling van angst en wanhoop die ze sinds Wills dood had, veranderde niet.

Jack zei: 'Ik moet een tijdje weg. Maar ik beloof je dat ik weer thuiskom. En ik zal je bellen en schrijven.'

Ze keek nog steeds hetzelfde. 'Is het vanwege Julia?'

Hij zei rustig: 'Ik moet uit haar leven.'

Er viel een stilte. Ze stond appeltaart te bakken; ze sneed met een mes het overtollige deeg van de rand van het bakblik. Hak, hak, hak: stukjes deeg vielen op de keukentafel.

'Heb je het al aan Carrie verteld?'

'Gisteren.'

'Hoe nam ze het op?'

Jacks herinnering aan de korte, onaangename gebeurtenis was levendig. Carrie had tegen hem gegild: 'Als je denkt dat ik op je ga zitten wachten... als je denkt dat je naam nog steeds in mijn testament staat als je terugkomt, heb je het mis!'

'Ik betwijfelde of het haar wat zou kunnen schelen,' zei hij. 'Ik dacht dat ik haar zo had teleurgesteld, dat ze blij zou zijn dat ik vertrok. Maar ze was... overstuur.'

Prudence legde het mes neer. Toen zei ze: 'Wat ik niet kan uitstaan, Jack... waar ik zo boos van word, is als ik terugdenk aan al die jaren dat ik op je heb gewacht. Al die jaren dat ik alleen in het donker lag en aan je lag te denken, bang was dat er iets met je zou gebeuren. En dat toen, nadat jij veilig was teruggekeerd, Will is omgekomen... gedood door een mijn... genomen door de oorlog, nadat die allang voorbij was...' Ze sloeg haar met bloem bestoven handen voor haar ogen en huilde.

Tot op het moment waarop ze – vanuit een raam op de bovenverdieping – zijn gestalte, bepakt met rugzak en koffer, over de weg zag lopen en steeds kleiner zag worden, kon Carrie niet geloven dat Jack wegging. Ze had zichzelf voorgehouden dat het geld hem zou tegenhouden. Dat Sixfields hem zou tegenhouden. Toen Jack uit zicht was verdwenen, liep ze bij het raam weg en strompelde naar beneden. Hoewel ze het niet toestond dat zijn vertrek haar dagelijkse routine zou beïnvloeden, voelde die dag alles saai en zwaar. Ze begreep niet waarom haar land en huis, met alle vertrouwde hoekjes, haar geen troost brachten.

Maar naarmate de dagen verstreken, onvervuld en leeg, begon ze het in te zien. Ze was aan Jack gehecht geraakt. Aan Jack Chancellor. Wat ben je toch stom, dacht ze. Carrie liep door het huis en over het erf en haar wandelstok tikte ongeduldig op de grond.

Wat dom van haar om twee keer dezelfde fout te maken.

Julia huilde niet toen Jack wegging. Ze wist dat ze hen nu allebei kwijt was, Jack en Will, haar beste vrienden, maar haar ogen bleven droog, zoals ze dat waren geweest sinds de herdenkingsdienst.

Ze ging inpakken. Marius vond haar op zoek naar haar spulletjes.

'Ik ga terug naar Hidcote Cottage,' zei Julia tegen hem, terwijl ze haar zakdoeken en kousen uit de linnenkast pakte.

'Weet je het zeker?'

Ze keek hem met een glimlach op haar gezicht aan. 'Het is daar een stuk rustiger. Wat maken ze in die peuterschool beneden een hoop kabaal, zeg!'

'Ik ben 's ochtends altijd blij,' zei hij, 'als ik naar mijn werk kan.'

Ze was haar kousen aan het oprollen. Hij vroeg: 'Kun je wel rondkomen?'

'Ik wil parttime gaan werken. In een winkel of zo.' Ze liet haar kousen in een koffer vallen. 'Ik moet iets te doen hebben, Marius,' zei ze ineens. 'Ik heb het geld nodig. Ik wil niet afhankelijk zijn. Dat zou ik vreselijk vinden.'

Hij vroeg: 'Waarom kom je niet bij Temperleys werken?' Ze staarde hem aan.

'Meen je dat?'

'Absoluut. We kunnen de hulp goed gebruiken en jij kent het bedrijf.'

Ze hield een gekreukte linnen blouse in haar handen. 'Zeg je dat niet alleen uit medelijden?'

Hij schudde zijn hoofd. 'Ik overweeg al een tijdje het filiaal in Londen te heropenen. Als jij in Great Missen bent, kan ik onbezorgd een paar dagen per week naar Londen.'

Ze leunde tegen een radiator. Het late middaglicht stroomde door het open raam naar binnen en verwarmde haar nek. 'Dat lijkt me heerlijk, Marius. Ik zou het geweldig vinden. Maar,' ze keek naar haar buik, 'de baby...'

'Je weet dat moeder niets liever wil dan een kleinkind om zich mee te bemoeien. Ik weet zeker dat ze graag wil helpen. Laten we eerst maar eens kijken hoe het gaat. En of je het leuk vindt.'

Maar ze wist dat ze het heerlijk zou vinden. Voor het eerst sinds de dood van Will voelde ze iets van optimisme. Ze keek uit het raam. Suzanne was in de tuin op zoek naar speelgoed. Ze vroeg: 'Toen Suzanne en jij net waren getrouwd, boterde het niet altijd tussen jullie, hè?'

Hij grinnikte. 'Dat kun je wel zeggen.'

'Hadden jullie vaak ruzie?'

'Bijna nooit. Het leek meer of we waren getrouwd, maar allebei ons eigen leven leidden.'

'Maar nu gaat het toch goed?'

Toen hij niet meteen antwoord gaf, keek ze hem verbaasd aan. Hij was naast haar komen staan; hij keek uit het raam. Ze zag hoe hij naar Suzanne staarde, die door de tuin liep.

'Weet je,' zei ze, 'ik dacht dat het beter zou worden tussen Will en mij. Net als bij jou en Suzanne. Ik wilde proberen het beter te maken. Maar dat kan nu niet meer.'

Hij zei onomwonden: 'Een huwelijk is niet altijd gemakkelijk. Het zou hemels moeten zijn, zeker in het begin. Dat is het niet altijd. Je hebt geen tijd gehad om er wat van te maken. Je hebt je best gedaan, Julia.'

'Nee, dat heb ik niet. Dat is het nu juist.' Ze sloeg haar handen ineen. 'Ik ging naar Jack, Marius.' Ze herhaalde het nog een keer, om misverstanden te voorkomen: 'Ik had wat met Jack, terwijl ik met Will was getrouwd. We hadden geen verhouding. Zover was het nog niet. Maar dat zou uiteindelijk zeker zijn gebeurd.' Ze moest het aan iemand vertellen en Marius kende haar het beste. Ze wachtte en vroeg zich af of hij haar zou veroordelen.

Maar hij zei: 'Mensen houden niet altijd evenveel van elkaar. Je kunt liefde niet dwingen. Soms komt het gewoon niet.'

Er klonk een verbitterdheid in zijn stem die haar schokte. Hij liep weg van het raam; ze zag dat Suzanne niet meer in de tuin was. Ze vroeg zich af of ze verder zou vragen, maar ze wist dat Marius' trots en zijn behoefte aan privacy net zo groot waren als die van haar. De Temperleys hielden er niet van hun ziel bloot te leggen, bedacht ze zich. Ze likten hun wonden alleen en toonden de wereld een zelfbeheersing die verward werd met kilheid. Dus zei ze: 'In ieder geval: daarom ben ik zo blij met de baby. In eerste instantie wilde ik helemaal geen kind – ik vond het een rotstreek, dat ik Will kwijt was en met een baby zat opgescheept – maar toen realiseerde ik me dat ik het zo een beetje kan goedmaken met Will.' Ze voegde er fel aan toe: 'Ik word een goede moeder, Marius. Het moederschap is iets wat ik niet ga verpesten.'

Hij glimlachte. 'Wil je een jongen of een meisje?'

Ze dacht aan de drukke jongetjes in Suzannes klasje en beefde een beetje. 'Een meisje,' zei ze overtuigd. Ze stelde zich haar dochtertje voor: broos, blond en met blauwe ogen, zoals Will. 'Een lief, rustig, klein meisje.'

In de weken na Wills overlijden dacht Topaz soms dat ze hem zag. Dan zag ze een lok blond haar op het perron, als de metro tot stilstand kwam, sprong op uit haar stoel en rende het perron van een station op waar ze helemaal niet hoefde te zijn. Of ze stond bij de bushalte in Tottenham Court Road te wachten en zag een voorbijganger die dezelfde tred had als Will. Dan stak ze zonder te kijken de weg over en werd bijna aangereden door toeterende taxichauffeurs. Maar het resultaat van haar gevaarlijke acties was altijd hetzelfde: ze zag de man achter wie ze aan rende ineens niet meer, of ontdekte dat het Will niet was maar een vreemdeling, die eigenlijk niet eens op hem leek.

Op een avond zat ze in de bioscoop, toen ze dacht dat ze hem zag. Wat voelde het gewoon dat Will Chancellor, die net zes weken daarvoor was overleden, op Leicester Square naar een film zat te kijken. Want Will was altijd dol geweest op thrillers. Ze stond op en perste zich langs de lange rij stoelen, struikelend over tassen en paraplu's en excuses mompelend. Maar toen ze over het pad rende en zijn naam riep, draaide het blonde hoofd zich naar haar om en zag ze het jonge, mismaakte gezicht. Iemand uit de RAF, concludeerde ze later. Verbrand in zijn vliegtuig, gevangen in een kluwen metaal en parachutemateriaal.

Charlie vond haar op de stoep voor de bioscoop. 'Ik dacht echt dat hij het was,' zei ze en drukte haar handen tegen haar natte gezicht. Toen, omdat ze het tegen iemand moest zeggen en omdat Charlie per slot van rekening geen familie was, vertelde ze hem over het gesprek dat ze die middag in Hernscombe Cove met Will had gehad. Will had haar verteld dat hij in de problemen zat. Dat hij wilde vluchten, opnieuw wilde beginnen. Dat hij iemand anders wilde zijn.

Het ongeluk was twee dagen later gebeurd, vertelde ze. Maar twee dagen. En ze hadden nooit een lichaam gevonden. Wel tien getuigen hadden de drie mannen samen van de Holly Bush zien vertrekken; Wills auto was verlaten bij de haven aangetroffen. Maar ze hadden nooit een lichaam gevonden. Niets om te begraven, niets om te rusten te leggen. Alleen een herdenkingsdienst die niet meer dan een leeg gebaar had geleken, zonder middelpunt of catharsis. Het was zo raar, zei ze, anticiperend op Charlies instemming. Het was zo raar dat Will precies was verdwenen nadat hij die dingen tegen haar had gezegd.

Toen ze de uitdrukking op zijn gezicht zag, verstomden haar woorden. Hij sloeg een arm om haar heen. Hij vertelde haar over een ongeluk dat tijdens de oorlog was gebeurd, toen hij in Schotland was gestationeerd. Tijdens een oefening was een munitiedepot in brand gevlogen en had er een enorme explosie plaatsgevonden. Zes mannen hadden de explosie niet overleefd. Een groep soldaten, onder wie Charlie, was gestuurd om op te ruimen. Er was maar weinig over geweest van de mannen die het dichtste bij de explosie hadden gestaan, vertelde hij. Alleen kleine stukjes. Er waren geen lichamen geweest om te begraven, doordat die niet waren overgebleven. De mijn waar de *Katie Rose* op was gelopen, moest groot zijn geweest, groot genoeg om het pantser van een torpedojager te doorboren. Niemand zou zo'n explosie kunnen hebben overleefd.

Topaz wist dat Charlie haar dit vertelde omdat hij dacht dat het beter was geen valse hoop te wekken, en omdat hij geloofde dat ze aan Wills dood twijfelde, omdat ze moeite had haar verlies te accepteren. Dus probeerde ze zich Will voor te stellen als stof op het wateroppervlak, naar beneden dwarrelend om één te worden met de schelpen en het zand. Naarmate de maanden verstreken, dacht ze hem minder vaak te zien en keek ze niet langer iedere blonde man op straat na. Hoewel een heel klein deel van haar bleef twijfelen, sprak ze daar niet meer over. Ze was zich gaan generen voor haar gedachten; ze zag ze zoals anderen ze zagen: als naïef optimisme op zijn best en in het ergste geval als een morbide onkunde de realiteit te accepteren.

Maar soms als ze 's nachts wakker werd, draaide haar hart zich om als ze aan Will dacht. Ze zag hem als schooljongen met inkt op zijn vingers, autonummerborden in zijn schriftje krabbelend. Ze zag hem achter het stuur van een auto, zoals hij erachter had gezeten toen hij haar kwam ophalen en naar haar zwaaide in de trein, nadat ze elkaar zeven jaar niet hadden gezien. Ze zag hem op het strand staan: *ik heb er een puinhoop van gemaakt*. Wat had hij gedaan? Wat had hij gedacht dat hij had gedaan? Had zij verkeerd gereageerd? Had ze te weinig gezegd, of juist te veel? De herinnering aan hun laatste gesprek bleef haar achtervolgen.

Ze dwong zichzelf zich te concentreren op dagelijkse dingen. Op haar nieuwe baan, in een eetcafé in Ladbroke Grove en op Charlie, wiens leven was begonnen te veranderen. Iemand had hem in de zomer in Bournemouth gezien (met die paddestoel van papiermaché en Sylvia dronken op een zitzak), iemand die invloed had. Naar aanleiding van zijn optreden daar was hem een rol aangeboden in *Journey's End* in een theater in Hampstead. Met stralende ogen van opwinding vertelde hij aan Topaz dat het niet het soort repertoire was dat hij gewend was. Geen twee voorstellingen per dag, geen winst die verdeeld werd onder een ongeorganiseerd groepje toneelstudenten en voormalige sterren. Geen decor dat in elkaar stortte en geen dronken acteurs. Iedereen gedroeg zich professioneel en was ambitieus en perfectionistisch.

Het stuk werd een succes en Charlie kreeg een vaste baan bij het gezelschap aangeboden. Hij zag een enorme hoeveelheid nieuwe mogelijkheden en paden. Het geluk veranderde Charlie. Hij werd er zelfverzekerd van. Ze genoot van zijn geluk en van het feit dat hij eindelijk kreeg waar hij zo naar had verlangd. Ze liet zichzelf meedragen op de golf van zijn succes, ging met hem naar feestjes en dineetjes en vree met hem in de privacy van zijn nieuwe appartement in Finsbury Park. Hij had lang genoeg op zijn doorbraak moeten wachten en ze wilde zijn plotselinge optimisme niet verpesten door hem te belasten met het verdriet over Will, dat ze nog steeds voelde.

Ze zagen hun oude vriendenkring van het café op Leicester Square nog maar weinig. Claudette had Charlie nooit vergeven dat hij haar had afgewezen; Jerry was gaan lesgeven in Basingstoke. Die ene keer dat Charlie en Donald elkaar waren tegengekomen na Helena's zelfmoordpoging, waren ze bijna met elkaar op de vuist gegaan. Nadat ze uit het ziekenhuis was ontslagen, had ze een voorwaardelijke straf gekregen, op voorwaarde dat ze bij haar ouders in Maidstone zou gaan wonen. Topaz ging een keer per maand bij haar op bezoek. Het was, vond ze, net alsof ze iemand uit een heel diepe put zat opklauteren. Eens in de zoveel tijd stak Helena's hand in het licht, maar dan verdween hij weer en moest ze weer helemaal opnieuw uit de duisternis omhoogkomen.

Nu hij succesvol was, had Charlie een heel nieuwe vriendenkring om zich heen. Het waren interessante, gecultiveerde vrienden. Deze vrienden maakten geen rokken van restjes zijde; in hun jurken prijkten merkjes van Dior. Charlie en zij gingen niet meer naar rokerige jazzclubs en keken geen Franse films meer in tochtige kerken. Ze ontmoetten hun nieuwe vrienden in chique restaurantjes en hippe pubs in Chelsea. Ze gingen niet meer onuitgenodigd naar feestjes, ze werden tegenwoordig overal voor gevraagd.

Charlies nieuwe vrienden waren acteurs, journalisten, dansers, modellen. Leden van de beau monde. Ze hadden hun eigen kliekje, waarin iedereen die te oud, te gewoontjes of te arm was, niet werd toegelaten. Iedereen was aantrekkelijk, grappig en boeiend. Ze waren dol op Charlie, en Charlie was dol op hen. De vrouwen deden Topaz denken aan een bepaald soort meisjes met wie ze op school had gezeten. Knap, slim, vol zelfvertrouwen en met een vleugje rebellie in zich. Het soort meisje dat er nooit aan twijfelde dat de wereld aan haar voeten lag. Met slanke vingers wapperend, nodigden ze vaag mensen voor dineetjes en cocktailfeestjes uit. 'Neem maar iemand mee,' zeiden ze dan. 'Neem een vriendin mee, je vriendin, je verloofde. Neem dat meisje mee om wie we altijd zo moeten lachen. Neem Topaz mee.' Dat ze moeite hadden haar in een hokje te plaatsen, verbaasde Topaz niet. Ze wist zelf ook niet exact wat ze betekende voor Charlie.

Vaak zag ze hem dagen achtereen niet. Zijn week stond volgepland met repetities, avond- en matineevoorstellingen. Maar ze hield zichzelf opgewekt voor dat dit veel beter was dan elkaar de hele dag op de lip zitten. Het was veel beter om niet te afhankelijk van elkaar te zijn. Ze wilde niet het soort meisje zijn dat mopperend alleen thuiszat en behalve haar nagels lakken en haar haar wassen niets te doen had op een avond dat haar vriendje er niet was. Maar op een avond vond ze zichzelf toch onverwacht voor de spiegel, zich afvragend of het anders geweest zou zijn als zij anders geweest was. Ze probeerde zich voor te stellen dat haar gezicht smal was, met hoge jukbeenderen. Dat ze mooi was. Ze drukte haar onwillige haardos plat en stelde zich voor dat haar haar golvend en soepel over haar schouders viel. Ze stelde zich voor dat haar ogen groter waren, haar mond voller en haar neus rechter.

Maar ze was dol op haar werk in het eetcafé; ze vroeg zich af waarom ze niet eerder had bedacht dat zulk werk haar goed zou liggen. Al die afschuwelijke kantoren waar haar onhandige vingers op de toetsen van typemachines hadden geramd in plaats van te snijden, pellen en raspen, zoals ze bedoeld waren te doen. Ze was zowel serveerster als keukenhulp. Het eetcafé was van en genoemd naar een Française, die Angélique heette. Angélique was in 1940 met een Engelse soldaat getrouwd en toen Duinkerken was gevallen, was ze met hem uit Frankrijk gevlucht. Angélique had een grondige hekel aan de Engelse keuken, bleef neerbuigend over het armzalige aanbod van de Londense slagers en groothandelaren en smokkelde regelmatig eten naar Engeland, dat van de boerderij van haar familie in Frankrijk kwam: glanzende aubergines, stekelige blauwgrijze artisjokken, robijnrode pepers en bleke sperzieboontjes. Sommige fruitsoorten had Topaz nog nooit gezien, andere alleen voor het laatst toen ze klein was. Angélique leerde haar een zijdezachte bechamelsaus maken, soesjesdeeg dat smolt op de tong, zoete, gekarameliseerde uiensoep en *îles flottants* waarvan de meringuebootjes op een bleekgele custardzee dreven.

Ze leerde de vaste klanten in het eetcafé kennen. 's Middags kwamen er leraren, kantoorbeambten en studenten geneeskunde uit de nabijgelegen ziekenhuizen. Serieuze mensen die leerstof of medische tijdschriften zaten te lezen en ondertussen hun *vichyssoise* dronken en hun *croque monsieur* aten. 's Avonds namen ze hun vrouwen mee uit eten, vriendelijke dames in armoedige kleding, die ooit van uitstekende kwaliteit was geweest. Ze vonden dat Topaz het maar zwaar had, doordat ze zoveel moest staan, lopen en doen. Hun mannen haalden herinneringen op aan vooroorlogse vakanties naar Frankrijk. 'Weet je nog,' zeiden ze dan, 'dat kleine pensionnetje aan de Loire? De wijngaarden en de velden vol zonnebloemen? En het goudroze avondlicht?'

Topaz' moeder, die even geen aanbidder had, mopperde over de lange dagen die Topaz in het eetcafé maakte. 'Mijn dochter,' verzuchtte ze dan met in minachting naar beneden krullende mondhoeken, 'is serveerster.' Topaz hield haar zoet door af en toe een vrije middag bridge te spelen met haar moeders verveelde, teleurgestelde vriendinnen. De dood van Will, en de manier waarop Veronica erop had gereageerd, had haar in één klap haar moeders emotionele leegheid, de totale afwezigheid van gevoel dat ze zowel wat betreft haar eigen leven als dat van anderen had, duidelijk gemaakt. Wat niet wegnam dat Topaz niet minder ging verlangen naar een teder gebaar of het delen van haar gevoelens met haar moeder. Ze kon ook haar verlangen naar liefde en goedkeuring van haar moeder niet loslaten, of zichzelf ervan overtuigen dat het niet aan haar lag dat haar moeder haar die dingen niet gaf. Maar ze had geleerd er een beetje afstand van te nemen, niet te veel te verwachten en niet te veel waarde te hechten aan haar moeders medeleven of afkeuring. Ze was volwassen aan het worden, bedacht ze zich.

Deel III

De betovering verbroken

1949-1951

12

In het voorjaar van 1950 werd Topaz eenentwintig en erfde ze een geldbedrag dat haar vader haar had nagelaten. Ze overwoog het geld te besteden aan een kookcusus in een school in Londen en besprak het idee met Angélique, die het afkeurde. Kookopleidingen leerden meisjes hoe ze hoopjes groente in aspic konden stoppen en ingewikkelde desserts met geglazuurde kersen en slagroom konden maken. Als Topaz beter wilde leren koken, zou ze dat veel beter leren van Angéliques moeder in Frankrijk.

Ze bracht zes weken door op de boerderij van Angéliques moeder bij Chinon in de Loirevallei. Die zes weken waren een openbaring. Ze ging naar markten waar de lucht naar kruiden – oregano, salie en tijm – rook en waar glanzende paarse aubergines, groene en rode pepers en witte knoflook op de tafels lagen uitgespreid als op een schilderij. Waar eenden en kippen in kooien van kippengaas kakelden, groene, zwarte en bruine olijven en gezouten ansjovis als juwelen in terracottapotten uitgestald stonden. Na tien jaar rantsoenen en soberheid werd ze bijna overweldigd door wat ze zag, rook en proefde en werd ze helemaal licht in haar hoofd. Ze had het gevoel dat ze was binnengetreden in een magische, verboden wereld.

Madame Caillot leerde haar soep en quiche maken. Topaz leerde hoe ze bouillon moest trekken uit mergpijpjes, hoe ze *brandades* van gezouten kabeljauw en omelet met paddestoelen moest maken. Ze leerde langoustines in knoflook en boter klaarmaken en mosselen in room. Haar middagen bracht ze zwervend door de prachtige, zonovergoten omgeving door, het landschap waar eeuwen geleden de Franse vorsten hadden gewoond. Ze ging naar kastelen waarvan de slanke, zilverkleurige torentjes de hemel leken te raken en waarvan de onwaarschijnlijk smalle ophaalbruggetjes koele grachten overspanden. In de middaghitte leken de poelen en rivieren onbeweeglijk te worden, donker en onpeilbaar, en hingen de vlaggen slaperig aan hun vlaggenstokken in de windstille lucht. Dan zat ze in de schaduw brieven te schrijven en naarmate de weken verstreken, niets te doen behalve genieten van de zon op haar huid en de geur van het gras en de warme aarde.

Toen ze terugkwam in Londen, leek het er grijs, stoffig en druk. Haar moeder had commentaar op haar zonnesproeten; toen ze diezelfde middag met Charlie in bed lag, kuste hij ze allemaal. De luie middagzon sijpelde naar binnen door de jaloezieën en als ze haar ogen sloot, kon ze zichzelf er bijna van overtuigen dat ze weer in Frankrijk was. Ze zei tegen Charlie dat ze eens samen naar het buitenland zouden moeten gaan en hij kuste glimlachend nog een sproet. Ze zag zichzelf met Charlie in Frankrijk, dinerend in koele, donkere, kleine restaurantjes, picknickend aan groene rivieren met oevers vol riet. Ze hielp hem eraan herinneren dat ze nog nooit samen op vakantie waren geweest. Natuurlijk, mompelde hij. Zodra hij er de tijd voor kon vrijmaken.

Ze brachten die zomer weekeinden door bij vrienden van Charlie. Ze woonden in geweldige huizen, die nieuwe vrienden van Charlie: Edwardiaanse woningen in East Dean en Hendon, eeuwenoude cottages in de Cotswolds en de Sussex Downs. De huizen waren van David, die films maakte; van Celia, die een vriendin was van de Oliviers; van Jennifer Audley, die, blond en graatmager, op dat moment de onbetwiste leidster van de beau monde was. Topaz zag hoe Charlie in het bijzijn van die mensen veranderde. Hij nam hun afstandelijke humor aan, hun onverschilligheid en hun onachtzaamheid ten aanzien van de gevoelens van anderen. Hij paste zijn verleden aan, vervormde het en herschreef het om beter bij hen in de smaak te vallen. Hij vond zichzelf opnieuw uit voor hen, zozeer dat ze hem soms nauwelijks herkende als hij in hun gezelschap was.

Maar als ze samen waren, was hij nog steeds haar Charlie. Soms werd ze in de ochtendschemering wakker en keek ze hoe hij lag te slapen. Dan bestudeerde ze zijn gezicht, waarvan ze elk detail kende: zijn hoge jukbeenderen, zijn rechte, smalle neus en zijn diepliggende ogen. Als hij zich in zijn slaap omdraaide, legde hij vaak een arm om haar heen. Dan pasten hun lichamen perfect in elkaar en haalden ze synchroon adem. Dit was de echte Charlie, stelde ze zichzelf gerust, de Charlie die haar 's ochtends als hij wakker werd, naar zich toe trok, zijn ogen vol dromerig genot.

In september verbleven ze een weekeinde in een huis in Lewes. 's Middags zei Charlie dat hij een paar uur voor zichzelf nodig had ('theaterzaken, vreselijk saai'), dus dwaalde Topaz in haar eentje door de stad, op zoek naar boekwinkels en antiekwinkeltjes. Toen ze terugkwam, zag ze door een zijhek Charlie en Jennifer Audley door de tuin lopen. Ze bleef even staan. Jennifers zilverblonde haar bewoog een beetje door het briesje dat door de tuin blies en ze liep met haar arm door die van Charlie. Terwijl Topaz stond te kijken, verdween de zon achter een wolk en blies de wind de eerste bladeren van een walnotenboom. Terwijl de zomer in herfst veranderde, bleef het beeld haar bij: de arm van de vrouw door die van Charlie en de eerste dode bladeren op het gras.

Op een dag vroeg een vriendin haar te koken voor een dineetje dat ze organiseerde. Topaz stemde twijfelend toe. Er zouden vier stellen komen en de gastvrouw zou voor wijn en koffie zorgen. Omdat het eten nog steeds op de bon was en ze nachtmerries had over aangebrand gebak en ingestorte soufflés, besloot ze het menu eenvoudig te houden. Ze maakte de pastinaaksoep en de citroentaart van tevoren; ze moest de soep twee keer maken, omdat een vriendin van haar moeder net belde toen hij stond te pruttelen en de melk aanbrandde. Als hoofdgerecht maakte ze tong, gesauteerde aardappels en sperziebonen, dat kon niet misgaan. In de onbekende keuken, goochelend met potten en pannen op een krakkemikkig gasfornuis, werd ze toch ineens vreselijk zenuwachtig. Als ze nou vergat om zout bij de aardappels te doen? Of als de sperziebonen van die taaie draden hadden? Ze had alles wat ze moest doen, tot op de minuut nauwkeurig genoteerd en twee keer gecontroleerd of ze alle ingrediënten had, maar niettemin had ze het idee dat er vreselijk veel zou kunnen misgaan.

Er viel een vis uit elkaar in de koekenpan en de sperziebonen waren iets te gaar, maar dat leek geen van de gasten op te vallen. Ze kreeg een complimentje van de gastvrouw en twee van de gasten vroegen haar telefoonnummer, zodat ze haar konden bellen als ze haar wilden inhuren. Toen ze de keuken stond op te ruimen, was ze uitgeput, maar verrukt.

Na die eerste opdracht leek het net alsof ze vanzelf steeds vaker werd gebeld. Een van de gasten van het eerste dineetje vroeg haar een buffet te maken, voor ze met een stel mensen naar het theater ging. En toen hoorden Charlies vrienden – zijn rijke, drukke vrienden – dat ze goed kon koken. 'Een piepklein dineetje,' zeiden ze dan en haalden haar over een gaatje in haar agenda te vinden. Of: 'Een koud lunchbuffet, schat, niets ingewikkelds.'

Ze leerde al snel hoe ze een uitgebalanceerd menu moest samenstellen; ze ontdekte welke gerechten ze goed van tevoren kon maken en welke overhaast ter plekke moesten worden bereid. Er ging natuurlijk wel eens iets vreselijk mis. Op een keer kreeg ze de klonten niet uit de custard voor de *îles flottantes* en moest ze halsoverkop naar een avondwinkel om room te kopen. En een andere keer stal de kat van de gastvrouw de gebakken zalm en moest ze de overblijfselen verstoppen onder schijfjes komkommer en citroen. En een andere keer leek de gastheer – die veel te veel had gedronken – te denken dat hij haar bij het dineetje kreeg en rende hij achter haar aan het huis door, tot ze hem in de keuken met een deegroller van zich af moest slaan.

Topaz leerde delen van Londen kennen waar ze nog nooit was geweest en ontdekte een winkeltje in Soho dat dezelfde terracotta keukenbenodigdheden en koperen pannen verkocht die Angélique en Madame Caillot gebruikten. Een andere winkel importeerde producten uit Zuid-Europa: courgettes, citroenen, olijfolie, verse pasta en amandelen. Charlie reed haar vaak met haar potten en pannen en dozen in zijn oude Riley naar de huizen waar ze ging koken. Hij reed dan door naar het theater en kwam haar soms een paar uur later weer ophalen. Als hij een goede voorstelling had gespeeld, was hij in opperbeste stemming; als het minder was gegaan, was hij niet te genieten. Ze aten samen de restjes op; Topaz kreeg na zo'n avond steevast ineens vreselijke honger en Charlie was altijd zo rusteloos, dat hij alleen een paar hapjes van de *Boeuf Wellington* of chocolademousse nam.

Haar moeder begon te klagen over de knoflooklucht en de potten en pannen in haar keuken. Tijdens haar koffiepauze in het eetcafé van Angélique bestudeerde ze de 'te huur'-sectie in de *Evening Standard*. Op haar vrije middagen bekeek ze piepkleine eenkamerappartementjes in Earl's Court en prachtige flats in Highgate.

Ze werd rondgeleid in smetteloze formicakeukens, die haar deden denken aan schoollaboratoria en vieze Victoriaanse badkamers met gebarsten baden en gevaarlijk uitziende geisers. Ze keek in kasten en onder gootstenen, in klamme achtertuintjes en op schitterende dakterrassen. Een van de appartementen hing vol spinnenwebben en de vloeren waren geheel bedekt met oude kranten. In een ander was geen stofje te vinden en kon ze haar eigen weerspiegeling in de gepoetste vloer zien. Niets voelde goed. Ze merkte dat de makelaars ongeduldig begonnen te worden. Ze zocht blijkbaar naar iets specifieks, dacht ze. Ze zocht een thuis.

Uitgeput en altijd in de chaos, dacht Julia soms terug aan het gesprek dat ze met Marius had gehad. Het gesprek waarin ze had gezegd (ze dacht er met gêne aan terug): 'Ik krijg een lief, rustig, klein meisje. Nou, ze had geen lief, klein meisje gekregen, ze had William gekregen. Bijna negen pond toen hij geboren werd, had hij niet doorgeslapen tot hij vier maanden oud was, en zelfs nadat dat heuglijke feit eindelijk gewoonte was geworden, werd hij nooit later dan halfzes wakker. Dan deed hij zijn mond open en begon te schreeuwen, iets wat hij nogal vaak had gedaan in de achttien maanden sinds zijn geboorte.

De eerste maanden van Williams leven waren voor Julia voorbijgegaan in een wirwar van uitputting. Ze had niet geweten dat het mogelijk was zo moe te zijn; ze had er geen idee van gehad dat zij – de vrolijke, bekwame Julia Chancellor – kon worden gereduceerd tot een bevend, huilend hoopje, dat zich pas tegen het middaguur realiseerde dat ze haar trui binnenstebuiten aanhad, of dat ze om de een of andere onverklaarbare reden haar sleutels in het zeepbakje had gelegd. En toen de zes maanden oude William zich, schreeuwend van frustratie en woede, over de vloer begon te slepen op weg naar een of ander vreselijk aantrekkelijk en gegarandeerd levensgevaarlijk object, was er een heel nieuwe wereld van angsten en zorgen voor Julia opengegaan, die haar het meest prominente kenmerk van het moederschap leek te zijn. Ze was doodsbang dat William zijn vingers in een stopcontact zou steken en zichzelf zou elektrocuteren, of dat hij een zware schemerlamp zou omtrekken, die hij dan op zijn hoofd zou krijgen, waardoor hij een schedelbasisfractuur zou oplopen. Of dat hij met zijn eigenwijze vingertjes het gootsteenkastje zou openpeuteren en zichzelf zou vergiftigen door een fles bleekmiddel leeg te drinken. Hij zat altijd vol bulten, schaafwonden en sneeën. Als ze ging winkelen, sprak ze de moeders van schattige kleine meisjes; die schattige lieve meisjes hadden dan prachtig geborstelde blonde krullen, beeldschone en gladde roze gezichtjes en schone roze en witte jurkjes. Julia's William had altijd een hele reeks paarse en gele vlekken op zijn voorhoofd, schaafwonden op zijn knieën en een scheur in zijn mouw van de valpartij van die ochtend. En meestal probeerde hij zodra hij zo'n schattig klein meisje zag, haar krullen uit haar hoofd te trekken.

Een van haar pre-William goede voornemens was geweest een goede moeder te worden. Ze had gedacht dat dat de enige manier was waarop ze iets kon goedmaken naar Will toe. Maar werden goede moeders op ochtenden dat ze op Temperleys gingen werken, zuchtend van opluchting wakker? Voelden goede moeders een enorme last van hun schouders vallen als ze hun enige zoon overdroegen aan de zorg van een van zijn grootmoeders? Zetten zij hun auto stil op weg van Missencourt naar hun werk om achterover te leunen, hun ogen te sluiten en even te genieten van de rust en stilte?

Maar toch, maar toch. Ze adoreerde hem, hoe kon het ook anders. Hij was haar oogappeltje, het middelpunt van haar bestaan. Ze was gek op zijn blauwe ogen en gele haar, wat hij allebei van zijn vader had. Ze genoot van zijn robuuste mannelijkheid, zijn fysieke dapperheid, hoe hij omrolde, ging zitten, kroop en liep voordat hij dat hoorde te doen volgens de babyboeken die ze las. Ze bewonderde stiekem zelfs zijn koppigheid en weigering compromissen te sluiten; ze herkende iets van zichzelf in deze wervelwind van een kind. En een deel van haar wist zelfs als ze zo moe was dat ze niet meer kon nadenken, dat ze een lief, rustig kind waarschijnlijk alleen maar saai had gevonden. Een deel van haar verlangde naar nog zes zonen; een ander deel van haar wist dat niets zou kunnen tippen aan de liefde die ze voor William voelde.

Zeker, liefde. Met een mislukt huwelijk en een niet-geconsumeerde verhouding achter zich, had Julia gedacht dat ze wist wat liefde was. Maar geen van haar passies, niet voor haar vader, niet voor Will en zelfs niet voor Jack, was zo ruw geweest, zo pijnlijk en hemels intens als de liefde die ze voor William voelde. Ze had die liefde onmiddellijk en instinctief gevoeld. De vroedvrouw had William in haar armen gelegd en toen was het op slag gebeurd: ze was voor de rest van haar leven aan hem verbonden. Zijn tranen verscheurden haar hart, zijn lachen garandeerde haar geluk. Als het nodig zou zijn, zou ze voor hem liegen, voor hem stelen, voor hem moorden. Als ze het het moeilijkst had – toen hij viel, toen hij op de commode probeerde te klimmen, bewusteloos raakte en met spoed naar het ziekenhuis moest worden gebracht, of toen hij met achttien maanden de mazelen kreeg en vreselijk hoge koorts had – staarde ze in een diepe, zwarte put en realiseerde zich grimmig dat ze het absoluut niet zou kunnen verwerken als William iets ergs zou overkomen. Ze wist, dat als ze hem zou verliezen, ze het beste deel van haarzelf zou verliezen. Ze wist dat haar onstuimige zoon haar tot zijn slaaf had gemaakt, dat hij haar hart had gestolen en het haar zo lang ze zou leven, niet zou teruggeven.

Toen William drie maanden oud was, was ze van Hidcote Cottage naar Longridge verhuisd. Hidcote Cottage was gewoon geen praktische plaats om een kind groot te brengen: wandelwagenwielen bleven er in de modder steken en in het prille begin van haar moederschap had ze nog niet veel vertrouwen in haar eigen kundigheid gehad om haar kind te verzorgen en had de geïsoleerde ligging haar beangstigd. Ze verliet het huisje met gemengde gevoelens: opgelucht dat ze het temperamentvolle fornuis en de wc in de aanbouw achterliet, maar zich er tegelijkertijd van bewust dat ze met het huisje iets van Will achterliet. Toen ze voor de laatste keer de deur van het huisje achter zich dichttrok, werd ze overvallen door herinneringen aan Will: Will die met zijn zaklamp als een baken in de nacht het pad naar het huisje opliep; Will en zij, samen opgekruld op de bank in die eerste, vreselijke winter, kijkend naar de sneeuw. Ze probeerde haar latere herinneringen, die van afstand en bedrog en uiteindelijk afwezigheid en de dood, te verdringen.

Ze huurde nu een klein vrijstaand huisje aan de rand van Longridge. Het had twee slaapkamers, een zitkamer, een keuken en een heuse (hemelse) badkamer met riolering op de eerste verdieping. Het huis had een tuintje waar William in kon spelen en een oprit waar Julia de oude Aston Martin kon parkeren, die haar schoonvader haar zo lief te leen had gegeven. Het huis stelde niet veel voor en was vele malen kleiner dan Missencourt. Het was ouderwets en doorleefd en naarmate de maanden verstreken, kwam het vol te staan met modderige handafdrukken en waskrijtstrepen. Ook de meubels waren oud en

287

gebruikt: afgedankte meubels uit Missencourt die veel te groot leken in de kleine kamertjes.

Maar toch was ze gelukkig, voorzover ze zich in die periode gelukkig kon voelen. Haar emoties dreven van bezorgdheid naar tevredenheid en uitputting, en uitputting had meestal de overhand. Op mooie dagen nam Julia William – in de hoop hem moe te maken – mee wandelen over het voetpad langs de heuvel. Terwijl William handenvol gras en grasklokjes uit de grond rukte en in modderige plassen water stond te springen, hield Julia haar hand boven haar ogen en tuurde de vallei in. In de verte zag ze Sixfields liggen, pompeus en bijna verborgen achter de groengouden heuvels.

Hoewel ze voor William haar uiterste best deed deel te nemen aan het dorpsleven, wist ze dat ze er nooit helemaal bij zou horen. De meeste andere jonge moeders waren getrouwd met boerenknechten en arbeiders en bekeken Julia, met haar bekakte accent en haar familie in het grote huis, met een mengeling van ongemak en bewondering. Dat ze uit werken ging, dat ze in een auto reed en een bontjas droeg (ook al was hij veertig jaar oud en aangevreten door motten) creëerde alleen nog maar meer afstand tussen haar en de vriendelijke, vrolijke vrouwen en moeders. Julia voelde dat ze een bedreiging vormde voor hun huiselijkheid en een uitdaging voor de opluchting waarmee ze na de oorlog waren teruggevallen in de dagelijkse routine van hun huishouden en gezin. Hoewel ze ingingen op haar uitnodigingen met hun zoons op bezoek te komen, wist ze dat ze niet werd uitgenodigd op de ongedwongen bijeenkomsten, koffieochtendjes en theekransjes. Soms hoorde ze in de zomer, als ze op weg was naar de winkels, hun geschater uit de tuinen komen en ving ze wel eens iets op van de vrouwelijke intimiteiten die ze met elkaar deelden.

Op haar werk hoorde ze er ook niet echt bij. Er was iets veranderd, nu de oorlog voorbij was; het gemak waarmee ze was geaccepteerd nadat ze de plaats van haar overleden vader en afwezige broer had overgenomen, was verdwenen. Toen was ze een heldin geweest; nu was ze een rariteit. Tijdens de oorlog waren velen van de werknemers vrouwen geweest, die de plaats van hun afwezige man hadden ingenomen. Nu werkten er alleen maar mannen in de werkplaats. Julia had ondertussen geleerd zich neer te leggen bij kleine vernederingen: de mensen aan de telefoon die aannamen dat ze Marius' secretaresse was, de verkopers die haar op haar billen tikten en naar de baas vroegen. Maar andere gebeurtenissen hadden meer effect op haar. De grove, seksistische opmerkingen als ze een technicus moest ontslaan omdat hij consequent te laat op zijn werk kwam. De inpaksters die ze in de toiletruimte hoorde roddelen: 'Dat arme kind... zijn vader is dood en dan laat z'n moeder het arme wurm in de steek om te komen werken. Dat is toch afschuwelijk?' Julia was nog even doodstil op de wc blijven zitten nadat ze waren weggegaan. Ze had geprobeerd haar tranen weg te slikken en zich afgevraagd of ze William inderdaad verwaarloosde. In het kleine hokje dat naar zeep en desinfecterend middel stonk, overdacht ze de keuzes die ze had gemaakt en vroeg zich af of ze daar inderdaad degene van wie ze het meeste hield, pijn mee deed.

Sinds hij twee jaar geleden uit Dorset was weggegaan, had Julia via brieven aan Prudence gehoord hoe het met Jack was. Ze wist dat hij in Canada was en op een boerderij in Saskatchewan werkte. Julia's enige directe contact met Jack was een pakket geweest dat een paar weken na de geboorte van William was bezorgd. Er had een prachtige teddybeer voor William en een porseleinen paard – zwart, net als Salem – in gezeten. Er had geen briefje bij gezeten, maar Julia zag de cadeaus voor William en haar als een soort aanbod tot een wapenstilstand. De teddybeer was een van Williams favorieten geworden; hij was niet zo mooi meer als toen hij hem had gekregen, zijn goudkleurige vacht was ondertussen grijs en glansloos door het gesleep door plassen water. Het paard stond op de schoorsteenmantel als aandenken aan een tijd waarin Julia zorgelozer was geweest. Ze had niet meer paardgereden sinds de dag dat Salem haar had afgeworpen. Het moederschap had haar veranderd; ze lette tegenwoordig niet alleen op haar kind, maar ook op zichzelf. Ze wist dat het belangrijk was voor William dat ze goed voor zichzelf zorgde. Zonder vader was zij zijn enige bescherming tegen de wereld.

Ooit had Jack van haar gehouden om haar onbevreesdheid. Soms vroeg ze zich af wat hij van haar zou denken nu ze overal gevaar zag. Als ze naar de winkel liepen, hield ze William strak vast aan zijn tuigje; als ze in de auto zat, reed ze rustig en zat met argusogen achter het stuur. Een deel van haar was opgelucht dat Jack weg was. Ze stak nu al haar passie en energie in haar zoon en ze dacht zelfs regelmatig dat als Jack op een dag zou terugkomen, ze niet eens tijd voor hem zou hebben.

Marius liet Suzanne aan de ontbijttafel de uitnodiging zien. 'Tom en Linda Page,' las ze voor. 'Wie zijn dat?'

'Tom was mijn sergeant,' vertelde Marius. 'Ik heb hem in geen jaren gezien. Goeie vent.' De uitnodiging was voor een feestje dat Tom en Linda organiseerden omdat ze tien jaar waren getrouwd. Hij zei: 'Wel een gedoe, helemaal naar Londen voor een feestje. Wat denk je, zullen we maar thuisblijven?'

Ze gaf hem geen antwoord, maar had een blik in haar ogen die hem zorgen baarde. Die uitdrukking die ze had als ze zorgvuldig probeerde haar wanhoop te verbergen.

Hij zei: 'Tenzij je er graag heen wilt?'

'Misschien is het wel leuk. We zijn al zo lang nergens geweest.'

Hij deed zijn best. 'Ja, waarom ook niet. We kunnen er een weekendje van maken. Ergens gaan eten. Jij kunt een dagje gaan winkelen. En ik zou het leuk vinden Tom weer eens te zien.'

In het weekend van het feestje verbleven ze in het kleine flatje in Holborn dat Marius het jaar daarvoor had gekocht. Ze slenterden 's middags over Regent Street en bekeken etalages voor ze in het Savoy gingen eten. Daarna gingen ze naar het feestje.

De familie Page woonde in Mortlake in Zuid-Londen. Ze woonden in een klein rijtjeshuis van rode bakstenen, een in een lange rij identieke woningen. Niet ver van hun huis vandaan lag de rivier, zwart in de duisternis, met slierten mist boven het oppervlak.

De gehele familie en al hun vrienden en kennissen leken in het kleine huisje geperst te zijn. Mensen dansten op de muziek van een krakende grammofoon en botsten constant tegen elkaar aan. Marius vond dat Tom geen spat was veranderd, dat hij alleen iets breder en kaler was geworden. Het klikte meteen tussen hem en Suzanne. Tom was geboren en getogen in Stepney; Suzanne en hij hadden in dezelfde straten gespeeld en hadden op dezelfde school gezeten. Zijn vrouw, Linda, had een tijdje bij dezelfde groenteboer gewerkt als Suzanne. Toen Tom haar ten dans vroeg, volgde ze hem de samengeperste mensenmassa in het midden van de kamer in.

In de keuken kreeg Marius een glas bier van iemand. Na een tijdje liep hij terug naar de woonkamer. Suzanne was nog aan het dansen, maar nu met iemand anders. Het drong tot hem door dat hij haar in geen maanden zo gelukkig had gezien. Hoe lang was het geleden, vroeg hij zichzelf af, dat ze samen waren gaan dansen? Jaren, bedacht hij zich, tenzij hij dat saaie samenzijn bij de Barringtons van een paar weken geleden meetelde, waar ze ongemakkelijk wat hadden geschuifeld op een melodie die minstens twee decennia oud was. Nu zag hij Suzanne met een zwierende rok en haar dat ontsnapte uit haar strakke krullen de jive en jitterbug dansen. Marius zag hoe de ogen van haar partner haar bewegingen volgden. De helft van de mannen in de kamer keek naar haar. Ondanks de hitte in het overvolle huisje, begon hij te beven.

Hij wist dat hij Suzanne uit het leven dat ze kende had weggehaald en haar had meegenomen naar een leven waarin ze zich misschien wel nooit helemaal op haar gemak zou gaan voelen. Toen hij had gedacht dat het voorbij was geweest, had hij zich wanhopig gevoeld. Eerder die avond, toen hij haar had meegenomen naar het Savoy, had hij gedacht haar daarmee op een heerlijke avond te trakteren. Maar was het voor Suzanne wel zo'n traktatie geweest? Als hij zich in dit huis een buitenstaander voelde, opvallend door de verkeerde kleding, het verkeerde accent en de verkeerde manieren, hoe moest Suzanne zich dan voelen, opgesloten in de chique kamers met bediening in uniform?

En erger nog: hoe moest ze zich voelen op Missencourt, gevangen op het platteland, waar ze zich niet prettig voelde en wat ze niet begreep? Ze klaagde nooit, ze had geprobeerd er het beste van te maken, zich zo goed mogelijk aangepast aan het plattelandsleven, en was om iets omhanden te hebben een peuterschooltje begonnen. Maar zou ze gelukkiger zijn geweest in een andere omgeving? Zou ze gelukkiger zijn als ze in de stad woonde die ze kende en waarvan ze hield?

Maar toch had hij het gevoel dat hij geen keuze had dan op Missencourt te blijven. De halve bevolking van Great Missen was van Temperleys Radio's afhankelijk voor werk. En het zou wreed zijn zijn moeder achter te laten en haar te scheiden van het kleinkind van wie ze zoveel hield. Bovendien werd Adeles gezondheid er de laatste jaren niet beter op. Hoe zou ze in haar eentje het grote huis en de enorme tuin kunnen onderhouden?

Door met hem te trouwen had Suzanne zich niet alleen met hem, maar ook met een huis en een familie verbonden. Zijn oude angst — de angst die altijd in zijn achterhoofd aanwezig was, maar die hij meestal in bedwang wist te houden: dat ze spijt zou krijgen van de afspraak die ze hadden gemaakt – kwam weer in alle hevigheid naar boven nu hij haar zo zag dansen. Hij zou nooit zeker van haar liefde zijn, bedacht hij zich met een schok. Ze zou altijd deels ongrijpbaar voor hem blijven, deels onbereikbaar.

Maar toen ze na het feest op zoek naar een taxi over de hoofdweg liepen, stak ze haar arm door de zijne en zei: 'Jemig, ik geloof dat ik mijn schoenzolen tot op de draad heb versleten, vanavond.'

'Maar je hebt je wel vermaakt, toch?'

'Het deed me denken aan mijn jeugd. De tijd dat ik nog vaak danste.'

'We zouden vaker moeten gaan dansen.'

Ze zei: 'Voorlopig even niet, Marius.' Ze keek van hem weg, de rivier over, alsof ze hem niet in de ogen wilde kijken.

Hij zei weifelend: 'Ik weet dat je niet altijd even gelukkig bent op Missencourt, het ligt zo afgelegen...'

'Dat geeft niets. En het is er ideaal voor kinderen.'

'Tara vindt het er heerlijk, hè?'

Ze klopte op haar buik. 'En deze hopelijk ook.'

Hij bleef staan. 'Suzanne...?'

'Ik ben in verwachting, Marius.' Haar ogen stonden helder. 'Dus ik moet mijn dansschoenen maar even opruimen.'

Hij zei plotseling, angstig en bezorgd: 'Moet je niet rusten... het rustig aan doen?'

'Marius. Nu nog niet, hoor. Wat wil je dat ik doe? Dat ik zevenenhalve maand op de bank ga zitten? Doe niet zo belachelijk.' Ze keek hem van opzij aan. 'Vind je het leuk?'

'Ja,' zei hij. Hij kuste haar. 'Nou en of.'

Hij moest de ongemakkelijke realisatie dat hij deels zo blij was doordat dit tweede kind haar voorgoed aan hem zou binden, dat dit tweede kind hem eindelijk de zekerheid zou geven dat ze zou blijven, onderdrukken.

Twee weken later had hij met Topaz in een pub in de buurt van zijn werk in Londen afgesproken.

Ze vertelde Marius dat ze op zoek was naar een eigen woning. Dat ze wat geld van haar vader had geërfd, dus dat ze zich dat nu kon veroorloven. 'En trouwens,' voegde ze eraan toe, 'mijn moeder wordt gek van al mijn spullen in de keuken en bovendien ben ik ondertussen eenentwintig, dus het zou ook wel eens tijd worden, vind je niet? Ik ben vanmiddag nog naar een paar flatjes wezen kijken. Ik had er zes geselecteerd. Maar het is zo vreselijk moeilijk om iets te vinden wat bevalt. De ene keer is de keuken perfect, maar dan is de slaapkamer weer niet om aan te zien, of er is een schattige tuin, maar dan is er weer een keuken met een badkamer erin...'

Hij vond dat ze er moe en ongeduldig uitzag. 'Ik wist niet,' zei hij, 'dat dat bestond.'

Ze zuchtte. 'Helaas wel. Dan ligt er een houten plank over het bad, die de keukentafel moet voorstellen. Dan heb je dus én geen echte keuken, én geen echte badkamer.'

Hij zei: 'Je zult het moeten doen met het beste wat je kunt vinden. Als je op zoek gaat naar dat ene perfecte, word je vaak vreselijk teleurgesteld.'

Ze groef een papiertje en een pen uit haar zak op. 'Ik heb geprobeerd aantekeningen te maken, maar de makelaar had haast, dus ik kon bijna niets opschrijven. En dan is er nog het probleem van de elektriciteit.' Ze trok een gezicht. 'Boilers en geisers en dat soort ellende. Ik wil niet zo'n enge geiser, die elke keer dat je er met een brandende lucifer in de buurt komt, bijna ontploft.'

'Kun je niemand vragen je te helpen?'

Ze zei: 'Charlie zou vandaag meegaan, maar die had het druk.'

Hij kreeg een afwerende blik in zijn ogen. Hij had Charlie Finch één keer ontmoet. Het ging er niet om dat Charlie onaardig was – het tegenovergestelde – maar Marius had al snel besloten dat hij niet goed genoeg was voor Topaz. Een lichtgewicht. Geen blijvertje. Een oordeel dat hij, hoewel hij had geprobeerd het voor zichzelf te houden, misschien toch iets te duidelijk had uitgesproken.

Hij zei: 'Hoe is het met je vriend?'

'Het gaat prima met Charlie.'

Hij wachtte tot ze meer zou gaan zeggen. Toen ze dat niet deed, zei hij: 'Heeft hij het druk? Heeft hij een leuke rol?'

'Hij speelt in een stuk in Drury Lane Theatre. De première is over een paar weken. Daarom heeft hij het zo druk. Daarom moest hij naar dat feestje.' Hij vond dat ze er doodongelukkig uitzag.

Hij keek haar vragend aan. 'Feestje?'

'Voor zijn werk.'

'Maar als hij jou zou helpen...'

'Je hoeft niet zo raar naar me te kijken,' zei ze geïrriteerd.

'Hoe?'

'Je weet wel.' Ze had een pruillip.

Hij haalde zijn schouders op. 'Het lijkt me alleen dat Charlie misschien best wat tijd voor je had kunnen vrijmaken.'

Ze zei trots: 'Ik kan uitstekend voor mezelf zorgen.'

'Met zijn tweetjes kom je soms tot meer...'

'Het stelt trouwens niets voor. Je gaat gewoon naar die flatjes kijken en dan besluit je welk je het leukste vindt.'

'Dat is niet,' zei hij zacht, 'waar het om gaat.'

Er viel een stilte. Ze staarde in haar glas. Hij hoorde haar fluisteren: 'Charlie en ik hebben het leuk samen. Ik ben heel gelukkig, Marius.'

Hij zei alleen: 'Echt waar?'

Ze keek op. 'Ik hou van hem.' Haar ogen glinsterden.

'Dat weet ik,' zei hij vriendelijk.

Hij stelde natuurlijk niet de enige voor de hand liggende vraag: *en Charlie, houdt hij van jou?* Maar die hing wel tussen hen in in de lucht. En toen, omdat het hem vriendelijker leek van onderwerp te veranderen, vertelde hij haar over de baby.

'Marius, dat is geweldig.'

'Suzanne is vreselijk misselijk geweest. Ze moet iedere morgen overgeven.'

'Julia was ook zo misselijk toen ze in verwachting was van William, weet je nog? Maar dat is overgegaan en toen hield ze niet meer op met eten.'

'Ja.' Hij glimlachte kort. 'Ze wil per se doorgaan met haar peuterschooltje. Ik heb geprobeerd haar over te halen het iets rustiger aan te doen, maar je weet hoe ze is.' Hij pakte iets uit de plastic tas die naast hem stond. 'Ik heb wat dingetjes gekocht bij Fortnums & Harrods: druiven, kaakjes en gemberkoek. Ik hoop dat ze die een beetje kan binnenhouden.'

Hij zag hoe ze zichzelf vermande en glimlachte. Toen hief ze haar glas. 'Op de nieuwe baby,' zei ze.

Suzanne, die jam van de keukenvloer schraapte en met een zucht van opluchting overeind kwam, zei: 'Dat was de laatste.' Julia had die middag een feestje voor Williams vriendjes georganiseerd. Zes kleine jon-getjes en meisjes hadden de boel op stelten gezet, terwijl hun moeders hadden geprobeerd te kletsen bij een kopje thee en een glaasje sherry.

'Ik weet niet wat erger was,' zei Julia, 'de kinderen of de moeders. Maar dit nooit meer.'

'William vond het leuk.'

'William...' Julia spoelde haar keukendoek uit in de gootsteen, 'heeft zich barbaars gedragen. Ik organiseer geen feestjes meer voor hem tot zijn zestiende verjaardag, en dan alleen op voorwaarde dat hij zich gedraagt.'

Een halfuur later deed Julia William in bad en legde hem in bed. Ze was lang bezig het huis weer aan kant te krijgen, het speelgoed en de boeken op te ruimen en de keukenvloer aan te vegen. Toen ze eindelijk klaar was, was het bijna negen uur, dus ging ze naar boven om een bad te nemen. Maar na een paar minuten was het warme water op, dus trok ze de stop weer uit het bad. Toen ze zich omdraaide, zag ze zichzelf in de badkamerspiegel en bleef even als aan de grond genageld staan. Ze was nooit ijdel geweest, maar het aanzicht van deze uitgeputte vrouw met haar gevlekte trui en broek en die vreemde, witte plukken in haar haar (glazuur? custard?), beangstigde haar. Ik was ooit mooi, bedacht ze zich. Het gevoel dat ze wilde huilen, beangstigde haar nog meer.

Ze liep naar beneden, waar ze wat van de restjes at en een groot glas sherry voor zichzelf inschonk, die ze nog overhad van de fles die ze voor de moeders had aangeschaft. Toen ging ze met een boek en de radio aan op de bank liggen. Maar hoe ze het ook probeerde weg te drukken, het vlakke, ellendige gevoel dat ze had, bleef hangen en uiteindelijk kon ze niet anders dan het onder ogen zien en analyseren. Ze dacht eigenlijk nooit na over hoe ze eruitzag, dus waarom maakte ze zich nu ineens zo druk? Omdat ik pas zesentwintig ben, bedacht ze zich gedeprimeerd. Omdat het zaterdagavond is en ik alleen ben. En omdat ik, ondanks Wil-liam, Marius, Suzanne, Topaz en al de Chancellors, eenzaam ben.

Het was niet eens, bedacht ze zich cynisch, dat ze geen gelegenheid had gehad. Er was een vermoeiende opeenvolging van mannen geweest, die allemaal dachten dat ze, zonder man en (zoals ze aannamen) wan-hopig voor een avondje seks, blij zou zijn met de onhandige avances die ze maakten. Meer dan eens had ze op haar werk gezien dat zakenrela-ties geïnteresseerd naar haar keken. Maar die interesse was al snel verdwenen als ze, wanneer ze werd uitgenodigd mee te gaan naar een pub of restaurant, over de oppas begon. Julia Chancellor de zakenvrouw was een interessante vangst; Julia Chancellor de moeder veel minder.

Heel lang had Julia, veilig in de kleine, heerlijke cirkel van wederzijdse liefde, aan niemand anders behoefte dan William. Maar de laatste tijd begon ze zich te realiseren dat ze iets miste in haar leven. Een behoefte aan volwassen gezelschap en volwassen afleiding. Ze kon zich niet eens meer herinneren wanneer ze voor het laatst haar nagels had gedaan, naar de kapper was geweest of een avondjurk had aangehad.

Haar oog viel op een klein, vierkant, wit kaartje dat op de schoorsteenmantel stond. Het kwam van Maurice Chancellor, die haar uitnodigde voor zijn zilveren bruiloft. Ze was zich bewust van haar verplichtingen jegens Wills familie, maar ze had een hekel aan Maurice en had nog niet op de uitnodiging gereageerd. Ze pakte het kaartje van de schoorsteenmantel en tikte er met haar vingernagel op. Een diner dansant in het beste hotel van Hernscombe. Ze had in geen jaren gedanst...

Al haar oude avondjurken waren niet om aan te zien, vooroorlogs en versierd met meisjesachtige strikken en ruches. Toen haar moeder haar aanbood haar een jurk te lenen, nam ze het aanbod dankbaar aan. Toen ze de inhoud van Adeles garderobekast op Missencourt bekeek en het zijde en satijn door haar vingers liet glijden, dacht Julia terug aan avonden lang geleden, waarop ze met haar vader en moeder de stad in was gegaan om te dansen of naar het theater te gaan. Avonden die nu onwaarschijnlijk lang geleden en onwaarschijnlijk uitbundig leken: haar vader, lang en knap in zijn smoking met zijden stropdas, en haar moeder, beeldschoon in een fluwelen jurk met een parelcollier.

Ze koos een schuingeknipte, lichtgrijze satijnen jurk, in de kleur van haar ogen. De nauw aansluitende snit was ouderwets, maar hij stond Julia prachtig; haar figuur was zelfs na de zwangerschap van William jongensachtig gebleven. Adele had ook nog bijpassende oorbellen, een tas en schoenen, en beloofde op William te passen.

Op de avond van het diner dansant waste en kapte Julia haar haar. Ze vocht tegen een van haar zonden – ongeduld – terwijl haar fijne lange haarlokken door haar nerveuze vingers glipten. Ze reed zelf naar Hernscombe. John en Prudence hadden aangeboden haar een lift te geven, maar die had ze afgeslagen, omdat ze dat met het oog op

William prettiger vond. Als er een noodgeval was, bijvoorbeeld. Wat ze niet zei, was dat ze nu tenminste gewoon naar huis zou kunnen als ze het niet langer dan een uur zou volhouden en een ontsnappings-mogelijkheid wilde hebben.

Naarmate ze dichter in de buurt kwam van het stadje, werd ze steeds geprikkelder. Toen ze haar auto bij het hotel parkeerde, wenste ze bijna dat ze niet was gekomen. Ze wenste bijna dat ze de uitnodi-ging had afgeslagen en lekker rustig haar zaterdagavond thuis op de bank had kunnen doorbrengen, naar de radio luisterend of een boek lezend. Ze zat in de Aston Martin en keek hoe de gasten uit auto's en taxi's stapten en de helverlichte foyer binnenliepen. Doe niet zo zie-lig, Julia, sprak ze zichzelf streng toe. Vroeger was je nergens bang voor. Wat kinderachtig om nerveus te zijn voor een feestje.

Toen ze de ontvangstruimte binnenliep, kon ze niet anders dan op-merken dat ze de enige vrouw alleen was. Elke andere vrouw liep met haar arm in die van een man in smoking, of had hem tenminste in haar blikveld. Ze zag in haar hoofd alle ongebonden mannen die ze kende: haar voorman op Temperleys, de jongen die de boodschappen be-zorgde, de postbode. Ze onderdrukte een grijns. Toen ze zag dat men-sen haar aanstaarden, hief ze haar hoofd op en liep langzaam en gra-cieus naar binnen.

Maurice Chancellor kuste haar op haar wang en bekeek haar met zijn hebberige oogjes van top tot teen. Zijn vrouw snufte en zei hoe dapper ze het vond dat Julia was gekomen en dat haar dat nooit ge-lukt zou zijn. Julia zag Prudence en John aan de andere kant van de zaal en ontsnapte zo snel ze kon aan Maurices klamme hand en de kritiserende blik van zijn vrouw.

Ze deelde een tafel met Prudence en John en nog een groepje Chacellor-neefjes en -nichtjes met hun echtgenotes en echtgenoten. Iedereen praatte met haar en bood aan een drankje voor haar te halen. Het duurde niet lang voor het tot haar doordrong dat hoewel de man-nen vonden dat ze lef had, de vrouwen haar aanwezigheid afkeurden. Misschien dat ze vonden dat ze rouwend thuis moest zitten, of zich op haar mans brandstapel had moeten werpen. Maar die arme Will had helemaal geen brandstapel gehad en niets anders ook: Julia verdrong die gedachte onmiddellijk en nam nog een glas wijn.

Na het eten, tijdens de speech van Maurice, die doorspekt was met flauwe grappen en verwijzingen naar zijn rijkdom, raakte Julia afgeleid. Iets aan de vrolijkheid van de jurken van de vrouwen en de glinsterende kroonluchters maakte dat ze zich voor het eerst in lange tijd jong voelde. De muziek deed ook zijn werk. Toen ze met haar voet meetikte op het ritme van de muziek en toen aan de hand van een eerste partner en toen nog een werd meegenomen naar de dansvloer, viel er iets van het verdriet en de ontberingen van de afgelopen jaren van haar af en voelde ze een bedwelmende opwinding over zich komen.

Toen vroeg Maurice Chancellor haar ten dans. Hij sleepte haar over de dansvloer, alsof hij een baal stof door zijn winkel zeulde. Hij was een halve kop kleiner dan Julia, zijn steile, donkere haar was met Brylcreem van zijn voorhoofd geveegd en hij had zijn rode mond half open. Will had hem altijd een adenoïdelijder genoemd en Julia de slappe lach gegeven door het nasale accent van Maurice te imiteren.

'Goede muziek, hè,' zei Maurice zelfgenoegzaam, terwijl zijn mond Julia's oor raakte. 'Al zeg ik het zelf. De eigenaar van het Imperial is een goede vriend van me.'

O, ja? wilde ze geeuwend zeggen, maar ze hield zichzelf in.

'Je woont nu toch in dat kleine huisje in Longridge, Julia? Ik kan je voor een zacht prijsje aan gordijnen helpen. Of alleen de stof. Ik heb net deze week heel leuke tafzijde binnengekregen. Heldere kleuren. Je vindt ze vast mooi.'

Ze zei stellig: 'Ik hou meer van pasteltinten.'

'Is dat zo? Jammer. Ik zou je wel eens in een mooie rode jurk willen zien.'

Hij legde zijn hand op haar billen. Ze schudde zacht met haar heupen in een poging hem van zich af te slaan, maar zijn hand greep zich vast als een kleefmijn.

'Of een smaragdgroene. Smaragdgroen staat een meisje als jij prachtig.'

Een stem zei: 'Je vrouw zoekt je, Maurice.'

Maurices hand schoot weg en hij keek angstig de zaal rond. Hij glimlachte nerveus. 'Neem me niet kwalijk, Julia, maar ik moet ervandoor.'

Toen hij weg was, zei Julia's redder: 'Als je geen bezwaar hebt tegen een vervanger...'

Ze glimlachte. 'Ik denk dat het wel zal gaan.'

Terwijl ze dansten, keek ze hem steels van opzij aan. Ze wist niet meteen wat ze van hem vond. Hij was van gemiddelde lengte, vrij zwaar gebouwd, met brede schouders, elegante trekken en sterke, vierkante handen die haar vol zelfvertrouwen, maar niet bezitterig, leidden. Hij had donkere ogen en een krachtige blik; toen hij zag dat ze naar hem keek, draaide ze haar hoofd af. Hij was niet knap, maar ze voelde een vermogen en kracht in hem die niet onaantrekkelijk waren.

Ze dansten over de drukke dansvloer. Hij vroeg: 'Ben je familie van Maurice? Iedereen hier lijkt familie van Maurice te zijn.'

Ze lachte. 'Aangetrouwd. En jij?'

'Ik doe zaken met hem.'

'Wat voor zaken?'

'O, wat inkoop en verkoop.'

Ze zei droogjes: 'Maurice zou zijn eigen ziel verkopen als hij er een goede prijs voor kreeg. Hij bood zichzelf net aan me aan, toen u verscheen.'

Zijn ogen glinsterden. 'Voor een goede prijs, hoop ik?'

'Wat hij ook zou bieden,' zei ze luchtigjes, 'ik zou er niet op ingaan.'

Het drong ineens tot haar door dat ze met hem flirtte. Het was zo lang geleden sinds ze met iemand had gedanst, had geflirt. Ze was bijna vergeten hoe het moest.

Hij keek om zich heen in de zaal. 'Het ziet er hier goed uit.'

'Zo kun je het noemen, ja.' Ze trok haar neus op. 'Maar het is zo vulgair.'

'Vulgair...' herhaalde hij, alsof het een woord was dat hij voor het eerst hoorde. 'Vind je?'

'Die taart,' zei ze met rollende ogen. 'Al dat bladzilver. Het verbaast me dat de tafel het niet heeft begeven.'

Hij glimlachte. 'Daar had ik niet bij stilgestaan. Een taart is een taart, zeg ik altijd maar.'

'En de bloemen zijn afschuwelijk.' De zaal stond vol grote vazen met opzichtige lelies, chrysanten en gekweekte rozen.

'Ik vond ze wel bijzonder.'

Ze schudde haar hoofd. 'Ze zijn afzichtelijk,' zei ze ferm. 'Maar de muziek is goed. En het eten was heerlijk.'

Een uur later liep ze de parkeerplaats op, zich weer bewust van iets waarvan ze bijna was vergeten dat ze het had: de kracht van haar schoonheid. Ze had aangenomen dat dat deel van haar leven, na Will en William, achter haar lag. Het was heerlijk te ontdekken dat het niet zo hoefde te zijn.

Haar opwinding verdween als sneeuw voor de zon toen ze probeerde de auto te starten en hij het niet deed. 'Waag het niet,' mompelde ze hardop, 'waag het niet.' Ze probeerde het nog eens. De krukas voelde stijf; ze probeerde hem om te draaien. De motor bleef koppig stil. Julia begon te vloeken.

Er stonden nog maar een paar auto's op de parkeerplaats. Prudence en John waren een halfuur eerder vertrokken. Ze kon natuurlijk een taxi bellen, bedacht Julia zich, maar de taxi's waren waarschijnlijk allemaal onderweg met gasten van het feest. Dan was er nog de afschuwelijke optie dat ze Maurice Chancellor om hulp zou vragen.

Ze stapte uit de auto en deed de motorkap open. Ze tuurde naar de motor en probeerde zich te herinneren wat Will haar over auto's had geleerd. Ze trok aan een slang en er liep olie over haar hand. 'Rotauto, rotauto,' siste ze.

Ze hoorde voetstappen achter zich en draaide zich om. Ze zag haar danspartner, de man die haar van Maurice had gered.

'Hij wil niet starten,' zei ze.

'Zal ik het eens proberen?' Hij boog zich over de motorkap. 'Mooie auto.'

'Hij is van mijn schoonvader, ik heb hem te leen. Hij heeft wel erg een eigen wil.'

'Dat hebben die oude schatjes vaak.' Hij sloot de motorkap van de Aston en ging ervoor staan om de krukas nog eens te proberen. 'Misschien is het de slinger,' zei hij. 'Die kan vies zijn.'

Sterren schitterden aan de hemel en de laatste gasten kwamen het hotel uit strompelen, elkaar dronken afscheidswoorden toeroepend. Julia trok haar jas om zich heen, ze had het koud in de kille herfstlucht.

Toen sloeg de auto aan. Julia zuchtte opgelucht. 'Ontzettend bedankt.' Ze keek hem glimlachend aan. 'U hebt me vanavond twee keer gered, meneer...'

'Hunter,' zei hij. Hij stak zijn hand naar haar uit. 'Rick Hunter.'

13

Topaz vond een appartementje op de tweede verdieping in een gebouw in South Kensington. Het gebouw was Victoriaans, met hoge plafonds en schuiframen. De keuken, die Topaz de belangrijkste ruimte in een huis vond, was twee keer zo groot als die in haar moeders appartement. Hij was lang en smal, liep langs de hele breedte van haar appartementje en er zaten twee grote ramen in, die uitkeken over de achtertuin.

In een tweedehandswinkel vond ze een eikenhouten tafel, die Angéliques man op een middag de drie trappen op zeulde. Hij moest na elke trap pauze nemen om op adem te komen. Ze kocht een New World-gasfornuis; ze was eraan verslingerd en veegde ieder vlekje dat ze knoeide, onmiddellijk van het brandschone oppervlak. Ze sausde de muren heldergeel en de kastdeuren Fransblauw. Ze hing haken aan de muur om haar koperen pannen aan op te hangen. Ze hing planken op voor de terracottapotten en zette haar kookboeken en aardewerk, dat allemaal wit en blauw was, maar waarvan niets bij elkaar hoorde, op een oude commode. Ze kocht slingers uien van Franse verkopers, die ze aan een rek aan het plafond hing.

Toen haar moeder op bezoek kwam, had ze commentaar op de badkamer, die deprimerend doperwtengroen was en muf rook. Ze vond de tocht die door de slaapkamerramen naar binnen kwam, onleefbaar. Daar zou ze snel iets aan doen, zei Topaz. Ze zei maar niet dat de badkamer en de slaapkamer haar eigenlijk niets konden schelen en dat ze alleen al door haar keuken binnen te lopen helemaal gelukkig werd.

Ze vond het heerlijk een eigen huis te hebben. Ze was niet langer gespannen als ze haar voordeursleutel in het slot stak, onzeker over de bui waarin ze haar moeder zou vinden. Niemand mopperde dat ze overal haar rommel achterliet en niemand zeurde dat het huis naar knoflook rook. Niemand maakte sigaretten uit in olijfschaaltjes of liet flessen gin achter op de keukentafel. Ze kon naar bed gaan als zij dat wilde en opstaan als zij dat wilde. Ze kon een uur in bad zitten en op de radio naar *Family Favourites* luisteren of uren voor de kachel zitten en een boek lezen. Ze kon vrienden ontvangen en hoefde achteraf geen kritiek te verduren over hun uiterlijk, manieren of accent.

Charlies toneelstuk naderde de laatste voorstelling, nadat het een halfjaar had gelopen. Topaz zag zijn strijd tegen de uitputting, die ze altijd in zijn ogen zag als het einde van een lange reeks naderde. Maar zoals altijd zag ze ook zijn opnieuw aangewakkerde ambitie, waardoor hij weer op zoek ging naar een nieuw stuk. Ze vond dat hij er mager uitzag, dus kookte ze heerlijke maaltijden voor hem op haar nieuwe gasfornuis en voerde hem gebraden kip aan haar eikenhouten tafel. Soms kreeg ze de indruk dat hij met hetzelfde enthousiasme een boterham met ham uit blik of Marmite gegeten zou hebben.

Ze brachten een weekend door bij Jennifer Audley in Marlow. Charlie zat achter het stuur van zijn nieuwe Vauxhall, die de oude Riley had vervangen. Toen hij met Topaz door Marlow reed, zei hij: 'Misschien ga ik hier ook wel iets zoeken.'

'Hier?'

'Waarom niet?' Hij keek om zich heen. 'Over een paar jaar word ik dertig, Topaz. Ik kan niet eeuwig in huurappartementjes blijven wonen. Mensen nemen je niet serieus als je geen eigen huis hebt. Je moet door, mee met je tijd. Als je niet meedoet, verlies je de race, toch?'

De tuin van de Audleys grensde aan de oever van de Theems. Boven het water hingen takken van treurwilgen. De bruine, papierachtige kopjes van herfstasters bewogen in de wind en een lichte, maar onophoudelijke regen maakte kleine kringetjes op het wateroppervlak.

Topaz dacht terug aan de feestjes waar ze heen was geweest toen ze in 1946 naar Londen was teruggekeerd. Volwassenen vervingen nu de puistige tieners en er werden cocktails en canapés geserveerd in plaats van limonade en cakejes. Jennifer Audley, een engelachtige verschijning in witte wol, verving de moeders in hun pakjes van tweed en zorgde dat alles volgens plan liep, dat iedereen naar de juiste ruimte werd verwezen, spelletjes deed en met elkaar sprak. De mengeling van verveling en angst was nog precies hetzelfde als vroeger, met dat verschil dat Topaz nu verveeld luisterde naar de talloze theaterroddels en haar angst was dat ze mee moest zingen bij de piano. Er werd nog steeds hints gespeeld – angstaanjagend literair en goed geacteerd – en het gevoel van rivaliteit doordat iedereen constant naar iedereen keek, was nog even sterk.

Om zes uur verzamelden de gasten zich in de zitkamer. Jennifer Audley was in een grote oorfauteuil neergestreken en sloeg haar in kousen gestoken benen elegant over elkaar. Ze droeg haar asblonde haar in een gladde chignon en haar ogen waren koel blauwgrijs. Maar haar lichaam was gespannen en haar mond stond strak, ze leek net een kat die op het punt stond een prooi te bespringen.

Ze klaagde: 'Ik verveel me. Jullie moeten me vermaken.'

'Mijn god, Jennifer...'

'En je weet dat ik me snel verveel, David, dus je zult ontzettend je best moeten doen.'

Een grote man met een rood gezicht zei: 'Ik weet wel hoe ik je moet vermaken, maar ik weet niet of Brian dat zo leuk zou vinden.' Brian was Jennifers echtgenoot.

Er werd gelachen. 'Wat ben je toch een stouterik, Edgar.'

Brian zei: 'Ik heb een cocktail voor je gemaakt, schat. Dat vind je toch zeker wel fijn, of niet?'

'Natuurlijk.' Jennifers stem klonk mierzoet. 'Ik verwacht niet van iedereen iets origineels.' Haar blik dwaalde van gast naar gast. 'Lieverds, is iedereen ineens verlegen? Laat ik dan maar een prijs uitloven. Een lokkertje. Even denken. Degene die me het meest vermaakt... krijgt een kus.'

Topaz mompelde 'O, hemel', en de vrouw die naast haar zat, zei zachtjes: 'Wat? Vind je dat niet geweldig? Dat hoor je geweldig te vinden.'

'Nou...'

Iemand riep: 'En als het een meisje is?'

'Dat maakt mij niet uit, lieverd,' zei Jennifer ondeugend. 'Ik weet zeker dat ik me wel saffisch kan gedragen, als ik mijn best doe.'

'En nu,' fluisterde Topaz' buurvrouw, 'is het de bedoeling dat je geschokt bent.' Ze glimlachte naar Topaz en stak haar hand uit. 'Ik ben Mary Hetherington.'

'Topaz Brooke.'

Mary was praktisch gekleed en droeg haar een beetje grijs wordende bruine haar in een klein knotje in haar nek. Ze zei: 'Jij bent hier met die knappe vent, hè?'

'Charlie? Ja.'

Charlie zat op het tapijt met zijn rug tegen Jennifers stoel. Jennifers hand hing nonchalant over haar stoelleuning, twee centimeter van zijn hoofd. Topaz betrapte zichzelf erop dat ze haar ogen niet van die bleke, spitse, rusteloze vingers kon afhouden.

Jennifer riep: 'Wie gaat er eerst?'

'Als je nou eens een gedicht voordraagt, Topaz,' stelde Mary vriendelijk voor. 'Iets wat je op school hebt geleerd. Over een eenzame reiziger die ergens aanklopt of zo. Je kunt natuurlijk ook doen wat ik doe en tegen haar zeggen dat ze maar iets moet bedenken om zichzelf te vermaken.'

Jennifers gasten voerden hun trucjes uit. Waarzeggerij, mime en walgelijk perfecte voordrachten van gedichten. Toen Mary Hetherington aan de beurt was, maakte ze een vaag handgebaar en zei zoetig: 'Ik ben bang dat me nu even niets te binnen schiet. Wat vreselijk dat ik nu de prijs niet kan winnen.'

Toen zei Jennifer: 'Ik was Charlies vriendinnetje helemaal vergeten. Hoe ga jij me amuseren?'

Topaz kreeg een droge mond. Ze kon zich niet één regel poëzie voor de geest halen. Ze was nooit goed geweest in het onthouden van gedichten. Jennifer teemde: 'Zing je? Dans je? Kun je me iets over mijn toekomst vertellen?'

Ze zei zonder erbij na te denken: 'Ik kook.'

'Je kookt?'

'Ja.' Toen zei ze resoluut: 'Dat is wat ik doe. Daar ligt mijn talent.'

'Hemeltje.' Jennifer keek haar ongelovig aan. Haar blik dreef naar Charlie, die nog naast haar zat. Ze streelde zijn haar.

'Jij hebt nog niets gedaan om me te vermaken, Charlie.'

'Ik kan niets bedenken wat waardig genoeg voor je is, liefste Jennifer.'

'O, nee?' Haar vingertoppen gleden over zijn gezicht en bleven even liggen toen ze zijn lippen bereikten. 'Ik weet zeker dat als je je best zou doen...'

Het was doodstil geworden in de kamer. Topaz' hart bonsde. Ze had een enorme drang Jennifer Audley in haar gladde, bleke gezicht te slaan; ze wilde uit haar stoel opspringen, Charlie in zijn kraag grijpen en hem uit dit afschuwelijke huis slepen.

Toen trok Jennifer haar hand terug en zei: 'Zo ga ik nog denken dat je niets wilt doen, Charlie. Je zult een manier moeten bedenken om het goed te maken met me.' Ze leek een willekeurige gast uit te zoeken. 'Edgar. Kom eens hier.' Edgar boog zijn hoofd, liep naar Jennifers fauteuil en haar lippen raakten vluchtig zijn wang. Toen gaapte ze en zei: 'Nou, het is bijna zeven uur, tijd om me om te kleden, dus moet ik jullie met een bloedend hart verlaten.' Ze stond op en liep de kamer uit.

Topaz was zich aan het omkleden voor het diner, toen Charlie haar slaapkamer kwam binnenlopen. Ze zei: 'Wat een walgelijk spel.'

Hij had zich zuchtend languit op het bed laten vallen. Hij had een smoking aan; zijn stropdas hing ongeknoopt om zijn nek. Hij zei: 'Ik vond het leuk.'

'Het was gênant. Ik voelde me ontzettend stom.'

'Onzin.' Hij lag met zijn hoofd op het kussen en had zijn ogen gesloten. Hij zei: 'Je bent ook altijd zo vreselijk onzeker.'

Achteraf bedacht ze zich dat ze het had moeten laten gaan. Dat ze niets had moeten zeggen en tegen hem aan op het bed had moeten gaan liggen. Maar in plaats daarvan zei ze langzaam: 'Maar dat was ook precies de bedoeling, of niet? Dat iedereen zich onzeker zou gaan voelen. Dat ze ons kon laten zien dat zij de baas is.'

Charlie deed zijn ogen open en kwam omhoog op een elleboog. 'Hoe bedoel je?'

Ze borstelde haar haar. 'Jennifer. Ze vindt het leuk als mensen voor haar kruipen, toch?'

'Zo kun je het zien.' Hij zei het op een toon die haar had moeten waarschuwen.

'Ik zou niet weten hoe je het anders zou moeten zien.'

'Nee?' Hij zat nu rechtop en keek naar haar. 'Wat dacht je van plezier maken? Mensen vermaken?'

'Nou, ze liet in ieder geval aan iedereen zien dat ze jou graag wil vermaken.' Ze had de woorden al gezegd voor ze erbij kon stilstaan. Jaloerse, kattige woorden.

Ze ging voor de kaptafel zitten en deed haar lippenstift open. Ze wilde dat hij naar haar toe zou komen, haar zou kussen, tegen haar zou zeggen dat de beeldschone, blonde Jennifer niets voor hem betekende, dat zij de enige vrouw in zijn leven was.

In plaats daarvan zei hij op een toon waar ze het koud van kreeg: 'Word toch eens volwassen, Topaz.'

Haar hand beefde en ze schoot uit met haar lippenstift. 'Ze zat met je te flirten, Charlie.'

Hij haalde zijn schouders op. 'Het was gewoon een lolletje.' Hij haalde zijn vingers door zijn warrige haar. 'Ze zijn onze vrienden.'

'Jouw vrienden.'

Hij staarde haar koud en doordringend aan. 'Als jij een beetje je best zou doen, zouden ze ook jouw vrienden kunnen zijn.'

Ze veegde met een tissue haar mond schoon. 'Ik weet niet of ik wel wil dat ze mijn vrienden zijn. Ik weet niet of we wel iets gemeen hebben.'

'In godsnaam, Topaz...' Hij klonk boos. 'Ze zijn interessante, getalenteerde mensen. Ik had niet gedacht dat het moeilijk zou zijn een gezamenlijke interesse met zulke mensen te vinden.'

Ze dacht ineens met een scheut van pijnlijke nostalgie terug aan de tijd dat ze nog met zijn allen naar het café op Leicester Square gingen. 'Ik vond onze vroegere vrienden leuker,' zei ze langzaam. 'Ik vond Helena, Mischa en Donald veel leuker. Ik vond Claudette zelfs leuker dan de mensen hier.'

Hij maakte een ongeduldig handgebaar. 'Ik heb geen zin om de rest van mijn leven in vieze cafés door te brengen. Ik wil meer dan dat.'

Er viel een stilte. Toen fluisterde ze: 'En ik? Waar pas ik in je ambities, Charlie?'

Hij stond op en liep naar het raam. Hij leunde met zijn handen op de vensterbank en staarde de natgeregende tuin in. Na een tijdje zei hij: 'Dit zijn de mensen die ik moet kennen als ik iets van mijn leven wil maken.' De boosheid was uit zijn stem verdwenen en hij klonk effen en uitgeput. 'Ze kennen de juiste mensen. In mijn werk gaat het niet alleen om hoe goed je bent. Het gaat om wie je kent, met wie je wordt gezien. En die mensen – Jen en Brian, David Earnshaw, Edgar White – zijn het soort mensen dat ik moet kennen. Dit zijn de feestjes waar ik moet worden gezien. Ik dacht dat je dat begreep, Topaz.'

Ze schaamde zich ineens vreselijk. Ze stond op van de kaptafel, liep naar hem toe, liet haar hoofd tegen zijn schouder zakken en pakte zijn hand. Hij draaide zich naar haar om en omhelsde haar. Ze zag aan de wallen onder zijn ogen en zijn grauwe huid dat hij vreselijk moe was. Ze streelde zijn gezicht en fluisterde: 'Je stropdas...' Ze knoopte hem zorgvuldig.

'Dank je.' Hij kuste haar. 'Ik begrijp die dingen nog steeds niet.'

Zijn hand trok de rits van haar jurk open en hij streelde met zijn vingers haar rug. Hij kuste haar in haar nek.

Toen klonk er beneden een bel. Hij deed een stap achteruit. 'Verdomme,' zei hij. 'Eten. Ben je klaar?'

Ze zat aan tafel niet naast hem. Ze aten het soort eten waar ze een hekel aan had. Gang na gang zorgvuldig klaargemaakte hapjes die er geweldig uitzagen en nergens naar smaakten. Na afloop waren er nog meer drankjes en spelletjes, maar deze keer was ze verbannen naar de zijlijn en zat op een bank met Brian en Mary – de verschoppelingen, besefte ze.

Toen rolden ze het tapijt op en zetten de grammofoon aan. Topaz danste. Niet met Charlie, want Jennifer danste met Charlie. Toen ze na een tijdje om zich heen keek, zag ze dat ze waren verdwenen. Ze zocht de hele kamer af. Ze voelde paniek en woede in zich opwellen. Ze hoorde zichzelf in haar hoofd zeggen: *nou, ze liet in ieder geval aan iedereen zien dat ze jou graag wil vermaken.* Wat een oververhitte, vervelende emotie was jaloezie toch.

Ze liep naar boven. Ze keek uit haar slaapkamerraam en zag, dat iemand de tuindeuren opendeed. Licht stroomde het terras op. De maan kwam achter een regenwolk vandaan en danste op de rivier.

Toen zag ze hen: Charlie en Jennifer. Ze liepen langs de oever. Jennifers jurk glansde in het maanlicht. Topaz keek even naar hen. Ze keek hoe Jennifer haar hoofd in haar nek gooide en lachte. Ze keek hoe Charlie zijn arm om haar schouders sloeg.

Ze keek hoe Charlie zijn hoofd vooroverboog en haar kuste. Ze trok de gordijnen dicht. Ze beefde. Ze sloeg haar armen om zich heen in een poging haar beven te stoppen. Ze kleedde zich snel uit, stapte in bed en trok het dekbed over zich heen.

Hoewel ze vreselijk verlangde naar de vergetelheid van de slaap, lukte het haar niet in te slapen. Allerlei beelden spookten door haar hoofd. Slanke vingers die donkere krullen streelden. Een kus in het maanlicht. Ze vroeg zich af wat hij zou zeggen als ze hem ermee zou confronteren. *Het stelt niets voor, Topaz, ze betekent niets voor me. Jennifer is gewoon een vriendin.*

Of: *Je moet door, je kunt niet blijven stilstaan.*

Charlie was getalenteerd, ambitieus en vastberaden. Hij had er jaren over gedaan om de stukjes en beetjes te verzamelen die nodig waren om de persoon te creëren die hij wilde zijn. Hij had zijn oude auto vervangen door een nieuwe; binnenkort zou hij een huis kopen, dat zijn appartement zou vervangen. Jaren geleden had hij het juiste accent aangenomen. Ze dacht terug aan de eerste keer dat ze elkaar in het café hadden ontmoet. *Misschien dat ik je stem eens leen, Topaz. Voor een auditie. Vind je dat goed?* Wanneer zou hij andere dingen uit zijn leven gaan vervangen? Zijn oude vriendin voor een nieuwer en hipper model, bijvoorbeeld?

Je moet pakken, wat je pakken kunt, wanneer je het pakken kunt. Het klonk als een cliché dat zo vaak was herhaald, dat het geen betekenis meer had. Topaz stak haar hoofd onder haar kussen en probeerde het geluid van de lachende mensen in de tuin buiten te sluiten.

De Aston Martin hield er halverwege Longridge en Missencourt mee op. Julia moest hem langs de weg achterlaten en de resterende drie kilometer met William lopen. Het regende natuurlijk, dus toen ze drie kwartier later Temperleys bereikte, waren haar beste schoenen doorweekt en modderig en zaten haar kousen vol gaten. Ze zat achter haar bureau en probeerde haar schoenen schoon te boenen met spuug en een zakdoek, toen de deur openging en de voorman binnenkwam. Raymond Bell had drie jaar daarvoor de oude, vriendelijke Ted Butcher vervangen, die tijdens de oorlog voorman was geweest bij Temperleys. Zonder zich openlijk minachtend te gedragen, lukte het hem toch uitstekend zijn vijandigheid ten aanzien van Julia duidelijk te maken. En hij had iets waardoor ze altijd in een reflex haar tanden op elkaar zette als ze hem zag: de spot die altijd rond zijn mondhoeken hing en de licht loensende ogen in zijn bleke gezicht, het leken net stukjes kool in de sneeuw.

Hij staarde nu met een mengeling van wellust en walging naar Julia's blote voeten. Ze trok snel haar schoenen weer aan.

Ze zei koeltjes: 'Ik zou het erg op prijs stellen als u zou kloppen voor u mijn kantoor binnenloopt, meneer Bell.'

'Ik dacht dat u er vandaag niet zou zijn, mevrouw Chancellor.' Bells stem klonk insinuerend. 'Ik dacht dat u een dagje had vrijgenomen.'

'Mijn auto hield ermee op.' Zodra ze het had gezegd, wilde ze haar woorden terugnemen; ze wist dat ze zichzelf naar beneden haalde door excuses te bedenken.

Hij zei: 'U zou zo'n leuk klein autootje moeten aanschaffen. Een auto die gemakkelijk en handig is voor een vrouw.'

Ze hield zich in en stond op. 'Zullen we dan maar naar de werkplaats gaan?'

Hij hield de deur voor haar open, zodat ze niet langs hem kon lopen zonder hem aan te raken. In de werkplaats ademde ze de vertrouwde geur van metaal en soldeer in en vergat ze op slag een deel van haar irritaties van die morgen. Ze was gek op de werkplaats, dat was ze altijd al geweest. Ze dacht terug aan haar vader en hoe die haar had meegenomen toen ze een klein meisje was; ze had op zijn schouders gezeten en om zich heen gekeken in de grote ruimte met het hoge plafond en de hoge ramen. Ze had gefascineerd naar de glazen kleppen gestaard, de gekleurde draden aangeraakt die uit de transistors staken en aan de knoppen op de houten omkastingen gedraaid.

Raymond Bell zei zacht: 'Hebt u aan die bestelling gedacht, mevrouw Chancellor?'

Haar hand vloog naar haar mond. De vorige middag had een van de technici haar verteld dat de condensatoren bijna op waren. Ze had beloofd de leverancier te bellen, maar toen had Adele haar gebeld om haar eraan te helpen herinneren dat ze naar de dokter moest, en Mullard had gebeld om iets over een rekening te vragen en uiteindelijk was ze zonder te bellen naar buiten gerend om William op te halen.

'Het spijt me verschrikkelijk.' Ze wist dat haar gezicht rood was geworden. 'Ik ga meteen bellen.'

'Dat hoeft niet. Ik heb Dublier zelf al gebeld. Ik wilde het even zeker weten.'

Ze zag zijn triomfantelijke blik. Ze stond op het punt hem te vertellen dat het haar taak was de leveranciers te bellen, maar kon zich nog net inhouden. Als ze dat zou zeggen, zou ze alleen nog maar dommer lijken. In plaats daarvan zei ze stijfjes: 'Dank u, meneer Bell. Wat fijn dat u dat hebt gedaan.'

'Graag gedaan. U hebt het vast vreselijk druk met uw huis en zoontje.'

Waarmee hij bedoelde dat ze naar huis achter het aanrecht moest, zoals dat hoorde, bedacht ze zich woedend. Toen ze de werkplaats uit liep, zag ze dat Bell iets tegen een jongere technicus zei. De technicus gluurde naar Julia en grinnikte.

Terug in haar kantoor, ging ze aan haar bureau zitten. Ze duwde haar vingertoppen tegen haar voorhoofd en probeerde een beetje tot rust te komen. Er lagen enorme stapels papieren op haar bureau en haar postbakje was overvol. Misschien had die walgelijke Raymond Bell toch gelijk, dacht ze gedeprimeerd; misschien had ze tevreden moeten zijn als huisvrouw. Misschien dat ze door te proberen voor een kind te zorgen en te werken, allebei niet goed deed. Maar hoe zou ze het moeten redden zonder inkomen van Temperleys? Daar stonden de Raymond Bells van deze wereld nooit bij stil. Will had geen spaargeld gehad, geen levensverzekering. Hij had haar alleen schulden nagelaten. Het weduwepensioen dat ze van de staat ontving, was net genoeg voor de vaste lasten. Zonder Temperleys zou ze bij Marius moeten aankloppen. Ze twijfelde er geen moment aan dat hij haar onmiddellijk geld zou geven, maar iets in haar wilde per se onafhankelijk zijn.

Toen ze om halfvijf bij Temperleys wegging, stapte ze op de bus naar Hernscombe. Ze rende van winkel naar winkel en het regende nog steeds. Het waaide hard en haar paraplu dreigde steeds binnenstebuiten te slaan. Ze liep over High Street, toen ze iemand haar naam hoorde roepen. Ze draaide zich om en zag Rick Hunter.

'Mevrouw Chancellor?' Hij stak de weg naar haar over. 'Wat leuk u weer te zien.' Hij glimlachte. 'Mag ik u om een gunst vragen?'

'Een gunst?'

'Als bedankje dat ik uw auto heb gestart,' hielp hij haar herinneren. 'En dat ik u van Maurice Chancellor heb gered.'

'O, hemel,' zei ze beschaamd. 'Twee gunsten. Wat kan ik voor u doen, meneer Hunter?'

'U kunt me toestaan u een kopje thee aan te bieden.'

Ze was moe, nat en koud en had nog steeds hoofdpijn, die ze had overgehouden aan de frustrerende ochtend. Ze zag het nu echt even niet zitten om een halfuur met een kop thee tegenover iemand te zitten die ze nauwelijks kende. Ze zou niet weten waar ze het over zou moeten hebben. Ze zei beleefd: 'Wat ontzettend vriendelijk dat u dat aanbiedt, meneer Hunter, maar ik ben bang dat dat niet zal gaan. Maar nogmaals bedankt dat u me geholpen hebt op het feest.'

Toen ze zich omdraaide en wilde weglopen, zei hij: 'Ik moet u namelijk iets bekennen.'

Ze keek om. 'Iets bekennen?'

'We hebben elkaar al eerder ontmoet, mevrouw Chancellor. Niet op het feestje van Maurice, maar eerder. Weet u dat niet meer?'

Ze keek hem goed aan en herkende hem vaag, maar had geen idee waarvan. 'Het spijt me...'

'Ik heb uw man gekend.'

'Will?' Ze staarde hem aan. 'Hebt u Will gekend?'

'Ik heb zaken met hem gedaan. Ik ging regelmatig bij hem langs in de garage. Op een van die dagen kwam u langs. Will heeft ons voorgesteld.'

Op een van die dagen kwam u langs... Will heeft ons voorgesteld. Ze herinnerde het zich ineens weer. Ze was Wills kantoor zonder te kloppen binnengelopen. Hij was boos op haar geworden, omdat hij met een klant was. Later diezelfde dag had ze Jack gekust.

Wills klant was Rick Hunter geweest. De twee plaatjes van dezelfde man pasten niet op elkaar. Het eerste was grover en enigszins verontrustend. Ze leken niet bij elkaar te horen, die twee Rick Hunters.

'Ik was het helemaal vergeten.' Ze voelde zich verward.

'Het is ook al lang geleden. Waarom zou u het nog weten?'

'U weet het nog.'

'Ik vergeet nooit gezichten.' Hij glimlachte. 'Wilt u echt geen thee, mevrouw Chancellor?'

Deze keer won nieuwsgierigheid het van haar ongemakkelijke gevoel en liep ze achter hem aan de Copper Kettle binnen. Terwijl ze zaten te wachten op de thee met cake, vertelde ze hem over Temperleys. 'We hebben het na de oorlog een paar jaar zwaar gehad,' zei ze, 'maar nu gaat het weer goed.'

'En de toekomst? Hebt u vertrouwen in de toekomst? De concurrentie...'

'Onze radio's zijn van de beste kwaliteit,' zei ze trots. 'Het zijn de beste radio's die er te koop zijn. Dat weten de mensen.'

'Ik dacht meer,' zei hij, 'aan de televisie.'

'Ik zie de televisie niet als een concurrent. De televisie zal altijd een aanvulling op de radio blijven, denkt u niet? Radio's zijn zoveel handiger... Je kunt van alles doen terwijl je naar de radio luistert...'

De serveerster kwam met de bestelling. 'En u?' vroeg ze. 'Wat doet u, meneer Hunter?'

'Rick,' zei hij. 'Noemt u me maar Rick. Ik zit in het onroerend goed. Ik koop en verkoop onroerend goed.'

'Bent u makelaar?'

'Nee. Ik ben projectontwikkelaar. Ik koop land en dan laat ik er gebouwen op zetten: huizen of kantoren, dat hangt van de locatie af. Ik werk meestal in Londen, ik koop daar braakliggende terreinen en plaatsen waar een bom is ingeslagen. De truc is dat je aanvoelt welke locaties meer waard gaan worden en welke minder.'

'Bent u daarom hier? Om land te kopen?'

'Op een bepaalde manier wel, ja. Ik overweeg hier in de buurt een huis te kopen. Ik vind het hier leuk. En er zijn veel mogelijkheden voor projectontwikkeling hier in de buurt. En veel leuke dingen om te bekijken.' Hij bleef haar aanstaren; ze werd rood en draaide haar hoofd af.

Ze schonk thee in. 'Hoe hebt u Will leren kennen?'

'Ik heb hier een aantal jaren geleden wat zaken gedaan.'

'Kende u hem goed?'

'Zoals ik al zei: we waren zakenpartners. Ik heb in de autohandel gezeten.'

'Was u een van Wills leveranciers?'

Hij knikte. Toen zei hij: 'Toen ik hoorde dat Will was omgekomen, kon ik het bijna niet geloven. Het leek zo'n...' hij leek naar het goede woord te zoeken, 'zo'n onvoorstelbare gebeurtenis.'

Als ze nu terugdacht aan de weken na Wills dood, leken die onwerkelijk, alsof ze gevangen was geweest in een nachtmerrie. Ze fluisterde: 'Het was afschuwelijk.'

'Het moet vreselijk zijn geweest.' Hij sloeg zijn zwarte wimpers neer. 'Het spijt me als ik pijnlijke herinneringen bij u oproep.'

'Dat geeft niet. Ik vind het fijn iemand te spreken die Will heeft gekend. Iemand die geen familie is. Mijn schoonmoeder heeft het nooit over hem. Ze kan niet over hem praten. En iedereen die ik ken, is zo tactvol...'

'Het moet voor u allemaal een afschuwelijke tijd zijn geweest.'

Ze gaf hem een kop thee. 'Ik kon het in eerste instantie niet geloven. Maar misschien is dat altijd wel zo, als iemand zo plotseling komt te overlijden.'

Hij zei zacht: 'En als het zo'n onwaarschijnlijke samenloop van omstandigheden is.'

Ze was verbaasd over hoe precies zijn woorden haar gedachten beschreven. Ze zei: 'Ik bleef maar denken dat als Will niet naar de pub was gegaan... als hij niet op die boot was geweest... als die mijn niet precies die nacht de baai in was gedreven... En de gebeurtenissen van die nacht pasten helemaal niet bij zijn karakter; ze waren zo onvoorspelbaar. En Will was helemaal niet onvoorspelbaar.'

'Hoe bedoelt u?'

Ze schrok van de scherpe toon in zijn stem en keek op. 'Will was zo zachtaardig. Hij deed nog geen vlieg kwaad. Hij maakte zich zorgen over dingen... misschien wel te veel. Hij wilde graag dat alles soepel liep, hij hield helemaal niet van verrassingen. Als iemand het hem had gevraagd, had hij verteld dat hij geen dapper persoon was. Dat hij niet zo dapper was als Jack. Maar dat is natuurlijk onzin. Op zijn eigen manier was Will ook heel dapper. Hij is als kind vreselijk ziek geweest, wist u dat? En je moet dapper zijn om zoiets te kunnen doorstaan, je moet dapper zijn om door te gaan met je leven en te accepteren dat je niet alles kunt wat andere mensen kunnen. En na zijn jeugd werd het hem ook niet gemakkelijk gemaakt. Toen de oorlog uitbrak, werd hij afgekeurd voor militaire dienst. Ik denk dat dat zijn zelfbeeld zeer negatief heeft beïnvloed, dat hij zichzelf daardoor nog meer als mislukkeling is gaan zien.'

Ze veegde een plukje haar achter een oor, dat zoals gewoonlijk was ontsnapt aan de vele schuifspeldjes en clipjes die haar haar in bedwang moesten houden. Ze vroeg zich even af waarom ze zulke intieme gedachten deelde met iemand die ze helemaal niet kende. Maar ze ging verder: 'Wat ik wil zeggen, is dat hij zich gewoonlijk heel voorspelbaar gedroeg. Hij ging naar zijn werk, ging dan vaak nog even wat drinken en kwam dan thuis.' Ze sloeg haar handen ineen. 'Behalve die nacht. Die nacht is hij niet thuisgekomen.'

Ze beet op haar lip en dacht met pijnlijke helderheid terug aan Wills nachtelijke wandeling over het pad bij Hidcote Cottage. Ze dacht terug aan de lichtvoetigheid waarmee hij in de eerste maanden van hun huwelijk had gelopen en de vrolijkheid waarmee hij naar haar had gezwaaid en haar had gekust. En hoe naarmate de maanden waren verstreken, zijn schouders naar beneden waren gezakt en zijn woorden kortaf waren geworden.

Ricks woorden onderbraken haar gedachten. 'Wie is Jack?'

'Jack?'

'Daar had u het net over.'

'Jack is Wills oudere broer. Jack was altijd slimmer, gezonder en knapper dan Will. En hij hoefde er niets voor te doen.' Ze hoorde dat ze verbitterd klonk. 'Het lijkt me vreselijk, als je vanaf je geboorte zo moet concurreren. Lijkt het u niet vreselijk om altijd het gevoel te hebben tweede te zijn?'

Ze keek op haar horloge en trok haar handschoenen aan. 'Ik moet gaan. Mijn bus...'

'Bent u niet met de auto?'

Ze glimlachte. 'Die is er weer mee opgehouden, ben ik bang.'

'Ik rij u wel even naar huis.' Hij gaf haar geen tijd te weigeren, gooide geld op de tafel en liep achter haar aan het theehuis uit. Toen ze op straat liepen, zei hij plotseling: 'Ik vroeg me af of ik u mag uitnodigen voor een drankje. Vanavond, misschien?'

'Dat kan helaas niet.' Ze had het perfecte excuus. 'Ik heb een zoontje.'

'Een andere keer dan. Volgende week of zo. Of zaterdag, als het weekend u beter schikt?'

Maar haar ongemakkelijke gevoel was weer teruggekomen en ze zei snel: 'Eerlijk gezegd ben ik zo moe, met William en mijn werk, dat ik niet de energie heb om uit te gaan. Ik hoop dat u dat begrijpt.'

'Natuurlijk,' zei hij en opende de passagiersdeur van zijn auto voor haar.

Topaz wist dat Charlie van haar vervreemdde. Hun levens leken niet meer bij elkaar aan te sluiten. Hij zei op het laatste moment afspraakjes af. Er was iets tussen gekomen, hij haalde het niet. *Sorry, lieverd. Je begrijpt het wel, hè?* Ze kon het niet tegenhouden, ze dreven uit elkaar.

Ze gingen samen naar een ander feest. Ze verloor hem bijna meteen nadat ze het huis waren binnengelopen, uit het oog. Ze liep langs de muren van de kamer en praatte wat met de andere uitgestotenen en afdankertjes, die net als zij langs de zijlijn stonden. Charlie dook ongeveer een uur later weer op, opgetogen en levendig. Ze gingen naar een restaurant, vertelde hij. Ze bedacht ter plekke een smoes en hij mompelde snel hoe jammer hij dat vond, kuste haar vluchtig op haar wang en liep weg.

Wanneer ze voor hem kookte, vroeg ze zich af of hem überhaupt opviel wat ze hem voorschotelde. Op een keer pakte ze zijn bord halverwege de maaltijd voor hem weg. 'Wat ben je aan het eten, Charlie,' riep ze razend. 'Wat eet je?' Hij keek enigszins geschrokken. Ze greep haar jas en handschoenen, rende naar buiten en liep een uur over straat. Het regende en toen ze thuiskwam, was ze doorweekt. Ze liet het bad vollopen en bedacht zich hoe dom het was om boos te worden op Charlie, omdat hij het verschil tussen een crêpe en een galette niet wist. Het zou wel beter tussen hen gaan als hij wat meer zekerheid over zijn toekomst had. Hij was altijd ongenietbaar als hij even geen werk had.

Hij belde haar kort en plichtmatig op. 'Ik heb je in geen eeuwen gezien,' zei ze op een avond.

'Audities,' zei hij. 'Ik had audities.'

'Het lijkt zo lang geleden sinds ik je heb gezien. Ik mis je, Charlie.' Smekend, behoeftig; ze hoorde wat ze zei en haatte zichzelf.

Ze vond zijn gehaaste afspraak met haar om haar aan het einde van die week te ontmoeten voor een drankje klinken als een zoethoudertje, iets om te zorgen dat ze niet zou gaan zeuren. Charlie hield niet van gezeur. Terwijl ze op hem wachtte in een bar aan Frith Street, was ze aan een tafeltje aan het raam gaan zitten, zodat ze naar buiten kon kijken. De tijd verstreek; om de zoveel tijd kwam er iemand de hoek om lopen. Dan schoot haar hoofd omhoog en staarde ze de duisternis in. Dan voelde ze die steek van teleurstelling en keek ze nog eens om zeker te weten dat hij het niet was. Dan keek ze naar haar glas en prikte haar olijf uit haar martini, om hem er vervolgens weer in te laten vallen en geen slok uit haar glas te nemen.

Ze hadden om zeven uur afgesproken. Ze vroeg zich af of ze zich had vergist. Misschien had hij halfacht gezegd, of had ze hun afspraak verward met een andere. Om kwart voor acht hoorde ze voetstappen haar tafeltje naderen. Ze keek met bonzend hart op.

Het was Charlie niet, maar een vreemdeling. Hij zag er vriendelijk uit, jong. Hij zei glimlachend: 'Is deze stoel bezet?' en ze overwoog heel even om hem te vragen bij haar te komen zitten. Misschien dat Charlie haar dan – als hij nog zou komen – met een andere man zou zien zitten en iets van de jaloezie zou voelen die haar de laatste tijd zo vergiftigde.

Maar ze zei: 'Ik zit op iemand te wachten,' en hij liep weg. En ze keek weer naar buiten en wachtte nog wat. Ze begon zich nu vernederd te voelen. Ze begreep de rol die ze speelde. Ze was in de steek gelaten, hij was niet komen opdagen. Na een tijdje pakte ze haar tas en handschoenen en liep de bar uit.

Hij belde haar de volgende ochtend. Zijn metro had vertraging gehad en hij had geen telefoon kunnen vinden. Zoals altijd vergaf ze hem. Toen ze die middag met hem lag te vrijen, betrapte ze zichzelf erop dat ze naar zijn overhemd – dat op de vloer lag – keek, op zoek naar vlekken lippenstift. Ze vroeg zich af of hij in zijn slaap een andere vrouwennaam dan de hare zou roepen.

Mary Hetherington vroeg Topaz voor haar te koken. Charlie beloofde dat hij haar naar Mary's huis op St. James' Square zou rijden. Het dineetje zou om halfacht beginnen. Om zes uur stond Topaz in de hal van het gebouw waar ze woonde, met haar potten en pannen te wachten. Om tien over zes liep ze terug naar haar woonkamer om bij het raam te gaan staan. Ze zag koplampen in de sneeuw. Geen van de auto's stopte bij haar huis. Om kwart over zes belde ze Charlie. Er werd niet opgenomen.

Ze liep de straat op en liet een taxi stoppen. Ze arriveerde drie kwartier te laat in het huis van de familie Hetherington en deed verbeten en mechanisch haar werk. Toen de bediende veel later de toetjes naar de eetkamer bracht, ging ze aan de keukentafel zitten. Haar hoofd bonsde; maar de zeurende pijn rond haar hart was nog veel erger.

Tussen het kaasplankje en de koffie stak Mary Hetherington haar hoofd om de keukendeur. 'Het was heerlijk, Topaz. Iedereen heeft genoten.'

Topaz stond af te wassen. 'Het spijt me vreselijk dat ik zo laat was,' zei ze. 'Charlie zou me om zes uur komen ophalen. Ik hoop maar dat er niets met hem is gebeurd. Zou ik even mogen bellen?'

Ze hoorde Mary zeggen: 'Maar Charlie is toch bij Jennifer?' en ze draaide zich abrupt om.

'Bij Jennifer?'

'Ja.' Mary keek verbaasd. 'O, hemel. Ik dacht...' Ze stopte met praten.

Het deed Topaz denken aan dat verbaasde gevoel dat je had als je boven aan een trap aankwam en dan ineens zag dat je er nog een moest beklimmen. Ze moest zichzelf dwingen de vraag te stellen: 'Je dacht wat?'

'Niets. Niets belangrijks.'

'Alsjeblieft.'

Mary zei: 'Ik dacht dat jullie uit elkaar waren.'

Op dat moment vond Topaz dat het net leek of Mary gelijk had. Ze waren al zo lang niet echt meer samen. 'Waarom?' fluisterde ze. 'Waarom dacht je dat?' Ze zag Mary twijfelen en voegde er zacht aan toe: 'Ik moet het weten.'

Mary zuchtte. 'Ik dacht, toen hij bij Jen was zonder jou...'

'Is Charlie bij Jennifer Audley geweest?' Haar stem klonk ineens een stuk hoger. 'Na dat weekend? Dat weekend met die walgelijke spelletjes?'

'Een paar keer,' zei Mary weifelend. 'Ik heb hem een paar keer bij de Audleys gezien.'

Ze raapte haar laatste beetje trots bij elkaar. Ze draaide zich om naar de gootsteen. 'Ik maak even de afwas af en dan ga ik.'

'Laat de afwas maar staan, Topaz...'

'Ik ben al bijna klaar.'

Ze zag door de tranen bijna niet wat ze deed. Tranen biggelden over haar wangen en druppelden in het vieze water. Ze hoorde dat Mary de keuken uit liep.

Toen ze het laatste porselein had gewassen en gespoeld, pakte ze haar spullen in. Toen veegde ze de tafel schoon en deed haar schort af. Vervolgens leunde ze voorover en schreef zijn naam op het beslagen raam. Daarna veegde ze hem met haar vingers uit en keek naar de sneeuw die in de tuin viel.

Toen ze thuiskwam, lag er een briefje op de deurmat: *Liefste Topaz, het spijt me vreselijk. Ik zat vast in die afschuwelijke sneeuw en kon niet eerder komen. Ik hoop dat je avond goed is verlopen. Liefs, Charlie.* Ze maakte een propje van het papier en gooide het in de prullenbak.

Toen ze de volgende avond wegging bij Angélique, stond hij op haar te wachten. Hij had een bosje chrysanten bij zich. Om zijn excuses mee aan te bieden, zei hij. Hij had geen sleutelbloemen kunnen vinden. Daar was het nog te vroeg voor, hadden ze in de winkel gezegd. Er prikten tranen achter haar oogleden, maar die slikte ze weg.

Op het moment dat ze hem zag, wist ze dat er iets was gebeurd. Hij borrelde van de energie en opwinding. Ze dacht: als ik nu naar beneden kijk, zie ik dat zijn schoenen de grond niet raken. Hij trok haar onder zijn jas en kuste haar. Koplampen kwamen spookachtig op hen af en achterlichten verdwenen in de sneeuw.

Na een tijdje deed hij een stap van haar vandaan. 'Wat is er? Je vergeeft het me toch wel? Ik heb toch gezegd dat het me spijt van gisteren. Mijn auto...'

Ze zei: 'Je was bij Jennifer, hè, Charlie?' Ze zag hoe zijn gezichtsuitdrukking veranderde. Hij werd defensief.

'En als dat zo zou zijn? Ze is gewoon een vriendin.'

'Een vriendin...' Een plotselinge woedeaanval verstoorde haar kwetsbare kalmte. 'Charlie, ik heb gezien dat je haar kuste. Toen we dat weekend bij haar logeerden, heb ik gezien dat je haar kuste.'

Hij zei precies wat ze al had verwacht dat hij zou gaan zeggen: 'Dat had niets te betekenen. Je weet hoe het is in de theaterwereld... al dat gezoen en geknuffel. Het stelde niets voor.'

'Waarom heb je me dan niet verteld dat je naar haar toe ging?'

Hij haalde zijn schouders op. 'Omdat ik niet dacht dat het belangrijk was.'

'Dat was het wel,' zei ze. 'Voor mij.'

Hij trok een pruillip. 'Het was voor mijn werk. Ik had je toch al gezegd dat Jennifer belangrijke mensen kent?' Hij pakte haar hand en zijn gezicht werd ineens vrolijk. 'Laten we nou geen ruzie maken. Ik heb geweldig nieuws. Ik heb een rol in een film aangeboden gekregen.'

Ze mompelde: 'Wat fijn voor je.'

Ze moest het niet op de juiste toon gezegd hebben, want hij zei:

'Een film, Topaz. Eindelijk. Ik had het al bijna opgegeven.' Zijn ogen stonden helder en glinsterden in het duister. 'Het is geen hoofdrol, maar ook geen figurantenrol. Het is een echte rol met tekst. De film gaat *De rozentuin* heten. Het is een comedy en hij speelt zich af in een Engels landhuis. Het verhaal lijkt een beetje op iets van Noel Coward.'

'Enthousiaste jongemannen in witte cricketuniformen?' Ze kon het niet zonder sarcasme zeggen.

'Het is een film, Topaz. Wat maakt het uit waar hij over gaat? Stel je eens voor hoeveel mensen hem gaan zien. Duizenden, misschien wel tienduizenden. In Groot-Brittannië... Amerika... de halve wereld, als het allemaal goed gaat.'

'Eindelijk echt beroemd,' zei ze.

Hij fronste zijn voorhoofd. 'Het klinkt alsof je het afkeurt.'

Ze haalde haar schouders op. 'Nee. Als het is wat jij wilt, Charlie, is dat het enige wat belangrijk is.'

Ze liepen door Knightsbridge. Af en toe kwam de maan even achter de wolken vandaan en was haar zilverachtige licht te zien. Charlies handen bewogen enthousiast door de lucht. 'Het is een kruiwagentje. Zelfs als deze film niets wordt, betekent het vast dat ik meer filmrollen aangeboden krijg. En films betalen goed... drie keer zoveel als ik nu verdien. En ik ga naar Amerika. Ik heb altijd al naar Amerika gewild.'

'Amerika?' herhaalde ze.

'De film wordt in Hollywood gemaakt.'

'Je had het net over een Engels landhuis...'

'Van hardboard en verf, neem ik aan.' Hij grijnsde. 'Ongelooflijk. Ik. Charlie Finch. Naar Hollywood.'

Ze vroeg zich af wanneer hij haar dat detail verteld zou hebben als het niet toevallig ter sprake was gekomen.

'Hoe lang ga je weg?'

'Een paar maanden,' zei hij vaag.

Er staken een paar takken laurier over een muur, de bladeren waren nat en vies. Ze dacht aan Francesca. *Het probleem is dat ik ermee zit en hij niet.* Nou, dacht ze, je kunt niet zeggen dat niemand je heeft gewaarschuwd, Topaz Brooke.

Hij legde zijn arm om haar middel. 'Ik zal je vreselijk missen.' Ja, vast.

'Denk je, Charlie?'

'Natuurlijk.' Hij keek haar van opzij aan. 'Je begrijpt het toch wel, hè, lieverd? Je begrijpt toch wel hoe belangrijk dit voor me is?'

'Natuurlijk.' Ze bibberde en trok haar jas om zich heen. 'Ik begrijp het volkomen.'

Hij keek haar scherp aan. 'Dat is niet eerlijk.'

'O, nee?'

'Ik kan zo'n buitenkans toch niet laten schieten?'

'Dat zou ik ook niet willen.'

'Maar je bent het er niet mee eens?'

'Zoals ik al zei, Charlie: het is jouw keuze. Je moet doen wat je goeddunkt.'

Ze waren bijna bij haar appartement. Toen ze de hoek om liepen, kreeg hij ineens een idee.

'Waarom ga je niet mee?'

'Charlie...'

'Nee, echt, waarom niet? Je kunt zo met je werk ophouden, toch? Lekker op je rug op Long Beach, Californië is toch veel leuker dan aardappels schillen? Stel je eens voor: palmbomen, de Stille Oceaan...'

Ze stelde het zich heel even voor. Zij, Topaz Brooke, in het gouden zand in een geweldig Amerikaans badpak waarin ze het figuur van Jane Russell kreeg.

'Ga je mee, Topaz? We zouden zo'n lol hebben. Zeg dat je meegaat.'

Ze draaide zich naar hem om. 'Als wat?'

'Hoe bedoel je?'

'Als een vriendin... of als jouw vriendin...?'

'Nou, ik...'

'Of je verloofde, Charlie?'

Verbazing en verwarring. En in die diepe, donkere ogen iets van een opgejaagde blik. Hij wreef met zijn hand over zijn voorhoofd en wist even niet wat hij moest zeggen.

Ze kreeg bijna medelijden met hem. Ze zei luchtigjes: 'Het geeft niet. Ik verwacht niet dat je met me trouwt.'

'Het is alleen...' Hij lachte nerveus. 'Trouwen, daar heb ik nog nooit over nagedacht. Ik ben er nog helemaal niet aan toe om me... te settelen. Alles is nog zo onzeker. En ik hou niet van al die verplichtingen... regeltjes... dan is de lol er al snel af, denk je niet?'

Ze duwde haar gezicht in de bos chrysanten die ze van hem had ge-kregen. Ze roken scherp in de koude lucht.

Ze hoorde hem zeggen: 'Maar... Amerika... je gaat toch wel mee, hè?'

'Ik denk het niet.' Ze waren bij haar appartement aangekomen. Ze pakte de sleutel uit haar tas.

'Topaz...'

'Dag, Charlie.'

'Ik zou het echt heerlijk vinden.' Er verschenen rimpels op zijn voorhoofd. 'Ik zal je echt vreselijk missen.'

'En ik zal jou ook missen.'

'Je zult toch wel op me wachten, hè?' Hij klonk ineens angstig.

Ze draaide zich om. 'Dat denk ik niet, Charlie.'

'Topaz...' Hij was geschokt, verbijsterd.

'Ik denk dat het voorbij is, jij niet?' Ze was verbaasd dat ze zo kalm bleef. 'Ik denk dat we dat allebei wel weten.'

Zijn ogen stonden groot en verward. 'Komt het door Jennifer? Ik heb je toch gezegd, Topaz: ze is niet belangrijk voor me.'

Ze schudde haar hoofd. 'Nee, het komt niet door Jennifer.'

'En als ik wel met je zou trouwen?'

'Nee.' Ze schudde haar hoofd nog eens en zei: 'Nee.'

'Ik begrijp het niet. Waarom, Topaz?'

Omdat, dacht ze, ik niet van plan ben ooit nog eens de gaten in iemands leven op te vullen. Nooit meer. Ik heb er genoeg van.

Maar ze zei alleen: 'Omdat ik ben veranderd, Charlie. En jij niet.'

Toen liep ze naar binnen. Meteen nadat ze de deur achter zich had gesloten, voelde ze het: de eenzaamheid die in haar binnendrong, zijn vreselijke afwezigheid. Ze wilde de deur opengooien en hem terug-roepen.

Maar dat deed ze niet. In plaats daarvan klom ze langzaam de trap op en liet zichzelf binnen in haar appartement. Ze ging in de keuken zitten. Ze keek om zich heen en voelde voor het eerst dat al haar spul-letjes haar geen troost boden.

Rick Hunter belde Julia op.

'Ik heb een huis gevonden,' zei hij. 'En ik wil graag een tweede mening. Zou je er met me naar willen kijken?'

'Ik weet niet...' Weer voelde ze instinctief dat ze op haar hoede moest zijn.

Hij onderbrak haar: 'Ik hoop dat je me niet opdringerig vindt. Je hebt het vast vreselijk druk.'

Ze haalde diep adem. Wat idioot dat ze zo afstandelijk deed. Rick Hunter probeerde alleen maar aardig te doen.

'Wanneer?'

'Op een middag. Als het licht is. Zondag?'

'Zondag is moeilijk. William...'

'Dan neem je William toch mee? Er is een grote tuin waar hij in kan spelen.'

Ze dacht: raak, Rick Hunter. 'Zondag dan,' zei ze en legde de hoorn neer.

Het huis was vijftien kilometer van Longridge vandaan. Ze voelde dat ze dichter in de buurt van de zee kwamen. Ze rook het zout in de lucht en zag hoe de lucht veranderde, helderder werd. Er liep een pad van de weg af. De auto sloeg af en hobbelde door de gaten. Aan beide zijden van het pad stonden bomen. Toen zag Julia Rick Hunters huis voor het eerst.

Het overviel haar. Ontnam haar letterlijk de adem. Ze had verwacht dat Rick Hunter een solide, misschien zelfs pompeuze smaak zou hebben. Ze had absoluut niet kunnen bedenken dat hij zo'n fragiele, gracieuze constructie zou kiezen, waarvan de bleke stenen perfect in het blauwgroen van het bos en de zee overliepen. Ze stapte uit de auto en bleef even staan, met gebalde vuisten. Langs de voorkant van het huis liep een veranda. Takken krulden rond het smeedijzeren hek: ze stelde zich voor, hoe in de vroege zomer de lavendelkleurige blauweregen in de zeebries zou bewegen. In de tuin rond het huis zag ze de bruingrijze skeletten van zeedistels en de eerste stekelige, blauwe zeekoolbladeren. Achter in de tuin stonden donkere rododendronstruiken. Over een maand of twee zouden ze de meest schitterende roze, rode en paarse bloemen dragen.

Ze liep achter Rick aan het huis binnen. De kamers waren ruim en goed met elkaar in verhouding. Door de hoge ramen kwam duifgrijs zeelicht naar binnen. Een wenteltrap slingerde naar de bovenverdieping, bleek geschilderd als een spiraalvormige zeeschelp.

Boven rende William voor hen uit. Hij rende door alle kamers en gilde van het geluid van zijn eigen voetstappen in de lege ruimten. Julia liet een vinger over een afgebladderde houten trapleuning glijden en raakte een stukje losgeraakt behang aan dat van een muur afkwam.

Midden aan het plafond van de grote slaapkamer hing een stoffige kroonluchter uit een schitterend geornamenteerd medaillon. Toen Rick iets zei, schrok Julia op. Het was net alsof ze in de droom van dit magnifieke huis was verdwaald en was vergeten dat ze hier echt liep.

'Wat vind je ervan?'

'Het is prachtig, Rick. Zo prachtig.'

Hij liep met een stapel papieren rond. 'Ik heb ernaar laten kijken door een binnenhuisarchitect. Iemand uit Londen.' Hij keek op het bovenste vel papier. 'Hij raadt rood aan voor deze kamer. En rood-zwart gestreepte gordijnen. Met gouden passe...' Zijn wenkbrauwen raakten elkaar bijna aan terwijl hij het woord probeerde uit te spreken.

'Passementerie? Dat zijn kwastjes en sierlijsten.' Julia draaide zich om en bewonderde de Georgian ramen, de delicate architraven. 'Rood en goud... Ik zou het heel anders doen.'

'Ik vond het al een beetje een sufferd.' Hij verscheurde de papieren en gooide ze op de vloer. Het plotselinge gebaar van agressie verstoorde de verstilling in het huis.

Hij vroeg: 'Wat zou jij dan doen?'

'Ik?'

'Jij zult het me moeten vertellen. Ik heb namelijk geen idee en ik heb net het voorstel van die binnenhuisarchitect verscheurd.'

Ze voelde zich opgelaten. 'Rick, ik ben toch geen binnenhuisarchitecte...'

'Je weet wanneer iets er goed uitziet. Op het feest van Maurice Chancellor zei je dat de zaal vulgair was ingericht. Dat zou mij nooit zijn opgevallen. En als ik dit huis ga opknappen...' Hij sloeg met zijn vlezige hand op een vensterbank, 'wil ik niet dat het vulgair wordt. Ik wil dat het precies wordt zoals jij zegt dat het eruit zou moeten zien.'

Ze zei: 'Maar je overweegt toch nog het te kopen, hè, Rick?'

Hij schudde zijn hoofd. 'Ik heb vorige week getekend. Ik kon niet wachten. Iemand anders wilde het ook hebben.' Hij keek haar aan. 'Heb je het koud?' zei hij. 'Laten we maar gaan. Het is altijd vochtig in die oude huizen.'

Ze liepen naar buiten. Toen ze over de oprit liepen, zei hij: 'Ik wil je nog iets laten zien.'

Hij ging haar voor tussen de rododendrons door. De dikke, lederachtige bladeren hingen over een zandpad en vormden een tunnel. Terwijl Julia met William aan haar hand achter Rick aan liep over het pad, werd het geluid van de branding steeds harder. Toen eindigde de tunnel van rododendronbladeren en stond Julia opeens midden op een houten steiger op een klein, beschut strandje. Tien meter verder was de zee. Donkerbruin zeewier lag glinsterend op het natte zand en er bewoog een oranje zeester in een ondiepe poel naast de steiger. Aan beide zijden van het strandje bevonden zich kalkstenen rotsen, die een baai vormden. De rotsen schermden het strandje af van de rest van de kustlijn.

William liet haar hand los en dartelde weg om op onderzoek uit te gaan. 'Het is betoverend,' zei ze hardop. Haar adem stokte weer in haar keel. 'Betoverend.'

De baby werd eind april verwacht. Marius groef Tara's wiegje op, schuurde en schilderde het en hing nieuw behang op in de babykamer op Missencourt. En om te voorkomen dat Tara zich buitengesloten zou voelen, schilderde hij haar kamer in de kleur die ze zelf had uitgekozen: diep, maagdenpalmblauw.

Tara was op tweede kerstdag zes geworden. Uiterlijk was ze nog steeds een miniatuur-Suzanne: klein voor haar leeftijd, met een bleke huid, donkere ogen en krullend haar. Wat betreft haar karakter bewandelde ze steeds meer haar eigen pad. Terwijl Suzanne dol was op strijd met de autoriteiten, was de manier waarop Tara haar juf, Miss Rokeby, adoreerde, aandoenlijk: ze praatte haar in alles na en nam kleine cadeautjes voor haar mee, zoals een aardappelstempel, een zelfgebakken cakeje met geelbruin glazuur, een zelfgeborduurd mapje voor haar kam, waar Tara vreselijk op had gezweet en dat Suzanne achteraf stiekem had uitgehaald en opnieuw had geborduurd. Terwijl Suzanne huishoudelijke werkzaamheden als noodzakelijke, maar saaie taken zag, vond Tara het heerlijk de kaptafel te poetsen die Marius voor haar had gemaakt en raakte ze overstuur als de inhoud van de laden niet precies lag zoals zij die wilde. Suzanne was altijd gehaast en chaotisch, Tara geduldig en georganiseerd. En voelde Suzanne zich het prettigste in een blouse met een comfortabele broek, Tara droeg het liefste roze jurkjes met zoveel mogelijk ruches eraan. Als Suzanne toekeek hoe haar dochter zich optutte voor de spiegel, zei ze soms wanhopig: 'Dat is mijn dochter niet, Marius. Volgens mij hebben ze haar per ongeluk omgeruild in het ziekenhuis.' Maar Marius was apetrots op zijn kleine, beeldschone dochtertje. Als hij na zijn werkweek terugkwam uit Londen, nam hij altijd een cadeautje voor haar mee: een haarspeldje, een lint, of een nieuw jurkje voor haar lievelingspop.

Tara ging in Hernscombe naar school. Het was een kleine, maar moderne instelling die geen uniformen verplicht stelde en geen erg strenge regels had, waar Suzanne heel blij mee was. Tara vond het heerlijk op school en haar vriendinnetjes kwamen naar Missencourt, waar ze samen met haar speelden met het poppenhuis en de cavia en in de zandbak. Julia had beloofd dat ze Tara over een jaar of twee zou leren paardrijden; ze ging nu één keer in de week naar balletles, waar twintig kleine meisjes in dezelfde roze pakjes hun tenen spitsten op de muziek die uit een oude opwindgrammofoon kwam.

Marius en Tara gingen iedere zondagochtend samen op stap. Ze hielden allebei van vroeg opstaan en liepen dan op hun tenen het huis uit in hun jas en regenlaarzen, terwijl Suzanne en Adele nog lagen te slapen. Omdat Tara altijd wilde picknicken, nam Marius iedere week een thermosfles met thee en een zakje koekjes mee. Dan liepen ze naar de heuvels of het bos, plensden door modderpoelen, klommen kalkachtige heuveltjes op en zochten onder de hoogste bomen naar paardekastanjes en eikels en in de lente naar bleke, slanke orchideeën.

Tara ging het liefste naar zee. Ze gingen regelmatig op een winterse morgen vroeg naar de kust. Dan aten ze daar hun koekjes en dronken hun thee, omringd door kalkstenen platen met poeltjes erin, die vol zaten met krabben een zeeanemonen. In de winter konden ze elkaar bijna niet verstaan door het gehuil van de wind en de golven die op het strand sloegen. Maar Tara at altijd haar koekjes en dronk altijd haar mierzoete thee met melk, waarna ze, weer of geen weer, een zandkasteel bouwde. Als ze hand in hand over het strand liepen, vertelde ze Marius over de boot waarmee ze zou gaan varen als ze groot was. Hij zou blauwe zeilen hebben en een anker en ze zou ermee gaan vissen. Marius maakte geïnteresseerde geluiden en stelde zich zijn dochtertje voor, varend op de kolkende zee, alleen in een kleine sloep. Als kind had hij met Julia in een kleine jol gevaren. Als hij nu terugdacht aan hun roekeloosheid, kreeg hij de bibbers. Dat kwam door Will, dacht hij. Sinds Will was verongelukt, was de zee, die hem zo plotseling en meedogenloos had opgeslokt, duisterder geworden en hing er een donkere schaduw over hun helder glinsterende kindertijd.

Julia had hem een keer gevraagd: 'Denk je dat we ooit ophouden ons zorgen over hen te maken, Marius? Denk je dat dat ooit overgaat?' Hij had meteen begrepen dat ze het over de kinderen had gehad, dat ze doelde op William, Tara en het ongeboren baby'tje in Suzannes buik, en hij had zijn hoofd geschud. 'Waarschijnlijk niet,' had hij gezegd. 'Ma is nog steeds vreselijk bezorgd als ik laat terugkom uit Londen.' En toen had Julia gezegd 'O, hemel', en ze had zo wanhopig gekeken, dat hij zijn zusje had omhelsd en had geprobeerd haar te troosten. Zijn zusje, dat zich lang geleden nooit ergens zorgen over maakte.

Hij vond het prettig te zien dat Tara een echt plattelandskind was, dat ze net als hij vreselijk genoot van het omslaan van de seizoenen, de veranderingen in de wind. Het maakte hem niet uit of ze hetzelfde bloed hadden; het was genoeg dat de zon op allebei hun hoofden scheen als ze over het pad langs de kalkrichel liepen, dat ze allebei gek waren op de piepkleine druppeltjes zeewater die op hun gezichten spatten als ze samen op het strand stonden. Dat ze samen naar het aanzwellen van de golven keken en de tijd vergaten, tot hij ineens geschrokken op zijn horloge keek en ze samen terugrenden naar de auto, omdat ze te laat zouden komen voor het ontbijt.

Toen Suzanne zes maanden in verwachting was, werkte ze nog op haar peuterschooltje, dat ondertussen was verhuisd naar het dorpsgebouw in Great Missen, omdat er te veel kinderen kwamen om in de oude speelkamer van Marius en Julia onder te brengen. Ze zag er vaak bleek en vermoeid uit. De dokter zei dat ze bloedarmoede had en raadde haar aan lever te eten en meer te rusten. Marius stelde nog eens voor dat ze zou stoppen met het peuterschooltje, in ieder geval voor de rest van haar zwangerschap. Deze keer stemde Suzanne in; zodra Vivien een geschikte vervangster zou hebben gevonden, zou ze zich terugtrekken. Marius was enorm opgelucht. Maar hij zag Suzanne uit het raam staren met dezelfde wanhoop die hij vroeger zo vaak in haar ogen had gezien. Alsof het huis en het land eromheen haar nog steeds gevangenhielden.

Onmiddellijk na de oorlog had Temperleys Radio's te kampen gehad met de problemen die erbij hoorden als een bedrijf overging van oorlogstijd naar vredestijd, met tekorten aan grondstoffen en voorraad. Vijf jaar later was het bedrijf weer winstgevend en waren er altijd nieuwe opdrachten. Ze hadden nu andere problemen: soms moesten ze orders afslaan omdat ze niet genoeg capaciteit hadden. Marius' beslissing de omkastingen voortaan in Londen te laten maken en ook de verkoop van daar uit te coördineren, had geholpen, maar had het probleem niet helemaal opgelost.

Eind februari was er brand in de werkplaats in Londen en kon er niet meer gewerkt worden. Marius reed erheen om de schade te bekijken. Suzanne ging mee.

Om zeven uur kwam hij terug in het appartement. Suzanne keek hem aan en schonk een drankje voor hem in. 'Heb je een zware dag gehad?'

'Het was vreselijk. Een of andere idioot heeft een sigarettenpeuk in een bak met oud papier gegooid.' Hij nam een slok whisky. 'Maar het had erger kunnen zijn. Het hele gebouw had kunnen afbranden.'

'Gelukkig is er niemand gewond geraakt.' Ze stond te koken in het piepkleine keukentje.

'Alleen die sufferd die de papierbak in brand heeft gestoken. Zijn trommelvliezen zijn vast gescheurd tijdens de tirade die ik tegen hem heb afgestoken.' Marius maakte zijn stropdas los en gooide hem over een stoel. 'Het had niet op een slechter moment kunnen gebeuren,' zei hij kwaad. 'Er kan minstens een week niet in de werkplaats worden gewerkt. In Great Missen hebben ze binnen de kortste keren niets meer te doen. Ik ben bang dat ik mensen zal moeten ontslaan.'

Hij liep naar het keukentje. Hij probeerde zijn zorgen van zich af te zetten en sloeg zijn arm om de plaats waar ooit haar taille had gezeten. Hij kuste haar in haar nek.

Maar ze deed een stap opzij. 'De eiwitten, Marius...'

Hij gaf haar een schaaltje aan. 'Hoe was jouw dag?'

'Prima,' zei ze. 'Uitstekend.' Maar hij vond dat ze er gespannen en moe uitzag. Ze had zwarte kringen onder haar ogen en haar huid leek een beetje doorzichtig. Haar kleine, spitse gezicht leek niet in verhouding met haar zware lichaam.

'Kan ik je ergens mee helpen?'

'Dit...' Ze gaf hem een stuk kaas en een rasp. Ze zei: 'Ik heb een schitterende reiswieg gezien op Brompton Road. Voor Tara had ik alleen een wandelwagen.'

'Heb je hem gekocht?'

'Natuurlijk niet! Hij was idioot duur. Maar ik heb ook een winkeltje gevonden waar ze net zulke manden verkopen, maar dan niet afgewerkt. En ik heb zelf nog wel stof om hem mee te voeren. Ik kan zelf voor een fractie van die prijs een reiswieg maken die net zo mooi is.'

'Vast wel,' zei hij vriendelijk, 'maar je hoeft niet zuinig te doen, hoor.'

'Ik hou niet van geld verspillen.' Ze glimlachte een beetje nerveus. 'Dat ben ik zo gewend, denk ik.'

Hij raspte de kaas. 'We zijn allemaal zo, toch? Ma bewaart nog steeds stukjes touw en restjes zeep. Ik gebruik de achterkant van brieven als kladpapier.'

'En ik kan niet in één keer een hele zak snoepjes opeten. Voor de oorlog deed ik dat wel.' Ze zuchtte. 'Denk je dat we altijd zo blijven? Dat we ons schuldig voelen als we ook maar het kleinste dingetje weggooien?'

'Ik denk het wel,' zei hij. 'Ja. Onze kleinkinderen gaan ons vast vreselijk uitlachen.'

Ze moest de garde en de kom met eiwitten even wegzetten en leunde tegen het aanrecht. Ze wreef over haar rug. Hij zei bezorgd: 'Ik maak het wel af. Ga jij maar even liggen. Je ziet er moe uit.'

Ze schudde haar hoofd. 'Ik ben al bijna klaar.' Toen keek ze van hem weg en zei plotseling: 'Ik moet morgen naar huis, Marius. Vivien heeft gebeld. Ze heeft me nodig op de peuterschool.'

Hij keek haar aan. 'Hoe-heet-ze-ook-weer, dat meisje met dat rode haar, zou het toch overnemen?'

'Sally O'Brien? Ja, dat gaat ze ook doen, maar haar zoontje heeft de bof, dus ze kan een paar weken niet komen.'

'Kan Vivien het niet alleen redden?'

'Niet met tien kinderen. Mag ik de auto meenemen?'

'Natuurlijk, maar...' Hij deed zijn best niet boos te klinken. 'Het is een ontzettend eind rijden. En je ziet er al zo moe uit.'

'Het gaat prima,' zei ze. 'Ik ben 's avonds gewoon wat vermoeider dan anders. Morgenochtend voel ik me weer uitstekend.'

'Als je echt per se naar huis moet – maar ik zie niet in waarom ze het niet nog een dagje zonder je kunnen stellen – is het dan niet verstandiger als je met de trein gaat?'

'De laatste keer, dat ik met de trein ben gegaan, heeft hij er uren over gedaan, was het ijskoud en was er geen restauratiewagen.' Ze klonk geïrriteerd. 'En in Longridge waren er geen taxi's, dus moest ik lopen en de weg was geblokkeerd door koeien.' Ze beefde. 'Ik ga liever met de auto. Dat weet je toch, Marius?'

'Maar je ziet er zo moe uit...'

'Marius, maak je niet zo druk!' Ze draaide zich van hem af en begon af te wassen. 'Zwanger zijn is heel normaal. Miljoenen vrouwen zijn het.'

Na zijn lange, zware dag voelde hij zijn zelfbeheersing wegglippen. 'Miljoenen zwangere vrouwen,' zei hij, 'hebben geen dochter van zes om voor te zorgen en werken niet ook nog op een peuterschool en hebben niet ook nog eens zo'n groot huis om voor te zorgen.'

'Mijn moeder,' zei Suzanne razend, 'werkte uren achtereen in een fabriek en woonde in een schoenendoos met een echtgenoot die haar in elkaar sloeg zodra hij haar zag. En zij had zeven kinderen!' Ze staarde hem woedend aan. Toen leek haar strijdlust ineens weer te verdwijnen, want ze zuchtte en zei: 'Het spijt me. Ik wilde niet zo tegen je uitvallen.'

Hij nam haar in zijn armen. Maar zoals zo vaak, verstijfde ze. Hij zei: 'Ik kan je morgenochtend niet thuisbrengen, omdat de schade-expert komt en daar moet ik bij zijn. Maar als het goed is, is hij tegen het middaguur klaar. Is 's middags vroeg genoeg? We kunnen overnachten in Andover of Salisbury, dan is het allemaal wat rustiger.'

'Lieve Marius,' zei ze. Haar stem beefde een beetje.

De schade-expert, die had beloofd er om tien uur te zijn, kwam pas om elf uur opdagen. Vervolgens stond hij erop alles zo nauwkeurig te inspecteren, dat Marius er gek van werd. Hij sprak met alle werknemers en bekeek elke brandblusser en zandemmer.

En toen Marius net op het punt stond te vertrekken, ging de telefoon. Een warenhuis in Leeds, een van hun beste klanten, had over de brand gehoord en maakte zich zorgen of hun gewoonlijke bestelling wel uitgevoerd kon worden. Marius was twintig minuten bezig de klant gerust te stellen. Nadat hij de telefoon had neergelegd, belde hij nog even snel met Julia in Dorset om haar te helpen herinneren dat ze prioriteit moest geven aan de order uit Leeds.

Toen hij naar het appartement ging, was het bijna drie uur. In de hoop wat tijd te besparen, ging hij met de taxi in plaats van de metro en was voor halfvier in het appartement.

Maar zodra hij de voordeur opende, voelde hij dat het appartement leeg was. De tassen waren weg en Suzannes jas hing niet aan het haakje naast de voordeur.

Hij las het briefje dat op het tafeltje in de gang lag: *Lieve Marius, ik heb toch besloten vanochtend terug te rijden naar Missencourt. Ik hoop dat je het niet erg vindt. Ik weet dat je het druk hebt, dus haast je niet thuis te komen. Ik beloof je dat ik zal overnachten in een hotel als ik moe word. Liefs, Suzanne.*

Hij staarde uit het raam. Een paar dagen daarvoor was het weer ineens omgeslagen en winters geworden. De hemel was bleek ijsblauw en uit de schoorstenen van de omliggende panden kwam dikke rook.

Ze had zich niet gerealiseerd hoe zwaar het zou zijn. Elk stadium van deze tweede zwangerschap bracht herinneringen aan de eerste met zich mee. De misselijkheid en uitputting van het eerste trimester herinnerden haar aan de verwarring en woede die ze had gevoeld nadat Neil was vertrokken. Toen ze het kind voor het eerst voelde bewegen – die vreemde, vlinderachtige bewegingen – dacht ze terug aan de verdoofde weken die op zijn dood in Frankrijk waren gevolgd. Maand na maand werd ze 's nachts wakker en voelde weer dezelfde eenzaamheid, voelde weer het verdriet, de zorgen om en de wrok jegens haar ongeboren kind.

Het was niet helemaal waar dat Vivien haar had gevraagd onmiddellijk terug te komen naar Dorset. Er waren inderdaad te weinig leidsters, maar Vivien – de rustige, gemakkelijke Vivien – had tegen haar gezegd dat ze zich niet hoefde te haasten. 'Doe het maar rustig aan nu het nog kan, lieverd,' had ze gezegd. 'Binnenkort moet je weer halve nachten op zijn.'

Ze was weggegaan uit Londen omdat ze wat tijd voor zichzelf

nodig had en omdat ze ineens de onbedwingbare behoefte voelde naar de plaats te gaan waar Neil en zij elkaar voor het laatst hadden gezien. Eind april 1944 hadden ze samen een weekendje in Salisbury doorgebracht. Neil was daar in de buurt, in Tidworth, gestationeerd. Ze herinnerde zich nog dat ze haar linkerhand in haar jaszak had gehouden toen hij zijn handtekening in het gastenboek zette, zodat de man achter de balie niet zou zien dat ze geen trouwring droeg. Suzanne bedacht zich met een cynische glimlach op haar gezicht dat er toen hele horden meneren en mevrouwen Smith in de hotels verbleven moesten hebben, met Salisbury Plain en de enorme legerkampen zo dicht in de buurt.

Ze reed Salisbury binnen, parkeerde de auto en liep het kleine stukje naar het White Hart Hotel. Ze keek omhoog naar het vervallen oude gebouw en dacht terug aan het weekend, dat niet goed was verlopen. Neil en zij hadden geen ruzie gemaakt, maar ze was niet in staat geweest tijdens de lange rit uit Northumberland het gevoel van irritatie en gedeprimeerdheid van zich af te schudden. Ze had een grote afstand tussen hen gevoeld, alsof hun korte scheiding hen al verschillende paden had doen inslaan. Ze had Neil natuurlijk niet over Marius verteld; en Neil moest ook geheimen gehad hebben over de voorbereidingen voor D-day. Hun vrijpartij had iets wanhopigs gehad, alsof ze hadden geprobeerd iets te behouden wat al weg was geweest. Toen ze op maandagmorgen aan de terugreis naar Northumberland was begonnen, was ze misselijk geweest. Ze had toen aangenomen dat dat was gekomen door haar ellendige gevoel over hun afscheid, maar wist nu dat dat natuurlijk een teken van haar zwangerschap was geweest.

Suzanne liep weg van het hotel en richting Cathedral Close. Het was koud en de lucht was helder bleekblauw. Er stonden ijsbloemen op de ramen en er lag ijs op de donkergroene klimopbladeren die tegen een tuinmuur groeiden. Toen ze door Bridge Street liep, zag ze Poultry Cross en dacht: daar heb ik hem voor het laatst gezien. Daar hebben we elkaar voor het laatst gekust. Hij had aangeboden haar naar haar jeep te brengen, maar dat had ze afgeslagen. Ze had altijd al een hekel gehad aan afscheid nemen.

Ze probeerde zich hem voor de geest te halen. Maar zijn gelaatstrekken waren vaag, onduidelijk, alsof ze onder water waren verborgen. Ze kon zich de exacte kleur van zijn ogen niet meer herinneren en wist ook niet meer wat de precieze vorm van zijn mond was. Ze voelde een lichte paniek over zich komen. Als ze van hem had gehouden, waarom was ze hem dan vergeten? Was dat hoe liefde eindigde? Zou ze op een dag het blauw van Marius' ogen zijn vergeten? En zou ze als oude vrouw het gezicht van haar dochter vergeten, haar stem, haar naam?

Een stem onderbrak haar gedachten en het drong met een schok tot haar door dat ze stond te huilen. Ze stond midden op straat te huilen. Ze mompelde iets tegen de oudere vrouw die bezorgd naast haar stond en liep toen snel terug naar de auto. Ze was van plan geweest te dineren in Salisbury en misschien in een hotel te overnachten, maar ze veegde de tranen van haar gezicht en reed de stad uit richting Shaftesbury Road.

Ze reed snel; ze had autorijden altijd heerlijk gevonden. Ze had goed leren rijden in het leger; ze dacht terug aan autorijden in Northumberland: die lange, rechte Romeinse wegen door de heuvels, over blinde toppen met Neil naast haar, die schreeuwde dat ze nog harder moest rijden. Maar dit waren andere wegen. Ze reed Exeter Road in zuidelijke richting af. De weg kronkelde door ontelbare piepkleine dorpjes. Af en toe kwam er ineens een vrachtwagen of bus vanachter een onoverzichtelijke bocht vandaan en moest ze de grote, logge, vooroorlogse Rolls halsoverkop in de berm stilzetten. Ze begon kramp in haar voeten te krijgen van de bediening van de stroeve pedalen en haar armen deden pijn van het zware stuur. Rotauto, mompelde ze hardop. Nog erger dan een legerjeep.

Ze voelde zich ineens uitgeput. Ze parkeerde de auto op een veldje, zette de motor uit en liet zich met zware oogleden en pijnlijke ledematen onderuitzakken in haar stoel. Haar verdriet en spijt werden minder scherp en ze begon zich rustiger te voelen. Het was net alsof haar bezoekje aan Salisbury eindelijk een hoofdstuk in haar leven had afgesloten en haar verleden in de juiste context had geplaatst: afgelopen en uit. Nu kon ze eindelijk naar de toekomst kijken. Haar toekomst met Marius, Tara en haar ongeboren kind. Helemaal geen vervelende toekomst, dacht ze tevreden. Suzanne sloot haar ogen en viel in slaap.

Maar zonder de warmte van de motor koelde het in de auto al snel af en na een paar minuten werd ze bibberend wakker. Ze startte nog half slapend de auto. Ze schatte in dat ze nog maar een halfuur van Missencourt vandaan was. Als ze thuis was, zou ze een warm bad nemen en meteen daarna naar bed gaan. Marius had gelijk: ze was te ver in haar zwangerschap om nog zo'n marathon te ondernemen. Ze zou van nu af aan verstandig zijn en op tijd rust nemen.

De weg steeg en daalde, terwijl ze zuidelijk door heuvels en valleien reed. Ze nam de kortste weg, via een achterafweggetje dat naar Hernscombe Road leidde. Ze kende de weg niet goed en werd vreselijk moe van de bochten. Ze moest vechten om haar concentratie te bewaren. Bijna thuis, mompelde ze tegen zichzelf. Toen werd de weg rechter en gaf ze meer gas. Terwijl ze afdaalde door het boslandschap, scheen de laagstaande winterzon recht in haar ogen en daarom sloot ze ze even. Toen ze ze weer opende, zag ze te laat dat ze de T-splitsing had bereikt. Suzanne remde uit alle macht, maar de zware auto stond niet meteen stil. Ze zag de aardwal opdoemen en toen ze ertegenaan reed, werd ze eerst tegen het stuur geslingerd en toen tegen de stoel.

Ze begreep niet wat er aan de hand was. Ze begreep niet waarom de zon haar nog steeds verblindde. Waarom ze niet kon ademen. Waarom ze het zo koud had en een verdovende kilheid door haar hele lichaam stroomde. 'Marius,' fluisterde ze. Maar ze kon haar hoofd niet draaien om te zien of hij naast haar zat.

14

Toen de brief van Prudence aankwam, woonde Jack bijna twee jaar in Canada. Nadat hij in januari 1949 uit Engeland was vertrokken, had hij contact gezocht met een oude legervriend die direct na de oorlog naar Canada was geëmigreerd. Wallace Maxwell had een boerderij in Saskatchewan; als hij het wilde, had hij werk voor Jack, schreef hij. Jack arriveerde in de prairie toen het einde van de winter naderde en hij belandde in een land met enorme velden, afgewisseld door kleine bosjes en meren, die schitterden als juwelen.

In de jaren na zijn demobilisatie was Maxwell getrouwd en had vier kinderen gekregen. Na een week op de logeerkamer in de boerderij van de Maxwells te hebben gelogeerd, ontsnapte Jack aan de vier kleine kinderen en Maxwells praatzieke vrouw en zocht zijn toevlucht in het nabijgelegen stadje McKenna. McKenna bestond uit een spoorwegstation, een klein vervallen hotel, een paar winkels, een garage en een paar huizen. Een van de huizen was van mevrouw Turner, die kamers verhuurde.

Jack werkte zijn eerste zomer in Canada op de boerderij van de Maxwells en woonde in het huis van mevrouw Turner. Midden op de dag scheen de zon meedogenloos op zijn hoofd; het deed hem denken aan de hitte in Noord-Afrika. 's Avonds leken de paarsgrijze schaduwen oneindig lang. Op de meeste velden werd tarwe verbouwd, enorme goudkleurige zeeën dansend graan. Soms werd het goud onderbroken door geel mosterdzaad of azuurblauw vlas. Aan de buitenranden van Maxwells boerderij, ver van de gerieflijke woning en de rode schuren, was er niets dan de oneindige honingkleurige velden en de immense blauwe lucht, die tot de hemel leek te reiken. De prairies boden een aanzicht dat Jack niet gewend was: de heldergekleurde graanelevators waarvan de neuzen naar beneden hingen als die van mechanische prehistorische monsters, de surrealistische uivormige koepels van de Grieks-orthodoxe en Oekraïense kerken, herinneringen aan de vele naties die zich in dit afgelegen land hadden gevestigd. Omringd door deze immensheid had Jack het gevoel dat er eindelijk iets van zijn schouders viel, iets zwaars en vermoeiends.

In de zitkamer van het logement stond een foto van de echtgenoot van mevrouw Turner, die in 1944 in Normandië, bij Falaise, was omgekomen. Mevrouw Turner was een uitstekende kokkin en een niet-opdringerige, tactvolle hospita. Ze was altijd opgewekt tegen Jack en hield de gesprekken in eerste instantie bewust oppervlakkig. Ze was van gemiddelde lengte en bouw, had bruine ogen en een slank figuur en het duurde even voor Jack zich realiseerde dat haar opgewektheid voortkwam uit verlegenheid, en nog langer voor het tot hem doordrong dat haar ingetogenheid een stille schoonheid in zich had. De zomer was bijna voorbij toen ze uiteindelijk van het formele meneer Chancellor en mevrouw Turner overgingen op Jack en Esther. Tegen de tijd dat ze samen het bed deelden, was het gaan sneeuwen. Vanwege de andere huurders in huis was hun liefde geruisloos en zacht als de vallende sneeuw.

Jack was verrast door de strengheid van de Canadese winter. Het werd tien, twintig, dertig graden onder nul. Op een boerderij in de buurt vroren in de koudste nacht van het jaar zes koeien en de cowboys die ze binnen moesten halen dood voor ze de veilige schuur hadden bereikt. Tijdens de winter werden de prairies witte oceanen en scheidde alleen een flinterdun pennenstreepje hen van de bleke lucht. De kou kon je verblinden, kon de vingers van je handen en de tenen van je voeten doen vriezen. Je werd er uiterst geconcentreerd van en reduceerde het bestaan tot de essentie.

Tijdens de lange, donkere avonden maakte Esther quilts en praatten ze. Jack keek hoe haar slanke vingers over de vierkantjes gestreepte, effen en gebloemde katoen gingen en knipte katoen terwijl ze hem vertelde over haar jeugd in Montreal, haar huwelijk toen ze achttien was en de schok van haar verhuizing naar de boerderij van haar man in Saskatchewan. Zonder zelfmedelijden beschreef ze de uitputting en eenzaamheid die ze had gevoeld toen ze had geprobeerd de boerderij draaiende te houden nadat Frank het leger in was gegaan en vertelde ze over haar beslissing, na zijn dood, om de boerderij te verkopen. Ze had ineens de moed niet meer kunnen opbrengen, zei ze tegen Jack. Ze was er zo doodmoe van geworden, van de extreme temperaturen in zomer en winter en de geïsoleerdheid van het kleine boerderijtje. Ze vertelde dat ze had gedacht dat ze het wel zou redden, maar dat het niet was gelukt. Dus had ze de boerderij verkocht en was naar McKenna verhuisd, waar ze het logement had gekocht. Vanuit het zolderraam kon ze de boerderij zien waar ze met Frank had gewoond. Terwijl ze naast Jack op de bank in de zitkamer zat, vertelde ze hem dat ze zich nog steeds schuldig voelde. Frank had de boerderij van zijn vader geërfd en had niets liever gewild dan dat hij zou zijn doorgegeven aan zijn zoons en kleinzoons. Maar er waren geen zonen en ze had de boerderij aan een vreemdeling verkocht.

Jack had in de loop der jaren geleerd dat je niet altijd kon doen wat van je werd verwacht. Tijdens de oorlog had hij gestreden voor koning en vaderland. Na de oorlog was hij naar huis gegaan en had net als Esther geprobeerd de draad weer op te pakken. Terug in het web van familie en verplichtingen had hij zijn uiterste best gedaan zijn plaatsje te vinden, maar hij had het kleine landje dat Groot-Brittannië was geworden, niet herkend. Bang om met niets achter te blijven had hij geprobeerd vast te houden aan wat hij dacht dat van hem was: Sixfields en Julia. Als hij er nu op terugkeek, leek dat zijn grote fout te zijn geweest. Er was niets geweest om aan vast te houden; de schijn van continuïteit was een illusie geweest. Hij had verwacht terug te keren naar de wereld die hij vier jaar eerder had achtergelaten. Maar alles was bijna onherkenbaar veranderd. Zijn familie was gegroeid en veranderd en hun levenswijze was bijna vreemd voor hem geworden. Zijn land had af en toe net een vreemd land geleken. En Julia, Julia was een meisje geweest toen hij Dorset had verlaten. Maar toen hij was teruggekomen, was ze een vrouw geworden.

Hij had niet kunnen berusten in wat er was veranderd en had alleen in het land continuïteit gevonden. Zijn intense behoefte aan iets blijvends had hem naar Sixfields geleid: de soliditeit van de heuvels, velden en de kust, en de illusie van duurzaamheid en veiligheid die rijkdom bood. In Canada was hij nog niet vrij van zijn verleden, maar hij voelde tenminste wel af en toe iets van bevrijding in de openheid van het landschap en de grootsheid en kracht van de elementen. Het hielp dat hij zich klein en onbeduidend voelde; dat gaf perspectief aan zijn tegenspoed en fouten.

Jack vertelde Esther over Egypte en Italië en over Carrie Chancellor en Sixfields. Hij vertelde haar over Will, maar niet over zijn relatie met Julia. Hij wist dat ze aanvoelde wat er ongeveer was gebeurd. Hij had nog steeds moeite zichzelf te vergeven voor de manier waarop hij Will had behandeld. En hoewel hij het probeerde te negeren, had hij nog steeds een knagend gevoel in zijn maag, alsof dingen nog niet waren opgelost, verhalen nog niet waren afgelopen.

Toen kwam de brief. Terwijl hij 's avonds in de zitkamer zat, las hij over Suzanne Temperleys dood. Er lag een dikke laag sneeuw en de wind blies witte wolken van de boomtakken.

Esther zat voor de haard overhemden te verstellen. Toen hij het flinterdunne, blauwe papiertje las, moet hij een geluid hebben gemaakt, want ze keek naar hem op.

'Slecht nieuws?'

Hij vertelde haar over Suzanne. 'O, Jack,' zei ze, stond op en kwam naast hem staan. 'Kende je haar goed?'

'Niet echt.' Hij had moeite zich Suzanne voor de geest te halen. Een vaag beeld van haar donkere levendigheid en een herinnering aan de manier waarop ze hun leven was binnengerend en iedereen had doen opschrikken, hijzelf en Julia incluis. 'Maar ik ken Marius, haar man, al sinds mijn kindertijd.'

De volgende dagen probeerde Jack, terwijl hij op het land van de Maxwells aan het werk was, een condoleancebrief te schrijven. Maar de zinnen vielen uit elkaar voor hij ze kon afmaken en hij kon geen woorden bedenken die uitdrukten hoe hij met Marius meeleefde. Vaak dwaalden zijn gedachten af naar zijn eigen, uit elkaar gevallen familie. Hij dacht aan zijn neefje, dat hij nog nooit had gezien. Hij vroeg zich af hoe William eruitzag, of hij op Will of Julia leek. Hij had een verantwoordelijkheid naar het kind van zijn overleden broer waarvan hij wist dat hij haar niet aankon. De familie die hij had achtergelaten, was door de brief van Prudence ineens weer helemaal levend en veeleisend geworden. Hij kon de leden ervan niet langer in de opbergkasten van zijn verleden achterlaten.

Op een avond sloeg hij zijn armen om Esther heen. Hij keek naar haar bruine ogen en prachtige huid met goudkleurige sproeten. Hij vroeg zich af of hij haar ingetogen schoonheid zou vergeten als hij geconfronteerd zou worden met Julia's stormachtige ogen en haar breekbare, kritische passie.

'Ik moet naar huis,' zei hij.

Ze knikte, alsof ze had verwacht dat hij dat zou gaan zeggen. 'Kom je nog terug?'

'Ik denk het wel.' Hij legde zijn handen op haar gezicht. Toen staarde hij voor zich uit. 'Er zijn daar dingen...'

Ze onderbrak hem met een spoortje van de onzekere opgewektheid die ze had gehad toen ze elkaar net hadden leren kennen. 'Ik weet het. Dat had ik al geraden. Maar dat is de oude wereld, Jack. En dit is de nieuwe. Je zult moeten kiezen.'

Ze liet zich uit zijn omarming glijden en liep de kamer uit. Hij vond haar in de keuken, met een deegroller in haar handen, huilend boven het deeg. Hij kuste haar en haar handen, wit van de bloem, lieten sneeuwachtige afdrukken op hem achter toen ze hem naar zich toe trok.

Op de begrafenis, tijdens de kerkdienst, vroeg Topaz zich boos af waarom er nooit eens een bruiloft was. Of een doop. Maar die gedachte was ondraaglijk (Suzannes arme baby'tje en al die piepkleine kleertjes en dekentjes op Missencourt, allemaal opgeruimd, uit het zicht gehouden), dus staarde ze omhoog naar het glas-in-loodraam en voorkwam dat ze keihard zou gaan gillen door recepten in haar hoofd op te zeggen. Hoewel ze eigenlijk niet wist (...tomatenomelet: neem een tomaat, ontveld en in kleine stukjes...) waarom je tijdens zo'n gelegenheid als deze niet keihard zou mogen huilen.

Een paar dagen later belde ze Angélique en vertelde haar dat ze voorlopig niet zou terugkomen naar het restaurant. Ze hadden haar nodig op Missencourt, legde ze uit. Ze hadden haar nodig, omdat Adele er te moe en ziek uitzag om voor haar kleine, verwarde kleindochter te zorgen en het huishouden draaiend te houden en omdat Julia (wit en dun en bevangen door een angstaanjagende, razende energie) bij Temperleys nodig was. En omdat Marius, die niets anders deed dan te veel drinken en door het huis dwalen, eruitzag alsof iemand een hamer had gepakt en hem in duizend piepkleine splinters had gehakt. Dat ze op Missencourt bleef omdat er de laatste tijd niets voor haar in Londen leek te zijn, was een gedachte die ze zelfs voor zichzelf probeerde te ontkennen.

En er was bovendien iemand nodig om boodschappen te doen en te zorgen dat iedereen te eten kreeg, zelfs als ze het niet opaten. Zo kon ze tenminste helpen. Topaz ging twee keer per week met de bus naar Hernscombe, of ze fietste op Marius' oude fiets naar Great Missen. Ze kocht wat er op dat moment het lekkerste uitzag en kookte elke avond voor hen: soep en stoofpot en verse vis, die ze in de haven in Hernscombe had gekocht. Sommigen aten wat en anderen niet, maar als ze de restjes in doosjes in de koelkast zette, bedacht ze zich, hoefden ze zich tenminste geen zorgen te maken over het eten.

En ze zorgde dat het huis er netjes uitzag. Ze stofte, stofzuigde en zorgde dat er altijd een warme kamer was om te zitten. Ze stond de handelaars te woord en nam de vele telefoontjes aan – die mengeling van condoleance en nieuwsgierigheid, die ze zich nog zo goed herinnerde van de periode na Wills dood – maakte aantekeningen op stukjes papier en stoorde de Temperleys alleen als het echt niet anders kon. 's Middags hielp ze na school Adele met Tara. Op wasdag vouwden zij, Tara en mevrouw Sykes enorme bergen linnengoed. Ze bood Marius een keer voorzichtig aan hem te helpen met het uitzoeken van Suzannes spullen, maar toen keek hij haar zo razend aan, dat ze zich excuses makend, zo snel ze kon uit de voeten maakte.

Ze werd iedere ochtend tussen vijf en zes wakker en kon dan niet meer slapen. Ze wist dat Marius ook vroeg opstond: ze hoorde de zachte klik van zijn deur die opende en sloot en zijn zachte voetstappen op de trap. Dan liep ze naar het raam en keek hoe hij de tuin in liep met de labrador en Adeles spaniël op zijn hielen. Hij liep doelloos door de tuin heen en weer over het terras, rondjes langs de rand van de tuin en dan het bos in of het pad naar de heuvels op. Het was net, dacht ze bevend, alsof hij ergens naar op zoek was.

Ze keek naar hem door haar slaapkamerraam, ze hield hem in de gaten. Haar hart bloedde voor hem op die grijze, mistige ochtenden. Terwijl ze wachtte op zijn terugkeer, dacht ze aan Charlie, aan elk detail van hun jaren samen. Dan probeerde ze te analyseren wat er was misgegaan. Nu ze erop terugkeek, had ze soms het gevoel dat er al die jaren iets afstandelijks, iets incompleets aan zijn liefde voor haar was geweest. Ze was niet zijn eerste en niet zijn grootste liefde geweest.

Maar toch had ze die halfslachtige aandacht geaccepteerd, en geweten dat er niet meer inzat. Tot die laatste ontmoeting (sneeuw in de lucht en die opgejaagde blik in zijn ogen, toen ze over trouwen was begonnen) had ze niet gevraagd om meer dan hij haar kon geven. Ze schaamde zich vaak over zichzelf; soms haatte ze zichzelf. Ze vond het zo laf, zo laakbaar dat ze genoegen had genomen met zo'n onevenredige liefde. Het riekte naar wanhoop, vond ze.

Als ze Marius de tuin in zag lopen, rende ze naar beneden. Als hij het huis binnenkwam, gaf ze hem toast en thee. Meestal at hij de toast niet, maar de thee dronk hij vaak wel. Dan zat ze met hem in de kleine bijkeuken achter in het huis tussen de versleten rieten stoelen, regenlaarzen en -jassen, en de honden, die hijgend naast Marius lagen. Zijn kleding zat vol doornen van de braamstruiken die langs het bospad stonden. Vaak had hij zich niet geschoren en zijn haar, dat al weken niet was geknipt, hing over de kraag van zijn jas. Hij keek zo doods, dat het haar beangstigde. Zijn blik was de reden waarom ze hem zo goed in de gaten hield.

Ze spraken nauwelijks. Ze wist dat hij nog met niemand echt had gepraat sinds het overlijden van Suzanne. Alleen verwarde, uitgeputte antwoorden op de vragen van de politie en later gemompelde bedankjes voor de condoleances na de begrafenis. Natuurlijk hadden er wel mensen met hem proberen te praten. John en Prudence Chancellor hadden een poging gedaan, maar waren tegen zo'n ondoordringbare muur aan gelopen, dat ze het uiteindelijk hadden opgegeven. Adele probeerde het meermalen, tot Marius zo opzettelijk kil op haar woorden reageerde, dat ze in tranen uitbarstte. Julia probeerde het niet, omdat ze, zoals ze tegen Topaz zei, even geen idee had wat ze met Marius aan moest. Ze kon hem nauwelijks in de ogen kijken, vertelde ze Topaz, laat staan iets zinnigs tegen hem zeggen.

Julia had als eerste gehoord dat Suzanne een ongeluk had gehad. Toen de politie was aangekomen, was ze net de oprijlaan van Missencourt op gereden om William op te halen. De herinnering aan het gesprek met de politie en de kennis van wat er met Suzanne was gebeurd bleven haar altijd bij. Suzanne was van Londen op weg naar huis geweest en was de controle over de auto verloren toen ze Hernscombe Road had willen oprijden. De Rolls Royce was tegen de aardwal gereden, waardoor Suzanne eerst tegen het stuur was geslingerd en toen weer in haar stoel. Het stuur had haar borstbeen gebroken, de stoel haar nek. Lois Barrington reed kort na het ongeluk langs. Lois had haar levend gevonden, maar toen de ambulance twintig minuten later was gearriveerd, waren zowel zij als haar ongeboren kindje al overleden. Tijdens het onderzoek opperde de lijkschouwer dat Suzanne waarschijnlijk verblind was geweest door de laaghangende winterzon. Hij had er ook op gewezen dat de auto log en zwaar was en niet gemakkelijk te besturen voor een kleine, hoogzwangere dame.

Julia hoorde alle details, de opeenstapeling van gruwelijke feiten, aan als een obsceen verhaal. De eerste paar weken was ze voornamelijk razend geweest. Razend dat ze nog een tragedie te verwerken kregen, net nu ze na de dood van Will hun leven weer een beetje op de rails begonnen te krijgen.

Ze was stiekem opgelucht dat ze zoveel nodig was bij Temperleys. De eisen die de zaak aan haar stelde, kon ze aan; maar zoals ze Topaz had toevertrouwd, kon ze Marius niet aan. Haar eigen verdriet en schuldgevoel over de dood van Will lagen nog te vers in haar geheugen, de wonden waren nog te vers. Voor William en voor zichzelf was ze opgelucht dat ze haar werk als excuus kon gebruiken om haar bezoekjes aan Missencourt kort te houden. Ze was vreselijk dankbaar dat Topaz' beslissing te blijven haar ontsloeg van huiselijke verplichtingen. Toen ze op Missencourt op bezoek was, drong het tot Julia door dat Topaz was veranderd. Ze hadden haar allemaal altijd gezien als het jonge nichtje van Jack en Will, kleine Topaz, altijd knokkend om hen bij te houden. Maar die tijd was voorbij; Topaz was opgegroeid tot een slagvaardige, creatieve en praktisch ingestelde vrouw. Of misschien, bedacht ze zich ongemakkelijk, was Topaz dat al heel lang, maar was het niemand eerder opgevallen.

Het zou ook moeilijk zijn geweest het zonder Rick te redden. Daar voelde ze zich nog ongemakkelijker over. Voor de dood van Suzanne had Rick Hunter alleen aan de zijlijn van haar leven bestaan. Nadien leek hij er altijd te zijn. Als ze uit haar werk kwam, stond hij bij haar huis op haar te wachten. 'Ik wilde alleen even zeker weten dat het goed met je gaat,' zei hij dan. Of: 'Ik vroeg me af of ik iets voor je kon doen.' Dan gaf hij haar een bosje bloemen of een doos bonbons, of had hij een speelgoedauto of een ballon voor William gekocht. Dan kon ze hem niet wegsturen. En als hij dan binnen was, repareerde hij een kapot raamkozijn, of haalde kolen als die op waren, al die huis-houdelijke taken waar Julia nu geen tijd voor leek te hebben. De dood van Suzanne en Marius' afwezigheid bij Temperleys hadden Julia's toch al drukke leven nog veel drukker gemaakt. Ze realiseerde zich dat ze onbewust afhankelijk was geworden van Rick Hunter. Van zijn kracht en de manier waarop zijn gezelschap haar afleidde van de pro-blemen en uitputting die haar de laatste tijd dreigden te overweldigen.

Hij vertelde haar weinig over zichzelf; ze raadde meer. Af en toe gleed hij in een ander accent, een accent dat verried dat hij ergens in het East End van Londen was opgegroeid. Ze vroeg zich af of hij zich schaamde voor zijn afkomst en ze overwoog hem te vertellen dat ze bewondering had voor mensen, die iets van hun leven maakten, on-geacht hun achtergrond. Maar dat deed ze niet, gedeeltelijk omdat ze wel kon raden dat hij zijn kwetsbaarheid wilde verbergen, en gedeel-telijk omdat zo'n gesprek een intimiteit zou kunnen impliceren die ze liever niet aanmoedigde. Maar het was alsof ze iets ruws en zachts in hem had ontdekt, iets wat tegenovergesteld was aan de kracht die hij uitstraalde, een onverwachte kant van hem, waardoor ze hem aardiger vond.

Hij had een snelle, scherpe geest en zijn honger naar kennis en zelfverbetering was enorm. Ze was dol op zijn vreemde huis aan de kust en vond het heerlijk te zien hoe het tot leven kwam, nu er een heel leger aan klusjesmannen en naaisters bezig was muren te behan-gen en gordijnen op te hangen. Hij behandelde haar als een prinses en nam haar, als ze daar een heel enkele keer tijd voor had, mee uit eten in chique restaurants. Hij vroeg altijd naar haar gezondheid en geluk en was geïnteresseerd in elk woord wat ze zei. Het was prettig aanbe-den te worden, haar contact met hem was zo anders dan de rest van haar leven. Zo anders dan het moederschap, zo anders dan haar werk, waar ze in het beste geval als een van de jongens werd behandeld en in het ergste geval werd gezien als het soort minderwaardige lust-object dat Raymond Bell in haar zag.

Maar heel af en toe zag ze een andere kant van Rick Hunter, een kant die ze niet prettig vond en die haar deed denken aan die onge-makkelijke eerste keer dat ze hem in Wills kantoortje had ontmoet. Toen ze op een dag in zijn huis was om wat kleursuggesties op te schrijven, ging de telefoon. Ricks stem doorbrak de dromerige stilte van de zondagmiddag. Kortaf, koud en zonder emotie, had hij gemakkelijk een heel ander persoon kunnen zijn dan de Rick Hunter die zij had leren kennen. 'Ruim hem uit de weg,' hoorde ze hem zeggen. En toen, ongeduldig: 'Doe niet zo zielig. Ruim hem nou maar gewoon uit de weg.'

Maar één keer stond hij toe dat ze hem kwaad zag. Hij werd geweigerd als lid van een golfclub in Hernscombe. Hij sloeg met zijn vuist in de handpalm van zijn andere hand en zijn woorden klonken als wapenvuur. 'Niet goed genoeg voor ze. Niet uit de juiste buurt. Ze willen mijn soort niet.' Het geklap van zijn vuist accentueerde zijn korte zinnen.

'Wat ga je nu doen?' vroeg ze hem.

Ze werd een beetje nerveus van de kille woede die ze in zijn ogen zag. 'Erachter komen wie me niet wil. En zorgen dat ik word toegelaten.'

Die avond had ze overwogen haar contact met Rick Hunter te verbreken. Maar twee dagen later was Suzanne overleden en was Julia het hele voorval tijdelijk vergeten. Als ze er in de nasleep van alles wat was gebeurd, aan terugdacht, leek het haar totaal onbelangrijk en kon ze zich steeds beter voorstellen dat hij kwaad was geworden.

Hij had het nooit meer over Will gehad. Soms vond Julia het een verontrustende gedachte dat Rick haar niet was vergeten en zij hem wel. Dan vond ze het ook verontrustend dat haar eerste indruk van hem zo onplezierig was geweest, dat ze iets roofdierachtigs, bijna doortrapts in hem had herkend. Maar als ze dan dacht aan hoe ze vroeger was: zo trots en veroordelend, begon ze te twijfelen aan haar eerste oordeel.

Tara was sinds de dood van haar moeder stil en teruggetrokken geworden en was teruggevallen in gewoonten uit haar babytijd. Ze duimde, wilde Adele als die haar naar school bracht, niet loslaten en ze plaste af en toe in bed. Ze straalde zo'n verwardheid uit, dat het Topaz' hart verscheurde.

Terwijl de weken verstreken, viel het Topaz op dat Marius zijn dochter grotendeels negeerde. Als Tara op zijn schoot kroop, wanneer hij op de bank zat, verdroeg hij haar een minuut of twee, zette haar vervolgens op de grond en liep dan de kamer uit. Als Tara hem om een verhaaltje voor het slapengaan vroeg, stuurde hij haar naar een ander: Adele, Julia, of wie er ook maar in de buurt was. Topaz vond dat het net was alsof Tara hem irriteerde, alsof ze zijn duistere gedachten onderbrak. Alsof ze iemand was met wie hij niets te maken had.

Ze hield een tijdje haar mond en toen kwam Tara drie weken na Suzannes dood uit school met een groot stuk blauw papier. 'Het is een tekening voor papa,' vertelde ze Topaz. 'Van waar ze radio's maken.'

Topaz bewonderde Tara's tekening. De oude stenen kapel met de geornamenteerde houten deuren en de hoge ramen was zorgvuldig getekend. Een heldergele zon met gouden stralen scheen in een koningsblauwe hemel.

Ze vonden Marius in de zitkamer. Hij had een glas whisky in zijn hand. Toen Tara hem stralend haar tekening aanbood, keek hij er niet eens naar, maar legde hem op tafel en liep de kamer uit. Tara keek zo verward en gekwetst, dat Topaz Marius in zijn gezicht wilde slaan om hem wakker te schudden. Ze liet Tara achter bij Adele en ging naar hem op zoek.

Hij was in zijn studeerkamer. De deur was dicht; ze klopte zacht aan en liep naar binnen. Hij keek niet op. Ze zei: 'Dat was onvergeeflijk. Wat je Tara net hebt aangedaan, was onvergeeflijk.'

Zijn al bleke gezicht werd wit. 'Dit is mijn studeerkamer,' zei hij zacht. 'En ik kan me niet herinneren dat ik je heb gevraagd binnen te komen. Ik denk dat je maar beter kunt weggaan.'

'Nee.' Ze schudde haar hoofd. 'Niet tot je hebt gehoord wat ik wil zeggen.'

'Ga alsjeblieft weg, Topaz.' Zijn stem klonk gevaarlijk ingehouden.

'Je hebt Tara gekwetst. Ze moest huilen.'

Hij pakte zijn glas op, liep naar het raam en bleef met zijn rug naar haar toe staan wachten tot ze wegging. Maar ze zei: 'Je mag je dochter nooit zo behandelen. Wat jou ook is overkomen, hoe afschuwelijk jij je ook voelt, dat mag je nooit doen.'

Hij draaide zich abrupt om. 'En wat geeft jou in godsnaam het recht hier binnen te stappen en mij te vertellen hoe ik mijn dochter moet opvoeden?'

'Tara heeft je nodig, Marius.'

Hij schonk nog een glas whisky in. 'Doe niet zo voorspelbaar, Topaz. Je bent niet de eerste die dat tegen me zegt.'

'Maar het is echt waar. Ze begrijpt niet wat er is gebeurd... ze is haar moeder kwijt...'

'Je begint,' zei hij, 'in clichés te praten.'

Ze zag de woede in zijn ogen, maar liet zich daar niet door tegenhouden. 'Heb je überhaupt al met haar gepraat? Heb je geprobeerd haar uit te leggen wat er is gebeurd?'

'Het uitgelegd? Hoe kan ik dat in godsnaam doen? Je doet net alsof Suzannes... Suzannes dood...' hij struikelde over de zin, dwong zichzelf hem uit te spreken, 'een wiskundig probleem is. Alsof je alle stukjes van de som op de goede plaats kunt leggen en hem zo kunt oplossen.'

'Je weet best dat ik het niet zo bedoel...'

'O, nee?' Zijn ogen zagen eruit als harde, bleekblauwe stenen. 'Donder op, Topaz. Laat me alleen.'

Hij begon een vreemde voor haar te worden, bedacht ze zich. Alle bewondering – alle adoratie – die ze ooit voor Marius Temperley had gevoeld, begon ineens snel af te nemen.

Toen zei ze nogmaals: 'Tara heeft je nodig.'

'Ze heeft mijn moeder. En Julia. En jou.' Zijn woorden klonken definitief. Alsof de kous daarmee af was.

Ze voelde dat ze haar zelfcontrole begon te verliezen. 'Ze heeft jou nodig.' Haar stem beefde. 'Niet haar tantes en haar grootmoeder. Ze heeft haar vader nodig.'

Hij schonk zijn glas nog eens vol. Ze keek hem aan en voor het eerst in haar leven voelde ze bijna afkeer voor hem. Ze zei koel: 'Of is dat het probleem? Dat je niet echt Tara's vader bent? Verwaarloos je haar daarom, Marius? Omdat je niet echt om haar geeft?'

Toen hij haar aankeek, moest ze zichzelf dwingen niet heel hard de kamer uit te rennen. Marius Temperley had haar nog nooit zo aangekeken. Ze wilde nu een einde maken aan dit afschuwelijke gesprek en heel hard wegrennen, het liefst naar Londen.

Hij zei zacht: 'Hoe durf je?', en toen liep hij met nog steeds dezelfde uitdrukking in zijn ogen op haar af. Ze dacht heel even dat hij haar zou gaan slaan.

Maar hij zei langzaam: 'Ik hou van Tara. En ga nu alsjeblieft weg, voor ik iets doe waar ik spijt van krijg.'

Ze draaide zich om en liep weg. Maar bij de deur bleef ze even staan. 'Je vroeg me wat mij het recht geeft jou te vertellen hoe je Tara moet opvoeden. Dat zal ik je vertellen, Marius. Ik mag dan misschien zelf nog geen kinderen hebben, maar ik weet wel hoe het is om een dochter te zijn. En mijn vader is overleden toen ik zes was. En Tara is ook zes. En mijn moeder heeft het me altijd glashelder duidelijk gemaakt dat ze verre van blij met me is. Je hebt gelijk dat ik niet weet hoe het is om ouder te zijn, maar ik weet wel hoe het voelt om iemand te zijn die niemand wil. En ik wil niet dat Tara dat ook moet doormaken.' Toen liep ze de kamer uit.

Op haar slaapkamer trok ze haar koffer onder het bed vandaan en begon haar kleren erin te gooien. Ze had de eerste lade leeggemaakt, toen ze op de rand van het bed ging zitten, haar hoofd in haar handen legde en begon te huilen. Ze kon niet meer stoppen. Ze wist dat ze zowel om Charlie huilde als om Suzanne en Marius.

Ze bleef op Missencourt, dacht ze, omdat ze te veel hoofdpijn had om zich op vertrektijden te storten of aan de Temperleys uit te leggen waarom ze wegging. En omdat Adele haar een knuffel gaf, Tara bij haar op schoot kroop en Julia, die even snel aanwipte op weg naar huis, haar een zoen en een doos bonbons gaf. 'Iemand blijft me maar bonbons geven,' zei Julia. Ze rolde met haar ogen. 'En op een gegeven moment heb je er echt genoeg gegeten, hè?' Toen Julia naar Prudence Chancellor was vertrokken om William op te halen, bleef Topaz uitgeput en bibberig achter en vroeg zich af hoe iemand in hemelsnaam kon denken dat je ooit genoeg zou kunnen krijgen van bonbons.

De volgende ochtend werd ze weer vroeg wakker. Ze zag Marius vertrekken en vroeg zich af wat ze moest doen. Ze besloot het een laatste kans te geven en liep naar beneden om thee te zetten en brood te roosteren.

Toen ze in de bijkeuken zaten, keek hij haar van opzij steels aan. Zijn blik dwaalde af naar het bord en de kop die ze in haar handen had.

'Zou je ze niet liever naar mijn hoofd gooien?'

Ze schudde zonder een woord te zeggen haar hoofd. Toen pakte hij het servies uit haar handen en zette het op de vensterbank. En toen sloeg hij zijn armen om haar heen en mompelde: 'Het spijt me. Het spijt me vreselijk, Topaz.'

Waardoor ze natuurlijk weer meteen begon te huilen. Hij liet haar los en ging in een van de rieten stoelen zitten. Hij zei zacht: 'Het blijft maar door mijn hoofd malen. Dat het mijn schuld is, doordat ik Suzanne die dag niet naar huis heb gereden...'

'Marius...' zei ze geschokt. 'Dat geloof je toch niet echt?'

Toen hij naar haar omhoogkeek, zag ze dat hij angstig keek. 'Maar als het gewoon een ongeluk was, is het misschien nog wel erger. Want als de dood zo willekeurig is, kan ik haar ook nog verliezen, toch? Dan kan ik Tara ook verliezen. En dat zou ik niet kunnen verwerken. Niet na Suzanne. Niet na de baby.' Hij keek weg. Toen zei hij zacht: 'Het zou zoveel gemakkelijker zijn als ik niet zoveel van haar hield.'

'Maar je kunt niet kiezen van wie je houdt.' Ze dacht aan Charlie en voelde die scherpe, zo bekende pijnscheut. Zij had er toch niet voor gekozen op Charlie verliefd te worden? En als ze dat wel had gedaan, was het een domme keuze geweest. Dan zou het toch veel handiger zijn geweest als ze op een wat meer doorsnee man verliefd was geworden.

Ze strekte een arm uit en raakte Marius' gebogen hoofd even aan. 'Tara blijft van je houden,' zei ze, 'wat er ook gebeurt. Maar als jij haar niet liefdevol bejegent, gaat ze denken dat ze het niet verdient om liefgehad te worden. Dan gaat ze denken dat er iets mis is met haar.'

Hij zag er uitgeput, ondraaglijk moe uit. Na een tijdje zei hij: 'Ik weet dat iedereen wil dat ik – wat is daar ook alweer het cliché voor – dat ik mijn leven weer oppak. Maar ik weet niet hoe ik dat moet doen, Topaz. Echt niet.'

Ze ging naast hem zitten. Haar eigen leven leek in stukjes om haar heen te liggen. Ze bedacht zich dat zij niet de aangewezen persoon was om gevraagd te worden hoe je je leven weer moest oppakken. 'Ik weet het ook niet, Marius,' zei ze. 'Mensen zeggen altijd dat je het stapje voor stapje moet doen, is dat niet zo?'

Er viel een lange stilte. Toen zei hij: 'Het enige wat ik nu voel, is hoe vreselijk ik haar mis. Constant. Ik denk er voortdurend aan. Aan wat er is gebeurd. De avond ervoor, toen we in Londen waren, hebben we ruziegemaakt. Ik blijf me maar afvragen of dat is waarom ze is weggegaan. Misschien was ze het zat. Vanwege de ruzie. Misschien was ze mij zat.' Hij keek haar aan. 'Daarom drink ik. Dan denk ik niet meer na. En mijn werk...' Hij keek wanhopig. 'Ik weet dat iedereen vindt dat ik weer aan de slag moet, dat ik dag voor dag moet bekijken hoe het gaat. Maar hoe kan ik naar mijn werk gaan als ik geen auto durf te rijden? Als ik aan die rot-Rolls denk, word ik al misselijk. Als ik achter het stuur ga zitten, wetende wat er kan gebeuren...' Hij sloot zijn ogen. Toen fluisterde hij: 'Er was nauwelijks schade aan de auto, Topaz. Ze heeft de aardwal geraakt, verder niets. Maar ze heeft wel haar nek gebroken. Ze heeft verdomme wel haar nek gebroken!'

Ze wist niet wat ze moest zeggen. Ze wist niet hoe je verdriet moest genezen. Dus pakte ze zijn hand en bleef een hele tijd naast hem zitten.

Toen de benedenverdieping van zijn huis bijna klaar was, nodigde Rick Julia uit voor een dineetje.

De eetkamer was een van de mooiste kamers van het huis geworden. Grote openslaande deuren keken uit over de achtertuin en via de bosjes naar de zee. Julia had voor de muren bleekblauw met een crèmekleurig streepje gekozen en de gordijnen waren zeeën van lichtblauwe zijde, afgewerkt met crème. Ze hoorde in de verte de zee. Ze voelde dat ze zich voor het eerst in tijden een beetje ontspande en dat een gedeelte van de spanning van de afgelopen weken van haar afviel. Dit huis was echt heel bijzonder, bedacht ze zich. Het had iets dromerigs en rustgevends. Ze was een beetje jaloers dat Rick Hunter in zo'n geweldig huis woonde.

Na het eten waren er Zwitserse chocolade, Turkse sigaretten en Franse cognac met echte koffie. 'Wat een luxe,' zei Julia, terwijl ze een zucht van genot slaakte. 'Hoe kom je toch aan al die heerlijkheden?'

Hij glimlachte. 'Ik heb zo mijn adresjes.'

'Je verwent me, Rick. Ik kan me bijna niet bewegen. Ik voel me moddervet.'

'Je ziet er beeldschoon uit. Perfect.'

Iets in zijn blik maakte dat ze zich ongemakkelijk ging voelen, dus begon ze snel over iets anders. 'Je bent één ding vergeten, Rick.'

'Wat dan?'

'Een naam. Een huis als dit verdient een naam.'

'Het was vernoemd naar de familie die het heeft laten bouwen,' vertelde hij. 'Maar die naam wilde ik niet aanhouden, nu ik er woon.'

'Zou het ongeluk brengen als je de naam van een huis verandert? Zoals bij een boot?'

'Je gelooft toch niet in dat soort onzin, hè?'

'Ik denk het niet.'

'Je denkt van niet?'

'Iedereen is toch wel een beetje bijgelovig? We denken graag dat het niet zo is, maar we zijn het toch altijd een beetje.'

'Ik niet,' zei hij.

'Iedereen klopt wel eens iets af...'

'Ik niet. Je creëert je eigen geluk.'

'Soms, misschien. Maar niet altijd. Soms heb je gewoon pech.' Julia's ogen werden donkerder. 'Wat er met Suzanne is gebeurd, bijvoorbeeld. Misschien is ze die dag onder een ladder door gelopen.'

'Misschien is ze geslipt,' zei Rick. 'Of misschien lag er modder op de weg. Of was ze moe en is ze haar concentratie verloren, waardoor ze niet snel genoeg heeft geremd.'

Er viel een stilte. Toen zei hij: 'Je denkt aan je man, hè?' Ze keek geschrokken op, verbaasd dat hij haar gedachten zo gemakkelijk kon lezen.

'Will heeft nou niet bepaald zelf z'n geluk kunnen creëren, hè?'

Rick maakte een afwijzend gebaar. 'Je weet niet wat er die nacht precies is gebeurd, Julia. Dat heb je zelf gezegd. Je weet niet, waarom Will naar de pub is gegaan, of waarom hij zo lang is blijven zitten, of waarom hij met die andere twee kerels is gaan varen. Er is vast een goede reden geweest waarom hij al die dingen heeft gedaan.'

Julia dacht terug aan de administratie, de boeken met daarin Wills gekrabbelde, angstige opmerkingen. Ze dacht terug aan die dag dat ze een paar dagen na Wills dood naar Hidcote Cottage was gegaan en het geplunderd had aangetroffen. Ze zei langzaam: 'Er is zoveel, wat ik zou willen begrijpen. Ik had nooit gedacht dat Will geheimen voor me zou hebben. Maar toch heeft hij me heel veel niet verteld.'

Hij keek haar doordringend aan. 'Wat voor dingen?'

Julia haalde haar schouders op. 'Niets wat er nu nog toe doet.' Ze stond op. 'Ik moet naar huis.'

'Nu al?'

'Ik moet morgen vroeg op.' Ze glimlachte triest. 'Wanneer moet ik niet vroeg op?'

Hij pakte haar jas. In de tuin keek Julia omhoog. Het was een heldere, koude nacht en er glinsterden miljoenen sterren aan de zwartfluwelen hemel.

Rick zei: 'Mijn oma vertelde me altijd over de sterren. Ze heeft me geleerd hoe ik de Grote Beer kan vinden. Ik weet het nog steeds. Ze was een geweldige vrouw, mijn oma. Ze was belangrijker voor me dan alle anderen bij elkaar.' Hij kneep zijn ogen samen. 'Het is altijd net alsof er hier meer sterren aan de hemel staan dan in Londen.'

'Dat komt door het licht,' zei ze. 'In Londen zie je minder sterren door het licht van de stad.' Ze zette de kraag van haar jas overeind en rilde een beetje in de kille lentelucht. 'Ga je hier echt wonen, Rick? Of ga je het huis alleen in het weekeinde gebruiken?'

'Ik zou hier wel echt willen wonen,' zei hij. 'Als alles goed gaat.'

Toen kuste hij haar. Ze had sinds Jack, sinds Will, geen man meer gekust. Ze was vergeten hoe heerlijk het was om te weten dat je begeerd werd en hoe geruststellend het was, vastgehouden te worden. In eerste instantie waren zijn lippen koel en voorzichtig, alsof hij half verwachtte, dat ze hem zou wegduwen. Maar toen werden zijn kussen hartstochtelijker. Zijn ademhaling werd zwaarder, zijn handen gingen over haar lichaam, kneedden haar nek en gleden langs haar ruggengraat. Ze was geschokt over haar intense en snelle reactie. Volledig opgeslokt door moederschap en werk, was ze haar eigen behoeften vergeten. Maar nu zijn mond haar hals streelde, voelde ze hoezeer ze hem begeerde. Zijn handen lagen op haar billen en hij duwde haar tegen zich aan. Ze voelde zijn verlangen, zijn kracht. Ze voelde de verleiding, ze wilde zich bijna aan hem geven, ze wilde bijna dat hij haar daar nam, in het maanlicht, met het geluid van de zee op de achtergrond.

Ze hoorde hoe hij haar naam steeds herhaalde: 'Julia, Julia, Julia.' De herhaling was bijna een kreun, bijna een kreet van pijn. Ze trok zich van hem los. 'Rick, alsjeblieft...'

'Sorry.' Het woord was een zucht. 'Het spijt me.'

Terwijl ze haar haar achter haar oren veegde en haar kleren rechttrok, zag ze hoe hij opzij stapte, een paar meter wegliep en toen met zijn rug naar haar toe bleef staan.

Tijdens de terugreis naar Longridge werd hij weer de bekende Rick Hunter, die met haar sprak over zijn huis, de verlichting, luchtige onderwerpen die niet te veel van hen vroegen. Ze vroeg zich af hoeveel Rick Hunters er waren. En wie de echte was.

Ze reden over een smal landweggetje, toen ze de koplampen van een tegemoetkomende auto zagen. Omdat de weg niet breed genoeg was voor twee auto's, reed Rick een veldje op om ruimte te maken voor de andere auto.

Toen de auto hen passeerde, snakte Julia ineens naar adem.

'Wat is er?' vroeg hij.

Ze fluisterde: 'Ik dacht dat ik...'

'Wat?'

'Iemand zag die ik vroeger heb gekend.' Ze haalde diep adem. 'Laat maar. Ik vergis me vast.' Maar ze wist dat dat niet waar was.

Ze reden verder. Ze zag het gezicht van de chauffeur in de andere auto helder voor zich. Jack, dacht ze, terwijl de donkere nacht en de bomen over hen heen bogen. Jack.

Ze hield Marius nog steeds in de gaten. Vanaf een tactvolle afstand keek Topaz toe hoe hij zijn leven weer probeerde op te pakken: hoe hij met Tara speelde, met zijn moeder sprak en antwoordbriefjes schreef op de vele condoleances die hij had gekregen. Zijn pogingen de draad weer op te pakken, waren zo weifelend en mechanisch, dat het Topaz pijn aan haar hart deed hem gade te slaan. Het was net alsof ze naar iemand keek die probeerde zich de tekst uit een vergeten toneelstuk te herinneren.

's Ochtends ging ze met hem mee wandelen. De honden renden vooruit en wroetten in de gevallen bladeren. Hun adem maakte wolkjes in de koude ochtendlucht en er scheen zonlicht door de takken heen. Soms praatten ze. Hij had het één keer met haar over het verlies van zijn ongeboren kindje. Al die niet-ontplooide mogelijkheden, al die hoop die op niets was uitgelopen. Ze zaten op een omgevallen boomstronk en hij peuterde de bast van het hout. De nutteloosheid, zei hij, van een leven dat nooit was begonnen. Zoals alle toekomstige ouders had hij zich voorgesteld hoe het kind dat ze zouden krijgen, zou worden. Als het een jongen was geweest, zouden ze hem Francis hebben genoemd, naar Marius' vader. En een meisje zou Elizabeth hebben geheten, omdat ze dat allebei een mooie naam vonden. Suzannes zwarte ogen of de blauwe van Marius. Haar smalle vingers, zijn kracht. Nu begonnen die beelden te vervagen en waren de fantasiekinderen niet meer dan weifelende schaduwen, die dreigden geheel in de duisternis te verdwijnen. Hij had geen foto's, geen herinneringen. Niets wat het kind aan hem bond. Op een dag zou hij vergeten zijn wat had kunnen zijn. Op een dag, zei hij verbitterd, zou er niets meer over zijn. Helemaal niets.

Op een regenachtige ochtend had hij het over Suzanne. Ze klommen de heuvel achter Missencourt op. Hij sprak snel, de woorden kwamen als een waterval, alsof hij bang was dat hij het nooit meer zou kunnen zeggen als hij nu zou stoppen.

'We hebben elkaar in een pub ontmoet,' zei hij. 'Een kleine pub van grijze bakstenen in een dorpje in Northumberland. De *Bird in Hand* of de *Woolpack*, of iets dergelijks. De dorpelingen zaten ons afgunstig aan te staren, omdat we hun stoelen bij de haard in beslag namen. Maar die pub was de enige uitgaansgelegenheid die er was, naast de officiersmess, en je werd gek als je steeds in het kamp bleef. Ik keek om me heen en daar was ze. Je kon om de een of andere reden niet om haar heen. Niet dat ze het mooiste meisje was. Er zat een stel vreselijk aantrekkelijke dames.'

Ze zei: 'Je werd verliefd op haar.'

'Ja. Maar het heeft heel lang geduurd voor dat tot me doordrong. Jaren.' Hij keek haar met een glimlach aan. 'Hoewel ons huwelijk niet erg voor de hand lag, hè?'

'Het was nogal een schok.' Topaz dacht terug aan die hete dag in augustus 1946 waarop Marius zijn huwelijk met Suzanne had aangekondigd. 'Het was zo onverwacht. Iedereen was geschokt.'

Topaz en haar moeder waren eerder dan gepland teruggegaan naar Londen. Ze herinnerde zich nog dat ze in de trein zat en zich zonder verklaarbare reden afschuwelijk had gevoeld.

'Ik wilde helemaal niet met haar trouwen,' zei Marius. 'Op dat moment niet. Ik wist dat het moest, vanwege het kind, maar ik wilde het niet. Ik voelde me in de val gelopen, gedwongen iets te doen waar ik niet voor had gekozen. Daarom heb ik het zo snel geregeld, zodat ik geen tijd zou hebben om van gedachten te veranderen.' Hij gooide een stok voor de honden en ze renden de mist in. 'Suzanne heeft me wakker geschud. Me leren nadenken over dingen. Ze daagde me uit mijn vooronderstellingen te herzien. Misschien vergeet ik dat allemaal wel. Misschien word ik wel weer wie ik was voor ik haar kende.'

Ze dacht aan Charlie en aan wie ze was geweest voor ze Charlie had ontmoet. 'Nee,' zei ze. 'Zo werkt het niet.'

Hij stak zijn handen in zijn zakken en ze liepen verder de heuvel op. 'Ik had zo'n beperkt leven,' zei hij. 'Thuis, school en het leger. Ik deed alles wat van me werd verwacht. Elke stap die ik nam, werd tot mijn vijfentwintigste bepaald door anderen: mijn ouders, mijn school en mijn land. Toen ik verliefd werd op Suzanne, was dat de eerste keer dat ik iets deed wat uit mezelf kwam. Er werd niet van me verwacht dat ik met zo'n soort vrouw zou trouwen. En het was soms vreselijk moeilijk. We pasten niet in alle opzichten bij elkaar. En ik twijfelde altijd of ze echt van me hield. Maar dat weet je nooit zeker, hè? Ik dacht...' zei hij, en ze moest van hem wegkijken, omdat ze de pijn in zijn ogen niet kon verdragen, 'dat ik het eindelijk zeker zou weten als we nog een kind zouden krijgen. Dat ik er dan zeker van zou kunnen zijn dat ze bij me zou blijven. Maar dat was niet zo, hè?'

Hij draaide zich van haar af en liep verder. Ze moest zich haasten om hem in haar regenlaarzen bij te houden, ze gleed bijna uit in de modder. Ze raakte buiten adem en riep achter hem aan: 'Ik heb je altijd bewonderd om wat je hebt gedaan.'

'Me bewonderd?' Hij bleef even verbijsterd staan. 'Waarom?'

'Omdat je Suzanne bent blijven steunen. Een heleboel mannen zouden dat niet hebben gedaan. Je las soms van die afschuwelijke verhalen in de krant.' Ze ging naast hem lopen. Ze dacht terug aan de stukjes die ze net na de oorlog in de verdomhoekjes in de krant had gelezen. Over die soldaat die na drie jaar terugkwam en zijn vrouw wurgde, nadat hij haar met een pasgeboren tweeling had gevonden. Over die overlevende van een gevangenkamp die de aanwezigheid van het kind van een ander niet had kunnen verwerken en het had opgesloten in de kelder, het met vodden had gekleed en alleen restjes te eten had gegeven.

Hij zei: 'Jij hebt me verteld dat ik het zo moest doen, Topaz, als ik het me goed herinner.'

Ze waren bijna op de top van de heuvel; hij staarde door de regen over de velden en het bosland. 'Ik kan de zee niet zien,' zei hij. 'Ze hield zo van de zee.' Ze wist niet zeker of het de regen was, of dat ze tranen in zijn ogen zag.

'Heb je spijt?' vroeg ze. 'Heb je spijt dat je met Suzanne bent getrouwd?' Ze moest het weten. Of het beter was liefgehad te hebben en alleen achter te blijven...

Hij zei: 'Het was nooit saai. Het was altijd spannend. Prikkelend. Als ik met haar was, voelde ik dat ik leefde.' Hij staarde voor zich uit. Het was harder gaan regenen en zijn haar zat op zijn hoofd geplakt.

Toen zei hij langzaam: 'Ik heb er zelf voor gekozen na die eerste avond in de pub met Suzanne naar huis te lopen. Ik heb er zelf voor gekozen haar nadat ik uit Frankrijk terugkwam, op te zoeken. En zoals jij al zei, ben ik haar blijven steunen nadat ze me over Neil Finlay had verteld. De afgelopen weken heb ik af en toe gewenst dat ik dat niet had gedaan. Dan had ik haar ook niet kunnen verliezen. Dan had ik me nu niet zo gevoeld. Maar dat is onzin, hè? Ik heb de herinnering aan de tijd die we samen hebben doorgebracht. En ik heb Tara. Je kunt je leven achteraf niet opdelen in stukjes en alleen de leuke bewaren.' Hij keek omhoog naar de grijze, zware lucht. 'Ik blijf maar denken,' zei hij zacht, 'dat ze even weg is. Elke keer als iemand de kamer komt binnenlopen, denk ik dat zij het is. Als ik me omdraai in bed, strek ik mijn arm naar haar uit. Elke morgen als ik wakker word, herinner ik me alles weer. En dan voelt het alsof ik voor het eerst hoor wat er is gebeurd. Als ik er nou maar aan kon wennen, Topaz. Dat is nu het enige wat ik vraag. Dat ik eraan kan wennen. Zodat ik het niet elke dag opnieuw hoef te horen.'

Toen hij voor het eerst sinds de dood van Suzanne autoreed, zat ze naast hem. De Rolls waarin Suzanne was overleden, was verkocht en vervangen door een twee jaar oude Wolseley. Ze keek toe hoe hij de sleutel in het contact stak, de koppeling intrapte, de auto in de versnelling zette en de handrem loszette. Het was net alsof hij alles voor het eerst deed. Ze zag hoe zijn handen beefden en alle kleur uit zijn gezicht wegtrok. Ze waren van plan geweest naar Hernscombe te rijden, maar na het korte ritje van Missencourt naar de werkplaats in Great Missen reden ze weer naar huis. Nadat hij de auto op de oprijlaan had geparkeerd, stapte Marius uit de auto, gooide de deur dicht en liep naar de rand van het bos. Hij stond voorovergebogen en balde zijn vuisten. Topaz dacht dat hij ging overgeven. In plaats daarvan zocht hij zijn sigaretten. Ze vielen uit het pakje op het gras. Toen hoorde ze de klik van de aansteker en zag ze een pluimpje blauwgrijze rook.

Hij kwam terug naar de auto. 'Sorry. Dat was nogal een gênante vertoning.' Ze zag de wanhoop in zijn ogen. 'Ik moet nog wat dingen doen,' zei hij en draaide zich snel om en liep naar het huis. Een paar dagen later probeerde hij het nog een keer. Deze keer praatte ze met hem. Ze maakte niet nog eens de fout te denken dat ze stil moest zijn, zodat hij zich beter kon concentreren. Ze babbelde over alles wat in haar opkwam. Haar appartementje, haar werk bij Angélique en de dineetjes die ze had gekookt. Tegen de tijd dat ze hem vertelde over die keer dat de kat de zalm had gepikt, waren ze halverwege de kust. Ze voelde zich triomfantelijk.

De volgende dag reden ze naar Lyme Regis. Toen hij in de stad de auto aan het parkeren was, leek er een beetje spanning van Marius af te vallen. Hij trok de handrem aan en pakte zijn sigaretten. 'Ik zou niet zoveel moeten roken,' mompelde hij. 'Morgen. Morgen stop ik met roken.' Hij keek haar aan. 'Kun jij autorijden, Topaz?'

'Nog niet. Maar Charlie heeft me een keer laten zien hoe ik een auto moet starten en afzetten.'

'Hoe is het met je vriend? Mist hij je niet?'

Ze wist dat hij gewoon maar wat kletste om niet na te hoeven denken. Ze zei: 'Dat denk ik niet. Hij is naar Amerika.'

'Hoe lang?'

'Geen idee.' Ze draaide het autoraampje naar beneden en tikte de as van haar sigaret af. 'Het is uit.'

Ze stapte uit de auto en liep over de smalle straat richting Cobb Harbour. Ze sloeg haar armen om zichzelf heen en dacht aan Charlie, haar Charlie. Ze wist dat Marius achter haar aan liep, zijn tred was gelijk met die van haar. Dat troostte haar. Ze voelde ineens dat Charlie een beetje verder weg was, iets minder duidelijk was geworden, alsof iemand een vitrage tussen hen had dichtgetrokken.

Jack kwam natuurlijk op het slechtst mogelijke moment naar haar toe: na een lange dag hard werken (de kleppen waren niet aangekomen; Julia had twintig telefoontjes gepleegd om erachter te komen dat ze ergens in de buurt van Ludgershall waren gestrand, doordat de vrachtwagen pech had gekregen). En toen ze die avond naar huis reed, maakte de auto ineens een raar geluid. Toen ze het dorp binnenreed, zag ze Rick Hunters Morgan naast haar voordeur staan en zakte de moed haar in de schoenen: ze had helemaal geen zin om beleefd te doen. Ze wilde William in bed leggen en lekker in bad gaan.

Maar Rick hoorde het geluid dat de Aston Martin maakte en begon in de regen en schemering van alles onder de motorkap te doen. Dus toen hij aanklopte, was het minste wat ze kon doen, hem binnen vragen om zijn handen te wassen en iets te drinken. Hij liep achter haar aan de keuken in, waar ze Williams eten aan het maken was. Toen ze de aardappels prakte en de worteltjes afgoot, keek hij alleen maar naar haar, wat ze vreselijk irritant vond. Toen begon hij te praten en toen ze zichzelf dwong te luisteren naar wat hij zei, drong het ineens tot haar door dat hij haar uitnodigde voor een diner dansant. Ze wilde net een excuus bedenken, toen er werd aangebeld.

Ze liep naar de hal, deed de voordeur open en daar was Jack. Na de eerste schrik voelde ze een onverwachte en bijna allesoverheersende woede in zich opborrelen. Dat hij na bijna twee jaar afwezigheid zomaar op de stoep stond. Toen hij vroeg of hij mocht binnenkomen, wilde een deel van haar hem wegsturen, maar ze maakte een raar geluid en wenkte hem binnen te komen. Haar hart sloeg zo hard, dat ze duizelig werd. Ze hield William stevig vast, alsof ze troost bij hem zocht.

Toen moest ze de twee mannen aan elkaar voorstellen. Ze bedacht zich hoe verschillend ze waren: de brede, stoere Rick en de donkere, aantrekkelijke Jack. Hoewel ze elkaar de hand schudden, had Julia het idee dat ze om elkaar heen cirkelden als honden, bezitterig en op hun hoede, hun bewegingen ingegeven door een bijna niet in te houden agressie.

Toen pakte Rick zijn jas en zei: 'Volgende week vrijdag, dus, Julia?' en zonder erbij na te denken, zei ze ja. Omdat ze hem uit haar huis wilde hebben. En omdat ze te moe was om een excuus te bedenken.

Toen ze alleen waren, was Jacks eerste vraag: 'Ga je met hem uit?'

'Rick is gewoon een vriend,' zei ze kattig. Ze wist niet waarom Jacks vraag haar zo irriteerde.

Jack zei: 'Hij is verliefd op je.'

'Doe niet zo idioot.'

'Echt waar.' Zijn stem klonk koel, feitelijk. Hij kwam naast haar staan. 'Is dit mijn neefje?'

De zachtheid waarmee hij dat zei, maakte Julia ook vriendelijker. 'Dit is William. Hij begint in slaap te vallen, ben ik bang. Hij heeft nog niet eens gegeten...' Ze rook ineens een brandlucht. 'Zijn eten!' riep ze. 'O, god, ik ben zijn eten vergeten!'

Jack liep naar de keuken. Ze hoorde hem het gas uitdraaien en de kraan aanzetten.

'Het is aangebrand,' zei hij toen hij terugkwam, 'maar er is nog een beetje goed.'

'Het maakt niet uit,' mompelde ze. 'William is in slaap gevallen en ik heb geen honger...'

Hij ging naast haar zitten. 'Julia...'

'Je komt gewoon ineens opdagen! Alweer, Jack!'

'Ik weet het. Sorry.' Hij had een verontschuldigende blik in zijn ogen. 'Ik was bang dat je me niet zou laten komen als ik eerst zou bellen. Maar het schikt nu niet, hè? Zal ik gaan?'

Ze zuchtte. 'Het gaat niet om jou, Jack.' Ze deed haar best. 'Wat leuk je weer te zien. Echt.' En dat meende ze. Een van de broers die ze had liefgehad, was thuisgekomen. 'Het is hier alleen zo vreselijk moeilijk geweest. Met Suzanne... en die arme Marius...'

Toen ze begon te huilen, hield hij haar in zijn armen. De vertrouwdheid was zo geruststellend. Ze realiseerde zich dat het de eerste keer na Suzannes dood was dat ze huilde. Ze had het te druk gehad om te rouwen.

Toen ze weer kon praten, vroeg ze: 'Waarom ben je thuisgekomen, Jack?'

'Ik kreeg een brief van ma over Suzannes dood. Ik vond... ik weet niet... dat ik thuis moest zijn. Arme Marius. Hij realiseert zich nog niet wat er is gebeurd, hè? Arme jongen.' Hij keek haar aan. 'Je ziet er moe uit.'

Julia leunde achterover en sloot haar ogen. 'Ik ben uitgeput,' gaf ze toe. 'Totaal uitgeput.' Dat was waar. Ze was zelfs te moe om van de bank op te staan. Ze vroeg: 'Wil je iets voor me doen? Kun je William zijn schoenen even uittrekken?'

Hij knielde voor haar neer op de grond en trok William zijn schoenen uit. Om hem niet wakker te maken, liep Julia heel voorzichtig met hem naar boven en legde hem in zijn bedje.

Terug in de zitkamer, vroeg ze of Jack had gegeten. Hij schudde zijn hoofd.

'Heb je zin in een beetje aangebrande stamppot?'

Hij glimlachte. 'Dat lijkt me heerlijk.'

Ze aten in de keuken. Jack vertelde over Canada. 'Het is er enorm,' zei hij. 'En je hebt constant het gevoel dat je het tegen de elementen moet opnemen.'

'Je hebt altijd van uitdagingen gehouden, Jack.' Ze prikte met haar vork in haar eten. 'Ik zie zo voor me hoe je op een slee door de sneeuw rijdt. Met die honden... hoe heten ze ook weer...'

'Husky's,' zei hij. 'Zo erg was het niet, hoor. Hoewel er wel momenten waren. Sneeuwstormen en de meest vreselijke kou.' Hij was klaar met eten; hij liep naar het aanrecht en begon het zwart geworden eten uit de pan te hakken. Ze hoorde hem zeggen: 'Ik had er tijd om na te denken.'

Julia legde haar mes en vork neer. Ze had toch geen honger. 'Waarover?'

'Will. Mezelf. Ons.'

Hij stond met zijn rug naar haar toe onder het raam. Ze keek naar zijn brede schouders en de kleine zwarte krulletjes in zijn nek. Ze vroeg zich af of ze na al die tijd en na alles wat er was gebeurd, nog steeds naar hem verlangde.

'En ben je tot conclusies gekomen?'

'In ieder geval dat ik een stomme, jaloerse idioot ben geweest. En dat ik een paar levens goed heb verziekt.'

'Nu denk ik toch,' zei ze luchtigjes, 'dat je je eigen invloed een beetje overschat, Jack. Will en ik hebben dat zonder jouw hulp prima voor elkaar gekregen.' Ze pakte haar bord en bestek. 'En hou maar op met schrobben. Zet maar een laagje water in die pan.'

Maar hij bleef doorgaan. 'Ik heb mensen nooit gemakkelijk vergeven,' zei hij. 'Ik ben altijd wraakzuchtig geweest. En toen je met Will trouwde, kon ik jullie beiden niet vergeven. Ik vond dat Will van me had afgepakt wat van mij was. En uit dat gevoel is alles verder voortgekomen, of niet?'

Julia was moe en verward en had niet de energie om diep over dingen na te denken, maar twee jaar was een lange verbanning en ze wist dat er dingen gezegd moesten worden.

'Het belangrijkste is,' zei ze stellig, 'dat ik nooit met Will had moeten trouwen. We waren goede vrienden, maar we waren niet geschikt als echtpaar. Dat wist ik op de dag dat ik met hem trouwde. Ik denk dat ik het daarvoor ook al wist, maar ik was te trots om toe te geven dat ik een fout had gemaakt. Ik denk dat Will het ook wel wist. Hij dacht absoluut dat hij van me hield. En op zijn manier deed hij dat ook. En ik hield ook van hem. Maar niet genoeg om met hem getrouwd te zijn.' Ze keek hem inschattend aan. 'Maar ik weet niet of wij het beter gedaan zouden hebben, Jack. We zijn allebei zo eigenwijs. We hadden elkaar waarschijnlijk flink het leven zuur gemaakt, denk je niet?'

Hij grijnsde. 'Ruziënd de kerk in.'

Ze zei zacht: 'Ik ben blij je weer te zien. Ik dacht dat je in Canada wel iemand ontmoet zou hebben.'

Hij zei: 'Dat is ook zo,' en haar hart kromp een beetje samen. Ze vroeg zich af of ze opgelucht of jaloers was.

'Vertel eens.'

'Ze heet Esther. Ze heeft een logement in McKenna. Ze was getrouwd, maar haar man is omgekomen in de oorlog.'

'Heeft ze kinderen?' Hij schudde zijn hoofd.

'Hoe ziet ze eruit?'

'Ze heeft bruin haar... bruine ogen...'

Ze vroeg ongeduldig: 'Is ze mooi, Jack? Ga je met haar trouwen?'

'Ja, wat betreft je eerste vraag. Dat weet ik niet, wat betreft je tweede.'

Ze zette de borden in de gootsteen. 'Het wordt tijd dat je gaat trouwen,' zei ze beslist. 'Dan zou je veel gelukkiger zijn.' Ze keek hem recht in zijn ogen. 'Bij mij paste het niet. Ik denk niet dat ik ooit nog hertrouw. Maar je moet niet denken dat ik ongelukkig ben geweest sinds jij er niet meer was. Het tegenovergestelde, eigenlijk. Het was in eerste instantie erg moeilijk en de afgelopen weken zijn afschuwelijk geweest. Maar ik ben zo gelukkig met William. Hij is het beste wat me ooit is overkomen, echt waar.' Ze was even stil en vroeg toen nieuwsgierig: 'Waarom ben je teruggekomen?'

'Dat weet ik niet precies.' Hij zette de pan op het afdruiprekje. 'Om de losse eindjes af te werken, denk ik. Om mijn schulden in te lossen. Die aan mijn moeder. En die aan Will. En die aan jou en William. Je moet niet met een ander verdergaan als je nog oude schulden moet inlossen, nietwaar?'

Met Jacks terugkeer leek er weer wat optimisme in hun leven te komen. Hij deed hen denken aan betere tijden, bedacht Topaz zich. Marius was iets opgewekter als hij er was.

Hij ging weer aan het werk. Eerst een paar uur en toen halve dagen. Topaz voelde dat ze een beetje ontspande. Het was net alsof ze haar adem een hele tijd had ingehouden en nu pas weer kon ademhalen. Soms versliep ze zich en werd pas om acht uur wakker. Als ze zichzelf testte en aan Charlie dacht, leek het net alsof de pijn minder intens was dan eerst. Ze was vast wispelturig, dacht ze, dat ze er zo snel overheen was. Of was ze net als Marius niet meer in staat veel te voelen?

Ze beloofde zichzelf dat ze in de toekomst alleen nog maar korte, nietszeggende verhoudingen zou hebben. Ze stelde zichzelf op een barkruk in een café voor, een chiquer café dan dat op Leicester Square waar zij en Francesca Charlie hadden ontmoet. Ze zou bontgekleurde zijde en fluweel dragen; ze zou eeuwenoude, mysterieuze juwelen dragen. Ze zou sigaretten roken uit een sigarettenhouder, cocktails drinken en diep vanuit haar keel lachen. De mannen zouden om haar heen drommen als bijen om honing en zij zou ze afstandelijk een nacht of twee in haar leven dulden.

Wat ze in ieder geval nooit meer zou doen, besloot ze, was verliefd worden.

15

Het was gek, maar nu Jack terug was, viel haar ineens van alles aan Rick op. Het was net, bedacht Julia zich geïrriteerd, alsof ze de twee mannen met elkaar vergeleek. Alsof ze een lijstje met voor- en nadelen samenstelde en erachter kwam dat Rick erg tegenviel.

Het diner dansant, bijvoorbeeld. Het was een enorm feest in Bournemouth's Winter Gardens. Julia droeg een zwarte jurk, die ze bij Selfridges had gekocht. Toen ze een dagje in Londen was, had ze hem zien hangen in de etalage en was ze er verliefd op geworden. De jurk was getailleerd en had een kuitlange, wijde cirkelrok. Het lijfje en de rok waren met zwart borduursel versierd. De verkoopster haalde haar over zwarte handschoenen en zwarte schoenen met hoge hakken bij de jurk te kopen. Ze vond tijd om naar de kapper te gaan, die haar springerige haar in een keurige knot kapte en het op zijn plaats hield met haarlak. Haar eigen spiegel en de blik in Ricks ogen toen hij haar kwam ophalen, vertelden haar dat ze haar geld niet voor niets had uitgegeven.

Het diner was aardig en zoals altijd genoot ze van het dansen. Rick was hoffelijk, attent en vol bewondering. Maar toch begon ze zich naarmate de avond vorderde steeds meer aan hem te ergeren. In eerste instantie waren het kleine dingetjes. Hij somde de laatste aankopen voor zijn huis op. Meubels, schilderijen, tapijten, porselein en kristal. Het viel haar op dat hij haar altijd vertelde hoeveel geld hij aan alles had uitgegeven: 'Het heeft me honderdvijftig pond gekost, dat kleed.' Het duurde even voor het tot haar doordrong aan wie hij haar deed denken, maar toen realiseerde ze het zich ineens: hij leek op Maurice Chancellor. Rick klonk als een succesvollere, rijkere versie van Maurice Chancellor.

Ze gaf zichzelf een standje over haar snobistische gedrag. Zij had gemakkelijk praten: zij was in een geweldig huis geboren en was haar hele leven omringd geweest met prachtige dingen. Het was niet netjes neer te kijken op iemand die het over geld had. Het was trouwens een belachelijke gewoonte om te doen alsof dingen geen geld kostten. Alsof zij niet net als ieder ander voor haar geld moest werken.

Toen viel het haar op dat Rick neerbuigend sprak over de andere gasten. 'Wat een slagschip, zeg,' mompelde hij over een stevige dame in een grijze satijnen jurk met iets te veel diamanten om haar hals. 'Alsof ze zo gaat uitvaren.' Julia moest ervan giechelen, want het was een treffende vergelijking, maar na een tijdje viel het haar ineens op dat hij nooit iets aardigs zei over anderen. Dat hij nooit bewonderde of prees. Hoewel de gasten, zoals Rick nadrukkelijk zei, nogal saai waren en het over niets anders hadden dan de fouten die de regering maakte, werd zijn onophoudelijke kritiek al snel een beetje vermoeiend. In eerste instantie was het best grappig, maar uiteindelijk nogal deprimerend. Alsof hij niets in anderen kon zien wat leuk was. Alsof hij zich beter voelde wanneer hij anderen afkraakte. En alsof er alleen waarde lag in de mooie dingen die hij voor zijn eigen huis had gekocht, alsof er alleen waarde lag in wat je kon kopen.

Julia vroeg zich af of ze altijd had geweten dat Rick zo was, maar dat had genegeerd. En als dat zo was, waarom had ze dat dan gedaan? Geen van de mogelijke antwoorden op die vraag was vleiend. Ze was óf zo zwak geweest om zijn minder prettige kanten te accepteren omdat ze zo'n behoefte had gehad haar zelfvertrouwen op te krikken met zijn bewondering voor haar, óf – en dat was een nog onaangenamere gedachte – ze had zich zo eenzaam gevoeld dat ze het gezelschap van een man had getolereerd die ze eigenlijk helemaal niet aardig vond.

Of was ze anders over Rick gaan denken door wat Jack over hem had gezegd: 'Hij is verliefd op je, Julia.' Hoewel ze zijn opmerking op dat moment van tafel had geveegd en hem absurd had gevonden, was ze hem niet vergeten. Ze probeerde zichzelf ervan te overtuigen dat Rick net zo over hun relatie dacht als zij: als iets oppervlakkigs wat duurde zolang het leuk was. Maar nu ze erover nadacht, vroeg ze zich af of het voor Rick ooit zo was geweest. Ze dacht terug aan zijn volharding, nadat ze elkaar hadden ontmoet op het feestje van Maurice. Zijn weigering te worden afgescheept. Zijn cadeautjes, zijn gretige hulpvaardigheid na het overlijden van Suzanne. Als hij iemand anders was geweest, aardiger, dan had ze het misschien kunnen zien als een natuurlijke reactie van iemand die een ander probeert te helpen na een groot verlies. Maar Rick was daar de persoon helemaal niet naar.

Met groeiende onrust dacht ze terug aan haar eerste bezoekje aan zijn huis, toen hij de plannen van de binnenhuisarchitect had verscheurd en haar om hulp had gevraagd. Ze had aangenomen dat hij onzeker was over zijn eigen smaak, maar er was ook een andere verklaring mogelijk, of niet? Dat hij haar wilde plezieren. Dat hij haar wilde vleien, charmeren, het hof wilde maken. Ze had uiteindelijk over de kleur van elke muur, elk gordijn en elk vloerkleed besloten. Ze ging zich steeds ongemakkelijker voelen. Het was net alsof ze hun relatie zonder het te merken intiemer had laten worden dan ze had gewild. Alsof haar bemoeienissen met zijn huis haar meer aan hem bonden dan de kussen die ze bij elk afscheid uitwisselden. Haar stempel stond op iedere steen van zijn huis: zou hij het hele huis opnieuw inrichten als ze uit elkaar zouden gaan? Of zou hij alles jaren onveranderd laten, dat duifgrijs, zeegroen en azuurblauw, een bewijs van zijn verliefdheid?

Ze realiseerde zich dat ze een eind moest maken aan hun relatie, maar betrapte zichzelf erop dat ze het moment waarop ze dat zou doen, wilde uitstellen. Ze moest tactvol zijn, vond ze, ze moest het juiste moment kiezen. Het verontrustte haar dat ze het hem niet recht voor zijn raap durfde zeggen, omdat ze bang was hem te kwetsen, omdat ze bang was de andere kant van Rick, zijn koude, meedogenloze kant, wakker te maken. *Hij is verliefd op je, Julia.* Door Jacks opmerking was er een angstaanjagende mogelijkheid tot haar doorgedrongen, een die ze liever nooit had gezien, maar die ze nu niet meer kon negeren.

En, o, Jack... Soms wenste ze dat hij in Canada was gebleven. Een laaghartige gedachte, want iedereen zag hoeveel gelukkiger zijn moeder was sinds zijn terugkeer. En hij toonde zich een goede vriend voor Marius: hij ging regelmatig langs op Missencourt en had het zelfs niet opgegeven op de dagen dat Marius op zijn allerslechtst was geweest. Maar toch was ze onrustig sinds zijn terugkeer en waren er gevoelens bovengekomen waarvan ze had gedacht dat ze ze niet meer had. Toen Jack in Canada was geweest, had ze hem uit haar hoofd kunnen zetten. Maar nu hij wekelijks een of twee keer bij haar op bezoek kwam, nu ze hem met William zag spelen – het donkere en het blonde hoofd naast elkaar – kwamen al haar herinneringen aan het verleden weer glashelder in haar naar boven.

Er was iets in haar wakker geworden, iets rusteloos en ontevredens. Ze was zich bewust geworden van de tekortkomingen in haar leven. Een leven waarvan ze had gedacht dat ze er tevreden mee was. Ze voelde dat er iets zou gaan veranderen. Ze rook het als het zout in de lucht als je de zee naderde.

In de weken die volgden op Suzannes dood en waarin Julia er alleen voor stond bij Temperleys, liet Raymond Bell geen gelegenheid ongebruikt om haar te laten merken dat hij op haar neerkeek. Hij eigende zich wanneer hij maar de kans kreeg, haar positie toe en nam beslissingen die zij had moeten nemen. Toen ze hem erop aansprak, zei hij met de temende glimlach die ze zo walgelijk vond: 'Maar ik probeerde u alleen maar te helpen, mevrouw Chancellor.' Als ze een foutje maakte, wees hij haar op haar tekortkomingen, liefst met een zo groot mogelijk publiek van technici en arbeiders.

Marius ging eind april weer fulltime aan het werk. Toen dat gebeurde, voelde Julia zich aan de kant gezet. Hoewel ze zich had voorgenomen Marius' terugkeer te vergemakkelijken door voorlopig nog dagelijks naar Temperleys te komen, zat ze in haar kantoor duimen te draaien. Ieder probleem werd voorgelegd aan Marius en alles wat zij voorstelde, werd genegeerd. 'Wat heerlijk dat meneer Marius er weer is,' zei Raymond Bell venijnig. Hoewel ze haar problemen met Marius had kunnen bespreken, deed ze dat niet. Ze was niet van plan te gaan zeuren en ze zou ook haar geduld niet verliezen. Dat deed ze niet meer en bovendien zou het alleen maar koren op Raymond Bells molen zijn als ze tegen hem zou uitschieten. Het zou zijn beeld van haar als overemotioneel, onbetrouwbaar en hysterisch alleen maar bevestigen.

Toen ze die avond haar jas aantrok om naar huis te gaan, zei ze tegen zichzelf dat ze blij moest zijn, opgelucht, dat ze de teugels weer kon overdragen aan Marius. En dat was ze natuurlijk ook wel, want het betekende dat het beter ging met Marius, dat hij de draad weer oppakte. Maar een deel van haar voelde zich helemaal niet blij, maar was juist moe en emotieloos. Ondanks de lange dagen en Raymond Bell had ze ervan genoten Temperleys te leiden. Het was dan misschien vermoeiend, veeleisend en soms frustrerend geweest, maar ze had zich tenminste nooit verveeld. Ondanks de rouw om Suzanne had ze het heerlijk gevonden om haar eigen stempel op het bedrijf te zetten. Maar nu moest ze zich nogmaals terugtrekken. Ze moest zichzelf nogmaals helpen herinneren aan de grenzen van haar ambitie en gezag. Wat ze ook deed, hoe goed ze ook was, het feit dat ze een vrouw was, was een barrière voor zowel ambitie als succes. Vanavond deprimeerde die gedachte haar vreselijk en toen ze thuis haar auto had geparkeerd, bleef ze er even in zitten; ze had hoofdpijn en voelde tranen achter haar oogleden prikken.

Binnen nam ze William mee naar boven, zodat ze een oogje op hem kon houden terwijl ze zich omkleedde. Toen ze achter haar kaptafel zat en de klitten uit haar haar trok, maakte hij haar sieradenkistje open, iets waarvan hij wist dat het niet mocht. Toen ze hem een standje gaf, ging hij even iets anders doen en liep, toen hij dacht dat ze het niet zag, terug naar het kistje, maakte de laatjes open en pakte haar armbanden en hangers eruit. Dus gaf ze hem nog een standje, duwde het sieradenkistje achter op de tafel en boog voorover om een haarspeld te pakken die op de grond was gevallen. Toen ze weer rechtop was gaan zitten, had hij haar verlovingsring in zijn hand. 'O, William!' zei ze geïrriteerd en gaf hem een tik op zijn hand. Het was maar een tikje, absoluut geen klap, maar zijn gezicht betrok en hij trok zich terug naar een hoek van de kamer, dacht ze.

Ze was haar haar aan het vlechten, toen ze een geluid hoorde. Een struikeling, een gil en toen het vreselijke bonk, bonk, bonk, bonk van William die de hele trap af rolde. Haar maag draaide zich om en haar hart bonkte zo hard dat het pijn deed. Ze rende de kamer uit.

William lag onder aan de trap. Toen ze naar beneden rende, hoorde ze zichzelf kreunen van angst. Toen hij bewoog, werd ze misselijk van opluchting. Toen zag ze het bloed. De hele zijkant van zijn gezicht was bebloed. Het liep langs zijn wang en druppelde op de vloer. Toen begon hij te gillen; het was een hoog, angstig gekrijs. Toen ze hem optilde en in paniek probeerde te achterhalen waar het bloed vandaan kwam, begon hij nog harder te schreeuwen. Terwijl ze op de grond geknield zat en Williams natte haar opzij veegde, drong het ineens tot haar door dat er iemand voor de deur stond. Er werd aangebeld en iemand riep haar naam. Ze trok de deur open en zag Jack.

Hij schatte met een snelle blik de situatie in, tilde William uit haar armen en droeg hem naar de zitkamer. Toen ze opstond, zag ze dat ze op de metalen speelgoedvrachtauto was gaan zitten waar William op moest zijn gevallen. Er zat een bloedvlek op haar knie.

Jack duwde zijn zakdoek tegen Williams voorhoofd. 'Hij heeft net onder zijn haarlijn een snee. Ik denk dat hij even gehecht moet worden.'

'O, god...' Julia's hele lichaam beefde.

'Kijk me eens aan, Julia. Er is niets ergs gebeurd, echt niet. Dit hoort erbij, alle kinderen vallen.' Jacks stem stelde haar gerust. 'We gaan even met hem naar de dokter, die maakt het zo weer in orde.'

In de praktijk in Hernscombe zat Julia met William op schoot, terwijl de dokter zijn voorhoofd met zes hechtingen hechtte en controleerde of hij een hersenschudding had. Williams gegil was overgegaan in gejammer en hij lag met een opgekruld lijfje tegen haar aan, alsof hij zich probeerde te verstoppen voor de pijn. Op weg naar huis zat hij achter in de auto geconcentreerd op zijn duim te zuigen en vielen zijn ogen al snel dicht.

In zijn slaapkamer trok Julia hem zijn kleren uit en deed hem zijn pyjama aan. Toen ze hem in bed legde en instopte, bewoog hij nauwelijks. Ze knielde naast zijn bedje en bleef even naar hem zitten kijken terwijl hij sliep. Toen ze naar het witte verband tegen zijn gouden haar keek, voelde ze een enorme verontwaardiging in zich opwellen.

Toen ze weer beneden kwam, bood Jack haar een kop thee aan. Toen ze de kop aannam, zei ze: 'Ik heb hem geslagen. Net voor hij van de trap viel, had ik hem geslagen.'

Hij keek haar aan. 'Heb je hem bont en blauw geslagen en gedreigd hem in een kast op te sluiten?'

'Natuurlijk niet!'

'Dat dacht ik al. Heb je hem een tik op zijn hand gegeven? Het is niet jouw schuld, Julia.'

Ze zei uitdrukkingsloos: 'Ik ben zijn moeder. Hij heeft geen vader. Als het niet die van mij is, wiens schuld is het dan wel?'

'Dan kun je net zo goed zeggen dat het mijn schuld is, omdat ik naar Canada ben gevlucht in plaats van hier te blijven om jou te helpen. Of je kunt Will de schuld geven, omdat hij zo stom was te verongelukken. Maar zulke gedachten hebben geen zin, of wel? Het heeft geen zin te proberen iemand de schuld te geven.'

'Dokter Frobisher zei dat het een blijvend litteken wordt.' Julia sloeg haar handen ineen. 'Als ze worden geboren, zijn ze perfect. Ik wilde dat hij zo zou blijven. Ik wilde dat er nooit iets ergs met hem zou gebeuren.'

'Zo werkt het niet. Dat weet je best. En trouwens, zijn haar groeit wel over dat litteken heen. Hij vindt het later vast heel stoer en dan gaat hij er tegen al zijn vriendjes over opscheppen.'

Ze zei verbitterd: 'Alles heeft zijn positieve kanten, hè, Jack?'

Hij bloosde. 'Natuurlijk niet. Zo bedoel ik het niet. Maar dit soort dingen gebeurt nu eenmaal en je moet er gewoon het beste van maken.'

'Altijd overal de voordelen van inzien?' Ze wist niet precies waarom ze hem probeerde uit te dagen.

'Nee. Maar je moet niet te lang in het negatieve blijven hangen. Je moet verder.'

'Vind je dat ik te veel tob? Dat ik zeur?' Ze was razend. 'Dat ik me wentel in mijn problemen en geen uitweg zoek?'

'Dat zei ik niet...'

'Maar dat bedoelde je wel, is het niet? Dat ik hier ben gebleven, terwijl jij over de hele wereld hebt gereisd...'

'Julia...'

'Laat me je dit vertellen, Jack....' en ze kwakte haar theekop op het schoteltje. 'Dat is niet zo gemakkelijk met een kind. Dan kun je niet zomaar je spullen pakken en weggaan.'

Ze zag in zijn ogen dat ze een gevoelige plek had geraakt. 'Jij vindt thuisblijven misschien saai, maar ik kon niet anders.' En toen zei ze defensief: 'Ik heb mijn werk, en ik ontmoet een heleboel interessante mensen...'

'Zoals die man die hier laatst was?'

'Zoals ik toen ook al zei,' zei ze kil, 'is Rick gewoon een vriend. Een kennis.'

Er viel een stilte. Er waaide een kille wind over de seringen in de tuin. Haar woede verdween net zo snel als hij was komen opzetten. Ze sloot haar ogen en liet zich op de bank zakken.

'Ik weet niet waarom ik zo doe,' zei ze vermoeid. 'En dat terwijl je me net zo geweldig hebt geholpen. Het spijt me. Ik heb een rotdag gehad, daar zal het wel door komen.'

Hij zei: 'Maar je hebt wel gelijk: ik ben weggelopen.'

'Jack...'

'Echt waar. Nadat Will was overleden, moest ik weg. Ik kon hier niet met mezelf leven.'

Ze liep naar hem toe. Hij stond bij het raam. Ze legde haar hoofd tegen zijn schouder. 'Ik vond het heel dapper van je,' zei ze. 'Dat je naar een nieuw land bent gegaan en opnieuw bent begonnen.'

'Ja?' Hij klonk sceptisch.

Ze beefde. 'Soms heb ik het gevoel dat ik word omringd door geesten. Will... Suzanne... mijn vader...'

Hij sloeg zijn arm om haar heen. 'Je zou mee naar Canada moeten gaan. Met William. Het is een geweldig land om een kind in op te voeden.'

Ze wist niet zeker of ze begreep wat hij zei. Hij streelde haar haar; toen weifelde zijn hand ineens en fronste hij zijn voorhoofd.

'Wat is er?'

Hij trok een haarspeld uit haar haar. Ze lachte onzeker. 'Ik was mijn haar aan het doen toen William van de trap viel. Ik zie er vast vreselijk uit.'

'Nee, hoor. Je ziet er nooit vreselijk uit.' Hij draaide zich naar haar om, zijn blauwe ogen stonden tevreden. 'Je ziet er beeldschoon uit, Julia. Maar dat heb je altijd al gedaan.'

'Met klitten in mijn haar en bloedvlekken op mijn trui...'

Toen hij haar op haar voorhoofd kuste, zuchtte ze, maar ze weerde hem niet af. 'Jack...'

Hij zei: 'Als je wilt, ga ik weg.'

Ze zag en begreep de vraag in zijn ogen. 'Nee,' zei ze kalm. 'Blijf alsjeblieft. Ik wil dat je blijft.'

Toen keek ze hem aan en kuste hem op zijn lippen. Toen hij haar kuste, sloot ze haar ogen en de gebeurtenissen van die dag leken opeens van haar af te glijden. Haar vingertoppen gingen langs zijn ruggengraat en zijn handen gingen door haar haar. Hij kuste zacht haar hals en gezicht. Ze voelde een vertrouwdheid die zowel opwindend als geruststellend was. Ze trok haar trui uit en hij boog voorover en kuste haar borsten. Toen knielde hij voor haar neer en kuste haar, terwijl hij haar rok losmaakte, op haar platte buik met het veerachtige patroon van heel dunne striaelijntjes.

In het verleden was verlangen altijd gepaard gegaan met angst of schuldgevoel. Maar nu was ze niet bang en ze voelde zich ook niet schuldig. Ze was zesentwintig jaar oud en voor het eerst in haar leven was vrijen met een man een ongecompliceerd genot.

Minder dan vierentwintig uur later belde Rick Hunter aan.

Sinds ze die ochtend afscheid had genomen van Jack, waren de uren in een dromerige mist voorbijgegaan en waren alle kleine irritaties en vernederingen op haar werk haar niet eens opgevallen. Ze kon zich niet concentreren; ze betrapte zichzelf er meerdere malen op dat ze over Jack zat te dagdromen. Ze vroeg zich af of de mensen bij Temperleys het aan haar konden zien, of ze het plezier in haar gezicht konden lezen als ze naar haar keken. Als dat zo was, besloot ze, kon het haar niets schelen.

Ze nam de middag vrij om bij William te zijn en was opgelucht toen ze zag dat hij zich alweer net zo onstuimig begon te gedragen als voor zijn val. Ze had hem net in bed gelegd, toen er werd aangebeld. Toen ze Rick voorging naar de zitkamer, zei hij: 'Ik wil je iets vragen.' Hij zag er nerveus en ongemakkelijk uit. En ik wil je iets vertellen, dacht ze en bood hem iets te drinken aan.

Hij ijsbeerde in stilte door de kamer. Toen sloeg hij zijn vuist in de palm van zijn andere hand en zei: 'Ik ben hier om je te vragen...' Hij ging met het puntje van zijn tong over zijn boventanden. 'Ik ben hier om je te vragen of je met me wilt trouwen, Julia.'

Ze kon niet meer nadenken. Ze ging op de bank zitten en hield haar glas met twee handen vast. Ze voelde een mengeling van geschoktheid en gêne.

'Ik probeer het je al een paar weken te vragen.' Hij was rood en er stond zweet op zijn voorhoofd. 'Ik kon maar geen goed moment vinden.'

Ze zei zwakjes: 'Rick, ik had geen idee...' Ze was kwaad op zichzelf dat ze hun relatie zo lang had laten doorgaan. Dat ze hem, onbedoeld, hoop had gegeven en aan het lijntje had gehouden.

'Je hoeft me niet meteen antwoord te geven. Denk er maar even rustig over na.'

Ze zette haar glas neer, duwde haar vingertoppen tegen elkaar en koos zorgvuldig haar woorden. 'Het spijt me, Rick. Ik voel me ontzettend gevleid dat je me vraagt, maar ik kan niet met je trouwen.' Ze zocht naar een excuus dat hem niet zou kwetsen. 'Het is te snel na Will.'

'Ik kan wachten,' zei hij bruusk. 'Dat maakt me niet uit. Ik wacht zolang als nodig is.'

Ze schudde haar hoofd. 'Ik wil niet dat je wacht, Rick. Er is in mijn leven geen ruimte voor een huwelijk. Ik ben te druk met William en mijn werk. Een huwelijk is hard werken. Het kost vreselijk veel energie en toewijding; daar ben ik met Will wel achter gekomen. Ik kon het toen niet en nu zou ik het nog veel minder kunnen. Het spijt me.'

Hij ging naast haar zitten. 'Als je met me zou trouwen, Julia, zou je niet hoeven werken. En ik zou hulp voor je regelen met William. Je zou een kinderjuf kunnen nemen, een huishoudster, wat je maar wilt. Je zou niet meer zo knokken als nu. Je zou niet meer in zo'n piepklein huisje hoeven wonen en niet meer in zo'n gammele auto hoeven rijden. Je zou alles kunnen hebben wat je maar wilt.'

'Ik heb William en mijn werk,' zei ze beslist. 'Dat is alles wat ik wil.'

Hij maakte een afwijzend geluid. 'Dat geloof ik niet. Iedereen wil vooruit in zijn leven. Iedereen wil zichzelf verbeteren.'

Ze voelde ongeduld in zich opwellen. Hoe duidelijk kon ze zijn? 'Dat hangt ervan af wat je met vooruitgaan bedoelt. Dat hangt af van wat je belangrijk vindt in het leven. En ik denk dat wij niet dezelfde dingen belangrijk vinden. Het spijt me, Rick, maar ik kan niet met je trouwen. Echt niet.'

'Maar ik hou van je, Julia.'

Ze verstilde. Toen schudde ze haar hoofd. 'Nee, dat doe je niet. Je houdt van mijn uiterlijk. En van wat ik voor je symboliseer.'

Hij zei langzaam: 'Ik hou al van je sinds de eerste keer dat ik je heb gezien. Jaren geleden in Wills garage. Ik weet nog wat je aanhad: een grijze korte broek met een rood-wit bloesje. En je had kammen in je haar.

Haar katoenen korte broek, haar gingangbloesje. Ze droeg ze nog steeds in de zomer. En de paarlemoeren haarkammen die ze al jaren kwijt was. Ze was voor het eerst bang voor hem. Ze keek weg. 'Dat is geen liefde, Rick, dat is verlangen. Je verlangde misschien naar me. Maar je houdt niet van me.'

'Ik heb het huis voor jou gekocht. Hoeveel meer bewijs wil je hebben?'

Ze draaide zich geschokt om. 'Het huis...?'

'Mijn huis. Je vindt het er toch heerlijk? Het staat op je te wachten. Ik heb het precies zoals jij me hebt gezegd, laten opknappen.'

Ze dacht aan het prachtige huis aan de zee en kreeg het koud vanbinnen. 'Rick, het is jouw huis,' zei ze wanhopig. 'Het is van jou.'

Hij schudde zijn hoofd. 'Nee, het is voor jou. Ik heb het altijd voor jou bedoeld. Voor ons.'

Haar ontzetting werd steeds heviger. Ze zei scherp: 'Het spijt me dat ik je geld heb verspild. Maar ik kan echt niet met je trouwen, Rick. Nu niet en in de toekomst ook niet.'

Hij keek haar eerst ongelovig en toen gekwetst aan. Hij greep haar handen en vroeg: 'Komt het door wie ik ben? Door wat ik ben? Voor jou zal ik een beter mens worden, Julia. Dat ik ooit een arbeidersjongen was, betekent niet dat ik dat altijd zal blijven. Ik mag dan met niets zijn begonnen, maar ik heb iets van mezelf gemaakt, of niet?'

'Alsjeblieft, Rick...'

'Ik heb spraaklessen gehad. Wist je dat? Ik heb een vrouw in Highgate betaald om me netjes te leren praten. Dat heeft me maar een paar weken gekost. Ik leer snel, Julia. Ik zal boeken gaan lezen, als je dat wilt. Netjes praten, nette manieren leren. Als je wilt, leer ik een buitenlandse taal... Ik spreek al een beetje Frans. Ik zal je niet teleurstellen.'

Ze deed een stap achteruit en sloeg haar armen om zichzelf heen. 'Daar gaat het niet om, Rick.'

'Waarom gaat het dan wel?'

'Ik hou niet van je,' zei ze zacht. 'Het spijt me.'

Ze zag hoe hij met zijn ogen knipperde en hij keek van haar weg. Toen zei hij: 'Dat maakt me niet uit...'

'Maar mij wel.'

'Als je het rustig de tijd geeft...'

'Nee. We zijn te verschillend. We hebben niets gemeen.'

'Ik kan veranderen.' Hij keek haar hongerig aan.

Ze zei zacht: 'Ik weet niet eens of ik je wel aardig vind, Rick.'

Hij leunde voorover en greep zijn knieën vast. 'O.' Er viel een lange stilte. Toen hij haar weer aankeek, zag ze dat zijn gezichtsuitdrukking was veranderd. Hij zei: 'Heeft het met Wills broer te maken?'

Haar maag draaide zich om. Jack, dacht ze. Maar ze zei: 'Het heeft niets met Jack te maken. Helemaal niets.'

'Ik vroeg het me alleen af. Ik heb gezien hoe hij naar je keek.'

Ze zat op het puntje van haar stoel en duwde haar nagels in haar handpalmen. Ze zag iets giftigs en reptielachtigs in Rick Hunters ogen glinsteren.

Hij zei: 'Je kunt het maar het beste in de familie houden, hè?'

Ze probeerde met al haar kracht te voorkomen dat ze vreselijk zou gaan bibberen. Ze verborg haar angst en zei trots en gedecideerd: 'Ik denk dat je nu maar moet gaan, Rick. Ik wil graag dat je weggaat.'

Maar hij vertrok geen spier. 'En wat een familie. Allemaal aardig en netjes aan de buitenkant, maar als je weet wat er onder de oppervlakte allemaal schuilgaat... Ik bedoel,' hij leunde achterover en keek haar met zijn donkere ogen strak aan, 'wat ik met jouw familie te maken heb gehad, is niet allemaal even koosjer. De Chancellors doen heel wat vieze zaakjes, hè?'

Ze zei kwaad: 'Je hebt het over Maurice. Je moet de rest van de familie niet beoordelen op één man.'

Hij zei: 'Ik heb het over je man, Julia.'

Ze staarde hem aan. 'Will? Doe niet zo belachelijk.'

Hij glimlachte. 'Echt waar. Will deed heel wat illegale zaakjes, hoor.'

'Onzin. Dat is volslagen onzin.'

Hij stond op en stak een sigaret op. Ze moest zichzelf dwingen stil te blijven zitten en niet in elkaar te krimpen onder zijn koude, donkere, meedogenloze blik.

Hij zei: 'Of wist je dat niet, Julia? Will verkocht vervalste benzinebonnen. Ik heb me altijd afgevraagd of je het wist. Maar je wist van niets, hè? Will is het je vast vergeten te vertellen.'

Ze fluisterde: 'Je liegt...'

'Nee.' Zijn stem klonk scherp. 'Je perfecte, heilige en handig verongelukte echtgenoot verkocht vervalste benzinebonnen. En hij verkocht gestolen waar. Dat wist je zeker ook niet? Ik weet het allemaal precies, want hij werkte voor mij. Je lieve neef Maurice heeft ons aan elkaar voorgesteld toen Will extra geld nodig had. Maar hij twijfelde geen moment om mijn aanbod aan te nemen, Julia. Geen moment.'

Julia had het gevoel dat alle lucht uit de kamer was verdwenen. Ze liep naar het raam en steunde met haar handen op de vensterbank. Ze hoorde dat haar ademhaling horterig was. Het begon buiten te schemeren en de tuin was vol schaduwen. *Toen Will extra geld nodig had.* Ze dacht aan de boekhouding.

Ze fluisterde: 'Hij had schulden. Will had schulden.'

'Natuurlijk. Ik heb hem ermee geholpen.'

'Geholpen...' Ze staarde hem aan en het begon tot haar door te dringen hoe het moest zijn gegaan. Will, stomme idioot, dacht ze. Ze zei: 'Heb je Will op de zwarte markt geïntroduceerd?'

'Dat heeft hij zelf gedaan. Ik heb alleen de weg voor hem vrijgemaakt. Zoals dat altijd gaat. Hij was de garage met te weinig startkapitaal begonnen. En Maurice had hem een kat in de zak verkocht.'

Alles wat Rick zei, klonk overtuigend. Het was afschuwelijk, maar er vielen ineens een heleboel puzzelstukjes op zijn plaats. Will had in een zaak geïnvesteerd die nooit goed was gaan lopen. Toen hij in de problemen was geraakt – vanwege zijn schuldeisers en de zware winter – moest hij naar een uitweg op zoek zijn gegaan. Eerst had hij een lening bij de bank genomen, die hij had geprobeerd terug te betalen. Toen, realiseerde Julia zich, was hij naar Maurice gegaan. En die had hem aan Rick Hunter voorgesteld.

Rick zei kil: 'Wat ik je wil zeggen, Julia, is dat je afschuw niet helemaal op zijn plaats is. Jij en ik zijn exact hetzelfde. We hadden toch niets gemeen? Dat is niet waar. Dat is gewoon niet waar. Hoe denk je dat Will de huur heeft betaald? Hoe denk je dat hij jou heeft betaald?'

Ze dacht met steeds groter wordende afschuw terug aan de cadeautjes. De bloemen, de parfum, de sigaretten. Waren die ook allemaal van Rick Hunter gekomen?

'De zwarte markt...' Ze staarde hem aan. 'Dus je bent een misdadiger,' zei ze met minachting. 'Niets meer dan een misdadiger.'

In de diepte van Rick Hunters pupillen bewoog iets duisters. 'Zulke dingen kun je beter niet zeggen, Julia. Je zou me dankbaar moeten zijn. Dat ik heb gezorgd dat Will het hoofd boven water kon houden.'

'Dankbaar?' Ze kon hem bijna niet aankijken, zo intens was haar walging. 'Dankbaar dat je hem hebt gedwongen dingen te doen die hij niet aankon? Dankbaar dat je hem de stuipen op het lijf hebt gejaagd?'

'Hij is er met open ogen in gelopen. Niemand heeft hem gedwongen.'

Er begon een nog vreselijker realisatie tot haar door te dringen. Ze zag Will voor zich, de avond voor hij was verongelukt: in elkaar geslagen.

'Hij was gewond. Iemand had hem verwond. Vlak voor het ongeluk. Heb jij dat gedaan?'

'Nee.' Zijn lippen lagen over zijn lange, dierlijke tanden. 'Niet persoonlijk.'

'Waarom? Waarom heb je hem dat aangedaan?'

Rick haalde zijn schouders op. 'Hij wilde ermee stoppen. Dat kon ik niet toestaan, niet na alles wat ik voor hem had gedaan. Zo werken de zaken niet. Dat begrijp je toch wel, Julia? Jij zit ook in zaken, net als ik.'

'Ik ben niet zoals jij,' fluisterde ze. 'Ik ben helemaal niet zoals jij. Je bent walgelijk. Ik verafschuw je.' Ze stapte achteruit, zijn nabijheid was ondraaglijk. 'Hoe kan ik je ooit in mijn buurt hebben toegelaten... Je hebt Will als een prooi opgejaagd.'

'Ik heb hem geholpen.' Hij staarde haar donker aan. 'Ik heb hem uit zijn problemen geholpen.'

'Nee. Je hebt hem opgejaagd. Je hebt hem de dood in gejaagd.'

Hij knipperde even met zijn ogen. Toen verdwenen de pijn en woede uit zijn ogen en werden vervangen door iets berekenends en wreeds. Zijn mondhoeken krulden om. 'Opgejaagd... Ja, dat zal dan wel. Maar hem de dood in gejaagd? Nou, misschien.'

'Misschien?' Ze hoorde hoe haar stem hoger werd. 'Hoe bedoel je, misschien?'

'Nou,' zei hij kalm, 'ik ben er nooit helemaal van overtuigd geweest dat Will dood is.'

'Natuurlijk is hij dood. De boot...'

'Ja, ja. Die boot is gezonken. Als Will op die boot was, is hij dood. Als hij op die boot was.'

Ze liep naar de deur, opende hem en zei: 'Ga alsjeblieft weg.' Haar stem beefde meer dan de bedoeling was. Maar hij bleef staan en keek haar met zijn roofdierachtige ogen recht aan.

'Eerlijk gezegd maakt het me geen moer uit of Will Chancellor dood is of niet. Ik durfde het risico te nemen dat hij nog leeft. Als dat zo is, zal hij toch wel nooit terugkomen. Dan heeft hij toch het lef niet de verantwoordelijkheid voor zijn daden te nemen. Maar als ik je niet kan krijgen, Julia, dan wil ik dat niemand je krijgt.'

'Ik begrijp niet...' Ze beefde; ze kon het niet langer verbergen.

'Nee? Denk eens na, Julia.' Hij greep haar bij haar armen en schudde haar door elkaar. 'Will leeft. Dat weet ik zeker.'

'Je vergist je...'

Hij hield haar nog steeds vast; zijn vingers maakten afdrukken in haar armen. 'O, ik kan het niet bewijzen. Maar het was allemaal net iets te toevallig. Will probeert eruit te stappen en een paar dagen later zit hij toevallig op een boot die wordt opgeblazen. Ik heb nooit in toeval geloofd. En bovendien is er iets verdwenen wat van mij is.' Zijn greep verslapte; hij duwde haar van zich af. 'Je ziet een beetje pips, Julia. Ga maar even zitten.'

Haar benen leken van elastiek en ze plofte op de bank. Ze voelde hoe hij een glas in haar handen duwde. Ze nam twee enorme, branderige slokken whisky. Toen zette ze het glas op haar knieën en keek hoe het met haar handen eromheen meebewoog op het beven van haar benen. Toen ze weer iets kon uitbrengen, zei ze: 'Iets van jou?'

'Een schilderijtje. Klein dingetje.' Zijn handen tekenden een rechthoekje in de lucht. 'Engeltjes. Eén vrouw in een blauwe jurk. Had ik uit Frankrijk meegenomen. Je kon daar een paar jaar terug de mooiste dingen op de kop tikken. Will paste erop voor me.' Hij zag haar onbegrip. 'Kom, kom, Julia. Jij bent toch zo'n slimmerd? Het was niet helemaal koosjer.'

'Was het gestolen?'

'Meerdere malen, neem ik aan. Eerst door de nazi's, die het aan het begin van de oorlog wel van een rijke jood zullen hebben gejat. Of uit een museum. En toen het een paar jaar later bergafwaarts begon te gaan met Hitler, zullen ze het wel hebben doorverkocht. God-mag-weten hoe vaak en voor hoeveel geld. Voor een zak kolen, misschien. Of een paspoort. Ik heb het in 1948 in Parijs van een collaborateur gekocht. Hij had geld nodig. Hij wilde weg.'

Ze slikte. Ze had een zure smaak in haar mond. 'Ik zie niet in...'

'Dat soort dingetjes kun je niet zomaar over de grens meenemen. Je kunt zoiets niet zomaar aan de douane laten zien en doorlopen. Vandaar dat Wills garage zo handig was. Daarom heb ik hem geholpen. Je denkt toch niet dat ik contact met hem heb gezocht omdat het zo'n aardige kerel was, hè? De garage lag leuk afgelegen. En vlakbij de kust, dus konden we er gemakkelijk dingen vanuit de boot naartoe brengen. Het was een uitstekende opslagplaats voor mijn spulletjes, tot ik een koper had gevonden.' Hij maakte een ongeduldig gebaar. 'Ik had een regeling getroffen met een Amerikaan op de ambassade. In de Verenigde Staten hebben ze geld zat. Er zijn daar heel wat kopers voor dat soort dingen en ze stellen geen vragen.' Zijn gezichtsuitdrukking veranderde weer en hij zag er heel even verward uit. 'Maar toen verdween dat rottige ding. Precies op het moment dat je echtgenoot verdween.'

Ze sloot haar ogen en probeerde helder na te denken. 'Ik zie nog steeds niet in...'

'Will heeft dat schilderij meegenomen, of niet? Hij moet het pakje hebben opengemaakt en zich hebben gerealiseerd wat het schilderij waard was. Ik had niet gedacht dat hij het in zich had er met zoiets vandoor te gaan. Ik had niet gedacht dat hij er het lef voor zou hebben.'

Ze zei koppig: 'Nou, Will is dood. Hij is gestorven toen die boot zonk.'

'Nee. Als hij dood is, waarom kon ik mijn schilderijtje dan niet vinden? Waarom lag het niet in de garage? Of bij jou thuis?'

Haar hersenen werkten tergend langzaam. Er verscheen heel langzaam een beeld van Hidcote Cottage. De lege kasten, hun inhoud over de vloer. Briefpapier, speelkaarten, Wills modelvliegtuigjes...'

Ze zei ongelovig: 'Ben jíj in mijn huis geweest?'

'Natuurlijk.'

'Ik dacht... vandalen...' Ze hield op met praten. Toen ging ze verder: 'En wat heb je gevonden?'

'Niets. Helemaal niets.' Hij kneep zijn ogen een beetje dicht. 'Ik vroeg me af of je met hem samenzweerde. Of je wist wat hij had gedaan en of jullie samen een ontsnapping hadden bekokstoofd. Maar jij wist nog minder dan ik, hè?'

'Je zit ernaast,' mompelde ze. 'Will is dood.' Maar het was net alsof ze een gebed voor God zei, in wie ze niet meer geloofde. Ze zocht wanhopig naar een verklaring en greep er een aan. 'Hij moet dat schilderij bij zich hebben gehad op de boot. Dat moet het zijn. Daarom kun je het niet vinden.'

'Waarom zou hij dat doen?'

'Dat weet ik niet.' Haar hoofd bonsde; ze duwde haar vuisten tegen haar slapen. 'Misschien omdat hij het niet in de garage wilde achterlaten. Misschien maakte hij zich zorgen omdat hij wist dat het was gestolen...'

'Misschien. Maar dat lijkt me niet. Will wilde ermee stoppen, weet je nog?' Hij liep eindelijk naar de deur. Hij bleef even staan en keek haar over zijn schouder aan. 'Maar onthou de volgende keer als je een of andere arme kerel verleidt, dat je misschien niet zo beschikbaar bent als je denkt. En teken voorlopig maar geen huwelijkscontract. Dat is zo gênant als Will thuiskomt.'

Hij ging weg. Nadat hij was verdwenen, bleef Julia een hele tijd in het donker wordende huis bij de deur staan. In de achtertuin klonk een uil; hij vloog als een wit spook door de inktzwarte lucht; op de weg passeerden onbekende auto's, op weg naar onbekende bestemmingen.

Ze pakte in de keuken een zaklamp en rende naar boven. Ze klom onhandig de vlizotrap naar de zolder op, gleed bijna uit en haalde haar handen open aan het luik. Ze knielde op de balken en zwaaide met het licht om zich heen, op zoek naar de dozen. Ze herinnerde zich dat ze die dozen had ingepakt toen ze was weggegaan uit Hidcote Cottage. Er zaten ongebruikte huwelijkscadeaus in en spullen van Will, dingen die ze niet in huis had willen hebben, maar ook niet had willen weggooien. Het was mogelijk, bedacht ze zich, dat ze in haar verdriet iets over het hoofd had gezien. Een schilderijtje van nog geen dertig centimeter, bijvoorbeeld.

Ze zocht koortsachtig in de dozen en gooide de inhoud om zich heen. Wills sjaal, die ze voor hem had gebreid; zijn schoolschriften, rapporten en een oude bril die was gerepareerd met een stuk pleister. Maar geen schilderij.

Nadat ze de laatste doos had geleegd, ruimde ze alles weer op. Ze vouwde de sjaal keurig op en deed de bril terug in zijn koker. Maar haar poging alles netjes op te bergen, leek ineens zo nutteloos. Na een tijdje gaf ze het op en leunde uitgeput tegen de boiler aan.

Ze probeerde zich zijn gezicht voor de geest te halen. Blond haar, blauwe ogen en die blik alsof de wereld hem constant verraste. 'Waar ben je, Will?' fluisterde ze hardop. 'Waar ben je, verdomme?' Maar het leek net of ze een puzzel passend probeerde te maken waar ze maar de helft van de stukjes van had en ze vroeg zich af of ze hem ondanks hun lange vriendschap en hun korte huwelijk ooit echt had gekend.

Ze vroeg zich verbitterd af of het mogelijk was om iemand echt te kennen. Ze dacht aan Jack. De gelukzaligheid van de voorafgaande nacht en de daaropvolgende dag leken een droom van heel lang geleden. Ze bedacht zich zonder er iets bij te voelen, dat ze altijd van hem had gehouden, maar dat ze nooit meer minnaars zouden zijn. Niet alleen vanwege Rick Hunters ontboezemingen, maar ook omdat ze te veel op elkaar leken, elkaar te goed kenden. En omdat hun gedeelde geschiedenis passie en bedrog betrof en te dicht op de gevaarlijke grenzen van een te grote affectie balanceerde.

Nu ze erop terugkeek, had ze het gevoel dat ze zichzelf had toegestaan gevangen te raken in het verleden, dat ze haar minnaars uit een te kleine vijver had gekozen. Als klein meisje had haar vaders bezitterige liefde haar zowel beschermd als afgeschermd tegen de wereld. Zijn dood en haar reactie daarop hadden haar nog meer geïsoleerd. Doordat Marius in het buitenland was geweest en ze geen goed contact had met haar moeder, had ze zich tot Will gewend. Toen Jack in 1946 was thuisgekomen, had ze niets over seks geweten en weinig over liefde. Meerdere mensen, onder wie zijzelf, hadden een hoge prijs moeten betalen voor haar onwetendheid. In de hoek gedreven door eenzaamheid en het verlies van haar baan en identiteit, was ze van haar stuk gebracht en in een huwelijk gestapt dat ze niet echt had gewild en waar ze niet aan toe was geweest. In zesentwintig jaar had ze maar een paar kilometer afstand genomen van haar geboortehuis. Ze werd omringd door de familie en vrienden met wie ze was opgegroeid. Ze werkte in het familiebedrijf. Ze had niet gereisd, zoals Topaz en Jack. En ze was ook niet, zoals Marius, buiten haar eigen klasse getrouwd.

Ze wist dat ze moest uitbreken. Ze wist dat als ze dat niet zou doen, ze er nooit achter zou komen wat ze zou kunnen worden en dat ze dan zou wegkwijnen. Ze had nu alleen – alleen op zolder in het donker, met haar mans eigendommen om zich heen – geen idee waar ze de moed vandaan moest halen. De moed om tegen Jack te zeggen dat hij terug moest gaan naar Canada, naar zijn bruinogige weduwe.

Topaz liep op vrijdagavond naar Great Missen en ging op een omgevallen boomstronk zitten, waar ze op Marius wachtte. Vanaf de top van de heuvel kon ze de kapel in de kom van de vallei zien waarin de radiowerkplaats was gevestigd. Er scheen fel zonlicht op de leverachtige bladeren van de rododendronstruiken die langs het smalle pad naar beneden tussen de coniferen stonden.

Ze zag hem de kapel uitkomen. Ze sloeg haar handen ineen en kauwde intens geconcentreerd op een plukje haar. Ze vond het heerlijk naar hem te kijken, als hij niet wist dat ze keek. Toen hij de steil stijgende heuvel op liep, verdween hij even uit het zicht en ze leunde in afwachting voorover. Toen ze hem weer zag verschijnen, stond ze op en rende op hem af.

'Topaz.' Hij kuste haar op haar wang.

'Het leek me leuk je te komen ophalen.'

'Wat een lief idee.'

'Zal ik je koffertje dragen?'

Hij keek geschokt. 'Natuurlijk niet.'

'Toen ik klein was en je net bij Temperleys was gaan werken, kwam ik je soms ophalen en dan mocht ik je koffertje dragen. Dan voelde ik me vreselijk belangrijk. Weet je dat nog?'

'Natuurlijk.' Hij glimlachte. 'Je verstopte je altijd achter een boom om me te verrassen, maar ik had je altijd al gezien.'

Ze liepen een stukje en toen zei ze: 'Ik heb besloten dat ik naar huis ga. Ik denk dat ik morgen vertrek.'

Hij bleef even staan en draaide zich naar haar toe. 'Ik zal niet proberen je over te halen te blijven, want je hebt ons al zoveel van je tijd gegeven. Maar we zullen je missen. We zullen je allemaal vreselijk missen.'

Ze zei luchtigjes: 'Ik kom nog wel op bezoek, hoor. Heel vaak.'

'Je zult wel moeten. Dat is een order.'

Ze had de beslissing een tijdje voor zich uit geschoven. Als Tara na de paasvakantie weer naar school gaat, had ze tegen zichzelf gezegd, ga ik terug naar Londen. Als Marius weer fulltime aan het werk is.

'Mijn moeder heeft gebeld,' legde ze uit.

'Ah,' zei hij. 'Mist ze je?'

'Marius, mama's bridgepartner is ziek en haar laatste aanbidder is net met zijn secretaresse getrouwd.' En ze drinkt te veel, dacht Topaz en dacht terug aan haar moeders dubbele tong en ruziezoekende stem, maar dat vertelde ze natuurlijk niet.

Hij zei: 'Kun je het wel aan?' Wat ontzettend raar was: dat zou zij aan hem moeten vragen.

'Natuurlijk. Ik vind wel weer een baantje.'

'Ik bedoel,' zei hij vriendelijk, 'wat betreft Charlie.'

'O. Daar ben ik volgens mij wel overheen. En hij is in Amerika, dus ik zal hem niet tegen het lijf lopen.'

'Dat betekent niet,' zei hij, 'dat het geen pijn meer doet.'

De smalle weg liep kronkelend door de bossen. Vanuit het perspectief dat de tijd haar gegeven had, zag ze nu wel in dat hun relatie iets loucheachtigs, iets armetierigs had gehad. Dat ze zichzelf voor een absurd lage prijs had verkocht en zichzelf had toegestaan genoegen te nemen met iets wat alleen maar was doorgegaan voor liefde, maar dat niet was geweest.

Dus zei ze: 'Ik heb besloten even uit de buurt van mannen te blijven. Ze kosten me veel te veel energie. Ik ga beroemd worden.'

Zijn mondhoeken krulden op. 'Hoe ga je dat aanpakken?'

'Dat weet ik nog niet.' Ze gaf hem een arm. 'Ik vroeg me af...'

'Ja?'

'Ik ben van plan weer dineetjes te gaan verzorgen, dat vond ik altijd vreselijk leuk. En ik vroeg me af of jij me misschien zou willen helpen met de geldzaken. Ik zou eigenlijk eens moeten gaan bijhouden wat mijn kosten en inkomsten zijn, hè?'

'Dat zou wel handig zijn, ja,' zei hij. 'Zo hou je de belastingdienst tevreden. Natuurlijk wil ik je helpen. Graag. Bovendien is dat wel het minste wat ik voor je kan doen.'

Ze liepen een tijdje in stilte verder. Toen zei hij: 'Ik weet niet of je je het nog kunt herinneren, maar een paar maanden geleden, toen je me die preek over Tara gaf, zei je iets tegen me.'

Ze voelde zich ineens ongemakkelijk. 'Ik heb vast van alles gezegd. Maar misschien kun je dat maar beter vergeten, Marius.'

'Je zei dat je het gevoel hebt dat je het niet waard bent te worden liefgehad. Denk je dat echt?'

Ze keek weg. 'Ik had het over Tara.'

'Weet je dat zeker? Je zei me dat je wist hoe het is om ongewenst te zijn. Ik wilde alleen dat je weet dat dat niet zo is, Topaz. Echt niet.

Ik wilde er zeker van zijn dat je voor je vertrekt, weet dat je gewild en nodig bent – en wordt liefgehad – door Tara, mijn moeder en Julia. En door mij, natuurlijk.'

De volgende morgen zette Marius Topaz af in Longridge, zodat ze voor ze op de trein naar Londen stapte, afscheid kon nemen van Julia.

Topaz zag Julia in de achtertuin zitten en vond dat ze er slecht uitzag: bleek en gespannen, met donkere schaduwen onder haar ogen. Julia vertelde haar over Williams ongeluk; hij had een wit verband om zijn hoofd, als de hoofdband van een indiaan. Topaz zei meelevend: 'Arme jij. Wat vreselijk. Geen wonder dat je er zo uitgeput uitziet.'

Julia glimlachte kort en niet overtuigend. Topaz vertelde dat ze terugging naar Londen. Julia keek geschrokken. 'Natuurlijk. Het is ook vreselijk egoïstisch van ons dat we je hier al zo lang hebben vastgehouden. We zullen je wel missen, hoor.'

'Het komt wel goed met Marius, denk ik.'

'Marius?' Weer keek ze verbaasd, alsof Julia aan iets totaal anders zat te denken.

'Nou ja, niet echt goed, natuurlijk. Voorlopig niet. Hij kan heel goed acteren, maar je kunt soms wel aan hem zien hoe vreselijk hard hij zijn best moet doen om de schijn op te houden. Maar hij slaat zich er wel doorheen. Dat kan hij goed. Net als jij, nadat Will was overleden.'

'Will,' zei Julia. Het beetje kleur dat ze nog op haar gezicht had, trok weg. Ze stond op en sloeg haar handen ineen. 'Er is iets gebeurd,' zei ze plotseling. Ze duwde haar knokkels tegen haar tanden. 'Denk jij dat het mogelijk is...' Ze hield op met praten. Ze staarde Topaz aan. Toen zei ze heel kalm: 'Je denkt vast dat ik gek ben, maar denk jij dat het mogelijk is dat Will nog leeft?'

Topaz staarde haar aan. William zat in de zandbak te spelen; in de aangrenzende tuin stond een buurvrouw de was op te hangen. Witte lakens flapperden tegen een blauwe lucht.

Ze schudde haar hoofd. 'Nee. Nee, dat denk ik niet. Het spijt me.'

Julia zag er opgejaagd uit en ze beet op haar nagels. Ze zei: 'En als hij niet op de boot was?'

Na Wills overlijden had Topaz heel wat keren gedacht dat ze hem op straat zag, of in de metro. Het had haar maanden gekost te accepteren dat hij er echt niet meer was. 'Een heleboel mensen hebben hem gezien.'

'Niet op de boot.' Julia's stem werd hoger. 'Niemand heeft de boot de haven zien uitvaren. Ze hebben aangenomen dat hij op de boot was, omdat ze hem uit de pub hebben zien vertrekken met de broertjes Gamble. En omdat zijn auto bij de haven stond.'

'Maar als hij niet op de boot was,' zei Topaz vriendelijk, 'zou hij toch zijn thuisgekomen?'

Julia was weer op haar tuinstoel gaan zitten. Ze zat met haar gevouwen handen in haar schoot. Ze schudde haar hoofd. 'Nee. Dat is het hem nou juist. Misschien wilde hij wel niet naar huis. Hij zat namelijk in de problemen. Misschien wilde hij wel niet thuiskomen omdat hij problemen had.'

Topaz' hart leek een slag over te slaan. Ze dacht terug aan Will in Hernscombe Bay, de zee die op het strand sloeg en de wanhoop in zijn ogen.

'Will verkocht illegale benzinebonnen,' zei Julia zwakjes. 'En er was iets met een gestolen schilderij... Ik weet... Ik weet dat het niet klinkt als iets wat Will zou doen.' Ze zag er getergd uit. 'Vroeger deed hij het in zijn broek als hij zijn huiswerk was vergeten mee te nemen.'

Ik heb er een puinhoop van gemaakt, Topaz. Ze staarde Julia aan. 'Hoe weet je dat allemaal? Weet je het zeker?'

Julia maakte een afwijzend gebaar. 'Ik weet het niet zeker, dat is het probleem. Iemand heeft het me verteld, maar ik weet niet zeker of ik hem kan vertrouwen. Nou...' ze lachte cynisch, 'eigenlijk weet ik wel zeker dat ik hem niet kan vertrouwen. Maar ik heb het gevoel dat hij wat dit betreft wel eens de waarheid zou kunnen zeggen. En nadat Will was verongelukt, heb ik de boeken van de garage bekeken. Hij had flinke schulden. Hij had al een gedeelte afbetaald. Gisteren heb ik de boeken nog eens bekeken en tijdens Wills laatste jaar is er geld binnengekomen dat niet wordt verklaard.' Ze zuchtte. 'En ik herinnerde me ineens dat hij per se niet wilde dat ik hem hielp met de boekhouding. Nu weet ik dus eindelijk waarom dat was.'

Julia zag lijkbleek; de huid rond haar vingernagels was rauw en kapot. Topaz zei: 'Zal ik even theezetten?' Julia knikte.

Toen ze de ketel met water vulde en een lucifer aanstreek om het gas aan te steken, viel het haar op dat haar handen beefden. Als zij Julia was geweest, bedacht ze zich, zou zij ook haar vingers kapotbijten.

Ze liep terug naar de tuin. Julia zat in haar tuinstoel met haar ellebogen op haar knieën en haar vuisten tegen haar gezicht. 'Misschien heeft hij het allemaal wel verzonnen,' mompelde ze. 'Dat denk ik steeds. Dat hij het heeft verzonnen om me te straffen.'

Topaz haalde diep adem. 'Ik heb Will een paar dagen voor hij is verongelukt, gezien. Ik was met het theatergezelschap in Hernscombe. Will en ik hebben samen een middag doorgebracht. En toen heeft hij me dingen verteld. Hij heeft me verteld dat hij iets verkeerd had gedaan, maar hij wilde niet zeggen wat. Ik heb geprobeerd hem over te halen me meer te vertellen, maar dat wilde hij niet.' Ze dwong zichzelf Julia aan te kijken, die haar met grote ogen aanstaarde. 'En hij heeft me verteld, dat hij er behoefte aan had weg te lopen. Dat hij opnieuw wilde beginnen. Iemand anders wilde worden.'

In de verte hoorden ze een veldleeuwerik; William zat in de zandbak tegen zichzelf te keuvelen. Topaz zei zwakjes: 'Ik heb het aan niemand verteld, omdat hij me liet zweren dat niet te doen.'

'Geheimen,' zei Julia grimmig. 'Ik had nooit gedacht dat Will zoveel geheimen zou kunnen hebben.' Haar knokkels waren wit. 'Ik heb me er suf over gepiekerd. Of Will in staat was zoiets vreselijks te doen. Of hij in staat was ons allemaal zo te bedriegen. Zijn moeder. Mij. En ik denk dat het misschien wel mogelijk was. Ik bedoel, hij heeft me ook niets over het geld verteld. Hij heeft me nooit verteld dat hij schulden had. En je weet hoe hij was... Hij stond nooit met beide benen op de grond. Hij dacht altijd dat alles wel goed zou komen. Hij was vreselijk naïef en ging er altijd van uit dat iedereen een tweede kans kreeg.' Julia begon weer op haar nagels te bijten.

Toen keek ze met haar kwade, getergde blik Topaz aan. 'Je zei dat hij je heeft verteld dat hij opnieuw wilde beginnen. Misschien heeft hij dat wel gedaan. Misschien heeft hij een nieuw leven. Misschien is hij nu gelukkig. Misschien konden de mensen die hij heeft achtergelaten, hem wel geen moer schelen. Misschien kon het hem wel geen barst schelen hoe die zich voelden...' Ze sloot haar ogen en sloeg een hand voor haar mond.

Na een tijdje fluisterde ze: 'Wat moet ik nu doen? Moet ik het aan

Jack vertellen? Aan Prudence?' Ze keek naar William, die nog in de zandbak zat te spelen. 'Moet ik het aan William vertellen? Wat moet ik doen, Topaz?'

Vanaf haar plaats aan het raam in de trein staarde Topaz naar het vertrouwde landschap dat voorbijraasde. De hoge kalkwand, de vallei rond Missencourt en de lompe, onregelmatige vorm van Sixfields kwamen voorbij, vergankelijk en vluchtig. Alleen de veranderlijke, onvoorspelbare zee was een constante, een baan glinsterend blauwgrijs tot de horizon.

Er zat verder maar één man in de coupé, een piepjonge dominee met een vriendelijk, roze gezicht, die, dacht Topaz, bij de minste aanmoediging vast gretig zou inspringen op de mogelijkheid tot een gesprek. Misschien straks. Ze moest nu nadenken. Over haar gesprek met Julia en over de geweldige, schokkende en afschuwelijke mogelijkheid dat Will misschien nog leefde.

En ze moest over Marius nadenken. *Ik wilde er zeker van zijn dat je voor je vertrekt, weet dat je gewild en nodig bent... en wordt liefgehad.* Ze koesterde zijn woorden en borg ze op in een hoekje van haar hersenen, zoals ze jaren daarvoor het briefje dat hij haar had geschreven, had opgeborgen in een lade: *Zodat je geen kolonels meer hoeft te kussen. Liefs, Marius.*

Ze ademde tegen het raam. Toen leunde ze voorover en schreef een naam op de beslagen ruit. Het was een andere naam dan de naam die ze al die jaren geleden tijdens haar eerste bezoek aan Dorset na de oorlog had geschreven.

Ze schreef Wills naam. En deze keer veegde ze hem niet uit, maar liet hem staan, als een teken van haar hoop en vertrouwen dat hij op een dag zou terugkomen.

Een vrachtwagen met suikerbieten spuugde Will Chancellor uit op de Lincolnshire Fens en hij liep een paar kilometer door de vlakke, zwarte velden en keek naar de oneindige hemel. Na een tijdje begon het te regenen. Het was een gestage, vastberaden regen die in de kraag van zijn jas en in zijn schoenen sijpelde.

Hij was die ochtend naar het zuiden gereisd. De vrachtwagen waarin hij was meegelift had zijn bestemming voor hem gekozen. Will had het gevoel dat dat was wat zijn bestaan was geworden: willekeurig, geleid door een onbekende, emotieloze hand.

Het landschap was meedogenloos en de paar bomen die her en der verspreid stonden, boden weinig bescherming tegen de regen. Het begon laat te worden en hij had al uren niet gegeten. In de verte lagen een paar gebouwen tegen de zware lucht afgetekend. Will liep die kant op. Hij bleef even staan bij een hek en schatte de kans op onderdak. Naast de boerderij was een schuur en er stonden wat bijgebouwtjes. Verderop stonden nog meer bijgebouwen en in de verte zag hij tussen wat berken en populieren een lange, lage structuur liggen die – Will veegde de regendruppels van zijn bril – verdacht veel op een treinwagon leek. Er stond een naam op het hek geschilderd: COLD-HARBOUR FARM.

De schuurdeur stond op een kier; Will zag balen stro in de donker wordende ruimte liggen. De ramen van het huis waren donker en er stonden geen voertuigen op het erf. Hij kroop door een gat in het hek en rende over de velden het erf op. In de schuur ademde hij de vreemd geruststellende lucht van rottend hooi in, trok zijn natte jas uit, pakte een droge trui uit zijn rugzak, krulde zich op in het stro en viel bijna meteen in slaap.

Toen hij een paar uur later wakker werd, was het bijna donker. Will had honger en dorst; hij brak een paar stukjes chocola van een reep en at de restjes van een brood op. Hij kreeg nog meer dorst van het droge brood. Hij tuurde door de open schuurdeur. Hij veegde het stro van zijn kleren, liep zachtjes naar de deur en keek naar buiten.

Toen werd hij met iets hards op zijn hoofd geslagen en zag hij de kinderkopjes van het erf, glad van de regen, op zich afkomen.

Een meisjesstem zei: 'Je zult me moeten helpen. Ik kan je niet tillen.'

Hij werd als een zak aardappels over het erf gesleept. Zijn hoofd – dat pijn deed – stootte tegen de kinderkopjes. Hij kreeg met moeite voor elkaar te zeggen 'Wacht even', en toen stopte het gesleep.

'Je bril,' mompelde ze en legde hem in zijn handen.

'Dank je.' Hij zette hem op. Gelukkig was hij nog heel.

'Als ik je help,' zei ze, 'denk je dan dat je kunt opstaan?'

Zijn redster – aanvalster? – was erg jong; de zaklamp die ze bij zich had, verlichtte haar blonde krullen, die nat waren van de regen. Ze zag er bezorgd uit. Toen Will zijn hand op zijn hoofd legde en er toen naar keek, was hij helemaal rood.

'Wil je het alsjeblieft proberen?' Haar stem beefde. 'Je bloedt vreselijk.'

Hij trok zichzelf op zijn voeten. De grond voelde niet stevig onder zijn voeten en hij werd misselijk.

'Je zult wel een hersenschudding hebben,' zei ze.

Ze pakte zijn arm en ze schuifelden over het erf. Toen ze de deur opende, leunde hij tegen de buitenmuur van het huis. Hij sloot zijn ogen en probeerde de duizeligheid te onderdrukken. 'Kom,' zei ze opbeurend. Ze pakte zijn arm weer. 'We zijn er bijna.'

De deur leidde naar een smal gangetje met rode tegels. Aan de muren hingen haken met regenjassen en zuidwesters. De vloer stond vol laarzen. Er stond een bak met wandelstokken en paraplu's.

Een deur aan het einde van de gang kwam uit in een grote keuken. Het licht en de warmte overvielen Will en hij viel bijna om.

'Ga maar gauw zitten,' zei ze en ze duwde hem in een stoel. 'Alsjeblieft.' Ze gaf hem een theedoek aan. 'Hou deze maar tegen je hoofd, dan ga ik verband halen.'

Toen hij alleen was, keek hij om zich heen in de kamer. Aan rekken aan het plafond hingen potten en pannen, en in een grote open haard knetterden houtblokken. Er stond een enorm fornuis met koperen knoppen en kleine laatjes, een grote tafel en een kast met serviesgoed. En boeken. Er lagen overal boeken. Op de tafel, in de kast, op de vensterbank. Achter de stoel waarop Will zat, stond een toren boeken. Hij keek naar het bovenste: *Roman Rye* van George Borrow.

Het meisje kwam terug in de keuken. Ze had verband en desinfecterend middel in haar handen. 'Maak je maar geen zorgen.' Ze keek hem trots aan. 'Ik word dokter.'

'Wat is er gebeurd?'

'Ik heb je geslagen.' Ze zag er gegeneerd uit. 'Ik dacht dat je een vos was. Er zit er een achter onze kippen aan. Ik probeerde hem weg te jagen. Het spijt me echt verschrikkelijk. Hoewel...' ze klonk een beetje geïrriteerd, 'het was niet de bedoeling dat ik je zag, hè? Wat deed je in hemelsnaam in de schuur? Ben je een zwerver? Mijn vader heeft vroeger gezworven.' Ze zag er ineens bezorgd uit. 'Je bent toch geen vriend van mijn vader, hè?'

Er scheen een straal licht door het raam; Will hoorde een auto. Voetstappen naderden de keuken. Will zette zich schrap: hij probeerde zich voor te bereiden op achterdocht, woede, razernij.

Will vermoedde dat de man die binnenkwam, ergens achter in de veertig was. Hij was kort en breed gebouwd, had dun, sluik, grijs haar, blauwgrijze ogen en scherpe gelaatstrekken. Toen hij Will zag, zei hij: 'Wat heb je in hemelsnaam gedaan, Philly?' Hij klonk meer geamuseerd dan kwaad. 'Ik ga even een paar uurtjes de deur uit en als ik terugkom, zit er een gewonde man in mijn keuken.'

'Ik heb hem met het cricketbat geslagen, pap.'

'Is dat zo? Zo te zien heb je goed gemikt.'

'Hij heeft misschien een paar hechtingen nodig,' zei Philippa optimistisch. 'Zal ik naald en draad gaan pakken?'

Vingers veegden voorzichtig Wills haar opzij. 'Dat is niet nodig, kindje. Ga jij maar even een kop thee voor die arme man zetten, dan repareer ik je handwerk.'

'Pap...'

'Thee, Philippa. En voor mij ook. Het regent pijpenstelen buiten.'

Will zei: 'Het spijt me verschrikkelijk, meneer, maar...'

'Ik denk dat ik mijn excuses moet aanbieden voor mijn vechtjas van een dochter.'

Will had ineens vreselijke behoefte Philippa te beschermen. 'Het is mijn schuld. Ik was in de schuur en ze dacht dat ik een vos was.'

'Een voorstelbare vergissing. Eens even kijken... Zo te zien is het minder erg dan het eruitziet. Ik kan je naar de dokter in Lincoln brengen, maar als je dat liever niet hebt, kan ik je zelf wel opknappen. En ik beloof je dat de naald en draad die mijn bloeddorstige dochter zo graag gebruikt wil zien, achterwege blijven. Wat denk je?'

'Ga uw gang,' zei Will.

'Goed. Wachtkamers zijn zulke deprimerende ruimten, vind je ook niet? Ik ben Harold Bellchamber, trouwens. En mijn dochter Philippa heb je al ontmoet.'

'Will Brown,' zei Will, zoals hij dat meestal zei als hij zich aan iemand voorstelde. Ze schudden elkaar de hand.

'Het desinfecterende middel zal wel even prikken, denk ik. Ik neem aan dat Philippa je over haar ambities als arts heeft verteld? Ze deed vroeger niets anders dan haar poppen en beren van top tot teen in verband wikkelen, en als een poesje of konijn de pech had zichzelf een beetje te bezeren, had het het zwaar te verduren in de handen van Philippa. Maar ik moet zeggen dat ik apetrots op haar ben. Dat zal ik altijd zijn, wat ze ook gaat doen. Ze probeert zich nu door haar Latijn te worstelen. Moeilijk hoor, voor een meisje van achttien, Latijn. Maar dat moet je kunnen als je arts wilt worden.'

Philippa kwam met een dienblad de keuken in lopen. 'Ik vertelde onze gast net dat je zo geniet van je studie Latijn, lieverd.'

'Jakkes.' Philippa trok een vies gezicht. 'Latijn is echt het ergste wat er is.'

'Dat vond ik ook altijd,' zei Will. 'Vooral toen ik het moest doceren.'

'Heb je Latijn gedoceerd?' Philippa kreeg grote ogen. 'Wat zielig.'

Will zei niets. Hij was geschokt over zichzelf. Hij sprak nooit over zijn verleden. Hij had het nooit over Will Chancellors verleden. Want Will Chancellor bestond niet meer. Die klap op zijn hoofd, of de aangenaam warme sfeer in de keuken, moest zijn tong hebben losgemaakt.

'Wat een vreselijke baan lijkt me dat,' zei Philippa meelevend. 'Waarom heb je Latijn gedoceerd? Waarom niet iets leuks? Scheikunde of kunstgeschiedenis? Waarom heb je geen...'

'Philippa, lieverd,' onderbrak Harold haar. 'Laat die arme man eens even met rust. Hij wordt vast doodmoe van al die vragen. Mijn dochter is nogal nieuwsgierig, ben ik bang, Will. Dat is heel vaak een goede eigenschap, daar twijfel ik niet aan, maar af en toe is het een tikje vermoeiend.' Hij deed een stap achteruit. 'Zo. Klaar. Nu nog even iets eten en dan voel je je weer helemaal het heertje.'

'Dat kan ik niet...'

'Natuurlijk wel. Ik maak altijd te veel, je weet maar nooit wie er onverwacht op bezoek kan komen. Je zou ons ervan afhelpen.'

Will zat ineens met Harold en Philippa aan tafel. Het gesprek was ongedwongen en vrolijk, gemakkelijk en onderhoudend, en de radio stond zachtjes op de achtergrond aan. Na het eten zei Harold: 'Het logeerbed is opgemaakt, hè, Philly?' Will, die niet moest denken aan nog een nacht in regen en kou in een greppel, protesteerde alleen voor de vorm. Na een heerlijk warm bad trok hij de pyjama aan die als bij toverslag op het logeerbed was verschenen en rolde zich op tussen de schone lakens. Hij viel onmiddellijk in slaap en droomde dat hij was thuisgekomen.

Thuis. Will had geen idee op hoeveel plaatsen hij had gewoond sinds hij uit Dorset was gevlucht. Kamers in Londen, logementen in het noorden van Engeland, caravans, schuren, boerderijen en greppels. Maar hij was nergens thuis geweest.

Drie jaar geleden had Will in een smoezelige pub in Paddington een krant opengeslagen en over zijn eigen dood gelezen. De krant had het zinken van de *Katie Rose* en het aangenomen verlies van de opvarenden beschreven. *Alle drie de mannen worden vermist en men veronderstelt dat ze zijn verongelukt. John Gamble en William Chancellor hebben beiden een weduwe achtergelaten, Michael Gamble was niet getrouwd. Verscheidene bewoners uit het stadje spraken over de vele tragedies die zich recent hebben afgespeeld rond vissersboten en mijnen. Maurice Chancellor, een neef van Wiliam, zei: 'Dit ongeluk is een schokkende tragedie. De jonge mannen zullen vreselijk worden gemist.'*

Toen hij in die pub had gezeten, had Will zich vrij gevoeld. Hij, die ernaar had verlangd opnieuw te beginnen, had een ongelooflijke kans aangeboden gekregen dat te doen. Hij had de krant vastgegrepen en alleen blijdschap en opluchting gevoeld. Een paar dagen later had hij in een pub in Baker Street onder een valse naam een vervalst bonnenboekje gekocht. Zonder bonnenboekje kon je niet eten en Will Chancellor – de overleden Will Chancellor – zou er natuurlijk nooit een krijgen.

Hij vond een baantje en onderdak. Die eerste paar dagen had hij zich vreemd zorgeloos gevoeld. Soms had hij zichzelf betrapt op de gedachte dat hij iets was vergeten, was verloren. Zijn jas, of misschien zijn portemonnee. Het had dan even geduurd voor het tot hem was doorgedrongen dat zijn opgewektheid werd veroorzaakt door het feit dat hij niet piekerde. Het was een heerlijk, gelukzalig gevoel geweest te weten dat hij die nacht niet badend in het zweet wakker zou worden en niet in angst zou hoeven te zitten over wat de volgende dag zou brengen.

In eerste instantie had hij niets anders dan opluchting gevoeld. Hij had afstand gehouden van andere mensen en betrokkenheid ontweken. Hij was soms alleen even van zijn stuk gebracht als hij aan zijn ouders had gedacht. Maar hij had tegen zichzelf gezegd dat Rick erger was. Had hij ze door te verdwijnen niet voor de vreselijkste schande behoed? Als ze konden kiezen, zouden zijn ouders dan niet liever een tragisch omgekomen zoon van goed karakter hebben dan een crimineel?

Die eerste winter had hij van dag tot dag geleefd en werk aangenomen waar hij het had kunnen vinden. Een paar dagen landarbeid, een klus als chauffeur naar Dover. Zijn werkgevers waren het soort mensen geweest dat geen vragen stelde en geen papieren wilde zien. Hij had vaak honger gehad en het altijd koud gehad. De mensen die hij in die maanden had gezien, waren vage schimmen, het uitschot dat je in logementen aantreft: voormalige soldaten die zich niet meer aan het burgerleven kunnen aanpassen, weduwen die van vreselijk kleine pensioentjes moeten rondkomen, jonge knullen die – ondervoed en veel te klein voor hun leeftijd – hun korte leventje hadden doorgebracht in een eindeloze reeks kindertehuizen.

Maar uiteindelijk was het verdoofde gevoel dat hem in eerste instantie had beschermd, verdwenen. Er was langzaam een schil van hem afgevallen en stukje bij beetje was er weer iets van gevoel tot hem doorgedrongen. Hij had niet genoeg geld gehad en had zich vaak ziek gevoeld. Londen was als een gevangenis gaan voelen, dus was hij naar het noorden gereisd en had in Leeds werk gevonden bij een groenteboer. Hij had een kamer gehuurd in een villa van een vrouw wiens man in de oorlog was gesneuveld. In de zomer had hij het logement verlaten, omdat zijn hospita hem te aardig was gaan vinden, hem in haar zitkamer was gaan uitnodigen en hem met vragen over zijn familie en achtergrond was gaan bestoken. In het Trough of Bowland, met de hoge, glinsterende berkenbomen en snelstromende riviertjes, had hij tijdelijk werk op een boerderij gevonden en zijn inkomen aangevuld met klusjes in het dorp. Toen de boerendochter hem had proberen te versieren, was hij verder getrokken. Hij was per slot van rekening een getrouwd man.

De cyclus was verder gegaan. Opnieuw beginnen, onderdak vinden, doorgaan. Tegen die tijd had hij ontdekt dat hij bepaalde dingen niet kon doen: zijn eigen naam gebruiken, naar het buitenland reizen, intiem met iemand worden. Intimiteit vereiste de waarheid. Zijn eenzaamheid was aan hem gaan knagen en had hem af en toe bijna tot wanhoop gebracht. Hij had te veel gedronken en slecht geslapen. Als hij aan zijn familie had gedacht, was dat met een mengeling van opluchting en intense spijt. Hij had zich gerealiseerd dat hij iets waardevols, iets onvervangbaars, had weggegooid. Niet langer in staat de enormiteit van wat hij had gedaan te ontkennen, had hij het gevoel gekregen dat er achter het uiterlijk dat hij aan de wereld liet zien, niets verborgen ging. Hij was een buitenkant, zonder naam, zonder geschiedenis, zonder verbinding met de rest van de mensheid. Door zich dood te houden, was Will Chancellor opgehouden te bestaan.

Dus was het een logische stap om te concluderen dat aangezien hij niet meer bestond, hij net zo goed dood kon zijn. Niemand zou hem missen en niemand zou om hem rouwen.

Hij had een caravan in de buurt van het strand bij Bamborough gehuurd; hij had aspirines gekocht en een fles whisky om ze mee in te nemen. Maar de aspirines waren in zijn keel blijven steken, hij had moeten kokhalzen en toen was hij naar buiten gelopen met in zijn ene hand de fles whisky en in zijn andere een touw om een boom te zoeken waaraan hij zichzelf kon ophangen. Maar de duinen waren een boomloze vlakte; uiteindelijk was hij ergens gaan liggen en was tussen het helmgras in slaap gevallen. Het touw was uit zijn handen gevallen en de overgebleven whisky was op het mulle zand gelopen.

Toen hij de volgende ochtend wakker was geworden, met een bonzend hoofd en in kleren die naar alcohol en braaksel stonken, was hij door de duinen verder gestrompeld. Hij was het strand op naar de zee gelopen. Toen hij er tot zijn middel in had gestaan, had hij zich gerealiseerd dat hij iets moest beslissen. Hij kon doorlopen of teruggaan. Will had zijn ogen gesloten en de kou van het water was met een schok tot hem doorgedrongen. De natte, zoute golven hadden hem schoongespoeld. Na een tijdje was hij naar het strand teruggegaan.

Het was letterlijk een keerpunt geweest. Na die dag was hij gestopt met drinken en wandelingen van zeven kilometer langs het strand gaan maken, zodat hij 's avonds kon slapen. Terwijl hij over het witte zand had gelopen, had hij nagedacht over wat er de jaren daarvoor allemaal was gebeurd. Hij was bepaalde waarheden onder ogen gekomen: dat hij de enige was die verantwoordelijk was voor de puinhoop die zijn leven was; dat hij de liefde en het vertrouwen van zijn ouders had terugbetaald met oneerlijkheid en desertie; dat zijn eigen misrekeningen hem bij Rick Hunter hadden gebracht.

En wat betreft Julia moest hij toegeven dat hij haar – tenminste gedeeltelijk – had willen hebben omdat Jack haar had begeerd. Door haar van Jack te winnen, had hij gehoopt een deel van Jacks kracht en zelfvertrouwen over te kunnen nemen. Door met Julia te trouwen zou hij eindelijk Jacks gelijke worden. Maar dat was natuurlijk niet gebeurd en hij had altijd het knagende vermoeden gehad dat Julia meer van Jack had gehouden dan van hem. Zijn angsten hadden hem onzeker en ontoegankelijk gemaakt en hij had er, toen zijn zaak in de problemen was geraakt, Julia niet door in vertrouwen durven nemen. Toen ze had aangeboden hem te helpen, had hij haar afgewezen. Toen hij door het raam van Jacks cottage op Sixfields had gekeken en Julia en Jack elkaar had zien omhelzen, waren zijn vreselijkste angsten waarheid geworden. Nu vroeg hij zich af of hij haar in Jacks armen had gedreven.

Hij was alles heel langzaam in perspectief gaan zien; hij begon zichzelf langzaam te vergeven. Hij sliep goed, voelde zich sterker worden en voelde heel af en toe iets wat op tevredenheid leek. Niet het verdoofde gemis aan gevoel dat hij had gehad nadat hij uit Londen was weggegaan, maar iets anders: misschien het begin van een hervonden evenwicht en zelfrespect. Ooit was hij achtervolgd door ondraaglijke angsten, maar hij was nu bijna nooit meer bang. Soms had Will het gevoel dat hij echt een ander was dan degene die in 1948 in blinde paniek was weggevlucht van een zee van zorgen.

Op Coldharbour Farm hielp Will in het huishouden en met Harolds groentetuin; 's avonds hielp hij Philippa met haar Latijn. Hij vond het leuk hen samen te zien, de vader met zijn dochter. Philippa was druk, nieuwsgierig, energiek; Harold was sereen en niet van zijn stuk te brengen. Ze hadden vreselijk vaak ruzie, maar helemaal niet venijnig en hun gekibbel ging niet over de zaken waarover je zou verwachten dat een vader en zijn achttienjarige dochter zouden ruziën: bedtijd en vriendjes en het gebruik van lippenstift. Harold leek zijn dochter absolute vrijheid te geven; Philippa koos er zelf voor helemaal geen make-up te dragen, ze droeg over het algemeen een wijde trui met een corduroy broek en was totaal niet geïnteresseerd in jongens. In plaats daarvan maakten ze ruzie over de vraag of mensen wel of geen vlees moesten eten, of achttienjarigen stemrecht moesten hebben en of auto's het landschap zouden verzieken.

Na twee weken pakte Will zijn rugzak. Hij was verbaasd dat hij zich zo ellendig voelde. Hij dacht dat hij aan het zwerversbestaan gewend was geraakt. Harold was in de keuken. Will hield zijn zorgvuldig voorbereide toespraak over niet langer blijven dan leuk was en sprak zijn dank uit voor de gastvrijheid van de familie Bellchamber. Harold luisterde geduldig naar wat hij te vertellen had en zei toen: 'Je hoeft niet weg, hoor.'

Verrast door Harolds woorden, mompelde Will iets onverstaanbaars.

Harold haalde wat tabak uit een leren buideltje. 'Waar ga je heen, Will?'

'Dat weet ik nog niet.'

'Wat heb je de afgelopen tijd gedaan?'

Dat waren twee vragen meer dan alle vragen die Harold hem tijdens zijn verblijf had gesteld. 'Van alles,' zei Will vaag. 'Ik heb veel gereisd.'

'Ik ook, toen ik jonger was. Ik had allerlei romantische gedachten over het zwerversbestaan. Ik dacht dat ik me er bevrijd door zou voelen.'

Will dacht terug aan de pub in Paddington waar hij het bericht over de *Katie Rose* had gelezen. In zijn naïviteit had hij zich toen bevrijd gevoeld.

Harolds volgende woorden gaven stem aan Wills gedachten. 'Dat soort vrijheden wordt na een tijdje oppervlakkig, hè? Dan ga je verlangen naar een thuis. Bij mij duurde het een jaar.'

'Ben je toen hier gaan wonen?'

Harold schudde zijn hoofd. 'Nadat ik was getrouwd, hebben mijn vrouw en ik in Manchester gewoond. In 1933 werd Philippa geboren. In 1936 ben ik naar Spanje gegaan om tegen de fascisten te vechten. Ook zo'n romantisch idee.' Hij stopte wat tabak in de kop van zijn pijp. 'Nadat ik uit Spanje was teruggekomen, heb ik de boerderij gekocht. Ik had me vrijwillig aangemeld bij het leger, maar dat wilde me niet.'

'Vanwege je gezondheid?' vroeg Will vriendelijk.

'Vanwege mijn politieke overtuigingen,' zei Harold. Hij hield een lucifer bij zijn pijp. 'Het leger wees me af omdat ik in Spanje had gevochten. Ik ben een tijdje lid geweest van de communistische partij en ik denk dat het leger bang was dat ik een herrieschopper was.' Hij trok aan zijn pijp. 'Sindsdien heb ik hier gewoond. Mijn vrouw is bij ons weggegaan toen Philly tien was. Vrouwen krijgen een keer genoeg van al die romantiek, Will. Sinds die tijd woon ik hier met Philly.'

Harold stak het tabaksbuideltje in de zak van zijn jasje. 'We hebben door de jaren heen heel wat bezoek gehad, hier. Philly is eraan gewend. Ze vind het leuk.'

Will hupte ongemakkelijk van zijn ene op zijn andere voet. 'Ik moet gaan, Harold.'

'Is dat zo?' Harold keek hem recht in de ogen. 'Weet je dat heel zeker?'

'Ik heb lang genoeg gebruikgemaakt van jullie gastvrijheid.'

'Je bent ons niet tot last. We vinden het leuk dat je er bent.' Harold staarde voor zich uit. 'Ik heb in één oorlog gevochten en was niet goed genoeg voor een andere. Dat soort dingen stemt je tot nadenken. Daarna ben je nooit meer dezelfde. Dingen zijn niet zo zwart-wit als ze soms lijken.' Hij trok aan zijn pijp. Toen zei hij: 'Je kunt nergens heen, hè, Will? Als je ergens heen kon, was je allang weggeweest.'

Wills hart bonsde. Harold zei vriendelijk: 'Je hoeft niet bang te zijn. Ik wil me nergens mee bemoeien. Wat je ook gedaan hebt... wie je ook bent... dat zijn jouw zaken, Will, niet de mijne.'

Er viel een stilte. Toen zei Harold: 'Zoals ik al zei, hebben we hier de afgelopen jaren heel wat bezoekers gehad. Sommigen van hen kende ik nog uit mijn zwerversdagen. Sommigen waren arme zielen die hun huis waren verloren in de blitz en nergens meer tot rust konden komen. Een van hen was een deserteur. Een ander was dienstweigeraar.'

Harold was even stil en streek nog een lucifer aan. Will keek naar hem. Hij had het gevoel dat hij aan het koorddansen was.

'Niet iedereen is geschikt voor militaire dienst,' zei Harold. 'Ik kan het die jongens niet kwalijk nemen. Na Spanje weet ik dat een man niet is gemaakt om te vechten. Vechten is het slechtste in een man, niet het beste.'

Will staarde Harold aan. Hij fluisterde: 'Wat bedoel je?'

'Dat ik je niets zal vragen en dat jij me niets hoeft te vertellen. En dat je in de treinwagon kunt wonen, als je dat wilt. Dan heb je een eigen stekje. En ik kan best iemand gebruiken die een beetje Latijn kent.'

'Latijn?' Will was helemaal in de war.

'Ik heb een avondschool in Lincoln. Af en toe wordt er om Latijn gevraagd.'

Will was sprakeloos. Harold zei: 'Wat denk je ervan? Zal ik je de treinwagon laten zien? En denk er dan maar eens rustig over na. Ik zal even een zaklamp pakken, dan kun je de vochtplekken en de roest goed bekijken. Wat denk je ervan, Will?'

Hij had eindelijk zijn stem terug. 'Graag,' zei hij.

Deel IV

De lange weg naar huis

1952-1953

16

Topaz' cateringbedrijf groeide gestaag. Ze kookte voor dineetjes, buffetten en recepties en huurde, als dat nodig was, via een uitzendbureau extra serveersters en keukenhulp in. De rijke mensen die ze via Charlie had leren kennen, waren een vruchtbare bron van cliëntèle. Ze was dol op haar werk, vond de chique uitstraling van de gelegenheden waarvoor ze kookte heerlijk en genoot ervan dat haar werktijden zo flexibel waren, dat ze de mensen die ze wilde zien, kon blijven zien en de dingen die ze wilde doen, kon blijven doen.

Begin 1952 nam ze Helena, die was teruggekeerd naar Londen, in dienst. Helena had besloten dat ze niet meer voor het theater wilde werken. Dat leven sprak haar niet meer aan. Ze zocht iets regelmatigs en had altijd van koken gehouden. Topaz had het zonder Helena nooit gered en ook niet zonder Jerry, die hen vaak naar de huizen waar de feestjes werden gegeven, reed.

Helena en Jerry trouwden in het voorjaar. Je kon maar het beste blij zijn met wat je kon krijgen, zei Helena op een avond tegen Topaz, toen ze in het kleine tuintje achter Topaz' appartementje een fles wijn zaten te drinken. Jerry was een lieve, vriendelijke man en het was heerlijk je zo bemind te voelen.

Topaz was de enige van het oude vriendenclubje uit het café op Leicester Square die de kleine huwelijksplechtigheid bijwoonde. Ze waren Claudette en Mischa uit het oog verloren en Francesca kon niet komen omdat ze net was bevallen van haar tweede kind. Charlie was nog in Amerika. Ook hij was getrouwd. De ceremonie had aan het begin van het jaar plaatsgevonden, nadat Jennifers scheiding van Brian een feit was. Toen Topaz het nieuws hoorde, had ze een mengeling van verbittering en jaloezie gevoeld. *Trouwen*, herinnerde ze zich nog dat Charlie had gezegd, *ik hou niet van al die verplich-*

tingen... regeltjes... dan is de lol er al snel af. Nou, het heeft niet lang geduurd voor je daar anders over bent gaan denken, hè, Charlie Finch?

In de zomer ging ze naar Zuid-Frankrijk, waar ze bij een nicht van Angélique logeerde. Ze werd verliefd op het landschap in de Provence, met de luie hitte en de lucht die naar tijm en lavendel rook. In september ging ze voor het eerst naar Italië. Ze ging een paar dagen naar Florence en reisde toen door naar Umbrië, waar ze in een villa in de buurt van Assisi verbleef en everzwijnenpaté met salie en boter leerde maken. De eigenaar van de villa kende Mary Hetheringtons echtgenoot, die op de Britse ambassade in Rome had gewerkt.

Ze bleef contact met de familie Temperley onderhouden. Marius werkte weer fulltime in de werkplaats in Great Missen en Julia was naar Londen vertrokken, waar ze de afdeling verkoop en de werkplaats daar leidde. Door deze regeling kon Marius meer tijd met Tara doorbrengen en had Julia opnieuw kunnen beginnen in de stad. Het ging beter en beter met Temperleys Radio's. Ongeveer eens per maand brachten Topaz en Marius samen een avond door. Hoewel ze allebei onuitgesproken de pretentie hooghielden dat hij kwam om haar met haar boekhouding te helpen, was Topaz er al snel achter gekomen dat de boekhouding van zo'n klein bedrijfje als het hare helemaal niet zo ingewikkeld was. Ze veronderstelde dat ze een excuus nodig hadden om elkaar te zien; ze wist niet waarom. Door hun avonden samen kon ze gemakkelijk een oogje op Marius blijven houden, zodat ze zeker wist dat het goed met hem ging. Ze nam aan dat hij haar grotendeels uit gewoonte kwam opzoeken en omdat sinds Wills verdwijning, Suzannes dood en Jacks emigratie iedereen het onaangename gevoel had dat de oude vriendenkring en de familie steeds meer uit elkaar begonnen te vallen.

Soms dacht Topaz terug aan hoe ze zich had gevoeld toen ze zeventien was: haar verlangen ergens bij te horen, bij een familie, een vriendenkring, een stel, wat dan ook. Nu had ze een overvol adressenboekje; als ze wilde, kon ze elke avond met iemand afspreken. Als ze nu een pub, club of restaurant binnenliep, was er altijd wel iemand die haar naam riep en vroeg of ze erbij kwam zitten. Dat die vrienden allemaal niet meer werden dan vrienden, kwam, dacht ze, doordat ze het te druk had om verliefd op iemand te worden. Dat ze zich soms nog steeds – vooral 's nachts – afvroeg, of haar volle adressenboekje niet meer was dan een soort toverspreuk om het hardnekkige gevoel dat ze ook nu nergens bij hoorde, mee te verjagen, was onzin, bedacht ze zich geïrriteerd.

Tara zei: 'Mag ik ze pellen, tante Topaz? Dat vind ik leuk.'

Topaz deed de hardgekookte eieren in een vergiet en draaide de koude kraan open. 'Dat moet zo.' Ze tikte met de bolle kant van een lepel op een eierschaal.

Marius waarschuwde haar: 'Dat wordt roerei.'

'Dan doe ik er wat mayonaise door en dan is het eiersalade. Ik twijfel toch altijd aan hardgekookte eieren. Vooral voor een buffet. Ik vind ze eigenlijk nogal truttig. Maar Lydia vroeg erom.'

Het was eind november. Topaz verzorgde die avond de catering voor een vriendin van Mary Hetherington, Lydia Prescott. Lydia woonde in Bloomsbury en aangezien Jerry griep had en Marius in Londen was voor zijn werk, had hij aangeboden Topaz te brengen.

Ze keek snel om zich heen in de keuken. 'Volgens mij zijn we bijna klaar. Wat fijn dat je wilt helpen, Marius.' Ze dekte de gerookte kalkoen af en controleerde of de dekseltjes van de bakken salade goed dichtzaten. Ze fronste. 'Hoe laat is het?'

'Bijna zes uur.'

'Hemel. Ik moet me nog omkleden.'

'Ga jij je maar rustig klaarmaken. Dan zet ik alles wel in de auto.'

'Dank je, lieve Marius.' Ze kuste hem op zijn wang en rende haar slaapkamer in, waar ze in haar klerenkast keek. Ze trok altijd iets leuks aan als ze de catering voor een feestje deed. Het zou veel te gemakkelijk zijn, had ze heel lang geleden al besloten, om maar gewoon een broek met een blouse en een vies schort aan te trekken, dus had ze in een winkeltje op Brompton Road een kleine collectie cocktailjurkjes aangeschaft.

Ze koos het roodfluwelen en deed haar haar in een vlecht. Ze trok een zwart lijntje langs haar bovenste oogleden en deed lippenstift in de kleur van haar jurk op. Zoals altijd als ze ergens de catering deed, voelde ze een mengeling van bezorgdheid en opwinding. Alsof het haar feestjes waren, wat het eigenlijk ook wel een beetje waren, vond ze. Nadat ze haar gouden oorbellen had ingedaan en een beetje parfum had opgedaan, keek ze nog een keer in de spiegel. 'Zo moet het maar,' zei ze tegen haar spiegelbeeld en ze liep de kamer uit.

Toen ze de keuken kwam binnenlopen, keek Marius op. Ze zag dat zijn ogen een beetje groter werden. Ze draaide een rondje. 'Hoe vind je mijn jurk?'

'Je ziet er geweldig uit. Ben je klaar?'

Ze keek op haar lijstje. 'Kalkoen... kalfsvlees... salades... augurken... Ik denk het wel.'

Aangekomen in Bloomsbury, laadde Marius de dozen uit de auto en zette ze in de keuken. 'Ik denk dat dat alles is. Hoe laat ben je klaar?'

'Om een uur of negen, hoop ik.'

'Bel me maar, als je wilt. Dan gaan we ergens iets drinken.'

Topaz was een halfuur bezig met het snijden van de kalkoen en het afmaken van de salades. Om zeven uur kwamen de serveersters en om halfacht de gasten. Omdat ze de meeste gasten in de afgelopen jaren had leren kennen en omdat Lydia Prescott erop aandrong, kwam ze toen het buffet was geserveerd, de keuken uit en voegde zich bij het gezelschap. Lydia's man gaf haar een drankje en Mary Hetherington stond in een hoek van de kamer naar haar te zwaaien. Een jongeman bood aan een bord eten voor haar te halen, maar ze schudde haar hoofd en zei: 'Aardig dat je het aanbiedt, maar ik heb dat eten een beetje te lang gezien.'

'Jij hebt het klaargemaakt, hè? Dat vertelde Lydia al. Daarom wilde ik mezelf even aan je voorstellen. Nou ja, mede daarom. Heerlijk eten. Ik kan zelf nog geen ei koken.'

'Eerlijk gezegd is een ei koken nog helemaal niet zo gemakkelijk. Dat denkt iedereen wel, maar dat is niet zo.'

Terwijl ze haar gin-tonic dronk, bestudeerde ze hem stiekem. Hij was midden twintig, schatte ze, lang, blond, met blauwe ogen.

Hij zei: 'Ik heb altijd vreselijk veel bewondering voor mensen die praktische dingen doen.'

'Wat doe jij dan?'

'O, ik knoei een beetje met getallen.' Hij gaf haar een hand. 'Ik ben Christopher Catchpole. En jij bent Topaz Brooke, nietwaar? Dat zei Mary.' Hij glimlachte. 'Kan ik echt niets voor je halen?'

'Ik wil nog wel iets drinken.'

Ze keek hoe hij tussen de mensen verdween. Mary Hetherington kwam naast haar staan. 'Vreselijk rijk,' fluisterde ze. 'Hij is effectenmakelaar. Ontzettend succesvol. En hij is pas zevenentwintig. Hij wilde je per se ontmoeten.' Ze keek Topaz veelbetekenend aan. 'Wat vind je van hem?'

'Hij is perfect,' zei ze luchtigjes. 'Aantrekkelijk, rijk... en zo te zien is hij geen seriemoordenaar en heeft hij geen opvallende walgelijke gewoonten.'

Maar toen ze aan het einde van de avond in de keuken stond op te ruimen en Mary zei 'Nou?', haalde ze haar schouders op.

Hij heeft me meegevraagd naar een nachtclub, maar ik heb nee gezegd.'

'O, Topaz.' Mary zuchtte. Ze leunde tegen de tafel. 'Je hebt dat artikel in *Picturegoer* zeker gelezen?'

Helena had haar het blad een paar dagen geleden laten zien. Charlie en Jennifer hadden een feest gegeven in hun huis in Beverly Hills. De foto's bij het artikel waren nogal vaag, waardoor Charlies aantrekkelijke gezicht heel slecht te zien was.

'Honderd gasten,' zei Topaz. 'Stel je die catering eens voor. Al die vol-au-vents.'

'Is het je opgevallen,' zei Mary venijnig, 'dat er meer foto's van de gasten in stonden dan van Charlie en Jen? Dat gevaar loop je als je gasten beroemder zijn dan jijzelf.'

Topaz zette haar dozen als matroesjka's in elkaar. 'Maar daarom heb ik geen nee gezegd. Dat heeft niets met Charlie te maken.'

'Waarmee dan wel? Ik weet wel tien mannen die stapelverliefd op je zijn en je kijkt niet eens naar ze.'

'Dat is niet waar. Ik ga regelmatig uit.'

'Een of twee keer. En zodra het serieus dreigt te worden, zet je ze tactisch aan de dijk. Ik weet dat je dat doet, lieverd, want ze komen allemaal op mijn schouder uithuilen. Ik zou bijna gaan denken dat je een geheime minnaar hebt waar we niets van weten. Wat gemeen van je, Topaz.'

'Ik heb niemand,' zei ze. Dat was waar; ze had sinds Charlie geen relatie meer gehad.

Mary zei streng: 'Je moet het eens proberen. Maar je moet er wel een beetje je best voor doen.'

'Dat doe ik ook.' Ze deed haar keukengereedschap in een tas. 'Ik weet niet waarom het niet werkt. Ze zijn allemaal best aardig. Alleen...' Ze hield op met praten. Ze wist echt niet waarom de mannen die in haar waren geïnteresseerd, haar geheel onverschillig lieten, en waarom ze na Charlie op niemand meer verliefd was geworden. Niet dat ze dat niet wilde. Het leek haar best leuk weer verliefd te worden; ze herinnerde zich nog wel dat je je heerlijk voelde als je verliefd was.

Ze zei vaag: 'Ik heb het gewoon te druk. Met al die feestjes en mijn moeder.'

Mary keek haar begrijpend aan. 'Hoe is het met haar?'

Topaz had maar twee mensen in vertrouwen genomen over haar moeders drankprobleem: Mary en Helena. Verder had ze het er met niemand over gehad. Niet met Julia en al helemaal niet met Marius. Ze wist ook niet waarom ze dat niet had gedaan. Omdat ze maar bleef denken dat het op een bepaalde manier iets over haar zei, dat haar moeder elke morgen voor het middaguur haar eerste drankje nam en het laatste rond middernacht, soms zonder veel pauzes daartussen. En omdat ze wilde dat zo weinig mogelijk mensen wisten dat er iets was – drank, verbittering of gewoon het verstrijken van de tijd – wat Veronica Brooke met zich meesleepte en wat haar beroofde van de schoonheid die ze altijd zo vanzelfsprekend had gevonden. En dat ze eenzaam, zonder vrienden of echtgenoot, achter dreigde te blijven. Het leven van haar moeder was zo leeg, dat het Topaz beangstigde en het moeilijk voor haar maakte niet in te gaan op de dronken verzoeken die Veronica haar laat op de avond deed.

'Het gaat niet echt geweldig,' zei ze. 'Ze heeft een hekel aan de winter. Ze haat de kou en de mist. Ze is in India opgegroeid.'

'Op Harley Street woont een geweldige man,' zei Mary vriendelijk. 'Hij heeft een kliniek op het platteland.'

'Misschien zal ik dat eens tegen haar zeggen.' Maar ze wist dat ze dat niet zou doen. Ze hoorde haar moeders stem in haar hoofd: 'Mij krijg je niet in een of ander gesticht, Topaz.'

Ze nam afscheid van Mary en haastte zich naar huis. Ze zou even snel in bad gaan en dan Marius bellen.

Ze zat net in bad, toen de telefoon ging. Ze sloeg een handdoek om zich heen en verwachtte Marius' stem te horen. Maar de stem aan de andere kant stelde zich voor als mevrouw Foley, een buurvrouw van Veronica. Mevrouw Foley legde uit dat Topaz' moeder haar voordeursleutel kwijt was. Er viel een tactvolle stilte en toen zei mevrouw Foley: 'En ze voelt zich niet zo lekker.'

Topaz droogde zich snel af, trok een rok en trui aan en stapte op de bus naar Bayswater. Haar moeder zat bij mevrouw Foley in de woonkamer op de bank. De hele inhoud van haar handtas lag over de bank verspreid en ze was op zoek naar haar sleutel. Er vielen lippenstiften op de grond en er rolden pillen uit pillendoosjes. Veronica's elegante hoed stond een beetje scheef op haar hoofd.

Topaz schoof alles terug in de handtas en liep met haar moeder naar beneden.

'Maar ik kan helemaal niet lopen,' klaagde Veronica en ze wreef over haar enkel. 'Ik ben gestruikeld. Over dat tapijt op de trap.' Ze leunde zwaar op Topaz' schouder en haar vingers knepen in haar arm. Toen Topaz de voordeur opende, zei Veronica geïrriteerd: 'En Basil had me nog zo beloofd dat hij me zou thuisbrengen.'

'Basil?'

'Je weet wel. Die majoor.'

Er waren in Veronica's leven heel wat majoors en kolonels gekomen en gegaan. Ze smolten samen in Topaz' hoofd, allemaal identiek gekleed in een pied-de-poule jasje met een kastanjebruine choker.

Ze hielp haar moeder in een stoel. Veronica zei: 'Hij is natuurlijk niet echt een majoor.' Ze lachte cynisch. 'Vast wel officier in een of ander piepklein regimentje. Dat zie ik altijd meteen. Hij gedraagt zich er niet naar. Dat zie je zo.'

Topaz trok Veronica's schoenen uit. 'Waarom ga je dan met hem om?'

'Ik heb niet zo gek veel keus de laatste tijd. Er zijn maar zo weinig heren tegenwoordig.'

'Volgens mij is je voet prima in orde...'

'Hij doet pijn.' Veronica trok een pruillip. 'Maak je even een drankje voor me, lieverd? Zo'n lekkere martini?'

'Ik zal even een teiltje koud water voor je voet halen.'

Toen ze de kamer weer in kwam met een teiltje, zei Veronica somber: 'Misschien had ik moeten hertrouwen.' Haar gezicht stond verbitterd en teleurgesteld.

Topaz vroeg nieuwsgierig: 'Waarom heb je dat niet gedaan?'

Veronica's saffierblauwe blik was leeg en verward. 'Ze voldeden niet aan mijn eisen, denk ik. En ik had geen zin dat allemaal nog eens door te moeten maken.'

'Wat, mama?'

'Seks.' Haar mond vertrok in afschuw. 'Misschien had het wel anders kunnen zijn...'

'Wat?'

'Ik was al een keer bijna verloofd geweest, wist je dat?'

'Voor je met papa verloofd was?'

'Mmm.' Veronica stak een sigaret op. 'In mijn eerste seizoen heb ik tien huwelijksaanzoeken gehad. Het halve regiment was verliefd op mij. En er was wel iemand... maar dat liep op niets uit. Zijn familie was niet van goede komaf. Nouveau riche, noemde mijn vader dat soort mensen. Je moet behalve geld ook de goede achtergrond hebben, hè?' Ze nam een trekje van haar sigaret en sloot haar ogen. 'Maar toch ben ik me altijd blijven afvragen...'

'Wat, mama?'

'Of ik gelukkig had kunnen zijn.'

Er viel een stilte. Toen mompelde Veronica. 'Misschien wel niet. Met hem was het waarschijnlijk niet anders geweest.' Ze lachte verbitterd. 'In het donker ziet iedereen er hetzelfde uit, nietwaar?'

Topaz zei: 'Ik zal even iets te eten voor je maken en dan moet ik weg. Ik ga wat drinken met Marius.'

'Die jongen van de Temperleys?' Topaz knikte.

'Is die alweer getrouwd?'

'Natuurlijk niet.'

'Dat doen mensen, hoor. Dat ik dat nou niet heb gedaan... Dat ik nu trouw ben gebleven aan Thomas...'

'Ik zal even een boterham voor je smeren,' zei Topaz en ze liep de keuken in. Ze zag op de keukenklok dat het bijna tien uur was. Ze smeerde snel een boterham.

Toen hoorde ze haar moeder hardop peinzen: 'Je zou het slechter kunnen treffen, hoor.'

'Wat bedoel je, mama?'

'Dan Marius Temperley. Je zou het slechter kunnen treffen dan met Marius Temperley. Er zit genoeg geld in die familie.'

Ze liep de kamer weer in. 'Ik begrijp niet wat je bedoelt, mama.'

'Doe niet zo naïef, Topaz.' Veronica's aansteker klikte aan. 'Ik zou het je niet kwalijk nemen als je Marius Temperley aan de haak zou slaan. Als ik een paar jaar jonger was...'

Aan de haak slaan... Ze zei stijfjes: 'Marius en ik zijn gewoon vrienden.'

Veronica blies een wolkje rook uit. 'Als je dat denkt, ben je nog dommer dan ik al dacht. Mannen en vrouwen zijn nooit gewoon vrienden. Hij is natuurlijk een paar jaar ouder dan jij, maar dat maakt niets uit. En zoals ik al zei: zijn familie is rijk.' Veronica keek haar dochter berekenend aan. 'Denk maar niet dat je je geen zorgen hoeft te maken over geld, lieverd. Die verdomde socialistische regering heeft zo'n beetje al mijn spaargeld ingepikt, dus verwacht maar niet te veel als ik er niet meer ben. De Temperleys zijn eigenlijk gewoon handelaren, maar je kunt niet al te kritisch zijn, tegenwoordig.' Ze lachte. 'Kijk nu maar niet zo boos. En vertel me niet dat je er niet over hebt nagedacht, want dat geloof ik toch niet.'

Veronica stond op, strompelde naar de kast en schonk een drankje voor zichzelf in. 'Ik zou niet te lang wachten als ik jou was. Er zijn altijd heel wat kapers op de kust. Ik weet dat je denkt dat hij de rouwende weduwnaar is, maar hij houdt het heus niet lang vol in dat lege bed, dat houdt geen man lang vol.' Ze lachte weer. 'En je kunt natuurlijk altijd doen wat dat sletje hem heeft geflikt. Als je hem in bed krijgt en zorgt dat je zwanger raakt, trouwt hij zo met je. Hij is toch zo'n eerbaar type?'

Topaz kon het niet langer verdragen met haar moeder in dezelfde ruimte te zijn. Ze liep terug naar de keuken en sneed razend kaas en tomaten. Toen smeet ze het bord op een bijzettafeltje in de zitkamer en mompelde: 'Ik moet weg.' Ze greep haar jas en rende het appartement uit. *Ik zou het je niet kwalijk nemen als je Marius Temperley aan de haak zou slaan... en vertel me niet dat je er niet over hebt nagedacht...*

Maar dat had ze niet, niet echt. Ze had Marius heel erg lang als niet meer dan haar oudste en meest dierbare vriend gezien. Toen ze zeventien was, was ze natuurlijk verliefd op hem geweest. Toen ze na de oorlog voor het eerst weer naar Dorset was gegaan, was ze zelf bijna volwassen geweest en had ze Marius voor het eerst als gelijke beschouwd. Ze herinnerde zich nog steeds de intense en pijnlijke emoties die ze tijdens die bitterzoete week had gevoeld. Toen ze met hem had gepraat in zijn studeerkamer op Missencourt, waren de vage herinneringen aan haar kindertijd vervangen door zijn plotselinge bereikbaarheid. Het was net geweest alsof ze hem die keer voor het eerst had ontmoet. Hoe konden zijn blauwe ogen, zijn gulle lach en zijn kracht haar nog nooit eerder zijn opgevallen?

Toen ze op Jacks feest die fles gin had laten vallen, was hij ontzettend aardig voor haar geweest. Ze dacht terug aan hun gesprek in de tuin van het schoolhuis, toen hij haar had meegevraagd naar de bioscoop. Er was toen iets in haar veranderd: ze was zichzelf als een ander mens gaan zien, als iemand die recht had op respect, misschien zelfs wel liefde. Als Marius haar aardig vond, als hij dacht dat ze – ze wist nog steeds welk woord hij had gebruikt – sereen was, dan moest er toch iets leuk aan haar zijn?

Ze dacht terug aan hoe haar gevoel van gelukzaligheid na dat gesprek was blijven hangen, waardoor ze beter bestand was geweest tegen de kritiek van haar moeder en dat onaangename bezoek aan Carrie Chancellors huis. En ze wist nog hoe haar humeur was omgeslagen nadat Marius uit Londen had gebeld om hun bioscoopbezoek af te zeggen. Een paar dagen later had hij zijn onverwachte huwelijk en het bestaan van zijn onbekende dochter aangekondigd. Ze had zichzelf die nacht in slaap gehuild. Haar tranen waren gedeeltelijk voortgekomen uit kwaadheid, kwaadheid op zichzelf, omdat ze zo dom was geweest om te denken, al was het maar heel even geweest, dat Marius Temperley misschien in haar geïnteresseerd kon zijn.

Toen ze aan het einde van de week uit Dorset was vertrokken, had ze op het station op hem gewacht. De gedachte naar huis te gaan zonder afscheid van hem te nemen, was ondraaglijk geweest. Toen ze zijn auto door de regen aan had zien komen rijden, had haar hart een slag overgeslagen. Ze dacht terug aan hoe Marius, toen zijn leven een chaos geweest moest zijn, de moeite had genomen in Londen op zoek te gaan naar chocola, die toen nauwelijks verkrijgbaar was geweest. Zodat ze geen kolonels meer zou hoeven zoenen.

Het was zijn naam geweest die ze op de beslagen ruit had geschreven en zijn briefje dat ze had bewaard. Ze had het nog steeds, het lag opgeborgen in een hoekje van haar bureau. Waarom had ze het al die

tijd bewaard? Uit sentimentaliteit, als aandenken aan een niet zo geweldige vakantie, of om een andere reden, een reden die ze al die tijd
niet aan zichzelf had durven toegeven?

Ze zag bijna te laat dat de metro op haar station was gestopt. Ze
moest rennen en kwam bijna tussen de deuren, die alweer aan het sluiten waren. Toen ze op de roltrap naar boven stond, stak ze haar handen in haar zakken en staarde naar de affiches aan de muur. Maar de
theateradvertenties leidden haar niet af. Van al de Temperleys en
Chancellors was Marius de enige die contact met haar had onderhouden. Ze hadden ruziegemaakt over Peter de Courcy; ze had hem raad
gegeven toen Suzanne hem over Tara's vader had verteld. De balans
in hun relatie, zag ze nu, was door de jaren heen veranderd. Zijn be-
schermdrang naar haar toe was tegen de tijd dat Suzanne was overleden, geëvenaard door haar behoefte hem te troosten. Ze was misschien kwaad geweest op Charlie dat hij met Jennifer was getrouwd
en omdat hij zijn eigen principes had verraden, maar ze had het niet
echt erg gevonden, omdat Marius allang Charlies plaats in haar hart
had ingenomen. En vanavond had ze niet willen uitgaan met die aardige en beschikbare Christopher Catchpole omdat Marius naast de telefoon op haar zat te wachten.

En verlangde ze naar hem? Dat was per slot van rekening het verschil tussen vriendschap en liefde. Wilde ze hem, zoals haar moeder
het zo smaakvol had gebracht, in haar bed lokken?

Toen ze de portiekdeur van het gebouw waarin ze woonde, opende,
bleef ze even in de hal staan en leunde tegen de muur. Het licht scheen
op de dingen die in de hal stonden: een wandelwagen, een driewieler-
tje en een bergje regenlaarzen.

Natuurlijk verlangde ze naar hem. Natuurlijk wilde ze haar bed
met hem delen. Maar ze wilde nog meer dan dat. Ze keek chagrijnig
naar de wandelwagen. In de toekomst wilde ze haar eigen kinderen.
Maar het gezinsleven dat ze altijd had gewild met Marius Temperley,
was een onmogelijke droom.

Ze liep de trap op en liet zichzelf in huis. Ze bleef even staan bij de
telefoon en legde haar vingers op de hoorn. Ze ging met haar jas nog
aan en hoed nog op naast de telefoon zitten en staarde de duisternis
in.

Rick Hunter was degene die Julia erop had gewezen dat ze noch weduwe noch echtgenote was. In eerste instantie had de ambiguïteit van haar positie haar kwaad gemaakt. Maar ze was eraan gewend geraakt en had het feit geaccepteerd; grotendeels, dacht ze, omdat ze geen enkele behoefte had te hertrouwen. Ze had het huwelijk geprobeerd en had er niets van terechtgebracht. Net als ze had geprobeerd huisvrouw te zijn en had getracht zich te gedragen zoals van vrouwen werd verwacht dat ze zich gedroegen: als een satelliet die haar tijd verdeelde tussen de twee zonnen huis en gezin. Dat ze als moeder acceptabel was, wist ze, was een resultaat van de intense, beschermende liefde die ze voor William voelde. Maar William ging sinds kort naar de kleuterschool en ze kon het niet helpen dat ze zich stiekem elke keer dat ze hem overdroeg aan de zorg van de kleuterjuf, een beetje opgelucht voelde. Ze was tot de conclusie gekomen dat tijd voor zichzelf en haar werk was, wat haar op de been hield. Zo beschreef ze het voor zichzelf; ze sprak er met niemand over, want iedereen zou haar gegarandeerd voor gek verklaren. Maar ze had ontdekt dat de behoeften van anderen haar enorm uitputten en dat ze haar om een angstaanjagende, onduidelijke reden leken te verzwakken. Behalve dan de behoeften van William, want die was een deel van haar.

Ze was naar Londen gekomen omdat ze behoefte had gehad te ontsnappen aan zowel de Chancellors als haar eigen familie. Achteraf bekeken hadden de eerste zeventwintig jaar van haar leven iets claustrofobisch. Nu ze weg was van alles wat zo overbekend was, had ze het gevoel dat ze meer ademruimte had. Ze ontdekte haar eigen smaak en karakter. Soms was het net alsof ze een vreemdeling leerde kennen. Sommige dingen die ze ontdekte, verbaasden haar: dat ze liever naar jazz luisterde dan naar de klassieke muziek waarmee ze was opgegroeid; dat ze haar nieuwe appartement in heldere kleuren schilderde en dat ze de moderne, abstracte vormen van kristallen en atomen veel mooier vond dan het vormeloze satijn en chintz en de traditionele kleuren op Missencourt.

Andere dingen bevestigden alleen wat ze al over zichzelf wist: dat ze een Einzelgänger was en veel behoefte had aan haar eigen ruimte, tijd en de vrijheid zelf over haar leven te beslissen. Dat ze zich niet gemakkelijk voelde onder haar eigen schoonheid; dat die er altijd toe had geleid dat mannen haar wilden bezitten en in hun macht wilden hebben. Dat ze het misschien gemakkelijker had gevonden als ze iets minder knap was geweest, gewoontjes zelfs, omdat haar schoonheid haar haar privacy ontnam, waardoor mannen haar aanstaarden als ze een kamer kwam binnenlopen en onbekenden met haar wilden praten, alleen omdat ze onbewust in de buurt wilden zijn van haar symmetrische gelaatstrekken en gracieuze lichaam.

Ze had de afgelopen anderhalf jaar veel aan Will gedacht. In eerste instantie, na dat vreselijke gesprek met Rick, had ze een mengeling van geschoktheid en woede gevoeld. Nee, het was erger geweest dan woede: ze had razernij, een vurige, verblindende razernij gevoeld als ze dacht aan de mogelijkheid, dat Will er misschien bewust voor had gekozen haar te verlaten, dat hij haar misschien bewust zoveel pijn had gedaan. Ze was in haar verbolgenheid teruggegaan naar Hidcote Cottage en de garage (beide stonden nu leeg), waar ze in elk hoekje en gaatje had gezocht naar Rick Hunters verloren schilderijtje. Maar ze had niets gevonden. In haar woede was ze een laatste keer naar Rick gegaan. In de zitkamer van zijn huis aan de zee (het licht dansend op het zachte blauw en groen dat zij had uitgekozen) had hij niets aan zijn versie van het verhaal gewijzigd. Will had voor hem gewerkt; hij wist zeker dat Will nog leefde.

Het verlangen dat Julia wederom in Rick Hunters ogen had gezien, had haar even van haar stuk gebracht. En toen, toen ze net wilde weggaan, had hij haar nogmaals gezegd dat hij van haar hield. *Denk eens aan alles wat ik je kan geven, Julia.* Ze had zich toen voor het eerst gerealiseerd dat haar schoonheid ook een wapen was en haar afwijzing van hem een diepe wond had veroorzaakt. Ze had hem aangekeken, gezien dat hij leed, en triomfantelijk tegen zichzelf gezegd: dit was voor jou, Will. Waar je ook bent. Om de score een beetje gelijk te trekken.

Kort daarna was ze naar Londen verhuisd. Ze had een intense behoefte gevoeld ver weg te zijn van Rick Hunter en zijn huis aan de zee; ze had opnieuw willen beginnen. In eerste instantie had ze de stad als schokkend, uitputtend en opwindend ervaren. Maar ze was er al snel van gaan houden. Soms werd ze 's nachts wakker, liep dan naar het raam en keek naar buiten, naar de lantaarnpalen en koplampen en de lange rij auto's en vrachtwagens die zelfs midden in de nacht de straten zo druk bevolkten. Ze was dol op de drukte, het steeds veranderende landschap, en realiseerde zich dat ze zich hier nooit zou gaan vervelen. Ze was gek op haar appartementje in Fulham met de hoge schuiframen en de houten vloeren. Ze huurde een schoonmaakster in, die haar zes kamers schoner hield dan ze zelf ooit had kunnen doen en vond een oppas, Mitzi, die 's middags voor William zorgde. Mitzi was een Duitse jodin die net voor het uitbreken van de oorlog naar Engeland was gekomen; haar hele familie was in concentratiekampen omgekomen. Mitzi was stapelgek op William; Julia vroeg zich af of hij een heel klein beetje goedmaakte dat ze zoveel dierbaren had verloren.

Weg van haar geboorteplaats, schoten haar emoties alle kanten op en werd ze gedreven door haar humeur, omstandigheden en zelfs door het weer. Soms leek het haar idioot ook maar te overwegen dat Will misschien nog leefde. Rick Hunter had gewoon tegen haar gelogen, omdat hij haar had willen kwetsen nadat ze hem had afgewezen.

Of Rick had zich vergist en Will was met het schilderijtje opgeblazen toen de boot van de broertjes Gamble op die mijn voer. Will was gesneuveld in 1948, een uitgesteld oorlogsslachtoffer. En zelfs als Will nog leefde, wat zou er dan gebeuren als hij ooit besloot thuis te komen? Hij was al vier jaar weg. Misschien zou ze wel nooit zeker weten of hij leefde of dood was.

Soms trokken de mogelijkheden als een eindeloze film in haar hoofd voorbij en putten haar volledig uit. Ze deed wat ze kon om de waarheid over Will te achterhalen. Ze huurde een privé-detective in om naar hem te zoeken, zette advertenties in *The Times* waarvan alleen Will zou weten dat ze voor hem waren bedoeld. Er kwam geen antwoord op en de detective ontdekte ook niets. Als Will het ongeluk met de *Katie Rose* had overleefd, verborg hij zichzelf goed. Als hij nog leefde – als, als – zou hij thuiskomen als hij daar zelf voor zou kiezen, en geen minuut eerder.

Soms maakte het haar verbitterd dat ze het niet wist. Soms betrapte ze zichzelf op de gedachte dat het gemakkelijker geweest zou zijn als ze zeker had geweten dat Will dood was. Maar dan dacht ze aan haar vader, Suzanne en Mitzi's familie en dan wist ze dat niets erger was dan geen sprankje hoop hebben. Ze had geluk hoop te hebben, zelfs als het soms een belachelijk kwetsbare en onzekere hoop was.

Ze wist dat Prudence ook hoopte en in stilte bleef geloven dat Will op een dag zou thuiskomen. Julia vroeg zich af of Will er zou zijn, ergens in Londen. Een klein vlekje, verborgen achter alle mensen. Als ze op straat liep, zocht ze naar hem en staarde ze elke blonde, lange figuur na.

Jack was teruggegaan naar Canada en met Esther getrouwd. Een jaar later hadden ze een dochter gekregen, Louise. Jack had Julia foto's gestuurd van een wit huis, een aantrekkelijke vrouw met bruine ogen en een baby'tje dat in een wiegje lag te slapen. Toen ze naar de foto van de vrouw met het kindje keek, dacht Julia terug aan het afscheidscadeau dat ze van Jack had gekregen, en aan wat ze hem had gegeven. Ze had zichzelf één heerlijke, lange nacht aan hem gegeven; en hij had haar laten zien dat lichamelijke liefde een van de grote geneugten van het leven kon zijn.

Nadat ze naar Londen was verhuisd, was ze meteen naar een kapper gegaan en had haar lange, onhandige haar in een vlot, kort kopje laten knippen. Toen de lokken haar op de vloer vielen, hadden haar hoofd en geest lichter gevoeld. Daarna was ze naar een kliniek in Harley Street gegaan om een pessarium aan te schaffen. Hoewel ze het rare ding in eerste instantie met een mengeling van gelach en walging had bekeken, gaf het haar vrijheid en onafhankelijkheid. Haar verhoudingen waren discreet, aangenaam en over het algemeen van korte duur. Als de mannen die ze ontmoette, verliefd op haar dreigden te worden, beëindigde ze onmiddellijk de relatie. Want je kon toch niet zeggen: *Sorry, schat, ik kan niet met je trouwen, want ik weet niet of mijn man nog leeft?* Dat was allemaal veel te melodramatisch en ingewikkeld om uit te kunnen leggen.

Ze hield zich strikt aan haar eigen regels. Ze ging nooit uit met werknemers van Temperleys of getrouwde mannen. Ze ging nooit naar bed met mannen die niet van vrouwen hielden (en daar waren er heel erg veel van, ontdekte ze op haar verlate ontdekkingsreis naar het andere geslacht). Ze liet haar minnaars nooit de hele nacht blijven en stelde ze nooit voor aan William. Ze hield de verschillende onderdelen van haar leven: – werk, kind en seks – strikt gescheiden.

Naarmate de maanden voorbijgingen, begon ze zich steeds tevredener te voelen. Ze genoot van haar werk en van de relatieve onafhankelijkheid die het leiden van het filiaal in Londen haar gaf. Ze leerde de Raymond Bells met een rustige autoriteit stil te krijgen en viel nooit tegen hen uit, liet hun nooit merken dat ze haar kwetsten. Soms had ze het gevoel dat ze haar ongetemde wezen eindelijk een beetje onder controle begon te krijgen, en dat ze nooit te veel voelde of verwachtte. Voor het eerst sinds ze zich kon herinneren, begon ze vrede met zichzelf te krijgen.

Will verbleef al bijna anderhalf jaar op Coldharbour Farm. De trein-wagon waarin hij woonde, stond beschut onder de populieren en lag een stukje van de weg af. Zoals Harold Bellchamber al had gezegd, woonde hij er stil en ongerept. Will had de lekken in het dak gerepa-reerd en de ramen en deuren tochtvrij gemaakt. Het rijtuig was on-derverdeeld in een keuken en een woongedeelte, een slaapkamer en een Spartaanse badkamer. Hij had een opklapbed, een tafel en een paar stoelen en hij had de planken volgezet met boeken. Hij had zijn huis versierd met schelpen en stukjes hout, die hij op het strand in Northumberland had verzameld. Achter het rijtuig had hij een groen-tetuintje gemaakt. Hoewel het krap wonen was en in de winter ijzig koud, was hij aan zijn huisje gehecht geraakt. Aan het randje van een veld, leek het net of het treinstel was aangespoeld op een onbekend strand. Het was zo net een twintigste-eeuwse ark van Noach en Cold-harbour Farm de berg van Ararat, waar zijn eindeloze reis eindelijk een rustpunt had gevonden. Net als ik, dacht Will soms.

Overdag hielp Will Harold in zijn groentetuin en reed in een tweedehands busje rond door Lincolnshire om auto's, radiatoren en lekkages te repareren bij mensen die in afgelegen boerderijen en hui-zen woonden. Zijn bewondering voor Harold, voor zijn geduld, zijn altruïsme en altijd aanwezige gevoel voor humor, was grenzeloos. Dat Harold en Philippa in hem geloofden – in de verloren, thuisloze Will Chancellor geloofden – vond Will nog steeds een wonder. 's Avonds werkte hij voor de Workers' Educational Association in Lincoln, waar Harold docent en coördinator was. In eerste instantie had hij gezegd dat hij er les zou geven om Harold een plezier te doen, maar naarmate de tijd verstreek, merkte hij tot zijn verbazing dat hij het doceren steeds leuker begon te vinden. Hij gaf 's avonds en in de zomerva-kantie les. De mijnwerkers, spoorwegarbeiders en marinelui waren zo anders dan de verveelde tieners die hij tijdens de oorlog had moeten

414

verduren. Ze zagen leren als een voorrecht in plaats van als een last en het enthousiasme waarmee ze leerden, maakte dat hij zich bevoorrecht voelde dat hij hun mocht lesgeven.

Veel van de mannen aan wie hij en Harold lesgaven, hadden in het leven een moeilijke start gehad. Sommigen hadden een mislukt huwelijk achter zich en anderen hadden in de gevangenis gezeten. En toch had Will de indruk dat ze bijna zonder uitzondering goede mannen met goede bedoelingen waren. Als de fouten van anderen vergeven konden worden, realiseerde hij zich, zouden die van hem dat misschien ook kunnen worden. Nu hij erop terugkeek, zag hij in dat veel van zijn fouten het gevolg van onvolwassenheid en onervarenheid waren geweest.

Hij wist dat hij een zeldzame vorm van geluk had gehad op die middag dat hij op Coldharbour Farm was terechtgekomen. De dag dat hij voor het eerst in de keuken bij de Bellchambers had gezeten, was ook een keerpunt geweest. Hij had er zoveel teruggevonden van wat hij had verloren: warmte, hoop en een gezinsleven.

En hij had de liefde herontdekt. Zijn liefde voor Philippa had hem niet plotseling overvallen, zoals die mep met dat bat zijn intrede in het leven van de Bellchambers had gemarkeerd. Zijn liefde was langzaam gegroeid, gevoed door haar aanwezigheid. Hij hield van haar vriendelijkheid en enthousiasme, van haar totale gemis aan ijdelheid en berekening. Hij hield van haar warme, extraverte natuur, die ze van haar vader had; hij hield van haar intellectuele nieuwsgierigheid en sterke gevoel voor sociale gerechtigheid. Hij vond het heerlijk dat ze om zijn flauwe grapjes lachte; hij hield van haar plagerijtjes, waardoor hij zich zelfs op zijn donkerste dagen beter ging voelen.

Als hij het zichzelf had toegestaan, zou hij hebben gehouden van haar gave huid met sproeten en haar zachte, ronde lichaam. Maar hij hield zijn gevoelens nauwgezet voor zichzelf en hield altijd afstand tot haar.

Hij had het idee dat Philippa hem zag als een oudere broer. Ze gingen naar concerten in Lincoln en fietsten samen door de omgeving. In de zomer leerde hij haar autorijden. Hij hielp haar met haar Latijn, plakte haar lekke fietsbanden en maakte een kippenhok voor haar Rhode Island Reds. Als het anders was geweest, zou hij de grond waarop ze liep, hebben gekust.

Toen hij haar in oktober 1952 gedag zwaaide, toen ze naar Cambridge vertrok om medicijnen te gaan studeren, glimlachte hij vrolijk en beloofde haar te schrijven. Maar hij voelde zich diep bedroefd. Zonder Philippa leek Coldharbour Farm veel leger, armoediger en saaier. Hij schreef haar opgewekte, nietszeggende briefjes over de boerderij, het weer en de kippen. Tot zijn verbazing schreef ze hem terug. Hij had aangenomen dat ze hem snel zou vergeten in Cambridge, dat hij misschien een of twee briefjes van haar zou krijgen en dat het dan afgelopen zou zijn.

Maar de brieven bleven regelmatig komen. Hij schreef haar terug, maar vertelde haar niet hoe Harold en hij als kippen zonder kop doelloos op de boerderij rondrenden, alsof ze er niet op hun plaats waren. En hij vertelde haar ook niet hoe hij opzag tegen de dag dat ze hem zou schrijven: *Ik heb een geweldige jongen ontmoet.*

Midden december reed hij laat op een avond van Lincoln terug naar Coldharbour Farm. Er waaide een kille wind over de vlakke, zwarte velden en de wilgen die bij de weg naar de boerderij stonden, wiegden heen en weer. Toen hij de auto op het erf parkeerde, kwam Philippa het huis uit rennen. Haar blonde krullen glinsterden als zilver in het licht van de koplampen van de auto. 'Will!' riep ze, terwijl ze over het erf op hem af kwam rennen. Toen ze zei: 'Kom in mijn armen, lieve Will,' voelde hij een golf van gelukzaligheid over zich komen.

Toen hij zich van haar losmaakte, zei hij: 'Ik verwachtte je pas morgen, Philly.'

'Het anatomiecollege ging niet door, mijn docent heeft griep. En trouwens, ik wilde naar huis. Ik heb jullie zo gemist.'

'Dat geloof ik niet,' plaagde hij haar. 'Je bent vast alles en iedereen hier vergeten op het moment dat je in Cambridge aankwam.'

'Doe niet zo gek.' Ze gaf hem een arm. 'Waar is pa?'

'In Lincoln. Hij zal zo wel terugkomen. Er is een kerstborrel in de pub met wat docenten en cursisten.'

Ze keek hem aan. 'En jij bent weer zo asociaal als altijd, zeker?'

Hij haalde zijn schouders op. 'Wil je wat drinken?'

Ze liep met hem over het veld naar de treinwagon. Binnen schonk hij een glas bier voor haar in en ze ging met een zware zucht zitten.

'Wat heerlijk om weer thuis te zijn!'

Hij begon zich ineens zorgen te maken. Misschien had ze wel heimwee gehad. Misschien was de studie te zwaar of had ze een te kleine en ongezellige kamer op Girton College. Hij vroeg bezorgd: 'Je hebt het toch wel naar je zin in Cambridge?'

'Ontzettend. Maar ik vind het thuis toch nog steeds het fijnste. Maar dat geldt voor iedereen, hè?'

Daar reageerde hij maar niet op. 'En je studie, gaat die goed?'

'Ik vind studeren geweldig. Hoewel het wel fijn is om eens met een levend mens te praten in plaats van je bezig te houden met een lijk.' Ze keek streng. 'Waarom ben je niet bij me op bezoek geweest, Will?'

Hij was met zijn rug naar haar toe de gaskachel aan het aansteken. Hij zei luchtig: 'Ik dacht dat je daar wel genoeg nieuwe vrienden zou hebben.'

'Dat is ook zo. Maar dat betekent niet dat ik geen oude wil zien.' Ze grijnsde. 'Ik heb nog steeds het gevoel dat we een speciale band hebben, door de manier waarop we elkaar hebben ontmoet, jij niet?'

Hij grijnsde en wreef over zijn hoofd. 'Ik heb er een blijvend litteken aan overgehouden.'

'Ik heb je gemist, Will.'

'Ik jou ook. Het is hier heel anders als jij er niet bent. Geen verhitte discussies. Veel te stil.'

'Ik bedoel,' zei ze serieus, 'dat ik je echt vreselijk heb gemist.' Ze keek bezorgd.

'Philly?' Weer had hij het angstige gevoel dat ze hem iets niet vertelde. Misschien had ze iemand ontmoet. Misschien wilde ze hem daarover in vertrouwen nemen. Misschien wilde ze hem grote-broeradvies vragen over een puistige knul die verliefd op haar was geworden.

Ze keek naar de grond. 'Will,' zei ze, 'ik wil je iets vertellen. Ik ben er eerder niet over begonnen, omdat...'

Ze hoorden het geluid van een auto die het pad kwam oprijden. Koplampen sneden door de duisternis. Will sprong op. Hij was blij met de onderbreking en schoof het gordijn open.

'Daar is je vader.'

Haar gezichtsuitdrukking veranderde en ze glimlachte. 'Pa,' zei ze en ze rende naar buiten.

Topaz had Marius niet meer gezien sinds het gesprek met haar moeder. Ze ontweek hun eindejaarsborrel en de administratie door tegen hem te zeggen dat ze het te druk had om hem te ontmoeten, wat eigenlijk wel waar was. Ze kon hem niet onder ogen komen, nog niet. Want wat zou ze zien als ze naar hem zou kijken, nu ze wist wat er in haar hart lag? Plichtsgevoel, was ze bang, en het eergevoel dat zo karakteristiek was voor Marius Temperley.

Hoewel ze op een tiental dineetjes kookte in de dagen voor Kerstmis, vond ze geen afleiding in haar werk. Ze was verbijsterd dat ze nogmaals verliefd was geworden op een onbereikbare man. Na de ontrouw getrouwde Peter de Courcy, na de ambitieuze, ongebonden Charlie, was ze nu verliefd geworden op Marius Temperley. Niet dat ze vond dat Marius tot dezelfde categorie behoorde als zijn voorgangers. Maar op een heel andere manier was hij net zo onbereikbaar als de andere twee. Ze wist zeker dat Marius nog van Suzanne hield en ze durfde niet te denken aan de mogelijkheid dat Marius in haar ogen zou zien wat ze voor hem voelde en dat zij op haar beurt in zijn ogen gêne of, nog erger, medelijden zou zien.

Twee dagen voor Kerstmis gaf ze een feest. Zestig mensen op elkaar gepropt in haar kleine appartementje. Het eten was eenvoudig: brood, kaas en quiche, geserveerd met een heleboel bier en cider. Ze zorgde voor sfeerverlichting door tissuepapier over de lampen te draperen, hing slingers op en leende een grammofoon en platen van Jerry. De sensuele tonen van een saxofoon klonken in het zachtroze licht. De keuken stond vol mensen, die moesten schreeuwen om elkaar te verstaan. In de woonkamer werd gedanst, ingetogen vanwege het ruimtegebrek. Nieuwe vriendschappen ontstonden en mensen werden verliefd. Topaz keek om zich heen en had de indruk dat het een heel geslaagd feestje was en dat iedereen het naar zijn zin had.

Iedereen behalve zij dan. Waarom vond zij er niets aan? Waarom wilde een deel van haar dat iedereen naar huis ging, zodat ze alleen kon zijn? Ze ergerde zich aan zichzelf. Ze deed gewoon niet hard genoeg haar best, besloot ze. Dus nam ze nog een drankje, en nog één, en danste met een lange rij verschillende partners, tot eentje zich niet liet afschepen en ze ineens in een hoek van de kamer met hem stond te zoenen.

Maar zelfs het zoenen leidde haar niet echt af en ze stond op het punt zichzelf met een smoes te verontschuldigen, toen ze iemand hoorde zeggen: 'Ze moet hier ergens zijn, hoor.'

'Dank je,' zei een bekende stem. 'Ik kijk wel even rond.'

Toen ze opkeek, stond hij een meter van haar vandaan. 'Marius.'

'Ik was toevallig in de buurt,' zei hij, 'en wilde je dit geven.' Hij legde een pakje op een bijzettafeltje. 'Maar je bent druk.' Het beetje hoop dat ze had dat hij haar niet in de hoek van de kamer had zien staan, verdween toen ze de kille blik in zijn ogen zag.

Topaz friemelde aan haar kleding en wenste vurig dat haar lippenstift nog goed zat. 'Wil je iets drinken?'

Hij schudde zijn hoofd. 'Dat lijkt me geen goed idee.' Hij draaide zich om.

'Marius!'

Hij draaide zich ongeïnteresseerd naar haar om. 'Ja?'

'Je kunt niet zomaar weggaan!'

Hij gaf geen antwoord. Ze hoorde hoe hij de voordeur achter zich dichtsloeg. Topaz bleef even met haar vuisten in woede gebald staan. Ze keek om zich heen. Overal zaten stelletjes. Schoteltjes lagen vol sigarettenpeuken en op de tafel lag bier. Gescheurde papieren slingers hingen in verlaten glazen bier.

Ze rende naar buiten. Ze haalde Marius nog net in voor hij de hoek om verdween en schreeuwde tegen hem: 'Dat doe je nou altijd! Altijd!'

Hij draaide zich verrast om. 'Wat doe ik altijd?'

'Je afkeuring uitspreken.' De woorden kwamen als raketten uit haar mond. 'Peter de Courcy. Charlie. Iedereen met wie ik ben. Alsof jij er iets over te zeggen hebt. Alsof jij het recht hebt er iets over te zeggen. Nou, dat heb je niet, Marius. Je hebt niet het recht mij te vertellen wat ik wel en niet moet doen. En je hebt al helemaal niet het recht me iets over mijn vrienden te vertellen! Echt niet. Ik ben je... je... je zus niet, of je nichtje... Wat ik wel of niet doe, gaat je niets aan!'

In het bleke licht van de straatlantaarns leken zijn gelaatstrekken koud en onbeweeglijk, alsof ze uit steen waren gehouwen. Hij zei rustig: 'Je hebt natuurlijk helemaal gelijk. Wat jij doet, gaat mij niets aan. Mijn excuses.' Hij keek haar aan. 'Ga maar gauw naar binnen. Straks vat je nog kou.'

Ze volgde zijn blik. De bovenste drie knoopjes van haar jurk waren losgegaan en ze bedacht zich tot haar afschuw dat er een kilometer van haar witte, vette vlees naar buiten hing.

Tegen de tijd dat ze met haar koude vingers razend haar knoopjes weer had dichtgemaakt, was hij verdwenen. Ze ging terug naar huis. Haar gasten waren aan het weggaan. Ze pakte het cadeautje dat hij had achtergelaten, gooide het in de bezemkast en schopte de deur dicht.

Het was altijd vreselijk druk op Coldharbour Farm rond de kerstdagen. De eerste van Harolds gasten arriveerde half december en de laatste vertrok na Oud en Nieuw. Zijn vrienden waren een anarchistische mengeling van oude maten uit de Internationale Brigade, voormalige cursisten en zwervers in oude kleren met gaten erin. Ze sliepen in logeerkamers, op zolder en in de schuren. Een Spaanse kameraad met maar één arm sliep een nacht op een bankje in de keuken van de treinwagon; een mijnwerker sliep achterin Wills busje. Harold en Philippa kookten enorme maaltijden en Will hakte hout voor de haard, deed boodschappen en waste af. Op eerste kerstdag werd er hints gespeeld, geschaakt en gediscussieerd. Er werden kerstliedjes en socialistische strijdliederen gezongen en daarna werd er verder gediscussieerd. Toen Will rond middernacht door het veld naar zijn treinwagon liep, bedacht hij dat hij zich niet kon herinneren ooit zo'n geweldige kerst te hebben gehad.

Toen de gasten na oud en nieuw weer vertrokken, ruimden Will en Philippa op. Toen ze de kampeerbedden op de zolder opruimden, zei Philippa: 'Het valt me altijd op dat de kameraden veel slordiger zijn dan de zwervers.'

'Dat komt doordat die alles in een rugzakje moeten meenemen. Er zijn grenzen aan hoe slordig je kunt zijn als je hele hebben en houden in één tasje moet passen.'

Toen ze een kussen opschudde, ontsnapten er veren uit de gestreepte hoes. 'Ik heb een boek van pa gelezen over het zwerversbestaan. Het lijkt me heerlijk onder de sterren te slapen.'

Will was een matrasje aan het oprollen. 'Eerlijk gezegd is dat koud en nat en ellendig en je ziet helemaal geen sterren, doordat je ogen zijn dichtgevroren.'

'Echt waar?'

'Een keer,' zei hij.

'Je zag er vast uit als iemand op een noordpoolexpeditie.'

Hij legde het matrasje over zijn schouder, stak een bevende hand uit en zei dramatisch: 'Het kan even duren voor ik je weer zie.'

Philippa begon te giechelen. Er dansten veren door de lucht. 'Verdwaald in een sneeuwstorm...'

'Kilometers van de beschaving...'

'Blubber en pinguïns etend...'

'Geen pinguïns. Die zitten op de zuidpool.'

'Altijd even precies, die Will.' Toen ze hem sloeg met het kussen, scheurde het in tweeën en kwamen alle veren eruit. Ze ging lachend op het randje van een bed zitten. Er landde een veer op haar neus.

'O, jee.' Ze moest niezen. Er lagen veren op haar hoofd en op haar schouders. 'Begraven in de sneeuw. Je zult me moeten redden, Will.' Hij stak zijn hand uit. Ze zei: 'Niet zo.'

'Hoe dan?'

'Met een kus, natuurlijk.'

Zijn adem stokte in zijn keel. Hij gaf haar een snel kusje op haar wang en ze mompelde: 'Een echte kus.'

'Philly...'

'Heb je nooit sprookjes gelezen, Will?' Ze stond op. Hoewel haar stem enigszins spottend klonk, zag hij onzekerheid in haar ogen. 'De prins moet de prinses kussen, dat weet je toch wel?'

Een kusje dan, dacht hij. Dat kon toch geen kwaad. Hij kuste haar op haar lippen.

Maar het bleef natuurlijk niet bij een klein kusje. Niet toen ze zijn kus beantwoordde door hem naar zich toe te trekken. Niet toen hij in de stoffige stilte van de zolder een verlangen voelde dat gelijk was aan het hare. Hij hoorde het bloed door haar aderen stromen. Hij hoorde haar hart slaan.

Toen hoorden ze voetstappen op de overloop en riep Harold naar boven: 'Ik ga zo naar Lincoln. Ga je nog mee, Philly?' Ze lieten elkaar geschrokken los.

Will ging terug naar de treinwagon. De herinnering aan die kus veranderde de rest van de januarimiddag. Maar langzaamaan, synchroon met de overgang van dag naar nacht, kwam zijn redenatievermogen terug, werd hij weer nuchter en verdween zijn gevoel van gelukzaligheid. Er was niets bijzonders gebeurd, hield hij zichzelf voor, maar hij wist dat dat niet waar was. Hun kus had alles veranderd. Hoewel hij er hevig naar verlangde alles gewoon op zijn beloop te laten, zichzelf toe te staan van haar te houden, wist hij dat dat ondenkbaar was, het ergste soort verraad.

Hij staarde uit het raam van de treinwagon. Het was een heldere, koude nacht. Iedere tak, iedere graspriet was bedekt met een dun laagje ijs. Will kreunde hardop. Om Philippa te beschermen moest hij elk gevoel dat ze voor hem zou hebben, in de kiem smoren, voor haar gevoelens de tijd zouden hebben wortel te schieten. Die gedachte bleef door zijn hoofd spoken en deed de magie van de nacht verdwijnen.

Hij wilde het vriendelijk doen, hij wilde haar niet kwetsen. Maar dat waren niet meer dan goede voornemens. Toen ze de volgende ochtend op het raam klopte, deed hij de deur open.

'Philly,' zei hij. 'Over gisteren...'

'Lieve Will.' Ze pakte zijn hand.

Hij dwong zichzelf te zeggen: 'Philly, even serieus.'

Haar vingers verstijfden, alsof ze door een insect was gestoken. Ze keek verward. 'Ik ben serieus, Will. Dat beloof ik je.'

Hij wendde zich van haar af. 'Ik dacht... ik dacht dat we vrienden waren.'

'Dat zijn we ook. Natuurlijk zijn we dat.' Ze keek vragend. 'Is dat alles wat je wilt, Will? Ik wil meer.'

Hij pantserde zichzelf. 'Wat ik wil, maakt niet uit. We kunnen nooit meer dan vrienden zijn.'

'Nooit?' fluisterde ze. Hij kon de pijn die hij in haar ogen zag, bijna niet verdragen. 'Ik begrijp het niet. Waarom niet?'

'Omdat... nou, om een heleboel redenen. Om te beginnen ben ik veel ouder dan jij, Philly.'

'O, dat.' Ze keek opgelucht. 'Dat maakt niet uit. Zoveel ouder ben je niet. En je bent toch niet aan het dementeren?'

'En ik heb geen cent te makken. Ik heb alleen een thuis doordat je vader zo vriendelijk is geweest me er een aan te bieden.'

Nu keek ze hooghartig. 'Je denkt toch niet dat ik om geld geef?'

'En...' hij stuntelde, 'wat zou je vader ervan denken?'

'Pa vindt je aardig. Dat weet ik zeker.'

Hij kon verder niets meer bedenken. Ze zag er zo jong uit, zo kwetsbaar. Hij had het gevoel dat hij een vlinder vertrapte.

Om haar te helpen, dwong hij zichzelf hard te zijn. 'Philippa, je denkt misschien dat je me leuk vindt... dat je verliefd op me bent... maar geloof me: je komt binnenkort heus iemand anders tegen. Dat weet ik zeker.'

'Ik ben geen klein meisje meer...' Haar ogen schoten vuur. 'Ik weet heus wel wat ik voel, hoor.'

Hij zette zijn bril af en begon de glazen te poetsen. Nu hij zijn bril niet ophad, zag hij haar alleen heel vaag. Dat maakte het gemakkelijker. 'Wat ik bedoel,' zei hij, 'is dat je heus een ander tegenkomt. Op de universiteit, neem ik aan.' Die gedachte maakte hem wanhopig, maar hij dwong zichzelf verder te gaan. 'Iemand die jou verdient. En dan realiseer je je dat wat je voor mij voelde, onbelangrijk is. Gewoon een verliefdheid. Verder niets.'

Ze ging op het houten bankje zitten. Na een korte stilte zei ze zacht: 'Maar ik heb je altijd aardig gevonden, Will. Ik geloof niet in liefde op het eerste gezicht, maar toch. De eerste keer dat ik je zag, nadat ik je had geslagen met dat cricketbat, voelde ik me zo afschuwelijk. Niet alleen gegeneerd of bezorgd dat ik je te hard had geslagen, maar...' ze fronste haar voorhoofd, 'ik vond dat je zo'n vriendelijk gezicht had. Zo'n mooi gezicht. En dat had ik heus niet zomaar van iedereen gevonden, hoor. Dat weet ik zeker.' Ze was even stil. Toen ze weer sprak, beefde haar stem een beetje. 'Ik weet nog dat het regende. En daar lag je aan mijn voeten, met een bloedend hoofd, en ik was bang dat ik je bril had kapotgemaakt. Ik knielde naast je neer en maakte mijn zakdoek nat in een plas water. Ik hoopte dat het koude water je wakker zou maken. Maar dat gebeurde niet, dus bedacht ik dat ik je zo snel mogelijk naar binnen moest brengen. Het was een koude dag en ik was bang dat je een longontsteking zou oplopen als je te lang buiten zou blijven.' Ze keek hem aan. 'Het is geen bevlieging, Will. Ik heb het je niet eerder verteld omdat ik wist dat je zou zeggen dat ik te jong voor je ben. Dat ik een meisje ben en jij een volwassene. En ik was bang...'

Ze hield op met praten. Hij fluisterde: 'Waar was je bang voor?'

Ze keek hem weer aan. 'Dat je niet hetzelfde voor mij zou voelen.

Dat je een ander had. In je andere leven. Dat leven waar je nooit over praat, Will.'

Zijn hart sloeg op hol. Hij liep naar het raam en keek naar buiten. Hij leunde met zijn handpalmen op het vensterbankje. Het vroor nog steeds en de velden zagen er grijs uit.

Ze vroeg: 'Vind je me niet aardig, Will?'

Hij draaide zich niet om. 'Natuurlijk wel.'

'Maar je houdt niet van me.'

Het enige wat hij hoefde te doen, was nee zeggen. Na een korte stilte hoorde hij haar fluisteren: 'Ik heb mezelf vreselijk voor gek gezet. Het spijt me.'

Ze liep de treinwagon uit. Hij hoorde de deur achter haar dichtgaan. Hij bleef bij het raam staan. Vol zelfhaat staarde hij naar de sporen die haar voeten in de koude grond hadden achtergelaten.

Na een slapeloze nacht stond hij de volgende ochtend vroeg op en reed naar Market Rasen, waar hij de remmen van een oude Vauxhall repareerde. Hij was langer bezig dan hij had verwacht en hij was pas halverwege de middag terug op Coldharbour Farm.

Toen hij zijn busje parkeerde, kwam Harold naar buiten. 'Heb je een goede dag gehad?'

'Prima.' Hoewel hij zich de hele dag zo grauw als het weer had gevoeld. 'Waar is Philippa?'

'Die is terug naar Cambridge.'

Will schrok van Harolds woorden. Hij pakte zijn gereedschap uit het busje. 'Ze zou toch nog een week blijven?'

'Dat dacht ik ook. Ze zei dat ze nog een essay moest schrijven.' Harold keek Will aan. 'Hebben jullie ruzie gehad?'

Hij schudde zijn hoofd. Ondanks het koude weer voelde zijn gezicht heet aan.

'Mooi,' zei Harold. 'Gelukkig maar.'

Will ging naar de treinwagon. Hij gooide zijn gereedschap op tafel en bleef even staan, om zich heen kijkend in de kleine ruimte. Alles zag er koud en armoedig uit en zijn kleine hoeveelheid bezittingen leek zijn overweldigende gevoel mislukt te zijn uit te spreken, hem te bespotten.

Topaz bracht eerste kerstdag bij haar moeder door. Het was benauwd en snikheet in het appartement in Bayswater; Veronica, die het altijd koud had, had de verwarming helemaal opengedraaid. 's Middags kwamen er twee vriendinnen van Veronica langs om te bridgen. In de hitte en met het beeld van Marius' kille ogen op haar netvlies gebrand, kon Topaz zich moeilijk concentreren op het spel. Ze hoorde hem steeds zeggen: 'Wat jij doet, gaat mij niets aan.' Wat haar had moeten opluchten, dacht ze, maar dat deed het niet. In plaats van zich blij te voelen dat hij haar gelijk had gegeven, voelde ze zich leeg en was ze woedend dat hij zomaar was weggelopen, woedend dat hij haar zo gemakkelijk en hard veroordeeld had.

Ze besloot dat ze Marius Temperley niet zou toestaan haar humeur te bederven. Op de opeenvolging van feestjes tussen kerst en oud en nieuw nam ze het advies van Mary Hetherington ter harte en deed haar best. Ze deed haar mooiste jurken aan, kapte haar haar zoals Sylvia Ryder haar had voorgedaan, deed Franse parfum op en droeg de gouden sieraden die ze van haar grootmoeder van vaderszijde had geërfd. Als ze zichzelf in de spiegel zag, verbaasde haar verschijning haar soms. Hoewel ze nooit mooi was, waren er toch momenten dat ze meer dan de saaie, dikke Topaz Brooke was. Het was toch verbazingwekkend wat je kon bereiken, zei ze cynisch tegen zichzelf, als je er je best voor deed.

En op de feestjes deed ze ook haar best. Ze lachte, ze sprankelde, ze was grappig en charmant. Als ze hard genoeg haar best deed, zou ze vergeten dat ze verliefd was op Marius Temperley. Omringd door vrienden, hield ze zichzelf voor dat dit was wat ze altijd had gewild: ergens deel van uit maken, in het centrum van het leven staan.

De ellende was dat de cirkel niet langer rond leek te zijn. Naarmate de dagen verstreken, werd haar woede vervangen door een gevoel van ellende. Op oudjaarsavond dronk ze vreselijk veel en danste met een vriend van Mary Hetherington, Stephen Page. Stephen had donker haar, zware, zwarte wenkbrauwen en een gladde, bleke huid. Hij handelde in antiek. Toen ze hem over haar cateringbedrijfje vertelde, trok hij zijn zware wenkbrauwen op en zei: 'Wat uitzonderlijk.' Toen het twaalf uur was en 1953 ingeluid moest worden, kuste hij haar. Het waren korte, puntige kusjes, die haar aan een kip deden denken die graan pikte.

Ze gingen naar zijn appartement in Belgravia voor een nacht-mutsje. Uit het gedimde licht doemden enorme Chinese vazen en achttiende-eeuwse kasten op. Toen hij haar borsten streelde, keek hij ernaar met een inschattende blik, alsof hij de waarde ervan aan het bepalen was. Uitmuntende conditie of licht gehavend. Toen ze op een bankje wilde gaan zitten, zei hij scherp: 'Niet daar. Dat is antiek. Achttiende eeuw.'

Hij ontkleedde haar in een Frans *bateau-lit* en bedreef de liefde met haar. Tot haar verbazing genoot ze van de vage leegheid van sek-sueel genot. Maar toen ze zich erna realiseerde dat ze niet de nacht bij hem wilde doorbrengen, niet de volgende ochtend wilde ontwaken naast een vreemdeling, trok ze snel haar kleren aan. Hij protesteerde alleen voor de vorm.

Ze liep met hoofdpijn naar huis. Haar zijden jurk voelde vies. Toen ze thuis in de badkamer naar zichzelf keek, zag ze een andere gestalte dan die ze eerder die avond had gezien. Haar mascara en eyeliner waren uitgelopen en ze had zwarte kringen onder haar ogen. Er ston-den schaduwen rond haar neus en mond en ze had haar lippen strak op elkaar geperst. Ze realiseerde zich geschrokken dat ze op haar moeder leek. Jonger en met een ronder gezicht, maar ze zag niettemin eenzelfde gezichtsuitdrukking in haar ogen en haar naar beneden ge-zakte mondhoeken.

Ze zat met haar jas nog aan op de bank. Ze dacht terug aan de avond van haar feestje en stond zichzelf voor het eerst toe het hele ge-beuren door Marius' ogen te aanschouwen. De stelletjes op de bank, de stank van bier en sigaretten. En zij half naakt op straat, hem van alles toeschreeuwend. Hij had waarschijnlijk gedacht dat ze dronken was.

Ze deed de bezemkast open. Ze zag Marius' cadeau niet direct lig-gen in de berg schoonmaakmiddelen en stoffer en blik. Toen zag ze onder een bergje gele stofdoeken iets in tissuepapier met een lintje eromheen liggen. Ze zat op de vloer in de deuropening van de kast en scheurde het pakje open.

Hij had een sjaal voor haar gekocht, een prachtige sjaal van Cha-nel. De zijde was versierd met een patroon van rijk blauw-groen. Wat verbazingwekkend, bedacht ze zich, dat hij wist wat haar lievelings-kleuren waren.

Ze zat op de vloer met de sjaal in haar handen en wist dat ze een keuze had. Ze kon het pad van haar moeder volgen, van man naar man dwalen en nooit de ware Jakob vinden. Of ze kon genoegen nemen met wat ze had, vriendschap in plaats van liefde.

Als hij tenminste ooit nog een woord tegen haar zou zeggen.

17

Op een nacht droomde hij over dansende engelen. Ze hingen zo vreemd in de lucht met hun blote, smalle voetjes in balletposes en hun gevederde vleugels uitgespreid. Ze hadden een soort vlag in hun handen; hij kon niet lezen wat erop stond. Hun hoofden stonden naar één kant, ze keken welwillend en vriendelijk, alsof ze lichtelijk geamuseerd waren over de wereld die ze gadesloegen.

Die ochtend verzette Will zijn afspraken. Toen reed hij naar Cambridge. De herinnering aan de ruzie met Philippa was te sterk en hij kon hem al een paar weken niet uit zijn hoofd krijgen. Hij dacht aan hoe hij als een soort oude vrijster zijn eigen eer had beschermd. Hij dacht aan de pijn in haar ogen. Hij moest een manier vinden om het goed te maken, zei hij tegen zichzelf. Hij moest een manier vinden om haar trots niet te krenken maar toch te zorgen dat het duidelijk was dat het tussen hen nooit iets zou kunnen worden. Dat moest. De alternatieven waren allemaal even vreselijk.

Het was een grijze, miezerige januaridag. Er stonden plassen water op de weg en er druppelde water van de boomtakken. In Cambridge glinsterden de dakpannen op de huizen en haastten studenten in zwarte gewaden zich over straat, paraplu's in de wind. Will reed naar Girton en hoopte Philippa tijdens haar lunchpauze te kunnen ontmoeten. Hij had geluk en er werd een boodschap naar haar studeerkamer overgebracht. Toen wachtte hij nerveus af.

Toen hij voetstappen hoorde, draaide hij zich om en zag haar. Ze zei: 'Wat doe jij hier?'

'Ik wilde je zien. Ik wilde zeker weten dat het goed met je gaat.'

'Nou, dat heb je dan gezien.' Ze sloeg haar armen om zich heen. 'Het gaat uitstekend. Behalve die stomme verkoudheid.'

Ze zag er helemaal niet uitstekend uit. Ze had zwarte kringen onder haar ogen, een rode neus en stond ingepakt in een dikke trui met een sjaal om haar nek.

Hij zei: 'Heb je zin om mee te gaan lunchen?'

'Dat lijkt me geen goed idee.' Haar stem klonk intonatieloos en hees van de verkoudheid.

'Over die keer... vlak voor je wegging...'

'Ja?'

'Ik wil het graag uitleggen.'

Nu keek ze hem voor het eerst aan. 'Heeft dat zin?'

'Ik denk het wel, ja.' Er liepen studenten door de hal; iedereen staarde hen nieuwsgierig aan. 'Zullen we echt niet even gaan lunchen?' probeerde hij. 'In een pub of zo? Dan breng ik je daarna meteen weer thuis, dat beloof ik. Alsjeblieft.'

Ze twijfelde even. Toen zei ze: 'Ik ga mijn jas halen.'

Tijdens de korte rit spraken ze nauwelijks. Will parkeerde zijn auto in het centrum van Cambridge en ze liepen naar The Eagle in Bene't Street. Een handjevol medicijnenstudenten zat binnen te lunchen. Philippa flirtte een beetje met ze, maar het was halfslachtig geflirt, alsof ze de moed niet kon opbrengen hem te kwetsen. Na een tijdje gingen de studenten weg en ze gingen aan een tafel in de zijkamer zitten. Er was een haardvuur.

'Over wat ik tegen je heb gezegd...'

'Dat maakt niet uit.' Ze zat aan haar boterham te peuteren.

'Ik wilde je niet kwetsen.'

'Dat heb je niet gedaan,' zei ze hooghartig. 'Zoals ik al zei: het maakt niet uit. Ik heb me vergist, verder niets.'

Hij had deze koude, minachtende Philippa nog nooit gezien. Hij probeerde het nog een keer. 'Het betekent niet dat ik niet om je geef.'

'Doe nou maar niet zo zoetsappig.' Ze deed niet meer alsof ze zat te eten; ze keek naar de regen die op de straat viel.

'Ik kan alleen geen relatie met iemand aangaan. Dat zou verkeerd zijn.'

Haar onderlip krulde om. 'Ben je helemaal hiernaartoe gekomen om me dat te vertellen?'

Hij zei zacht: 'Ik heb nooit gewild dat dit zou gebeuren.'

Ze siste: 'Doe niet zo zielig, Will! Doe niet zo ontzettend zielig!'

Doordat ze zich weer van hem had afgewend, duurde het even voor hij in de gaten kreeg dat ze zat te huilen; er biggelde een traan over haar wang. Hij zei: 'O, Philly.' Hij sloeg een arm om haar heen en trok haar, terwijl ze zich half verzette, naar zich toe.

Hij zei: 'Je vader denkt dat ik op de vlucht ben omdat ik dienstweigeraar ben.'

Haar bleke gezicht zat vol roze vlekken. 'Dat weet ik. Dat heeft hij me verteld. Dat vind ik niet erg. Je weet dat ik pacifist ben.'

'Harold zit ernaast. Ik ben afgekeurd.' Will raakte zijn ribbenkast aan en glimlachte vaag. 'Onder de maat. Slecht hart. Ik heb acute reuma gehad toen ik vijf was. Een van mijn hartkleppen is niet goed.'

'O.' Ze keek eerst verward en toen bezorgd. 'Maar je bent nu gezond?'

'Ja, hoor. Ik voel me prima. Maar dat was niet genoeg om voor mijn land te mogen vechten.'

'Maar je hebt mijn vader laten denken...'

'Ja. Dat spijt me. Het kwam... goed uit.'

Hij kreeg kippenvel van de blik in haar ogen, maar hij ging verder: 'Ik wilde niet dat Harold de waarheid wist. Ik schaamde me voor de waarheid. Ik schaam me er nog steeds voor.'

Ze had zwarte schaduwen onder haar ogen; hij vond dat ze er ontzettend jong en breekbaar uitzag. Hij zei: 'Toen ik zei dat ik je niet waardig ben, meende ik dat, Philly. Het is echt waar. Ik ben je niet waardig.'

'Is het niet aan mij om dat te bepalen?'

'Ik zou er alles voor overhebben om de situatie te veranderen. Alles.'

'Verander de situatie dan,' zei ze fel. 'Wat het ook is waar je je voor schaamt, maak het goed.'

'Zo gemakkelijk is dat niet.'

'De beste dingen zijn niet altijd gemakkelijk.' Ze staarde voor zich uit. Toen vroeg ze: 'Hou je van me, Will?'

'Philly,' zei hij. 'Lieve Philly. Ik ben getrouwd.'

Hij zag alleen aan het beven van haar schouders dat ze huilde. Deze keer raakte hij haar niet aan. Zijn hart voelde als een brok steen. Hij zei: 'Als ik vrij was om van je te houden, zou ik dat doen, Philly. Maar jij moet niet van mij houden. Je weet niets over me. Je weet niet wat ik heb gedaan. Je weet niet wie ik ben.'

Ze stond op. Bij de deur bleef ze even staan. Ze staarde hem met haar rode ogen aan. 'Dan wordt het misschien tijd,' zei ze, 'dat je me dat vertelt.' Toen liep ze de pub uit.

Topaz ontving half januari een brief van Prudence Chancellor. Prudence gaf haar in haar snelle, slordige handschrift een standje dat ze in de kerstvakantie niet op bezoek was geweest. Topaz keek in haar agenda. Het was altijd stil aan het begin van het nieuwe jaar, wanneer niemand dineetjes organiseerde. En ze zou het heerlijk vinden even aan Londen te ontsnappen: de stad leek last te hebben van een nafeestelijke depressie en mensen zaten chagrijnig in de metro en liepen gehaast over straat.

Dat ze naar Dorset ging omdat het schoolhuis maar een paar kilometer van Missencourt lag en dat haar de mogelijkheid gaf Marius te ontmoeten, zodat ze hun ruzie konden bijleggen, was iets wat ze nauwelijks aan zichzelf durfde toegeven. Hij had sinds de avond van haar feest niets meer van zich laten horen. Ze had een bedankje van Tara voor haar kerstcadeautje gekregen, maar niets van Marius. Ze voelde zich soms wanhopig gestemd, soms optimistisch. Optimistisch omdat oude vrienden toch niet zomaar hun vriendschap opgaven omdat een van de vrienden licht aangeschoten en met wat knoopjes los op straat stond te krijsen. Wanhoop omdat ze had bedacht dat als zij zich realiseerde dat ze op haar moeder leek, Marius dat misschien ook had gezien. Misschien had hij wel besloten dat het beter was hun vriendschap nu maar af te breken, in plaats van over vijfentwintig jaar, wanneer ze chronisch te veel zou drinken en zou lonken naar iedereen in een uniform.

Maar al haar zorgen waren overbodig, want Prudence vertelde tijdens haar eerste avond op het schoolhuis dat Marius voor zaken naar Noord-Engeland was. Topaz moest haar best doen haar teleurstelling voor Prudence te verbergen.

De eerste paar dagen rommelde ze wat rond, hielp Prudence in het huishouden, las wat boeken en tijdschriften en viel steeds in slaap voor het haardvuur. Ze had zich niet gerealiseerd dat ze zo moe was. En hoe heerlijk het was dat ze zich geen zorgen hoefde te maken of de paddestoelensoufflé niet zou inzakken en of ze wel genoeg zout in de vichyssoise had gedaan. Toen het weer een beetje beter werd, maakte ze lange wandelingen en liep kilometer na kilometer over de smalle paadjes die ze al sinds haar kindertijd kende. IJs kraakte onder haar voeten en haar adem maakte wolkjes in de koude winterlucht.

Tijdens een van haar wandelingen kwam ze op Sixfields terecht. Toen ze het lange pad heuvelopwaarts liep, doemde het huis donker en massief uit de mist op. Ze was een beetje buiten adem en pauzeerde even. Ze hoorde jongensstemmen in de verte, afgewisseld door gelach. Toen ze het huis naderde, bedacht ze zich dat ze op de dag na Jacks welkomstfeest voor het laatst op Sixfields was geweest. Ze had op een stoel gebalanceerd om de borden terug in de kast te zetten, terwijl Carrie Chancellors scherpe, blauwe ogen haar boos en ongeduldig hadden doorboord.

Ze stond bij het hek, klaar om snel weg te rennen als ze het getik van Carries stok of het gegrom van de honden zou horen. Ze kreeg de indruk dat het grote huis stond weg te teren, dat het de strijd tegen de tijd en de elementen aan het verliezen was. Er zaten scheuren in de bakstenen muren en er ontbraken dakpannen. Gootwerk hing over de randen van het dak en een van de grote schoorstenen lag in stukken in de boomgaard.

De stemmen kwamen van achter het huis. Topaz deed het hek open en liep het pad op. Klimop groeide over de voordeur, die duidelijk niet meer open kon, en er ontbraken een paar kleine ruitjes. Klimop hing tegen de muren en had groene en gouden bladeren op de verweerde bakstenen achtergelaten. De stemmen werden duidelijker. 'Breek het glas!' riep iemand, 'Breek het glas!' Ze bleef even staan en tuurde de achtertuin in. Een groepje jongens stond stenen naar de ruiten op de eerste verdieping te gooien. Hun geroep, opgetogen door het genot iets te doen wat niet mag, sneed door de bevroren lucht.

'Tegen het glas!'

'Schiet nou op!'

'Schiet hem kapot!'

Er klonk hard glasgerinkel, gevolgd door verrukt gegil. Stukken glas kletterden op het erf.

Een van de jongens zei: 'Ik ben bang, Gary.'

'Stel je niet aan. Ze is toch invalide? Je bent toch niet bang voor een manke?'

Topaz zei hard: 'Ik heb in de cottage de politie gebeld. Die is onderweg.'

Een stel van de kleinere jongens rende hard weg. Een van de oudere jongens, met een uitdagende blik in zijn ogen en donshaar op zijn kin, liep op zijn gemak op haar af en zei: 'Wat kom jij hier doen, stom mens? Is ze een vriendin van je?' Toen liep hij opzettelijk traag weg, steentjes voor zich uit schoppend. Zijn vrienden slenterden achter hem aan. Toen hij bij de hoek van het huis was aangekomen, draaide hij zich om en gooide een hand kiezelsteentjes naar haar toe. Ze raakten Topaz op haar rug en staken als hagelstenen. Toen rende hij met zijn vrienden de hoek om.

Ze veegde haar jas af, opende de achterdeur en riep Carries naam. Er kwam geen antwoord. De glazen flessen op de planken in de hal waren overwoekerd door spinnenwebben. Het kleine raam was grijs van een dikke laag stof.

Ze opende een deur en liep een gang in. 'Juffrouw Chancellor?' riep Topaz, haar stem bedrukt door de duisternis en enormiteit van het huis. Ze liep zomaar een gang in en moest zich bukken om niet tegen een laaghangend plafond te lopen. Door openstaande deuren zag ze kamers die vol stonden met massieve, ouderwetse meubels. Tafels en kasten, allemaal vol boeken en snuisterijen, lagen onder een dikke laag stof. Ze vroeg zich af of iemand ooit in die kamers kwam. Ze vroeg zich af wie de toverspreuk had uitgesproken waardoor ze waren versteend.

Ze schrok van een plotseling geluid. Ze hoorde een onophoudelijk getik boven haar hoofd. Ze liep de trap op. Ze liep in de richting waar het geluid vandaan kwam en zag toen iets op de grond liggen. Carrie lag naast de zoldertrap, met haar lichaam tegen de leuning aan gekruld. Ze tikte met haar stok op de vloer. Ze riep om Topaz.

'Hier, meid. Schiet op.'

Topaz rende naar haar toe. Carrie lag tussen een berg gevallen papieren op de donkere eiken vloer.

'Geef me je hand.' Carries razende stem blafte orders. 'Help me omhoog.'

'Misschien hebt u iets gebroken. Misschien moet ik eerst de dokter bellen...'

'Ik vroeg niet om je mening, kind, help me nu maar gewoon overeind. Ik raak helemaal buiten adem van dat gehang.' Carries steenkoude hand greep die van Topaz. Haar lippen waren blauw.

'Hoe lang ligt u hier al, juffrouw Chancellor?'

Carrie zag er even verward uit. 'Vanochtend... Vanochtend ben ik naar de zolder geweest...'

Het was twaalf uur. Topaz zei: 'Als ik mijn arm om u heen sla, kunt u misschien gaan zitten.'

Carrie krabbelde moeizaam overeind. 'Ik heb mijn enkel bezeerd,' mompelde ze. Haar voet was vreselijk opgezwollen. Ze zat tegen de muur geleund en haalde zwaar en onregelmatig adem.

Ze keek naar Topaz. 'Wie ben jij?'

'Topaz Brooke. Het nichtje van Prudence...'

'Dat weet ik, dat weet ik. De dochter van de broer van Prudence. Dat weet ik nog. Help me naar de slaapkamer.'

'Ik vind echt dat ik even een dokter moet bellen...'

'Ik hou niet van doktoren,' zei Carrie geïrriteerd. 'Ze hebben me nog nooit geholpen. Bovendien ga ik dood, dus wat heeft een dokter dan nog voor zin? Zonde van het geld.'

'U voelt zich vast snel weer een stuk beter, juffrouw Chancellor,' zei Topaz beleefd.

'Ik zei toch dat ik doodga?' Haar woede werd minder en Carrie mompelde: 'Daarom ben ik deze gaan halen. Ik moet ze verbranden. Hij mag ze niet zien.'

Topaz zag dat de papieren die over de vloer verspreid lagen, brieven waren. Het papier was vergeeld en het handschrift bruin en vervaagd. Op een van de vellen las ze: *Mijn liefste Caroline.* Toen ze Carrie op haar benen hielp, verschoof ze met haar voet een stuk papier. Ze zag de ondertekening: *Je liefste Francis.*

Carrie zei: 'Je moet me naar mijn slaapkamer helpen. Daar... de deur staat open...'

Ze liepen langzaam over de gang. Terwijl ze Carrie ondersteunde, voelde Topaz hoeveel moeite iedere stap haar kostte. Carries longen piepten en haar gestel leek te breekbaar om haar eigen gewicht te dragen.

In de slaapkamer liet Carrie zich in haar bed zakken en bleef met gesloten ogen doodstil liggen. Haar gezicht was zo wit als haar kussen. Toen Topaz een door motten aangevreten plaid uitklopte en over haar heen legde, mompelde Carrie: 'Ga nu maar weg. Ga alsjeblieft weg.'

Ze liep naar beneden. In de keuken zette ze thee. Ze keek snel om zich heen en zag een stoffige fles sherry staan. Ze moest hard aan de kurk trekken om hem van de suikerkristallen los te scheuren.

Ze liep met het dienblad naar boven. Halverwege de gang bleef ze even staan. Er scheen een bleek winterzonnetje door de beslagen ramen. Vage lichtstralen verlichtten de brieven die op de vloer lagen. 'Ik moet ze verbranden,' had Carrie gezegd.

Topaz zette het dienblad op de vensterbank. Toen verzamelde ze de brieven en maakte er een nette stapel van. Toen ze tegen de vensterbank stond geleund, zei ze streng tegen zichzelf dat het een van de ergste dingen is die je kunt doen: de brieven van een ander lezen. Achterbaks en onbeschoft, niet goed te praten.

Ze begon te lezen.

In Carries slaapkamer schonk ze thee en een glas sherry in en zette beide op het nachtkastje naast Carries bed. Carrie leek niet te hebben bewogen sinds ze de kamer was uitgelopen, maar ze had weer een beetje kleur gekregen.

Topaz zei: 'Ik heb de brieven van Francis Temperley. Wilt u dat ik ze in de haard gooi?'

Carrie opende haar ogen. 'Je hebt ze gelezen...'

'Ik heb de ondertekening gezien. Ik was benieuwd.'

Carrie glimlachte met op elkaar geperste lippen. 'Nieuwsgierigheid kan heel gevaarlijk zijn.'

Topaz ging op het randje van het bed zitten. 'Bent u met hem verloofd geweest? Met de vader van Marius en Julia?'

Ze schudde nauwelijks zichtbaar haar hoofd. 'Niet verloofd. Nooit verloofd. Maar hij had het me wel beloofd.' Haar stem klonk bitter.

'Waar hebt u hem leren kennen?'

'Dat gaat je niets aan, juffie.' Carrie had haar handen om de rand van het laken geklemd. Toen leek ze zich te bedenken, want ze zei: 'In de kerk, natuurlijk. Waar moet een goed opgevoed meisje anders een jongeman ontmoeten?' Ze glimlachte. 'Ik was best leuk, toen. Leuk, niet mooi. Nooit mooi. Maar ik kon ermee door. Ik was niet lelijk. Niet afstotelijk.' Ze keek naar Topaz en begon te grinniken. 'Dat kun jij je natuurlijk niet voorstellen, hè? Carrie Chancellor die er leuk uitzag. Nou, toch was het zo. In het voorjaar droeg ik een witte jurk met een blauw lint en een strooien hoed met bloemen. Viooltjes,' zei ze zacht. 'Ik was dol op viooltjes.'

Haar stem verstomde. Topaz gaf haar het kopje thee aan. Carrie staarde er een tijdje naar zonder iets te zeggen en toen kwam er plotseling een enorme woordenstroom op gang, alsof ze haar verhaal te lang had opgekropt. Alsof ze, verstild door haar jarenlange zelfgekozen kluizenaarschap, de bevrijding door de biecht verwelkomde.

Ze zei: 'Francis heeft me na de kerkdienst een keer thuisgebracht. Mijn vader was ziek, dus ik was alleen naar de kerk gegaan. Ik was zeventien, Francis een paar jaar ouder. We kenden elkaar natuurlijk al sinds onze kindertijd. We zagen elkaar in de kerk, op het strand, in de winkel. Francis Temperley was een mooie man. Lang en blond. Hij had lichtblauwe ogen. Hemelsblauw. Ik was ervan uitgegaan dat hij mij, muisje Carrie Chancellor, nooit zou zien staan. Die eerste keer dacht ik dat hij het alleen uit beleefdheid deed. Maar de zondag daarop gaf hij me in de kerk een briefje en vroeg me hem die middag te ontmoeten.'

'Uw vader...'

'Zou me nooit hebben toegestaan met Francis Temperley om te gaan. Hij vond hem niet goed genoeg voor me.' Carrie keek angstig. 'Mijn vader was geen gemakkelijke man. Je had er alles voor over hem niet kwaad te maken. Toen ik brutaal tegen hem was, heeft hij me een keer in de kelder opgesloten. Dat ben ik daarna nooit meer geweest. En bovendien mocht een jongedame niet met een jongeman alleen zijn. Dat deed je toen niet. Dan vergooide je je reputatie. 'Tegenwoordig...' Carrie begon te hoesten, 'is alles natuurlijk anders. De oorlog – de Tweede Wereldoorlog – heeft overal verandering in gebracht. Zelfs kinderen, die jongens op het erf. Die oudste jongen, Gary Prior. Voor de oorlog werkte zijn vader voor mij. Een goede man. Maar toen werd hij naar Birma gestuurd. Zijn kinderen ontspoorden natuurlijk volledig. Jongens hebben hun vader nodig, hè?' Carrie hield even op met praten om op adem te komen. 'Hij heeft drie jaar in een jappenkamp gezeten, Michael Prior. Toen hij thuiskwam, was hij een andere man geworden. Hij praat niet meer. Hij houdt geen baan meer vol.'

In de stilte was er alleen het getik van de klok en het gekreun van het oude huis. Carrie nam een paar slokjes thee. 'Hij hield van me,' zei ze plotseling. 'Francis Temperley hield van me.'

Het was bijna veertig jaar geleden dat Carrie Chancellor, onvoorstelbaar jong en lieflijk met haar strooien hoed met viooltjes, van Francis Temperley had gehouden. Wat was er gebeurd? Waarom waren ze uit elkaar gegaan? Waarom was Francis met Adele getrouwd en niet met Carrie? Helemaal opgegaan in dit oude, onverwachte verhaal over een verloren liefde, voelde Topaz de klamme kou in de slaapkamer niet eens meer.

'Is uw vader erachter gekomen dat u elkaar zag?'

Carrie schudde haar hoofd. 'Het was 1916. Francis was twee jaar eerder op medische gronden afgekeurd voor militaire dienst, maar halverwege de oorlog werd het leger minder streng. Het was de tijd van de Somme, de jongemannen werden neergemaaid als koren. Kanonnenvlees, die arme jongens.' Haar ogen werden donkerder. 'Francis werd naar het front gestuurd. We schreven elkaar... Ik schreef hem iedere dag. Een jaar later had hij twee weken verlof. Hij was veranderd. Hij was stiller geworden. Hij had vreselijke dingen gezien, dat hadden ze allemaal. Maar hij sprak er met mij niet over. Tegen mij had hij het alleen over leuke dingen. Hij zei dat we na de oorlog zouden trouwen. Zodra ik eenentwintig zou worden.'

Carrie had haar theekopje zo gespannen vast, dat haar knokkels wit waren geworden. 'Toen ging hij terug naar het front. En ik werd die winter ziek. Ik kreeg polio. Ik heb zes maanden in het ziekenhuis gelegen. Ik werd in januari 1918 opgenomen en ik mocht pas in juni weer naar huis. Het enige waar ik aan dacht, het enige wat me de moed gaf om door te gaan, was de gedachte aan Francis.' Ze staarde Topaz aan. 'De oorlog leek tot in het oneindige door te gaan. Er zijn er zoveel gesneuveld. Ik zat altijd in angst om hem.'

'Maar hij heeft de oorlog overleefd.'

'Overleefd. Ja.' Carries gezichtsuitdrukking was verstild. Er viel een lange stilte. Toen zei ze bitter: 'Toen hij in november thuiskwam, kwam hij bij me op bezoek. Ik had een beugel om mijn been. Ik had mezelf met krukken leren lopen. Toen hij naar me keek, zag ik de afschuw in zijn ogen. Hij walgde van me. Die middag...' ze lachte ongemakkelijk, 'had hij het niet meer over onze verloving. En ik had het er natuurlijk ook niet over. Ik had toch al nooit echt geloofd dat hij van me zou kunnen houden. En na mijn ziekte...' Ze keek weg. Haar ribbenkast ging op en neer en gehinderd door haar met vocht volgelopen longen, snakte ze naar lucht. 'Zes maanden later hoorde ik dat

437

hij was getrouwd. Met een of andere blonde schoonheid. Het duurde even – ik ben nooit een uitzonderlijk slim meisje geweest, mijn vader noemde me altijd zijn domoortje – maar toen realiseerde ik me dat ik hem aan de oorlog herinnerde. Al die gewonde mannen, al die mismaakte lichamen. Daar had hij geen zin in. Francis Temperley was een kritische man. Hij was een pietje precies. Hij wilde een perfecte vrouw, die hem perfecte kinderen zou geven. Hij wilde geen invalide.'

Topaz kon niets bedenken wat Carrie zou kunnen troosten. Ze kon geen zin bedenken die de pijn die Carrie na veertig jaar nog voelde, kon verzachten. Ze stelde zich voor hoe de veel jongere Carrie, afgewezen door de man van wie ze hield, zich was gaan afzonderen van de wereld. Hoe ze defensief moest zijn geworden, niet in staat andere mensen te vertrouwen. Hoe het verlegen jonge meisje een muur om zich heen was gaan bouwen en alleen nog kon genieten van het enige wat haar nog betrouwbaar leek: geld en land.

Carrie fluisterde: 'Hij was mijn kans. Mijn enige kans om een gezin te hebben. Een kind. Een kind voor Sixfields. Maar dat heeft hij me allemaal afgenomen.' Ze smeet haar kopje op het schoteltje. 'Niet dat ik erover heb geklaagd, hoor. Mijn vader was ondertussen overleden en ik moest de boerderij draaiende houden.' Haar half dichtgeknepen ogen glinsterden. Topaz hoorde maar net wat ze zei: 'Maar toen ik hoorde dat Jack met zijn dochter omging...'

'Jack?' Topaz staarde haar aan.

'De beste van het stel.' Carries mondhoeken krulden naar beneden. 'Een zwak nest, de Chancellors. Dat krijg je met oude families... het goede bloed raakt op. Inhalig en lui zijn ze. Allemaal. Behalve Jack.' Carries stem werd iets vriendelijker. 'Jack is nooit bang voor me geweest. Hij nam me zoals ik was. Dat heeft hij van je tante Prudence. Godzijdank is John Chancellor buiten de familie getrouwd en met een verstandige vrouw.' Ze staarde naar de vloer. 'Jack is een goede jongen. En dat kon ik toch niet toestaan, of wel?' Carries stem klonk plotseling giftig. 'Ik kon niet toestaan dat zijn dochter er met mijn Jack vandoor zou gaan. En Sixfields. Niet na wat hij mij had aangedaan.'

Topaz' hart bonsde. Ze kon nauwelijks geloven wat Carrie zei. Ze kreeg het ineens koud. Ze sloeg haar jas om zich heen, maar ze had het nog steeds koud. Ze zei langzaam: 'U wilde niet dat Jack met Julia zou trouwen...'

'Francis heeft me in de steek gelaten. Hij heeft me verraden. Ik wilde Jack niet ook nog kwijtraken. Niet aan haar.' Ze keek Topaz met een trotse blik aan. 'Dus heb ik hem laten kiezen. Ik heb hem laten kiezen tussen het land en het meisje.' Ze glimlachte. 'Ik wist waar hij voor zou kiezen. Ik kende Jack. De Chancellors zijn allemaal even hebberig. Ik wist dat hij niet om een meisje zou gaan treuren.'

'Maar Jack hield van Julia! En zij van hem!'

Carrie keek haar onbewogen aan. Haar ogen waren blauwe spleetjes. Ze zei: 'Ik wilde dat zij zou weten hoe het voelde. Zijn dochter.'

Zulke haat. Topaz moest wegkijken. Ze staarde naar de vervaagde woorden op de brieven, die ze nog in haar handen had: *Mijn enige liefde... tot de volgende keer... ik denk altijd aan je...*

Ze zei ongelovig: 'Maar u kon Francis Temperley toch niet via Julia kwetsen? U kunt de vader toch niet via het kind straffen?'

'Oog om oog...' fluisterde Carrie. Ze begon weer te glimlachen. 'Jij hebt het me verteld. Weet je nog? Ik weet het van jou.'

Ze had op de stoel gestaan om de borden terug te zetten. *Jack houdt niet van feestjes, hij lijkt op mij.* Carrie keek haar vals aan. En zij, Topaz, had gezegd: 'Tante Prudence denkt dat Julia en Jack misschien gaan trouwen. Ze zijn dol op elkaar.'

Ze keek weg. Buiten was de mist opgetrokken en er was een grijsbruin landschap te zien. Ze zei onvriendelijk: 'Maar u bent Jack toch kwijtgeraakt. Hij heeft u in de steek gelaten, hè?'

Carrie had Jack zelf verdreven. Carries onkunde liefde te tonen had Jack van Sixfields verdreven. Topaz vroeg zich af of het het waard was geweest. Had het genot van de wraak goedgemaakt wat Carrie was verloren?

Ze hoorde Carrie achter haar fluisteren: 'Ik ben er altijd van uitgegaan dat hij zou terugkomen.' Carrie klonk verbijsterd.

Topaz vroeg zich af of Carrie Francis Temperley of Jack Chancellor bedoelde. De minnaar of de man die ze als haar zoon was gaan beschouwen.

Ze wilde ineens alleen nog maar weg. Oud zeer en oude vijandigheden leken uit de structuur van het huis te sijpelen. Ze hoorde Carrie zeggen: 'Je vertelt het hem toch niet, hè? Je vertelt het toch niet aan Jack, hè?'

Ze dacht aan alle gebeurtenissen die waren voortgekomen uit het feit dat Carrie niet had kunnen vergeven. Jack had Julia afgewezen, Julia was met Will getrouwd. Zelfs Wills verdwijning had te maken met deze ene wraakactie.

En toch hadden ze het allemaal overleefd. Jack was gelukkig getrouwd en had een dochtertje; Julia – de onrustige, onconventionele Julia – had tevredenheid gevonden in haar zoon en haar werk. En het was zelfs mogelijk dat Will ergens ver weg het geluk had gevonden. Als Carrie Chancellor niet eigenhandig aan het rad van fortuin had gedraaid, was het misschien helemaal niet beter afgelopen.

Topaz beloofde het: 'Ik zal het niet aan Jack vertellen.' Ze hield Carrie de brieven voor. 'Wat wilt u dat ik hiermee doe?'

'Verbrand ze maar.' Carrie liet zich in haar kussen vallen. Ze was grijs van vermoeidheid. 'Verbrand ze.'

Will overwoog heel even om Coldharbour Farm te ontvluchten. Dat had hij altijd gedaan als mensen te dicht bij hem waren gekomen. Hij had zijn rugzak al van het haakje gehaald, toen hij zich bedacht.

De paar weken daarna was hij blij met de afleiding van zijn werk. Midden in de winter had iedere automonteur het druk: bevroren radiateurs, motoren die niet wilden starten en auto's die waren geslipt op gladde wegen en beschadigde voorruiten en bumpers hadden. Hij droomde nog een paar keer over de dansende engeltjes. Dan werd hij om vier uur 's nachts wakker, de droom nog in zijn hoofd, achtervolgd door het gevoel dat er onafgemaakte zaken waren, dat hij nog plichten te vervullen had. In zijn dromen leek de verwachtingsvolle sfeer op Ricks schilderij voor hem bedoeld te zijn. Misschien wachtten die vriendelijk en geamuseerd kijkende engeltjes wel op hem. Tot hij het weer zou goedmaken.

In de bibliotheek van Lincoln zat hij uren achter een tafel door zware kunstgeschiedenisboeken te bladeren. Hij was omringd door engelen: strenge engelen, vriendelijke engelen, verveelde engelen. Engelen die boeken lazen, engelen die muziekinstrumenten bespeelden. Engelen die in onwaarschijnlijke poses op wolken balanceerden, engelen in schaduwrijke interieurs, verveeld en werelds, over de wereld kijkend alsof ze op zondag ergens op de thee waren uitgenodigd. Geen engeltje leek ook maar op zijn dansende engelen.

In een andere zaal in dezelfde bibliotheek bestudeerde hij duisterder beelden. Hij las krantenartikelen over het Neurenbergproces en dacht aan Rick. Rick was vergeleken met de Martin Bormanns en Hermann Görings over wie hij nu las, die mannen die de vloek van oorlog en ontwrichting hadden uitgesproken, een onbeduidende parasiet geweest. Rick had zich enkel gevoed met de restjes die van hun tafels waren gevallen. De oorlog had Rick allerlei mogelijkheden geboden, de situatie gecreëerd waar Rick en zijn soort van hadden geprofiteerd. Hij vroeg zich af of Rick in vredestijd nog steeds van de situatie profiteerde, of dat hij het ook moeilijk had.

Toen hij aan zijn familie dacht, werd hij overvallen door een intens gevoel van verlangen. Hij wist dat een gedeelte van hem door de jarenlange scheiding was gestorven. Hij dacht terug aan het ziekzijn in zijn jeugd. Al die weken en maanden had zijn moeder naast zijn bed gezeten en hem verzorgd, tot hij weer beter was geworden. Hij was vaak chagrijnig geweest en had veel gehuild, maar hij kon zich niet herinneren dat Prudence ooit anders dan geduldig en opbouwend was geweest. Hij realiseerde zich wat zijn verdwijning voor zijn moeder moest betekenen. Hij dacht terug aan hoe ze had geleden toen Jack tijdens de oorlog was weggegaan en hoe verheugd ze was geweest toen hij was teruggekomen. En met een intens gevoel van spijt dacht hij terug aan de schijnbaar oprechte gevoelens van eigenbelang die hij had gehad toen hij had besloten te doen alsof hij dood was. Hij had zichzelf voorgehouden dat zijn ouders liever een dode dan een oneerbare zoon zouden hebben. Wat een onzin. Zijn jaren van verbanning hadden hem geleerd wat liefde is. Hij wist dat hij van Philippa zou houden als ze ziek, mismaakt of onteerd zou zijn. Als hij haar zou verliezen, zou hij eeuwig om haar rouwen. Hij was gevlucht omdat hij niet in staat was geweest de gevolgen van zijn eigen acties te dragen; hij was gevlucht omdat hij de teleurstelling van zijn familie niet onder ogen durfde te komen, hun teleurstelling in hem, hun favoriete zoon. Hij had zich laten leiden door eigenbelang; hij had nauwelijks stilgestaan bij het verdriet dat hij zijn familie aandeed.

Toen hij terugkwam op de boerderij, vond hij Harold in de schuur. Hij was modder van rapen aan het slaan. Hij zei: 'Ik moet weg. Ik weet niet hoe lang.'

Harold draaide zich naar hem om. 'Maar je komt wel terug?'

'Dat hoop ik.'

Er viel een stilte. Harold legde knollen op een houten rek. 'Philippa en jij... hebben jullie het goedgemaakt?'

Will zag in de verte onder de populieren de treinwagon staan die zijn huis en toevluchtsoord was geworden. 'Dat wil ik wel,' zei hij, 'maar ik heb vreselijke dingen gedaan, Harold, voor ik hier kwam. Dingen die ik nooit had moeten doen. En die wil ik goedmaken. En als het kan, kom ik terug.'

Harold ging rechtop staan. 'Philippa betekent vreselijk veel voor me. Ze is alles wat ik heb. Ik wil niet dat ze wordt gekwetst, Will.'

Hij dwong zichzelf Harold aan te kijken. 'Je hebt nooit vragen gesteld,' zei hij. 'Je hebt me vertrouwd. Daar kan ik je nooit genoeg voor bedanken. Maar ik moet je vragen me nog iets langer te vertrouwen.' Hij gaf Harold een map papieren. 'Ik heb wat lessen voorbereid voor mijn cursisten. Zodat ze iets te doen hebben zolang ik er niet ben.'

Harold keek met opgetrokken wenkbrauwen naar de map. Op de kaft stond in dikke letters de naam WILL CHANCELLOR. Will was geschokt geweest over hoe heerlijk het had gevoeld zijn eigen naam weer te gebruiken.

Op de begrafenis van Carrie Chancellor regende het, een onophoudelijke, grijze stortbui die het kerkhof en het omringende landschap in een glinsterende sluier verhulde. De hymne die werd gezongen, was 'Lord of all Hopefulness, Lord of all Joy', die Topaz niet erg toepasselijk vond, aangezien Carrie meer dan haar halve leven ongelukkig was geweest. Carries god was vast en zeker die van het Oude Testament geweest, geduldig en wraakzuchtig, een god die de kinderen strafte voor de zonden van de vaders.

Er waren drie weken voorbijgegaan sinds ze op bezoek was geweest bij Carrie Chancellor; drie weken geleden had ze over Carries liefde voor Francis Temperley gehoord. Twee weken na haar bezoek was Carrie overleden, haar koppige geest eindelijk neergeslagen door een longontsteking. Topaz had haar belofte aan Carrie gehouden en haar geheim aan niemand verteld. Maar ze werd door Carries verhaal achtervolgd.

Na de dienst en de begrafenis ging de grote meute Chancellors gezamenlijk naar Sixfields, waar ze het eten verorberden dat Prudence en Topaz hadden klaargemaakt. Prudence en mevrouw Sykes hadden de hele week daarvoor staan stoffen en boenen op Sixfields, zodat een handjevol kamers op de benedenverdieping er presentabel uitzag. Toen de tafel was afgeruimd, las Carries advocaat het testament voor. Topaz bleef in de keuken. In eerste instantie was het doodstil en toen leek de hele familie in één keer uit de zitkamer te komen en al naar gelang de aard van het familielid te mopperen, grommen, schreeuwen of ruzie te zoeken. Prudence kwam de keuken binnenlopen en zette ketels water op het fornuis. 'Een kopje thee zal ze wel kalmeren,' zei ze. Ze zag er verward uit.

Topaz ontsnapte aan de drukte en liep naar boven. Hier lagen de gangen en kamers nog verstikt in een dikke laag stof en rotzooi en de kapotte ramen waren dichtgetimmerd. Ze opende de deur naar Carries slaapkamer en zag dat er een laag grijze, koude as in de haard lag. Ze vroeg zich af of ze de laatste resten van Francis Temperleys jeugdige passie zou zien als ze in het stof zou porren. Carrie had zijn brieven pas vernietigd toen ze wist dat ze op sterven lag. Ze had ze vernietigd om te voorkomen dat Jack ze zou vinden, zodat hij er nooit achter zou komen waarom ze had geprobeerd hem van Julia te scheiden. Verbitterdheid en angst hadden Carries ziel meer vervormd dan de ziekte haar lichaam. Angst had gemaakt dat ze liefde omzeilde. Angst voor afwijzing, angst voor pijn.

Topaz besefte dat ze niet dezelfde fout moest maken. Je moest risico's durven nemen; soms moest je een gok wagen. Ze sloot de deur en mompelde streng tegen zichzelf: 'Wie niet waagt, die niet wint.' Ze rende naar beneden, pakte een fiets van het erf en fietste weg.

Toen hij de oude kapel uit kwam lopen, riep ze hem. Ze zag in zijn plotselinge glimlach niets van afkeuring, plichtsbesef of beleefdheid, alleen verrassing en plezier.

Ze zei: 'Ik was naar je op zoek.'

'Ik was net van plan naar jou op zoek te gaan.' Marius stak de weg naar haar over. 'Ik wist dat je hier voor de begrafenis zou zijn. Ik dacht dat je misschien wel van de Chancellors gered wilde worden.' Hij keek voor zich uit. 'Nee, dat is niet waar. Ik wilde je mijn excuses aanbieden.'

'Mij?'

'Voor laatst. Toen ik onaangekondigd op je feestje kwam.'

'Het was niet zo erg als het eruitzag,' zei ze snel. 'Je weet hoe dat gaat met kerst... dan sta je ineens mensen te kussen die je anders niet zou aankijken.'

'Maar je had wel gelijk. Het waren mijn zaken niet.' Hij trok een gezicht. 'Je vindt me vast een bemoeial... en een betweter. Iedere zoveel tijd banjer ik je leven binnen en geef je op je donder. Het is een vreselijke gewoonte van me en ik beloof je dat ik het nooit meer zal doen.'

Ze voelde een golf van geluk over zich komen. Hij was niet boos op haar. Hij had haar vergeven. Ze zei luchtig: 'We kunnen elkaar onze excuses nog een tijdje blijven aanbieden, maar het regent en ik moet deze...' ze tikte op het stuur van de fiets, 'naar Sixfields terugbrengen voor iemand hem gaat missen.'

'Is hij niet van jou?'

'Ik heb hem geleend.'

'Geleend?'

'Nou ja, gestolen dan.' Ze trok een gezicht. 'Die herrie, Marius. Op Sixfields. Ik moest echt even weg. Ze hadden allemaal ruzie met elkaar. Ik was echt bang dat ze zouden gaan knokken. Het testament is net voorgelezen. Carrie heeft alles aan Jack nagelaten. Het huis, het geld – en dat schijnt nogal veel te zijn – het land en al haar eigendommen. Maurice wil het testament aanvechten.'

'O, ja?' Marius keek geamuseerd.

'Iedereen wist dat Jack en Carrie ruziegemaakt hadden. Hij dacht dat ze hem zou hebben onterfd.'

'Maar dat heeft ze niet gedaan?'

Ze dacht aan de eenzame vrouw die in dat aftakelende huis gevangenzat en werd ineens verdrietig. 'Ik denk dat ze altijd al heeft gewild dat Sixfields naar Jack zou gaan. Ze hield van hem.'

Hij zei: 'Ik heb je gemist, Topaz.'

'Echt?'

'Ik was bang dat je me ontliep. Of dat we uit elkaar waren gegroeid. Dat kan zomaar gebeuren. Ik zou me kunnen voorstellen dat je me niet meer zou willen zien.'

Ze zei: 'Ik kan me niet voorstellen dat we ooit uit elkaar zouden groeien, Marius, nooit.'

Er glinsterde iets in zijn ogen. Ze zag het en haar hart sloeg over.

Hij zei: 'Dat weet je nooit zeker.'

'Ik wel. Ik ben druk geweest. Ik moest van alles op een rijtje zetten.'

'En is dat gelukt?'

Ze glimlachte. 'Ik denk het wel.'

Hij zei plotseling: 'Er is vanavond een uitvoering bij Tara op school, waar ik echt heen moet... maar ben je er morgen nog? Dan kunnen we samen eten. Of naar de film, als je dat wilt.'

'Naar de film,' zei ze. 'Dat zou ik leuk vinden.'

'Mooi.' Zijn ogen glinsterden nog steeds. 'Rond zevenen dan?'

Ze fietste terug naar Sixfields. Ze hielp Prudence met opruimen en spullen terugbrengen naar het schoolhuis en ze vergat helemaal dat het koud, nat weer was. Ook hoorde ze het gemopper van de vertrekkende Chancellors niet.

In de rust en vrede van haar kamer op het schoolhuis voelde ze zich vol vertrouwen en onzeker tegelijk. Marius had haar mee uit gevraagd. Deze keer had hij haar toch echt gevraagd? Het was nu toch niet net zo'n troostprijs als hij haar had aangeboden toen ze zeventien was? Doe niet zo raar, zei haar twijfelende helft, hij wil jullie ruzie goedmaken, verder niets.

Maar daar kon ze zichzelf niet van overtuigen. 'Ik heb je gemist, Topaz, had hij gezegd. En ze had de blik in zijn ogen gezien. Ze durfde nauwelijks te overwegen dat dat misschien een hoopvolle blik was geweest.

Beneden ging de telefoon en onderbrak haar gedachten. Ze deed de kleerkast open en keek naar het handjevol kledingstukken dat ze had meegenomen. De zwarte wol die ze op de begrafenis had gedragen – nogal streng, vond ze – of de geruite rok met de roestbruine trui. Of haar groene zijden blouse; ze zou Marius' sjaal erbij kunnen dragen.

Prudence zei: 'Dat was je moeder. Ik ben bang dat ze een ongelukje heeft gehad.'

Het nieuws van Carries dood had een mengeling aan emoties losgemaakt in Jack, waarvan ongeloof en spijt de sterkste waren. Ongeloof omdat hij om de een of ander reden had aangenomen dat de ouwe heks het eeuwige leven had, en spijt omdat hij in zijn achterhoofd altijd het idee had gehad dat als ze zich niet zouden kunnen verzoenen, er in ieder geval nog een wapenstilstand uit te slepen zou kunnen zijn.

Hij liet Esther en Louise in Canada achter en vertrok voor de begrafenis naar Engeland. Tijdens de reis dacht hij aan Carrie. Ondanks hun meningsverschillen, voelde hij nog steeds respect en zelfs een beetje affectie voor haar. Hij had respect voor haar vasthoudendheid en moed. Hij dacht terug aan Carrie in oogsttijd, grote balen hooi met een hooivork in de hooiwagen gooiend, langere dagen werkend dan wie ook en weigerend toe te geven aan haar zwakke lichaam. Ze zou vaak pijn moeten hebben gehad, maar ze had er nooit over geklaagd. Nu hij erop terugkeek, had Jack het idee dat Carries feeksachtige gedrag misschien was geweest wat haar had gedreven, wat haar de kracht had gegeven door te gaan waar een vriendelijker karakter misschien had opgegeven.

Hij nam afscheid van haar op de begrafenis. Toen werd het testament voorgelezen. Zijn ongeloof was teruggekomen, deze keer vermengd met geamuseerdheid. Wat typisch van de oude heks dat ze iedereen tot het einde in spanning had gelaten. Hij zag voor zich hoe ze op hen neerkeek en van genoegen kakelde over het wespennest dat ze had verstoord. Ze had haar rijkdommen niet eens verdeeld. Ze had niets nagelaten aan trouwe bedienden, geen snuisterijen voor familieleden die jaren van ongemakkelijke bezoekjes hadden doorstaan in de hoop in haar testament te komen. Ze had alles aan hem, Jack Chancellor, nagelaten. Van de stapels oude kranten en roestige landwerktuigen op Sixfields tot de aandelen en opties die in Londen bij Coutts' Bank lagen.

De dag na de begrafenis reed hij naar Sixfields. Hij parkeerde de auto op de top van de heuvel in de buurt van het huis. Vanaf dit punt kon hij het hele landgoed het beste overzien. In de verte zag hij door een nevel van mist de zee. Hij vond het moeilijk zich Sixfields zonder Carrie voor te stellen. Haar koppige, weerbarstige geest leek net zoveel bij het terrein te horen als de kapotte daken op en het doolhof van gangen in het huis. Hij vroeg zich af wat Sixfields voor haar had betekend. Was het een toevluchtsoord of een gevangenis geweest? Had ze er echt van gehouden, of had het feit dat ze er eigenaar van was geweest haar bewegingsvrijheid beperkt, haar geen ontsnappingsmogelijkheid gelaten? Zelf had hij zijn eigen verlangen naar Sixfields zijn levensloop laten bepalen.

In het huis begon Jack aan de monumentale taak de inhoud ervan uit te zoeken. Hij was methodisch ingesteld en werkte kamer na kamer door. Hij onderzocht ieder meubelstuk, ieder boek, ieder schilderij en iedere snuisterij. Hij verdeelde Carries bezittingen in drie categorieën: bewaren, rommelmarkt en brandstapel. Wolken stof maakten de lucht zwart en de klamme kou op Sixfields voelde killer dan de veel lagere, maar drogere temperaturen in Saskatchewan. Ongeduldig zijn taak zo snel mogelijk af te maken, kampeerde hij in het huis, smeerde boterhammen voor zichzelf en sliep op een van de minder vervallen banken. Hij kon zichzelf er niet toe zetten in een van de slaapkamers met de versleten gordijnen en het grijs geworden beddengoed te slapen. Als er ergens spoken huisden, was het in de slaapkamers met hun lage plafonds en kleine raampjes.

De rommel die bestemd was voor het vuur had al snel een grote berg op het erf gevormd. Een pop zonder armen, een deegroller zonder handvaten en boeken zonder ruggen, de woorden onleesbaar door schimmel, staken naargeestig uit de brandstapel.

En toch herbergde het huis ook schatten. Hoewel veel van het meubilair alleen nog geschikt was als brandhout, ontdekte Jack zeventiende-eeuwse kasten en dressoirs en prachtig bewerkte negentiende-eeuwse bureaus en stoelen. Verstopt tussen het gebarsten aardewerk in de keuken vond hij beeldschone oude borden en kommen, waarvan sommige wel driehonderd jaar oud waren. Dacht hij. Jack besloot dat hij de borden aan Prudence zou geven. In de bibliotheek vond hij eerste edities van het verzamelde werk van Charles Dickens en een verzameling schilderijen, voornamelijk zeegezichten, waarvan het licht en de kleur de veranderlijke schoonheid van Dorset perfect vingen. Hij besloot de schilderijen naar Canada te sturen, zodat Esther kon zien waarom hij zo van het landschap hier hield.

Na twee dagen was hij klaar met de benedenverdieping; op de derde dag verhuisde hij naar boven. Laat die avond had hij een handjevol kamers doorgewerkt. Even pauzerend om iets te eten, overwoog hij of hij die avond zou teruggaan naar het schoolhuis. Hij had geen zin meer in boterhammen met soep uit blik en bovendien voelde hij zich een beetje ongemakkelijk in het lege huis. Het hield je voor de gek, de krakende planken en deuren deden je opschrikken. Schaduwen verscholen zich in donkere hoekjes en midden in de nacht sloegen er ineens deuren dicht. Aangedreven door een stokoude generator met kuren, had de elektriciteit op Sixfields de nare gewoonte er in-eens mee op te houden, waardoor het hele huis van het ene op het andere moment in duisternis werd gehuld.

Jack besloot nog één kamer te doen. Nog één kamer en dan zou hij naar het schoolhuis gaan. Hij had behoefte aan gezelschap. Als je hier te veel tijd in je eentje doorbracht, werd je gek.

Hij koos een kleine, vierkante kamer aan het einde van een gang. Hij kreeg de deur met moeite open, alsof hij jarenlang niet was geopend. Er lagen dode motten op de vensterbank, jaren geleden gevangen in de stoffige, luchtledige ruimte, hun broze bronskleurige vleugeltjes verstoft en half vergaan. Een touwdik spinnenweb liep van een hoek van de kamer naar een andere. Toen Jack het wegveegde, kleefden de grijze slierten aan hem vast.

In de kamer stonden zes kasten tegen elkaar aan gestouwd, die het grootste deel van het vloeroppervlak in beslag namen. Jack trok laden open en peuterde sloten in stoffige glazen deurtjes open. Er stonden dozen vol vergeelde damestijdschriften uit de vorige eeuw in. In een schoenendoos lagen knotten wol, donkerblauw en flessengroen. Een ivoren babybijtring lag zij aan zij met een halfvergane breukband.

Jack stak de bijtring in zijn zak en gooide de breukband op de gang. Onder in een la lag iets in een zak. Iets kleins, vierkants, wat er stevig uitzag. Als een vloertegel, of een blokje hout.

Hij maakte het zakje open. Toen hij zag wat erin zat, leunde hij achterover tegen de deurstijl. Zijn adem stokte in zijn keel.

Will zat in de auto en wachtte. De lucht was zwaar bewolkt en de maan was niet te zien; er viel regen op de voorruit. Af en toe zette hij de motor even aan om de auto een beetje te verwarmen. Toen wachtte hij nog een tijdje.

Hij had moeite zijn zenuwen onder controle te houden. Hij bedacht zich dat hij gewoon kon wegrijden en ergens anders opnieuw kon beginnen. Maar dat deed hij niet en hij dwong zichzelf zich op de praktische zaken te concentreren. Hij hoopte dat zijn herinnering aan de plattegrond van Sixfields klopte. Hij hoopte dat de honden hem vanavond, net als op die andere avond, zouden herkennen en niet zouden gaan blaffen. Hij hoopte dat alles er nog onveranderd was en dat nicht Carrie de schat die hij in haar huis had verstopt, niet had gevonden.

Om tien uur stapte hij uit de auto. Hij pakte een regenjas en een zakje hondenbrokken uit de achterbak.

Maar toen hij aankwam bij Sixfields, waren er geen honden. Het erf was doodstil. Carries Bentley stond naast een enorme brandstapel geparkeerd. Ze was zeker aan het opruimen, bedacht hij zich. Dat werd ook wel eens tijd.

Het huis was donker, dus nam hij aan dat ze naar bed was gegaan. Hij hoopte dat ze vast sliep. De wandeling had hem enigszins gekalmeerd en hij voelde zich onverwacht kalm terwijl hij aan de klink van de achterdeur voelde. De deur was open en zijn zaklamp maakte lichtcirkels op de muren in de gang. Hij bleef even staan en regendruppels vielen van zijn kleren op de tegelvloer. De ruimte was leeg, de flessen en potten stonden niet meer op de planken. Toen hij de binnendeur opende, raakte hij in de war van de wirwar aan gangen en bleef even staan. Al gauw zag hij de trap die naar rechts ging. Op weg naar boven, kraakte de trap, het geluid klonk in het stille huis als een geweerschot. Linksaf, zei hij tegen zichzelf toen hij op de overloop stond. Boven aan de trap was hij linksaf gegaan. Hij zag overal om zich heen deuren en toen hij zijn hoofd stootte tegen een laaghangend plafond, moest hij op zijn lip bijten om niet te gaan vloeken. Eerst kon hij zich niet herinneren, welke kamer het was. Toen hij een deur opende en daarna nog een, was hij als de dood dat hij Carrie in haar nachtpon zou aantreffen, krijsend van razernij en met een geweer zwaaiend.

Maar alle kamers waren leeg, de meubels stonden keurig opgesteld en de rommel die hij zo karakteristiek voor Sixfields had gevonden, was opvallend afwezig. Eindelijk zag hij de deur met de afbladderende groene verf. Hij voelde aan de deurklink.

Een stem achter hem zei: 'Will? Will, ben jij dat? Zoek je dit?'

18

Toen hij in staat was te praten, zei Will: 'Wat doe jij hier in godsnaam?'
Jack kwam op hem af lopen. 'Ik ben aan het opruimen.'
'Opruimen?'
'Carries spullen.' Hij keek Will aan. 'Hoe is het?'
'Goed.' Hij stond tegen de muur geleund en zijn hart bonsde bijna uit zijn borstkas. 'Ik ben me doodgeschrokken. Ik dacht dat je... ik dacht dat je...' Hij staarde Jack aan, hij kon niet anders dan Jack aanstaren. Het was net alsof hij ieder moment als een geestverschijning in de muur zou kunnen terugglijden.
'Een spook was?' zei Jack fel. 'Hoe denk je dat het voor mij was om wakker te worden en jou te horen rondlopen?'
Will wreef over zijn voorhoofd. 'Opruimen...' zei hij nog een keer.
'Carrie is een maand geleden overleden. Ze heeft het huis aan me nagelaten.' Jack keek om zich heen in de kamer. 'Ik probeer de boel hier op orde te krijgen, zodat ik naar Canada terug kan.'
'Canada?' Hij leek te zijn gereduceerd tot een echo, die in de duisternis geluiden nazei.
'Esther is Canadees. Esther...' zei Jack, toen hij Wills niet-begrijpende blik zag, 'is mijn vrouw.'
'O.' Een lawine van gedachten raasde door Wills hoofd. Julia. Jack. Esther. Hij keek Jack aan. 'Heb je sigaretten?'
Jack gooide een pakje sigaretten en een aansteker naar hem toe. Will had moeite zijn bevende handen onder controle te krijgen.
Hij stak een sigaret op en inhaleerde diep. Hij hoorde Jack zeggen: 'Ben je hiervoor teruggekomen?' Jack hield het schilderijtje met de dansende engeltjes omhoog. Ze glimlachten nog steeds, terwijl ze met hun uitgestrekte, gevederde vleugels op hem wachtten.
Will zei: 'Het is gestolen.'

'Je meent het,' zei Jack sarcastisch.

'Ik wilde het teruggeven aan de rechtmatige eigenaar. Ik wilde... ik wilde het goedmaken.'

Het klonk allemaal belachelijk als hij het zo zei, in de prozaïsche duisternis van de gang, met Jack, zoals zo vaak in het verleden, als zijn rechter. Jack leek hetzelfde te denken, want hij snoof en zei: 'Jezus, Will. Doe niet zo melodramatisch.'

Will voelde zich geïrriteerd. 'Nou, ik moest ergens beginnen. Met dingen goedmaken.'

'Wat dacht je van gewoon thuiskomen en zeggen: "Ik ben er weer"?'

Het was typisch Jack om zijn terugkeer te begroeten met zijn ouderebroercynisme. In Jacks ogen had hij nooit iets goed kunnen doen. Hij zei kwaad: 'Heb je enig idee hoe moeilijk dat zou zijn? Om gewoon thuis te komen en de deur open te doen?'

Jack keek hem vernietigend aan. 'Het lijkt me nogal voor de hand liggend.'

'Ik weet helemaal niet hoe ze over me denken, ik weet niet eens of ze überhaupt aan me denken... of ze me haten...'

Jacks mondhoeken krulden naar beneden. 'Zeik niet zo, Will.'

'Zeiken?' Zijn stem werd hoger. 'Heb je enig idee hoe moeilijk dit is?'

'Denk je dat het voor ons gemakkelijk is geweest?' De gekrulde mondhoeken stonden nu in minachting naar beneden. 'Je hebt ons al die tijd laten denken dat je dood was. Terwijl je gewoon de telefoon had kunnen pakken...'

'Begrijp je niet,' nu was hij razend, 'dat dat onmogelijk was?'

Jacks antwoord was kortaf, grof, ruw. Will zei met walging in zijn stem: 'Je hebt nooit veel inlevingsvermogen gehad, hè, Jack? Dat alles voor jou nou altijd zo gemakkelijk is geweest...'

'Jezus, Will...'

Will was blij te zien dat hij Jacks onderkoelde uitdrukking van zijn gezicht had gekregen. 'Ik wist toch zeker niet of jullie wilden dat ik zou thuiskomen? Ik dacht dat jullie me vergeten zouden zijn. Ik dacht dat jullie het veel beter hadden zonder mij.'

'Lekker gemakkelijk, hè? Jezelf voorhouden dat we je vergeten zouden zijn?' Jack klonk minachtend. 'Heb je het daarmee goedgepraat?'

'Natuurlijk niet...'

'Dat maakte het zeker allemaal een stuk aangenamer, hè, alles op ons te kunnen schuiven?'

Will was zo kwaad dat hij bijna niet meer uit zijn woorden kwam. 'Jij moet altijd per se het slechtste van me denken, hè? Thuiskomen...' Er flitsten beelden van zijn jaren van verbanning door Wills hoofd: de afschuwelijke logementen, de nachten in greppels, de eenzaamheid. 'Ik probeer al jaren de moed te verzamelen...'

Jacks donkere ogen verraadden eenzelfde woede. 'Zo hard heb je vast je best niet gedaan.'

'En hoe weet jij dat?' Will had gebalde vuisten; hij moest moeite doen Jack niet te slaan. 'Jij bent nog nooit ergens bang voor geweest, of wel soms? Hoe kun jij enig idee hebben waar ik het over heb?'

Jack maakte een snel en afwijzend gebaar door de lucht. 'Begin nou niet meteen weer, zeg. Arme, zielige Will, die niemand begrijpt. Ik voelde me precies hetzelfde toen ik terugkwam uit de oorlog.'

'Nee, Jack, zo voelde je je niet.' Wills stem beefde. 'Ik ben geen held. Jij wel.'

Er viel een stilte. Will draaide zich om. Dat Jack zou zien dat hij stond te huilen, was onverdraaglijk.

Maar uiteindelijk hoorde hij Jack zeggen: 'Ja, natuurlijk. Dat begrijp ik.' Er viel nog een stilte. 'Maar het was wel moeilijk voor me, thuiskomen.'

Will knipperde met zijn ogen en probeerde zijn tranen weg te slikken. 'Dat hoef je niet te zeggen. Je hoeft niet tegen me te liegen. Ik wil je medelijden niet.'

'Ik lieg niet. Het was echt moeilijk. Heb je je dat nooit gerealiseerd?' Jacks toon was veranderd, er klonk niets meer door van zijn gewoonlijke trots en bravoure. 'Ik dacht dat het heerlijk zou zijn. Ik had er jaren naar uitgekeken. Ik had zo'n godvergeten heimwee toen ik weg was. Maar toen ik terug was, leek ik hier niet meer thuis te horen.'

Will zei: 'Maar iedereen had jaren op je zitten wachten. Ze hebben een feest voor je georganiseerd.'

Jack lachte kort. 'Nou, denk maar niet dat jij daar onderuit komt.' Hij zuchtte. 'En ze haten je niet, Will. Het tegenovergestelde. Ze zullen meteen het vetgemeste kalf voor je slachten.'

Will wilde hem geloven, maar dat kon hij niet. 'Nee. Het is niet hetzelfde. Wat ik heb gedaan...'

'Kom, dan schenken we een borrel in,' zei Jack ongeduldig. 'Je ziet eruit alsof je er wel een kunt gebruiken. Ik lust er zelf trouwens ook wel een.'

Hij twijfelde even en volgde Jack toen, te moe om verder nog ruzie te maken, naar beneden. Jack schonk in de zitkamer twee glazen whisky in en gaf er een aan Will. 'De generator is er weer mee opgehouden,' legde Jack uit. 'Daarom is het hier zo donker. Ik kan de haard wel even aansteken. Er is hier verder geen verwarming, maar je kunt prima fikkies stoken met oude meubels en lampolie.'

Toen het vuur aan was, zei Will: 'Je wist van het schilderij.'

'Ik wist niet dat het hier was. Julia heeft ernaar gezocht in Hidcote Cottage en de garage, maar we hebben er niet aan gedacht om er hier naar te zoeken.'

'Julia,' fluisterde hij.

'Ze woont in Londen. Het gaat goed met haar.' Jack vulde hun glazen bij. Toen zei hij zoetjes: 'Je oude vriend Rick Hunter heeft haar over het schilderij verteld.'

Will bedacht zich, geschokt, dat Jack alles wist. Van de illegale benzinebonnen en het geld. Hij legde zijn hoofd in zijn handen en gromde.

'Wat ben je toch een idioot, Will,' zei Jack vriendelijk. 'Waarom ben je niet naar me toe gekomen toen je in de problemen zat?'

Hij liet zijn vingers over zijn gezicht naar beneden glijden. 'Dat was ik van plan. Maar toen zag ik jou met Julia. De avond voor het ongeluk. Ik zag jullie in je cottage.'

Jack keek weg, maar niet voordat Will de schaamte in zijn ogen had gezien. Will zei: 'Jullie hadden een verhouding, hè?'

'Nee.'

'Ik zei net al: je hoeft niet te liegen. Het maakt nu niet meer uit.'

'Julia heeft het die avond uitgemaakt. We hadden bijna een verhouding gehad, dat is waar. Maar ze is je nooit ontrouw geweest.'

Will keek hem ongelovig aan. Jack zei bitter: 'Niet dat ik mijn uiterste best niet heb gedaan haar in bed te krijgen.' Hij maakte een ongeduldig gebaar. 'Ik weet niet wat me bezielde.'

'Je hield van haar.'

Jack staarde hem met zijn blauwe ogen aan. 'En dat maakt het goed?'

'Misschien maakt dat het... begrijpelijk.'

Het vuur knetterde in de stilte. Jack zei: 'Maar goed, daarom ben ik van Sixfields weggegaan en naar Canada vertrokken. Ik kon mezelf niet meer onder ogen komen.'

'Jij, Jack?'

Jacks ogen werden kleiner en hij staarde Will aan. 'Je hebt altijd gedacht dat ik perfect was. Een perfecte, walgelijke, oudere broer, hè? Dat dacht jij, Will. Ik niet.'

'Alles leek jou altijd zo gemakkelijk af te gaan...'

'Wat je daar zei,' Jack maakte een hoofdbeweging naar boven, 'wat een onzin. Wat een geslijm. Over bang zijn. Jezus. Als je eens wist. Dat was een van de dingen die thuiskomen leuk maakte. Niet steeds op je hoede te hoeven zijn voor het geval er een scherpschutter op de loer lag. Je niet bij elke stap die je zet zorgen te hoeven maken of je op een mijn stapt. Man, ik heb vier jaar continu onder hoogspanning gestaan.'

'Waarom heb je dat dan niet verteld?'

'Dat kon ik niet.' Jack schudde zijn hoofd. 'Ik weet niet waarom ik dat niet kon. Ik bedoel, je praat gewoon niet over dat soort dingen, hè? En als je dat al zou willen, met wie zou je het er dan over moeten hebben? Met kerels die het nog zwaarder hebben gehad dan jij? Met de thuisblijvers die geen idee hebben wat je hebt doorgemaakt?'

'Je had met mij kunnen praten. Misschien had je niets aan me gehad, maar ik zou mijn best hebben gedaan je te begrijpen.'

Jack gaf geen antwoord. Will zei: 'Ik ben thuisgekomen omdat...'

'Nou?'

'Omdat ik iemand heb ontmoet.'

'O.'

'Maar ik ben nog met Julia getrouwd.'

Jack dronk zijn glas leeg. 'Wat vervelend.'

'Denk je,' vroeg Will weifelend, 'dat ze wil scheiden?'

'Nou,' Jack snoof, 'ik denk niet dat ze wil doorgaan alsof er niets is gebeurd, denk jij?'

'Gaat het echt goed met haar? Echt?'

'Zoals ik al zei: het gaat prima. Ze werkt sinds de dood van Suzanne bij Temperleys.'

Will zei: 'Suzanne?', en Jack staarde voor zich uit.

'Dat weet je niet. Dat kan ook niet. Suzanne is een paar jaar geleden verongelukt. Auto-ongeluk.'

Will voelde zich vreselijk verward. Wat gek dat je verwachtte dat alles onveranderd zou zijn.

Jack praatte nog. 'Marius is volledig ingestort, de arme donder. Julia was geweldig... ze heeft zijn functie overgenomen en alles draaiende gehouden.'

Will zei ineens bezorgd: 'En ma?'

'Prima. Prima. En pa ook.' Hij was even stil. 'Will?'

'Ik...' hij werd ineens bang, 'ik hoor hier niet meer thuis, hè?'

'Je hebt gewoon het een en ander in te halen, verder niet.'

Hij keek weg. Het was een lange weg naar huis geweest. Zo'n lange weg. Hij balde zijn vuisten. 'Ik weet niet of ik het aankan. Ik dacht dat ik het zou kunnen, maar ik weet het niet.'

'Onzin,' zei Jack opgewekt. 'Natuurlijk kun je het aan. Ik ga wel met je mee naar het schoolhuis. Ik hou het gesprek wel voor je op gang.' Er viel een stilte. Toen zei Jack snel en ongemakkelijk: 'Ik ben blij je te zien, Will. Echt.' Hij schonk nog een glas whisky in. 'Hier. Nog een beetje moed.'

Hij begon: 'Maar als...', maar Jack legde een hand op zijn schouder.

'Het komt wel goed. Ik beloof je dat het goed komt.' Toen fronste hij zijn voorhoofd en zei: 'Er is nog iets wat je moet weten.'

Jack haalde een paar foto's uit zijn jaszak en liet er een aan Will zien. 'Dat is mijn vrouw. Dat is Esther.' Hij gaf Will een foto met een dikke baby erop. Toen zei hij op verliefde toon: 'En dat is mijn dochter, Louise. En jij, Will... hebt een zoon.'

Prudence zei altijd dat John door een kanonschot heen zou slapen, dus toen er omstreeks middernacht werd aangebeld, stond zij op om open te doen. Omdat het 's nachts altijd zo koud was in het schoolhuis, trok ze een dikke ochtendjas aan en rende naar beneden. Ze was bezorgd: zulk laat bezoek betekende vaak dat er iets ergs was gebeurd.

Ze maakte de sloten van de deur los en opende hem. Ze zag Jack. Toen realiseerde ze zich dat hij niet alleen was, dat er een tweede, kleinere en blondere figuur dan Jack achter hem in de duisternis stond.

Toen ze haar jongste zoon herkende, begon ze te huilen.

Veronica was bij Selfridges gestruikeld op de roltrap en had haar pols gebroken. Toen ze terug was in Londen, trok Topaz weer in haar oude slaapkamer in het appartement in Bayswater. Nu ze pijn had, zat opgesloten in haar appartement en haar dagelijkse afleiding niet had, was Veronica lichtgeraakt en klaagde nog meer dan anders. Het eten dat Topaz klaarmaakte, was te onhandig om met je linkerhand te eten, Topaz borstelde haar haar niet goed, de wasserij had Veronica's zijden blouse kwijtgemaakt en het was belachelijk dat Topaz weigerde voor zes uur cocktails te maken. Veronica had haar drankje nodig, want dat was het enige wat tegen de pijn hielp.

Topaz werd heen en weer geslingerd tussen de intense behoefte het benauwende appartement zo snel mogelijk te verlaten en bezorgdheid om haar moeder. Veronica's pogingen haar make-up met haar linkerhand aan te brengen voor haar gasten rond het middaguur arriveerden, waren aandoenlijk onhandig. 's Ochtends was het voor beiden een gênante toestand als Topaz haar moeder in haar korset moest hijsen en niet zelden barstte een van hen tijdens het hele gebeuren in tranen uit.

Topaz leidde zichzelf af door veel aan Marius te denken. 'Ik heb je gemist,' had hij gezegd. En toen hij haar had aangekeken, had Topaz iets van verlangen in zijn ogen menen te zien.

Toen ze drie dagen na haar terugkeer naar Londen de lunch stond klaar te maken, ging de telefoon. Ze nam op. Iemand zei: 'Topaz?'

'Marius.' Haar hart sloeg over. 'Hoe is het?'

'Prima. Topaz, ik bel je om te vertellen dat... ik wilde degene zijn die het je vertelde...'

'Die me wat vertelde?'

Hij zei: 'Dat Will is thuisgekomen.'

Ze stond in de gang met de hoorn in haar hand geklemd. Ze hoorde Marius' stem aan de andere kant van de lijn zeggen: 'Topaz? Topaz, ben je er nog?'

'Will. Weet je dat zeker?'

'Ik heb hem gezien. Dat moest wel... ik kon het ook niet geloven.

Hij is gisteravond teruggekomen. Hij stond ineens op Sixfields, toen Jack daar aan het opruimen was.' Er viel een korte stilte en toen zei hij: 'Het spijt me, ik laat je vreselijk schrikken, hè? Gaat het wel?'

'Ja,' fluisterde ze. Maar haar benen leken wel van elastiek en ze moest op de grond gaan zitten. De hoorn beefde in haar hand. 'Wat is er gebeurd?' zei ze. 'Ik wil alles weten.'

'Ik weet niet veel. Ik heb hem maar een paar minuten gezien. Prudence laat hem geen seconde alleen, dat begrijp je wel. Maar hij leeft en is gezond, dat is het belangrijkste. Ik vind hem erg veranderd, maar ja, wie zou dat niet zijn?'

'Maar... de boot... de *Katie Rose*...'

'Hij is er nooit op gegaan. Hij is met de broertjes Gamble weggegaan uit de kroeg, maar hij was te dronken om te rijden en is uitgestapt om over te geven. Mick en Johnnie zijn zonder hem naar de haven doorgereden. Hij is in een veld in slaap gevallen. Toen heeft hij een lift gekregen naar Londen, nadat hij Rick Hunters schilderijtje op Sixfields had verstopt.'

'Maar waar heeft hij al die tijd gezeten?'

'Het laatste jaar op een boerderij in Lincolnshire. Daarvoor heeft hij rondgezworven. Het klonk vreselijk... hard. Ik denk dat hij een afschuwelijke tijd achter de rug heeft.'

'Heeft hij gezegd waarom...'

'Wat we al dachten.' Marius klonk even geïrriteerd. 'Hij was in de problemen geraakt en kon geen manier bedenken om eruit te komen. Arme Will. Die klootzak waarmee hij zich heeft ingelaten – sorry voor mijn woordkeus, Topaz – ik zou hem kunnen vermoorden. Hij doet zich voor als een respectabel lid van de samenleving, wist je dat? Hij zit nota bene in de beroepsvereniging. Straks wordt hij nog lid van de Rotary-club.'

'Mensen krijgen niet altijd wat ze verdienen, hè?'

'Nee,' zei hij. Hij klonk verdrietig. 'Nee, dat krijgen ze niet.' Toen zei hij: 'Er schijnt een meisje te zijn. Philippa of zoiets.'

Haar moeder riep haar uit de belendende kamer. Topaz zei snel: 'Het enige wat belangrijk is, is dat Will thuis is. En dat is geweldig. Het lijkt wel een droom.'

'Je wordt bijna bang om wakker te worden, hè?'

'Weet Julia het al?'

'Jack is vanochtend naar Londen vertrokken om het haar te vertellen. Dat leek hem het beste. Will wist natuurlijk niet eens dat hij een zoon heeft.' Er viel een korte stilte, maar toen zei Marius: 'Ik ben benieuwd hoe hij dat gaat verwerken. Het is zoiets aangrijpends, als je ineens ontdekt dat je een kind hebt. Misschien zou ik hem er advies over moeten kunnen geven, maar ik denk niet dat dat me zou lukken. Ik herinner me dat ik er nogal een bende van heb gemaakt. Will zal het op zijn eigen manier moeten doen.'

Veronica riep weer: 'Topaz!'

'Marius, het spijt me, maar ik moet ophangen.'

'Echt?'

'Will...' zei ze. Ze kon een glimlach niet onderdrukken. 'Wanneer kan ik hem zien?'

'Volgens mij is Prudence een feestje aan het organiseren. Dit weekend.'

'O, hemel.' Ze zat nog steeds op de grond en vroeg zich af of ze het ooit zou kunnen geloven, laat staan dat ze eraan zou kunnen wennen. Of het ooit weer gewoon zou worden dat Will weer thuis was.

Veronica riep: 'De kussens moeten worden opgeschud, Topaz! Mijn arm doet pijn!'

'Ik kom eraan, mama!'

Ze hoorde Marius vragen: 'Gaat het wel? Hoe is het met je moeder?'

'Beter. Veel beter. Ze hebben haar arm gisteren in het gips gezet.' Ze glimlachte. 'Mijn dagelijkse hoogtepunt is als ik naar de winkels kan ontsnappen. De groenteboer en de bakker, heerlijk. Will...' zei ze nogmaals. Er rolden tranen over haar wangen. 'Ongelooflijk. Ik moet ervan huilen. Maar dat wil ik niet, niet van geluk.' Ze haalde luid haar neus op en zei toen: 'Sorry dat ik niet mee kon naar de film, Marius. Ik hoop dat het niet weer zeven jaar duurt voor je me weer meevraagt.'

Ze hoorde hem grinniken. Hij zei: 'Ik was van plan...'

'Ja?'

'Om vrijdag naar Londen te komen. Na mijn werk, dus vrij laat. Denk je dat je een uurtje kunt vrijmaken?'

'Ja,' zei ze. Wat was het toch een heerlijke dag, vandaag. 'Zeker.'

Toen ze de voordeur opende en Will voor het eerst in vier jaar zag, voelde Julia eigenlijk alleen uitputting en een hevig verlangen dat dit moeilijke gesprek snel voorbij zou zijn. Er viel even een ongemakkelijke stilte en toen flapte ze eruit: 'William is naar school. Ik moet hem over een uur ophalen.'

'Ma heeft me foto's van hem laten zien. Hij heeft jouw ogen.'

'Ik vind dat hij erg op jou lijkt.' Ze voegde er droog aan toe: 'Maar ik ben bang dat hij mijn temperament heeft.' Ze ging Will voor naar de zitkamer. 'Wil je thee? Of koffie?' bood ze hem in een wanhopige poging iets normaals te doen, aan.

'Nee, dank je. Ma is me aan het vetmesten. Ze zegt dat ik mager ben geworden.'

Ze bestudeerde hem. 'Ik vind... dat je er anders uitziet.' Ouder, dacht ze. Sterker en zelfverzekerder. En op een bepaalde manier afschuwelijk afstandelijk. Het was heel raar te bedenken dat hij wettelijk nog steeds haar man was. Ze kende hem helemaal niet meer.

Hij zei plotseling: 'Wat zit je haar leuk. Het past bij je.' Ze dacht terug aan de verlegen jongen van vroeger, die altijd zo zijn best deed het iedereen naar de zin te maken. Toen verdween de glimlach van zijn gezicht en zei hij: 'We moeten praten, Julia. Ik was van plan je toestemming voor een scheiding te vragen. Ik heb je per slot van rekening verlaten. Maar toen wist ik nog niet van het bestaan van William af. Toen Jack me dat vertelde, bedacht ik me dat je me misschien nodig hebt.'

'Nee, Will.' Ze keek weg. 'Ik heb je niet nodig. Niet meer. Ik heb ooit gedacht dat ik je nodig had, maar daar heb ik me in vergist.' Haar woorden klonken na in de stilte. Ze zuchtte zacht. 'Het spijt me. Ik wilde niet bot zijn.'

'Een beetje botheid is wel het minste wat ik verdien.' Hij stond bij het raam; hij schudde licht zijn hoofd. 'Wat ik heb gedaan, de pijn die ik heb veroorzaakt... mijn excuses maken is niet genoeg, hè? Bij lange na niet.'

Ze sloeg haar handen ineen. 'Toen Rick tegen me zei dat je misschien nog in leven was, werd ik razend. Misschien had ik blij moeten zijn, maar ik was razend. Omdat je ons zoveel pijn had gedaan. Maar nu... nou ja...' ze keek hem aan, 'nu voel ik eigenlijk überhaupt niet zoveel. Ik ben niet kwaad, maar ook niet blij. Het is heel raar, ik zou toch iets moeten voelen, maar dat doe ik niet. Misschien komt dat nog.'

Ze keek om zich heen in de kamer, naar de foto's van William op het buffet, naar de stapel werk die ze de vorige avond mee naar huis had genomen. Ze was een nieuw leven begonnen, een onconventioneel leven, maar het paste bij haar. Ze weigerde Wills terugkeer van invloed te laten zijn op haar kwetsbare tevredenheid. Ze wist dat er geen ruimte voor hem was in haar nieuwe leven.

Ze zei vastberaden: 'Ik wil graag scheiden. En ik wil graag dat jij de schuld op je neemt. Het is al moeilijk genoeg soms, met mijn werk bij Temperleys... Er zijn genoeg mannen die vinden dat ik naar de keuken terug moet. En als er straks ook nog in de krant komt dat ik een vrouw van dubieuze reputatie ben, zou dat bepaald niet helpen.'

'Ja,' zei hij. 'Natuurlijk. Ik zal het regelen.'

Ze zei: 'Het schilderij...'

'Jack zei dat Rick je erover heeft verteld.'

'Waarom heb je het op Sixfields verstopt? Waarom in godsnaam daar?'

'Ik wist niet wat ik er anders mee moest doen. En Sixfields is zo groot en rommelig, dat ik dacht dat niemand het daar zou vinden.' Hij haalde zijn handen door zijn haar. 'Ik wilde het niet in ons huisje verstoppen, omdat ik bang was dat je het zou vinden, Julia. Ik wist dat je je zou afvragen wat ik in hemelsnaam met zoiets in huis deed.'

'Waarom heb je het niet meegenomen?'

'Omdat ik wist dat het waardevol was. Omdat ik niet wist waar ik heenging. Omdat ik niet de verantwoordelijkheid voor zoiets wilde.' Hij fronste. 'Ik wilde dat het veilig was. En ik wilde niet dat het in handen van Rick zou komen. Het was te mooi voor Rick.' Hij was met zijn lange benen gestrekt voor zich uit op de vensterbank gaan zitten. 'Marius kent iemand die bij Christie's werkt. Hij gaat het aan hem laten zien. Hij gaat proberen te achterhalen door wie het is gemaakt en wie de rechtmatige eigenaar is.' Hij maakte een snel gebaar met zijn handen. 'Rick gaat het toch niet opeisen, hè?'

Julia zei laconiek: 'Niet nu hij zo'n gerespecteerd lid van de samenleving is geworden.'

'Het is heel grappig, maar ik ben helemaal niet bang meer voor Rick. Dat ben ik ontzettend lang geweest.'

'Wist je dat hij me ten huwelijk heeft gevraagd?' Julia zag dat Will grote ogen kreeg. Ze zei fel: 'Ik hoop dat hij wegkwijnt met een gebroken hart; dat zou een gepaste straf zijn voor alles wat hij heeft gedaan, nietwaar? Maar mensen als Rick komen er altijd weer bovenop, hè? Hij vindt heus wel weer een nieuw project, een aristocraat die pech heeft gehad en om geld verlegen zit, waarschijnlijk.' Ze lachte bitter. 'Het gekke is dat Rick een hekel heeft aan dat soort mensen. En toch wil hij niets liever dan door hen geaccepteerd worden.'

Will haalde zijn schouders op. 'Rick stelt niets voor, hè? Dat heeft hij ook nooit gedaan. Wat belangrijk is, is dat de engeltjes weer naar hun rechtmatige eigenaar teruggaan. Het is belangrijk dat ze naar huis gaan.'

Er viel een stilte. Toen zei hij: 'Pa en Jack zeggen dat het het beste is als ik zeg dat ik ben ingestort. Labiliteit is net iets acceptabeler dan criminaliteit.'

Ze keek hem kritisch aan. 'Ben je ingestort, Will? Denk je dat?'

'Misschien.' Hij keek bezorgd. 'Ik weet wel dat ik niet rationeel meer kon nadenken. Ik sliep niet en ik at niet. En ik heb een keer geprobeerd zelfmoord te plegen. Nogal onhandig, dat moet ik wel toegeven. Denk je dat een poging tot zelfmoord betekent dat je bent ingestort? En ik herinner me nog dat ik geen andere uitweg zag dan vluchten. Ik wist niet wat ik moest doen, of waar ik heen kon gaan, maar ik moest weg.'

Dat gevoel herkende ze. Ze had zelf ook weg gemoeten. Na Jack en Rick. Voor het eerst voelde ze medelijden met hem. Ze fluisterde: 'Arme Will.'

Hij haalde zijn schouders op. 'Maar uiteindelijk kun je nooit alles blijven ontvluchten, hè? Je kunt jezelf niet ontvluchten.'

Ze staarde naar de vloer en zat aan de plooien in haar rok te friemelen. 'Het spijt me dat ik het niet beter voor ons heb gemaakt,' zei ze langzaam. 'Ik heb het echt geprobeerd, maar het lukte me gewoon niet.'

'O,' zei hij, met zijn oude, vriendelijke glimlach: 'We hebben allebei ons best gedaan, hè? Maar het was ons nooit gelukt. We pasten gewoon niet bij elkaar.'

Om een reden die ze niet begreep, stak die eerlijke en logische constatering haar recht in het hart. Toen onderbrak ze de stilte, die veel te lang had geduurd, en vroeg: 'Wil je echt geen koffie?'

Hij glimlachte. 'Eerlijk gezegd verga ik van de dorst. Dat komt van al dat gepraat.'

Ze liep naar de keuken. Ze probeerde haar tranen te bedwingen en knoeide koffie op de keukentafel. *Ik zou toch iets moeten voelen, maar dat doe ik niet.* Julia, wat ben je toch een sufferd, dacht ze, en werd overweldigd door een intens gevoel van verlies.

Ze legde de koffielepel neer, liep naar het raam en ademde de koude stadslucht in. Londen lag voor haar, vol chaos en spanning, maar de stad bood haar nu geen troost. Nog niet zo lang geleden had ze gedacht dat Will dood was. Hoewel hij nu was teruggekomen, wist ze dat ze hem kwijt was. De stille, serieuze man die in haar zitkamer zat, was een vreemde voor haar. Net als Jack twee dagen eerder een vreemde was geweest, toen hij haar het nieuws van Wills terugkeer had verteld. De verloren zoon en de huisvader. Jack en Will: ze had van beiden gehouden en was beiden verloren. Er komen wel anderen, mompelde ze tegen zichzelf. Er komt een dag dat het me allemaal niets meer uitmaakt. Maar ze wist dat liefde nooit meer zoveel pijn zou doen, noch zoveel geluk zou brengen, en dat ze ooit niets meer zou voelen als ze aan deze twee mannen dacht, bood nu geen troost. Het maakte het alleen nog maar pijnlijker.

Toen ging ze rechtop staan, veegde met de rug van haar hand haar ogen af en liep terug naar de fluitketel en de koffie. Ze forceerde een glimlach op haar gezicht, liep de zitkamer weer in en zei opgewekt: 'Ik moet William zo gaan ophalen. Heb je zin om mee te gaan, Will? Wil je je zoon ontmoeten?'

Het werd vrijdag. Laat, had Marius gezegd. Wat acht of negen uur betekende, dacht Topaz. Ze moest iets bedenken om de uren door te komen. Dus kookte ze eten, waste haar haar, speelde whist met haar moeder en vluchtte 's middags naar de winkels.

Toen ze terugliep naar het appartement en met een mand vol boodschappen (alleen het vlees was nog op de bon; wat zou Prudence het een stuk gemakkelijker hebben met de voorbereidingen voor Wills feest dan ze het had gehad met die voor Jack) de hoek om kwam bij Cleveland Place, hoorde ze iemand haar naam roepen.

Er hing mist rond de straatlantaarns. Ze draaide zich om en zag hem. 'Charlie,' zei ze.

Ze vroeg hem binnen. Haar moeder lag te rusten. Hij was natuurlijk veranderd: hij had een ronder gezicht, was gebruind en zwaarder. En zijn gelaatstrekken leken vervaagd, een beetje zoals de foto's in *Picturegoer*.

'Hoe is het met Jennifer?' vroeg ze.

'Jen? Geen idee. Ik heb haar al weken niet gezien.'

Hij was achter haar aan gelopen naar de keuken; ze was de boodschappen aan het opruimen. Hij zei: 'We zijn uit elkaar. Jennifer wil scheiden.'

Topaz deed de koelkast open. 'Wat... plotseling.'

'Niet echt. Het ging al een tijdje slecht.' Hij zag er verdrietig uit. 'Ik vraag me eigenlijk af of het ooit goed is gegaan.'

Ze zette de laatste boodschappen in de kast. 'Dus je bent terug in Engeland, Charlie?'

'Ik kan geen werk meer vinden.' Hij glimlachte droog. 'In Hollywood gaat het allemaal om de juiste contacten. En hoewel ik vreselijk veel mensen kende toen ik met Jennifer was getrouwd, lijk ik bijna niemand te kennen nu we niet meer samen zijn. Jen heeft een contract voor zeven jaar, dus ze blijft voorlopig daar. Het leek me verstandig terug te komen. Ik ga een huis kopen. Ik heb iets leuks in Cheyne Walk gezien.'

Ze dacht terug aan de nacht dat ze met Charlie op straat had gedanst: bloemen in haar knoopsgat en kussen in het donker.

Ze glimlachte. 'Een mooi huis waar je leuke feesten kunt organiseren?'

'Dat hoop ik. Hoewel ik eigenlijk genoeg heb van feesten.' Hij trok een vies gezicht. 'Ik had nooit gedacht dat ik dat zou zeggen. Dat was toch wat ik altijd wilde? Glitter en glamour?' Zijn gezicht betrok. 'Ik heb er voor de rest van mijn leven genoeg van gehad.'

Ze spoelde onder de lopende kraan appels af en wreef ze zorgvuldig droog. Ze hoorde hem zeggen: 'Iedereen wil altijd wat hij niet kan krijgen, hè? Ik wilde naar het buitenland, feesten, lol maken en met de rijksten en hipsten omgaan, omdat ik dat allemaal niet heb gedaan toen ik klein was.'

'Daarom wilde je mij. Omdat ik anders was dan wat je gewend was.'

'Nee.' Hij schudde zijn hoofd. Hij keek serieus. 'Jij was anders.'

'Schiet nou op, Charlie,' zei ze luchtigjes. 'Je vond me leuk omdat ik een beetje boven je stand was. Een beetje bekakt. Dat heb je zelf gezegd.'

'Is dat zo? Dat was dan dom. Maar dat wist ik al. Dat ik jou heb laten gaan, is niet een van mijn slimste zetten geweest.' Hij lachte kort. 'Op mijn trouwdag was ik de minst bekende persoon die aanwezig was. Ik was de enige met wie niemand graag wilde praten. Grappig, hè, beroemdheid? Het zijn allemaal lagen en hoe bekender je wordt, hoe moeilijker het wordt door de volgende laag te breken. Voor ik naar Los Angeles vertrok, dacht ik dat ik wat voorstelde. Maar toen realiseerde ik me dat ik helemaal niemand was. Een piepklein witvisje in vreselijk diep water. En dan denk je dat de stad je zal veranderen. Dat die je interessant, mooi en fascinerend maakt en dat je er iemand van wordt die iedereen wil kennen. Maar dat gebeurt niet. Je bent precies dezelfde. Je bent nog steeds jezelf.'

Er klonk een verbittering in zijn stem die ze nog nooit eerder had gehoord. En toen hij in het licht ging staan dat door het raam naar binnen viel, zag ze een paar grijze haren tussen zijn zwarte krullen.

Ze zei vriendelijk: 'Charlie, je bent altijd interessant, mooi en fascinerend geweest. Jij bent de enige die dat niet vond.'

'Ik dacht dat ik ambitieus was. Tot ik Jennifer beter leerde kennen. God, die gaat echt veel te ver voor haar carrière.'

'Is dat zo?' Topaz dacht aan de blonde, slanke Jennifer Audley. 'Gaat ze dat?'

'Niet letterlijk. Nog niet.' Hij bood haar een sigaret aan; ze schudde haar hoofd. 'Maar dat komt nog wel. Ze weet van geen ophouden. Ze gaat maar door: shows, feestjes, dineetjes. En dan kan ze niet slapen doordat ze te gespannen is, dus neemt ze een slaappil. En dan heeft ze de volgende ochtend weer een andere pil nodig om wakker te worden.' Hij beefde. 'Na een tijdje kon ik er niet meer tegen. Ze werd soms zo razend. Dan begon ze tegen me te gillen. Echt vreselijk. En dan gooide ze van alles door de kamer.' Hij keek naar zijn handen. De vingertoppen van zijn wijs- en middelvinger waren geel van de nicotine. 'En ik kreeg vreselijke heimwee. Ik had nooit gedacht dat ik de motregen, de mist en de saaiheid zou gaan missen. Maar toch gebeurde dat. Je kunt ook genoeg van de zon krijgen, wist je dat?'

Ze keek hem aan. 'Waarom ben je naar me toe gekomen, Charlie?'

Hij lachte zijn meegaande, charmante glimlach. 'Om herinneringen op te halen, denk ik. Ik ben eerst naar je appartement geweest, maar daar was je niet. Een buurvrouw vertelde me dat je bij je moeder was. Hoe is het met iedereen? Met Helena, Donald en de anderen?'

'Helena en Jerry zijn getrouwd.'

'Godallemachtig.' Charlie kreeg grote ogen.

'Ze zijn heel gelukkig. Jerry geeft les op een middelbare school in Harrow. En Francesca heeft ondertussen twee dochters. Ik weet niet hoe het met de anderen gaat. Daar heb ik geen contact meer mee.'

Hij vroeg: 'En jij? Hoe is het met jou, Topaz?'

'O, hetzelfde,' zei ze opgewekt. 'Ik kook nog steeds.' Ze overwoog hem over Will te vertellen, ze overwoog hem te vertellen dat ze al die jaren geleden niet achterlijk was geweest toen ze op elke straathoek naar hem had gezocht. Maar dat deed ze niet. Hij was de hele gebeurtenis waarschijnlijk allang vergeten. Of het zou hem niet kunnen schelen.

In plaats daarvan zei ze: 'Mijn moeder komt zo uit bed, Charlie.' Het was halfzes.

'Natuurlijk. Ik moet gaan.' Hij maakte zijn sigaret uit in een asbak. 'Ik vond het leuk je te zien, Topaz.'

Ze liep met hem naar de voordeur. Buiten op de trap bleef hij even staan.

'Ik zou het heerlijk vinden je nog eens te zien.'

Ze sloeg haar armen om zich heen. 'Ik ben vreselijk druk.'

'Kom je een keer in mijn nieuwe huis op bezoek? Ik heb je ooit beloofd dat ik je te eten zou vragen in mijn nieuwe huis en dat we dan olijven zouden eten.'

Ze overwoog heel even in te gaan op zijn aanbod. Als ze opnieuw zou beginnen met Charlie, zou het een Charlie zijn die van haar hield en haar nodig had. En toen zei ze: 'Lieve Charlie, ik denk niet dat dat een goed idee is.'

Hij had zijn handen in zijn zakken. 'Je hebt een ander ontmoet, hè?'

'Ja,' zei ze.

'Ah.' Hij glimlachte. 'Maar het was het proberen waard.' Hij nam haar handen in de zijne en kuste haar. 'Ik wens je alle geluk van de wereld, Topaz. Je verdient het.'

Toen liep hij de mist in.

Om twaalf uur in de middag, omringd door papieren en met de telefoon onophoudend rinkelend, trok Marius zijn jas aan, zei tegen zijn secretaresse dat hij die dag niet zou terugkomen en verliet zijn kantoor.

Toen hij in de trein naar Londen zat, was hij nog steeds verbaasd over zichzelf. Dit was niet iets wat hij vaak deed: zomaar een middag vrij nemen. Maar het gaf hem een heerlijk gevoel van vrijheid; hij bedacht zich met een glimlach dat hij eigenlijk veel vaker zou moeten spijbelen.

Hij had gewoon niet langer kunnen wachten. Hij moest haar zien. Hij zou eerder in Londen aankomen en haar verrassen. Toen hij die ochtend aan haar had zitten denken, had hij zichzelf erop betrapt dat hij domme fouten maakte en halverwege een vergadering zijn gedachten er helemaal niet meer bij had. Hij moest Topaz zien, zodat hij haar in ieder geval kon vertellen wat hij voor haar voelde, bedacht hij zich. Voor Temperleys Radio's zou verdrinken in een moeras van misrekeningen en slecht geplaatste orders.

Hij wist niet precies wanneer hij verliefd op haar was geworden. Zijn liefde voor haar was langzaam gegroeid en had zich als klimop om zijn hart gewikkeld. Zijn vroegste herinneringen aan haar waren die van een klein, mollig meisje met enorme staarten en twee linkervoeten, dat altijd maar aan het rennen was om iedereen om zich heen bij te houden. Toen was de oorlog uitgebroken en nadien had hij contact met haar onderhouden, omdat hij met haar te doen had gehad. Vanwege haar afschuwelijke moeder en omdat ze geen vader had.

Jaren later, toen Suzanne was overleden, was het Topaz geweest die hem had beschermd, Topaz die hem tegen wil en dank had overgehaald zijn leven weer op te pakken. In de maanden na Suzannes overlijden had hij vaak het gevoel gehad dat hij een uitweg uit een donkere grot aan het zoeken was geweest. Als Topaz er niet zou zijn geweest, had hij daar misschien nog steeds gevangengezeten.

Alles was veranderd op die avond twee maanden geleden, toen hij naar haar appartement was gegaan om haar een kerstcadeautje te geven. Er was een feestje aan de gang geweest; er hadden wel honderd mensen in haar kleine woning op elkaar geropt gestaan. Hij had zichzelf afgevraagd of hij in staat zou zijn de helft van dat aantal mensen voor een feest uit te nodigen. En toen had hij haar in een hoek van de kamer zien staan. Hij had even naar de hand die haar lichaam bevoelde, gekeken, naar de vingers die door haar haar gingen. Dat beeld had hem zo razend gemaakt, dat het hem bijna had verstikt. En behalve woede had hij jaloezie gevoeld, seksuele jaloezie. Die avond was hij weggegaan met een herinnering aan witte borsten die uit bruin fluweel floepten en aan de lippen van een ander die het zachte lichaam kusten dat hij om onverklaarbare redenen als het zijne zag.

En hij was weggegaan met de herinnering aan haar, op straat staand en hem naschreeuwend: 'Wat ik doe, gaat je niets aan.' En ze had gelijk gehad. Toen hij met een glas whisky in de reatauratiewagen van de trein op weg naar huis had gezeten, had hij een afschuwelijk beeld van zichzelf gezien, van een bemoeizuchtige vriend die niet alert genoeg was om te zien dat hun relatie zijn beste tijd allang had gehad, niets meer betekende. Hij had zich bedacht dat ze waarschijnlijk alleen nog contact met hem had omdat ze medelijden met hem had. De saaie weduwnaar, tien jaar ouder dan zij en een overblijfsel uit een stadium in haar leven dat ze allang ontgroeid was. Want ze was allang niet meer de onhandige, eenzame kleine Topaz van vroeger. Ze was een beeldschone vrouw, die een succesvol eigen bedrijf had, die haar appartement in Kensington had omgetoverd tot een prachtige woning en was omringd door vrienden en aanbidders. Wat arrogant van hem om te denken dat zij hem nodig zou hebben. Dat had ze niet. Het leek hem ineens veel meer voor de hand liggen dat ze hem alleen tolereerde.

Hij wist al een tijd dat hij haar respecteerde en bewonderde. Maar hij was er pas op dat moment achter gekomen dat hij van haar hield. Na die avond had hij afstand genomen, geen contact met haar opgenomen, vermoedend dat ze opgelucht zou zijn dat ze elkaar niet meer zagen. Tijdens de kerstdagen had hij voor Tara en zijn moeder zijn uiterste best gedaan zijn treurigheid te verbergen. Hij was drieëndertig, veel te oud voor liefdesverdriet. Maar toch had hij die winter heel wat verdriet gevoeld.

Daarna was Carrie Chancellor overleden en toen hij op de dag van de begrafenis van Temperleys was gekomen, had hij Topaz aan de andere kant van de weg gezien. Ze was acht kilometer komen fietsen om hem te zien. Ze had gezegd: 'Ik kan me niet voorstellen dat we ooit uit elkaar zouden groeien, Marius, nooit.' En toen had hij hoop gekregen.

Op station Paddington nam Marius een taxi naar Bayswater. Het was vijf uur en ze deden lang over de reis. De taxi parkeerde op Cleveland Place en Marius zocht in zijn jaszak naar kleingeld. Hij zag iets bewegen en keek over de weg naar het gebouw waar Topaz' moeder woonde. De voordeur stond open; een straatlantaarn verlichtte het stel dat op de trap stond.

Hij herkende Topaz onmiddellijk. Het duurde een fractie van een seconde langer voor hij door de mist heen zag dat de man die haar kuste, Charlie Finch was.

Ze bleef hopen tot middernacht. Ze zat uren naast het raam in de zitkamer met haar gezicht tegen het raam gedrukt naar de stoep beneden te staren. Toen ze opstond, was ze helemaal stijf geworden. Ze deed de gordijnen dicht en verhinderde zo haar uitzicht op de lege straat. De telefoon, die in de hal stond en de hele avond niet had gerinkeld, stond als een zwarte pad op een tafeltje. Ze had natuurlijk best even naar Missencourt kunnen bellen, maar dat deed ze niet.

De volgende ochtend stond ze vroeg op en trok haar groene wollen jurk en een warme jas aan. Ze ging naar Dorset voor Wills feestje. Als het niet om Will was gegaan, had ze een excuus bedacht om thuis te kunnen blijven. Ze stelde zich voor hoe Marius op het feest beleefd met iedereen zou staan babbelen. Ze stelde zich voor hoe het zou zijn om te doen alsof het haar niets deed dat hij hun afspraak was vergeten. Door zijn vergeetachtigheid had ze zich pijnlijk gerealiseerd hoe onbelangrijk ze voor hem was.

De trein was te laat en toen hij aankwam op Longridge Halt, was er geen taxi te bekennen, dus liep ze de anderhalve kilometer naar het schoolhuis. Er stonden sneeuwklokjes en monnikskapjes onder de bomen, de eerste tekenen van de lente. Er vielen regendruppels uit een meedogenloos grijze hemel. Toen ze arriveerde op het schoolhuis was het feest al in volle gang. Uit elke kamer puilden Chancellors, hun ruzies en discussies boven de muziek van de grammofoon uit brullend.

Prudence stond in de keuken en gooide sandwiches op borden. Wat aardig van Dorothy Blanchard, zei Prudence, terwijl ze Topaz omhelsde, dat ze bij Veronica wilde blijven, zodat Topaz naar het feest kon komen. En wat lief van Topaz dat ze dat hele eind hiernaartoe was komen reizen. En wat was het heerlijk – Prudences ogen glinsterden; Topaz vond dat ze er tien jaar jonger uitzag – dat Will weer thuis was. En nee, ze dacht niet dat de familie Temperley al was gearriveerd. Julia zou niet komen – Prudence begreep best dat ze niet wilde komen, aangezien het zo'n ingewikkelde situatie was – maar Marius, Adele en Tara zouden zo wel komen. En – er stond iets aan te branden – ze was de kaaskrakelingen vergeten...

Topaz liep de keuken uit en een overvolle kamer in. De neven, nichten, tantes en ooms van Jack en Will stonden tegen elkaar aan gedrukt herinneringen op te halen, schaterden het uit om anekdotes die ze al veel vaker hadden gehoord, haalden vergeten ruzies op en bliezen oude twisten nieuw leven in. Ze liep door de drukke kamers en realiseerde zich dat ze zich niet meer thuis voelde tussen deze mensen. Niemand riep haar naam, niemand greep haar arm of bood haar een drankje aan. Niemand nam haar in vertrouwen, wisselde roddels met haar uit of gaf haar standjes over ingebeelde misstappen.

Ze bedacht zich emotieloos dat ze er nooit echt bij had gehoord. Ze had altijd aan de zijlijn van deze familie gestaan, was altijd een buitenstaander geweest en had jaloers naar de warmte, drukte en het gebrek aan eenzaamheid gekeken dat grote families zo vanzelfsprekend vonden. Ze was altijd meer getolereerd dan verwelkomd in hun midden. Ze kwam nooit op de eerste plaats, was altijd de laatste aan wie werd gedacht. 'En we moeten Topaz natuurlijk uitnodigen,' stelde ze zich voor dat de Chancellors zouden zeggen terwijl ze hun feesten aan het voorbereiden waren en namen op een lijstje schreven.

Als kind had ze hen als familie gezien. Haar kleine stukje van het paradijs. Iets om het gat mee op te vullen, de leegte. Maar dat had niets over hen gezegd, alleen over haar eigen behoeften, realiseerde ze zich nu. Zonder haar waren zij ook compleet geweest. Zij was het alleen niet zonder hen geweest.

Ze vond Will in een afgelegen stukje tuin naast de garage. Nadat ze hem had omhelsd, meerdere malen 'O, Will' had gesnotterd en op zijn schouder had gehuild, deed ze een stap naar achteren en keek hem aan.

'Ben je je aan het verstoppen?'

'Ja. En jij?' Ze knikte.

Hij had een bord eten meegenomen. Hij bood het haar aan. 'Ik was vergeten hoe het is,' zei hij. 'Al die mensen. Ik heb zo lang alles alleen gedaan.'

'Marius zei dat je op een boerderij hebt gewoond.'

Hij keek haar grijnzend aan. 'Ik woon in een oude treinwagon, die op een veld staat. Toepasselijk, hè, voor een reizende man als ik?'

'Ga je terug?'

'Zodra de rust hier weer een beetje is teruggekeerd.' Hij zette zijn bril af en poetste zijn glazen met een gebaar dat haar vreselijk deed denken aan de jongen die ze vroeger had gekend. 'Het is gek, hoor,' zei hij, 'maar het voelt hier helemaal niet meer als thuis. Ik bedoel niet,' voegde hij snel toe, 'dat het niet heerlijk is om iedereen weer te zien, hoor. En iedereen is zo aardig tegen me, terwijl ik eigenlijk een beetje verwachtte dat ik weggestuurd zou worden, maar...'

'Je bent doorgegaan met je leven.'

'Dat denk ik, ja.' Hij leunde tegen de muur van de garage. Ze was vergeten hoe lang hij was; het viel haar op dat hij bredere schouders had gekregen en dat hij er sterker en fitter uitzag.

Ze zei: 'Vertel eens over Philippa.'

Dat deed hij uitgebreid, terwijl zij twee worstenbroodjes en drie amandelkoekjes at (duizenden calorieën, maar dat kon haar nu even niets schelen). Ze vond dat Philippa klonk als een verstandig, praktisch meisje, misschien een goed tegenwicht voor de dromerige Will. Toen hij klaar was met zijn verhaal, trok hij een grimas en zei: 'Ik heb geen idee of ze überhaupt nog iets met me te maken wil hebben, maar ik moet het toch proberen.'

'Ja,' zei ze, 'inderdaad.' Zij had het ook geprobeerd. Maar er was een moment waarop je het opgaf, je verlies toegaf.

'Maar ik kom wel terug, hoor,' zei hij. 'Om iedereen te zien.' Hij keek de natte tuin in. Hij zei langzaam: 'Soms heb ik het gevoel dat ik er zo gemakkelijk van af ben gekomen. Als je bedenkt wat ik heb gedaan, bedoel ik. Voor hetzelfde geld was ik in de gevangenis beland. Dat had eigenlijk gemoeten. Maar dan is William er nog. Wat een geweldige jongen. Hij zou mijn jongen geweest moeten zijn. Maar dat is hij niet, hè? Dat heb ik allemaal gemist, doordat ik dat allemaal heb gedaan. Wat er verder ook gebeurt – hoe hard ik ook mijn best doe hem te leren kennen – ik kan de jaren die ik ben weggeweest, nooit meer terugkrijgen.'

Ze zat het glazuur van een cakeje te schrapen; ze staarde naar het balletje dat ze ervan maakte en gooide het in een bloembed. Ze zei: 'Prudence vertelde dat Jack volgende week naar Canada teruggaat.'

'Hij heeft besloten Sixfields te verkopen.'

Ze dacht aan het gammele, oude huis. 'Alles?'

'Het huis en het land. Hij heeft de cottage aan Tom Crabtree gegeven. En hij heeft wat geld aan pa gegeven en wil dat ik ook wat van hem aanneem. Toen ik dat probeerde te weigeren, was ik even bang dat hij me zou gaan slaan. Je kent Jack; hij is ontzettend bazig. En het is natuurlijk geweldig van hem. En ik moet eerlijk toegeven dat ik het goed kan gebruiken. Ik heb besloten dat ik een docentenopleiding ga doen, dus dan kan ik het goed gebruiken.'

Hij bood haar nog een keer zijn bord aan. Ze nam nog een cakeje en werd een beetje misselijk. Hij keek haar aan. 'En jij? Hoe is het met jou, Topaz?'

Ze vertelde hem over de dineetjes en buffetten. En over haar appartement, haar vrienden en haar moeder. Hoewel ze het gevoel had dat hij aandachtig naar haar luisterde, voelde ze ook dat er een afstand tussen hen was, dat zijn loyaliteit anders lag dan vroeger.

Toen zei hij: 'En hoe is het met – ik weet zijn naam niet meer – die jongen met wie je toen in Hernscombe was?'

'Charlie?' Wat gek dat ze Charlie gisteren nog had gezien; ze was hem alweer helemaal vergeten. 'O,' zei ze, 'dat is al vreselijk lang uit.'

Er viel een stilte. Toen zei ze: 'Ik heb zo lang naar je gezocht. Elke keer dat ik een lange, blonde man zag, dacht ik dat jij het was. Ik heb nooit echt kunnen geloven dat je dood was.' Ze legde haar hand op de zijne.

'Je bent ijskoud,' zei hij en wreef haar koude vingers tussen zijn handen. 'Het is niet bepaald het goede seizoen om buiten in de tuin te staan, hè? Zullen we maar weer naar binnen gaan en aan onze verplichtingen voldoen?'

Ze stond te bibberen in haar dunne wollen jurk. 'Ik denk dat ik er eigenlijk maar vandoor ga, Will.' Ze voelde zich nog steeds vreselijk niet op haar plaats. Het voelde net alsof ze op de verkeerde tijd op de verkeerde plaats was. Ze wilde naar huis, hoewel ze niet zeker wist wat haar huis eigenlijk was.

Hij keek bezorgd. 'Gaat het wel?'

'Natuurlijk.' Ze forceerde een glimlach. 'Ik hou gewoon niet van feestjes. En ik heb nog een lange reis voor de boeg.'

'Ik vind het heerlijk dat we elkaar even hebben gesproken.' Ze moest weg, ze hield het hier niet meer uit. 'Al die mensen. Ik moet echt gaan.' Ze stelde zich voor hoe het zou zijn als ze het huis weer zou binnengaan en Marius op de gang zou tegenkomen. 'Will,' zei ze, 'wil je iets voor me doen?'

Ze liep naar de voortuin. Even later kwam Will met haar jas te voorschijn. De hele weg naar het station was ze bang dat ze Marius zou tegenkomen. Maar dat gebeurde niet; er reed alleen een kruidenier over de natte weg en hoewel ze een flinke tijd op het station naar de regen stond te kijken, kwam hij deze keer geen afscheid van haar nemen.

Het was rustig in de trein en ze had een hele coupé voor zichzelf. Het was tijd voor een nieuw begin, zei ze monter tegen zichzelf, terwijl ze zich op een bank installeerde met een tijdschrift en een reep chocola. Ze moest net als Will verder met haar leven. Het werd misschien eens tijd om de ambitie te gaan vervullen die al een tijdje in haar hoofd rondspookte. En ze kon het toch zeker best zelf redden? Ze deed het al jaren alleen.

Maar ze kon zich niet op haar tijdschrift concentreren, wat over bruiden en baby's ging, en ze had geen zin in chocola. Dus stopte ze het blad en de reep in haar tas en staarde naar buiten. Na een tijdje ademde ze op het raam en schreef zijn naam in de condens. Ze keek hoe de letters langzaam verdwenen, tot er niets meer van te zien was.

Net als hij jaren geleden te laat was geweest voor Jacks feest, was hij nu ook te laat voor dat van Will. Tara, die altijd een heel uitgesproken mening had over haar kleren, had op het laatste moment besloten dat ze te oud was voor haar geruite rok en wilde per se haar roze mousselinen jurk aan. Hij probeerde het nog uit haar hoofd te praten – het was koud en nat en hij wilde niet dat ze zou kouvatten – maar hij zag aan haar dat ze op het punt stond een enorme scène te maken, dus gaf hij toe, onder voorwaarde dat ze ook een vest zou aantrekken. Maar toen kon ze natuurlijk het goede vest niet vinden, alleen het donkergroene van haar schooluniform en dat haatte ze en bovendien paste het niet bij haar jurk. Uiteindelijk vond Marius het goede roze vest. Toen gingen ze naar beneden en meteen toen hij zijn moeder zag, zag hij aan haar dat ze hoofdpijn had, wat ze de laatste tijd vreselijk vaak had en waar de dokter niets aan leek te kunnen doen, maar waar Adele een wit hoopje ellende van werd. Dus zette hij een kopje thee voor haar, gaf haar aspirine en bleef bij haar zitten tot de hoofdpijn een beetje was gezakt en ze de reis aankon. Toen reed hij (langzaam en voorzichtig, zo reed hij tegenwoordig altijd) met hen naar het schoolhuis.

Om te ontdekken dat Topaz alweer naar huis was. Ze was maar een halfuurtje gebleven en was weggeglipt zonder van iemand afscheid te nemen. Ze kon natuurlijk niet wachten tot ze die stomme acteur weer zou zien, bedacht hij zich chagrijnig.

Hij zat te broeden. Dat deed hij normaal gesproken niet, maar nu bleven dezelfde gedachten steeds door zijn hoofd malen. Hoe kon ze dat doen? Hoe kon ze zichzelf te grabbel gooien voor een man die haar helemaal niet verdiende? Een man die nooit echt van haar had gehouden, die er niet voor haar was geweest toen ze hem nodig had en haar had laten vallen voor een leeghoofdige filmster. Die haar pijn had gedaan; en die na zijn terugkeer naar Engeland met zijn vingers had geknipt en verwachtte dat ze meteen aan kwam rennen. Alleen de gedachte maakte hem al razend.

Toen hij maandag op kantoor was, deed hij kortaf tegen zijn secretaresse omdat ze een paar brieven te laat had gepost en werd hij razend op zijn voorman om een paar kleine foutjes. Na een tijdje viel het hem op dat zijn secretaresse rode ogen had en dat de technici stilvielen toen hij de werkplaats kwam binnenlopen. Hij liep gegeneerd naar het toilet en waste zijn gezicht met koud water. Daarna ging hij weer naar zijn kantoor, zat een tijdje achter zijn bureau en tikte met zijn vingers op het hout. Vervolgens pakte hij zijn jas en liep naar buiten.

Terwijl hij naar het station reed, besloot hij dat hij het gevecht zou aangaan. Hij hoefde niet langs de zijlijn te staan en toe te kijken hoe ze haar leven vergooide. Hij kon haar in ieder geval laten weten dat ze een andere keuze had.

Tegen de tijd dat hij op Cleveland Place arriveerde, was het zes uur. Veronica deed open. Hij liep met haar naar de zitkamer.

'Het gaat een beetje beter met mijn arm,' zei ze. 'Het is zo vreselijk onhandig, en je voelt je zo nutteloos. Afschuwelijk gewoon.'

Hij mompelde wat begrijpende woorden en bood zijn excuses aan dat hij haar onverwacht stoorde. 'Is Topaz thuis?'

Veronica schudde haar hoofd. 'Kom, Marius, dan nemen we een drankje. Daar sta ik op. Het is zo naar om hier de hele dag alleen te zitten.'

Het leek hem onbeleefd te weigeren. Veronica had moeite de stop van de karaf gin te halen, dus bood hij aan: 'Laat mij maar even,' pakte de karaf van haar over en schonk twee glazen in.

'Ietsje meer,' zei ze. 'Ik houd wel van een goed glas.' Het was hem al opgevallen dat ze nogal dronken was.

'Topaz...' probeerde hij, maar ze tuurde teleurgesteld in de ijsemmer.

'Helemaal op. Wil jij nog even wat ijs halen, schat? Er staat nog in de ijskast.'

Hij haalde de ijsblokjes uit de keuken. 'Heerlijk. Ze keek hem stralend aan. Haar lippenstift zat slordig op haar lippen. 'Wat een verwennerij,' zei ze. 'Een lekker drankje en een knappe man om mee te praten.'

'Ik kan niet lang blijven,' zei hij snel.

'Je laat me toch niet alleen achter, Marius?' Ze keek hem smekend aan. Ze klopte naast zich op de bank. 'Vertel me eens even over al die spannende gebeurtenissen in Dorset.'

Hij ging zitten en zei nogmaals: 'Ik zou Topaz graag even willen zien.'

'Die is er niet. Ze is weer naar haar eigen appartement. Dus ik ben weer helemaal alleen. Nou ja, Dorothy Blanchard is heel eventjes geweest, maar die is niet echt wat ik onder gezelschap versta.' Veronica keek beteuterd. 'Wat kunnen jonge meisjes toch humeurig zijn, hè? Topaz was zo boos gisteren. Op mij. Haar bloedeigen moeder, nota bene. Dus heb ik tegen haar gezegd dat ik het prima in mijn eentje kan redden.' Ze dronk haar glas leeg en zette het ongecoördineerd op de salontafel. 'Maar goed,' zei ze met een opgewekte glimlach, 'laten we het vooral niet over haar hebben. Hoe is het met jou, Marius? Dat vind ik veel interessanter. Hoe is het met je?' Ze legde haar hand op zijn knie, leunde voorover en deed haar uiterste best hem met haar blauwe ogen helder aan te kijken.

'Prima.'

'Mooi. Want ik was bang dat je misschien wel een beetje eenzaam zou zijn. Ik weet natuurlijk als geen ander hoe het is om je wederhelft te verliezen.'

Hij zei: 'Ik moet er echt vandoor.' Hij pakte haar hand en schoof hem vriendelijk maar vastberaden van zijn been.

Ze trok een pruillip. 'Wat een haast. Je lijkt Topaz wel. Ik heb tegen haar gezegd dat ik haar hier niet wil hebben als ze zo humeurig is. Dat is zo smakeloos. Ik heb gezegd dat als ze niet wat opgewekter kon doen, ze maar moest weggaan. Een vriendelijke inborst is zo essentieel voor een vrouw, vind je ook niet? Ik heb tegen haar gezegd...'

De monoloog ging verder, maar Marius luisterde niet meer. Hij stond op.

'Je gaat toch niet weg?' Ze keek verbaasd en teleurgesteld.

Bij de deur bleef hij even staan. 'Het probleem met u,' zei hij rustig, 'is dat u zich niet realiseert hoe u het getroffen hebt. U hebt een geweldige dochter, die altijd loyaal is gebleven. God mag weten waarom, want u bent een van de ijdelste en meest egocentrische mensen die ik ooit heb ontmoet. In alle jaren dat ik u nu ken, kan ik me niet herinneren dat u ooit uw dochter voor uzelf hebt gesteld. Ik denk niet dat u ooit naar haar hebt geluisterd als ze ongelukkig was, of blij voor haar bent geweest als het goed met haar ging. U hebt geen idee wat liefde betekent. En als Topaz haar leven vergooit aan een man die haar niet verdient, dan is dat uw schuld.'

Veronica's mond stond wijd open van verbijstering. Marius ging weg.

Topaz zat aan de keukentafel met een kladblok, een pen en de *Evening Standard* voor zich. Ze had de vorige dag de keuken schoongemaakt, de vloer geschrobd en haar koperen pannen gepoetst tot ze glommen. Haar appartement was vreselijk stoffig geworden tijdens haar afwezigheid. Die morgen was ze naar Soho geweest, waar ze knoflook, kruiden, citroen en specerijen had gekocht. Hun geur hing in de keuken en deed haar denken aan warmere landen. Misschien zou ze dit jaar wel naar Noord-Afrika gaan. Dan zou ze leren hoe ze kebab en pilav moest maken. Ze schreef het op haar lijstje en onderstreepte het: reizen. Ze probeerde er niet aan te denken hoeveel leuker het zou zijn te reizen met iemand om wie je gaf, met iemand die de wereld met je wilde zien.

Er werd aangebeld. Toen ze opendeed, stond hij voor haar, Marius Temperley, alsof ze hem tevoorschijn had getoverd met haar dagdromen over woestijnen en soeks.

Ze zei luchtigjes: 'Je bent drie dagen te laat.'

'Mag ik binnenkomen?'

'Ik heb het druk, Marius.'

'Eventjes maar.' Hij keek zo vastberaden, dat ze zich realiseerde dat het geen enkele zin zou hebben met hem in discussie te gaan.

Hij liep achter haar aan naar de keuken. Hij keek naar de keukentafel. 'Wat ben je aan het doen?'

'Ik overweeg,' zei ze, 'een restaurant te beginnen. Een eigen restaurant. Niet dat van een ander. Ik probeer uit te rekenen hoeveel geld ik daarvoor nodig heb.'

Hij knikte. Toen zei hij: 'Ik was onze afspraak niet vergeten, vrijdag. Ik was in Londen. Ik was veel vroeger dan ik had gedacht. Ik heb je met Charlie gezien.'

'O.' Ze dacht terug aan Charlie en hoe hij haar op de trap had gekust. Ze voelde dat ze rood werd en zei snel: 'Dat was niet...'

Hij onderbrak haar. 'Hij is niet goed genoeg voor je, Topaz. Hij zal je weer laten vallen.'

'Marius...'

Hij maande haar met een ongeduldig gebaar tot stilte. 'Ik weet wat je denkt: hier ben ik weer om je te vertellen wat je moet doen. Nou, dat zal dan wel zo zijn, maar het is niet omdat ik denk dat ik zomaar het recht heb dat te doen. Ik doe het omdat ik om je geef. En omdat ik niet wil dat je weer wordt gekwetst.'

Ze zei: 'Ik heb tegen Charlie gezegd dat ik hem niet meer wil zien.' Nu keek Marius verward. 'Ik heb tegen hem gezegd dat het voorbij is tussen ons. Dat was het jaren geleden natuurlijk al.'

Hij leunde tegen de keukenkast en keek haar aan. Hij zei langzaam:

'Ik dacht dat je daarom eerder was weggegaan van het feest bij de Chancellors. Omdat je Charlie wilde zien.'

Ze schudde haar hoofd. 'Ik ben daar weggegaan omdat ik me er niet meer thuisvoelde.' Ze had nog steeds dat trieste, lege gevoel van die middag. 'Alles is veranderd. Julia woont in Londen en Jack gaat terug naar Canada. Zelfs Will gaat weer weg, dat heeft hij me verteld. Ik voelde me zo eenzaam. En ik heb me bedacht wat een sufferd ik toch ben, omdat ik altijd maar hoop dat alles hetzelfde blijft en dat we allemaal bij elkaar blijven. Maar die dagen zijn voorbij.'

Hij zei vriendelijk: 'Topaz...'

Maar ze ging verder: 'En jij hebt Tara. En je zult altijd van Suzanne blijven houden. En dat begrijp ik. Echt.'

Ze staarde naar haar lijstje en probeerde haar tranen weg te knipperen. De woorden werden vaag. *Restaurant*, had ze opgeschreven. *Reizen. Slaapkamer opknappen. Kousen stoppen.* Het lijstje dat de rest van haar leven opsomde, zag er ineens vreselijk leeg en zielig uit.

Hij wilde iets zeggen, maar ze zei snel: 'Jij en Julia,' haar stem beefde een beetje, 'jullie zijn altijd Jack en Wills beste vrienden geweest, hè? Ik heb jullie alleen maar af en toe even geleend. En dat ben ik zat. Ik wil iets wat echt van mij is. Ik ben het zat, de familie van andere mensen te lenen.'

Hij keek nadenkend. Toen zei hij: 'Wat dacht je van iets wat permanenter is? Als je geen andere families meer wilt lenen?'

Ze haalde haar neus op en probeerde hem aan te kijken. 'Hoe bedoel je?'

Hij ging naast haar zitten. 'Waar wil je dat restaurant openen?'

Die lieve Marius, dacht ze. Hij ging haar aanbieden de boekhouding te doen, of de locatie te helpen kiezen.

'Ik dacht aan Londen.'

Hij pakte haar hand. 'Moet het per se Londen zijn?'

'Misschien niet. Hoezo?'

'Zou het ook in Dorset kunnen, bijvoorbeeld?'

'Marius,' zei ze, 'ik begrijp niet waar je heen wilt.'

Hij bracht haar hand naar zijn mond en drukte zijn lippen tegen haar handpalm. Hij zei: 'Je bent niet alleen, Topaz. Tara en Adele zijn er ook. En ik.'

Ze probeerde te glimlachen. 'Betekent dit dat we weer vrienden zijn?'

'Geen vrienden,' zei hij.

'O.' Het nare, lege gevoel kwam weer terug.

'Ik vroeg me af,' zei hij en het viel haar op dat hij twijfelend klonk, wat ze niet van hem gewend was, 'of je zou willen overwegen met me te trouwen, Topaz.'

Haar hart leek even stil te staan. Voor ze iets kon uitbrengen, voegde hij eraan toe: 'Ik begrijp het als je het niet zou zien zitten. Wat je over Suzanne zei, is waar: ik zal altijd van haar blijven houden. Maar dat betekent niet dat ik niet van jou hou, Topaz. Maar ik heb natuurlijk een kind. En Adele is er ook nog. Als je met me zou trouwen, zou je er meteen een heel gezin bij krijgen. En dat wil je misschien niet.'

De wereld leek opeens te zijn omgedraaid, verschoven van een ellendige naar een heerlijke plaats. Ze fluisterde: 'Met je trouwen? Wil je dat ik met je trouw?'

'Ja. Heel graag. Ik kan niets bedenken wat ik liever zou willen.' Hij kuste de bleke huid aan de binnenkant van haar pols. 'Ik laat je schrikken, hè? Het is ook wel erg plotseling: de ene dag word ik verliefd op je en de volgende dag vraag ik je ten huwelijk. We hebben elkaar nog niet eens echt gekust. Hoewel dat wel te regelen valt.' Hij keek naar de krant en het kladblok op de tafel en begon te grijnzen. 'Hernscombe kan wel een goed restaurant gebruiken. Je zult het natuurlijk wel moeten opnemen tegen de Copper Kettle. Maar dat lijkt me niet zo'n probleem.'

Haar hart bonsde tegen haar ribbenkast. Maar ze zei: 'Ik was niet van plan boterhammen met ham en stoofpot te gaan serveren.'

'De specialiteit van de Copper Kettle.' Hij veegde haar haar uit haar hals en kuste haar in haar nek.

'Iets verfijnders... quiche en *coq au vin*...'

'Hernscombe zal schudden op zijn grondvesten.' Nog een kus. 'Er breken vast rellen uit.'

Zijn lippen raakten de hare. Ze sloot haar ogen. Wat gek, bedacht ze zich, hoe alles opeens weer in orde was – niet in orde eigenlijk, maar perfect – alleen maar doordat Marius Temperley haar in zijn armen hield.

'Wat denk je ervan?' vroeg hij.

'Ja,' fluisterde ze en kuste hem. 'Graag.'

'O jee,' zei hij plotseling.

Ze deed haar ogen open. 'Wat is er?'

'Ik bedenk me net dat er een probleempje is.'

'Wat dan?'

'Ik ben net vreselijk lomp geweest tegen je moeder. Ik weet niet of ze het me ooit vergeeft.'

'O, Marius.'

'O, Topaz,' zei Marius, op een heel andere toon dan die waarop mensen meestal 'O, Topaz' tegen haar zeiden.

En toen kuste hij haar weer.